Robert Menasse

# DIE HAU

Ro



Suhrkamp

2. Auflage 2020

Erste Auflage 2018
suhrkamp taschenbuch 4920

Umschlaggestaltung: Rothfos & Gabler, Hamburg,
unter Verwendung eines Motivs von Fotolia
Druck und Bindung: CPI – Ebner & Spiegel, Ulm
Printed in Germany
ISBN 978-3-518-46920-0

*»Rêver, c'est le bonheur;*
*attendre, c'est la vie.«*

Victor Hugo

# Prolog

Da läuft ein Schwein! David de Vriend sah es, als er ein Fenster des Wohnzimmers öffnete, um noch ein letztes Mal den Blick über den Platz schweifen zu lassen, bevor er diese Wohnung für immer verließ. Er war kein sentimentaler Mensch. Er hatte sechzig Jahre hier gewohnt, sechzig Jahre lang auf diesen Platz geschaut, und jetzt schloss er damit ab. Das war alles. Das war sein Lieblingssatz – wann immer er etwas erzählen, berichten, bezeugen sollte, sagte er zwei oder drei Sätze und dann: »Das war alles.« Dieser Satz war für ihn die einzig legitime Zusammenfassung von jedem Moment oder Abschnitt seines Lebens. Die Umzugsfirma hatte die paar Habseligkeiten abgeholt, die er an die neue Adresse mitnahm. Habseligkeiten – ein merkwürdiges Wort, das aber keine Wirkung auf ihn hatte. Dann sind die Männer von der Entrümpelungsfirma gekommen, um alles Übrige wegzuschaffen, nicht nur was nicht niet- und nagelfest war, sondern auch die Nieten und Nägel, sie rissen heraus, zerlegten, transportierten ab, bis die Wohnung »besenrein« war, wie man das nannte. De Vriend hatte sich einen Kaffee gemacht, solange der Herd noch da war und seine Espressomaschine da stand, den Männern zugeschaut, darauf achtend, ihnen nicht im Weg zu stehen, noch lange hatte er die leere Kaffeetasse in der Hand gehalten, sie schließlich in einen Müllsack fallen lassen. Dann waren die Männer fort, die Wohnung leer. Besenrein. Das war alles. Noch ein letzter Blick aus dem Fenster. Es gab da unten nichts, was er nicht kannte, und nun musste er ausziehen, weil eine andere Zeit gekommen war – und jetzt sah er … tatsächlich: Da unten war ein Schwein! Mitten in Brüssel, in Sainte-Catherine. Es musste

von der Rue de la Braie gekommen sein, lief den Bauzaun vor dem Haus entlang, de Vriend beugte sich aus dem Fenster und sah, wie das Schwein nun rechts an der Ecke zur Rue du Vieux Marché aux Grains, einigen Passanten ausweichend, beinahe vor ein Taxi lief.
Kai-Uwe Frigge, von der Notbremsung nach vorn geworfen, fiel in den Sitz zurück. Er verzog das Gesicht. Er kam zu spät. Er war genervt. Was war jetzt wieder los? Er war nicht wirklich zu spät, es war nur so, dass er bei einem Treffen immer Wert darauf legte, zehn Minuten vor der vereinbarten Zeit da zu sein, vor allem an Regentagen, um sich auf der Toilette noch schnell wieder in Ordnung zu bringen, das regennasse Haar, die beschlagene Brille, bevor die Person kam, mit der er verabredet war –
Ein Schwein! Haben Sie das gesehen, Monsieur?, rief der Taxifahrer. Springt mir fast vor den Wagen! Er beugte sich weit über das Lenkrad: Da! Da! Sehen Sie es?
Jetzt sah es Kai-Uwe Frigge. Er wischte mit dem Handrücken über die Scheibe, das Schwein lief seitlich weg, schmutzig rosa glänzte der nasse Leib des Tiers im Licht der Laternen.
Wir sind da, Monsieur! Näher kann ich nicht ranfahren. Also so was! Läuft mir ein Schwein fast in den Wagen! Schwein gehabt, kann ich da nur sagen!
Fenia Xenopoulou saß im Restaurant Menelas am ersten Tisch neben dem großen Fenster mit Blick über den Platz. Sie ärgerte sich, dass sie viel zu früh gekommen war. Das war nicht souverän, wenn sie schon wartend dasaß, wenn er kam. Sie war nervös. Sie hatte befürchtet, dass es wegen des Regens einen Stau geben würde, sie hatte zu viel Wegzeit einkalkuliert. Nun saß sie bereits beim zweiten Ouzo. Der Kellner umschwirrte sie wie eine lästige Wespe. Sie starrte das Glas an und befahl sich, es nicht anzurühren. Der Kellner brachte eine Karaffe mit frischem Wasser. Dann brach-

te er einen kleinen Teller mit Oliven – und sagte: Ein Schwein!
Wie bitte? Fenia blickte auf, sah, dass der Kellner gebannt auf den Platz hinausschaute, und nun sah sie es: Das Schwein lief auf das Restaurant zu, in einem lächerlichen Galopp, diese kurzen vor und zurück schwingenden Beinchen unter dem runden schweren Körper. Sie dachte zuerst, das sei ein Hund, eines von diesen abstoßenden Biestern, die von Witwen gemästet werden, aber – nein, es war tatsächlich ein Schwein! Fast wie aus einem Bilderbuch, sie sah den Rüssel, die Ohren als Linien, als Konturen, so zeichnet man für Kinder ein Schwein, aber dieses schien aus einem Horrorkinderbuch entsprungen. Es war kein Wildschwein, es war ein verdrecktes, aber eindeutig rosa Hausschwein, das etwas Irres hatte, etwas Bedrohliches. Am Fenster lief das Regenwasser herunter, verschwommen sah Fenia Xenopoulou, wie das Schwein plötzlich vor einigen Passanten abbremste, die Beinchen durchgestreckt, es rutschte, warf sich zur Seite, knickte ein, gewann wieder Boden und galoppierte zurück, nun in Richtung Hotel Atlas. In diesem Moment verließ Ryszard Oswiecki das Hotel. Schon beim Verlassen des Lifts, während er das Hotelfoyer durchquerte, hatte er sich die Kapuze seiner Jacke über den Kopf gezogen, nun trat er hinaus in den Regen, eilig, aber nicht zu schnell, er wollte nicht auffallen. Der Regen war ein Glück: Kapuze, eiliger Schritt, das war unter diesen Gegebenheiten völlig normal und unauffällig. Niemand sollte später aussagen können, er habe einen Mann flüchten sehen, etwa so alt, schätzungsweise so groß, und die Farbe der Jacke – natürlich, die wisse er auch noch … Rasch wandte er sich nach rechts, da hörte er aufgeregte Rufe, einen Schrei und ein seltsam quietschendes Keuchen. Er hielt kurz inne, schaute zurück. Jetzt bemerkte er das Schwein. Er konnte nicht glauben, was er sah. Da stand ein Schwein zwischen zwei dieser

schmiedeeisernen Pfosten, die den Vorplatz des Hotels säumten, es stand da mit gesenktem Kopf, in der Haltung eines Stiers, bevor er zum Angriff übergeht, es hatte etwas Lächerliches, zugleich doch Bedrohliches. Es war völlig rätselhaft: Woher kam dieses Schwein, wieso stand es da? Ryszard Oswiecki hatte den Eindruck, dass alles Leben auf diesem Platz, zumindest soweit er ihn nun überblickte, erstarrt und eingefroren war, die kleinen Augen des Tiers reflektierten schimmernd das Neonlicht der Hotelfassade – da begann Ryszard Oswiecki zu laufen! Er lief nach rechts weg, blickte nochmals zurück, das Schwein riss schnaufend den Schädel hoch, machte ein paar kleine Schritte rückwärts, drehte sich um und rannte quer über den Platz, hinüber zu der Baumreihe vor dem Flämischen Kulturzentrum De Markten. Die Passanten, die die Szene beobachtet hatten, sahen dem Schwein nach und nicht dem Mann mit der Kapuze – und jetzt sah Martin Susman das Tier. Er wohnte in dem Haus neben dem Hotel Atlas, öffnete just in diesem Moment das Fenster, um zu lüften, und traute seinen Augen nicht: Das sah aus wie ein Schwein! Er hatte gerade über sein Leben nachgedacht, über die Zufälle, die dazu geführt hatten, dass er, ein Kind österreichischer Bauern, nun in Brüssel lebte und arbeitete, er war in einer Stimmung, in der ihm alles verrückt und fremd erschien, aber ein frei laufendes Schwein da unten auf dem Platz, das war allzu verrückt, das konnte nur ein Streich seiner Phantasie sein, eine Projektion seiner Erinnerungen! Er schaute, aber er sah das Schwein nicht mehr.
Das Schwein lief auf die Kirche Sainte-Catherine zu, querte die Rue Sainte-Catherine, hielt sich links, den Touristen ausweichend, die aus der Kirche kamen, lief an der Kirche vorbei zum Quai aux Briques, die Touristen lachten, sie hielten wohl das gestresste, fast schon kollabierende Tier für Folklore, für irgendein lokales Phänomen. Manche würden später

im Reiseführer suchen, ob es dazu eine Erklärung gab. Werden nicht im spanischen Pamplona an irgendeinem Feiertag Stiere durch die Straßen der Stadt getrieben? Vielleicht macht man das in Brüssel mit Schweinen? Wenn man das Unbegreifliche dort erlebt, wo man gar nicht erwartet, alles zu verstehen – wie heiter ist dann das Leben.

In diesem Moment bog Gouda Mustafa um die Ecke und stieß fast mit dem Schwein zusammen. Fast? Hatte es ihn nicht doch berührt, sein Bein gestreift? Ein Schwein? Gouda Mustafa sprang in Panik zur Seite, verlor das Gleichgewicht und fiel. Nun lag er in einer Pfütze, wälzte sich herum, was die Sache noch schlimmer machte, aber es war nicht der Dreck der Gosse, es war die Berührung, wenn es denn überhaupt eine gewesen war, mit dem unreinen Tier, durch die er sich beschmutzt fühlte.

Da sah er eine Hand, die sich zu ihm hinunterstreckte, er sah das Gesicht eines älteren Herrn, ein trauriges, besorgtes Gesicht, regennass, der alte Mann schien zu weinen. Das war Professor Alois Erhart. Gouda Mustafa verstand nicht, was er sagte, er verstand nur das Wort »okay«.

Okay! Okay!, sagte Gouda Mustafa.

Professor Erhart redete weiter, auf Englisch, er sagte, dass auch er heute schon gestürzt sei, aber er war so konfus, dass er »failed« sagte statt »fell«. Gouda Mustafa verstand ihn nicht, sagte noch einmal: Okay!

Da kam schon das Blaulicht. Die Rettung. Polizei. Der ganze Platz rotierte, flackerte, zuckte im Blaulicht. Die Einsatzfahrzeuge rasten heulend zum Hotel Atlas. Der Himmel über Brüssel tat seine Schuldigkeit: Es regnete. Jetzt schien es blau blitzende Tropfen zu regnen. Dazu nun ein starker Windstoß – der manchem Passanten den Regenschirm hochriss und umstülpte.

Gouda Mustafa nahm die Hand von Professor Erhart, ließ sich aufhelfen. Sein Vater hatte ihn vor Europa gewarnt.

# Erstes Kapitel

Zusammenhänge müssen
nicht wirklich bestehen, aber ohne sie
würde alles zerfallen.

Wer hat den Senf erfunden? Das ist kein guter Anfang für einen Roman. Andererseits: Es kann keinen guten Anfang geben, weil es, ob gut oder weniger gut, gar keinen Anfang gibt. Denn jeder denkbare erste Satz ist bereits ein Ende – auch wenn es danach weitergeht. Er steht am Ende von Abertausenden von Seiten, die nie geschrieben wurden: der Vorgeschichte.

Eigentlich müsste man, wenn man einen Roman zu lesen beginnt, gleich nach dem ersten Satz zurückblättern können. Das war der Traum von Martin Susman, das hatte er eigentlich werden wollen: ein Vorgeschichtenerzähler. Er hatte ein Archäologiestudium abgebrochen und dann erst – egal, das tut hier nichts zur Sache, es gehört zur Vorgeschichte, die jeder Romananfang ausblenden muss, weil es sonst am Ende nie zu einem Anfang kommt.

Martin Susman saß am Schreibtisch, den Laptop hatte er zur Seite geschoben, und drückte aus zwei verschiedenen Tuben Senf auf einen Teller, einen scharfen englischen und einen süßen deutschen, und fragte sich, wer den Senf erfunden hat. Wer ist auf diese schrullige Idee gekommen, eine Paste zu produzieren, die den Eigengeschmack einer Speise völlig überdeckt, ohne selbst gut zu schmecken? Und wie war es möglich, dass sich dies als Massenartikel durchsetzen konnte? Es ist, dachte er, ein Produkt wie Coca-Cola. Ein Produkt, das niemandem fehlen würde, wenn es nicht da wäre. Martin Susman hatte auf dem Heimweg in der Delhaize-Filiale auf dem Boulevard Anspach zwei Flaschen Wein, einen Bund gelbe Tulpen, eine Bratwurst und dazu ganz selbstverständlich auch Senf gekauft, gleich zwei Tuben,

weil er sich zwischen süß und scharf nicht entscheiden konnte.
Die Bratwurst hüpfte und zischte nun in der Pfanne, die Flamme war zu stark aufgedreht, das Fett verbrannte, die Wurst verkohlte, aber Martin schenkte dem keine Beachtung. Er saß da und starrte den etwas helleren gelblichen und daneben den dunkelbraunen Senfkringel auf dem weißen Teller an, Miniatur-Skulpturen von Hundekot. Das Anstarren von Senf auf einem Teller, während in der Pfanne eine Wurst verbrennt, ist in der Fachliteratur noch nicht als eindeutiges und typisches Symptom für eine Depression beschrieben worden – dennoch können wir es als solches interpretieren.
Der Senf auf dem Teller. Das offene Fenster, der Regenvorhang. Die modrige Luft, der Gestank von verkohlendem Fleisch, das Knistern des platzenden Darms und brennenden Fetts, die Kotskulpturen auf dem Porzellanteller – da hörte Martin Susman den Schuss.
Er erschrak nicht. Es hatte sich angehört, als wäre in der Nachbarwohnung eine Champagnerflasche geöffnet worden. Hinter der eigentümlich dünnen Wand befand sich allerdings keine Wohnung, sondern ein Hotelzimmer. Nebenan war das Hotel Atlas – was für ein euphemistischer Name für dieses schmächtige Haus, in dem vor allem gebeugte, Trolley-Koffer hinter sich herziehende Lobbyisten abstiegen. Immer wieder hörte Martin Susman, ohne dass es ihn weiter kümmerte, durch die Wand Dinge, die er nicht unbedingt hören wollte. Reality-TV oder, wer weiß, bloß Reality, Schnarchen oder Stöhnen.
Der Regen wurde stärker. Martin hatte den Wunsch, das Haus zu verlassen. Er war auf Brüssel gut vorbereitet. Er hatte bei seinem Abschiedsfest in Wien bemüht sinnige Geschenke als Ausstattung für Brüssel bekommen, darunter

neun Regenschirme, vom klassischen britischen »Long« über den deutschen »Knirps« bis zum italienischen »Mini« in drei Benetton-Farben, dazu noch zwei Regenponchos für Radfahrer.

Er saß reglos vor seinem Teller und starrte den Senf an. Dass er später der Polizei genau sagen konnte, zu welcher Uhrzeit der Schuss gefallen war, verdankte sich der Tatsache, dass ihn das vermeintliche Knallen eines Champagnerkorkens dazu animiert hatte, selbst eine Flasche Wein zu öffnen. Er schob das Trinken jeden Tag möglichst weit hinaus, er trank auf keinen Fall vor 19 Uhr. Er sah auf die Uhr: Es war 19 Uhr 35. Er ging zum Kühlschrank, holte den Wein heraus, drehte die Herdflamme ab, kippte die Wurst in den Mülleimer, stellte die Pfanne in den Abwasch, öffnete den Wasserhahn. Das Wasser zischte auf der heißen Pfanne. Schau nicht schon wieder ins Narrenkastl!, hatte seine Mutter gezischt, wenn er vor einem Buch gesessen und mit verlorenem Blick vor sich hin gestarrt hatte, statt im Stall beim Füttern der Schweine und beim Ausmisten mitzuhelfen.

Doktor Martin Susman saß da, vor sich einen Teller mit Senf, schenkte sich ein Glas Wein ein, dann noch eins, das Fenster war offen, ab und zu stand er auf, stellte sich an das Fenster, sah kurz hinaus, dann setzte er sich wieder an den Tisch. Beim dritten Glas wischte Blaulicht durch das Fenster über die Wände seines Zimmers. Rhythmisch blinkten die Tulpen bläulich in der Vase auf dem Kamin. Das Telefon läutete. Er hob nicht ab. Es sollte noch ein paar Mal läuten. Martin Susman sah auf dem Display, wer der Anrufer war. Er hob nicht ab.

Vorgeschichte. Sie ist so bedeutsam und zugleich unscheinbar flackernd wie das ewige Licht in der Kirche von Sainte-Catherine, am anderen Ende des Platzes Vieux Marché aux Grains, an dem Martin Susman wohnte.

Einige wenige Passanten waren vor dem Regen in die Kirche geflüchtet, sie standen unschlüssig herum oder wanderten durch das Kirchenschiff, die Touristen blätterten in ihren Reiseführern und folgten dem Stationenweg der Sehenswürdigkeiten: »Schwarze Madonna, 14. Jahrhundert«, »Porträt der heiligen Katherina«, »Typisch flämische Kanzel, wahrscheinlich aus Mechelen«, »Grabsteine von Gilles-Lambert Godecharle« …

Ab und zu ein Blitz.

Der Mann, der alleine in einer Kirchenbank saß, schien zu beten. Die Ellenbogen aufgestützt, das Kinn auf die verschränkten Hände gelegt, der Rücken rund. Er trug eine schwarze Jacke mit Kapuze, die Kapuze hatte er über den Kopf gezogen, und wäre auf dem Rücken seiner Jacke nicht »Guinness« gestanden, man hätte ihn auf den ersten Blick für einen Mönch in einer Kutte halten können.

Die Jacke mit der Kapuze war wohl dem Brüsseler Regen geschuldet, aber der Eindruck, den er damit machte, verriet doch auch etwas Grundsätzliches über diesen Mann. Er war auf seine Art tatsächlich ein Mönch: Er hielt das Mönchische oder was er sich darunter vorstellte, Askese, Meditation und Exerzitien, für die Rettung in einem Leben, das unausgesetzt von Chaos und Zerstreuung bedroht war. Das war für ihn nicht an einen Orden oder ein Kloster, nicht an Weltabgewandtheit gebunden: Jeder Mann konnte, ja musste, egal was sein Beruf oder seine Funktion war, in seinem Feld ein Mönch sein, der auf seine Aufgabe konzentrierte Knecht eines höheren Willens.

Er liebte es, den gefolterten Mann am Kreuz zu betrachten und an den Tod zu denken. Das war für ihn jedes Mal eine Reinigung der Gefühle, Bündelung des Denkens und Stärkung seiner Energie.

Das war Mateusz Oswiecki. Sein Taufname, der auch in seinem Pass stand, war allerdings Ryszard. Zu Mateusz ist Oswiecki erst als Schüler im Seminar der Lubrański-Akademie in Poznań geworden, wo jeder »erleuchtete Zögling« einen von elf Apostel-Namen als Beinamen erhielt. Er war wiedergetauft und gesalbt worden zu »Matthäus, der Zöllner«. Obwohl er aus dem Seminar ausschied, behielt er den Namen bei, als seinen Nom de guerre. Die Grenzen, an denen er seinen Pass zeigen musste, passierte er als Ryszard. Geheimdienstlich war er, auf Grund der Aussagen einiger ehemaliger Kontaktpersonen, als »Matek« bekannt, die Koseform von Mateusz. So ließ er sich von Mitstreitern nennen. Als Mateusz erfüllte er seine Mission, als Matek wurde er gesucht, als Ryszard schlüpfte er durch die Maschen.

Oswiecki betete nicht. Er formulierte nicht still Sätze, die mit »Herr« begannen und immer nur Wünsche waren, »Gib mir die Kraft –«, dies oder jenes zu tun, »Segne –« dies oder jenes ... Man hatte sich nichts zu wünschen von einem absoluten Geist, der schwieg. Er betrachtete den ans Kreuz genagelten Mann. Die Erfahrung, die dieser Mensch beispielhaft für die Menschheit gemacht und am Ende auch ausgesprochen hatte, war die des völligen Verlassen-Seins im Moment der Konfrontation mit dem Absoluten: wenn die Hülle aufgeritzt, aufgeschlagen, aufgeschnitten, durchstochen und aufgerissen wird, wenn die Schmerzensschreie des Lebens in ein Wimmern und endlich in das Schweigen übergehen. Nur im Schweigen ist das Leben dem allmächtigen Geist nahe, der in einer unfassbaren Laune das Gegenteil seines Seins aus sich selbst entlassen hat: die Zeit. Der Mensch kann vom Zeitpunkt seiner Geburt zurück und zurück und weiter zurück denken, ewig, ewig zurück, er wird zu keinem Anfang kommen und mit seinem läppischen Begriff von Zeit nur eines begreifen: Er ist, bevor er war, ewig nicht gewesen. Und er kann vorausdenken, vom Moment seines Todes an in alle

Zukunft, er wird zu keinem Ende kommen, nur zu dieser Einsicht: Er wird ewig nicht mehr sein. Und das Zwischenspiel zwischen Ewigkeit und Ewigkeit ist die Zeit – das Lärmen, das Stimmengewirr, das Maschinengestampfe, das Dröhnen von Motoren, das Knallen und Krachen der Waffen, das Schmerzensgeschrei und die verzweifelten Lustschreie, die Choräle der wütenden und der freudig betrogenen Massen, das Donnergrollen und Angstkeuchen im mikroskopischen Terrarium der Erde.

Mateusz Oswiecki betrachtete den gefolterten Mann.

Er hatte die Hände nicht gefaltet. Er drückte mit verschränkten Händen die Fingernägel in die Handrücken, bis die Knöchel krachten und die Haut brannte. Er spürte einen Schmerz, der älter war als er selbst. Er konnte diesen Schmerz jederzeit händeringend abrufen. Sein Großvater Ryszard war Anfang 1940 in den Untergrund gegangen, um unter General Stefan Rowecki im polnischen Widerstand gegen die Deutschen zu kämpfen. Er wurde schon im April desselben Jahres verraten, verhaftet, gefoltert und schließlich in Lublin als Partisan öffentlich erschossen. Damals war die Großmutter im achten Monat schwanger, das Kind kam im Mai 1940 in Kielce zur Welt und erhielt den Namen seines Vaters. Es wurde, um etwaiger Sippenhaftung zu entgehen, nach Poznań zur Familie eines Großonkels gebracht, der die deutsche Volksliste unterschrieben hatte. Dort wuchs er auf und erlebte mit sechzehn Jahren den Aufstand. Der junge Gymnasiast schloss sich der Gruppe von Major Franczak an, um im antikommunistischen Widerstand zu kämpfen. Er wurde bei Sabotageaktionen, später bei Entführungen von Spitzeln der Sicherheitspolizei eingesetzt – und im Jahr 1964 von einem Kameraden für 6000 Zloty verraten. Er wurde in einer konspirativen Wohnung verhaftet und in einem Keller der SB zu Tode gefoltert. Damals war seine Braut Marija bereits schwanger, das Kind kam im Februar 1965 im Dorf Kozice Górne zur Welt und wurde auf den Namen seines Großvaters und seines Vaters getauft. Wieder ein Sohn, der seinen Vater nicht kennenlernen konnte. Die Mutter erzählte wenig. Einmal: »Wir trafen uns in den Feldern oder im Wald. Zu unseren Rendezvous kam er mit einer Pistole und mit Granaten.«

Ein ewig schweigender Großvater. Ein ewig schweigender Vater. Die Polen, das war Mateks Lehre, hatten immer für die Freiheit Europas gekämpft, jeder, der in den Kampf eintrat, war im Schweigen aufgewachsen und kämpfte, bis er ins Schweigen einging.

Seine Mutter fuhr mit ihm zu den Priestern, suchte Fürsprecher, kaufte Empfehlungsschreiben, sie vertraute auf den Schutz, den die Kirche gewähren konnte. Schließlich brachte sie ihn bei den Schulbrüdern in Poznań unter. Dort erfuhr er selbst die Verletzlichkeit des menschlichen Körpers: Das Blut ist ein Schmier- und Gleitmittel beim Eindringen in die Hülle, die Haut nur feuchtes Pergament, auf das ein Messer Landkarten zeichnet, der Mund und der Schreihals ein schwarzes Loch, das gestopft wird, bis der letzte Laut abstirbt und es stumm nur noch aufsaugt, was Leben spenden sollte. Und dort bekam er auch eine völlig neue Vorstellung von »Untergrund«. Als die Zöglinge ihre apostolischen Schutznamen erhielten, wurden sie in die Katakomben des gewaltig herrlichen Doms von Poznań geführt, in die geheimen unterirdischen Gewölbe und Grabkammern, über Steintreppen, die im Licht der Fackeln schimmerten und blitzten, hinunter in den tiefsten Untergrund, durch einen letzten rohen Stollen in eine Kammer, die sich als versunkene Kapelle des Todes und des ewigen Lebens erwies: ein Tonnengewölbe, im 10. christlichen Jahrhundert hundert Fuß unter der blutgetränkten Erde Polens in den Stein hineingetrieben. An der Stirnseite dieses Raums befand sich ein monumentales Kreuz mit einer er-

schreckend naturalistischen Christusgestalt, dahinter Reliefs von Engeln, die aus dem Stein hervortraten oder in ihn hinein- und durch ihn hindurchzugehen schienen, schrecklich lebendig im Flackern der Flammen. Davor eine Madonna – wie sie der junge Ryszard noch nie gesehen hatte, in keiner Kirche, auf keiner Abbildung in seinen Büchern: Sie war völlig vermummt! Die Madonna trug einen Umhang, den sie so über Stirn, Nase und Mund geschlagen hatte, dass durch einen schmalen Spalt in all dem Tuch nur ihre Augen zu sehen waren, Augenhöhlen so tief und so tot, wie sie es nach tausend Jahren der Tränen nur sein konnten. Dies alles, wie auch der Altar, gemeißelt und geformt aus dem Stein und dem Tonmergel der hier durchbrochenen geologischen Schicht. Bänke aus kaltem Gestein, auf denen, mit dem Rücken zu Ryszard und den anderen eintretenden Zöglingen, elf Mönche in schwarzen Kutten saßen, die gesenkten Köpfe von ihren Kapuzen bedeckt.
Die Zöglinge wurden durch den Mittelgang zwischen den betenden Mönchen nach vorne zu Christus geführt, wo sie sich bekreuzigten und dann angewiesen wurden, sich umzudrehen. Ryszard schaute zurück, und nun sah er: Unter den Kapuzen schimmerten Totenschädel, die Rosenkränze in den Händen der Mönche hingen an Fingerknochen – diese Mönche waren Skelette.
Man ist Gott unter der Erde näher als auf den Gipfeln der Berge.
Mateusz Oswiecki schlug die Fingerkuppen mehrmals gegen die Stirn. Er fühlte sich schwer vom Fleisch und modrig. Und in seiner Bauchhöhle, links etwas unterhalb des Nabels, spürte er ein Brennen. Er wusste: Da brennt der Tod. Er machte ihm keine Angst. Er nahm ihm die Angst.
Diese Skelette in Kutten waren die Gebeine von Missionsbischof Jordanes und den Mitgliedern des Gründungskolle-

giums des Bistums Posen. Seit fast tausend Jahren verharrten sie hier im ewig schweigenden Gebet. Vor diesen elf Skeletten wurde jedem Zögling einer von elf Apostel-Namen zugesprochen. Elf? Kein Judas? Doch. Aber einem Schüler den Namen Petrus', des ersten Stellvertreters Gottes auf Erden, zu geben, wäre eine Anmaßung gewesen. Wer auserwählt ist, wird auch als Johannes oder Paulus zum Petrus.

Mateusz Oswiecki presste die Handflächen an seine Ohren. So viele Stimmen in seinem Kopf. Er schloss die Augen. Zu viele Bilder. Das war nicht Erinnerung, nicht Vorgeschichte. Das war jetzt da, jetzt, so wie er da saß vor dem Gekreuzigten. Und wie das Brennen im Bauch. Er hatte keine Angst, nur das klamme Gefühl, wie man es vor einer großen Prüfung hat, vor einer schweren Aufgabe. Eine Prüfung, die man nur ein einziges Mal ablegen kann, ist die schwerste. Er öffnete die Augen wieder, sah auf und blickte auf das Wundmal in der Seite des Erlösten.

Im Grunde beneidete Mateusz Oswiecki seine Opfer. Sie hatten es hinter sich.

Er stand auf, trat aus dem Stein der Kirche, blickte kurz hinüber zum Blaulicht, das vor dem Hotel Atlas tanzte, und ging langsam mit gesenktem Kopf, die Kapuze tief in die Stirn gezogen, durch den Regen zur Metro-Station Sainte-Catherine.

Als Alois Erhart zum Hotel Atlas zurückkam, wurde ihm zunächst der Zutritt verwehrt. Zumindest interpretierte er die Hand, die ein Polizist ihm vor dem Hoteleingang entgegenstreckte, als Aufforderung, stehen zu bleiben. Was der Polizist sagte, verstand er nicht. Er konnte nicht gut Französisch.

Er hatte schon von weitem das rotierende Blaulicht der Polizei und des Rettungswagens gesehen – und an einen Selbstmörder gedacht. Langsam war er auf das Hotel zugegangen,

und sofort war wieder dieses Gefühl da gewesen, das ihn schon zu Mittag erfasst hatte: als würde sich das Nichts, in das jeder Mensch früher oder später stürzt, plötzlich, wie eine Ankündigung oder gar Aufforderung, in Brustkorb und Bauchhöhle ausbreiten. Klamm und atemlos hatte er es gespürt: dieses Wunder, dass sich in der begrenzten Hülle des Körpers eine wachsende Leere unendlich ausdehnen kann. Die Seele als schwarzes Loch, das alle Erfahrungen, die er ein ganzes Leben lang gemacht hatte, aufsaugte und verschwinden ließ, bis sich nur noch das Nichts ausdehnte, absolute Leere, ganz schwarz, aber ohne die Milde einer sternlosen Nacht.
Nun stand er da, vor den Stufen zum Eingang des Hotels, mit schmerzenden Knochen und vor Müdigkeit brennenden Muskeln, hinter ihm einige wenige Schaulustige, und sagte auf Englisch: Er sei Gast in diesem Hotel, habe hier ein Zimmer – was nichts am ausgestreckten Arm änderte. Die Situation kam ihm so surreal vor, dass er sich nicht gewundert hätte, wenn er nun verhaftet worden wäre. Aber er war nicht nur der alte Mann, dessen Körper ihm unwiderruflich den Dienst zu versagen begann, er war auch der Professor Emeritus DDr. Erhart, der ein halbes Leben Autorität dargestellt hatte. Tourist, sagte er bestimmt, er sei Tourist. Hier! In diesem Hotel. Und er wünsche in sein Zimmer zu gehen. Darauf begleitete der Beamte ihn in die Lobby und führte ihn zu einem fast zwei Meter großen Mann, etwa Mitte fünfzig, in einem viel zu engen grauen Anzug, der ihn aufforderte, sich auszuweisen.
Warum stand der Professor mit gesenktem Kopf da? Er sah den prallen Gasbauch dieses riesigen Mannes – und empfand plötzlich Mitleid. Es gibt Menschen, die in ihrer massigen physischen Präsenz ewig stark scheinen, immer fit, nie kränkelnd, bis sie plötzlich wie vom Blitz getroffen daliegen, tot in einem Alter, von dem man sagt: Das ist doch kein

Alter. Immer stolz auf ihre Konstitution, hielten sie sich für unsterblich, solange sie ihren Körper vor anderen aufbauen, anderen entgegenschieben konnten. Diese Menschen wurden nie mit der Frage konfrontiert, welche Entscheidung sie treffen würden, wenn sie alt und chronisch krank wären, in absehbarer Zeit ein Pflegefall. Dieser Mann war im Innersten verfault und morsch, er würde demnächst fallen, er wusste es nur nicht.
Professor Erhart reichte ihm den Pass.
Wann er angekommen sei? Parlez-vous français? No? English? Wann er das Hotel verlassen habe. Ob er zwischen neunzehn und zwanzig Uhr im Hotel gewesen sei?
Warum diese Fragen?
Mordkommission. Ein Mann sei in einem Zimmer dieses Hotels erschossen worden.
Sein rechter Unterarm schmerzte. Professor Erhart dachte, dass es vielleicht schon auffällig wurde, wie er immer wieder über den Arm strich, ihn drückte, knetete.
Er holte seine Digitalkamera aus der Seitentasche seiner Regenjacke, schaltete sie ein. Er konnte zeigen, wo er gewesen war: Auf jedem Foto stand, wann er es aufgenommen hatte.
Der Mann lächelte. Sah die Fotos durch. Nachmittag im Europa-Viertel, Schuman-Platz. Das Berlaymont-, das Justus-Lipsius-Gebäude. Das Straßenschild »Rue Joseph II«. Warum dieses Straßenschild?
Ich bin Österreicher!
Ach ja.
Die Skulptur »Der Traum Europa« in der Rue de la Loi. Die Bronzefigur eines blinden (oder schlafwandelnden?) Mannes, der von einem Sockel aus einen Schritt ins Leere macht. Was die Touristen alles fotografieren! Da. Neunzehn Uhr fünfzehn: Grand Place. Mehrere Fotos dort bis neunzehn Uhr

achtundzwanzig. Dann das letzte Foto: zwanzig Uhr vier, Sainte-Catherine, das Kirchenschiff. Der Mann drückte weiter, da war wieder das erste Foto. Er drückte zurück. Der Christus, der Altar, davor in einer Bank ein Mann, auf dessen Rücken »Guinness« stand.

Er grinste und gab ihm den Fotoapparat zurück.

Als Alois Erhart in sein Zimmer kam, ging er zum Fenster, er sah durch die Scheibe hinaus auf den Regen, strich sich durch das nasse Haar, hörte in sich hinein. Er hörte nichts. Als er gegen Mittag angekommen war, hatte er gleich das Fenster geöffnet, sich schließlich weit hinausgelehnt, um einen besseren Überblick über den Platz zu bekommen, zu weit hatte er sich hinausgebeugt, fast hätte er das Gleichgewicht verloren, er hatte keinen Boden mehr unter den Füßen, sah schon den Asphalt auf sich zukommen, das ging so schnell, er stieß sich zurück, fiel vor dem Fenster zu Boden, wobei er mit dem rechten Unterarm am Heizkörper anschlug, saß in einer lächerlichen Verrenkung auf dem Fußboden – und hatte das Gefühl, als befände er sich im freien Fall, den er doch gerade noch vermieden hatte, ein Gefühl, das man vielleicht spürt in der Sekunde vor dem Tod. Dann hatte er sich hochgezogen, auf das Bett gesetzt, keuchend, und plötzlich war diese Euphorie da: Er war frei. Noch. Er konnte souverän entscheiden. Und er würde die Entscheidung treffen. Jetzt noch nicht. Aber rechtzeitig. Selbstmörder – blöder Begriff! Selbstbestimmter, freier Mensch! Er wusste, dass er musste – und plötzlich wusste er auch, dass er konnte. Der Tod, das war ihm nun klar, war so banal und nichtig und unvermeidlich wie der Punkt »Allfälliges« am Ende einer Tagesordnung. Das war der Moment, wo nichts mehr kam. Das Sterben musste er überspringen. Springen.

Er wollte nicht so sterben wie seine Frau. So hilflos am Ende, darauf angewiesen, dass er ihr –

Er nahm die Fernbedienung, schaltete den Fernsehapparat ein. Zog das Hemd aus, sah, dass er einen Bluterguss am rechten Arm hatte. Er drückte auf die Fernbedienung: weiter! Er zog die Hose aus, weiter! Die Socken, weiter! Die Unterhose, weiter! Da landete er beim Sender Arte. Hier begann gerade ein Spielfilm, ein Klassiker: »Verdammt in alle Ewigkeit«. Es war Jahrzehnte her, dass er diesen Film gesehen hatte. Er legte sich auf das Bett. Eine Stimme sagte: »Dieser Film wird Ihnen präsentiert von parship.de, der führenden Partneragentur.«

Es war kein Zufall, dass Fenia Xenopoulou just in dem Moment, als der Rettungswagen auf den Platz einbog und die Sirene zu hören war, an Rettung gedacht hatte. Sie hatte seit Tagen an nichts anderes gedacht, es war ihr geradezu zur fixen Idee geworden, und darum dachte sie es auch jetzt: Rettung! Er muss mich retten!
Sie saß beim Abendessen im Restaurant Menelas, das sich genau gegenüber vom Hotel Atlas befand, zusammen mit Kai-Uwe Frigge, den sie, seit einer kurzen Affäre vor zwei Jahren, privat Fridsch nannte, wobei kokett offenblieb, ob sie seinen Namen zu »Fritz« verballhornte, weil er ein Deutscher war, oder ob sie auf »Fridge«, den Kühlschrank, anspielte, weil er in seiner sachlich korrekten Art so kalt wirkte. Frigge, ein schlaksiger, wendiger Mann Mitte vierzig, aus Hamburg stammend, seit zehn Jahren in Brüssel, hatte bei den Grabenkämpfen, Intrigen und Tauschgeschäften, die der Konstituierung eines neuen Kabinetts der Europäischen Kommission naturgemäß vorangehen, Glück gehabt (oder sich eben nicht auf sein Glück verlassen) und einen beeindruckenden Karrieresprung gemacht: Nun war er Kabinettschef in der Generaldirektion für Handel, damit der einflussreiche Büroleiter von einem der mächtigsten Kommissare der Union.

Dass sich die beiden in dieser Stadt voll von erstklassigen Restaurants ausgerechnet bei einem Griechen trafen, der sich dann als eher mittelmäßig erwies, war nicht der Wunsch von Fenia Xenopoulou gewesen, sie hatte kein Heimweh und keine Sehnsucht nach dem Geschmack und den Aromen der heimatlichen Küche. Kai-Uwe Frigge hatte das vorgeschlagen: Er wollte seiner griechischen Kollegin ein Zeichen von Solidarität geben, jetzt, da nach dem Beinahe-Staatsbankrott Griechenlands und dem vierten sündteuren EU-Rettungspaket, »die Griechen« bei den Kollegen und in der Öffentlichkeit völlig unten durch waren. Er war sich eines Pluspunkts sicher, als er per Mail »Menelas? Am Vieux Marché aux Grains, Sainte-Catherine, angeblich sehr guter Grieche!« als Treffpunkt vorschlug, und sie hatte »Okay« geantwortet. Ihr war das egal gewesen. Sie lebte und arbeitete schon zu lange in Brüssel, um sich noch mit Patriotismus zu beschäftigen. Was sie wollte, war: Rettung. Ihre eigene.
Den Fonds, der den Bankrott Griechenlands verhindern sollte, Rettungsschirm zu nennen, war schon unfreiwillig komisch, sagte Frigge. Na ja, Metaphern sind bei uns im Haus Glückssache!
Es belustigte Fenia Xenopoulou nicht im Geringsten, sie verstand gar nicht, was er meinte, aber sie lachte strahlend. Es wirkte maskenhaft, und sie war sich nicht sicher, ob man es merkte, das Gekünstelte, oder ob es noch funktionierte, worauf sie sich früher immer hatte verlassen können: dass der meisterhafte Einsatz von Gesichtsmuskeln, Timing, blendend weißen Zähnen und einem warmen Blick ein Bild unwiderstehlicher Natürlichkeit ergaben. Man muss auch für das Artifizielle ein natürliches Talent haben, aber Fenia war auf Grund ihres Karriereknicks – in ihrem Alter! Sie wurde vierzig! – so verstört, dass sie sich selbst ihres natürlichen Talents, nämlich wissentlich zu gefallen, nicht mehr sicher war. Der

Selbstzweifel, so empfand sie es, überzog wie eine Schuppenflechte ihre Erscheinung.
Kai-Uwe hatte nur einen Bauernsalat bestellt, Fenias erster Impuls war es zu sagen: Den nehme ich auch. Aber dann hörte sie sich Giouvetsi bestellen! Es war lauwarm und triefte vor Fett. Warum hatte sie sich nicht mehr unter Kontrolle? Sie begann aus dem Leim zu gehen. Sie musste aufpassen. Der Kellner schenkte Wein nach. Sie sah das Weinglas an und dachte: noch einmal achtzig Kalorien. Sie nippte am Wasser, nahm all ihre Kraft zusammen und sah Kai-Uwe an, sie versuchte, das Wasserglas mit beiden Händen an ihre Unterlippe drückend, komplizenhaft und zugleich verführerisch zu schauen. Innerlich fluchte sie. Was war mit ihr los?
Rettungsschirm!, sagte Kai-Uwe. Auf Deutsch kann man solche Neologismen bilden, und sie müssen nur dreimal in der Frankfurter Allgemeinen gestanden haben, und schon kommen sie jedem Gebildeten völlig normal vor. Und dann ist das nicht mehr wegzubringen. Die Chefin sagt das in jede Kamera. Die Übersetzer sind ganz schön ins Schwitzen gekommen. Das Englische und das Französische kennen den Rettungsring und den Regenschirm. Aber was, wurden wir gefragt, ist bitte ein »Rettungsschirm«? Die Franzosen übersetzten ihn zunächst mit »parachute«. Dann kam Protest aus dem Élysée-Palast: Ein Fallschirm verhindere keinen Absturz, er verlangsame ihn nur, das sei das falsche Signal, die Deutschen mögen bitte –
Wenn er eine Olive aß, den Kern auf den Teller legte, dann kam es Fenia so vor, als würde er nur den Geschmack der Olive zu sich nehmen, die Kalorien aber in die Küche zurückschicken.
Da begann das Jaulen der Sirene, dann das Blaulicht, blau blau blau blau …
Fridsch?

Ja?
Du musst – sie wollte es schon aussprechen: mich retten. Aber das war unmöglich. Sie korrigierte sich: mir helfen! Nein, sie musste kompetent, nicht hilfsbedürftig auftreten.
Ja? Er schaute durch das Fenster des Restaurants hinüber zum Hotel Atlas. Er sah, wie eine Tragbahre aus dem Rettungswagen gezogen wurde, wie Männer damit ins Hotel hineinliefen. So nahe das Menelas dem Hotel auch war, die Distanz war doch zu groß, als dass er an den Tod gedacht hätte. Es war für ihn bloß eine Choreographie, Menschen bewegten sich zu Licht und Ton.
Du musst – hatte sie schon gesagt, nun wollte sie die Worte ungesagt machen, aber das ging nicht mehr – ... verstehen ... aber das tust du ja! Ich weiß es, du verstehst, dass ich –
Ja? Er sah sie an.
Die Sirenen der Polizeiautos.
Fenia Xenopoulou hatte zunächst in der Generaldirektion für Wettbewerb gearbeitet. Der Kommissar, ein Spanier, war ahnungslos gewesen. Aber jeder Kommissar ist so gut wie sein Büro, und sie war als ein hervorragender Teil eines perfekt funktionierenden Büros aufgefallen. Sie ließ sich scheiden. Sie hatte weder Zeit noch Lust, jedes zweite oder später jedes dritte oder vierte Wochenende einen Mann in ihrem Brüsseler Apartment sitzen zu haben oder in Athen zu besuchen, der über irgendwelche Intimitäten der Athener Society plauderte und dabei Zigarren paffte wie die Karikatur eines Neureichen. Sie hatte einen Staranwalt geheiratet und warf einen Provinzadvokaten aus der Wohnung! Dann kletterte sie eine Sprosse höher und kam ins Kabinett des Kommissars für Handel. Im Handel erwirbt man Meriten, wenn man Handelsbeschränkungen zertrümmert. Es gab für sie kein Privatleben mehr, keine Fesseln, es gab nur den freien Welthandel. Sie glaubte wirklich, dass die Karriere, die sie vor sich sah, ihr

Lohn dafür sein werde, dass sie an einer Verbesserung der Welt Anteil hatte. Fair Trade war für sie eine Tautologie. Trade war doch die Voraussetzung für globale Fairness. Der Kommissar, ein Holländer, hatte Skrupel. Er war so unglaublich korrekt. Fenia arbeitete hart, um auszurechnen, wie viel Gulden seine Skrupel kosteten. Der Mann rechnete tatsächlich immer noch in Gulden! Der Lorbeer, den er erhielt, wenn Fenia ihn überzeugt hatte, war Goldes wert! Nun sollte der nächste Sprung kommen. Sie erwartete, nach den europäischen Wahlen bei der Neukonstituierung der Kommission weiter aufzusteigen. Und tatsächlich: Sie wurde befördert. Sie bekam eine Abteilung. Was war das Problem? Sie empfand diese Beförderung als Rückstufung, als Karriereknick, als Abschiebung: Sie wurde Leiterin der Direktion C (»Kommunikation«) in der Generaldirektion für Kultur!
Kultur!
Sie hatte Wirtschaft studiert, London School of Economics, Postgraduate an der Stanford University, den Concours bestanden, und jetzt saß sie in der Kultur – das war nicht einmal so sinnvoll wie Monopoly-Spielen! Die Kultur war ein bedeutungsloses Ressort, ohne Budget, ohne Gewicht in der Kommission, ohne Einfluss und Macht. Kollegen nannten die Kultur ein Alibi-Ressort – wenn es das wenigstens wäre! Ein Alibi ist wichtig, jede Tat braucht ein Alibi! Aber die Kultur war nicht einmal Augenwischerei, weil es kein Auge gab, das hinschaute, was die Kultur machte. Wenn der Kommissar für Handel oder für Energie, ja sogar wenn die Kommissarin für Fischfang während einer Sitzung der Kommission auf die Toilette musste, wurde die Diskussion unterbrochen und gewartet, bis er oder sie zurückkam. Aber wenn die Kultur-Kommissarin rausmusste, wurde unbeeindruckt weiterverhandelt, ja es fiel gar nicht auf, ob sie am Verhandlungstisch oder auf der Toilette saß.

Fenia Xenopoulou war in einen Aufzug eingestiegen, der zwar hochgefahren, aber dann unbemerkt zwischen zwei Stockwerken stecken geblieben war.
Ich muss raus!, sagte sie. Als sie von der Toilette zurückkam, sah sie, dass er telefonierte. Er hatte nicht gewartet.
Fridsch und Fenia schauten durch das große Fenster hinüber zum Hotel, schweigend wie ein altes Ehepaar, das froh war, dass etwas passierte, worüber man dann ein paar Sätze sagen konnte.
Was ist da los?
Keine Ahnung! Vielleicht hatte einer im Hotel einen Herzinfarkt?, sagte Fridsch.
Aber wegen eines Herzinfarkts kommt doch nicht gleich die Polizei!
Richtig, sagte er. Und nach einer kleinen Pause – hätte er fast gesagt: apropos Herz. Was macht dein Liebesleben? Aber er verkniff sich diese Frage.
Du hast doch etwas auf dem Herzen!, sagte er.
Ja!
Du kannst mir alles erzählen!
Er hörte zu und nickte und nickte, von Zeit zu Zeit sagte er gedehnt »okay«, um ihr zu zeigen, dass er ihr folgte, und schließlich sagte er: Was kann ich für dich tun?
Du musst mich anfordern. Kannst du mich – ja: anfordern? Ich will zurück zum Handel. Oder kannst du mit Queneau reden? Du verstehst dich doch gut mit ihm. Er hört auf dich. Vielleicht kann er etwas tun. Ich muss weg von der Kultur. Ich ersticke dort!
Ja, sagte er. Plötzlich hatte er Angst. Das ist vielleicht ein zu großes Wort. Er spürte eine Beklemmung, die er sich nicht erklären konnte. Er dachte nie über sein Leben nach. Er hatte irgendwann früher über sein Leben nachgedacht – sehr viel früher, damals, als er noch keine Lebenserfahrung gehabt

hatte. Es waren Phantasien, Träume gewesen, er hatte Träumen mit Nachdenklichkeit verwechselt. Man konnte nicht sagen, dass er seinen Träumen nachgegangen war. Er war, so wie man zu einem bestimmten Bahnsteig geht, dorthin gegangen, wo die Reise zu einem bestimmten Ziel eben beginnt. Seither befand er sich auf Schienen. Er wusste in seinem Innersten, dass es oft auch bloßes Glück war, wenn man nicht entgleiste. Aber es gab, solange man auf den Schienen war, nichts, worüber man weiter nachdenken musste. Leben. Es funktioniert oder es funktioniert nicht. Wenn es funktioniert, dann wird »es« durch »man« ersetzt. Man funktioniert. Er dachte das alles nicht. Das war ihm einfach klar. Er verwechselte diese Klarheit mit einem sicheren Grund, auf dem er ging, ohne bei jedem einzelnen Schritt nachdenken zu müssen. Aber da war jetzt ein leichtes Schwanken auf diesem Grund. Warum? Er fragte sich das nicht. Er spürte nur diese leichte Beklemmung. Jetzt muss ich kurz auf die Toilette!

Er wusch sich die Hände, betrachtete sich im Spiegel. Er war sich nicht fremd. Nicht fremd ist allerdings auch nicht vertraut. Er nahm aus seinem Portemonnaie eine Viagra-Tablette. Er hatte immer eine bei sich. Er zerbiss sie, nahm einen Schluck Wasser, dann wusch er sich noch einmal die Hände.

Er wusste, dass Fenia, genauso wie er, morgen sehr früh rausmusste. Dass sie also bald ins Bett mussten. Sie mussten funktionieren.

Sie nahmen ein Taxi nach Ixelles, zu seinem Apartment. Er täuschte Begehren vor, sie täuschte einen Orgasmus vor. Die Chemie stimmte. Durch das Fenster blinkte blau das Licht der Leuchtreklame von der Bar Le Cerf Bleu, auf der anderen Straßenseite. Kai-Uwe Frigge stand noch einmal auf und zog den Vorhang zu.

Stand da ein Mann am Fenster? Der schwarze Rächer. Das Phantom. Der Schattenmann. Es sah aus wie eine Comicfigur, die an die Wand des verlassenen Hauses gemalt worden war: Alle Fenster dieses Hauses schräg gegenüber vom Hotel Atlas, an der Ecke zur Rue de la Braie, waren dunkel, die Auslage des Geschäftslokals war mit Brettern vernagelt, auf den Brettern flatterten die Fetzen halb heruntergerissener Plakate. Daneben an der Hauswand Graffiti, hingesprayte Wörter, unlesbar – Ornamente, Geheimschrift, Symbole? Vor dem Haus ein Bauzaun, darauf ein Schild der Abbruchfirma De Meuter. Natürlich wusste Kommissar Brunfaut, dass diese schwarze Gestalt, eingerahmt von einem Fenstergeviert in der ersten Etage des toten Hauses, kein Graffito war. Aber sie machte diesen Eindruck. An allen Ecken und Enden dieser Stadt waren ja Häuserwände und Brandmauern bis hinauf zu den Dachfirsten mit Comicbildern bemalt, mit Kopien und Variationen der Zeichnungen von Hergé oder Morris, den Tieren von Bonom oder Werken von den Jungen, die sich für die Nachfolger dieser Künstler hielten. Wenn Brüssel ein offenes Buch war, dann war es ein Comicband.
Kommissar Brunfaut war aus dem Hotel Atlas herausgekommen, um den Kollegen im Einsatzfahrzeug die Anweisung zu geben, die Nachbarhäuser abzuklappern und nachzufragen, ob jemand vielleicht zufällig zur fraglichen Zeit aus dem Fenster geschaut und etwas gesehen hatte.
Das Jahr fängt ja gut an, Kommissar!
Jeder Tag fängt ja gut an, sagte Brunfaut. Der Regen hatte nachgelassen, der Kommissar stand breitbeinig da, zog den Hosenbund hoch und ließ, während er mit den Männern redete, den Blick über die Fassaden der gegenüberliegenden Häuser wandern. Und da sah er sie: die fenstergerahmte Schattenfigur.
Da stand tatsächlich ein Mann am Fenster. Eines Abbruch-

hauses. Der Kommissar schaute hinauf, fixierte ihn. Der Mann bewegte sich nicht. War das wirklich ein Mensch? Oder eine Puppe? Warum sollte dort hinter dem Fenster eine Puppe stehen? Oder war das ein Schatten, dessen Kontur ihn täuschte? Oder doch ein Graffito? Der Kommissar grinste. Nicht wirklich natürlich. Innerlich. Nein, da stand ein Mann! Schaute er herunter? Sah er, dass der Kommissar zu ihm hinaufschaute? Was hatte er gesehen?
Los!, sagte Kommissar Brunfaut. An die Arbeit! Du nimmst dieses Haus, du das dort! Und du –
Die Bruchbude auch? Die steht doch leer!
Ja, die auch – schau einmal da hinauf!
In diesem Moment war der Schattenmann verschwunden.

Er trat vom Fenster zurück. Wo hatte er seine Zigaretten? Vielleicht im Mantel. Der Mantel lag auf dem Küchenstuhl, dem einzigen Möbel, das es in dieser Wohnung noch gab. David de Vriend ging in die Küche, nahm den Mantel. Was wollte er? Den Mantel. Warum? Unschlüssig stand er da, schaute den Mantel an. Es war Zeit zu gehen. Ja. Hier war nichts mehr. Zu tun. Die Wohnung war vollständig ausgeräumt. Er schaute auf einen rechteckigen Fleck an der Wand. Da hatte ein Bild gehangen. »Wald bei Boortmeerbeek«, ein idyllisches Landschaftsbild. Daran konnte er sich noch erinnern: wie er es hier aufgehängt hatte. Dann hatte er es ein Leben lang vor Augen gehabt, bis er es gar nicht mehr gesehen hatte. Und jetzt: eine Leerstelle. Nur noch zu sehen, dass da etwas gewesen ist, was nicht mehr da war. Lebensgeschichte: ein leerer Umriss auf einer Tapete, die auch schon über eine Vorgeschichte geklebt worden war. Darunter war die Kontur des Schranks zu sehen, der hier gestanden hatte. Was hatte er darin aufbewahrt? Was sich in einem Leben ansammelt. Der Dreck dahinter! Der kommt dann zum Vorschein. Verklumpter Staub, Schlieren von fettigem, rußigem, schimmelndem Schmutz. Du kannst dein ganzes Leben lang putzen, ja putze nur dein Leben, am Ende aber, wenn ausgeräumt wird, bleibt ein Dreck über! Hinter jeder Fläche, die du putzt, hinter jeder Fassade, die du polierst. Wenn du jung bist, glaub nicht, dass da noch nichts verrottet, verschimmelt und verfault wäre, wenn dein Leben plötzlich weggeräumt wird. Du bist jung und glaubst, dass du noch nichts oder zu wenig gehabt hast vom Leben? Aber der Dreck dahinter ist immer der Dreck eines ganzen Lebens. Es bleibt nur der Dreck, weil du Dreck bist und im Dreck landest. Wenn du aber alt wirst: Glück gehabt. Aber du hast dich getäuscht, auch wenn du dein ganzes geschenktes Leben lang geputzt hast – am Ende wird ausgeräumt, und was sieht man? Dreck. Er ist hinter allem, unter allem, er ist die Grundlage von allem, was du geputzt hast. Ein sauberes Leben. Das hast du gehabt. Bis der Dreck zum Vorschein kommt. Dort war die Spüle gewesen. Ununterbrochen hatte er abgewaschen. Einen Geschirrspüler hatte er nie besessen. Jeden Teller, jede Tasse hatte er nach Gebrauch sofort abgewaschen. Wenn er alleine einen Kaffee getrunken hatte, und er war ja alleine, fast immer ist er alleine gewesen, dann hatte er den Kaffee im Stehen getrunken, gleich neben der Spüle, damit er die Tasse sofort waschen konnte, den letzten Schluck vom Kaffee nehmen und den Wasserhahn aufdrehen, das war immer eins gewesen, ausspülen, abtrocknen und glänzend wischen und die Tasse zurückstellen, damit alles sauber ist, das ist ihm immer wichtig gewesen, ein sauberes Leben, und dann: Was sieht man jetzt, da, wo die Spüle gewesen ist? Moder, Schimmelpilz, Schlieren, Dreck. Sogar im Dunkeln oder Halbdunkeln sah man den Dreck. Es war nichts mehr da, alles ausgeräumt, aber das war noch da, das war zu sehen: die Dreckschlieren hinter dem geputzten Leben.

Er warf den Mantel wieder über den Stuhl. Er wollte – was?

Er sah sich um. Warum ging er nicht? Er sollte gehen. Davonlaufen. Das war nicht mehr die Wohnung, in der er gelebt hatte. Das waren nur noch die Räume, in denen es ein Vorleben gegeben hatte. Noch ein Rundgang. Wozu? Leere Räume anstarren? Er ging ins Schlafzimmer. Wo das Bett gestanden hatte, war der Holzboden heller, das Rechteck, das sich da abzeichnete, sah im Halbdunkel aus wie eine große Falltür. Er ging daran vorbei zum Fenster, warum ging er nicht darüber hinweg, warum machte er in diesem leeren Zimmer einen Bogen, als hätte er Angst, dass dieses Rechteck sich wirklich öffnen und ihn verschlingen könnte? Er hatte keine Angst. Hier hatte immer das Bett gestanden, er ging von der Tür zum Fenster, so wie er ein Leben lang um das Bett herum zum Fenster gegangen war. Er sah hinaus: fast in Griffweite die Feuerstiege des Nachbargebäudes, einer Schule. Einmal im Jahr gab es einen Probealarm, es heulte eine Sirene und die Schüler übten, rasch und geordnet die Feuerleiter hinunterzusteigen. Wie oft David de Vriend an diesem Fenster gestanden und zugeschaut hatte. Die Flucht. Eine Übung. In Griffweite – das sagt sich so. Die Stiege war in Griffweite gewesen, als er hier eingezogen war. Sie ist damals für ihn auch ein Argument gewesen, diese Wohnung zu nehmen. Die Wohnung hat eine sehr gute Lage, hatte der Verkäufer gesagt, und de Vriend hatte aus diesem Fenster auf die Feuerstiege geschaut und zugestimmt: Ja, die Lage ist gut! Er hatte gedacht, dass er, wenn es sein musste, aus diesem Fenster mit einem Satz auf der Feuerstiege wäre und verschwinden konnte, während vorn an der Wohnungstür noch geklopft würde. Das hatte er sich zugetraut, kein Zweifel, das hätte er geschafft. Aber heute – wäre nicht daran zu denken. Nun war die Stiege außer Griffweite, unerreichbar. Seit einem halben Jahrhundert waren die Kinder, die hier die Flucht übten, immer gleich alt geblieben, immer Kinder, nur er war älter geworden, zu alt schließlich, schwach und gebrechlich, und aus der Übung gekommen. Er sah aus dem Fenster und sah – keine Griffweite mehr. Ihm fiel ein, dass er rauchen wollte. Er sollte endlich gehen, verschwinden – er ging durch den Flur, aber nicht in die Küche, wo sein Mantel mit den Zigaretten war, sondern ins Wohnzimmer. Unschlüssig blieb er stehen, sah sich suchend um. Ein leerer Raum. Er wollte – was wollte er hier noch? Er ging zum Fenster, ja: noch einmal diesen Blick haben, über den Platz, an dem er ein ganzes geschenktes Leben verbracht und versucht hatte, seinen »Platz im Leben« zu finden.

Er schaute hinunter auf das Blaulicht. Er dachte nichts. Er fror. Er wusste warum. Er dachte nicht einmal, dass er es wusste und dass dies keinen weiteren Gedanken wert war. Es steckte in ihm, altes Wissen. Das musste sich nicht im Kopf formulieren. Er sah unbeweglich hinunter auf die Polizeiautos, sein Herz zog sich zusammen, dehnte sich wieder aus, ein Achselzucken der Seele.

Als er noch Lehrer war, hatte er dies den Schülern bei ihren Aufsätzen immer austreiben wollen: die Blablabla-Komma-dachte-er-Sätze.

Es war ihnen nicht auszutreiben. Kinder, sie glaubten wirklich, dass Menschen, wenn sie alleine sind, ununterbrochen Dachte-er- oder Dachte-sie-Sätze im Kopf haben. Und dann stießen diese Dachte-er- und Dachte-sie-Köpfe zusammen und produzierten Sagte-er- und Sagte-sie-Sätze. Die Wahrheit ist, dass es bis in die Köpfe hinein so unglaublich still ist unter dem gottlosen Firmament. Unser Geschwätz ist nur das Echo dieser Stille. Kalt zog sich sein Herz zusammen, dehnte sich aus. Zog sich zusammen, dehnte sich aus. Er atmete ein, er atmete aus. Wie das blaue Licht pulsierte!

Da hörte er die Klingel. Dann das Schlagen einer Faust an die Wohnungstür. Er ging in die Küche, zog den Mantel an.

Er ging ins Schlafzimmer. Immer wieder schlug jemand draußen an die Tür. David de Vriend machte wieder den kleinen Bogen, als er zum Fenster ging. Er sah hinaus. Nicht in Griffweite. Er setzte sich auf den Boden, zündete sich eine Zigarette an. Das Klopfen. Das Pochen.

# Zweites Kapitel

Ideen stören, was es ohne sie
gar nicht gäbe.

Eine Depression muss man sich leisten können. Martin Susman konnte überleben: Er arbeitete auf der »Arche Noah«. Er war Beamter der Europäischen Kommission, Generaldirektion »Kultur und Bildung«, zugeteilt der Direktion C »Kommunikation«, und leitete die Abteilung EAC-C-2 »Programm und Maßnahmen Kultur«.
Intern nannten die Mitarbeiter ihr Ressort nur die »Arche Noah« oder kurz »die Arche«. Warum? Eine Arche hat kein Ziel. Sie schlingert über die Strömungen, schaukelt auf den Wogen, trotzt den Stürmen und will nur eines: sich selbst und das, was sie an Bord führt, retten.
Es hatte nicht lange gedauert, bis Martin Susman dies begriffen hatte. Er war zunächst so glücklich und stolz darauf gewesen, dass er diesen Job ergattern konnte, zumal er nicht als »END« (Expert National Détaché) von einer österreichischen Partei oder Behörde nach Brüssel geschickt worden war, sondern sich direkt bei der Kommission beworben und den Concours bestanden hatte – er war also wirklich ein europäischer Beamter, ohne nationale Verpflichtung! Und dann musste er feststellen, dass das Ressort »Bildung und Kultur« innerhalb der Europäischen Kommission kein Ansehen hatte und nur milde belächelt wurde. Im Apparat sagte man einfach »die Kultur«, wenn man von dieser Generaldirektion sprach, die »Bildung« wurde unterschlagen, obwohl im Bildungsbereich bemerkenswerte Erfolge erzielt worden waren, etwa die Entwicklung und Durchsetzung des Erasmus-Programms. Und wenn »die Kultur« gesagt wurde, dann hatte das einen Unterton, es klang so, als würden Wall-Street-Broker »Numismatik« sagen, das Hobby eines verschrobenen

Verwandten. Aber auch in der Öffentlichkeit, soweit sie sich überhaupt interessierte, war das Image der »europäischen Kultur« schlecht. Martin Susman war erst kurz im Amt gewesen, und er las noch die heimischen Zeitungen – ein typischer Anfängerfehler –, als Empörung in Österreich ausbrach, weil, wie in den Blättern zu lesen war, den Österreichern mit der Kultur »gedroht« wurde: Jeder Mitgliedstaat der EU hatte das Anrecht auf einen Kommissar-Posten, die Regierung nominierte eine Person, und der Kommissionspräsident wies ihr ein Ressort zu. Als nach den damaligen Europawahlen die Ressorts neu besetzt wurden, kam das Gerücht auf, dass der von Österreich nominierte Kommissar »die Kultur« bekommen solle. Die österreichische Koalitionsregierung zerstritt sich, weil die Partei des designierten Kommissars eine Intrige des Koalitionspartners witterte, man protestierte, die österreichischen Zeitungen machten Stimmung und sie konnten sich auf die Entrüstungsbereitschaft ihrer Leser verlassen: »Uns droht die Kultur!« Oder: »Österreich soll mit Kultur abgespeist werden!«

Das scheint als Reaktion sehr erstaunlich, wenn man bedenkt, dass sich dieses Land als »Kulturnation« – nun, vielleicht nicht »begriff«, aber doch gerne bezeichnete. Allerdings entsprach diese Reaktion dem Image und der Bedeutung, die »die Kultur« im europäischen Machtgefüge eben hatte. Image und Bedeutung hingen von der Höhe des Budgets, das ein Ressort verteilen konnte, und vom Einfluss auf politische und wirtschaftliche Eliten ab. Und mit beidem war es im Falle der »Kultur« schlecht bestellt. Schließlich bekam der österreichische Kommissar doch nicht das Kultur-Ressort, sondern die »Regionalpolitik«, was zu Jubel in der Kulturnation führte: »Wir«, so meldeten die österreichischen Blätter nun, »haben ein Budget von 337 Milliarden!«

Die »Kultur« bekam Griechenland. Das schien durchaus

stimmig, wenn man an die griechische Antike als Fundament der europäischen Kultur denkt, oder aber auf sinnige Weise zynisch, wenn man den Demokratieabbau in Europa in Beziehung zur Sklavenhaltergesellschaft der griechischen Antike setzen wollte – dabei war es ganz simpel: Griechenland war wegen seiner nun schon endlosen Finanz- und Budgetkrise unten durch, deshalb wehrlos, und musste nehmen, was es bekam. Das geringgeschätzte Ressort. Es war keine Aufgabe, es war eine Strafe: Wer mit Geld nicht umgehen kann, der bekommt auch besser kein Geld in die Hand, bekommt also das Ressort ohne Budget. Die griechische Kommissarin, eine engagierte Frau, kämpfte um ein starkes Team, dem sie vertrauen und das ihr in der Kommission doch etwas politisches Gewicht geben konnte. Es gelang ihr, einige Landsleute anzufordern, die im Apparat der Kommission bereits über Erfahrung verfügten, gut vernetzt mit anderen Generaldirektionen waren und einen exzellenten Ruf hatten, um mit ihnen die Schlüsselpositionen ihrer Generaldirektion zu besetzen. So war Fenia Xenopoulou vom »Handel« abgezogen und zur Leiterin jener Direktion in der »Arche« befördert worden, in der Martin Susman arbeitete.
Fenia hatte diese Beförderung nicht ablehnen können. Wer im Apparat der Europäischen Kommission Karriere machen wollte, musste Mobilité beweisen. Wer die Bereitschaft dazu nicht demonstrierte und ein Angebot, den Aufgabenbereich zu wechseln, ausschlug, war weg vom Fenster. Also war sie in die Arche übersiedelt, mit dem Plan, hier erst recht ihre Mobilité unter Beweis zu stellen: indem sie sofort daranging, den nächsten Wechsel anzustreben, unter besonderer Berücksichtigung der Visibilité. Dies war für den Aufstieg im Apparat ebenso entscheidend: sichtbar zu sein, so zu arbeiten, dass man immer wieder auffiel.
Fenia wusste, was Elend war. Sie hatte es kennengelernt. Sie

hatte diese glühende Energie, die oft jenen Menschen eigen ist, denen die Misere ihrer Herkunft ewig in der Seele brennt und die nie Abstand dazu finden können, so weit sie auch kommen, weil sie ihre Seele ja immer mitnehmen. Von der ersten Lebenschance an hatte sie immer wieder bewiesen, dass sie bereit war zuzugreifen. Wenn man ihr eine Tür zeigte und sagte: Wenn du den Schlüssel findest, dann kommst du durch diese Tür ins Freie – dann suchte sie akribisch den Schlüssel, sie war auch bereit, an allen möglichen Schlüsseln sehr lange geduldig zu feilen, damit endlich einer passte, aber irgendwann kam der Moment, wo sie eine Axt nahm und die Tür zertrümmerte. Die Axt wurde schließlich zu ihrem Universalschlüssel.
Martin Susman konnte Fenia nicht ausstehen. Das Arbeitsklima war seit ihrem Eintritt in die Arche schlechter geworden. Es war deutlich, dass sie die Arbeit verachtete, die hier geleistet werden musste, zugleich machte sie unerträglichen Druck, sie deutlicher in die Auslage zu stellen.

Fenia Xenopoulou schlief gut. Für sie war Schlaf ein Teil der Körperbeherrschung, der Selbstdisziplin. Sie dockte sich an den Schlaf an wie an ein Ladegerät. Sie zog Arme und Beine an, machte den Rücken rund, drückte das Kinn gegen die Brust. Und schon lud sie Kraft für den Kampf des nächsten Tages auf. Nur wenn sie schlief, hatte sie keine Träume.
Habe ich geschnarcht?, hatte Fridsch sie in der Früh gefragt.
Nein. Ich habe gut geschlafen!
Wie ein Kind.
Ja.
Nein, eigentlich wie ein Embryo.
Embryo?
Ja. Wie du dagelegen bist. Hat mich an Fotos von Embryos erinnert! Willst du Kaffee?

Nein danke! Ich muss gleich los! Sie wollte ihn zum Abschied küssen und sagen »Denk an mich!«, aber sie tat es nicht, nickte nur und sagte: Ich muss …

Martin Susman hatte auf dem Weg zum Büro die neuesten Informationen erhalten. Er fuhr, wann immer das Wetter es erlaubte, das hieß: wenn es nicht regnete, mit dem Rad zur Arbeit. Dadurch hatte er etwas Bewegung, aber das war nicht der Hauptgrund. Die Metro machte ihn traurig. Die müden, grauen Gesichter schon am frühen Morgen. Die aufgesetzte Bereitschaft der Menschen mit ihren Trolleys und Aktenkoffern, immer dynamisch und kompetent und wettbewerbsfähig zu wirken, schlecht sitzende Masken, unter denen die wahren Gesichter verfaulten. Die Blicke ins Leere, wenn die Bettler mit den Akkordeons zustiegen, eine Nummer spielten und mit einem Joghurt-Becher um ein paar Münzen baten. Was waren das für Lieder? Martin hätte es nicht sagen können, vielleicht Schlager aus den zwanziger und dreißiger Jahren des vorigen Jahrhunderts, Vorkriegszeit. Aussteigen. Die mechanisch sich bewegenden Menschenströme, die über Rolltreppen stapften, die außer Betrieb waren, sich weiterschoben durch die mit Sperrholz verschalten, verdreckten Korridore der ewigen Baustellen des Untergrunds, vorbei an den Pizzaschnitten- und Kebab-Verschlägen, dem Geruch von Körperausscheidungen und Verwesung, schließlich der Windkanal des Aufstiegs zur Straße, hinauf in ein Tageslicht, das nicht mehr vordringt in die trübe Seele. Martin fuhr lieber mit dem Rad. Er war sehr bald Mitglied der EU-Cycling-Group geworden. Diese Gruppe stellte jedem EU-Beamten, der beitrat, zunächst einen Personal Trainer zur Verfügung, der ihm die Basics beibringt, zum Beispiel lebend mit dem Rad über die Montgomery zu kommen, der Trainer erkundet den sichersten Weg von der Wohnung zum Arbeitsplatz, der dann

einige Tage gemeinsam eingeübt wird, und man lernte auch, beim Vorbeifahren die Klebeetiketten »Sie stehen im Weg!« auf Autos zu klatschen, die auf einem Radweg parkten. Die Aufkleber beschädigten die Autos nicht, sie ließen sich leicht wieder abziehen. Die EU-Cycling-Group war ein großer Erfolg, der Anteil der Radfahrer am Brüsseler Verkehr hatte sich durch die EU-Beamten in wenigen Jahren verdoppelt.
Am besten gefiel Martin, dass sich auf dem Weg von der Wohnung zum Amt spontan Gemeinschaften bildeten. Wenn er morgens von zu Hause losfuhr, stieß er spätestens auf dem Boulevard Anspach auf den ersten Kollegen, dann auf den zweiten, bis sie am Ende zu einem Pulk von oft acht oder zehn Radfahrern angewachsen waren. Die deutschen Beamten zogen auf Rennrädern am Pulk vorbei, sie radelten in Funktionskleidung zur Arbeit, als müssten sie ein Kriterium gewinnen, es waren daher fast nur Deutsche, die vor Arbeitsbeginn die Büroduschen im Keller des Amtsgebäudes benutzten. Entspannt waren die Niederländer mit ihren »Omafietsen« oder die Kollegen aus den romanischen Ländern, sie radelten gemächlich im Anzug, ohne zu schwitzen, man fuhr nebeneinander her und redete und erfuhr dabei mehr als in der Kantine – alle neuen Gerüchte, Intrigen, Karrieresprünge. Diese Radweg-Gespräche waren wichtiger als die Lektüre der European Voice und zumindest so wichtig wie das Studium der Financial Times, um auf dem Laufenden zu sein.
Auf der Rue de l'Écuyer war Bohumil Szmekal, sein Freund und Kollege von der C-1 (»Kulturpolitik und interkultureller Dialog«), zum Pulk gestoßen, keine zweihundert Meter weiter auf der Rue d'Arenberg hörten sie die Rufe von Kassándra Mercouri, der Büroleiterin von Fenia Xenopoulou. Bohumil und Martin bremsten ab und warteten, bis Kassándra zu ihnen aufgeschlossen hatte, ließen den Pulk ziehen und radelten zu dritt weiter.

Hast du schon eine Idee?, fragte Bohumil. Dann rief er aufgeregt »Pass auf!« und zeigte auf ein Auto, das vor ihnen auf dem Radweg parkte. Er holte blitzschnell einen Aufkleber aus seiner Umhängetasche, löste, freihändig weiterfahrend, die Folie ab, und schlug vorbeikurvend den Aufkleber an das Seitenfenster des Wagens. Es gab ein Hupkonzert.
Peng! Der hat gesessen!, sagte er triumphierend.
Du mit deinen Stickern bist eine größere Gefahr als die Autos, sagte Kassándra. Sie war eine mollige, stets besorgt oder gütig blickende Frau Mitte dreißig, neben der der kleine, zarte Bohumil, obwohl einige Jahre älter, wie ein schlimmer Junge wirkte. Er grinste. Jetzt sag schon: Hast du die erlösende Idee gehabt? Die Arbeit der ganzen Direktion ist völlig blockiert, weil noch immer keiner –
Was für eine Idee? Ich weiß nicht, was du meinst!
Das Big Jubilee Project! Du hast die Rundmail noch nicht beantwortet. Ich übrigens auch nicht.
Das Big Jubilee Project? Ich dachte, das muss man nicht kommentieren!
Ja. Alle stellen sich tot. Da kommt nichts. Findet keiner wichtig. Kein Wunder, wenn ich an den Reinfall von vor fünf Jahren denke!
Da war ich noch nicht da.
Wieso Reinfall? Die Zeremonie im Parlament mit den Kinderbotschaftern war doch sehr berührend! Kinder aus ganz Europa! Wie sie ihre Wünsche an die Zukunft, Friede und –
Sándra, bitte! Kinderbotschafter! Das war Kindesmissbrauch! Zum Glück hat die Öffentlichkeit nichts bemerkt! Also meine Idee ist: – Achtung! Er verriss das Rad, drängte Martin in die Mitte der Straße, schon hatte er wieder einen Sticker in der Hand, den er aber fallen ließ, Martin drängte ihn auf den Fahrradweg zurück, schrie: Du bist verrückt!

Ja. Also meine Meinung ist: Aus der Geschichte lernen heißt bekanntlich: Nie wieder! Das darf sich nicht wiederholen. Kein Jubilee mehr! Es ist teuer und peinlich! Ich kann nicht verstehen, warum Xeno das so wichtig nimmt!
Es sind alle Generaldirektionen eingebunden. Wenn sie sich da engagiert, kann sie sich hervortun, sagte Kassándra.
Sie macht jetzt richtig Druck. Heute um elf die Sitzung. Sie will unsere Ideen hören.
Ich habe das ganz anders verstanden, sagte Martin. Ich dachte –
Die Sitzung wird vielleicht verschoben! Es ist noch nicht konfirmiert, aber die Chefin will heute einen kurzfristigen Termin beim Präsidenten. Übrigens: Wisst ihr, was sie gerade liest?
Interessiert mich herzlich wenig!
Du meinst: ein Buch? Xeno liest? Komm, Sándra, du phantasierst!
Ein Buch, ja. Und ich phantasiere nicht. Ich musste es ihr express besorgen. Ihr werdet es nicht glauben!
Sag schon!
Achtung!
Pass auf!
Also. Die Chefin bereitet sich ja seit Tagen generalstabsmäßig auf das Gespräch mit dem Präsidenten vor. Sie will alles von ihm wissen, von seinen Seilschaften bis zu seinem Lieblingsessen, alles, sogar sein Lieblingsbuch. Kann man im Smalltalk vielleicht brauchen. Sie ist da extrem pingelig.
Der Präsident hat ein Lieblingsbuch?
Wahrscheinlich »Der Mann ohne Eigenschaften«!, sagte Martin.
»Der Mann ohne Eigenschaften«? Das wäre ein guter Titel für seine Autobiographie!
Kinder, bitte! Hört zu! Sie hat das über private Kanäle heraus-

gefunden. Der Präsident hat wirklich ein Lieblingsbuch! Einen Roman! Das ist nicht öffentlich bekannt! Und er hat davon offenbar mehrere Exemplare, weil er immer wieder darin liest. Eines liegt neben seinem Bett. Eines liegt auf seinem Schreibtisch im Büro. Wahrscheinlich liegt noch eines im Apartment seiner Freundin! Kassándras Gesicht glänzte. Ein leichter Schweißfilm? Vergnügen? Wie auch immer, sagte sie, ich musste das Buch besorgen, und die Chefin liest es jetzt! Xeno liest Literatur, dachte Martin verwundert, einen Roman! Für ihre Karriere ist sie sogar bereit, einen Roman zu lesen.

Fenia Xenopoulou saß an ihrem Schreibtisch und las. Was sie las, machte sie fassungslos. Sie konnte sehr schnell lesen, sie hatte gelernt, die Seiten geradezu zu scannen, die Informationen sofort in ihrem Kopf in Schubladen zu ordnen, aus denen sie sie bei Bedarf blitzschnell hervorholen konnte. Aber das war ein Roman. Dafür hatte sie kein Raster, worum ging es da? Was waren die Informationen, die sich als brauchbar erweisen könnten, was in Gottes Namen sollte sie sich merken? Da wurde das Leben eines Mannes erzählt, gut und schön, aber: Was ging sie dieser wildfremde Mensch an? Noch dazu hatte er in einer ganz anderen Zeit gelebt, so denkt und handelt ja heute niemand mehr. Überhaupt: Hatte er wirklich gelebt, oder war das alles nur erfunden? Laut Google hatte es diesen Mann tatsächlich gegeben, er soll zu seiner Zeit eine bedeutsame Rolle gespielt haben, mit Auswirkungen auf die politische Ordnung des Kontinents und letztlich der ganzen Welt. Aber ganz so bedeutend konnte er auch nicht gewesen sein, denn sonst hätte sie doch von ihm in der Schule gehört. Er war wohl eher ein Fall für Spezialisten, und selbst die waren sich nicht einig, wie die Rolle, die dieser Mann gespielt hatte, letztlich einzuschätzen war.

Sie blätterte ungeduldig weiter, übersprang ein Kapitel. Sie verstand das nicht: Da ging es – zumindest bis jetzt – gar nicht um politische Entscheidungen. Sondern um Liebe. Das Ganze war aus dem Blickwinkel einer Frau geschrieben, die diesen Mann liebte. Aber der Name der Frau kam in dem Wikipedia-Eintrag dieses Mannes nicht vor. Und es war auch nicht klar, ob sie ihn wirklich liebte, also bis jetzt war das noch nicht klar. Sie fühlte sich jedenfalls herausgefordert, seine Aufmerksamkeit zu erobern, Einfluss auf ihn zu bekommen. Aber wenn diese Frau eine Erfindung der Romanautorin war, welchen Sinn sollte es haben, zu lesen, wie sie, eine Fiktion, Macht über einen Mann zu erlangen versuchte, der in historischen Zeiten tatsächlich Macht gehabt hatte? Wenn die Autorin zeigen wollte, wie eine Frau Macht über mächtige Männer gewinnen kann, warum hat sie nicht einen Ratgeber geschrieben? Es kamen Intrigen vor und neckische Spielchen, Kämpfe mit politischen Konkurrenten, aber letztlich – Fenia blätterte weiter, las, immer ungeduldiger, las eine Seite, blätterte zehn Seiten weiter – letztlich lief es auf die Liebe hinaus beziehungsweise darauf, wie bedeutungslos politische Macht wurde, wenn es um die Macht der Liebe ging. Konnte man das so sagen? Das war doch verrückt. Romane sind verrückt!

Fenia lehnte sich zurück. Das war das Lieblingsbuch des Präsidenten? Der Präsident war verrückt! Diese vielen Gedanken! Was sie dachte, was er dachte, woher wollte die Autorin das wissen? Wenn es diesen Mann wirklich gegeben hatte, dann gab es zweifellos Quellen in Archiven, Dokumente, Verträge, Urkunden, aber Gedanken? Gedanken werden und wurden doch nie auf Urkunden festgehalten. Wer bei Sinnen ist, vermeidet doch alles, was dazu führen könnte, dass seine Gedanken gelesen werden können.

Sie schloss die Augen, dachte plötzlich an den gestrigen Abend

mit Fridsch, die Nacht. Hatte sie wirklich gedacht, dass er – hatte er gedacht, dass sie –
Sie saß starr da, aber sie meinte zu schwanken. Sie riss die Augen auf, gab sich einen Ruck – und in diesem Moment sah sie auf dem Bildschirm des Computers: Neue Nachricht von Kassándra Mercouri. »Termin beim Präsidenten heute leider doch nicht möglich. Büro des Präsidenten macht Terminvorschläge in den nächsten Tagen.«
Sie schlug das Buch zu, schob es weg.
An: B. Szmekal (»Interkultureller Dialog«), M. Susman (»Maßnahmen Kultur«), H. Athanasiadis (»Valorisierung«), C. Pinheiro da Silva (»Sprachenvielfalt«), A. Klein (»Medienkompetenz«)
– Fenia hielt kurz inne, dann löschte sie Helene Athanasiadis –
Betreff: Jubilee Project
Terminbestätigung: 11 Uhr Besprechungszimmer. Ich erwarte Vorschläge.

Das Telefon läutete, Martin Susman sah auf das Display, es war eine lokale, eine Brüsseler Nummer, die er nicht kannte, er hob ab und bereute es augenblicklich. Es war sein Bruder.
Ich bin's!
Ja. Hallo Florian!
Du weißt doch, dass ich nach Brüssel komme.
Ja.
Ich habe seit Tagen versucht, dich zu erreichen. Du hebst nicht ab.
–
Gestern Abend habe ich mindestens zehn Mal angerufen. Warum hebst du nie ab? Oder rufst zurück?
Gestern Abend? Da gab es ein Problem.

Du hast immer Probleme. Ich habe auch Probleme, deshalb –
Da war –
Ich bin jedenfalls angekommen. Bin schon im Hotel. Im Marriott. Ich habe jetzt gleich meinen ersten Termin. Treffen wir uns zum Abendessen? Wie lange wirst du arbeiten?
Bis sieben, halb acht.
Gut. Hol mich um halb neun ab.
Im Hotel?
Natürlich im Hotel. Und dann zeigst du mir ein Lokal, wo man rauchen kann.
Man kann nirgends rauchen.
Das gibt es nicht. Also halb neun. Und sei pünktlich, kleiner Bruder!

Das Big Jubilee Project. Eigentlich ist es Mrs Atkinson gewesen, die diese Idee gehabt hatte. Sie war die neue Generaldirektorin der DG KOMM, des Kommunikationsdiensts der Europäischen Kommission, verantwortlich auch für deren Corporate Image – und dieses war, wie die letzte Eurobarometer-Umfrage zeigte, in den Keller gerasselt. Das war ihr augenblicklich klar: Sie musste die Generaldirektion anders führen als ihre Vorgänger. Brave Pressearbeit, routinierter Spokesman-Service und die formale Koordination der verschnarchten Infobüros in den Mitgliedstaaten werden nicht genügen. Es gab nicht nur die schlechtesten Werte seit 1973, dem Beginn der regelmäßigen Meinungsumfragen in den Ländern der EU, die aktuellen Umfrage-Ergebnisse musste man als Super-GAU bezeichnen: Ein halbes Jahr zuvor hatten noch rund 49 Prozent der EU-Bürger die Arbeit der Kommission grundsätzlich positiv bewertet, und schon dieses Ergebnis war als »historischer Tiefststand« bezeichnet worden, unvorstellbar, dass er noch unterschritten werden konnte. Nun lag die Zahl

– unter Ausnützung aller Möglichkeiten der Schönfärberei – bei knapp 40 Prozent, der größte Absturz in der Geschichte des Eurobarometers, größer noch als der Einbruch der Zustimmungsrate im Jahr 1999, als die Kommission wegen eines Korruptionsskandals geschlossen zurücktreten musste. Damals war der Sinkflug von 67 Prozent auf 59 Prozent als Katastrophe erlebt worden – aber was war das jetzt? Und warum?
Mrs Atkinson studierte die Papiere, Tabellen, Prozentrechnungen, Graphiken, Statistiken, und sie fragte sich, wie es zu diesem dramatischen Vertrauensverlust in die Institution hatte kommen können. Der neue Kommissionspräsident war mit großen Vorschusslorbeeren in den europäischen Leitmedien bedacht worden, aber profitiert hat davon nicht die Kommission, sondern das Europäische Parlament, dessen Ansehen um fast fünf Prozentpunkte gestiegen war. Der Präsident hat es erstmals in der Geschichte geschafft, die Frauenquote zu erfüllen, und zwar nicht nur bei den Mitgliedern der Kommission – zwölf von achtundzwanzig waren nun Frauen –, sondern auch auf der Leitungsebene der Generaldirektionen: Der Frauenanteil lag nun bei knapp 40 Prozent. Sie selbst hatte davon profitiert, was sie, wie sie sagte, zugeben konnte, ohne ihre Qualifikation in Frage zu stellen – im Gegenteil, es war der konsequenten Umsetzung der Quote zu verdanken, dass Mrs Atkinson nicht dem völlig unqualifizierten Karrieristen George Morland unterlegen ist, diesem Schwein, das für diese Position zunächst im Gespräch gewesen war und das nun herumrennt und ein karikaturhaftes Bild von ihr zeichnet, als typisches Beispiel für die Idiotie der Quote. Ihr ist zu Ohren gekommen, dass er herumerzählt, dass sie so eiskalt sei, dass sie selbst unter ihren kalten Händen leide und deshalb immer mit einem riesigen Muff am Schreibtisch sitze – na ja, Frauen!
Eine solche Phantasie sagte wohl alles über diesen Intrigan-

ten aus: dass er sie mit einem riesigen Muff assoziierte, zeigte eindeutig seinen typisch britischen männlichen Oberschicht-Horror vor der Vagina.
Mrs Atkinson hatte Marketing und Management an der European Business School in London studiert und mit einer Arbeit »über kontrainduktives Marketing« bravourös abgeschlossen. Sie überlegte, ob sie, um Mr Morlands Intrigen den Wind aus den Segeln zu nehmen, die Geschichte nicht offensiv wenden und den Muff zu ihrem Markenzeichen machen sollte, einen riesigen, überdimensionierten Muff, wodurch Morlands Karikatur geistlos, zugleich aber als Verstärkung der Marke wirken würde. Aber das war es nicht, was sie jetzt beschäftigte. Sie fragte sich, warum auch dieser Erfolg der Kommission, die Frauenquote, dieses deutliche Signal für die Chancen der Frauen auf diesem Kontinent, das Image der Kommission nicht verbessert hatte. Der Anteil der Frauen im Europäischen Parlament lag bloß bei 35 Prozent, aber das Ansehen des Parlaments wuchs, auch bei weiblichen Wählern aller Altersstufen, was ja in Ordnung war, aber das der Kommission stürzte ab, und das war rätselhaft, das war das Problem – diesen Trend zu stoppen und umzudrehen war nun ihre Aufgabe. Was waren die Kritikpunkte, was war der Grund für das schlechte Image der Kommission? Klischees. Vorurteile. Immer dasselbe. Mangelnde demokratische Legitimation, wuchernde Bürokratie, Regulierungswahn. Bezeichnend fand sie, dass es keine Kritik an den eigentlichen Aufgaben der Kommission gab, offenbar waren diese den Menschen gar nicht bekannt. »Mischt sich in Belange ein, die besser national geregelt werden sollten« 59 Prozent, aber »Erfüllt ihre Aufgaben schlecht« oder »sehr schlecht« bekam zusammen nur knapp 5 Prozent Zustimmung. Diesen Widerspruch musste man sich klarmachen. Sie fragte sich, warum keiner ihrer Vorgänger die Methode der Eurobarometer-

Umfrage kritisiert und eine Änderung durchgesetzt hatte. Wenn man den Menschen anbietet, den Satz »Mischt sich in Belange ein, die besser national geregelt werden sollten« anzukreuzen, dann wird ein bestimmter Prozentsatz das tun. Diese Ist-ja-wahr-Typen, die Sage-ich-ja-immer-Idioten! Würde man aber formulieren, dass die Kommission die Bürger vor Ungerechtigkeiten schützt, die durch Unterschiede zwischen nationalen Rechtssystemen entstehen – dann wäre das Ergebnis doch gleich ein ganz anderes.
Das war ihr jetzt klar: Ihre Aufgabe konnte es nicht sein, das Image »der EU« zu verbessern, sie musste sich gezielt um das Image der Europäischen Kommission kümmern. Und die Idee, wie ihr das gelingen könnte, hatte sie eine Stunde später, beschwingt von Champagner Charlemagne Brut. Denn in diesem Moment sprang die Tür zu ihrem Zimmer auf, sie sah Catherine, ihre Sekretärin, mit einer Torte, auf der Wunderkerzen brannten, hereinkommen, hinter dem Rauch und den Sternchenfunken sah sie – tatsächlich: Das war der Präsident, und hinter ihm drängten immer mehr Menschen in den Raum, ihr Kommissar, Direktoren, Referenten, ihr ganzes Büro, und sangen »Happy Birthday«.
Sie hatte einen runden Geburtstag. Ach ja. Sie hatte dem keine Bedeutung beigemessen. Ihr Mann war in London. Ihre Tochter in New York. Beide hatten kurz angerufen. Und Freunde, mit denen sie hätte feiern wollen – hatte sie noch keine, hier in Brüssel. Und jetzt stand sie im Mittelpunkt. Überraschung. Der Präsident sprach. Einige Worte. Nicht förmlich, sehr persönlich, auch eine kleine Anspielung auf ihr Image – die sich in allgemeinem Gelächter auflöste. Menschen, die sie nur vom Grüßen kannte, zweiter dritter vierter Stock, lachten ihr zu, Champagnergläser schäumten, klirrten beim Anstoßen, sie wurde auf die Wangen geküsst, man drückte ihr den Arm, klopfte ihr auf die Schulter, Menschen, die

nichts oder nur wenig von ihr wussten, zeigten ihr Sympathie oder Bereitschaft zu Sympathie, der Kommissar hob das Glas, sagte, wie sehr er sich freue, diese kompetente und überhaupt so wunderbare Mitarbeiterin in seinem Team zu haben, in dieser wichtigen Funktion, wie gut, dass es die Quote gebe, er persönlich sei ja für eine Frauenquote von 99 Prozent, selbst wolle er seinen Job natürlich nicht verlieren, aber sonst wäre er froh, wenn er nur Frauen … – Pfiffe der Männer, Macho!-Macho!-Rufe der Frauen, alles ging in Gelächter über, und Mrs Atkinson schnitt die Torte an, die nun auf der Eurobarometer-Akte auf ihrem Schreibtisch stand, Brösel und Creme auf den Statistiken, Asche von den Wunderkerzen auf dem Grab der europäischen Stimmung.
Und dann war sie wieder allein, alle waren an die Arbeit zurückgekehrt, und sie stand am großen Fenster ihres Büros, sah hinunter auf die Rue de la Loi, auf das Band der vorbeikriechenden dunklen Autos, die im leichten Regen glänzten, sie rieb sich die Hände, strich abwechselnd mit der einen Hand über den Rücken der anderen, massierte und knetete ihre Finger, die sehr lang und zart waren und dazu neigten, plötzlich die Farbe zu verlieren und weiß und gefühllos zu werden. Dann setzte sie sich wieder an den Schreibtisch, irgendetwas arbeitete in ihr, sie wartete darauf, dass es ihr klarer wurde, da stand noch ein halbvolles Glas Champagner, sie nippte daran, dachte nach, trank das Glas aus. Sie knetete ihre Finger, dann googelte sie: »Europäische Kommission Gründung«. Wann hatte die Kommission eigentlich Geburtstag? Gab es so etwas wie einen Geburtstag der Kommission? Der Tag der Gründung? Das war die Idee: Es genügte nicht, die tägliche Arbeit der Kommission möglichst gut zu verkaufen, man musste sie hochleben lassen, man musste die Menschen dazu bringen, ihr zu gratulieren, dass es sie gab, man musste sie feiern, statt bloß um Akzeptanz zu betteln, Kli-

schees richtigzustellen und Gerüchten und Legenden zu widersprechen. Man musste die Kommission ins Zentrum stellen und nicht immer abstrakt und allgemein »die EU«. Was ist schon die EU? Verschiedene Institutionen, die ihr je eigenes Süppchen kochten und unterschiedliche Interessen vertraten, aber wenn das Ganze einen Sinn hatte, dann deshalb, weil es die Kommission gab, die doch für das Ganze stand. So sah sie das. Man musste eine Situation herstellen, in der die Kommission fröhlich im Mittelpunkt stand, als Geburtstagskind, dem man gratulierte. Hatte die Kommission also einen Geburtstag? Das war nicht so einfach zu entscheiden. War es der Tag der Gründung der EWG-Kommission oder das Datum der Gründung der Europäischen Kommission in ihrer heutigen Form nach dem EG-Fusionsvertrag? In dem einen Fall wurde die Kommission in drei Jahren sechzig, in dem anderen Fall in zwei Jahren fünfzig. Fünfzig gefiel ihr besser. Ein halbes Jahrhundert. Das war besser zu verkaufen. Und umgelegt auf ein Menschenalter: voll im Saft, erfahren, noch nicht im Übergang zu Alteisen. Außerdem waren zwei Jahre eine vernünftige Zeitspanne für eine perfekte Vorbereitung, während drei Jahre unter Umständen zu lang wären, da konnte zu viel noch aus dem Ruder laufen.
Sie recherchierte weiter. Hatte es bereits Jubiläen gegeben? Ja. Hilflose, halbherzige Feiern mit Sonntagsreden, Würdigungen von Vorgängern, ein bisschen Weihrauch für die Vorstufen der EU, fünfzig Jahre Römische Verträge, sechzig Jahre Gründung der Montanunion – wen hatte das interessiert? Niemand. Und was hat man sich davon versprochen, den EU-Skeptikern und Gegnern zu erzählen, wie schön die Gründung der Montanunion war? Als würde man einem Opa, der an Demenz litt, dazu gratulieren, dass es eine Zeit gab, in der er bei Sinnen war – während die Enkel unbeeindruckt längst alles ganz anders machten.

Grace Atkinson sah auf dem Glastisch vor der Sitzgruppe eine offene Flasche Champagner. Da war noch ein kleiner Rest in der Flasche, sie schenkte sich ein, trank. Sie war beschwingt, als sie beschloss, eine Mail an einige Abteilungen zu schicken, von denen sie glaubte, Interesse an ihrem Plan, Unterstützung und Ideen erwarten zu können. Sie musste zunächst informell Mitstreiter gewinnen, bevor sie die formelle Prozedur beginnen konnte. Ein großes Geburtstagsfest anlässlich des kommenden 50-Jahr-Jubiläums der Gründung der Europäischen Kommission, so schrieb sie, erscheine ihr als Möglichkeit, die Aufgaben und Leistungen dieser Institution in den Mittelpunkt der öffentlichen Aufmerksamkeit zu stellen, ihre Corporate Identity zu stärken, ihr Image zu verbessern, sie fröhlich zu feiern und somit aus der Defensive zu kommen.
Sie löschte das Wort »fröhlich«, dann setzte sie es wieder ein, nickte, darum ging es doch, sie rieb sich die Hände und ging aufs Ganze. In die Betreff-Zeile schrieb sie: »Big Jubilee Project – Ende der Weinerlichkeit«.
Es war Mrs Atkinsons Idee gewesen. Fenia Xenopoulou war die Erste, die darauf reagierte – und das Projekt rasch an sich zog. Das gehörte ins Kulturressort, fand Fenia, keine Frage. Das war die Chance, auf die sie gewartet hatte, um Visibilité zu zeigen. Und sie machte Martin Susman zu ihrem Sherpa, der die Last des Projekts schleppen sollte.
Grace Atkinson war zunächst froh, dass sie so schnell eine so begeisterte Mitstreiterin gefunden hatte. Und am Ende war sie heilfroh, denn durch das überdeutliche Engagement der unglückseligen Kultur geriet in Vergessenheit, dass sie es gewesen war, die diese letztlich katastrophale Idee gehabt hatte.

Ich erwarte Vorschläge, hatte Fenia Xenopoulou mit aufgeregtem Tonfall gesagt, es ist von größter Bedeutung, und ich weiß, dass ihr – Sie sah in die Runde und sagte viel zu laut einige Sätze mit großen und dramatischen Adjektiven, sie hielt das wohl für animierend, diese Korporalsprache zur Truppe, und Martin hatte den Blick gesenkt, um ihrem Blick auszuweichen, weshalb er Fenia jetzt kopflos sah, er sah jetzt nur ihr hautenges Top, den straffen, enganliegenden Rock, die Beine in der blickdichten Strumpfhose, und er dachte: Diese Frau steckt in einem Korsett, in einer Rüstung, die sie zusammenhält. Der Rock war aus feinstem Tuch, aber Martin hatte den Eindruck, der Rock würde in Scherben zerspringen, wenn man draufschlüge. Man konnte ihn nicht ausziehen, man müsste ihn aufbrechen und –
Also was sollen wir tun?
Bohumil war wieder einmal ironisch destruktiv. Zunächst einmal, sagte er, was sollten wir nicht tun? Unbedingt alles vermeiden, was bisher bei Jubiläen gemacht wurde: Peinlichkeiten, gemildert durch weitgehenden Ausschluss der Öffentlichkeit. Hochglanzbroschüren für die Altpapiercontainer. Sonntagsreden an Arbeitstagen.
Martin?
Er hatte Fenias Reaktion auf Bohumils Statement nicht gesehen, er starrte auf ihre Füße, auf die kleinen Wülste über dem Ausschnitt ihrer engen Schuhe.
Martin?
Mich interessiert die Sache nicht, hätte Martin am liebsten gesagt. Er beschloss, ganz einfach allen recht zu geben, um sich nicht zu exponieren.
In Anbetracht der Bedeutung dieser Angelegenheit, sagte er in Richtung Fenia, sei klar, dass – und nun in Richtung Bohumil: – die Fehler der Vergangenheit nicht wiederholt werden dürfen. Bohumil habe recht, wenn er daran erinnere,

dass – aber Fenia habe natürlich absolut recht, wenn sie erwarte, dass. Was seien die Fehler bei bisherigen Jubiläen gewesen? Es habe keine andere Idee gegeben, als diese: anlassbedingt ein Jubiläum zu feiern. Aber der Anlass allein sei eben noch keine Idee. Dass eine Institution so und so viele Jahre existiere – gut und schön, aber was ist die Idee, welche Idee stellt man in den Mittelpunkt? Sie muss überzeugend sein, sie muss die Menschen so begeistern, dass sie zu diesem Anlass wirklich feiern wollen.
So war Martin Susman in die Falle getappt. Nach einigem Hin und Her sagte Fenia Xenopoulou: Schluss jetzt, der Einzige, der sich offenbar Gedanken gemacht habe, sei Martin. Es sei absolut logisch, was er gesagt habe. Das Um und Auf sei eine zentrale Idee. Sie beauftragte Martin, die Idee zu entwickeln und ein entsprechendes Papier zu schreiben. Wie viel Zeit er dafür veranschlage?
Zwei Monate!? Das müsse gründlich überlegt, mit Kollegen auch anderer Generaldirektionen diskutiert werden.
Eine Woche, sagte Fenia.
Unmöglich. Nächste Woche habe er die Dienstreise, die auch einige Vorbereitung erfordere und –
Also gut, zwei Wochen, einige Bullet-Points, das wirst du doch schaffen! Und mit den Kollegen werden wir erst diskutieren, wenn wir das Papier vorgelegt haben. Alles klar? Wir legen vor!

Martin Susman war wütend und gereizt, als er um sechs nach Hause fuhr, nachdem er den wichtigsten Tageskram erledigt hatte. Auf halber Strecke begann es zu regnen, den Regenponcho hatte er in der Fahrradtasche, die Fahrradtasche aber hatte er im Büro vergessen. Er kam völlig durchnässt und frierend zu Hause an und ging sofort unter die Dusche. Allerdings wurde das Wasser nicht richtig heiß, und der Duschvorhang, wie magnetisch angezogen, schmiegte sich kalt an seinen Rücken. Wütend schlug er ihn weg, wodurch er ihn halb von der Stange riss. Sofort am nächsten Tag musste er veranlassen, diesen blöden Vorhang durch eine Duschkabinentür zu ersetzen, und er wusste, dass dies nur wieder eine der Ideen war, die er nie in die Tat umsetzen würde. Er schlüpfte in den Bademantel, holte eine Flasche Jupiler aus dem Kühlschrank und setzte sich in den Fauteuil vor dem offenen Kamin. Er musste sich beruhigen, einatmen ausatmen, entspannen. Er starrte auf die Bücher im offenen Kamin.

Als Martin Susman hier eingezogen war, hatte er zunächst seinen Augen nicht getraut. Der Kamin war nicht mehr in Betrieb, seit die Wohnung mit einer Zentralheizung ausgestattet worden war. Der Vermieter hatte zwei Bretter in den Kamin montiert und Bücher daraufgestellt. Fand er wahrscheinlich nett und heimelig. Martin hatte das später auch bei Freunden und Bekannten in anderen Brüsseler Altbauwohnungen gesehen: Bücher in den nicht mehr benutzten Kaminen.

In Martins Kamin standen verschiedene Brüsseler Stadtführer, alte, zerfledderte Ausgaben, wahrscheinlich von Vormietern zurückgelassen, ein paar Bände eines Konversationslexikons aus dem Jahr 1914, drei Atlanten, einer von 1910, einer von 1943, der dritte von 1955, und ein gutes Dutzend Bände aus der Reihe »Klassiker der Weltliteratur« vom Flämischen Buchclub: »In jedem Band vier klassische Werke in zeitgemäßer Kürzung«, erschienen in den sechziger Jahren. Als Martin die Wohnung bezogen und eines Abends die Bücher durchgesehen hatte, war er schockiert gewesen, nein, das ist ein zu großes Wort, unangenehm berührt: Sollte das der Fortschritt sein – Bücher nicht mehr zu verbrennen, sondern bloß »zeitgemäß gekürzt« in einen kalten Kamin zu stellen?

Jetzt starrte er auf die Buchrücken, trank sein Bier, rauchte

ein paar Zigaretten. Das Papier für das Jubiläumsprojekt – das war eine Zumutung. Als wäre er ein Werbetexter, der das Produkt EU-Kommission verkaufen soll. Er sah hinüber zu seinem Schreibtisch, da stand immer noch der Teller mit dem eingetrockneten und verkrusteten Senf. Was ist die Idee von Senf? Wir geben ihn dazu. Genial. Überzeugende Fernsehwerbung: Junge schöne Menschen drücken selig lachend Senf auf Teller, singen verzückt: Juhu, Juhu, wir geben ihn dazu! Und können sich nicht einkriegen vor Glück. Und die Senfkringel auf den Tellern schrauben sich rhythmisch in die Höhe, beginnen zu tanzen, wie zu den Flötentönen eines Schlangenbeschwörers: Juhu, Juhu, wir gehören dazu! Das war doch – er gab sich einen Ruck, zog sich an und machte sich auf den Weg ins Marriott. Er nahm den klassischen »Long«, der bot im Regen auch Schutz für zwei.
Es hatte zu regnen aufgehört. Der nasse Asphalt, die Hausfassaden und die Passanten schimmerten im Licht der Laternen und der Leuchtröhren der Frittenbude, als hätte ein flämischer Meister soeben den Firnis auf dieses Bild aufgetragen. Martin hatte diese Abendstimmung nach Regentagen in Brüssel mittlerweile schon so oft erlebt, dass sie ihm bereits eine Art Heimatgefühl gab. Ja, hier war er zu Hause. Er kaufte Zigaretten beim Inder im Night-Shop Ecke Rue Sainte-Catherine. Nach dem Bezahlen sagte der Inder immer »Dank u wel«, wenn Martin Französisch sprach, und »Merci, Monsieur«, wenn Martin auf Flämisch um seine Zigarettenmarke gebeten hatte. Das könnte man interpretieren, aber vielleicht gab es da auch nichts zu interpretieren, es war so, und irgendwann gehörte es, wie viele andere Kleinigkeiten, einfach dazu: zu Martins Gefühl, hier irgendwie zwischen vielen Welten zu Hause zu sein.
Der Wind war zwar nicht stark, aber kalt, Martin ging sehr schnell und kam natürlich viel zu früh am Marriott an. Sein

Bruder aber wartete bereits in der Hotel-Lobby, mit einem Gesichtsausdruck – so streng und selbstgerecht, ein Gesicht, das sagte: Ich habe immer die Gebote Gottes befolgt, da kann ich doch erwarten, dass.
Martin kannte dieses Gesicht nur zu gut. Immer wenn er seinen Bruder traf, sah er in ihm den Vater.
Sie begrüßten sich mit einer Umarmung, die noch sperriger ausfiel als sonst, weil Florian dabei eine Mappe an sich drückte.
Nehmen wir ein Taxi?
Nein. Ich habe im Belga Queen reserviert. Fünf Minuten zu Fuß.
Sie gingen schweigend. Schließlich fragte Martin:
Wie geht es Renate?
Gut.
Und den Kindern?
Sie sind fleißig. Gott sei Dank!
Nicht dass Martin sich seiner Herkunft schämte. Er wusste bloß nicht, ob er ein Problem damit hatte, dass sie ihm so fremd geworden war, oder damit, dass sie ihn, obwohl sie ihm so fremd geworden war, immer wieder einholte. Der Vater war vor achtzehn Jahren am 2. November gestorben, also just am Allerseelentag. Viel zu früh und so entsetzlich tragisch. Solange Martin in Österreich gelebt hatte, musste er das Trauma an jedem 2. November aufs Neue durchleben. Wenn er Zeitung las, fernsah oder auch nur das Haus verließ, wurde er schon Tage vor jedem 2. November daran erinnert: Es kommt Allerseelen. Und damit: Vaters Todestag. Und es war klar, dass er nach Hause fahren musste, da gab es keine Ausrede, weil es ein staatlicher Feiertag war, ein allgemeiner morbider Gedenktag. In Brüssel gab es am 2. November keinen Feiertag. Die eigene, die private Geschichte konnte hier absinken oder könnte, aber wenn sein Bruder kam, war au-

genblicklich Allerseelentag. Unausgesprochen. Der Vater war in die Maschine gekommen. Immer wieder hieß es, er sei in die Maschine gekommen. Als hätten sie nur eine Maschine gehabt. Es war der Feinbrecher. Wie immer es geschehen konnte, er ist mit dem Arm in das Mahlwerk gekommen, die Maschine hat ihn regelrecht gefressen, und er ist verblutet. Er hat geschrien wie ein Schwein. Das war der Satz: Er hat geschrien wie ein Schwein. Später gab es Stimmen, die sagten, ja, sie hätten es gehört. Aber warum war keiner zu Hilfe gekommen? Weil es das Natürlichste, das Normalste, das Gewohnte auf diesem Hof war: die Schreie der Schweine. Bei rund eintausendzweihundert Schweinen und täglichen Schlachtungen auf diesem Hof, da interpretiert man doch einen einzelnen Schrei nicht mehr heraus. Das hatte der Felber gesagt, der Schlachtmeister. »Herausinterpretieren« hat er gesagt. Aber wieso weiß man dann, dass er geschrien hat wie ein Schwein? Er muss doch geschrien haben – das haben alle gesagt. Da waren sich alle einig. Er muss unglaublich geschrien haben. Aber nur kurz. Man verliert da ja sehr schnell das Bewusstsein. Das war es eben. Es geht so schnell. Natürlich begreifen die Schweine etwas, wenn sie – aber ruck, zuck sind sie betäubt. Und schon frisst sie die Maschine. So fleißig ist der Vater gewesen, hat zwischendurch noch liegengebliebene Tierabfälle zermahlen wollen. Der Betrieb war damals zwar schon unglaublich gewachsen, aber noch nicht so logistisch perfekt durchorganisiert wie heute. Die Mutter hat den Arzt angerufen, aber sie war natürlich völlig von Sinnen – und hat den Dr. Schafzahl angerufen, den Tierarzt. Aber es war ohnehin schon alles zu spät. Einige Tage später hat der sechzehnjährige Martin in der Schule lachend erzählt, dass die Mutter den Dr. Schafzahl gerufen hat, und als keiner gelacht hatte, noch einmal: den Schafzahl zum Schweinebauern. Dann ist er tagelang still gewesen und schließlich zum Pfarrer beich-

ten gegangen, um für die Sünde, nach dem Tod seines Vaters einen Witz gemacht zu haben, Absolution zu erhalten.
Der vier Jahre ältere Bruder hat dann den Hof übernommen, der Kronprinz, das war ohnehin immer so ausgemacht und geplant gewesen, nur eben nicht so bald, und er, Martin, der Zweitgeborene, der »Narrische«, der Ungeschickte (»Kein Wunder, wenn er immer nur liest!«), durfte studieren, das war auch immer klar gewesen: Er durfte studieren, was er wollte, und »was er wollte« bedeutete, dass der Familie egal war, was er machte, solange er keine Ansprüche stellte und nicht zur Last fiel. Archäologie.
Als die Susman-Brüder das Restaurant Belga Queen betraten, ging Florian langsam in die Mitte des Saals, ignorierte den Kellner, der sich ihm in den Weg stellte, und rief: He! Was ist das denn? Eine Kathedrale?
Martin sagte dem Kellner, sie hätten reserviert, Dr. Susman, und zu Florian: Nein, eine ehemalige Bank. Schönstes Art déco. Wir essen hier im ehemaligen Kassensaal, und dann gehen wir in den Keller, in den Tresorraum, das ist jetzt die Raucherlounge.
Martin war abgefunden worden, als Florian den Hof ganz übernommen hatte und die Mutter in Pension gegangen war, ausbezahlt mit einer Summe, die bis zu seiner Volljährigkeit treuhänderisch verwaltet worden war und die er nie in Frage gestellt und über die er nie diskutiert hatte. Dieses Geld hatte ihm ermöglicht, bequem zu studieren und sich dann auch noch ohne Druck umzuschauen, was er beruflich machen wollte. Es ist, wenn man vom Betriebswert ausging, sicherlich nicht gerecht zugegangen, aber Martin ist das egal gewesen, es hatte gereicht, Möglichkeiten zu eröffnen, und er hatte sie nutzen können. Aber jetzt wurde so getan, als hätte die Familie Martin studieren lassen und ihm diesen Superjob in der Europäischen Kommission verschafft, damit er in

dieser Position Lobbyismus für die wirtschaftlichen Interessen seines Bruders betreiben konnte. Das war der Grund, warum Martin sich immer davor fürchtete, wenn Florian sich ansagte und ihn in Brüssel treffen wollte. Florian hatte den Hof, der schon zu Lebzeiten des Vaters sehr stattlich war, zum größten österreichischen Schweineproduktionsbetrieb, zu einem der größten in Europa ausgebaut, schon längst sagte er nicht mehr »Hof«, wie noch der Vater, sondern »Betrieb« – und er war der Meinung, dass es nichts Absurderes gab als die Politik der EU in Hinblick auf Schweineproduktion und -handel. Seiner Meinung nach waren da lauter Ahnungslose oder Verrückte am Werk, bestochen oder erpresst oder ideologisch verblendet von der Tierschützer-Mafia und der Vegetarier-Lobby. Es hatte keinen Sinn, mit ihm darüber zu diskutieren, er meinte das ernst, er sah ja, wie es lief, er kannte die Praxis. Er hatte seine Erfahrungen. Er begann sich politisch zu engagieren, eroberte hohe Ämter in Interessenvertretungen und kam so immer wieder zu Verhandlungen nach Brüssel. Vor kurzem wurde er zum Präsidenten von »The European Pig Producers« gewählt, einem Netzwerk der führenden Schweineproduzenten des Kontinents. In dieser Funktion und zugleich als Bundesinnungsmeister der österreichischen Schweinezüchter hatte er an diesem Tag mehrere Termine mit Abgeordneten des Europäischen Parlaments und mit Beamten der Europäischen Kommission gehabt.
Da schau her!, sagte Florian, als er die Speisekarte studierte, Schweinegulasch in Kirschenbier. Interessant. Wenn das schmeckt, lasse ich mir das Rezept geben. Stelle ich dann auf die Homepage.
Martin bestellte Moules et Frites. Und eine Flasche Wein. Dann sagte er: Wie war dein Tag? Es war eine blöde Phrase, und er versuchte gar nicht, die Frage so zu stellen, als wäre er wirklich interessiert. Er wusste, dass er damit eine Lawine

lostrat, aber darum ging es ja, und Martin wollte es hinter sich bringen.
Wie wird mein Tag schon gewesen sein? Was glaubst du denn? Ich hatte mit Idioten zu tun. So ist mein Tag gewesen! Sie begreifen nichts. Sind nicht imstande, ihre Politik zu ändern, aber fordern heute von mir eine Namensänderung!
Namensänderung? Warum sollst du deinen Namen ändern?
Nicht ich. Erkläre ich dir gleich. Du musst zuerst Folgendes wissen: Jeder Schweineproduzent will natürlich auf den chinesischen Markt. China ist der weltweit größte Importeur von Schweinefleisch. Die Nachfrage aus China ist enorm, das ist der Wachstumsmarkt.
Ist doch gut. Oder?
Ja. Wäre gut. Aber die EU ist unfähig, ein entsprechendes Handelsabkommen mit China zu verhandeln. Die Chinesen verhandeln nicht mit der EU, sondern nur mit jedem Staat einzeln. Und jeder Staat glaubt, er kann für sich allein einen super bilateralen Vertrag abschließen, die anderen ausstechen und alleine größeren Profit machen, aber in Wirklichkeit spielt China nur alle gegeneinander aus. Dabei kann kein einziges Land allein die Größenordnungen stemmen, um die es da geht. Auch in Jahren nicht. Ich gebe dir ein Beispiel: Unlängst in der Innung bekomme ich einen Anruf. Wie viele Schweinsohren kann Österreich liefern? –
Schweinsohren?
Ja, Schweinsohren. Das war jemand vom chinesischen Handelsministerium. Sage ich: Wir schlachten in Österreich jährlich fünf Millionen Schweine. Also zehn Millionen Ohren. Sagt er: zu wenig. Verabschiedet sich höflich und legt auf. Verstehst du: Wenn China sagen wir hundert Millionen Schweinsohren braucht, und es gäbe einen EU-Vertrag mit China, dann könnten wir zehn Prozent der Menge liefern. Aber wie

ist die Situation? Österreich hat noch keinen bilateralen Vertrag mit China, ein gemeinsamer Vertrag der EU-Staaten wird nicht verhandelt – und ich kann meine Schweinsohren wegwerfen, in Österreich ist das Schlachtabfall. Dabei sind Schweinsohren in China eine Spezialität, es gibt eine irrsinnige Nachfrage danach, aber wir werfen sie weg oder sind froh, wenn ein Katzenfutterfabrikant sie kostenfrei bei uns abholt.
Aber selbst wenn es Verträge gäbe – man kann ja nicht nur Schweinsohren produzieren, man braucht doch das ganze Schwein dazu. Man kann ja nicht wegen der chinesischen Nachfrage nach Schweinsohren solche Mengen von ganzen Schweinen züchten und füttern und – und was machst du mit dem Rest?
Bist du blöd oder was? Es gibt dann keinen Rest mehr. Den Rest haben wir jetzt. Schlachtabfall. Schweinsohren sind nur ein Beispiel. Die Chinesen nehmen ja nicht nur Schinken, Filet, Speck, Schulter, das sowieso, sondern eben auch die Ohren, Köpfe, Schwänze, die essen alles, die nehmen alles. Was bei uns Schlachtabfall ist, kaufen die auch noch zum Filetpreis. Mit anderen Worten, ein Abkommen für Schweinehandel mit China würde bedeuten: 20 Prozent mehr Umsatz pro Schwein, und auf Grund der Nachfrage mittelfristig ein Wachstum von hundert Prozent, also eine Verdopplung der europäischen Schweineproduktion. Das, verstehst du, das wäre der Wachstumsmarkt. Es gibt keinen Industriezweig, der solche Prognosen hat.
Ich verstehe, sagte Martin, und das war nicht gut, dieses gelangweilte, bemüht geduldige, schlecht gespielt höfliche »Ich verstehe!« Sein Bruder sah ihn auf eine Weise an, dass er erschrak. Schnell sagte er: Ich verstehe nicht. Wenn es diese Möglichkeit gibt und aus China diese Nachfrage, warum –

Weil deine Kollegen verrückt sind. Völlig ahnungslos. Statt die Mitgliedstaaten zu zwingen, der Kommission die Kompetenz zu übertragen, einen EU-Handelsvertrag mit China zu machen, und zugleich mit Förderungen den Ausbau der Schweineproduktion zu finanzieren, schauen sie zu, wie China Teile und Herrsche spielt, und sie treffen Maßnahmen, um die Schweineproduktion in Europa zu reduzieren. Die Kommission ist der Meinung, es gibt in Europa zu viele Schweine. Das führt zu Preisverfall und so weiter. Also was machen sie? Weniger Förderung. Sogar Stilllegungsprämien. So, und jetzt haben wir in Europa folgende Situation: eine Überproduktion für den Binnenmarkt, die zu Preisverfall führt, und zugleich eine Blockade gegenüber einem Markt, für den wir zu wenig produzieren. Maßnahmen, die die Produktion weiter einschränken, gleichzeitig keine Maßnahmen, um auf den Markt zu kommen, auf dem wir doppelt so viel absetzen könnten.

Inzwischen war das Essen gekommen.

Wie schmeckt dein Schwein in Kirschenbier?

Wie? Ach so. Ja, geht. Jedenfalls: Was jetzt also nötig wäre, sind Investitionen, in einer Größenordnung, die kein Betrieb alleine leisten kann. Also Förderungen. Nicht Reduktion. Förderungen, offensive Wachstumspolitik. Verstehst du? Stattdessen bekommen wir Auflagen. Tierschutz. Kastenhaltung wird verboten, Zuluftboxen mit Diffusoren werden verpflichtend. Hdt-System –

Ich will gar nicht fragen, was das ist.

Es ist teuer. Es frisst den Gewinn auf. Hier, ich zeige dir etwas. Er öffnete die Mappe, die er mitgebracht hatte, blätterte, zog ein Blatt heraus.

Hier: EU-Schweinepreis-Statistik des letzten Halbjahres. 15.7.: Preisverfall in Europa: Minus von 18 Prozent. 22.7.: Talsohle erreicht. – Denkste! 19.8.: Wenig Bewegung auf den

Märkten. 9.9.: Schweinepreis um 21 Prozent gefallen. 16.9.: Notierungen stark rückläufig. 21.10.: Schweinepreis gibt 14 Prozent nach – soll ich weiterlesen?
Nein.
Rückläufig, Preisverfall, Talsohle, wieder Preisverfall. Und keine Reaktion von Seiten der EU. Seit Jahresbeginn – schau her! Da! Hier steht es! – seit Jahresbeginn schließen europaweit im Schnitt täglich 48 Schweinebauern die Stalltür für immer. Und Tausende, die versucht haben durchzuhalten, haben ein Verfahren wegen Konkursverschleppung am Hals. Dabei könnten wir doppelt so viel produzieren bei 20 Prozent höheren Abnehmerpreisen für das Schwein als Ganzes – man müsste nur einmal koordiniert in die Infrastruktur investieren und mit China reden. Aber erkläre das einmal dem Herrn Frigge. Der sagt mir, die EU habe in der Schweineproduktion leider eine andere Agenda. Zugleich verbieten sie den Mitgliedstaaten Subventionen, denn das wäre Verzerrung des Wettbewerbs. Kennst du diesen Frigge?
Nein.
Gibt es nicht. Ist ein Kollege von dir. Ich durchschaue sein Spiel nicht. Hör zu: Du musst einmal mit ihm ein Wörtchen reden, du musst ihm so ganz unter euch klarmachen, dass –
Florian! Die Kommission funktioniert nicht wie der österreichische Bauernbund!
Komm mir nicht so! Wozu haben wir dich da drinnen sitzen?
Ich verstehe jetzt eines nicht: Du sagtest etwas von einer Namensänderung …? Was wollte Herr Frigge, welchen Namen sollst du ändern?
Nein, das war nicht der Frigge. Das waren die Herren Abgeordneten vom Parlament. Keine Frau dabei. Da hätte ich vielleicht ein bisschen charmieren können, aber nur Männer, und die waren in ihrer Blödheit knallhart. Die waren von der Fraktion der Europäischen Volkspartei. Verstehst du?

Nein.
Europäische Volkspartei. Ich habe erwartet, das wird ein Heimspiel für mich, ich bin ja von der Österreichischen Volkspartei. Hier im Europäischen Parlament heißt die Fraktion EPP, European People's Party.
Und?
Na ja, ich komme hierher als Präsident der European Pig Producers, also auch EPP – verstehst du? Ich hatte das Mandat, zwei Punkte zu verhandeln: Subventionen für den Ausbau der Schweineproduktion und Koordinierung des europäischen Schweineexports. Wir haben keine Minute darüber geredet. Die Abgeordneten sagten, wir müssten zuallererst unseren Namen und unser Logo ändern. Es geht nicht an, dass auf Google, wenn man die Europäische Volkspartei sucht, EPP, sofort nur Schweine auftauchen. Lach nicht! Ich sagte, das ist schwierig. Wir sind eine transnationale Organisation, vereinspolizeilich registriert in jedem einzelnen Mitgliedstaat. Das ist ein enormer Aufwand. Weißt du, was sie vorgeschlagen haben? Wir heißen ja The European Pig Producers, und wir sollen also auch das The ins Kürzel aufnehmen – dann hießen wir TEPP. Unfassbar, diese Zyniker!
Ihr habt aber nicht auf Deutsch verhandelt?
Nein, es war kein Deutscher dabei.
Dann war das nicht zynisch. Die wissen nicht, was TEPP bedeutet.
Florian wischte mit Brot den letzten Rest Gulaschsaft auf, so hatte er es schon als Kind gemacht. Den Teller vom Florian muss man nach dem Essen gar nicht mehr abwaschen, hatte die Mutter immer gesagt.
Ein bisschen süß, diese Kirschenbiersoße. Hast du nicht gesagt, man kann da im Tresor rauchen? Zeig mir das! Ich brauche jetzt dringend eine Zigarette.

Heim gingen sie wie Brüder, Arm in Arm, harmonisch über das Brüsseler Pflaster wankend und schwankend. Sie hatten noch Gin Tonics getrunken und, verführt vom Angebot, Zigarren geraucht. Das zeigte Wirkung, als sie aus den Clubfauteuils aufstanden, und noch heftiger, als sie an die frische Luft kamen. Nachdem Martin seinen Bruder im Hotel abgeliefert hatte, begann es wieder zu regnen und er merkte, dass er den Schirm im Belga Queen vergessen hatte. Er kam völlig durchnässt zu Hause an, zog Jacke und Hose aus, öffnete den Kühlschrank, zögerte kurz, holte dann doch ein Jupiler heraus und setzte sich an den Kamin. Sein Bruder hatte ihm eine Zeitschrift mitgegeben (»Schau, was ich dir mitgebracht habe: Ich bin auf dem Cover!«), die er nun – nicht las, anschaute: »THINK PIG! Das Informationsbulletin der EPP«

# Drittes Kapitel

Letztlich ist der Tod auch nur der Beginn
von Folgeerscheinungen.

Auf dem Weg von der Gare Centrale zum Hauptkommissariat in der Rue Marché au Charbon blieb Émile Brunfaut immer wieder stehen, schaute um sich, ließ den Blick über die Fassaden der Häuser gleiten, beobachtete die Menschen, die eine Aufgabe oder ein Ziel hatten und die Stadt gleichsam in Betrieb nahmen. Er liebte Brüssel am frühen Morgen, wenn die Stadt erwachte. Er atmete ein paar Mal tief durch, seufzte, aber er registrierte dies mit Beklemmung, es waren keine Seufzer des Glücks. Als er die Grand Place überquerte, blieb er wieder stehen, schaute: diese Pracht! Dieser Platz zeigte seine Schönheit wahrhaftig nur zu dieser frühen Stunde, bevor ihn die Touristenmassen okkupierten. Er hasste Touristen, diese Jäger nach der Bestätigung von Klischees, die sie in ihren Köpfen mitbrachten, Menschen, die ihre Augen durch Tablets und Fotoapparate ersetzt hatten, im Weg standen und aus der lebendigen Stadt ein Museum machten und aus den Menschen, die hier arbeiteten, Statisten des Stadtbilds, Museumsdiener und Lakaien. Brüssel war schon eine polyglotte und multikulturelle Stadt, bevor diese Massen aus aller Herren Länder kamen, die hier nichts zu suchen hatten. Er atmete tief durch, drückte seine Aktentasche gegen den Bauch und versuchte, seinen Brustkorb so weit wie möglich zu dehnen. Er glotzte. Wie ein Tourist. Wie schön! Wie schön dieser Platz war! Er war nicht beglückt, er empfand eine besorgniserregende Wehmut, ein Gefühl der Trauer. Im Jahr Neunzehnhundertvierzehn, hatte sein Großvater erzählt, sei Brüssel die schönste und reichste Stadt der Welt gewesen – dann sind sie dreimal gekommen, zweimal mit Stiefeln und Gewehren, dann mit Turnschuhen und Fotoapparaten. Wir sind

in ein Gefängnis gestoßen und als Diener entlassen worden. Émile Brunfaut hatte seinen Großvater nicht gemocht, respektiert ja, letztlich auch bewundert, aber lieben hatte er ihn zu Lebzeiten nicht können, diesen verbitterten alten Mann. Nun wurde er selbst alt. Viel zu früh. Er liebte Brüssel am frühen Morgen – diesen Gedanken hatte er früher doch nie gehabt. Da war er einfach über diesen Platz zur Arbeit gegangen. Jetzt sah er Brüssel – wie einer, der Abschied nehmen sollte. Warum? Er hatte nicht vor … – er ging weiter, hastig, er wollte vor dem Acht-Uhr-Briefing noch seinen Kaffee trinken und sich vorbereiten. Er wusste nicht, dass es das wirklich gab: Vorahnungen. Er war Kommissar. Er gab nichts auf Ahnungen, Mutmaßungen, Träumereien. Sein Großvater hat immer gesagt: Von einem Bier zu träumen löscht keinen Durst. Und der Kommissar hielt es so, und das wäre nicht anders, wenn er einen anderen Beruf ergriffen hätte.
Es sollte tatsächlich der Tag werden, an dem er Abschied nehmen musste. Er dachte, es wäre der Bauch. Sein großer Blähbauch drückte gegen seine Lunge und presste sie zusammen, so empfand er es und er meinte, dass das der Grund für seine Atemnot wäre, die immer wieder wie ein Seufzen klang.
Es war ein eiskalter Januartag unter einem tiefen, stahlgrauen Himmel. Die Erde, die ein Totengräber heute brechen musste, war so hart wie das Pflaster dieses prächtigen Platzes.
Beim Acht-Uhr-Briefing musste Brunfaut berichten, dass sie im Fall »Atlas-Mord« nichts in der Hand hatten, absolut nichts. Er wischte sich immer wieder mit der Hand über seinen Bauch, er hatte zuvor zum Kaffee ein Croissant gegessen, dessen fettige Brösel auf seinem Hemd klebten, er sprach und wischte, sprach weiter und wischte wieder, es wirkte wie ein Tick. Sie hatten eine männliche Leiche, Identität unbekannt. Der Mann war unter falschem Namen im Hotel abgestiegen, angeblich ein Ungar aus Budapest, aber sein Pass

war gefälscht. Die Rezeptionistin habe ausgesagt, er habe Englisch mit starkem Akzent gesprochen, aber ob der Akzent ungarisch gewesen sei, könne sie nicht beurteilen. Die Männer vom Labor hatten rasch und gründlich gearbeitet, aber weder die Daktyloskopie noch die forensische Odontologie und Serologie führten zu Hinweisen, es gab keine Entsprechungen in der Datenbank der Police Fédérale. Ebenso ergebnislos war die ballistische Analyse der tödlichen Kugel. Vielleicht kommt ja noch etwas von der Europol. Der Obduktionsbericht bestätigte lediglich die Evidenz: Es war eine Hinrichtung, ein Schuss aus nächster Nähe, ins Genick. Der Täter hatte allem Anschein nach im Zimmer nichts gesucht, nichts geraubt. Die vorgefundene persönliche Habe des Opfers lieferte keinen Hinweis auf dessen wahre Identität oder gar auf ein mögliches Motiv. Es gab keine Auffälligkeiten, ausgenommen ein Schwein. Ja, ein Schwein. Mehrere befragte Personen, die sich etwa zur Tatzeit in der Nähe des Hotel Atlas aufgehalten hatten, so wie einige Anrainer, gaben an, dass ihnen ein frei herumlaufendes Schwein vor dem Hotel aufgefallen sei. Völlig mysteriös, sagte Kommissar Brunfaut, wir haben nach allen bisherigen Untersuchungen und Befragungen bei diesem Fall einen einzigen konkreten Anhaltspunkt: ein Schwein – und wir wissen nicht einmal, ob dieses Schwein überhaupt etwas mit dem Fall zu tun hat. Er wischte nochmals über seine Brust, dann legte er beide Hände auf seinen Bauch, drückte ihn hinunter und atmete dabei tief ein. Meine Herren!
Keiner der Offiziere sagte etwas. Émile Brunfaut dachte nicht, dass sie vielleicht etwas verheimlichten, das er noch nicht wusste, oder dass sie einen Gedanken verschwiegen, auf den er nicht gekommen war, er stand auf und bat die Männer seines Stabs in das kleine Besprechungszimmer.
Am Stand der Dinge können wir nichts machen, nur Folgendes, sagte er. Erstens warten, ob wir von der Europol eine

Antwort auf die Daten bekommen, die wir übermittelt haben. Zweitens das Schwein. Wir kennen die Identität des Opfers nicht, aber vielleicht können wir die Identität des Schweins herausfinden. Er lachte bemüht. So ein Schwein kommt ja nicht als Tourist nach Brüssel, mit dem Flugzeug, und geht dann im Zentrum spazieren. Es muss einen Eigentümer haben, dem es entlaufen ist oder der es ausgesetzt hat. Wir überprüfen also alle Schweinebauern in der Umgebung Brüssel-Region. Und vor allem drittens: Ich will wissen, wer der Mann am Fenster des Abbruchhauses war. Möglich, dass er etwas gesehen hat. Vielleicht war es der Wohnungseigentümer, vielleicht der Hauseigentümer. Das kann man schnell herausfinden. Ich will das um 13 Uhr wissen, wenn ich zurück bin. Ich muss jetzt zum Friedhof.

Höflich sind nur noch die Friedhöfe.
Das Zimmer war überheizt, und David de Vriend ging sofort zum Fenster, um es zu öffnen. Er stellte fest, dass es sich nur kippen ließ, der Spalt so klein, dass man nicht einmal eine Hand hinausstrecken konnte. Er sah hinunter auf die stramm in Reih und Glied stehenden Grabsteine unter dem tiefen grauen Himmel und fragte, ob man diese Fensterverriegelung ändern könne, besser gesagt: entfernen.
Frau Joséphine stellte klar, dass de Vriend sie nicht »Schwester« nennen dürfe, denn das sei ja hier kein Spital, sondern eine Seniorenresidenz, nicht wahr, Herr de Vriend?
Sie sprach viel zu laut, sie schrie geradezu, das war ihr durch den jahrelangen Umgang mit den zumeist schwerhörigen alten Menschen zur zweiten Natur geworden. David de Vriend schloss die Augen, als könnte er dadurch auch die Ohren verschließen. Das Fenster – »... zu Ihrer eigenen Sicherheit ...«, hörte er sie rufen oder brüllen, er wollte nur noch, dass diese Frau verschwand. Er ertrug ihren Appellplatz-Ton so wenig

wie ihre maskenhafte Freundlichkeit, ihren unausgesetzt zu einem Lächeln gespannten Mund. Er wusste, dass er ungerecht war, aber wenn es Gerechtigkeit im Leben gäbe, dann wäre ihm dies hier erspart geblieben. Nun stand sie neben ihm, rief ihm ins Ohr: wie schön das sei, das viele Grün vor dem Fenster, nicht wahr. Er wandte sich ab, zog seine Jacke aus, warf sie auf das Bett. Sie und ihr Team seien immer für ihn da, nicht wahr, sagte sie. Wenn er Hilfe benötige oder ein Problem habe, er müsse nur rufen, hier durch das Haustelefon oder da, neben dem Bett, mit der Klingel, nicht wahr, Herr de Vriend? Sie sah sich um, mit einem Ausdruck von Begeisterung, als wäre dieses winzige Apartment eine Luxussuite, öffnete ihre Arme und schrie: Das ist jetzt also Ihr kleines Reich! Hier werden Sie sich wohlfühlen!

Das war ein Befehl. Verblüfft sah er, dass sie ihm nun die Hand entgegenstreckte. Es dauerte, bis er reagierte. Sie wollte ihre Hand schon wieder zurückziehen, als er ihr endlich seine reichte. Es gab ein kurzes Hin und Her, bis der Handschlag gelang. Also alles Gute, da sah sie seine tätowierte Nummer am Unterarm, nicht wahr, sagte sie leise. Dann trat sie ab. Und de Vriend sah sich um in seinem kleinen Reich und wunderte sich, dass ihm das nicht schon damals aufgefallen war, als er diverse Altersheime besichtigt und sich für dieses entschieden hatte: Alles in diesem Zimmer war fixiert und festgeschraubt. Es gab kein Möbelstück, das man verrücken und umstellen konnte. Nicht nur das Bett mit dem Nachtkästchen, der Schrank, halb Kleiderschrank mit weißen Schleiflacktüren, halb Vitrine mit Glastüren, auch der kleine Tisch und die L-förmig um den Tisch gehende Sitzbank waren eingebaut, der Fernsehapparat war an die Wand geschraubt, sogar das Bild über dem Bett – Venedig im Regen, in pseudoimpressionistischem Stil – war so angebracht, dass man es nicht abnehmen konnte. Warum Venedig? Und warum im Regen? Sollten Brüsseler an ihrem Lebensabend damit getröstet werden, dass es auch an den schönsten Orten der Welt regnete? Eine kleine eingebaute Küchenzeile. Es gab nichts, was man hätte verschieben, ändern, anders stellen können. Nicht einmal einen Stuhl. Alles war unabänderlich und endgültig. Er ging zum Schrank, da waren hinter Glas die paar Bücher, die er mitgenommen hatte, eingeklemmt zwischen zwei Buchstützen aus Keramik, die lesende Schweine darstellten. Ein Geschenk seiner letzten Abiturientenklasse, bevor er in Pension gegangen war. Er wollte Bücher herausnehmen, sie da und dort hinlegen, auf den Tisch, auf das Bett, sie wären dann in diesem Zimmer das einzige bewegliche Gut. Er öffnete die Schranktür, ließ den Blick über die Buchrücken gleiten, noch einmal, wurde unschlüssig – was wollte er? Lesen? Hatte er lesen wollen? Nein. Er stand da und starrte die Buchrücken an, schloss den Schrank wieder. Er wollte – was? Raus? Er wollte raus. Er trat ans Fenster. Der städtische Friedhof von Brüssel. Er hatte nichts in Griffweite. Aber in Aussicht. Er zog sich warm an.

Es waren nur wenige Schritte vom Altersheim Maison Hanssens in der Rue de l'Arbre Unique zum Haupttor des Friedhofs. Die eisige Kälte. Der graue Himmel. Das schmiedeeiserne Tor. Es beruhigte ihn, Vögel zu sehen, Krähen und Spatzen. Und so viele Maulwurfshügel zwischen den Gräbern, er konnte sich nicht erinnern, jemals auf einem Friedhof so viele Maulwurfshügel gesehen zu haben, ja dass ihm überhaupt schon einmal ein Maulwurfshügel auf einem Friedhof aufgefallen wäre. Und überall wuchsen hier Pilze zwischen dem Kriechefeu, Unmengen von Pilzen, das waren – das waren – ihm fiel der Name nicht ein. Er kannte sie, egal, sie waren ungenießbar. Das war alles. Da war ein buchstäblich verkehrtes Grab, umgestülpt durch die dicken Wurzeln

eines riesigen Baumes. Daneben Grabplatten, die durch gestürzte Bäume oder herabgefallene Äste zerbrochen worden waren. Moos auf den zerstörten Steinen. Junge, neu gepflanzte Bäume neben alten, die gefallen oder gefällt worden waren und zwischen den Gräbern lagen und verrotteten. Auf diesem Todesacker starben auch die Bäume und sanken in die Erde. Auf alten Grabsteinen hingen kleine Kränze aus Gips. Manchmal zwei oder drei, einige dieser Kränze lagen auch vor den Grabsteinen oder neben den Gräbern. Als hätten morbide Kinder Reifen-Werfen gespielt.
Immer wieder blieb er vor einem Grab stehen, las die Namen, betrachtete die emaillierten Fotos. Er ging gern auf Friedhöfe, er fand es schön, dass Menschen Gräber hatten, auf denen ihr Name stand. Menschen, die gestorben waren und die man dann besuchen konnte. Er sah Gräber von Kindern, von Menschen, die sehr jung gestorben waren, an Krankheiten, Unfällen oder ermordet worden waren, tragische Schicksale, aber sie hatten ein Grab. Solange es Friedhöfe gab, gab es das Versprechen von Zivilisation. Seine Eltern, sein Bruder, seine Großeltern hatten Gräber in der Luft. Keinen Ort, den man besuchen, den man pflegen, wo man einen Stein hinlegen konnte. Keine Ruhestätte. Nur eine bleibende Unruhe, die keinen Ort des Friedens finden konnte. In der Erinnerung, die mit ihm sterben würde, gab es nur ein letztes Bild seiner Familie, aufgenommen mit dem letzten Blick – und der war bloß eine Behauptung. Er hatte nicht das Gesicht seiner Mutter gesehen, sondern nur ihre Hand, die ihn am Ärmel festhielt, bis er sich losriss, er hatte kein letztes Bild vom Vater, sondern nur eine Erinnerung an seinen Schrei »Bleib!«, den Schrei »Bleib da! Du stürzt uns ins Unglück!« – und sein kleiner Bruder: gesichtslos, nur der Rücken eines Kindes, das sich an die Mutter presste. Und sonst? Erinnerungen, die wie gestohlen wirkten aus dem Fundus der Erinnerungen ande-

rer: Vater-Mutter-Kind-Erinnerungen, Allerwelts-Erinnerungen, die glücklichsten. So schwarz wie die Asche verbrannter Fotos.
Sein Vater hatte Tarte au Riz geliebt. Das war eine Erinnerung. Zugleich keine. Er hatte kein Bild dazu. Wie die Familie um den Tisch saß und der Vater mit vergnügt glänzendem Gesicht sagte: »Mmmh, heute gibt es endlich wieder einmal Tarte au Riz!«, und wie die Mutter die Tarte auf den Tisch stellte und der Vater die Kinder zur Räson rief: »Halt! Nicht so wild!«, und die Mutter sagte: »Zuerst bekommt der Vater ein schönes Stück!«, und – so falsch! Es gab kein Erinnerungsbild, keinen Erinnerungsfilm daran, er sah sich nicht mit der Familie am Tisch sitzen, mit Tarte au Riz, es gab nur den Satz: »Vater liebte Tarte au Riz«! Aber warum? Warum dieser Satz? Und woher kam dieser Satz? Ausgerechnet dieser Satz? Als Erinnerung an ein Leben? Zugleich ein toter Satz, begraben in seinem Kopf. Da sah er einen Grabstein, in den eingemeißelt war:
TOUT PASSE
TOUT S'EFFACE
HORS DU SOUVENIR
Er hielt inne, betrachte lange diese Inschrift, bückte sich, hob einen Kieselstein auf und legte ihn auf dieses Grab.

So viele zerstörte Gräber. Der Vandalismus der Natur. Von Baumwurzeln ausgehebelte Grabplatten, von brechenden Ästen und stürzenden Bäumen zerschmetterte Gruften, von wuchernden Pflanzen verschluckte Steine. Die verwesenden Denkmäler des menschlichen Konkurrenzkampfes, der Gier nach Repräsentation: Baufällige, von Schimmel befallene Mausoleen, die von Macht und Reichtum einer Familie monumentales Zeugnis ablegen sollten, nun verfielen und nur noch dies zeigten: Vergänglichkeit. Davor Schilder, von der

Friedhofsverwaltung angebracht: Die Pacht für diesen Grabplatz sei mit Ende des Jahres abgelaufen.
Ohne Geld sterben selbst die Gräber.
Er war müde, überlegte kurz, ob er nicht besser zurückgehen sollte. Nein, er wollte die Nachbarschaft ganz erkunden, in der er nun lebte.
Er bog nach links ab, ohne auf die Wegweiser zu achten, »Deutscher Soldatenfriedhof«, »Commonwealth War Graves«, »Nederlandse Oorlogsgraven«, und da begannen schon die korrekt ausgerichteten Reihen immer gleicher Grabsteine, die in ihrer unendlichen Gleichförmigkeit, nach dem lebendigen und geradezu schreienden Chaos des zivilen Teils des Friedhofs, eine dramatische Ruhe und Schönheit vermittelten, die perfekte Erlösung von Lebensraub in einer Ästhetik der Würde.
Im Alter von 24 Jahren – gestorben für das Vaterland.
Im Alter von 20 Jahren – gestorben für das Vaterland.
Im Alter von 26 Jahren – gestorben für das Vaterland.
Im Alter von 19 Jahren – gestorben für das Vaterland.
Im Alter von 23 Jahren – gestorben für das Vaterland.
Im Alter von 23 Jahren – gestorben für das Vaterland.
Im Alter von 22 Jahren – gestorben für das Vaterland.
Im Alter von 31 Jahren – gestorben für das Vaterland.
Im Alter von 24 Jahren – gestorben für das Vaterland.
Im Alter von 39 Jahren – gestorben für das Vaterland.
Im Alter von 21 Jahren – gestorben für das Vaterland.
Mort pour la patrie, for the glory of the nation, slachtoffers van den plicht.
Wer hier entlangging, schritt die Reihen ab wie ein General eine Armee der Toten, wie ein Präsident die militärische Formation bei einem Staatsempfang im Hades. Er schloss die Augen. Und just in diesem Moment wurde er angesprochen. Ein Herr, der ihn fragte, ob er Deutsch oder Englisch spreche.

Etwas Deutsch.
Ob er wisse, wo das Mausoleum der bedingungslosen Liebe sei.
Wie bitte?
Der Mann sagte, er habe im Reiseführer davon gelesen, ob er ihn verstehe? Ja? Gut. Also im Reiseführer. Das müsse hier irgendwo sein. Mausoleum der bedingungslosen Liebe. Sie wissen nicht –?
Er wisse nicht, sagte de Vriend.

Professor Erhart bedankte sich und ging weiter. Er sah am Ende der Allee ein Gebäude, vor dem einige Menschen standen, vielleicht würde man ihm dort Auskunft geben können. Er hatte noch etwas Zeit. Die meisten Teilnehmer der Reflection Group »New pact for Europe« reisten erst im Lauf dieses Vormittags an, weshalb das erste Treffen an diesem Tag für 13 Uhr angesetzt war. Er aber war zwei Tage früher gekommen, um, wenn er schon nach Brüssel eingeladen war, auch etwas von der Stadt zu sehen und nicht nur die ganze Zeit in einem geschlossenen und klimatisierten Raum zu sitzen. Er hatte in Wien keine Verpflichtungen und keine Familie. Er war in dieser Hinsicht in der schrecklichsten Situation, in der man sich in seinem Alter befinden konnte: Er war frei. Es war seinem exzellenten akademischen Ruf zu verdanken, dass er noch ab und zu Einladungen wie diese erhielt, er nahm sie stets an und bereitete sich akribisch vor, obwohl oder vielleicht weil er zunehmend das Gefühl hatte, nicht mehr Diskussionsbeiträge zu liefern, sondern mit seinen Papers im Grunde Lesungen aus seinem Testament zu halten. Aber dann sollte es eben so sein: den Erben mitzuteilen, dass es das gab, jenseits des Zeitgeists ein Erbe, das anzutreten sie herausgefordert waren.
Zunächst hatte Alois Erhart an diesem Tag das Grab von Ar-

mand Moens besucht, des einst vieldiskutierten und heute vergessenen Ökonomen, seinerzeit Professor an der Universiteit Leuven, der bereits in den sechziger Jahren des vorigen Jahrhunderts eine Theorie der nachnationalen Volkswirtschaftslehre entwickelt und davon die Notwendigkeit abgeleitet hatte, eine Vereinte Europäische Republik zu gründen. Die wachsende Verflechtung von Volkswirtschaften, die daraus folgenden wechselseitigen Abhängigkeiten, die immer größer werdende Macht multinationaler Konzerne und die wachsende Bedeutung der internationalen Finanzmärkte werden es nationalen Demokratien nicht mehr ermöglichen, ihre wesentliche Aufgabe zu erfüllen, nämlich gestaltend in die Bedingungen einzugreifen, unter denen die Menschen ihr Leben machen müssen, und tendenziell Verteilungsgerechtigkeit zu gewährleisten. »Schließt die nationalen Parlamente!« – das war der Schlachtruf eines echten Demokraten – der die Demokratie in Hinblick auf die geschichtliche Situation neu erfinden wollte. Dass seine These vom notwendigen Absterben der nationalen Demokratien damals nicht als Skandal oder als verrückte Utopie abgetan wurde, lag an der Narrenfreiheit dieser Zeit, und dass sich Moens schließlich gegen die Nationalökonomen, »die Wiederkäuer« (wie er sie nannte), nicht durchsetzen konnte, hatte denselben Grund: »Die akademische Narrenfreiheit hat uns zunächst geholfen, aber am Ende die Macht der wirklichen Narren gefestigt«, schrieb er in seinen Erinnerungen.

Erhart hatte vor fünfundvierzig Jahren als blutjunger Student einen Gastvortrag von Armand Moens in Alpbach gehört und sich seither als dessen Schüler verstanden. Getreulich hatte er all seine Publikationen gelesen. Als er selbst zum ersten Mal publizierte und diese Arbeit seinem Lehrer schickte, war dieser bereits todkrank. Moens hatte noch mit einem Brief geantwortet, aber es kam zu keinem weiteren Austausch,

weil Moens wenige Tage später starb. Nun stand Erhart gerührt vor dem Grab:
Armand Joseph Moens 1910-1972
Seitlich vor dem Grabstein befand sich ein kleines emailliertes Schild, auf dem stand:

»Toen hij het meest nodig was,
werd hij vergeten«
Studenten werkgroep »Moens eed«
aan de Katholieke Universiteit Leuven

Auf dem Grab lagen frische Blumen und eine Flasche Schnaps. Und Glücksschweinchen. In verschiedenen Größen und aus verschiedenen Materialien, aus Plastik, Plüsch, Holz, Keramik – die Schweine konnte sich Alois Erhart nicht erklären. Er machte ein Foto. Dann ein zweites, nun vom Grabstein und dem Schild, ohne die Schweinchen.
Als er recherchiert hatte, wo sich das Grab von Professor Moens befand, war er auf den Hinweis gestoßen, dass sich auf dem städtischen Friedhof von Brüssel auch diese Touristenattraktion befand: das Mausoleum der bedingungslosen Liebe. Das suchte er nun. Ein Brüsseler Baron, den Namen hatte Alois Erhart vergessen, der ein Vermögen mit Beteiligungen an Bergwerken in Belgisch-Kongo gemacht hatte, hatte sich bei einer Reise in die Kolonie unsterblich in eine Frau verliebt, die er mit zurück nach Brüssel nahm, um sie zu heiraten – »Eine Negerin!« Das führte nicht bloß zu seiner Ächtung in der guten Brüsseler Gesellschaft, sondern vor allem zu einigen juristischen Problemen, die er nach langem Kampf, teils durch die Hilfe bester Anwälte, teils durch Zahlung beträchtlicher Summen, schließlich überwand. Die Liebe des Barons trotzte allen Stürmen. »Ich bin lieber mit dieser Frau geächtet als ohne sie geachtet!« Bei der endlich

erlaubten Hochzeit erschien niemand der geladenen Gäste, ausgenommen die alte verrückte Gräfin Adolphine Marat, die nach der Trauung zu einem Tee in ihr Palais bat. Als Trauzeugen fungierten zwei Arbeiter, die auf der Straße vor dem Standesamt einen Kanaldeckel reparierten und die bereit waren, für jeweils fünfzig Franc ihre Arbeit für eine Viertelstunde zu unterbrechen. Gräfin Marat, angefeindet dafür, dass sie zu einem Empfang für dieses Brautpaar geladen hatte, rechtfertigte sich mit den legendären Worten: »Wenn er bereit ist, dieser Frau seinen Namen zu geben, dann werde ich ihr doch einen Tee geben können!«
Diese Frau, die Libelulle hieß (das hatte sich Professor Erhart gemerkt: kleine Libelle), starb kurz darauf, im Jahr 1910, im Kindbett, nach der Totgeburt ihres Sohnes, der von der Nabelschnur stranguliert worden war. Der Baron, ach ja: Er hieß Caspers, Victor Caspers, rasend vor Schmerz, beauftragte einen französischen Architekten, ein prächtiges Mausoleum auf dem Cimetière de la Ville für seine Liebe zu errichten, einen Andachtsraum, in dessen Dach sich ein Loch befand, so geformt und berechnet, dass jedes Jahr am Tag und zur Stunde ihres Todes ein Lichtfleck in Form eines Herzens auf den Sarkophag der Geliebten fiel.
Das wollte Professor Erhart sehen. Er hatte erwartet, dass es bei einer solchen Attraktion Hinweisschilder und Wegweiser geben würde, aber nichts dergleichen. Gab es mehrere Brüsseler Friedhöfe? War er auf dem falschen?
Nun war er bei dem Gebäude angekommen, das er schon von Weitem gesehen und vor dem sich mittlerweile eine größere Gruppe von Menschen angesammelt hatte.
Er war verblüfft, als er unter den Anwesenden nun ihn sah, unverkennbar, riesig und gewichtig stand er da – das war doch der Polizist, der ihn im Hotel verhört hatte, kein Zweifel, das war dieser riesige Kommissar. Er blieb stehen, starrte zu ihm

hinüber, da kreuzten sich ihre Blicke. Erhart war nicht sicher, ob der Kommissar ihn erkannte – der jetzt auch abgelenkt wurde: Zwei Männer, die raschen Schritts auf ihn zugekommen waren, begrüßten ihn, wechselten einige Worte, dann betraten sie das Gebäude, das, wie Erhart nun sah, das Krematorium war.

Es gehörte nicht zu Kommissar Brunfauts Aufgaben, bei der Kremierung eines Mordopfers anwesend zu sein. Und es gab auch keinen ermittlungstechnischen Grund. Nach einem Mord wird die Leiche beschlagnahmt und gerichtsmedizinisch obduziert. Danach wird sie zur Bestattung freigegeben. Ist die Identität des Opfers bekannt und gibt es Angehörige, wird die Bestattung von diesen organisiert. Ist die Identität nicht bekannt, wird innerhalb von 48 Stunden nach der Obduktion eine Kremierung im Auftrag der Stadt durchgeführt. Dazu erscheint ein städtischer Beamter, kontrolliert die Papiere, bestätigt, dass es sich bei dem Toten um Aktenzeichen sowieso handelt, verliest einen etwa fünfminütigen Text über die Vergänglichkeit des Lebens und den ewigen Frieden, um EU-Richtlinien-konform das Minimum einer würdigen menschlichen Bestattung zu gewährleisten, dann sinkt der Sarg in die Brennkammer ab. Später wird die Asche auf der Grünfläche neben dem Krematorium verstreut, im Grunde hingekippt, und auf einer Stele eine Plakette mit dem Namen oder, falls dieser eben nicht bekannt ist, mit dem polizeilichen Aktenzeichen des Toten angebracht. Es war nicht zu erwarten, dass ein Verdächtiger, gar der Täter selbst, zu dieser Zeremonie kam, von der, außer den damit befassten Beamten, niemand Ort und Stunde wusste. Allerdings gab es immer Publikum, Leute, die regelmäßig auf dem Friedhof spazieren gingen, Rentner, Witwen, Kinderwägen schiebende Mütter aus der Nachbarschaft, die dann aus Respekt oder Neugier stehenblieben.

Kommissar Brunfaut war allerdings nicht wegen seines Falls hierhergekommen, sondern weil dieser Tag der Todestag seines Großvaters war. Vor vielen Jahren hatte sich zu diesem Anlass noch eine beeindruckende, schließlich immer kleiner werdende Anzahl von Menschen am Grab des Großvaters versammelt, dieses Helden des belgischen Widerstands. Es wurden Geschichten erzählt, es wurde Schnaps getrunken, es wurden Lieder gesungen. Am Ende dann die Brabançonne. Bei »Les peuples libres sont amis!« wirkten die emphatisch singenden, ja brüllenden Greise wie eine Bande von Verrückten. Bei der Zeile »Le Roi, la Loi, la Liberté!« gab es immer einen, der wie ein Dirigent mit einer Handbewegung den Chor plötzlich stoppte und rief: Wir können nicht alles haben! Worauf können wir verzichten? Und alle: Auf den König! Und worauf können wir nicht verzichten? Alle: Recht und Freiheit!
Émile Brunfaut war durch diese Rituale als Jugendlicher noch ziemlich eingeschüchtert worden, hatte die Ekstase an einem Grab als peinlich empfunden, und den Mottenkugelgeruch der Anzüge der alten Männer für Schießpulvergeruch gehalten. Später, nach dem Tod der Eltern, begann er Respekt und Bewunderung für den Mann zu empfinden, der ihn, als er ein Kind war, so verängstigt hatte, und, ja, auch Stolz! Und später, als die Tränen bereit waren, aus seinen immer größer werdenden Tränensäcken zu quellen, und er die Menschen hätte umarmen mögen, die sich hier an diesem Grab Jahr für Jahr versammelt hatten, war keiner mehr da, kein Lebender, der sich an seinen Großvater und seine Heldentaten erinnern konnte. Dennoch, jedes Jahr an diesem Tag, kam er hierher und verbrachte in einsamer Kontemplation eine Stunde am Grab. Und weil es sich diesmal so ergab, ging er dann weiter zum Krematorium, wo gerade »sein Fall« eingeäschert wurde. Er hatte nicht erwartet, dass ihn dies in sei-

nen Ermittlungen weiterbringen würde – umso erstaunter war er, als er dort einen Mann sah, mit dem er im Zuge der Erstvernehmungen am Tatort gesprochen hatte. Zunächst war ihm der Mann nur auf unklare Weise bekannt vorgekommen, und es hatte gut zehn Minuten gedauert, bis ihm klar wurde, woher er ihn kannte. Sofort lief er aus der Halle des Krematoriums, aber der Mann war nicht mehr da. Brunfaut lief noch einige Alleen des Friedhofs ab, konnte ihn aber nicht mehr finden.

Er verließ den Friedhof. Genau gegenüber vom Friedhofstor befand sich das Le Rustique, eine Kneipe, in der er jedes Mal einkehrte, wenn er das Grab des Großvaters besuchte. Brunfaut fragte sich, warum die Fenster in der Etage über dem Lokal zugemauert waren. Unvorstellbar, dass hier jemand wohnte, der den Blick auf den Friedhof nicht ertrug. Es mauert sich doch kein Mensch ein, nur weil ihn der Blick aus dem Fenster depressiv macht. So jemand wäre doch hier gar nicht erst eingezogen. Welches Rätsel verbarg sich hinter diesen zugemauerten Fenstern?

Wie immer bestellte Brunfaut einen Stoemp, das Lieblingsgericht des Großvaters und für ihn selbst ein sentimentaler Kindheitsgeschmack. Stoemp is Stoemp, hatte der Großvater immer gesagt, das Entscheidende dabei sei natürlich die Qualität der Wurst: sie müsse platzen, wenn man mit der Gabel hineinsticht. Dafür müsse die Wursthaut aber aus echtem Darm sein und nicht so ein künstlicher Plastikstrumpf, wie er immer mehr in Verwendung kommt, dramatisches Symptom des Sterbens belgischer Arbeiterkultur. Hier im Le Rustique war der Stoemp noch authentisch. Simpel, echt, perfekt. Dazu ein einfaches Stella Artois vom Fass und zum Abschluss ein kleiner Genever. Émile Brunfaut seufzte. Dann fuhr er zurück ins Kommissariat.

Als Émile Brunfaut in die »mine de charbon« zurückkam, sagte ihm der Beamte, der Journaldienst machte, dass der Hauptkommissar bereits auf ihn warte, er möge unverzüglich zu ihm in sein Zimmer kommen.
Brunfaut hatte angekündigt, dass er zum Friedhof fahren und um 13 Uhr zurück sein werde. Und alle hatten genickt. Nun war es fünf Minuten nach eins. Und jetzt musste sich der Chef wieder einmal wichtigmachen? Brunfaut erwartete eine Rüge, weil es keine begründete Veranlassung gab, dass er auf dem Friedhof spazieren ging und dann auch noch zu spät zurückkam. Er zuckte mit den Achseln, nicht wirklich natürlich, sondern in Gedanken, wartete geduldig auf den Lift, ging dann bedächtig den Korridor entlang bis zum Zimmer des Chefs, klopfte an die Tür und trat sofort ein.
Verkehrte Welt, dachte er augenblicklich: Er kam gerade vom Friedhof – aber das Begräbnis, so war sein Eindruck, fand hier statt. Links vom Hauptkommissar saß der Untersuchungsrichter, rechts von ihm der Staatsanwalt, alle mit todernsten Mienen.
Nehmen Sie Platz, Kollege Brunfaut!
Dass der Untersuchungsrichter dem Hauptkommissar im Nacken saß, verwunderte Brunfaut nicht allzu sehr: Schließlich war er der eigentliche Chef, der immer wieder Anweisungen gab und regelmäßig informiert werden wollte, wie die Ermittlungen liefen. Aber die Anwesenheit des Staatsanwalts versetzte Brunfaut sofort in Alarmbereitschaft. Denn das bedeutete: Hier gab es eine politische Intervention.
Was nützt Alarmbereitschaft, wenn der Alarm erst schrillt, wenn die Konsequenzen der Gefahr bereits ein unwiderrufliches Faktum sind?
Ja, es war ein Begräbnis, das in diesem Zimmer stattfand. Das Begräbnis des »Falls Atlas«.
Nun, sagte Hauptkommissar Maigret und schwieg. Brun-

faut war überzeugt davon, dass dieser Idiot seine Karriere nur dem Zufall zu verdanken hatte, dass er diesen Namen trug, ein für die Stadt höchst unglücklicher Zufall. Er sagte nichts, schaute ungerührt zu, wie dieser Maigret nach Worten suchte. Brunfaut sah Maigret abwartend an, dieser blickte hilfesuchend zum Untersuchungsrichter, und der Untersuchungsrichter zum Staatsanwalt, der schließlich sagte: Vielen Dank, Herr Kommissar, für Ihre Zeit. Wir haben uns gerade mit dem Mordfall im Hotel Atlas befasst, bei dem Sie, wenn ich richtig informiert bin –
Ja, sagte Brunfaut.
Nun, sagte Hauptkommissar Maigret.
Es gibt neue Erkenntnisse, sagte der Untersuchungsrichter, Monsieur de Rohan. Das Einzige, was Brunfaut an dem eitlen Rohan interessant fand, war dessen Frau. Er hatte sie einmal auf einem Weihnachtsfest kennengelernt, eine junge, sehr zarte Person mit großen, schwarz umrandeten Augen, die jedes Mal, wenn sie etwas sagen wollte, von de Rohan lächelnd mit den Worten ruhiggestellt wurde: »Und du, ma biche, musst ruhig jetzt sein!« – Brunfaut hatte sofort den Wunsch gehabt, mit ihr zu schlafen. Er wusste nicht, ob es wirklich Begehren nach ihr war oder bloß die Gier, ihren Mann zu demütigen. Er war betrunken genug gewesen, es ihr ins Ohr zu sagen – sehr direkt, sehr dumm. Sie sah ihn groß an, er schämte sich augenblicklich, und sie antwortete: Heute geht das nicht. Ruf mich morgen an!
Rohan tastete mit einem selbstverliebten Handgriff seine perfekt gefönte Frisur ab und bat Hauptkommissar Maigret, den Stand der Erkenntnisse für Kommissar Brunfaut zu erläutern.
Brunfaut spürte, wie den Staatsanwalt die Hilflosigkeit der Polizisten hier anwiderte und er nur noch darauf wartete, dass endlich Klartext gesprochen werde und er gehen und sich wieder wichtigeren Dingen zuwenden konnte.

Nun, sagte Hauptkommissar Maigret. Die Sache sei die: Es gebe triftige Gründe, in diesem Fall nicht weiter zu ermitteln.
Verstehen Sie?
Nein, sagte Brunfaut, ich verstehe nicht. Heißt das: Wir ermitteln nicht weiter, oder, ich ermittle nicht weiter, oder, es wird nicht weiter ermittelt?
Es war das dritte Mal in den letzten fünf Jahren, dass er an einen Tatort gerufen worden war und vor einer Leiche gestanden hatte – die am nächsten Tag nicht mehr existierte. Sind das die triftigen Gründe: dass Brüssel die Stadt des Jüngsten Gerichts ist? Der Auferstehung der Toten? Hat sich die Seele des Ermordeten wieder mit seinem Leib vereint, und wo kein Toter, da kein Fall? Hat das die Gerichtsmedizin bestätigt?
Nun, sagte Maigret, ich verstehe –
Brunfaut sah diesen Idioten wütend an. Seine blöde Igelfrisur. Mit Haargel gezwirbelt. Als ließe der viel zu eng gezurrte Krawattenknoten ihm die Haare zu Berge stehen.
Ich verstehe, dass Sie, nun, dass Sie das jetzt nicht verstehen, aber –
Die Sache ist ganz einfach, schaltete sich nun de Rohan ein, ganz leicht zu verstehen. Wir haben mit diesem Fall nichts mehr zu tun, Sie nicht, wir nicht, keiner hier. Und was ich Ihnen jetzt zur Erklärung sage, ist streng vertraulich, Sie hören das, aber es wurde nie gesagt, alles klar? Also: Es gibt eine einzige Institution, die die Macht hat, uns einen solchen Fall zu entziehen, die ihn verschwinden lassen und auf ihre Art aufklären kann. Und diese Institution ist deshalb so mächtig, weil sie in Wirklichkeit, das heißt offiziell, gar nicht existiert. Sie ist nicht greifbar, verstehen Sie, sie greift sich solche Fälle, aber sie ist selbst nicht greifbar. Es geht da um Interessen, die –
Interessen, sagte Brunfaut.

Genau. Wir verstehen uns.
Der Staatsanwalt blickte schweigend von einem zum anderen, nickte.
Es bleibt unter uns, sagte Brunfaut, und wieder nickte der Staatsanwalt. Ja, sagte Brunfaut, es bleibt unter uns, so wie in einem Fernseh-Krimi.
Wie bitte?
Weisung von höchster Stelle, sagte Brunfaut, politische Intervention zur Behinderung der Ermittlungsarbeit, geheimnisvolle Andeutungen, ansonsten Schweigen, das ist doch unerträglich klischeehaft, aber das Klischee muss natürlich ergänzt werden: durch einen Kommissar, der sich gezwungen sieht, auf eigene Faust –
Sie werden jetzt sicher nicht –
Und der am Ende als Held –
Sie werden jetzt sicher nichts auf eigene Faust unternehmen, sagte der Staatsanwalt. Das ist eine Weisung. Und wie ich vorhin gerade erfuhr, wurde Ihrem Ansuchen auf Urlaub stattgegeben.
Aber ich habe kein Ansuchen auf Urlaub gestellt!
Nun, das ist ein kleines Missverständnis, sagte Maigret, ich hatte gesagt, dass Herr Kommissar Brunfaut noch sehr viele unverbrauchte Urlaubstage hat.
Brunfaut spürte heftige Beklemmungen, atmete tief durch.
Na wunderbar, sagte Rohan, dann verbrauchen Sie jetzt Ihre Urlaubstage, entspannen Sie sich, Sie hatten extrem viel Stress, wie ich weiß, und –
Der Staatsanwalt erhob sich, Maigret und Rohan schnellten aus ihren Stühlen, langsam stand Brunfaut auf, dieser Zwei-Meter-Mann, der die anderen hier überragte, da spürte er einen Stich in der Brust und er fiel auf den Stuhl zurück. Der Staatsanwalt blickte auf ihn hinab, sagte: Meine Herren!

Émile Brunfaut ging in sein Arbeitszimmer und stellte fest, dass der »Atlas«-Ordner mit dem Einsatzbericht, den ersten Vernehmungsprotokollen, den Tatort-Fotos und dem Obduktionsbefund von seinem Schreibtisch verschwunden war. Er hatte das allerdings auch alles in seinem Computer abgespeichert. Er gab sein Passwort ein – aber auch auf dem virtuellen Schreibtisch des Computerbildschirms war der betreffende Ordner verschwunden. Er öffnete den virtuellen Papierkorb: auch unter den gelöschten Dokumenten war die Akte nicht mehr zu finden. Das Aktivitätenprotokoll, alles, was diesen Fall betraf, war gelöscht – wann der Einsatzbefehl zum Hotel Atlas gekommen war, welche Einsatzwagen wann am Tatort eingetroffen waren, welche Beamten Dienst hatten, der erste Bericht der Spurensicherung, alles fort, der Fall hatte sich in Luft aufgelöst.

Er schnaufte, drückte seinen Bauch nach unten, um die Lunge zu entlasten, atmete tief ein, öffnete den Gürtel und den Knopf am Hosenbund. Er starrte auf den Bildschirm. Wie lange? Eine Minute? Zehn Minuten? Er merkte, dass er nicht mehr auf den Bildschirm schaute, sondern sich selbst beobachtete: Wie würde er reagieren? Er wusste es nicht. Er sah sich selbst dasitzen wie eine auf dem Stuhl zusammengesunkene Leiche. Da trommelten seine Finger wieder auf die Tastatur, er googelte: Was hatten die Medien vom Mord im Hotel Atlas berichtet? Nichts. Welches Stichwort auch immer er eingab, nichts, kein Resultat. In keiner Zeitung hatte es einen Artikel gegeben. Der Mord hatte nicht stattgefunden.

Er sah auf und bemerkte erst jetzt, dass auch sein Flipchart gesäubert worden war: Das Blatt, auf dem er bei der letzten Besprechung mit großen Buchstaben HOTEL ATLAS Pfeil SCHWEIN und fünf Fragezeichen geschrieben hatte, war abgerissen worden.

Er hatte einen seltsamen Gedanken: War das jetzt der Moment, wo er endlich zum Enkel werden musste?
Zum Enkel des berühmten Widerstandskämpfers.
Er nahm den Telefonhörer und rief die Männer seines Stabs zu sich. Er war, das spürte er, wild entschlossen.
Der Hauptinspektor, der Assistenzkommissar, die drei Inspektoren kamen herein, Kommissar Brunfaut schaltete den Computer aus, sah auf, schaute in die Gesichter dieser Männer und begriff augenblicklich: Sie wussten Bescheid und sie hatten sich längst arrangiert. Es war aussichtslos. Er stand auf, sagte, er wolle sich verabschieden, weil er Urlaub – da merkte er, dass ihm die Hose hinunterrutschte, schnell hielt er sie fest –, weil er auf Urlaub gehe und … vor den Männern wollte er nicht die Hose zuknöpfen und den Gürtel schließen, er rief: Raus mit euch!
Nun würden sich diese angepassten, braven Opportunisten das Maul darüber zerreißen, was für eine lächerliche Figur er sei. Er bekam feuchte Augen, ging zur Flipchart, nahm einen Filzstift und schrieb: La Loi, la Liberté! Dann erinnerte er sich an eine Grabinschrift, die er heute im Vorbeigehen auf dem Friedhof gesehen hatte, und schrieb darunter, in Blockbuchstaben:
TOUT PASSE
TOUT S'EFFACE
HORS DU SOUVENIR
Dann nahm er seine Aktentasche – sie war leer – und ging.

Der Algorithmus, der alles Mögliche filtert und auch das bisher Erzählte geordnet hat, ist natürlich verrückt – vor allem aber ist er beruhigend: Die Welt ist Konfetti, aber durch ihn erleben wir sie als Mosaik.
War es wegen Brunfauts Besuch des Krematoriums, dass nun folgende Verknüpfung hergestellt wurde?

Neue Mail: »Betreff: Auschwitz – Ihr Besuch«.
Martin Susman fror. Es regnete, und er war daher nicht mit dem Rad, sondern mit der Metro zur Arbeit gefahren. Der unterirdische Wind in den Schächten und Stollen war etwas anderes, härter und aggressiver als der Fahrtwind beim Radfahren. Und die dampfende Herdenwärme in den überfüllten Waggons war keine Erleichterung, sie machte ihm Angst, vor ansteckenden Krankheiten, vor allem aber fürchtete er sich davor, dass ihn diese Apathie und Ergebenheit ansteckte, die die Menschen in den Zügen stets erfasste.
»Sehr geehrter Herr Susman, ich freue mich, Sie schon bald in Auschwitz begrüßen zu dürfen!«
Er hatte sich einen Becher Tee aus der Kantine geholt und saß nun vor dem Computer, um seine Mails zu checken.
»Ich werde Sie selbstverständlich abholen von Flughafen Krakau und Sie persönlich mit dem Auto ins Lager bringen. Sie erkennen mich an dem Schild, das ich hochhalte mit Ihrem Namen.«
Angewidert stellte Susman den Tee ab. Er hatte das Gefühl, krank zu werden, nur weil er aus Angst vor Krankheit diesen Tee trank.
Die Dienstreise. Im Grunde waren alle Vorbereitungen getroffen. Der wissenschaftliche Dienst und das Museum des deutschen Vernichtungslagers Auschwitz-Birkenau wurden von der EU subventioniert, Vertreter der Europäischen Kommission nahmen jedes Jahr am 27. Januar an der Feier zur Befreiung des Lagers teil. Für die DG Kultur wurde in diesem Jahr Martin Susman entsandt, der auch mit der Bearbeitung der Förderung und der Kontrolle der eingesetzten Mittel betraut war.
»Ich möchte noch, wenn Sie erlauben, einen guten Rat Ihnen mitgeben auf den Weg. Wichtig ist warme Unterwäsche. Auschwitz-Birkenau bitter kalt ist in dieser Zeit. Wir wollen auf keinen Fall, dass sie krank werden in Auschwitz!

Ich habe bei letzten Besuch in Berlin in einem Kaufhaus Unterwäsche gekauft, die beste, die ich jemals hatte. Ich weiß nicht, wie heißt die Marke, aber bitte, gehen Sie in Geschäft, verlangen Sie deutsche Unterwäsche! Ich sage immer deutsche Unterwäsche, weil ich habe sie gekauft in Berlin, und ist sicher made in Germany. Das wird in Brüssel bekannt sein. Deutsche Unterwäsche! Ich rate Ihnen zu kaufen. Deutsche Unterwäsche ist das Beste für Auschwitz!«
Martin Susman klickte auf Antworten, schrieb drei freundliche Sätze, öffnete die nächste Mail, stand auf und ging aus dem Zimmer, schaute bei Bohumil Szmekal hinein, der gerade hastig tippte – und hielt ein Päckchen Zigaretten in die Höhe, Szmekal nickte, und sie gingen hinaus auf die Feuerleiter, um eine Zigarette zu rauchen.
Mrzne jak v ruským filmu, sagte Bohumil. Martin hatte das natürlich nicht verstanden, aber er gab ihm recht: Ja, wir bräuchten deutsche Unterwäsche!

David de Vriend verließ den Friedhof. Er fror. Er nahm das hin, er hatte schon ärgere Kälte erlebt, ohne so einen Mantel, wie er ihn jetzt trug. Er beschloss im Le Rustique einzukehren, diesem Lokal da gegenüber, eine Kleinigkeit zu essen und etwas Wärmendes zu trinken, ein Glas Rotwein. Er trat ein, fand einen Platz gleich links am Fenster. Die Kellnerin brachte die Karte, fragte: Sind Sie von der Maison Hanssens, vom Altersheim? Dann müssen Sie mir Ihre Marken zeigen, bevor ich bonniere.
Marken?
Für die Ermäßigung!
Nein, nein, sagte de Vriend – er wusste nichts von solchen Marken, zumindest hatte Schwester Joséphine ihm heute nichts davon gesagt –, ich bin normal, ich meine, normaler Gast.

Sehr gut, sagte sie und legte ihm die Speisekarte hin, er bestellte ein Glas Rotwein, ja den Hauswein. Und fragte: Zum Essen, eine Kleinigkeit, was können Sie empfehlen?
Wir haben da die normalen Sachen, sagte sie und tippte auf die Karte, und täglich ein Menu Anti-Crise.
Menu Anti-Crise?
Ja. Zuerst etwas sehr Deftiges, dann etwas sehr Süßes. Ist sehr beliebt bei uns hier. Heute Choucroute à l'Ancienne, dann Mousse au Chocolat. Achtzehn Euro ohne Marken. Und wenn Sie davor noch ein Duo de Fondue wollen, Fromages et Crevettes, dann fünfundzwanzig Euro.
Er sah diese heitere Person an und fragte sich, was das mit einem Menschen machte: Jeden Tag mit Trauergästen zu tun zu haben, nicht mit Toten, aber mit den Hinterbliebenen.
Also ein Menu Anti-Crise, sagte er, ohne Fondue.
Und ohne Marken. D'accord!
Er wartete und sah aus dem Fenster. Hinüber zum Friedhofseingang. Jetzt erst, aus der Distanz, von hier hinübersehend, fiel ihm auf, dass das Friedhofsportal eine gewisse Ähnlichkeit mit dem Tor von Birkenau hatte.
Da kam sein Rotwein.
Ein schmiedeeisernes Tor hat immer eine Ähnlichkeit mit einem schmiedeeisernen Tor. Und die Türme rechts und links? Was sollte sonst sein rechts und links von einem schmiedeeisernen Tor? Wie die Menschen im Lager – es waren Menschen, was sollten sie sonst sein? Dennoch ist der Eindruck, es gäbe eine Ähnlichkeit, verrückt. Es gibt sie nicht. Das war alles.

# Viertes Kapitel

Wenn wir in die Zukunft reisen könnten,
hätten wir noch mehr Distanz.

Martin Susman wollte die Dienstreise nach Polen möglichst unbeschadet an Leib und Seele hinter sich bringen. Nie hätte er sich vorstellen können, dass ausgerechnet diese Reise ihm die Idee, mehr noch: die fixe Idee für das »Big Jubilee Project« geben und letztlich sein Leben fast auf den Kopf stellen sollte.

Aber zunächst litt er unter den Reisevorbereitungen.

Er war verblüfft, als die Verkäuferin sein Gestammel sofort unterbrach: Bien sûr, natürlich sei ihr deutsche Unterwäsche ein Begriff, sie nannte einen Markennamen, und selbstverständlich würden sie dieses – sie lächelte – deutsche Qualitätsprodukt führen.

Martin hatte Kassándra Mercouri gefragt, ob sie ein Fachgeschäft für Unterwäsche kenne, und sie hatte ihm empfohlen, nach Ixelles zu fahren, in die Galerie Toison d'Or, da gebe es einen Laden, der eine große Auswahl habe, der Laden heiße Tollé, nein, er heiße Fronde, ja, ganz sicher: Fronde. Jedenfalls stehe ja auch ganz groß »Unterwäsche« auf dem Ladenschild, »Underwear«, sagte sie, außerdem werde er das Geschäft ja gleich an der Auslage erkennen. Die hätten alles. Sie selbst kaufe ihre Unterwäsche nur dort.

Als Martin den Laden gefunden hatte – »Fronde Dessous« – und in die Auslage schaute, sah er plötzlich die mütterliche Kassándra mit anderen Augen. Hier kaufte sie ihre Unterwäsche? Kassándra? Er dachte, dass er sich offenbar nicht klar genug ausgedrückt hatte, das war jetzt zweifellos ein Missverständnis. Er sah wunderschöne, nun ja, Unterwäsche, edle, wirklich reizende Dessous, aber für ihn? Und – für Auschwitz?

Er sah sich um, sah gegenüber einen »Adventure Shop«, da bekam man alles, was man brauchte, um den Mount Everest zu besteigen … vielleicht sollte er dort nach seiner Frostschutzausrüstung suchen, hatte er jetzt wirklich gedacht: Frostschutzausrüstung? Es war so lächerlich. Er konnte nicht entscheiden, was ihn jetzt mehr überforderte: mit seinem schlaffen, schwammigen Körper zu den gegerbten Abenteurer-Machos da hinüberzugehen oder – nein, Kassándra hatte ihm den »Fronde«-Laden empfohlen und so trat er kurzentschlossen ein.

Er fühlte sich wie ein Siebzehnjähriger aus der Provinz, der zum ersten Mal in einer Großstadtdisco ein Mädchen anspricht, als er der Verkäuferin zu erklären versuchte, was er wollte. Als er »deutsche Unterwäsche«, sagte: »Ich meine, es gibt eine speziell warme Unterwäsche, ich glaube von einer deutschen Firma, ich weiß nicht, ob Sie verstehen, was ich meine, jedenfalls besonders warm –«, schloss er die Augen, als fürchtete er, diese Frau könnte an seinen Augen ablesen, dass er sie in seiner Phantasie in ebenden Dessous sah, die die Puppen in der Auslage trugen.

Bien sûr! Da war ein Schrank mit vielen Schubladen, wie er ihn von Apotheken kannte, sie öffnete eine Lade, ließ sie wieder zugleiten, öffnete eine andere und entnahm ihr einige Cellophanpäckchen, die sie auf dem Verkaufstisch vor ihm ausbreitete. Bitte sehr, sagte sie, meinten Sie das? Unterhemd, lange Unterhose, Strümpfe, und das hier sind Pulswärmer. Hundert Prozent Angora. Und sehen Sie hier, da steht es: Deutsche Qualität. Ich sage Ihnen, diese Dinger sind heißer als die Hölle.

Sie lachte. Oder sagen wir: Sauna! Sie verreisen?

Ja, sagte er, nach – Polen.

Oh. Ich kenne Polen nicht. Aber ich stelle mir vor, das kann man dort brauchen, ist ja fast schon Sibirien. Sie lachte, riss

eine Packung auf, breitete eine lange Unterhose vor ihm aus, strich über den Stoff, sagte: Bitte! Fassen Sie mal hin! Spüren Sie, wie weich und warm das ist? Das ist aus dem Fell von diesen Kaninchen gemacht, Angora, verstehen Sie? Aber aus Deutschland, das heißt: garantiert ohne Tierquälerei. Und sehen Sie hier, das Zertifikat: Die Wäsche entspricht auch schon der neuen EU-Richtlinie für Unterwäsche.
Wie bitte?
Ja, Monsieur. Hat mich auch gewundert. Unlängst war der Vertreter da, hat uns das erklärt. Es geht um das Brennverhalten der Unterwäsche, das ist jetzt geregelt.
Sie meinen – Martin lachte gekünstelt –, die Unterwäsche ist so heiß, dass Gefahr besteht, dass sie sich entzündet?
Das Mädchen lächelte. Nein, aber irgendwie geht es darum: Sie darf nicht brennbar sein. Ich weiß auch nicht warum. Und Angora ist eigentlich, ist ja Kaninchenfell. Das ist natürlich extrem brennbar. Aber jetzt nicht mehr. Das muss jetzt irgendwie imprägniert werden. EU, verstehen Sie? Vielleicht weil vor allem Raucher diese Unterwäsche kaufen, die müssen ja immer im Freien stehen, in der Kälte. Und da gibt es jetzt diese EU-Richtlinie: damit sich die Raucher nicht selbst anzünden! Sie lachte. Oder im Bett.
Im Bett?
Ja, wenn Raucher mit einer Zigarette ins Bett gehen und einschlafen –
Dann brennt das Bett –
Ja, aber diese Unterwäsche nicht. Das ist geregelt! Sehen Sie, hier: »Brennverhalten von Unterwäsche gemäß EU-Richtlinie …«
Ich glaube es nicht, Mademoiselle.
Ich auch nicht, sagte sie.

Das Erste, was Kai-Uwe Frigge an diesem Montag machte, war, die Liste »Valise Voyage à Doha« zu überfliegen, die ihm Madeleine, seine Sekretärin, zum Unterschreiben auf den Schreibtisch gelegt hat. Das hatte Frigge hier eingeführt: Jeden Montag legte ihm Madeleine eine Liste vor, auf der für jeden Tag, von Dienstag bis Montag, gemäß seinen Terminen und Verpflichtungen, sein Dresscode festgelegt wurde. In der Regel unterschrieb Frigge die Liste, die daraufhin von Madeleine an Dubravka, seine Haushälterin, gemailt wurde. Dubravka legte dann täglich in der Früh seine Kleidung, so wie es in der Liste stand, bereit oder packte sie vor Reisen entsprechend in seinen Koffer.
Das war im Haus bekannt, und es gab einige, die darüber lächelten oder ironische Bemerkungen machten, aber das schadete Frigges Ruf nicht, im Gegenteil: Diese Schrulle zeigte, dass er bis ins Detail ein knallharter Pragmatiker war, der über die Gabe verfügte, originelle Lösungen zu finden, um beim Mitlaufen etwas weniger zu schwitzen oder beim Mitschwimmen weniger nass zu werden. In Bürokratien kommt ein solcher Ruf dem höchsten Adelsschlag gleich.
Es gibt eine bezeichnende Anekdote aus Frigges Studententagen, die Frauke Diestel von der DG Energie erzählt hatte. Sie war seinerzeit Frigges Kommilitonin an der Universität Hamburg gewesen und eine Zeitlang seine Mitbewohnerin in einer WG. Kai-Uwe, erzählte sie, habe damals eines Tages alle seine farbigen und gemusterten Hemden verschenkt und im Shopping Center Hamburger Meile bei einem Abverkauf günstig zehn identische weiße Hemden gekauft. Er habe das damals folgendermaßen erklärt: er spare jetzt täglich in der Früh Zeit, weil er nicht mehr darüber nachdenken müsse, welches Hemd zu welchem Jackett oder Pullover passe, ein weißes Hemd passe immer, egal was er darüber anziehe. Er könne jetzt, ohne lange nachzudenken, in der Früh einfach

das oberste Hemd vom Stapel aus dem Schrank nehmen und anziehen, und wenn er das achte Hemd nehme, dann wisse er, dass er die schmutzigen Hemden in die Wäscherei bringen müsse, die er, wenn er das zehnte Hemd anziehe, abholen könne, so dass er am nächsten Tag wieder mit dem ersten Hemd beginnen könne. Es war irgendwie verrückt, erzählte Frauke, aber es hatte Logik. Die weißen Hemden hatte er deshalb so günstig bekommen, weil sie unverkäufliche altmodische Dinger waren, bei denen man noch Stäbchen in die Kragenspitzen stecken musste. Aber ihn hat das entzückt: Das ist noch Kultur, hatte er gesagt. Die Ärmel waren zu lang, aber er fand auf dem Flohmarkt alte Ärmelhalter, die er am Oberarm trug, um die Ärmellänge zu adjustieren. Auch das fiel für ihn unter »alte Kultur«. Männeraccessoires, das liebte er. Damals kamen diese amerikanischen Gangster- und Mafia-Filme auf, in denen die Männer alle solche Ärmelhalter trugen, das wurde Mode – und plötzlich war Kai-Uwe mit seiner schrullig pragmatischen Art und seinem völligen Desinteresse an Modetorheiten so etwas wie ein Trendsetter! Auch wenn Kai-Uwe missverstanden wird, sagte Frauke, könne man davon ausgehen, dass es seinem Ruf nützt.

Kai-Uwe Frigge war nach Durchsicht der Liste verärgert. Madeleine hatte wieder vergessen, was er ihr doch schon so oft gesagt hatte: Bei einer Reise in ein heißes Land brauchte er nicht luftige und dünne Wäsche, im Gegenteil, gerade in heißen Ländern musste er warme Kleidungsstücke mithaben, durchaus leichte, aber eben doch warme Kleidung, feine Kaschmir-Westen zum Beispiel, und auf jeden Fall Unterhemden. Man sitzt ja bei den Verhandlungen und Meetings und bei den Mahlzeiten ununterbrochen in klimatisierten, brutal runtergekühlten Räumen herum, nirgendwo friert man mehr als bei diesen Wüstenscheichs, wo Kälte als Luxus gilt und Luxus als Lebensinhalt. Wenn man in Doha nicht gerade auf einer Straße herumspaziert – aber wer macht das schon, und warum sollte man das tun? –, dann ist es dort kälter als auf einer Parkbank in Nordfinnland.

Er rief Madeleine zu sich, wies sie an, die Liste neu zu machen. Vergessen Sie alle diese Leinen- und Seiden-Dinger, das geht in Straßburg im Sommer, aber nie in Doha. Wolle, Kaschmir, ja? Westen und Unterhemden. Und Halstuch, Schal. Und setzen Sie bitte unter Diverses auch das Ladekabel für Telefon und Tablet auf die Liste, und Schuhcreme. Damit Dubra das auch einpackt.

Madeleine nickte, ging zur Tür.

Madeleine!

Ja, Monsieur?

Noch etwas. Setzen Sie bitte auch den blauen Schesch auf die Liste.

Nein.

Doch. Man kann nie wissen. Womöglich müssen wir doch einmal – er hüstelte – ins Freie.

Kai-Uwe Frigge sah auf die Uhr. Jetzt musste er sich noch um die »Schweinerei« kümmern, wie er es nannte.

Mateusz Oswiecki wollte vor seinem Abflug noch beten. Er musste sich sammeln. Es quälte ihn, dass er den falschen Mann exekutiert hatte.

Vor dem Durchgang zum Security-Check sah er Aktivisten, die Flugblätter verteilten, ein gutes Dutzend junger Frauen und Männer, die alle das gleiche gelbe T-Shirt trugen, mit einem Slogan auf der Brust, den er allerdings nicht lesen konnte. Drei Polizisten standen unschlüssig an der Seite, während ein anderer Polizist mit einem der Aktivisten redete, ein weiterer sprach in ein Funkgerät.

Mateusz verlangsamte seinen Schritt, um erst einmal die Szene zu überblicken, beschleunigte dann, ganz eiliger Passagier, der seinen Flug nicht versäumen wollte, versuchte mit demonstrativer Ungeduld, sich da durchzuschlängeln. Er war schon fast an der Durchgangsperre angekommen, da stellte sich ihm eine Aktivistin in den Weg. Excuse me, Sir, may I – er reagierte nicht, versuchte an ihr vorbeizugehen. Do you speak English, Sir? Sir? Er sah sie nicht an, manövrierte seinen Trolley an ihr vorbei. Parlez-vouz français? Volez-vous vers la Pologne? Are you going to Poland? Sir? It is important, een vraag, mijnheer – Er senkte den Kopf, sah aus dem Augenwinkel, dass ein Polizist zu ihm herüberblickte, und er fühlte sich sicher. Das war fast komisch: Er würde entkommen mit Hilfe eines Polizisten, der einschreiten müsste, wenn ein Passagier belästigt wird. Aber Mateusz wollte es nicht darauf ankommen lassen, wollte nicht in etwas verwickelt werden, das die Polizei hier auf den Plan gerufen hatte. Die Frau hielt ihm ein Flugblatt hin, er sah, dass ein Mann darauf abgebildet war, es sah aus wie ein Fahndungsfoto. War das ein Steckbrief? Mateusz legte das Ticket auf das Display der Durchgangsschranke, es leuchtete rot auf, was war da los? Sir, please, fliegen Sie mit Polish Airlines? Flug LO 236? Wir haben eine wichtige Information – Er wusste, dass es sinnlos war, ja dass es alles noch komplizierter machen würde, wenn er jetzt sagen würde: Sorry, ich habe es eilig! Denn dann wäre ein Gespräch eröffnet, sie würde sagen, dass sie seine Zeit nur ganz kurz in Anspruch nehmen wolle, er müsste darauf wieder etwas antworten – nein, er legte wortlos das Ticket noch einmal auf das Display, wieder leuchtete es rot, er rieb das Ticket ein paar Mal hin und her, warum verdammt funktionierte es nicht? Da kam das grüne Licht, die Glasflügel klappten auf, und er war durch. Er stellte sich in die Schlange, die langsam zum Security-Check vorrückte. Er sah ein paar Passagiere, die das Flugblatt lasen. Als er den Scanner passiert hatte, suchte er nach dem Wegweiser zu den Andachtsräumen.

Er hatte noch mehr als eine Stunde Zeit bis zum Boarding. Er lief mit seinem Trolley an den Shops vorbei, lief immer schneller, da waren schon die Gates – wo war die Flughafenkapelle? Er lief zurück, fand keinen Hinweis. Er wollte beten. Er hatte den falschen Mann erschossen. Das war ihm nach den letzten Anweisungen, die er erhalten hatte, klar geworden. Schließlich entdeckte er ein Schild mit einem Piktogramm, das wohl einen auf Knien betenden Menschen darstellte, daneben ein Pfeil, der in einen Seitengang wies. Dort wieder das betende Männchen mit dem Pfeil, der zu einem Treppenaufgang zeigte.

Er folgte den Pfeilen, musste an den heiligen Sebastian denken, an dessen von Pfeilen durchbohrte Brust. Noch vor wenigen Tagen, am 20. Januar, dem Gedenktag dieses Heiligen, des Schutzpatrons der Soldaten und Kämpfer gegen die Feinde der Kirche, hatte er dessen Schutz erfleht und um Gelingen seiner Aufgabe in Brüssel gebetet, aber irgendetwas war schiefgelaufen, und er konnte sich nicht erklären, was. Die Pfeile führten in einen von Videokameras überwachten Gang. Er ging weiter, mit gesenktem Kopf, strich sich mit dem Taschentuch über die Stirn, als würde er Schweiß abwischen, damit die Kameras sein Gesicht nicht erfassten – er wusste, dass er übertrieben vorsichtig war: Diese Überwachungskameras hier waren veraltet. Schneite es in diesem Gang? Natürlich nicht. Aber 48 Stunden lang würden von diesen Kameras Bilder in so grober Auflösung gespeichert werden, dass darauf nur ein schemenhafter Mann zu sehen wäre, der durch ein Schneetreiben zu gehen schien. Rechts und links Topfpflanzen. Aus Plastik. Hanf. Kein Zweifel, das waren Hanfpflanzen aus Plastik. Wer hatte die Idee gehabt, im Korridor zu den Kapellen Hanfpflanzen aus Plastik aufzustellen? Und was hatte derjenige sich dabei gedacht? Nun erreichte er die Andachtsräume. Es gab für jede große Religionsgemeinschaft

einen eigenen Raum. Katholisch, protestantisch, jüdisch, islamisch und orthodox. Sie alle waren leer, mehr als das: so leer, als hätte keiner sie jemals betreten.
Mateusz spürte einen starken Schmerz, als er den katholischen Andachtsraum betrat. Dieser Raum war von einer unglaublichen Hässlichkeit. Unglaublich – das war schon wieder grotesk an einem Ort des Glaubens. Er spürte ein stechendes Brennen unterhalb seines Nabels, kalten Schweiß auf der Stirn, er ging ein paar Schritte nach vorn, ließ den Trolley los, zog sein Taschentuch aus der Hosentasche und wischte sich den Schweiß ab, während er die andere Hand gegen seinen Bauch drückte. Da kippte der Trolley um, es machte einen Knall, als Mateusz mit dem Schweißtuch in der Hand vor Jesus Christus stand. Die Stirnseite des Raums war mit einigen Holzlatten vertäfelt, darauf hing der Gekreuzigte – aber ohne Kreuz. Als wäre der Sohn Gottes nicht an ein Kreuz, sondern an einen Zaun genagelt worden. Von der Decke hing ein Spot, der einen harten weißen Lichtstrahl auf Jesus Christus warf, als müsste er sich, nachdem er an den Zaun genagelt worden war, noch einem letzten Verhör unterziehen. Davor stand ein kleiner hölzerner Altar, der aber eher aussah wie eine dieser Musiktruhen, wie sie viele Polen in den späten siebziger Jahren des vorigen Jahrhunderts von Reisen in den Westen mitgebracht hatten und die dann bis zur Wende als ewiges Memento ersehnter Modernität in polnischen Wohnzimmern standen. An der Seitenwand hing ein Triptychon, Öl auf Leinwand, seltsam unentschlossen zwischen abstrakt und gegenständlich. Auf dem linken Bild war eine untergehende Sonne zu erkennen, zumindest ein roter Ball, der auf eine Menschenmenge herabstürzte oder über dieser schwebte, die Menschen waren vielleicht Kardinäle in Purpur, aber vielleicht waren es auch keine Kardinäle, sondern nur Lichtspiegelungen der rot untergehenden Sonne oder Flammen oder Gewächse. Der

Mittelteil zeigte etwas, das aussah wie ein aufgespießtes UFO, vielleicht war es aber auch eine Müllverbrennungsanlage. Am klarsten war das rechte Bild des Triptychons: eine Blutlache unter gleißend weißem Licht, aus dem sich ein weißes Kreuz hervorhob. Neben dem Kreuz war ein Satz aufgemalt: »UBI LUX IBI BLUT«. Er konnte Latein, hatte es natürlich im Seminar gelernt, aber das verstand er nicht: Was bedeutete »BLUT«? Was war das für ein Wort? »Wo Licht ist, ist –« Er ging näher, schaute, ob er sich verlesen hatte, versuchte dieses rätselhafte Wort zu entziffern, »BLUT« – diese Vokabel kannte er nicht. Jetzt erst sah er, dass es wahrscheinlich, nein, ganz sicher »DEUS« hieß, so kraftlos und undeutlich gemalt, als wollte es in den Schatten der Bildgrundierung treten. Neben dem Triptychon standen zwei große geschnitzte Holzfiguren, sie erinnerten an Hirtenjungen von Weihnachtskrippen, aber noch mehr an Priesterseminarzöglinge in Nachthemden.
Mateusz war im Nachthemd dagestanden, barfuß auf kaltem Steinboden, »Sammlung« hatte dies geheißen, wenn ein Zögling nach dem Abendgebet noch abkommandiert wurde, im Arkadengang neben der Statue des ihm zugewiesenen Heiligen strammzustehen, mit Blick hinunter in den Innenhof, Blick hinauf in den Sternenhimmel, um über »die drei Fragen« nachzudenken, bis er vom Pater Prior gerufen wurde, um die Antworten zu geben, manchmal nach zwei oder drei Stunden, manchmal erst am nächsten Tag vor dem Morgengebet. Wie groß ist der Zweifel an der Stärke deines Glaubens? Wie sicher bist du, den Zweifel zu besiegen? Durch welche Taten willst du die Stärke deines Glaubens beweisen?
Mateusz war von einer eigentümlichen Erregung erfasst worden, nicht bloß einer allgemeinen Aufgeregtheit oder Angst, sondern buchstäblich Erregung, einer sexuellen oder erotischen Energie, als er die Glätte und Kälte des Steins unter sei-

nen Fußsohlen spürte, die Kälte, die über die Füße in ihm aufstieg und seine Muskeln, sein Gewebe hart und straff machte, während er zugleich die glatte Oberfläche des Steins wie die Haut eines Körpers empfand, Marmorhaut, Heiligenhaut, Mutter-Gottes-Haut, die er berührte, an die er sich schmiegte, mit der er verschmolz. Er hatte sich neben der Figur des heiligen Sebastian hinstellen müssen und nicht gewusst, ob es Zufall oder eine mit Bedacht gewählte Entscheidung des Priors war, als er ihn angewiesen hatte, hier seine Sammlung durchzuführen.
Mateusz hatte das Gespräch mit dem Pater gesucht, nicht weil er Zweifel an seinem Glauben hatte, sondern Zweifel daran, wie er seinen Glauben leben wollte. Er war bereit für den Kampf, aber er wollte einen Sohn in die Welt setzen, so wie sein Vater und sein Großvater es getan hatten, bevor sie in den Kampf gingen.
– Du willst, dass dein Name weiterlebt? Dein Blut? Etwas von dir? Du wirst ewig leben, wenn du stirbst, aber du willst hier auf Erden weiterleben?
Mateusz war nun wieder Ryszard gewesen und hatte keine Antwort geben können.
Sammlung. Vor dem Morgengebet war er gefunden worden, lang hingestreckt auf den Steinplatten des Gangs liegend, als hätte er versucht, möglichst viel Haut mit dem Stein in Berührung zu bringen. Er war stark unterkühlt gewesen, dann hatte er tagelang gefiebert. Danach beantwortete er die drei Fragen. Durchaus überzeugend und zur Zufriedenheit des Priors. Aber im Seminar konnte er nicht bleiben.
Der glühende Schmerz. Mateusz wandte den Blick von den Krippenfiguren ab, sah um sich. Er hatte beten wollen. Hier konnte er es nicht. Er drückte eine Hand gegen sein Zwerchfell, stöhnte, wischte sich den Schweiß von der Stirn. Er hatte nicht mehr viel Zeit.

Er atmete tief ein und aus, verließ die Flughafenkapelle und ging zum Gate.

Ursprünglich hätte er nach Erledigung seines Auftrags nach Warschau zurückfliegen sollen. In der Nacht war aber ein Umschlag für ihn im Hotel abgegeben worden, der ihm am Morgen an der Rezeption ausgehändigt wurde. Darin fand er ein Flugticket nach Istanbul sowie die Reservierungsbestätigung eines Istanbuler Hotels. Mateusz wusste, das war kein neuer Auftrag, konnte keiner sein. Jeder neue Auftrag begann mit einem Dossier über die Zielperson und wurde bis ins Detail geplant und vorbereitet. Und noch nie hatte ein Soldat nach Erledigung eines Auftrags schon am nächsten Tag einen neuen bekommen. Der Rückzug in die Etappe danach hatte für die Sicherheit jeder Aktion eine ebenso große Bedeutung wie die exakte Planung davor. Er konnte sich das nur so erklären: Die Zielperson war nach Istanbul ausgewichen, aber das hieß auch, dass er den falschen Mann erschossen hatte. Oder aber, dies war eine Falle. Wenn man sich seiner entledigen wollte, dann war das die einfachste Methode: Er hatte bedingungslosen Gehorsam geschworen. Ein Tier musste man in die Falle locken. Einem Soldaten musste man bloß den Marschbefehl geben, in die Falle zu gehen.
Irgendetwas war da faul. Für Operationen außerhalb des Schengen-Raums hatten sie eigene Spezialisten. Mateusz hatte zwar Vertrauen in seinen Pass, der sicherlich perfekt gemacht war, aber die Kontrollen an der Schengen-Grenze waren doch genauere, und er wollte sich nicht darauf verlassen müssen, dass sein Pass auch diesen standhielt.
Er war zum Flughafen gefahren und hatte versucht, mit seinem ursprünglichen Ticket nach Warschau einzuchecken. Die Frau am Schalter sagte, dass er diesen Flug doch storniert hätte.

Nein.
Doch. Sie sind nicht mehr auf der Passagierliste, Monsieur. Sie haben gestern Abend storniert.
Missverständnis! Ich will diesen Flug.
Es tut mir leid, ich kann Ihnen keine Bordkarte ausstellen. Sie haben kein Ticket mehr für diesen Flug.
Aber bezahlt!
Die Frau tippte in den Computer, schaute, tippte, schaute und sagte: Der Ticketpreis abzüglich Stornogebühr ist Ihrer Kreditkarte wieder gutgeschrieben worden.
Meine Kreditkarte? Ich habe nicht – gut! Dann ich will neues Ticket. Ich kaufe neues Ticket.
Es tut mir sehr leid, Monsieur, aber der Flug ist ausgebucht. Es gibt keinen Platz mehr.
Aber ich muss nach Polen. Heute.
Sind Sie Pole, Monsieur? Ja? Wir können auch polnisch sprechen, drogi Panie. Mein Vater ist Pole. Er kam als Hydraulik nach Brüssel, plombier. Hat hier meine Mutter kennengelernt. Wir werden eine Lösung finden. Gdy zaleje woda, trzeba wymienić rurę.

Es gab noch einen freien Platz für den Flug nach Krakau in zwei Stunden. Oder eine Stunde später nach Frankfurt, mit Anschluss nach Warschau. Er nahm den Flug nach Krakau. Er wollte so schnell wie möglich zurück nach Polen.
So kam es, dass er schließlich im selben Flieger saß wie Martin Susman. Aber welche Bedeutung haben schon Zusammenhänge, Verflechtungen und Vernetzungen, wenn die Betreffenden nichts davon wissen?

Martin Susman ärgerte sich über seine Schnapsidee, die warme Unterwäsche gleich auf der Reise anzuziehen. Damit er nicht fror, wenn er in Krakau ankam. Schon im Taxi zum

Flughafen fing er an zu schwitzen wie ein Schwein. Das Taxi war natürlich geheizt, wahrscheinlich überheizt, und in seinem Kaninchenfell fühlte er sich, als hätte er hohes Fieber. Warum sagte man im Deutschen »schwitzen wie ein Schwein«? Als Sohn eines Schweinebauern wusste er natürlich, dass Schweine nicht schwitzen, nicht durch die Haut transpirieren können. Als Kind hatte er diese Redewendung einmal verwendet – warum? Weil man so sagt. Sein Vater hatte ihn zurechtgewiesen. Schweine schwitzen nicht. Und man muss nicht alles machen, was andere machen, wenn andere Unsinn reden, dann musst du ja nicht auch Unsinn reden!
Aber warum sagt man so?
Weil viele Menschen ein Problem mit Blut haben. Wenn sie früher, bei den Hausschlachtungen, gesehen haben, wie stark die Schweine bluten, dann haben sie das Blut Schweiß genannt. Eine Umschreibung, verstehst du? Das klingt nicht so schlimm. Die Jäger sagen heute noch Schweiß zum Blut der Tiere, und der Hund, der ein angeschossenes und blutendes Tier sucht und stellt, heißt Schweißhund.
Aber wir sagen Blutwurst und nicht Schweißwurst.
Genug, hatte Vater gesagt, geh rein und hilf der Mutter!
Er hatte diese Floskel seither nicht mehr verwendet, aber jetzt, im Taxi zum Flughafen, war sie plötzlich wieder da, in seinem Kopf, und die Erinnerung daran, dass eigentlich Blut gemeint war, Blutvergießen, Ströme von Blut, ein Blutbad.
Martin Susman hatte, als er am Flughafen ankam, eine ganze Packung Papiertaschentücher zum Schweiß-Abwischen verbraucht, er hielt einen Klumpen nassen Papiers in der Hand, als er aus dem Taxi stieg, nun hatte er auch keine Taschentücher mehr, er wischte sich mit dem Ärmel übers Gesicht, es war aussichtslos, er schwitzte und schwitzte. Blut. Er wollte neue Taschentücher kaufen, lief hin und her, wodurch er

nur noch mehr schwitzte. Schließlich beschloss er, direkt zum Gate zu gehen, möglichst langsam, sich dort hinzusetzen, vielleicht hörte er dann auf zu schwitzen, wenn er sich nicht bewegte. Er war wütend auf sich selbst, das hätte ihm doch klar sein müssen, dass es völlig absurd war, diese Unterwäsche in Situationen anzuziehen, in denen er ohnehin nicht frieren würde. In Krakau würde man ihn am Flughafen abholen, in einem geheizten Taxi zu einem geheizten Hotel bringen, dort würde er Gelegenheit haben sich umzuziehen, er hätte die Unterwäsche dann dort, vor der Weiterfahrt ins Lager, anziehen können – aber jetzt war es sehr fraglich, ob die völlig schweißnasse Unterwäsche im Hotel rechtzeitig trocknen würde, wahrscheinlich wird sie im Hotelzimmer zum Trocknen hängen, während er dann im Lager ohne Unterwäsche der mörderischen Kälte ausgesetzt war.
Er hatte Wallungen. Selbsthass. Er war jetzt 38 Jahre alt und noch immer nicht imstande, sich alleine, einer Situation und ihren Anforderungen entsprechend, anzuziehen. Der Begriff »lebenstüchtig« fiel ihm ein, wie oft hatte er das gehört: Dieses Kind ist nicht lebenstüchtig! Nicht lebenstüchtig! Aber zum Glück haben wir ja den Florian!
Von »Lebenstüchtigkeit« war es nicht weit zu »Lebenswille«. Er wusste oder glaubte zu wissen, wie das zusammenhing. Untrennbar. Das schaukelt sich hoch oder zieht sich wechselseitig hinunter. Bei Individuen, Familien, gesellschaftlichen Gruppen, ganzen Gesellschaften. Er hatte Glück: Seine Lebensuntüchtigkeit führte nicht zu einem schnellen Ende des Lebens, sein Lebenswille konnte brechen, doch er konnte noch lange gebrochen durchs Leben gehen. Aber er bekam Angst, wenn in den Medien immer wieder diese Lebensratgeber auftauchten und ihre ideologischen Phrasen zu blinken begannen: »Man muss loslassen können«, »Man muss lernen, sich fallenzulassen« ... Sie wussten nicht, was sie da redeten. Man

konnte das an den vier archäologischen Schichten bei Ausgrabungen studieren, da war immer sehr genau datierbar, wann es begonnen hatte: das Loslassen, das Sichfallenlassen, der Tod, den die Lebensratgeber predigten. Die dritte Schicht.

Knapp vor dem Durchgang zum Security-Check bot sich ihm ein seltsames, verwirrendes Bild. Er hatte den Eindruck, als würden sich da inmitten der Passagierströme zwei Teams gegenüberstehen, das eine in gelben Dressen, das andere in blauen. Gab es da ein Spiel, einen Wettkampf? Ein Spiel nicht, aber einen Wettkampf schon, in gewissem Sinne. Eine junge Frau im gelben Dress sprach ihn an: Entschuldigen Sie, mein Herr, fliegen Sie nach Polen?

Ja, sagte er. Sie sah ihn an, es war ihm peinlich, was musste sie sich denken, als sie sein nasses Gesicht, seine geröteten Augen sah? Sie lächelte, sprach schnell weiter. Sie sei Aktivistin der Menschenrechtsorganisation »Stop Deportation« und –

Wie bitte?

Stop Deportation, sagte sie und zeigte auf den Slogan auf ihrem T-Shirt:

NO BORDER
NO NATION
STOP DEPORTATION

Es geht darum, dass ein Mann abgeschoben werden soll, der –

Nun kam ein Mann vom blauen Team, ein Polizist, er sagte: Werden Sie belästigt, mein Herr? Zu Ihrer Information: Es handelt sich hier um eine angemeldete und bewilligte Kundgebung, aber wir können diese Kundgebung auflösen, wenn sich Passagiere belästigt fühlen.

Nein, nein, sagte Martin Susman, es ist okay, es ist okay. Ich werde nicht belästigt.

Er strich sich mehrmals den Schweiß von der Stirn ins Haar. Der Polizist nickte, entfernte sich, sprach einen anderen Passagier an, der von einem Aktivisten in ein Gespräch verwickelt wurde.
Susman erfuhr, dass ein Tschetschene abgeschoben werden solle, der in seiner Heimat politisch verfolgt und gefoltert worden sei. Über Polen sei er in die EU gekommen. Nun solle er nach Polen abgeschoben werden, von dort werde er an Russland ausgeliefert. Russland werde von den Behörden für Tschetschenen als sicher eingestuft. Das sei blanker Zynismus. Es sei mehrfach nachgewiesen worden, dass nach Russland abgeschobene Tschetschenen in Folterkellern verschwinden. Die Frau gab ihm ein Flugblatt. Das ist der Mann, sagte sie, Aslan Achmatow. Er ist traumatisiert, und ihm drohen erneute Folter und der Tod. Das ist ein Menschenrechtsskandal, Monsieur. Stimmen Sie mir zu? Hier steht, was Sie als Passagier tun können, um die Abschiebung zu verhindern, wenn Sie diesen Mann im Flugzeug sehen. Verlangen Sie mit dem Piloten zu sprechen und fordern Sie ihn auf, die Abschiebung aus humanitären Gründen und aus Gründen der Flugsicherheit abzubrechen. Er hat die Bordgewalt, er kann den Transport von Passagieren, die nicht freiwillig mitfliegen, ablehnen.
Sie sprach immer schneller, während er das Flugblatt las. Steht alles hier! Weigern Sie sich, Platz zu nehmen und sich anzuschnallen, machen Sie die anderen Passagiere darauf aufmerksam, dass es sich hier nicht um einen normalen Transport, sondern um einen gewaltsamen Akt handelt und –
Entschuldigen Sie, sagte Martin, aber hier steht, es handelt sich um den Flug LO 236 nach Warschau. Aber ich fliege nach Krakau!
Oh! Pardon! Ich hätte – natürlich. Danke. Ich danke Ihnen für Ihre Geduld, Ihr Verständnis. Behalten Sie bitte das Flug-

blatt! Wegen der allgemeinen Informationen. Es gibt ja immer mehr Deportationen und – danke! Und einen guten Tag!
Sie drehte sich um, er sah ihr kurz nach, sie sprach einen anderen Passagier an, auf dem Rücken ihres T-Shirts stand »Resistance is possible«.

Als alle Passagiere Platz genommen hatten und das Boarding abgeschlossen war, stand eine Frau auf und ging, rechts und links in die Sitzreihen blickend, nach vorne. Vor dem Übergang in die Business Class stellte sich ihr eine Stewardess in den Weg –
Suchen Sie die Toilette, Madame? Die befindet sich am Ende der Maschine. Aber Sie können die Toilette jetzt nicht benutzen, Madame. Sie müssen sich bitte hinsetzen und sich anschnallen.
Ich will nicht auf die Toilette, sagte sie, und dann laut: Ich möchte den Flugkapitän sprechen! In diesem Flugzeug soll sich ein Passagier befinden, der nicht freiwillig mitfliegt. Und ich will wissen –
Bitte! Sie müssen –
Wir müssen wissen, ob er sich tatsächlich gegen seinen Willen in dieser Maschine befindet. Bitte rufen Sie den Kapitän!
Sie drehte sich um, ging den Mittelgang zurück. Mesdames, Messieurs, in dieser Maschine befindet sich ein Mann, der abgeschoben werden soll. Bitte helfen Sie mit, dass dieser Mann –
Bitte Madame! Sie müssen sich hinsetzen und –
Die Frau ging unbeirrt weiter, kam an der Reihe vorbei, in der Susman saß.
– wir müssen ihm ermöglichen, die Maschine zu verlassen.
Der Sitznachbar von Martin Susman starrte in seine Zeitung,

die Frau auf dem Gangsitz nebenan schloss die Augen, der Mann neben ihr auf dem Fensterplatz wischte unausgesetzt über sein Smartphone.
Martin Susman stand auf, um besser sehen zu können, was nun passierte. Sofort war eine Flugbegleiterin bei ihm, die ihn aufforderte, unverzüglich Platz zu nehmen und sich anzuschnallen.
Ja, sagte er, Moment! Ich wollte nur – Er öffnete die Gepäckablage, um aus seiner Tasche die Packung Nikotin-Kaugummi herauszuholen, nun blieb die Frau stehen, wandte sich an einen Passagier und fragte: Sind Sie Herr Achmatow?
Der Mann reagierte nicht. Er hatte eine Kapuze über den Kopf gezogen, das Kinn an der Brust.
Sprechen Sie Englisch, Sir? Sind Sie Mr Achmatow?

Mateusz Oswiecki sah auf und schüttelte den Kopf. Die Frau zögerte, sie war im ersten Moment nicht sicher, ob er verneinte, Englisch zu sprechen, oder ob er verneinte, die gesuchte Person zu sein. Sie sahen einander an. Mateusz hatte nicht genau verstanden, worum es ging, aber er begriff, dass diese Frau den Start verzögerte, und er hasste sie dafür. Er sah ihr ins Gesicht, ihre Blicke trafen sich und –
In diesem Moment geschah etwas mit ihm. Im Zwerchfell, da wo sein Schmerz saß. Es war, als wäre eine Ader geplatzt, und nun breitete sich warm und süß Blut in seinem Bauch aus. Er hatte keinen Gedanken, kein Satz bildete sich in seinem Kopf. Er hatte plötzlich ganz schwere Lider, er kämpfte damit, die Augen offen zu halten, um zu sehen, wie diese Frau ihn ansah, er wollte in diesem Blick verweilen, eine Sehnsucht auskosten, die er nicht gekannt hatte, und das Gefühl einer Geborgenheit, das er gekannt, aber vergessen hatte, aber nun war es als Erinnerungsbild da: wie er als Kind, stark fiebernd, wie durch einen Nebel das Gesicht der Mutter gesehen hatte,

die sich über das Krankenbett gebeugt hatte und lächelte. Dieses Bild seiner Mutter wie eine Erscheinung im Nebel, es hatte ihm alle Angst genommen, auch die Angst davor, zu sterben, wenn er doch nachgab und die Augen schloss. Das war Kitsch. Er war kein Kind mehr, er hatte hart werden müssen und verachtete Rührseligkeit. Was er jetzt empfand, war unklar, so verschwommen wie das Erinnerungsbild. Die Sehnsucht nach einer geborgenen Kindheit, weil man sie gehabt oder weil man sie nicht gehabt hatte, teilen alle, Terroristen genauso wie Pazifisten. Er wollte nur ... ihr Blick ... da ging die Frau schon weiter. Sie bat um Verständnis für die Verzögerung des Starts, bat um Mithilfe, die Abschiebung zu verhindern. Martin Susman sah ihr nach, die Passagiere waren still, saßen reglos da, bei einigen meinte er an ihren Blicken zu erkennen, dass sie mit der Frau sympathisierten, andere schlossen die Augen, senkten den Kopf, da stand plötzlich ein Stewart neben ihm: Sie müssen sofort Platz nehmen, bitte setzen Sie sich und schnallen Sie sich an! Der Stewart legte mit sanftem Druck eine Hand auf Martins Schulter, verstärkte den Druck. Als Martin sich auf den Sitz fallen ließ, hörte er eine Männerstimme: Halt endlich die Klappe und setz dich hin!
Eine andere Stimme: Hören Sie doch auf, den Start zu verhindern! Sie sind im falschen Flieger! Der Mann befindet sich in der Maschine nach Warschau! Das stand doch in dem Flugblatt!
Die Frau: Er wurde umgebucht auf diesen Flug. Wegen der Proteste gegen seine Abschiebung. Ich habe eine SMS bekommen, dass er sich jetzt in dieser Maschine befindet. Um ihn so ohne Aufsehen nach Polen abzuschieben.
Nun stand ein junger Mann unmittelbar vor Martin Susman auf und rief: No Deportation! Von weiter vorn eine Frauenstimme: Solidarité!

Martin Susman lehnte sich aus seinem Sitz heraus und schaute nach hinten in den Mittelgang, die Frau stand nun in der letzten Reihe, er sah, wie sie sich zu einem Passagier hinunterbeugte. Wegen seiner verdrehten Haltung spürte er einen heftigen Spannungsschmerz im Rücken, von den Lendenwirbeln bis in den Nacken, er sollte aufstehen, dachte er, aber er wollte kein Risiko eingehen, welches Risiko? Er stand auf, streckte sich, drückte seine Hände in den Rücken, der junge Mann vor ihm setzte sich wieder, die Stewardess und der Stewart waren verschwunden, und er hörte, wie die Frau zu einem Passagier in der letzten Reihe sagte: Mr Achmatow? Sind Sie Mr Achmatow?
Yes!
Der Mann stand auf. Das war er wirklich? Er war nicht gefesselt und ohne Polizeibegleitung. Aber er wirkte benommen, irgendwie ruhiggestellt.
Die Frau zeigte ihm das Flugblatt mit seinem Foto, um sicherzugehen, er sagte Yes!
Es ist vorbei, sagte die Frau. Keine Angst, bleiben Sie stehen, bleiben Sie einfach stehen, und wir werden die Maschine verlassen.
Der Mann begann zu weinen. Er führte seine Hände ans Gesicht, die Handgelenke aneinandergedrückt, als wäre er gefesselt.
Polizisten kamen an Bord, führten die beiden ab. Passagiere applaudierten. Warum? Wegen der Zivilcourage der Frau? Oder weil die Staatsgewalt einschritt? Oder weil das Flugzeug nun endlich starten konnte? Jeder hatte seinen Grund. In Summe ergab das: Applaus!

Frigges Flug ging in vier Stunden. Dubra packte den Koffer. Und er hatte noch einen Termin mit seinem Kollegen George Morland von der DG AGRI. Zwischen der AGRI und der TRADE hatte es immer schon Konflikte und Kompetenzstreitigkeiten gegeben, das war geradezu Tradition, um nicht zu sagen: ein altes Spiel. Aber nun war der Konflikt eskaliert, und damit konnte man nicht mehr lächelnd umgehen, Kompromisse von Fall zu Fall schließen und dann miteinander auf ein Bier gehen oder, wenn die Chemie mit den Bio-Bauern nicht stimmte, höflich bedauernd keine Zeit haben, um auf ein Bier zu gehen. Jetzt herrschte Krieg, da musste man aufrüsten und die Entscheidung suchen. Der Streitpunkt, der zur Eskalation geführt hatte, waren ausgerechnet die Schweine. Das war es, was Frigge »die Schweinerei« nannte, andere in der Kommission sprachen in Hinblick auf den Konflikt zwischen TRADE und AGRI gar vom »Krieg der Schweine«. AGRI wollte durch Kürzung von Subventionen einen Rückgang der Schweineproduktion erreichen, um den Preisverfall von Schweinefleisch auf dem europäischen Markt zu stoppen, TRADE aber wollte die Schweineproduktion verstärkt fördern, weil sie im Außenhandel, vor allem mit China, große Wachstumschancen sah. Deshalb wollte TRADE ein Mandat, um den Export von Schweinefleischprodukten in Drittländer für ganz Europa zu verhandeln, und durchsetzen, die Schweineproduktion in Europa entsprechend der Nachfrage auf den Weltmärkten auszurichten, AGRI aber wollte bloß den Binnenmarkt regulieren, gemeinsame Standards durchsetzen, wobei die Veterinär-Standards wiederum in die Verantwortung der DG SANCO fielen. Und beide wollten sie die Außenhandelsverträge in der Souveränität der einzelnen Staaten belassen.

Das Ergebnis dieser Kompetenzstreitigkeiten war jedenfalls, dass jedes europäische Land allein und nur für sich mit China verhandelte, Europa wurde auseinanderdividiert, durch die Konkurrenz der europäischen Staaten kam es zu einem noch größeren Preisverfall, sowohl auf dem Binnenmarkt wie

auch im Außenhandel, während kein Staat mehr allein die internationale Nachfrage bedienen konnte, weil ja gleichzeitig die Schweinebauern zum Aufgeben gedrängt wurden. Frigge fand das völlig verrückt. Und dieser Morland machte ihn rasend. Frigge fragte sich – warum eigentlich? Warum regte er sich auf? Die Kommission hatte nun einmal im Moment kein Mandat, für alle Mitgliedstaaten zu verhandeln, die Mitgliedstaaten waren froh, inzwischen die Lage für sich nutzen zu können und das Maximum jeweils für sich alleine herauszuholen. Es war natürlich ein Trugschluss, irgendwann würden sie es merken, aber im Moment konnte er das nicht ändern, er könnte die Dinge einfach über seinen Schreibtisch wandern lassen, emotionslos zuschauen, niemandem auf den Nerv gehen und irgendwann wieder weiter nach oben rutschen – aber nein! Er fand diese Situation so irrational, dass er nicht emotionslos bleiben konnte. Also blockierte er das Business as usual, wo er nur konnte, um eine Entscheidung zu erzwingen.
Der Kompetenzstreit beruhte darauf, dass das Schwein eine Querschnittmaterie war: das lebende Schwein im Stall »gehörte« der DG AGRI, nach der Schlachtung, als Schinken, Eisbein, Schnitzel, Wurst oder was auch immer, jedenfalls als »processed agricultural good« war die DG GROW zuständig, und erst wenn es Europa verließ, sozusagen als Schwein im Frachtschiff oder im LKW, gehörte es der DG TRADE. Das Problem war, dass man über das Schwein im Container nicht verhandeln konnte, wenn man über das Schwein im Heimatstall nicht bestimmen durfte. Die GROW war in dieser Frage inoffensiv. Dort beschäftigte man sich mit Regeln für die Auflistung von Inhaltsstoffen, Definitionen von Höchstgrenzen beim Einsatz von Pharmazeutika und Chemikalien, Qualitätskriterien. Ihnen war das Schwein buchstäblich Wurst, es sollte nur richtig etikettiert sein. Das

Match musste zwischen AGRI und TRADE entschieden werden.
George Morland war einem Gespräch mit Frigge seit Wochen ausgewichen. E-Mails hatte er mit Vertröstungen beantwortet: Lass uns demnächst darüber reden, alle Fakten auf den Tisch legen. Terminvorschläge von Frigge aber beantwortete er stereotyp mit dem Hinweis auf seinen aktuell besonders dichten Terminkalender. Die Kommissare hielten sich zurück. Sie waren neu und wollten sich erst einarbeiten. Aber die Zeit drängte. Die niederländische, die deutsche und die österreichische Regierung waren in ihren Verhandlungen mit China am weitesten. Die deutsche Kanzlerin ist im Lauf des vergangenen Kalenderjahrs acht Mal in China gewesen. Nächste Woche sollte der österreichische Präsident mit einer Flugzeugladung von Ministern, Interessenvertretern von Industrie, Handel und Landwirtschaft nach Peking fliegen, zualleroberst auf der Agenda: der Schweinehandel. Gleich danach hatten sich noch einmal die Holländer in Peking angesagt. Wenn es einem dieser Länder gelang, einen substantiellen bilateralen Vertrag mit China abzuschließen, dann war es politisch gesehen eher unwahrscheinlich, dass die EU ein Verhandlungsmandat bekam. Und dann wird das große Stechen beginnen, ganz brutal, das Unterbieten, der Versuch, die Nachbarn auszubooten. Statt gemeinsam vorzugehen, werden sie sich gegenseitig umbringen und mit ihrer Gier nach nationalem Wachstum eine europäische Krise produzieren. Das war so klar wie Kloßbrühe, um es mit Kai-Uwes Worten zu sagen. Morland wusste natürlich, dass Kai-Uwe Frigge an diesem Tag dienstlich verreisen musste. Und es war perfide, dass er ihm schließlich just diesen Terminvorschlag machte: drei Stunden vor Frigges Boarding.
Frigge war cool geblieben und hatte den Termin angenommen. Und nun saß er diesem Schwein gegenüber. Das war

eine billige Assoziation, aber Frigge konnte nicht anders. Er ertrug diesen Morland nicht, hielt ihn für hinterhältig, zynisch und verantwortungslos. Das konnte schon einen starken Ausdruck rechtfertigen. Aber dazu kam Morlands Erscheinung: sein rundes rosafarbenes Gesicht, seine kleine breite Nase mittendrin, wie eine Steckdose. Er war Mitte dreißig, sah aber viel jünger aus, dieses britische Oberschichtkind, als würde er sich erst seit kurzem rasieren, weshalb seine Wangen immer so rötlich gereizt glühten. Er hatte dickes rotes Haar, das er zu einem Bürstenhaarschnitt trimmte, Frigge dachte: Borsten.

Frigge kam aus einer Hamburger Lehrerfamilie. Hanseatischer Internationalismus, Einsicht in die historische deutsche Schuld, ein großer abstrakter Anspruch auf Friede und Gerechtigkeit in der Welt, persönlicher Fleiß und Anstand, Misstrauen gegen Moden und Mainstream – das waren die Pflöcke, die seine Eltern eingeschlagen hatten, um das Feld abzustecken, in dem er aufwuchs. Er wusste, dass er, was Morland betraf, ungerecht war. Aber er wusste auch: Er hatte verdammt gute Gründe dafür.

Morland betrachtete seine Fingernägel, während er seine Sicht der Dinge erklärte. Frigge schloss die Augen, er wollte das nicht sehen, diese blasierte Art. Morland hatte in jedem Punkt recht. Ja, so war es. Das war die Situation. Aber der Unterschied bestand ja nicht darin, dass Frigge die Lage anders sah, sondern darin, dass Morland die Situation vernünftig fand und verteidigte, während Frigge aus dieser Situation herauskommen wollte.

Okay, George, sagte Frigge, stelle dir einmal Folgendes vor: Du wärst ein leibeigener Bauer!

– Warum sollte ich das tun?

– Nur ein Gedankenspiel! Also –

– Mit einem solchen Gedanken möchte ich nicht spielen!

– Also gut. Es gab einmal Leibeigenschaft. Right? Das ist dir bekannt. Und nun stelle dir vor: Ein leibeigener Bauer kommt zu seinem Herrn und sagt, er müsse mit ihm reden.
– Durften Sklaven so ohne weiteres mit ihren Herren reden?
– Weiß ich nicht, egal, es geht ja jetzt nur darum, was er sagt, der Leibeigene, nicht der Sklave, aber meinetwegen auch der Sklave, egal, er sagt: Herr, ich finde die Leibeigenschaft überhaupt nicht gut, sie ist menschenunwürdig, sie widerspricht der Bibel –
– Diese Geschichte steht in der Bibel? Kannte ich nicht.
– In der Bibel steht, dass vor Gott alle Menschen gleich sind, und das war ein Argument des Leibeigenen, also –
– Konnte er überhaupt lesen? Und Latein? Meines Wissens gab es im Mittelalter die Bibel nur auf Latein, und die meisten Menschen waren Analphabeten.
– Okay. Ohne Bibel. Jedenfalls der Leibeigene ist mit der Leibeigenschaft nicht einverstanden. Und er schlägt mit einigen vernünftigen Gründen seinem Herrn vor, ihm die Freiheit zu geben. Was wird ihm der Herr antworten?
– Du wirst es mir sagen.
– Er wird dem Bauern erklären, dass er Leibeigener sei, weil schon sein Vater Leibeigener war und sein Großvater Leibeigener beim Großvater des Herrn war, die Welt so sei, wie sie sei, und zwar seit Generationen, seit jeher, und das müsse doch einen Sinn haben.
– Das würde ich ein vernünftiges Argument nennen. Oder nicht?
– Okay, George, jetzt sage mir: Gibt es noch Leibeigenschaft?
– Das weiß ich nicht. Irgendwo auf der Welt?
– George! Noch einmal! Ein leibeigener Bauer irgendwo in Europa, er beklagt sich und –

– Er wird im Mittelalter wohl eher gevierteilt worden sein, als seine Freiheit zu erlangen, nehme ich an.
– Genau. Und der Herr sagt, das war immer so. Aber jetzt frage ich dich noch einmal: Gibt es noch Leibeigenschaft? Siehst du! Worauf ich hinauswollte: Alles, was du gesagt hast, ist richtig, stimmt vollkommen – aber nur inside the box. Objektiv aber ist es absurd, und perspektivisch auf jeden Fall unhaltbar. Immer wieder ist verschwunden, was für die Ewigkeit gemacht schien und –
– Du meinst die EU?
– Nein, ich meine die nationalen Interessen. Es ist doch absurd, wenn die europäischen Staaten einen gemeinsamen Markt bilden, aber im Außenhandel keine Gemeinsamkeit herstellen. Dass jedes Schwein, das Europa verlässt, nur mit einem Visum seines Nationalstaats auf den Weltmarkt kommen kann. Okay, es ist so, aber es wird irgendwann anders sein, weil die Dinge sich ändern. Also könnten wir es gleich vernünftiger gestalten.
– Ich werde über deine Geschichte mit der Leibeigenschaft nachdenken. Obwohl ich nicht sicher bin, ob es exakt das ist, was wir ein sinnvolles Beispiel nennen.
Kai-Uwe Frigge wusste natürlich, warum sich Morland gegen die Weiterentwicklung der Gemeinschaftspolitik stemmte: Er war kein Europäer, sondern in erster Linie Brite, und in der Kommission war er nicht europäischer Beamter, sondern eben ein Brite in der europäischen Beamtenschaft. Und es war eiserne Politik Großbritanniens, jeden weiteren noch so kleinen Transfer von nationaler Souveränität nach Brüssel zu unterbinden. Sie haben mit EU-Geldern ihr völlig verrottetes Manchester renoviert, aber sie sind nicht dankbar, sondern halten die heute herausgeputzten Fassaden von Manchester für den Beweis dafür, dass der Manchester-Kapitalismus immer wieder alle Konkurrenten besiegen wird. Dieses schwam-

mige, parfümierte Schwein begann den Tag wahrscheinlich mit dem Absingen von »Rule Britannia!« beim Early-Morning-Tea, und – Frigge atmete tief durch. Dann stand er auf, sagte:

Well, ich muss zum Flughafen. Reden wir nächste Woche weiter!

Jederzeit, sagte Morland.

Frigge hatte einen starken Abgang vorbereitet. Während er seinen Mantel anzog, sagte er: Übrigens, ich nehme an, dass du darüber informiert bist. Die deutsche Regierung wird in den nächsten Wochen einen bilateralen Handelsvertrag mit China abschließen. Okay, nur Schweinehandel. Das ist für United Kingdom nicht von so großem Interesse.

Das ist sicher?

Ja. Das ist fix.

Frigge knöpfte den Mantel zu, schob Unterlagen in seine Aktentasche.

Es ist exklusiv, praktisch das Einfallstor der deutschen Wirtschaft auf den chinesischen Markt. Und da geht es nicht nur um Exportstatistiken.

Er gab Morland die Hand.

Die großen Investoren werden das zu interpretieren wissen, die Finanzmärkte werden Reaktionen zeigen. Der Finanzplatz London City wird an Bedeutung verlieren, die Börse in Frankfurt wird dramatisch gewinnen.

Frigge schlug Morland auf die Schulter.

Ist es nicht komisch? Englische Misere, nur wegen deutscher Schweine? Okay, ich muss los. Ruf mich nächste Woche an, wir müssen das Gespräch unbedingt fortsetzen. Ich bin sicher, wir finden einen Weg, um das vernünftiger zu gestalten, gerechter. Aber da muss sich die Kommission einig sein.

Frigge öffnete die Tür, sah sich nochmals nach Morland um,

sagte kopfschüttelnd: Schweine! – und lachte. Er grinste noch im Taxi zum Flughafen.

Einundvierzig zweiundvierzig dreiundvierzig vier fünf sechs sieben acht neun undvierzig fünfzig! Durchatmen! Einundfünfzig zweiundfünfzig drei vier
er ging in der Mitte der Straße, jeder Schritt ein Aufstampfen, ein Keuchen der Schrittzahl, sieben acht und neunundfünfzig sech-zig! Durchatmen! Einundsechzig zwei dreiund – warum zählte er die Schritte, er wollte wissen, wie viel Schritte es waren vom Eingangstor bis zum Ende, vom Eingang ins Ende bis zum Ausgang vom Ende, er wollte die Dimension dieses Ortes erfassen, dieser unendlich lang erscheinenden Lagerstraße, der Straße in die Unendlichkeit. Unschuldig schneeweiß lag die Straße vor ihm, unschuldig weiß das ganze riesige Areal, warum assoziiert man Weiß mit Unschuld, selbst hier, an diesem Ort, die Farbe mörderischer Kälte unter dem Totenlicht der Wintersonne. Der Rauch des Atems vor dem Mund, bei jeder Zahl, sechs sieben achtund neunundsechzig sieb- -zig! Eisiger Wind blies in sein Gesicht.
Da spürte Martin Susman einen leichten Druck auf seiner Schulter, einundsiebzig zweiundsiebzig dreiund – eine Hand auf seiner Schulter: Sie müssen sich bitte anschnallen!
Er schreckte auf, öffnete die Augen. Ja, sagte er, natürlich!
Der Rückflug von Krakau nach Brüssel. Keuchte er? Er atmete schwer. Er schloss den Sicherheitsgurt, griff hinauf zu der Luftdüse und drehte sie zu. Dann fielen ihm wieder die Augen zu, er spürte den kalten Schweiß auf seiner Stirn, er fröstelte. Er hatte sich natürlich erkältet. Er hatte Angst vor dieser Reise gehabt, sich nur widerwillig, mit großer Abwehrhaltung, auf den Besuch der Gedenkstätte und des Museums vorbereitet, aus Angst vor dem Schock, zu sehen, was unbeschreiblich war. Aber die Musealisierung tötet den Tod,

und das Wiedererkennen verhindert den Schock des Erkennens. Die Getränkeautomaten, wo die Touristen im Lager für zehn Zloty warme Getränke oder Schokoriegel kaufen konnten, hatten ihn mehr schockiert als die schon so oft auf Fotos oder in Dokus gesehenen Haufen von Haaren, Schuhen oder Brillen. Die Kälte war das Entsetzlichste. Sie drang überall hinein, in seine Haut, in seine Knochen, der Eishauch im langen Korridor der Geschichte. Im Festzelt von Auschwitz war es noch einigermaßen erträglich gewesen, aber Birkenau war gnadenlos, noch nie in seinem Leben hatte er so gefroren. Seine Großmutter hatte stets mehrere Röcke und Westen übereinander getragen und immer wieder gesagt: »Wer sich warm hält, kommt davon!« So mehrschichtig bekleidet stand sie sogar im Stall, in der Stallwärme. Und bei klirrender Kälte pflegte sie zu sagen: »Da holt man sich den Tod!« Diese Erinnerung, auf der Heimreise, zurück in seine geheizte Brüsseler Wohnung, war ihm peinlich, als hätte er laut zu seiner Sitznachbarin gesagt: In Birkenau – da habe ich mir den Tod geholt. Eine Kälte, ich sage Ihnen! Was soll ich viel erzählen? Da habe ich mir den Tod geholt!
Er schnaufte. Die Nase war verstopft. Er gähnte, im Grunde ein gieriges Luftholen, dann begann er wieder zu dösen. Er hatte den Gangsitz in einer Dreierreihe. Er hörte die Stimmen seiner beiden Sitznachbarinnen, wie aus der Ferne, wie aus der Erinnerung. Sie sprachen Deutsch, heiter und angeregt.
Er sah sich wieder über die Lagerstraße gehen, keuchend, wie besessen die Schritte zählend, er stemmte sich gegen den Wind, ging weit nach vorn gebeugt, Wolken schlossen wie schwere Augenlider den Himmel, die weite weiße Fläche wurde aschgrau. Er spürte, wie alles in ihm nachgab, er widerstand diesem Gefühl nicht, sein Kopf sank auf die Brust. Da spürte er Aufwind, er fühlte sich hochgetragen, verlor den Boden unter den Füßen, er flog. Er wunderte sich darüber, dass er flie-

gen konnte, zugleich hatte er ein wunderliches Vertrauen, es war irgendwie logisch, ganz selbstverständlich, so leicht und körperlos aufzusteigen in die Luft. Sah jemand her? Er hatte den Wunsch, dass alle Welt herschaute und dies sah: wie er hochflog, wie er kreiselnd und schaukelnd in den Luftströmungen zu den Wolken aufstieg. Er hörte die deutschen Stimmen, so nah, so fern, sie redeten über etwas ganz anderes, über Kunst und Literatur, über Bücher, und er sah aufgeschlagene Bücher wie Vögel hochfliegen, ihr Gesang erfüllte die Luft, während er hinunterschaute auf das weite Feld. Von oben – das war erstes Semester Archäologie – konnte man unter die Oberfläche der Erde sehen, man sah in eine Tiefe, die man, wenn man über die Erde ging, nicht wahrnahm. Man sieht, wenn man geht und um sich blickt, eine schneebedeckte Fläche. Überfliegt man sie, sieht man Strukturen, Flächen, die sich voneinander abgrenzen, das Feld löst sich auf in ein Raster von Feldern. Je nachdem, was sich unter der Oberfläche befindet, unschuldige Erde oder vergrabener Zivilisationsschutt, Leichen, Steine von versunkenen Gebäuden, Wasseradern oder alte Keller und Kanalsysteme oder zugeschüttete Klärgruben und Latrinen, reagiert die Oberfläche anders, wächst die Vegetation stärker oder schlechter, je mehr Geschichte, desto differenzierter das Feld aus der Vogelperspektive. Auf der dünnen Erdschicht über den Steinen versunkener Zivilisation wächst die Vegetation weniger üppig als über einem Massengrab, wo das Gras sprießt, wie man es vom Gras erwartet: Rasch wächst es drüber! Aber auch bei einer geschlossenen Schneefläche werden Unterschiede sichtbar: Die Bodentemperatur ist anders auf unschuldiger Erde als auf einer bloß dünnen Erdschicht, die über Steinen liegt oder über verrottendem Holz oder über einem Massengrab, noch nach Jahrzehnten wärmt der Verwesungsprozess von Leichen den Boden, und da ist also der Schnee eisig, dort ist er harschig,

und hier ist er glasig und taut bereits. Wer darüberfliegt, sieht diese Raster und erkennt, wo man graben muss.
Er sah Professor Krinzinger vor sich, seinen alten Lehrer, der sagte: Die moderne Archäologie beginnt nicht mit Graben, sie beginnt mit Fliegen!
Plötzlich flog der Professor an seiner Seite, rief ihm etwas zu – Was? Es war so ein starkes Dröhnen in der Luft, dass Martin ihn nicht sofort verstand, er sah, wie der Professor immer wieder mit dem Daumen nach unten deutete und dabei etwas rief.
Was?
Runter! Runter!
Jetzt verstand er ihn: Komm runter! Wir haben eine andere Aufgabe. Wir Archäologen müssen Zivilisation ausgraben und nicht Verbrechen!
Aber –
Wir gehen auf unsicherem Grund, aber wir treten fest auf, mit unseren Stiefeln, wir stampfen den Boden fest, auch leichten Schritts ist jeder Schritt ein Tritt, Hauptsache, die Füße sind warm, Martin sah Stiefel, überall warme Stiefel – und hörte jetzt deutlicher diese Frauenstimmen, die er schon die ganze Zeit im Ohr hatte.
– Ich fand den Roman ganz gut. Aber die Träume haben mich genervt.
– Der Roman ist ein Klassiker.
– Ja, darum wollte ich das Buch endlich mal lesen. Aber ich mag Träume in Romanen nicht. Immer wieder träumt sie etwas, das wird dann minutiös beschrieben, ganz surreal, soll wohl poetisch sein. Ich sag mal so: Was eine Figur sieht und erlebt, kann ich nachvollziehen, aber Träume –
– Aber der Roman spielt im Faschismus. Da kann man schon Albträume haben.
– Nee, ich sag mal so: Wenn in einem Buch ein Traum vorkommt, schlafe ich lieber selbst.

Martin sah diese vielen Stiefel, warm und bequem, eine deutsche Schulklasse auf Exkursion in Auschwitz. Eine Lehrerin: Thorsten! Was ist mit dir? Träumst du? Schließ dich hier an!
Zwei Jugendliche sprechen Türkisch. Ein Lehrer fordert sie auf, hier nicht Türkisch zu sprechen, einer antwortet: Genau hier sprechen wir nicht Deutsch!
Martin schwindelte. Es war, als drehte er sich, immer schneller, alles um ihn herum verschwamm, nur manchmal blitzte ein Bild auf, hörte er einen Satz, irgendwer sagte etwas über Kohle, ein Schüler fragte: Was bitte ist Kohle?
Eine Durchsage. Hier spricht der Kapitän. Anschnallen. Turbulenzen.
Martin Susman steht vor dem Krematorium Auschwitz Stammlager. Er hat die Gaskammer gesehen, die Verbrennungsöfen, es sieht genauso aus wie auf den Fotos, die er kannte, Schwarz-Weiß-Fotos, und was er jetzt wirklich gesehen hatte, war tatsächlich schwarz-weiß. Er fühlte sich – wie? Er konnte es nicht sagen, er hatte kein Wort dafür, weil »betroffen« kein deutsches Wort mehr war, sondern eine Art von deutschem Hansaplast für die Seele. Das war ein Gedanke, aber im Traum stand er ihm vor Augen. Er stand vor dem Gebäude und zündete sich eine Zigarette an. Da tauchten plötzlich zwei Männer in Uniform auf, liefen auf ihn zu, der eine schlug ihm gegen die Hand, in der er die Zigarette hielt, der andere sagte etwas auf Polnisch, dann auf Englisch: No smoking here!
Auf Martins Brust baumelte ein Badge: »GUEST OF HONOUR / GOSC HONOROWY / EHRENGAST in Auschwitz«. Er hielt den Uniformierten den Badge entgegen, da kam Herr Zeromski gelaufen, rief: Herr Doktor, Herr Doktor, wir müssen ins Zelt! Die Feier beginnt.
Er wachte auf, weil das Flugzeug rüttelte, schwankte und bebte. Ein Kind schrie.

Am nächsten Tag meldete er sich krank. Er blieb fünf Tage zu Hause. Drei Tage fieberte er. Am fünften Tag notierte er seine Idee und entwarf ein erstes Konzept für das Jubilee Project.

# Fünftes Kapitel

Erinnerungen sind nicht
unzuverlässiger als alles andere,
was wir uns ausmalen.

Liebe ist eine Fiktion. Fenia Xenopoulou hatte das Getue, das um die Liebe gemacht wird, nie verstanden. Sie hielt dieses Gefühl für ein unbewiesenes Vorkommen in einer anderen Welt, wie Wasser auf dem Mars. Die Menschen lasen davon in diesen bunten Illustrierten wie »Chrisi Kardia« oder »Loipón«, die von den Liebesaffären der Hollywood-Schauspieler und Popstars und den Traumhochzeiten der Prinzessinnen berichteten. Manche hielten Liebe für möglich, weil sie die Sehnsucht danach verspürten, aber alle, die Fenia kannte, hatten sich irgendwann ergeben. Ihre Mutter hatte einmal beim Friseur über die unglücklich liebende Lady Diana gesagt: »Das, was sie nie bekommen hat, habe ich viel billiger nie bekommen!«

In Fenias Familie hatte ihres Wissens nie ein Mensch geliebt. In dem emphatischen Sinn, dass ein Überschwang von Gefühlen der Anlass für eine Hochzeit oder die Enttäuschung von Gefühlen der Grund für eine Tragödie gewesen wäre. Ausgenommen ihr Onkel Kostas, der ältere Bruder ihres Vaters, den sie nie kennengelernt hatte, der aber in den Erzählungen der Familie lebte, als der Verrückte, der in den Tod gegangen ist, weil er unsterblich verliebt gewesen war. Dieser Widerspruch hatte Fenia als Kind sehr beunruhigt: unsterblich in den Tod. Wahrscheinlich war gar nicht so oft von ihm die Rede gewesen, wie es ihr rückblickend erschien, und es war nur so, dass das, was sie hörte, ihre Fantasie besonders angeregt und sie in Angst versetzt hatte. Onkel Kostas hatte geliebt, fanatisch, wie es hieß, und weil er die Angebetete nicht bekommen konnte, sei er weggegangen und habe sich dem Widerstand angeschlossen. Bei dem Wort »Angebetete« hatte die kleine Fenia an die

Jungfrau Maria denken müssen, an religiöse Verzückung, und das war vielleicht gar nicht so falsch. Aber noch mehr hatte sie damals der Begriff »Widerstand« beschäftigt. Sie wusste nicht, welcher Krieg oder Bürgerkrieg da geherrscht hatte, das war vor ihrer Geburt, und auch wenn es sehr kurz vor ihrer Geburt gewesen war, war es für sie doch so fern wie der Peloponnesische Krieg, von dem sie damals oder wenig später in der Schule hörte. Der Onkel Kostas, hieß es, sei »nicht mehr zurückgekommen«. In ihrer Phantasie befand sich der »Onkel im Widerstand« in einer Unterwelt, wo die Toten, aber unsterblich Verliebten, gegen dieses Verhängnis kämpften, das Liebe hieß und Anbetung. Diese Unterwelt hatte sie sich dunkel, sehr schwül und feucht vorgestellt, auf unklare Weise gefährlich und jedenfalls nicht als Ort, wo man unbedingt hin möchte – auch wenn sie nichts wie fort wollte aus ihrem von der Sonne verbrannten zypriotischen Dorf, dem steinigen, ausgedörrten Land mit den armseligen Olivenbäumen, deren silbriges Schimmern auch nur ein Betrug war, nämlich Schönheit für andere, für entzückte Touristen, deren Geld das Dorf überleben ließ, das von den Oliven schon lange nicht mehr leben konnte. Die Touristen kamen, um zum »Bad der Aphrodite« geführt zu werden. Das Wasser dieser Quelle soll dem darin Badenden ewige Jugend schenken. Hier hatte sich die Liebesgöttin mit Adonis vergnügt. Allerdings war diese Sehenswürdigkeit bloß ein unscheinbares Naturbecken in den Felsen oberhalb des Dorfes, fast immer ausgetrocknet, daneben ein großes Holzschild, auf dem stand:
NON POTABLE WATER
PLEASE DO NOT SWIM
Die Touristen fotografierten das trockene Becken und das Schild und lachten. Das also waren die Jünger der Göttin der Liebe. Fenia verkaufte ihnen nach der Schule Mineralwasser,

das sie in zwei Kühltaschen auf den Berg schleppte. Sie sparte. Sie wollte weg.
Es dauerte Jahre, bis sie begriff, dass der Onkel seit langer Zeit wirklich tot war, als Partisan gefallen, irgendwo verscharrt. Partisanen, dachte sie nun, waren Menschen, die die Realität nicht anerkannten, insofern hatten sie tatsächlich eine große Gemeinsamkeit mit Verliebten. Sie fand es verrückt, völlig verrückt, als Grieche gegen griechische Generäle zu kämpfen, statt sich gegen die Türken zu wehren, die die halbe Insel besetzt hatten.
Fenia hatte eine andere Vorstellung vom Glück und vom Kampf, durch den sie ihr Glück erringen wollte. Sie wollte hinaus. Hoch hinaus. Als zypriotische Griechin mit entsprechenden Zeugnissen war ihr die Möglichkeit auf einen Studienplatz in Griechenland gegeben. Sie wollte nach Athen. Die Mutter unterstützte Fenias Plan mit ihren bescheidenen Ersparnissen. Liebte Fenia ihre Mutter? Sie wusste, dass es letztlich um Zins und Zinseszins ging: um das Geld, das sie, nach einem erfolgreichen Studium, würde nach Hause schicken können. Die ganze Familie spannte die Muskeln an. Das war die Definition von Liebe, die Fenia verstand. Der Vater mobilisierte mit kleinen Geschenken und großem Starrsinn Menschen, die er kannte, die wiederum andere kannten, bis er für Fenia einen Platz auf einem Schiff von Limassol nach Lavrio organisiert hatte. Es war ein Frachtschiff, das keine Passagiere mitnahm. Der Kapitän erklärte sich bereit, Fenia mitzunehmen, gleichsam als geduldeten blinden Passagier. Die Fähre wäre zu teuer und ein Flug unerschwinglich gewesen. Von Lavrio nach Athen musste sie sich alleine durchschlagen. Das war nicht schwierig, auf dieser Strecke fuhr ein Lastwagen nach dem anderen. Eine Freundin hatte ihr prophezeit: Du wirst mit Sex bezahlen müssen. Fenia zahlte nicht. Die Fahrer ließen ein hübsches junges Mädchen einsteigen und

hatten dann eine respektgebietende, eisige Frau neben sich auf dem Beifahrersitz. In Athen kam sie bei entfernten Verwandten unter. Mit der Entfernung steigt der Preis für familiäre Solidarität. Die Verwandten forderten zu viel »Kostbeitrag«, viel mehr als zuvor brieflich vereinbart. Ihr Budget, ihre und ihrer Mutter Ersparnisse, schmolz zu schnell dahin. Sie durfte sich nichts aus dem Kühlschrank nehmen, was sie nicht selbst gekauft hatte – obwohl sie doch Kostbeitrag zahlte. Wenn die Familie abends Fleisch aß, bekam sie nur das Gemüse und die Kartoffeln, und am Ende den Knochen der Lammkeule, soweit noch etwas dran war. Sie fühlte sich gedemütigt, war aber zu stolz, um das nach Hause zu berichten. Sie hielt ihren Rucksack gepackt und schaute sich um. Eine Studienkollegin nahm sie mit ins »Spilia tou Platona«, das angesagte Lokal der Chrysi Neolaia, der »goldenen Jugend« Athens.

– Ist das nicht teuer?

– Es ist teuer. Wir investieren nur einen Drink. Und dann werden wir sicher von Männern eingeladen! Die interessantesten Männer verkehren in der Spilia!

Dort lernte sie den Doktor kennen, den Anwalt Jorgos Chatzopoulos, von ihr bald Chatz oder Schatz genannt, wobei nicht klar war, ob das bloß ihre Koseform von Chatzopoulos war oder eine Anspielung auf die Naziliebchen, die seinerzeit als »germaniki Schatz« gebrandmarkt worden waren: Jorgos Chatzopoulos war der Erbe einer Kanzlei, die sein Großvater während der deutschen Besatzung übernommen hatte, nachdem der jüdische Anwalt, dem sie gehört hatte, deportiert worden war. Aber Fenia wusste das gar nicht. Und sie überschätzte Jorgos. Sie holte ihren Rucksack und zog bei ihm ein. Für sie war er der erste Mann von Welt. Fünfzehn Jahre älter, großzügig, ein Mann, der in teuren Restaurants mit Kellnern über französische Weine diskutieren konnte. Fast hätte sie gedacht, dass es das doch gibt: dieses Prinzessinengefühl der Liebe. Sie heirateten. Bei der Hochzeit musste Fenia lachen, als Schatz in einer Rede zu den Festgästen von »ewiger Liebe« sprach. Das klang wie eine schmalzige Geschichte aus »Xrisi Kardia«, dem »Goldenen Herz«-Blatt. Und tatsächlich hatte er die Fotos der Hochzeit an das Blatt verkauft – es erschien aber nur ein kleiner Artikel, halbe Seite mit zwei Fotos, und später stellte sich heraus, dass »verkauft« auch nicht ganz korrekt war: Er hatte dafür bezahlt!

Wie stolz die Eltern waren. Und sie machten sich Sorgen, als sie bald darauf mitbekamen, dass Fenia unglücklich war. Sie machten sich nicht etwa Sorgen um Fenia, sondern um deren Ehe. Es ging zu schnell, dass diese Ehe sich entzauberte. Wenn sie sich Schatz hingab im Whirlpool seiner Wohnung, dann spürte sie unerträglich deutlich, wie schal das alles war: Er war so stolz auf seinen Whirlpool, er genoss nicht den Luxus, zu dem er es gebracht hatte, sondern das Gefühl, damit zu beeindrucken, er genoss Symbole eines privilegierten Lebens, aber nicht das Leben selbst, er war begeistert davon, dass er, er, diese schöne junge Frau besitzen konnte, er war verliebt in sich selbst, sie aber hatte bald das Gefühl, austauschbar zu sein, er glaubte »Liebe zu machen« – eine Formulierung, die sie blöder fand als jeden ordinären Ausdruck – und machte doch nur Selbstliebe.

Sie kam durch ihn in andere Kreise, und dort sah sie, dass er nicht die große Nummer war, als die er in der »Spilia« aufgetreten war, sondern ein nervöser Biedermann, der sich schleimig an die wirklich Reichen anbiederte, im Grunde ein Winkeladvokat, der mit den fauligen Fischen, die er an Land zog, gut genug verdiente, um zu glauben, dass er schon im Vorzimmer von Geld und Macht saß.

Als Fenia sich zurückzog und immer konsequenter eigene Wege ging, glaubte Schatz plötzlich, sie doch zu lieben. Er zeigte es durch emotional vorgebrachte Vorhaltungen, durch eine neurotische Verlustangst, die er für einen Liebesbeweis hielt, durch einen Gefühlssturm, der so heftig war, dass man ihn mit Mordlust verwechseln konnte. Besonders skandalös fand Fenia, dass er Dankbarkeit einforderte. Das war doch verrückt: Dankbarkeit von anderen einzufordern, nachdem man sich selbst befriedigt hatte!

Er hatte ihr das Studentenleben ökonomisch erleichtert, okay, aber sie hätte es ohne ihn genauso geschafft, während er ohne sie weniger Spaß und, so wie er sie ausstaffiert und vorgeführt hatte, in seinen Kreisen weniger Renommee gehabt hätte. Sie studierte Ökonomie, und diese Bilanzrechnung war unter ihrem Niveau. Und das Stipendium für England hatte sie ohne seine Hilfe errungen, und damit kam sie weg, sie wollte hinaus, hoch hinaus.

Es wurde eine Wochenend-Ehe, in immer größeren Abständen, zunächst in London, dann in Brüssel. Das letzte Mal, als sie ihn in ihrem Bett sah, als sie aufwachte und seine verschwitzten grauen Locken, sein vom Alkohol verquollenes Gesicht betrachtete, dachte sie: Er ist mir heute fremder als beim ersten Mal.

Sie fand, das war eine gute Definition für das Ende.

Dieser Gedanke machte sie fröhlich. Sie war beim Frühstück so vergnügt und entspannt wie schon lange nicht mehr. Weil ihr alles klar war. Das war der Moment, in dem Schatz wirklich Größe zeigte. Er verstand die Situation nicht falsch, wirkte selbst auch befreit, war launig und sagte, als er mit seinem Trolley aus ihrem Apartment hinausging: Liebe ist eine Fiktion.

Ja.

Mach's gut!

Ja. Du auch.

Und wie verrückt war es, völlig verrückt, dass Fenia jetzt an ihrem Schreibtisch saß, unfähig zu arbeiten, weil sie sehnsüchtig wartete, so sehnsüchtig wie eine Liebende – auf den Anruf von Fridsch. Er war gestern von seiner Dienstreise nach Doha zurückgekommen, hatte heute Vormittag ein Gespräch mit Queneau gehabt, bei dem er auch beiläufig Fenias Anliegen erwähnen wollte, um auszuloten, welche Möglichkeiten es gab, dass sie von der Kultur wegkam. Er hatte versprochen, sie gleich danach anzurufen. Sie saß da, starrte das Telefon an. Nahm den Hörer ab, legte ihn wieder auf. Nein, sie rief ihn nicht an, er sollte sie anrufen. Sie nahm ihr Smartphone, sah nach, ob sie seinen Anruf versäumt oder er eine Nachricht geschickt hatte – nein, sie legte es neben die Tastatur ihres Computers, checkte die E-Mails, siebenundvierzig ungelesene Nachrichten, aber keine von ihm, sie nahm erneut das Smartphone, ja, sie hatte natürlich guten Empfang, sie legte es wieder auf den Tisch. Was sie verwirrte: Ihr war vollkommen egal, was Fridsch von dem Gespräch berichten würde, ob Queneau eine Andeutung gemacht hatte, die man dahingehend interpretieren könnte, dass er bereit wäre, ihren Wunsch nach einem Wechsel im Geiste der Mobilité zu unterstützen – sie wollte die Stimme von Fridsch hören. Egal, was er zu berichten hatte. Einfach nur seine Stimme hören. Sie fühlte sich wie – ja, wie? Das war doch verrückt: Sie hatte Sehnsucht nach seiner Stimme.

Martin Susman kam um acht Uhr in die Arche. Von der Kantine wehte der Geruch frisch aufgebackener Croissants ins Foyer. Der Duft, dem er normalerweise nicht widerstehen konnte, erinnerte ihn heute an eine Chemiefabrik, und er nahm dies als Zeichen dafür, dass er noch nicht ganz gesund war. Vor dem Lift traf er zwei junge Männer von der Task Force Ukraine, die in der 6. Etage arbeiteten. Bohumil Szmekal hatte sie »die Salamander« genannt, ein Ausdruck, der mittlerweile in der Arche allgemein verwendet wurde, wenn von den Mitarbeitern dieser »Task Force« die Rede war. So konnte man über sie, »die Salamander«, verächtlich oder ironisch reden, auch wenn sie in der Kantine am Nebentisch saßen. Das ist die neue Generation bei uns, hatte Bohumil erklärt, keine Europäer, sondern einfach Karrieristen in den europäischen Institutionen, sie sind wie Salamander, man kann sie ins Feuer werfen, aber sie verbrennen nicht, ihr Hauptmerkmal ist ihre Unzerstörbarkeit.

Es waren junge Männer in korrekten engen Anzügen, mit großen Krawattenknoten und pomadisiertem Haar, schon optisch der schärfste Gegensatz zu den Mitarbeitern in der Kultur, sie waren glatt und wendig und auf eine Weise förmlich höflich, die Kassándra »niederschmetternd« nannte, fünf Minuten Smalltalk mit den Salamandern, und ich bin depressiv!

Was ist eure Aufgabe?, hatte Bohumil einen Salamander gefragt, als die Task Force Ukraine hier über ihren Köpfen einquartiert wurde. Er erfuhr, dass sie Hilfsprogramme für die Ukraine entwickeln sollten, um die Demokratiebewegung nach der Maidan-Revolution zu unterstützen. Die Herausforderung bestand darin, Geld zu verteilen, das sie nicht hatten. Es wurde ihnen kein neues, eigenes Budget zur Verfügung gestellt. Sie machten daher klassisches Repackaging – wenn man Neues nicht hat, wird Altes neu verpackt. Sie verpackten also alte, längst bestehende Hilfsprogramme mit neuen Titeln und neuen Bedingungen in neuen Kombinationen zu neuen Hilfspaketen, wodurch mit alten Budgets neue Verteilungskämpfe entstanden, die zu neuen Statistiken führten, in denen neue Prozentangaben und graphische Kurven neue Dynamik zeigten. Diese Aufgabe war die ideale Feuertaufe für diese jungen Karrieristen: Es gab am Ende nichts zu gewinnen als das eigene Überleben in den gegebenen Bedingungen beziehungsweise

das Fortbestehen von alten Bedingungen bei verbesserten eigenen Zukunftschancen.
Dass er nun mit den zwei Salamandern auf den Lift warten musste, besserte Martin Susmans Laune nicht.
Wie es ihm gehe? Natürlich wäre »Ausgezeichnet!« die richtige Antwort gewesen, aber Martin war vom Teufel geritten, er sagte »Scheiße!«, weidete sich am Gesichtsausdruck der Salamander und fügte hinzu: Ich habe mich schwer erkältet! –
Das tut mir sehr leid!
Sehr leid!, sagte auch der zweite Salamander.
Und nun ging Martin aufs Ganze: Es war arschkalt in der Ukraine!
Oh! Sie waren in der Ukraine?
Yes, Sir! Und es ist kein Wunder, dass mein Immunsystem zusammengebrochen ist! Die Menschen dort sind so frustriert, so enttäuscht von uns, von der EU. Sie fühlen sich im Stich gelassen und –
Die Salamander glänzten: O ja, wir kennen das Problem, Sie haben völlig recht! Wir –
Völlig recht!
Wir wissen, wir müssen jetzt –
Da kam der Lift, die Tür öffnete sich.
Dritter, richtig?
Ja, sagte Martin.
Der Salamander drückte auf Drei und Sechs und sagte: Wir müssen unsere Kommunikation verbessern. Sie haben völlig recht! Deshalb bündeln wir jetzt unsere Kräfte in der Kommunikation!
Die Kommission muss sich besser verkaufen, und wir –
Der Lift hielt, die Tür öffnete sich. Sich verkaufen! Wenn die wüssten, dachte Martin, was sie da sagten! Auf Wiedersehen!

Haben Sie einen schönen Tag!
Einen schönen Tag! Und gute Besserung!
Die Lifttür glitt hinter Martin zu, er holte tief Luft, mit offenem Mund, seine Nase war verstopft. Er war zu früh wieder zur Arbeit gegangen, andererseits: Er musste schnellstens sein Papier zum Jubilee Project fertig machen, um es endlich Xeno zu mailen. Das hätte er auch von zu Hause machen können, aber wie er sie kannte, würde sie ihn dann gleich ins Besprechungszimmer rufen, um mit ihm und einigen anderen Kollegen aus der Abteilung über das Papier zu reden. Also musste er da sein und sich bereithalten.
Er ging an ihrem Arbeitszimmer vorbei, die Tür war zu. Er ging an Bohumils Zimmer vorbei, die Tür war offen, Bohumil stand mitten im Raum auf einer Stehleiter. Als er Martin sah, rief er Ahoj!
Ahoj!
Martin war so langsam im Kopf, dass ihm erst in seinem Zimmer einfiel, dass er eigentlich stehen bleiben und Bohumil hätte fragen sollen, was er da auf der Leiter tat. Egal. Er polierte eine Stunde lang, die ihm wie eine Ewigkeit erschien, seine Bullet Points, mailte sie an Xeno. Dann trug er langsam seinen E-Mail-Rückstau ab. Das meiste beantwortete sich von selbst oder hatte sich während seines Krankenstands bereits erledigt. Da war eine Mail von Florian. »Lieber Bruder, du Kuckucksei! Nächste Woche fliege ich nach Peking, Wirtschaftsdelegation mit UHBP und dem Präs. der Wirtschaftskammer. So wie es aussieht – habe Infos des österr. Handelsdelegierten in Peking – werden die anstehenden Verhandlungen zum Erfolg – der sich als Katastrophe erweisen wird. Der Präs. ist ahnungslos, der Vertrag, der unterschrieben wird, macht uns erpressbar. Ich frage mich, wer hier die Schweine sind ... Du musst unbedingt –« Martin Susman stand auf und streckte sich. Er wollte rauchen, er brauchte unbedingt eine Zigaret-

te. So krank konnte er also nicht mehr sein. Noch keine Reaktion von Xeno. Er schaute hinüber zu Bohumil, aber der war nicht mehr da, auch die Leiter war weg. Martin ging hinaus auf die Feuerleiter, rauchte frierend zwei Zigaretten, dann ging er wieder in sein Zimmer. Er schrieb den Dienstreise-Bericht, machte die Dienstreise-Spesenabrechnung, erledigte noch einigen administrativen Kram, das heißt: Er füllte Tabellen aus. Dann bearbeitete er die Studentenanfragen – da waren wieder zwei, die ein Praktikum machen wollten, diese Anfragen leitete er weiter. Ein Student schrieb eine Doktorarbeit in European Studies an der Universität Passau, sein Thema war Europäische Kulturpolitik, abgeleitet vom Zitat von Jean Monnet: »Wenn ich noch einmal anfangen könnte, dann würde ich mit der Kultur beginnen.« Martin Susman wusste nicht, warum, aber solche Mails kamen im Schnitt zwei Mal pro Woche. Der Student erbat zu diesem Zitat eine Stellungnahme der Generaldirektion für Kultur der Europäischen Kommission. Die Antwort schrieb sich von selbst. Es gibt keinen Nachweis, dass Monnet diesen Satz tatsächlich gesagt oder gar irgendwo veröffentlicht hat. Und selbst wenn er ihn gesagt hätte, dann wäre ohne eine weitere Ausführung völlig unklar, was damit konkret gemeint war: »Mit Kultur beginnen«. Die Ode an die Freude singen und dann erst die Montanunion gründen? Kultur sei a priori universal, habe also immer schon eine Gemeinsamkeit und Verbundenheit zwischen Menschen hergestellt, die endlich auch politisch verwirklicht werden musste. Und der Austausch von Regionalkulturen, der sich tatsächlich für das Zusammenwachsen Europas als eminent wichtig erwiesen hat, sei nur durch die politischen Errungenschaften des europäischen Projekts immer intensiver möglich geworden: durch den Wegfall der Grenzen, der Reise- und Niederlassungsfreiheit, den freien Handel auf einem gemeinsamen Markt.

Er hielt inne. Waren das Phrasen? Andererseits: Gibt es eine Wahrheit, die man hundert Mal wiederholen kann, ohne dass sie zur Phrase wird? Seine verstopfte Nase machte ihm zu schaffen, er fürchtete, dass der Schnupfen sich zu einer Sinusitis auswachsen könnte, er spürte ein beängstigendes Pochen in der Stirn. Warum hielt er sich so lange mit dieser Mail an den Studenten auf? Sein Papier für das Jubilee Project – das waren doch keine Phrasen, die er da geschrieben hatte. Noch immer keine Antwort von Xeno. Das wunderte ihn. Er sah auf die Uhr. Es war ein Uhr. Und Xeno reagierte nicht. Warum reagierte sie nicht?
Er stand auf, ging aus dem Zimmer, raus aus seiner Arbeitszelle. Im Gang traf er Bohumil.
– Bist du krank?
– Ja.
– Liebeskrank?
– Wie kommst du drauf?
– Du schaust so aus. Völlig konfus.

David de Vriend stand mitten in seinem Zimmer und fragte sich, warum er da stand. Er hatte eben noch etwas vorgehabt, etwas tun wollen – aber was? Nein, jetzt fragte er sich das nicht, er sah sich einfach um, als suchte er erst eine Beschäftigung oder – sein Blick fiel auf das Telefon – als wartete er auf etwas, ja, als erwartete er einen Anruf. Er setzte sich in seinen Sessel, mit Blick auf das Telefon. Vergessen! Er hatte das Gefühl, vergessen worden zu sein, völlig vergessen von allen Menschen und sogar vom Tod. Aber wen gab es denn noch, der sich seiner erinnern sollte?
Das Januarlicht, eine silbrig graue Fläche im Rahmen des Fensters, wie die Tür eines Schließfachs oder eines Safes. Der Schlüssel verloren, die Kombination vergessen. Oder die eiserne Kellertür eines Bunkers, dahinter der dunkle Stollen zum Tod.

Er stand wieder auf, trat an das Fenster. Da unten lag der Friedhof. Wer sollte sich denn an ihn erinnern? Lagen doch schon alle dort, unter den Steinen unter dem grauen Dunst. Nein, nicht alle.
Er war eigenbrötlerisch geworden, als die ihm nahestehenden Menschen nach und nach starben. Deren Kinder gingen längst schon eigene Wege, die sie weit weg führten, in eine Welt mit mehr Glück oder ganz anderem Unglück. In seiner letzten Zeit in Sainte-Catherine war er noch ab und zu auf der Straße gegrüßt worden – wer war das? Ein ehemaliger Schüler, wird auch schon grauhaarig! Und er hatte erstaunt zurückgegrüßt. Das war alles. Und jetzt saß er alleine in der Seniorenresidenz Huis Hanssens, sollte Gemeinschaftsräume mit Menschen teilen, die aus seiner Generation waren, aber nie seine Zeitgenossen gewesen sind, weil sie seine Erfahrungen nicht teilen mussten, ihr Unglück war das Alter, sein Unglück war das Leben. Nein, da gab es nichts zu teilen, außer Ausdünstungen, von den Mottenkugeln der Anzüge und Kleider, von Urin, Schweiß, vermodernden Körperzellen, nur Tränen haben keinen Geruch. Er hatte vergessen wollen, aber das hatte nur dazu geführt, dass er vergessen wurde.
Er setzte sich an den Tisch. Da lag ein Kugelschreiber. Er stand wieder auf, sah sich um, da musste doch irgendwo sein Notizblock liegen. Wo war der Notizblock? Vor ein paar Tagen war eine Frau Doktor da gewesen, eine Psychologin von einem städtischen Amt, das für die Altersheime zuständig war, um ein so genanntes Akkommodationsgespräch mit ihm zu führen, ein – was? Ein Betreuungsgespräch. Sie hatte den großen Notizblock mitgebracht. Sie sei gekommen, um ihm, wie sie sagte, den Eintritt in den Lebensabend zu erleichtern und Hilfestellung zu geben bei der Gestaltung seines Lebensabends, vor allem um ihm allfällige Angst zu nehmen vor dem Lebensabend – sie sagte unausgesetzt Lebensabend, bis David de

Vriend sie unterbrach: Es wäre zwar genauso verlogen, aber doch irgendwie netter, wenn sie statt »Lebensabend« einfach »Lebensabschnitt« sagen würde. Dass es der letzte sei, wisse er ohnehin, aber selbst da könne es noch sonnige Tage geben und nicht nur einen ewigen Abend. Die Frau Doktor war so bemüht einfühlsam. Was de Vriend besonders unerträglich fand, war, dass diese dünne Frau ihren Kopf kahlgeschoren hatte – warum? War das jetzt Mode? Er hatte in letzter Zeit immer wieder Glatzköpfe auf den Straßen gesehen, junge Menschen mit Glatzen und Tätowierungen. Wussten sie, was sie da taten, was sie damit aussagten, welche Assoziationen sie weckten? Er hatte die geschorenen Köpfe und die Skelette vergessen wollen, und nun schickten sie ihm diese Frau. Es machte ihn aggressiv. Gehen Sie! Sie beleidigen mich – und er wurde pathetisch: Sie beleidigen das Gedächtnis der Welt!
Die Frau Doktor war einfühlsam. Sie fragte nach, schließlich erklärte sie sich: sie habe eine Chemotherapie hinter sich. Brustkrebs. Aber sie legte Wert darauf, weiter zu arbeiten, weil –
De Vriend schämte sich. Und schwieg. Schwieg und ließ sie reden, kein falsches Wort mehr, ab und zu nickte er, und er nickte, als sie aus der Tasche diesen Notizblock zog, ihn auf den Tisch legte und sagte: Das habe ich Ihnen mitgebracht. Ein kleiner Tipp: Notieren Sie Ihre Gedanken und Absichten. Ich kenne das, glauben Sie mir: Man hat einen Gedanken, und dann vergisst man ihn wieder. Aber wenn Sie ihn gleich aufschreiben, dann können Sie immer überprüfen, habe ich das getan, was ich vorgehabt habe, habe ich mich darum gekümmert, was ich mir überlegt habe. Es ist ein gutes Training gegen das Vergessen, wenn man sich angewöhnt, immer alles aufzuschreiben.
Wo war der Notizblock? Da. Neben dem Bett.
Er setzte sich an den Tisch, nahm den Kugelschreiber. Der Block war großformatig, oben hatte er eine Leiste aus Kar-

ton, unter der man die Blätter abtrennen konnte. Auf dieser Leiste stand neben dem Wappen der Region Brüssel: »Bruxelles ne vous oublie pas! / Brussel zal u niet vergeten!«
Er wollte eine Liste anlegen, die Namen all derer aufschreiben, die mit ihm überlebt hatten und noch lebten oder vielleicht noch lebten, weil er keine Nachricht von ihrem Tod bekommen hatte. Warum? Er hatte doch Erinnerungen. Sie drängten sich vor. In seinem Gedächtnis leuchteten Namen auf, er sah Gesichter, hörte Tonfälle, er sah in dunkle Augen, sah Gesten und Bewegungen, und er spürte den Hunger, diese Häckselmaschine des Lebens, die das Körperfett frisst, dann die Muskeln zermalmt und dann die Seele, die man, wenn überhaupt, erst entdeckt, wenn der Hunger zur Metapher wird: Lebenshunger. Er spürte diesen Hunger jetzt, nicht mehr so stark, aber er spürte ihn, und er wollte diese Liste machen, aufschreiben, mit wem er diesen Hunger geteilt hatte und – er sah auf. Hunger war der falsche Begriff, mit Hunger bezeichnet man das Gefühl der Satten, die eine Mahlzeit ausließen. Das hatte mit dem Hunger, den er überlebt hatte, nichts zu tun. Die Lebenden und die Überlebenden sprachen nur zufällig dieselbe Sprache, produzierten ein ewiges Missverständnis, indem sie dieselben Begriffe verwendeten.
Er setzte an zu schreiben: »Überlebende«. So wollte er seine Liste nennen, das war seine Idee: Wer war noch da, der seine Sprache sprach. Da läutete das Telefon. Er hielt inne. Begann das Wort »Überlebende« zu schreiben, das Telefon nervte, er legte den Kugelschreiber auf den Tisch und hob ab.
Es war Frau Joséphine. Warum er denn nicht zum Essen komme? Er wird doch nicht das Mittagessen vergessen haben? Wir müssen doch etwas essen, nicht wahr, Herr de Vriend? Sie brüllte ins Telefon. Wir werden doch nicht hungern wollen, nicht wahr?

Er sei der einzige von den Mobilen, der nicht in den Speisesaal gekommen sei und –
Der einzige – was?
Es gibt Fisch, mit Reis und Gemüse, das ist bekömmlich und gesund. Und –
Ja. Ja. Ich habe die Zeit übersehen. Ich komme schon.
David de Vriend band eine Krawatte um, zog ein Sakko an und fuhr mit dem Lift hinunter in den Speisesaal. Er schaute, ob es einen Tisch gab, an dem er alleine sitzen konnte. Nein. Frau Joséphine stürzte auf ihn zu, brachte ihn an einen Tisch. Sagte, sie sei froh, dass er gekommen sei, sie habe sich schon Sorgen gemacht. Wir wollen doch keinen Schwächeanfall haben, nicht wahr, Herr de Vriend.
An dem Tisch saßen zwei Männer und eine Frau, die Frau Joséphine ihm vorstellte: Ein pensionierter Richter, ein emeritierter Universitätsprofessor für Geschichte und eine ehemalige Standesbeamtin, alle drei verwitwet. Sie waren sehr freundlich und de Vriend fand sie auf Anhieb widerlich. Sie waren so – de Vriend suchte nach einem Wort – so, wie sagt man in diesem Leben? Sie waren schon längere Zeit hier, kannten das System, die Strukturen, die Gebräuche, hatten ihre Kontakte zur Direktion und zum Personal, sie kannten sich aus und hatten sich eingerichtet, mehr noch: Sie konnten einem Neuankömmling helfen, aber ihm auch das Leben schwer machen. Das war nach wenigen Minuten klar. Und dann kam die Frage: Und was haben Sie gemacht im Leben?
De Vriend verstand natürlich, dass sie bloß wissen wollten, welchen Beruf er ausgeübt hatte, aber er verschluckte sich an der Suppe, hustete, da kam schon sein Fisch-Teller, während seine Tischgenossen bereits die Nachspeise aßen, Crème de lait. De Vriend schob den Suppenteller weg, begann den Fisch zu essen, er aß schnell, nicht weil er den Vorsprung der ande-

ren aufholen, sondern weil er dieses Mittagessen schnellstmöglich hinter sich bringen und gehen wollte, er schlang den Fisch hinunter und spürte plötzlich eine Gräte, die in seine Luftröhre schlüpfte und stecken blieb, er stieß ein paar Mal kräftig Luft aus, um die Gräte zu lösen, aber er hatte das Gefühl, dass sie sich nur noch mehr verhakte, sich quer legte, er bekam Panik, er hechelte, immer wieder sich kräftig räuspernd und Luft holend, die Luft heftig ausstoßend. Er sprang auf, beugte sich vor, versuchte die Gräte abwechselnd zu schlucken oder hervorzudrücken, aber sie steckte in der Luftröhre fest, nahm ihm den Atem. Er schlug sich gegen die Brust, stieß mit aller Kraft Luft aus, ihm wurde rot vor Augen, und er schrie. Zunächst ein krächzendes, anschwellendes Aaaaa, dann ein Fluch, der Professor und die Standesbeamtin sprangen auf, von anderen Tischen schaute man erschrocken her, Frau Joséphine kam herbeigeeilt. Der Professor schlug ihm auf den Rücken, sagte Atmen! Er sagte immer wieder Atmen! Atmen! Die Standesbeamtin versuchte ihm ein Glas Wasser zu reichen, Frau Joséphine stellte sich hinter ihn, schlang ihre Arme um seine Brust, drückte und schüttelte ihn, er stieß sie mit dem Ellenbogen weg, keuchte.
Die Standesbeamtin versuchte ihre Finger in seinen Mund zu stecken, de Vriend schlug sie weg, sie taumelte und fiel auf einen Stuhl.
Er schrie hysterisch, dass das nicht wahr sein dürfe, er habe ein KZ überlebt und jetzt sterbe er an einer Gräte, bis er plötzlich innehielt, weil er merkte, dass er die Gräte nur noch als leichte Irritation spürte, und nicht einmal mehr sagen könnte, ob die Gräte wirklich noch in seinem Schlund steckte. Etwas Speichel rann aus seinem Mund, er setzte sich, keuchte und sagte schließlich: Es ist gut. Es ist gut.
Alles in Ordnung?
Ja.

Ganz sicher?
Ja.
Brauchen Sie einen Arzt?
Nein.
De Vriend atmete ein paar Mal tief durch, entschuldigte sich und ging in sein Zimmer.
In seinem Zimmer legte er sich hin, aber er empfand eine so starke Unruhe, dass er nicht liegen bleiben konnte, er stand wieder auf, setzte sich an den Tisch. Da lag der Notizblock. Darauf stand ein Wort, in seiner Handschrift: »Überleben«. Er hatte vorhin, vor dem Mittagessen, »Überlebende« schreiben und eine Liste anlegen wollen, war aber durch das Telefon gestört worden. Jetzt stand nur »Überleben« da, das hatte er geschrieben. Warum? Er zündete sich eine Zigarette an und schloss die Augen.

Es war ausgerechnet ein Totengräber, der den Weg zur Ewigen Liebe kannte. Professor Erhart hatte schließlich ihn angesprochen und nach dem Mausoleum der bedingungslosen Liebe gefragt, und dieser Mann wusste Bescheid. Es heißt zur Ewigen Liebe, nicht zur bedingungslosen Liebe, sagte er, auf seine Schaufel gestützt, ich weiß gar nicht, ob es das gibt, bedingungslose Liebe. Ewige Liebe, ja. Sie meinen das Mausoleum mit dem Lichtherzen auf dem Sarkophag, ja? Na eben. Da sind Sie hier auf dem falschen Friedhof. Das Mausoleum der Ewigen Liebe befindet sich auf dem Friedhof von Laeken.
Wo?
Laeken. Im Norden Brüssels.
Er nahm ein Taxi, döste ein während der Fahrt, die länger dauerte, als er erwartet hatte, und befand sich in einer eigentümlichen Trance, als er in Laeken ankam. Der Arm mit dem Bluterguss schmerzte ihn, aber jetzt, in seinem fast schlaf-

wandlerischen Zustand, empfand er diesen Schmerz nur als leichten, angenehmen Druck, als hätte sich seine verstorbene Frau bei ihm eingehängt, er spürte sie an seinem Arm, als ginge sie neben ihm, und bei jedem Schritt schien er sich mehr anzupassen an den Rhythmus ihrer Schritte und an ihr Tempo. Natürlich war das verrückt. Er schüttelte den Kopf, buchstäblich, rief sich zur Räson. Jetzt spürte er den Schmerz im Arm stärker, und auch das unangenehm taube Gefühl in seinen geschwollenen Füßen, die er behutsam einen vor den anderen setzte, als wären sie ungewohnte Prothesen.

Gleich nach dem Eingangstor befand sich ein Büro der Friedhofsverwaltung. Dort bekam er auf Nachfrage den Plan der Friedhofsanlage, auf dem die Gräber von Berühmtheiten und die geschichtlich bedeutsamen Denkmäler und Gedenkstätten eingezeichnet waren. Der Beamte markierte auf diesem Plan noch eigens mit einem X, wo sich das Mausoleum der Ewigen Liebe befand. Der Professor wunderte sich darüber, dass der Beamte ihm die Auskunft mit todtraurigem Gesicht gab, ihm den Plan geradezu mit dem Ausdruck der Bestürzung überreichte. Was hatte es mit diesem Mausoleum auf sich, dass die Frage danach zu einer solchen Reaktion führte? Dann dachte er, dass es sich wohl um eine Déformation professionnelle handelte. Der Mann arbeitete auf einem Friedhof und irgendwann war sein Gesicht eben zur Maske des Beileids geworden. Und so war selbst die ewige Liebe – in Gestalt eines Mausoleums – für ihn nichts anderes als ein Trauerfall.

Professor Erhart hatte den Tod seiner Frau noch nicht verwunden. Er fragte sich, ob ihm die Zeit, die angeblich alle Wunden heilt, überhaupt noch gegeben war. Und wenn ja, ob das überhaupt wünschenswert wäre. Der Schmerz, den er seit dem grauenvollen Sterben und schließlich dem Tod

seiner Frau spürte, erinnerte ihn so – ja: so lebendig an das große späte Glück, das er mit ihr gehabt hatte, und er war sicher, dass diese Erinnerung zu einer bloßen Phrase werden würde, wenn diese Wunde tatsächlich vernarbte.
Er ging mit dem Plan in der Hand über den Kiesweg und wunderte sich, dass er kein Knirschen hörte. In allen Filmen und Romanen knirschen die Kieswege. Er blieb stehen. Es war so still. Stumm wiegten sich die Äste der Bäume im Wind, lautlos das Flügelschlagen der Krähen. Weit vorn kreuzten einige Menschen die Allee, wie Schatten, die still vorbeiglitten, so wie am Himmel die grauen Wolken. Er ging weiter und – ja, doch: als läge eine Watteschicht auf dem Kies, hörte er nun ganz leise seine Schritte.
Dann stand er vor dem Grabmal. Er vergewisserte sich mehrmals, dass es tatsächlich das gesuchte Mausoleum der Ewigen Liebe war, aber es gab keinen Zweifel. Es war traurig. Was hatte er erwartet? Natürlich nicht den Tadsch Mahal, aber doch etwas Stolzes, etwas, das, im schönsten Menschenmaß, der Idee und der Erfahrung einer unendlichen Liebe einen baulichen Ausdruck gab, Ewigkeit im Material der Ewigkeit, dem Stein. Aber das hier war eine Ruine. Das Dach, in dem sich die berühmte, genau vermessene Öffnung befunden hatte, durch die ein Lichtherz auf den Sarkophag fallen sollte, war eingeknickt, die linke Seite des Mausoleums war eingesunken, wodurch sich Risse und Verschiebungen zwischen den Steinquadern gebildet hatten, aus denen Unkraut wuchs, die mit zwei flammenden Herzen verzierte Eisentür war verrostet und mit einer Kette versperrt, ein Türflügel hing schief in den Angeln, wodurch sich ein Spalt ergab, durch den man ins Innere blicken konnte, aber man sah nicht den Sarkophag, sondern nur Dreck, sogar Plastikmüll, wie war er da hineingekommen?
Links daneben steckte ein primitives, bereits vermorschtes

und vermoostes Holzschild schief im Boden, das darauf hinwies, dass die Pacht für diesen Grabplatz per August 1990 abgelaufen war und allfällige Nachkommen sich bei der Friedhofsverwaltung melden mögen. Daneben stand ein Schild aus Emaille in schmiedeeisernem Rahmen, das dieses Mausoleum als Kulturdenkmal auswies.

Die Idee einer ewigen Liebe, die Ewigkeit so wörtlich nimmt, dass sie sich noch ihres Nachlebens versichert, hatte Alois Erhart fasziniert. Aber solange die Ewigkeit auch nur etwas Menschengemachtes war, nichts Absolutes, sondern ein Verhältnis zwischen Menschen, im Grunde eine Vereinbarung, geht sie wie alles Menschengemachte irgendwann zu Ende, schnell und gnadenlos.

Das hätte er wissen müssen. Es hatte eine kleine Ewigkeit gedauert, nämlich bis zu seinem sechzigsten Lebensjahr, also vierzig Ehejahre, dass er selbst dieses Gefühl zum ersten Mal zutiefst spürte: ewige Liebe. Und da hatte er gesagt: Ich werde dich ewig lieben!

So pathetisch! Und er war tatsächlich erstaunt über sich selbst gewesen, als er diesen Satz ausgesprochen hatte. Er hatte damals das Gefühl gehabt, angekommen zu sein. Und später wunderte er sich darüber, dass ihm nicht gleich klar gewesen war, dass es keine Ewigkeit geben konnte: Sie ist nichts anderes als eine kurze Rast auf der Reise der Geschichte. Ich weiß, ich werde dich ewig lieben, hatte er gesagt – und schon zwei Jahre danach ist seine Frau gestorben. Und ob es nun ein Leben nach dem Tod gibt oder nicht, also das ewige Leben – der Satz von der ewigen Liebe ist, genauso wie das Gefühl, das diesen Satz hervorbrachte, nur noch Erinnerung, eben Geschichte.

Pathos! Eigentlich ist es so gewesen: Alois Erhart hatte sechzig Jahre alt werden müssen, um zu erfahren, dass es das wirklich gab: guten Sex.

Sein Lebtag lang hatte er das anwachsende Geraune und Gerede über »guten Sex« nicht verstanden. Hatte er wirklich gedacht: »sein Lebtag«? Das hätte von seinem Vater sein können, der hat solche Formulierungen verwendet. Jedenfalls: »Guter Sex«, das hielt er für Gequatsche, für die dubiose Ideologisierung eines menschlichen Triebs, die sich nicht annähernd so einsichtig begründen und erklären ließ wie die Frage, was »gute Küche« in Hinblick auf den menschlichen Nahrungstrieb sei. Alois Erhart war von der Fraktion »Man isst, was zu Hause auf den Tisch kommt«. Man ist dankbar und schlägt sein Kreuzzeichen drüber. Er war ein Nachkriegskind, ein Kind des Wiederaufbaus, er wusste, was Bedürfnisse sind, und er verstand bald, dass bei zunehmendem Wohlstand die Ansprüche wuchsen, aber er verstand nicht, warum guter und freier Sex ein Anspruch sein sollte, etwas, das politisch diskutiert und erkämpft werden musste, als wäre es eine Sozialleistung, die jedem Menschen zustehe, wie freier Hochschulzugang oder das Pensionsrecht. Das war in den sechziger und siebziger Jahren des vorigen Jahrhunderts gewesen, es war seine Generation, die die »sexuelle Revolution« ausgerufen hatte, aber er hatte nicht dazugehört.
Sein Vater besaß ein Sportartikel-Geschäft auf der Mariahilfer Straße, einer der großen Einkaufsstraßen von Wien, also gute Lage, aber was nützt die beste Geschäftslage in einer Zeit ohne Kaufkraft? Der Vater hatte das Geschäft als junger Mann, begeistert von der damals »neuen Zeit«, euphorisch und risikofreudig im Jahr 1937 eröffnet, gerade noch Zwischenkriegszeit. Warum Sportartikel? Der Vater war fanatischer Turner, er nannte sich »Turnbruder« als Mitglied der Turnvater-Jahn-Gesellschaft Wien, außerdem war er Fußballer, er spielte bei Wacker Wien, wo er, nach dem Verkauf von Josef Mahal an die Wiener Austria, als dessen Ersatz früh einen Platz in der Ersten bekam. »Der Jud Mahal hat mir mit seiner Gier Glück

gebracht«, hatte der Vater erzählt, »er ist für zehn Schilling pro Spiel zur Austria gewechselt, so bin ich in die Kampfmannschaft gekommen und war mit fünf Schilling mehr als zufrieden!«
Geschäftseröffnung. Aber das Geschäft ging schlecht. Wer kaufte in Zeiten der Massenarbeitslosigkeit und Hyperinflation Fußballschuhe, wenn schon das Geld für normale Schuhe fehlte? Viele Kinder gingen damals barfuß in die Schule. Der Vater polierte Fahrräder im Geschäft, verkaufte ab und zu ein »Jahn-Leibchen«, im Volksmund – warum auch immer – »Ruder-Leiberl« genannt, und schrammte dem Konkurs entgegen. Im Jahr 1939 schöpfte er Hoffnung, als er es durch seine Kontakte schaffte, einen größeren Posten Zelte und »Feldgeschirr« an das »Jungvolk« und die »Hitlerjugend Wien« zu verkaufen, im Jahr darauf sperrte er zu. 1944 wurde das Haus in der Zollergasse, wo die Eltern wohnten, ausgebombt, sie überlebten im Luftschutzkeller und zogen in das noch bestehende Lager des Geschäfts in der Mariahilfer Straße. Hier kam Alois Erhart zur Welt. »Du bist ein Lager-Kind«, sagte seine Mutter gern, und er fand diesen Satz so normal wie »Die Zeiten waren damals schlecht«. Erst als Student begriff er, wie unfassbar zynisch das war, und er verbot ihr schreiend, dies noch einmal zu sagen. Es brauchte wieder Jahre, bis er verstand, dass seine Mutter viel zu naiv war, um schuldig zu sein, beziehungsweise dass ihre Schuld in ihrer Naivität lag und sie deshalb jeder Anschuldigung enthoben war. Wenn sie ihren »Loisl«, der im Lagerraum ihres Geschäfts zur Welt gekommen war, ein »Lagerkind« nannte, dann war das für sie bloß ein Spiel mit Worten, die ihr geläufig waren, weil sie irgendwie herumschwirrten, ein hilfloser Spaß im hilflosen Elend, das sie erlebt hatte. Sie war eine »deutsche Mutter«, deren großes Herz und Empathiefähigkeit zu den Menschen, die ihr nahestanden, missbraucht worden war, ohne dass sie

es je verstanden hätte. Die Nazis hatten ihre Vorstellung von Frau und Mutter zum Ideal erklärt, und dieses Ideal, ohne dass sie ein anderes gehabt hätte, konnte doch nicht durch eine Niederlage in einem Krieg außer Kraft gesetzt werden. Es war zeitlos in Zeiten, die schlecht waren, und umso mehr galt es in Zeiten, die besser wurden. »Opferbereit«, das war auch so ein Wort, und sie war es, jetzt erst recht, als ihr Sohn studierte, und sie weinte, wenn der Herr Student heimkam und sie als alte Nazihexe beschimpfte. Jetzt sagte sie gerne Sätze, die mit den Worten begannen: »Wenn ich einmal nicht mehr bin ...« – dann werde sie ihm fehlen. Dann werde er begreifen, was sie für ihn getan habe. Dann werde es ihm leidtun, wie ungerecht er zu ihr gewesen sei. Dann werde er schon sehen, dass. Er werde schon sehen, was. Er werde schon sehen, wie. Wenn sie einmal nicht mehr ist. Sie, die in den Augen ihres Sohnes in einer vergangenen Zeit feststeckte, erwartete Gerechtigkeit in ihrem Nachleben, da prallten in ihrer Seele Ewigkeiten aufeinander, das ewig Gestrige und das ewige Leben nach dem Tod. Immer öfter wich Alois seiner Mutter aus, ihrem Anblick, wenn er am Küchentisch lernte, den Gesprächen mit ihr, dem Streit, den Tränen, und er lief in die Mariahilfer Straße, zum Geschäft, setzte sich mit seinen Skripten ins Lager. Aber das war keine Regression, keine Rückkehr des »Lagerkinds«. Es war eine Flucht nach vorn. In die Zukunft, die sich hier abzeichnete. Der Wirtschaftsaufschwung wurde nun deutlich spürbar, die Geschäfte seines Vaters gingen immer besser. Seit der Weltmeisterschaft 1954 waren die Fußballschuhe mit den neuartigen Stollen der größte Wunsch aller kickenden Buben, und jetzt, Anfang der Sechziger, konnten es sich die meisten Väter leisten, ihren Söhnen diesen Wunsch zu erfüllen. Und echte Lederbälle. Und echte Dressen. Alles musste »echt« sein, kein Ersatz und kein Als-ob mehr, kein Sich-Begnügen mit dem, was »da war«, weil man es im Mangel noch irgendwie gehabt hatte. Was jetzt da war, war in den Auslagen der Geschäfte und in den Regalen der Supermärkte, und man konnte es kaufen und man konnte es sich leisten. So wie die Mutter nun Fru Fru kaufte, statt wie früher selbstgemachte Marmelade in ein Glas saure Milch einzurühren. Das Selbstgemachte war Ersatz, das Gekaufte war echt. Das Geschäft des Vaters ging jetzt gut, und er stellte einen Verkäufer an, den Herrn Schramek, einen alten Bekannten aus seiner Turnerbund-Zeit, und schließlich auch ein Lehrmädchen, die Trude.

Die Trudi. Sie war sechzehn, hatte einen sehnigen Körper, mit dem sie sich geschmeidig zwischen den Regalen bewegte. Wie ein edles Tier, dachte Alois – unsicher, ob diese Assoziation nicht ziemlich dumm war. Sie hatte einen »Bubikopf«, einen Kurzhaarschnitt, wie er damals bei jungen Frauen modern war und den Alois äußerst kess fand. Der fadenscheinige Stoff ihres blauen Arbeitsmantels schien fast durchsichtig, wenn sie die Lichtbahnen kreuzte, die durch die Fenster in den Raum fielen, da sah er die Konturen ihres Körpers, als hätte er einen Röntgenblick. Sie war ein sehr ernstes Mädchen, aber manchmal, wenn er etwas sagte, lachte sie so unschuldig fröhlich, dass Alois hingerissen war und, statt zu lernen, darüber nachdachte, wie er sie das nächste Mal zum Lachen bringen könnte. Ihm fiel auf, dass sie immer öfter unter irgendeinem Vorwand vom Geschäft nach hinten ins Lager schaute. Aber über seine vorbereiteten Witze lachte sie nicht.

Ein Jahr später heirateten sie. Alois brauchte eine Einverständniserklärung seines Vaters, Trudi war als Kriegswaise bereits volljährig geschrieben.

Die Flucht nach vorn: Auszug von zu Hause. Alois Erharts Vater kannte von früher einen Parteigenossen, der jetzt bei der Vergabe von Sozialwohnungen der Gemeinde Wien Einfluss hatte. So kam das junge Paar zu einer billigen Woh-

nung im Friedrich-Engels-Hof im 11. Bezirk, just in dem Jahr, als die roten Buchstaben auf der Front dieser kommunalen Wohnanlage erneuert und ersetzt wurden. »Friedrich« und das »s« von Engels war von Nazis abgeschlagen worden, der Wohnblock hatte in der NS-Zeit »Engel-Hof« heißen müssen.
Im nun renovierten Engels-Hof, in ihrer kleinen Gemeindewohnung, war Alois Erhart nichts ferner als die Wohngemeinschaften und Kommunen, in denen damals die sexuelle Revolution diskutiert wurde.
Vierzig Jahre später begriff er, was »guter Sex« ist. Dass es diese Sensation wirklich gab.
Sie waren zusammengeblieben, nachdem sich längst Liebe und Begehren getrennt hatten. Sie waren zusammengeblieben, nachdem beide, Liebe und Begehren, ausgezogen waren. Respekt und Solidarität waren in ihre Wohngemeinschaft eingezogen. In seinem Freundes- und Bekanntenkreis war Alois Erhart der Einzige, der nicht geschieden war. Er sagte: Es ist eine gute Ehe.
Es war ein Sonntag, sie hatten lange geschlafen, aber aus irgendeinem Grund standen sie nicht wie üblich gleich auf. Ein sonniger Tag, durch die beiden Fenster des Schlafzimmers fielen Lichtbahnen auf ihr Bett. Er sah sie an. Sein Rücken tat ihm weh. Sie legte ihre Hand auf seinen Rücken. Er blinzelte in das Licht, und dann – warum tat er das plötzlich? Er setzte sich auf und schlug die Decke zurück. Er schob ihr Nachthemd hoch, spürte dabei einen kurzen stechenden Schmerz in seinen Lendenwirbeln wie einen Stromschlag. Er stöhnte, sie zog das Hemd aus. Sie lächelte. Erstaunt? Fragend? Er betrachtete ihren Körper, studierte ihn, las jede Falte und jedes blaue oder rote Äderchen und jedes Fettpölsterchen wie eine Landkarte, auf der ein langer gemeinsamer Weg eingezeichnet war, ein Lebensweg mit Höhen und Tie-

fen, und er drückte sich erregt an sie, weinte, drückte, das Licht, der Röntgenblick, und plötzlich, in größter Erregung, spürte er es: ein Verschmelzen, in dem ihre Seelen sich berührten.

Und sie lachte. Trudi. Ihre Seelen berührten sich. Das war das Geheimnis, dachte Alois Erhart, das also war der »gute Sex«, der ihm eine bis dahin ungeahnte Befriedigung gab und der zugleich Begehren und Gier immer wieder aufs Neue entfachte: einen Körper so zu berühren, dass die Seelen sich berührten.

Zwei Jahre später war Trudi tot. Die ewige Liebe. So kurz die Ewigkeit.

Rauchpause?

Okay!

Nein, warte! Nicht Feuerleiter, sagte Bohumil. Viel zu kalt, du bist ohnehin schon krank. Komm in mein Zimmer!

Aber der – Martin deutete mit dem Zeigefinger nach oben, er wusste nicht, was Rauchmelder auf Englisch heißt. Bohumil verstand ihn:

Ich habe vorhin die Batterie rausgeholt. Der ist tot.

Bohumil setzte sich an seinen Schreibtisch, steckte sich eine Zigarette in den Mund und grinste wie ein kleiner frecher Junge. Martin Susman setzte sich auf den Besucherstuhl ihm gegenüber, schaute zur Decke.

Und zur Sicherheit habe ich den Sensor noch mit einem Pflaster zugeklebt. Feuer?

Martin zündete sich eine Zigarette an.

Ich bin Beamter, sagte Bohumil, ich bin es gewohnt, Fleißaufgaben zu machen. Einen toten Alarm noch zukleben – wenn das keine Metapher für unsere Arbeit ist! Jedenfalls frieren wir nicht. Aber sag mir: Was hast du in der Ukraine gemacht?

Ich? In der Ukraine? Wie kommst du drauf?
Habe ich gehört. Ein Salamander hat erzählt, dass du in der Ukraine warst, und er fand sehr wertvoll, was du berichtet hast –
Unsinn! Wie kommen die drauf? Ich war in Polen. Auschwitz. Weißt du doch!
Darum hat es mich ja gewundert. Was sagt uns das über unsere Task Force hier im Haus? Glauben die Salamander, dass Auschwitz in der Ukraine ist?
Und wenn sie recht haben? Auschwitz ist überall.
Du hast Fieber.
Ja.
Warum gehst du nicht nach Haus und legst dich ins Bett?
Ich warte auf Xeno. Ich muss mit ihr reden.
Martin nahm sein Smartphone heraus, dabei verhedderten sich seine Finger im Band des Auschwitz-Badge, den er immer noch in seiner Sakkotasche hatte, er schaute nach, ob er eine Nachricht von Xeno hatte, im selben Moment schaute Fenia Xenopoulou zwei Zimmer weiter auf ihren Blackberry, ob nicht endlich eine Nachricht von Fridsch gekommen sei. Diese Gleichzeitigkeit ist nicht konstruiert und war auch kein Zufall, sondern bloß größte Wahrscheinlichkeit: denn mittlerweile kontrollierte Fenia jede Minute ihr Telefon.
Martin zog den Badge aus der Tasche und steckte sein Smartphone ein.
Wie war es in Auschwitz?
So!, sagte Martin und reichte Bohumil den Badge.
Guest of Honour in Auschwitz, sagte Bohumil. Das ist krass.
Dreh ihn um! Und lies, was da steht.
Verlieren Sie diese Card nicht. Im Verlustfall haben Sie keine Aufenthaltsberechtigung im Lager. – Ist das … das ist – Bohumill drehte die Karte hin und her – echt? Diesen Badge

hast du tatsächlich in Auschwitz bekommen? Und vom Hals baumeln lassen? Im Ernst?
Natürlich, das ist sehr ernst. Am Jahrestag der Befreiung von Auschwitz ist das Lager für Touristen gesperrt, da kommen ja Staatschefs, hohe Repräsentanten und Diplomaten aus allen möglichen Ländern, da gibt es natürlich gewisse Sicherheitsvorkehrungen, ich meine, ich verstehe das, aber –
Aber dieser Badge ist wie ein schlechter Witz, wie eine Parodie –
Ja. Alles. Als ich mir auf der Lagerstraße eine Zigarette anzündete, im Freien, auf der Lagerstraße, vor den Ruinen des Krematoriums, stand plötzlich ein Mann in Uniform vor mir und sagte: No smoking in Auschwitz.
Bohumil schüttelte den Kopf, blies Rauch aus und sagte: Hitler war Nichtraucher –
Es war grotesk. Wie auch die Automaten im Lager, wo man heiße Getränke bekommt. Die Automatenfirma heißt »Enjoy!« Es war so entsetzlich kalt in Auschwitz, und ich war froh, dass ich da einen heißen Kaffee bekam. Aber vielleicht schockiert oder verwundert uns bloß die Normalität, dort, wo wir sie nicht erwarten. Ich meine, dieser Badge ist keine zynische Parodie, er ist perfekt normal. Dass er grotesk wirkt, dass er anders formuliert, anders gestaltet sein müsste, denken wir nur an diesem Ort. Wie alles irgendwie anders sein müsste – das denken wir nur an diesem Ort. Aber wenn wir das jetzt umkehren, wenn wir überall das Normale, das Gewohnte in diesem Licht sehen würden … Verstehst du, was ich meine? Darum habe ich vorhin gesagt: Auschwitz ist überall. Wir sehen es nur nicht. Wenn wir es sehen könnten, dann würden wir das Bizarre, das Zynische einer Normalität begreifen, die hier in Europa doch eine Antwort auf Auschwitz sein sollte, eine Lehre, die aus dieser Geschichte gezogen wurde. Versteh mich nicht falsch, es geht nicht um einen sensib-

ler gestalteten Badge oder um pietätvollere Kaffeeautomaten, ich meine grundsätzlich –
Ja, okay. Bohumil drückte seine Zigarette aus. Das Gespräch wurde ihm zu philosophisch. Er hatte ein heiteres Wesen, er fand, dass ein bisschen Ironie völlig ausreichte, um ein kritischer Zeitgenosse zu sein. Er hatte keine Karriereplanung, aber er hatte auch keine Lust, das, was er hatte oder was er vielleicht erreichen konnte, aufs Spiel zu setzen. Er mochte Martin, aber manchmal fand er dessen Schwermut mühsam. Nachdenklich betrachtete er seinen Aschenbecher. Er war aus schwarzem Gusseisen und stellte die Karikatur eines Afrikaners dar, mit wulstigen Lippen, krausem Haar und Baströckchen, der seine Handflächen zur Schale formte, um die Zigarettenasche aufzunehmen. Er saß auf einem Sockel, auf dem stand: »Le Congo reçoit la civilisation belge.« Er hatte diesen Aschenbecher vor Jahren auf dem Brüsseler Flohmarkt auf der Place du Jeu de Balle gekauft.
Weißt du – hob Martin an.
Ja? Sagte Bohumil.
In diesem Moment kam Kassándra herein, sie stutzte, als sie die Rauschwaden sah, Martin drückte seine Zigarette im Aschenbecher aus, der ihm jetzt erst auffiel, Bohumil schrie: Es brennt! Hilfe! Die Akten! Die Akten! Ruf die Feuerwehr! Er lachte, stand auf, öffnete das Fenster. Keine Sorge, sagte er, ich habe den Rauchmelder gekillt.
Ihr seid Kinder, sagte Kassándra. Martin! Du wirst gesucht! Xeno will dich sprechen!

Das Schwein wurde in kürzester Zeit zum Medienstar. Zunächst war in der Gratiszeitung Metro nur ein kurzer Bericht darüber erschienen, dass einige Passanten in Sainte-Catherine ein frei herumlaufendes Schwein gesehen haben wollten. Der Artikel war in ironischem Ton verfasst, so als ginge es um die angebliche Sichtung eines UFOs, illustriert war der Artikel mit dem Archivfoto irgendeines herzigen Ferkels, untertitelt war es mit dem Satz: »Wer kennt dieses Schwein?« Daraufhin riefen immer mehr Menschen bei der Redaktion an oder schrieben E-Mails, dass sie dem Schwein ebenfalls begegnet waren, und beschwerten sich, dass sie dies auch der Polizei gemeldet hätten, ihre Wahrnehmung von der Polizei aber nicht ernst genommen worden sei, und dass der Ton des Artikels und die Illustration eine Verharmlosung und eine Täuschung der Öffentlichkeit darstellten, da es sich um ein viel größeres und aggressives Tier gehandelt habe, vielleicht ein Wildschwein, jedenfalls eine öffentliche Gefahr.

Metro erkannte nun das Potential dieser Geschichte und setzte mit einer Titelgeschichte nach. Sie hatten Bewohner von Sainte-Catherine befragt, »besorgte Bürger«, die sich im Stich gelassen fühlten und nicht wussten, ob sie ihre Kinder noch unbegleitet zur Schule gehen lassen oder ob Frauen noch alleine ausgehen konnten, solange eine womöglich tollwütige Wildsau auf den Straßen ihr Unwesen trieb. Eine Madame Eloise Fourier fragte an der Metro-Redaktion an, ob ein Pfefferspray zur Verteidigung gegen Wildschweine empfehlenswert wäre, was Professor Kurt van der Koot, Professor an der Vrije Universiteit Brussel, auf Nachfrage von Metro verneinte. Ein Pfefferspray könnte die Unberechenbarkeit einer Sus scrofa, so der Fachterminus, nur vergrößern. Pfeffer, wie übrigens auch Salz und Kümmel, sei daher nur für Schweinebraten zu empfehlen. Dieser schlechte Witz des Professors, der bis dahin einer größeren Öffentlichkeit unbekannt gewesen war und der, wie man dann erfuhr, als Verhaltensforscher Spezialist für Wölfe war, löste einen Shitstorm in den sozialen Medien aus, der dazu führte, dass der Funke nun auf andere Zeitungen übersprang. Die Zeitung Le Soir brachte ein Interview mit dem Polizeichef des Kommissariats Centre Ville, einem

Flamen, der schon die längste Zeit auf der Abschussliste der Zeitung stand. Dabei verband sich der Wunsch der Zeitung, diesen Mann hinzurichten, mit dessen Naivität, mit der er Harakiri beging (»Welche Vorkehrungen haben Sie getroffen?« »Ich habe den städtischen Hundefängern Anweisung gegeben, dieses Schwein, wenn sie ansichtig werden, es dingfest zu nehmen.« »Wieso den Hundefängern?« »Wir haben viele streunende Hunde. Deshalb hat die Stadt Hundefänger. Aber wir haben kein Schweinefänger.« Dazu merkte die Zeitung an: »Der Plan ist so perfekt wie sein Französisch.«) Immer mehr Augenzeugen meldeten sich, De Morgen brachte nun jeden Tag einen Stadtplan von Brüssel-Region, auf dem mit Fähnchen graphisch markiert wurde, wo und wann das Schwein wieder gesehen worden war. Dabei fiel schließlich auf, dass das Schwein mittlerweile omnipräsent war. So wurde es zum Beispiel an einem Tag in Anderlecht, kurz darauf in Uccle und dann schon wieder in Molenbeek gesichtet.

Professor Kurt van der Koot, bemüht, seinen Ruf wiederherzustellen, veröffentlichte in De Morgen einen betont sachlichen Kommentar, in dem er die Höchstgeschwindigkeit, die ein Schwein im vollen Lauf erreichen könne, mit den Distanzen, die es zurückgelegt haben musste, in Beziehung setzte und somit nachwies, dass es rein empirisch nur zwei Möglichkeiten gebe: entweder, These eins, es handle sich nicht um bloß ein Schwein, sondern es müsse mehrere geben. Denn gemäß Weg-Zeit-Diagramm sei es gänzlich unmöglich, dass ein einzelnes Schwein überall dort gewesen sein könne, wo es Augenzeugen gesehen haben wollen. Oder aber, These zwei, es gebe überhaupt kein Schwein, sondern nur die Fiktion eines Schweins in den Köpfen einer verantwortungslos verunsicherten Bevölkerung, also eine hysterische kollektive Projektion. Es habe zwar in der Geschichte einige verbürgte Fälle

von solcher kollektiver Hysterie gegeben, etwa die in der Stadtchronik von Nürnberg erwähnte Beobachtung eines Einhorns im Jahr 1221, er sei aber skeptisch, dass es sich beim Brüsseler Schwein tatsächlich um einen vergleichbaren Fall handle: denn bei allen historischen Beispielen habe es sich um Fabelwesen und nicht um eigentlich domestizierte Tiere gehandelt, darüber hinaus sei seit dem Ausgang des Mittelalters nie wieder ein Fabeltier mit übernatürlichen Eigenschaften, wie etwa Omnipräsenz, gesichtet und beschrieben worden. Davon leitete er ab, dass es sich in diesem Fall also weder um ein fiktionales Schwein noch um ein einzelnes Schwein handeln konnte, sondern um eine Horde von Schweinen, die jeweils an verschiedenen Plätzen Brüssels beobachtet wurden.
Eine Horde! Und was machte der Polizeipräsident?

# Sechstes Kapitel

## Kann man ein Comeback der Zukunft planen?

The past forms the future, without regard to life.
Schwer zu sagen, warum dieser Satz Fenia Xenopoulou glücklich machte oder, wenn glücklich vielleicht ein zu großes Wort war, sie jedenfalls heiter stimmte. Fridsch hatte angerufen, endlich hatte er angerufen und ihr gesagt, dass kurzfristig ein Wechsel in eine andere Generaldirektion kaum möglich sei. Die Kommission sei ja erst vor kurzem neu aufgestellt worden, und der Präsident erwarte gerade jetzt von den Beamten vor allem der Führungsebenen, dass sich jeder an seinem Platz erst einmal bewährte. Für Wechsel und Rochaden sei es viel zu früh. *But* – Fridsch sagte, um der nun folgenden tröstlichen Seite dieser Information gehörig Nachdruck zu verleihen, besonders betont *but*, machte eine kurze Pause – und Xeno dachte an butter, letzter Tango in Paris, dann an butterflies, sie spürte butterflies in the stomach, zumindest hatte sie diese Assoziation, und Fridsch sagte nochmals *but*, und: sie sei auf dem Radar von Queneau und auch anderen sehr einflussreichen Spitzenbeamten, ihre bisherige Arbeit sei durchaus anerkannt, ihre bisherigen Leistungen, wirklich sehr anerkannt, und jetzt ginge es nicht darum, was sie sich wünsche, sondern darum, dass sie sichtbar bleibe und immer wieder auffalle – Xeno hörte zu, sie war nicht enttäuscht, es war okay, ja ja, es war okay, und dann – sie wusste nicht mehr, was er dann gesagt hatte, wie der Übergang war, jedenfalls sagte er plötzlich den Satz: »The past forms the future, without regard to life.« Dieser Satz blieb in ihrem Kopf hängen, sie dachte noch eine Weile nach dem Telefonat darüber nach, übersetzte ihn für sich in ihre Muttersprache und stellte fest, dass es nicht nur bei internationalen Verträgen und

Gesetzen auf die kleinsten Feinheiten jedes einzelnen Worts in den jeweiligen Übersetzungen ankam, sondern auch bei einem so höchstpersönlichen – ja, was? Satz. Einfach Satz. Über das Leben. Ihr Leben. Ein Lebenssatz, der so klar war wie ein juristischer Paragraph, der aber auf Griechisch, wie sie mit Verwunderung feststellte, Interpretationen erforderte, die den Satz heillos verwirrten ... Mit welchem Begriff müsste man *the past* übersetzen? Die Vergangenheit, *parelthón*, und die Geschichte, *istória*, sind im Griechischen nicht so weitgehend deckungsgleich wie in *the past*, das ja doch auch irgendwie *history* miteinschließt. Alles Geschehene? Wem geschehen? Individuelle Geschichte? Also das Erlebte, die Biographie? Oder allgemein, sozusagen Weltgeschichte? Im Englischen lässt man das alles offen, dennoch hat man das Gefühl von größter Präzision. Im Griechischen muss man in der Übersetzung diese Fragen klären – und alles wird dadurch weniger klar und irgendwie beschränkter, Auslegungssache. Hat das Vergangene einen definierten Beginn und ein definiertes Ende oder ist unbestimmt, wann es begann und ob es endete? Wiederholt es sich oder war es – beziehungsweise ist es – einmalig? Davon hing dann die Konstruktion des griechischen Zeitworts ab, im Englischen stand es im Präsens, aber in der Übersetzung musste vielleicht der Aorist gewählt werden oder das Imperfekt oder das Perfekt, je nachdem, wie man definierte, was das Vergangene tat oder getan hatte. Und es erheiterte sie, dass dieser englische Satz letztlich also genau dies aussagte: dass sich ihre Herkunft in Widerspruch zu ihrem Leben befand – vielleicht war diese Erkenntnis schon die Übersetzung oder zumindest eine gültige Interpretation von »The past forms the future, without regard to life«.

Sie ließ Martin Susman rufen. Schließlich kam er in ihr Zimmer, blieb unschlüssig stehen. Fenia lächelte. Er war verwun-

dert, so kannte er sie nicht. Dass sie ihn mit einem Lächeln empfing. Dass sie ein freundliches Gesicht machte. Er konnte das nur falsch verstehen. War sie so angetan von seinem Papier? Das hätte er nicht erwartet, er hatte schon bereut, dass er dieses Dokument fiebernd, also unkontrolliert, geschrieben und abgeschickt hatte, andererseits –
Es war der Anzug. Martins verbeulter, billiger, grauer Anzug. Ein Mann mit einem Minimum von Gefühl für Eleganz, dachte Fenia, würde nie einen solchen Anzug kaufen. Aber ein Mann, dem die Idee oder der Anspruch von Eleganz völlig egal war, auch nicht. Der würde mit lässiger Indifferenz irgendetwas Funktionales und doch Bequemes tragen, aber nie und nimmer solch ein Maus-Kostüm. Fenia sah Martin an und stellte sich vor, wie er in einem Bekleidungshaus, in der Abteilung, die für ihn völlig unangemessen »Herren« hieß, mehrere Anzüge an einer Stange durchwinkte, plötzlich auf diesen grauen Anzug zeigte und sagte: Den will ich probieren.
Nimm bitte Platz, Martin.
Sie fand das so komisch. Die Vorstellung, wie er in der Umkleidekabine in diesen Anzug schlüpfte, sich im Spiegel betrachtete und dachte: Ja! Passt! Und wie er sich vor dem Spiegel kurz hin und her bewegte und zum Verkäufer sagte: Ich lasse ihn gleich an!
Sie musste ein Lachen unterdrücken.
Martin war verunsichert beglückt. Ein verwirrendes Gefühl.
Du hast mein Papier gelesen?, fragte er.
Ja, natürlich, sagte sie. Sie konnte nicht ablassen von seiner Erscheinung, lächelnd stach sie Blicke in seinen Anzug wie Nadeln in eine Voodoo-Puppe. Er hatte immer so einen grauen Anzug an, sie hatte ihn nie anders gesehen. Sie stellte sich vor, dass er einen neuen Anzug brauchte. Der einzige

neue, in dem er sich im Spiegel wiedererkannte, war wieder genau der gleich graue Anzug. In jedem anderen würde er denken: Das bin ich nicht. Gewohnheit gibt nicht Sicherheit, sondern macht unsicher. Gegenüber allem anderen. Nadelstreifen: zu förmlich. Blau, das war vielleicht etwas für die Nacht, aber nicht für den Tag. Ein hellerer Stoff, zu dandyhaft. Jedes Muster, jeder modische Schnitt, das war doch nichts für die Arbeit, das Büro ist ja kein Catwalk. Fenia stellte sich vor, wie der Verkäufer sich bemühte, ihm Alternativen zu zeigen, nein, nein, Martin würde zu schwitzen beginnen, geradezu in Panik geraten, der graue Anzug ist okay, würde er sagen, ich bleibe beim Grauen, das bin ich. Der mit dem Grauen.
Fenia Xenopoulou senkte den Kopf, sie hatte Martins Konzept ausgedruckt vor sich auf dem Schreibtisch liegen, sie strich mit der Kuppe ihres Mittelfingers ganz leicht über das Papier, hin und her und hin und her, dann sah sie auf, sah Martin an und sagte: Auschwitz! Was hast du dir dabei gedacht? Ich muss gestehen, ich bin erschrocken, als ich das las. Ich dachte, du bist – warte! Hier: Auschwitz als Geburtsort der Europäischen Kommission. Steht da! Ich dachte, das ist verrückt. Was hast du, Martin? Bist du krank?
Er schwitzte, wischte mit der Hand den Schweiß von der Stirn ins Haar, sagte: Ich war einige Tage krank, ja. Ich habe mich verkühlt in – ich habe mich verkühlt auf der Reise. Aber. Es geht schon wieder.
Gut. Aber kannst du mir das erklären? Wir suchen eine Idee, die wir ins Zentrum unserer Jubiläumsfeier stellen können, ja müssen. Da waren wir uns doch einig: Ein Jubiläum ist ein Anlass, aber noch keine Idee. Also, wie können wir erreichen, dass die Menschen merken, die Kommission ist notwendig, mehr noch, wie soll ich sagen? Dass wir sexy sind, dass wir etwas haben – sie räusperte sich –, ja, dass man froh ist, dass es uns gibt. Dass man Erwartungen an uns hat. Dass es etwas

gibt, das uns verbindet. Verstehst du? Das wäre die Idee. Und du kommst mit Auschwitz.
Noch vor einer halben Stunde, als er bei Bohumil im Zimmer geraucht hatte, wäre Martin Susman froh gewesen, wenn Xeno ihm mitgeteilt hätte, dass sein Vorschlag ein völliger Unsinn sei, wir werfen das weg und vergessen es. Er hatte sich davor gefürchtet – aber es doch erhofft. Lieber jetzt die kurze Demütigung, hatte er gedacht, als dann die ganze Arbeit, die zweifellos zu einer Reihe von Verwerfungen und Komplikationen im Haus führen würde. Aber so, wie ihm Xeno jetzt kam, diese gepanzerte Frau, mit einem Lächeln, das ihn zunächst überrascht hatte, aber das eigentlich aussah wie mit Photoshop in ihr Gesicht gepinselt, diese geistlose Künstlichkeit, der er schwitzend gegenübersaß, das konnte er nicht akzeptieren. Er hatte –
Ich habe doch in dem Papier erklärt, warum wir von Auschwitz ausgehen müssen. Okay, es waren nur ein paar Stichworte, ich dachte –
Dann erkläre es mir noch einmal, Martin.
Sie stand auf, sie hatte einen schwarzen Rock an, mit einem diagonal verlaufenden, rot eingefassten Reißverschluss. Martin dachte: als wäre ihr Schoß durchgestrichen! Und doch mit einem Mechanismus versehen, um ihn blitzschnell öffnen zu können!
Kaffee? Sie hatte auf einem kleinen Seitentisch eine eigene Nespresso-Maschine stehen. Milch? Zucker? Martin schüttelte den Kopf. Sie setzte sich wieder hinter den Schreibtisch, hielt ihre Kaffeetasse mit beiden Händen. Martin musste daran denken, dass er genau so auch den Kaffeebecher in Auschwitz gehalten hatte, um seine klammen Finger zu wärmen.
Martin hustete. Sorry, sagte er und: Das ist doch die Idee der Kommission, so steht es in den Gründungsdokumenten, den

damaligen Absichtserklärungen und Sideletters! Okay, es klingt ziemlich abstrakt, aber es ist doch auch völlig klar: Die Kommission ist keine internationale, sondern eine supranationale Institution, sie vermittelt also nicht zwischen Nationen, sondern steht über den Nationen und vertritt die gemeinsamen Interessen der Union und ihrer Bürger. Sie sucht nicht Kompromisse zwischen Nationen, sie will die klassischen nationalen Konflikte und Widersprüche in einer nachnationalen Entwicklung überwinden, also im Gemeinsamen. Es geht um das, was die Bürger dieses Kontinents verbindet, und nicht um das, was sie trennt. Monnet hat geschrieben –
Wer?
Jean Monnet. Er hat geschrieben: Nationale Interessen sind abstrakt, das Gemeinsame der Europäer ist konkret.
Fenia sah, dass eine Mail hereingekommen war. Ja, und?, sagte sie. National, supranational – das war für sie Haarspalterei, sie war Zypriotin, aber der nationalen Identität nach war sie Griechin. Die Mail war, wie sie sah, von Fridsch. Sie öffnete die Mail und sagte: Was hat das mit Auschwitz zu tun?
Das, was die Kommission ist oder sein soll, sagte Martin, konnte man doch erst nach Auschwitz denken. Eine Institution, die die Staaten dazu bringt, nach und nach nationale Souveränitätsrechte aufzugeben und –
Wann? Wo?, tippte Fenia. (Fridsch hatte gefragt, ob sie Lust und Zeit hätte, mit ihm zu Abend zu essen.)
Auschwitz! Sagte Martin. Die Opfer kamen aus allen Ländern Europas, sie trugen alle dieselbe gestreifte Kleidung, sie lebten alle im Schatten desselben Todes, und sie alle hatten, so sie überlebten, denselben Wunsch, nämlich die für alle Zukunft geltende Garantie der Anerkennung der Menschenrechte. Nichts in der Geschichte hat die verschiedenen Identitäten, Mentalitäten und Kulturen Europas, die Reli-

gionen, die verschiedenen so genannten Rassen und ehemals verfeindete Weltanschauungen so verbunden, nichts hat eine so fundamentale Gemeinsamkeit aller Menschen geschaffen wie die Erfahrung von Auschwitz. Die Nationen, die nationalen Identitäten, das war alles hinfällig, ob Spanier oder Pole, Italiener oder Tscheche, Österreicher, Deutscher oder Ungar, das war alles hinfällig, die Religion, die Herkunft, das alles war aufgehoben in einer gemeinsamen Sehnsucht, dem Wunsch zu überleben, dem Wunsch nach einem Leben in Würde und Freiheit.
Italiener? (Fridsch)
O. K.! (Fenia)
Diese Erfahrung und die Einigkeit, dass sich dieses Verbrechen nie mehr wiederholen darf, haben erst das Projekt der Einigung Europas möglich gemacht. Also, dass es uns gibt! Und deshalb ist Auschwitz –
Fenia sah Martin an, sagte: *But* –
Das ist die Idee! Die Überwindung des Nationalgefühls. Wir sind die Hüter dieser Idee! Und unsere Zeugen sind die Überlebenden von Auschwitz! Die Überlebenden sind nicht nur Zeugen der Verbrechen, die in den Lagern begangen wurden, sie sind auch die Zeugen der Idee, die daraus entstanden ist, der Idee, dass es erwiesenermaßen etwas Gemeinsames gibt, und –
Pasta Divina, 16, Rue de la Montagne. 8 pm? (Fridsch)
O. K.! (Fenia)
Martin hatte das Gefühl, dass Xeno nachdenklich wurde, und er setzte nach: Die Sicherheit eines Lebens in Würde, Glück, Menschenrechte, das ist doch seit Auschwitz ein ewiger Anspruch, oder? Das versteht doch jeder. Das müssen wir klarmachen: dass wir die Institution dieses Anspruchs sind. Die Hüter dieses ewig gültigen Vertrags. Nie wieder – das ist Europa! Wir sind die Moral der Geschichte!

Fenia sah ihn erstaunt an. Wie lebendig dieser schwitzende graue Mann plötzlich war.
Dafür sind Menschen in den Tod gegangen, ihr Tod war ein Verbrechen und für jeden Einzelnen absolut sinnlos, aber doch bleibt diese Konsequenz: Dafür sind sie letztlich in den Tod gegangen, und das bleibt ewig!
Auch wenn das Xeno jetzt nicht wirklich bewusst war, es klang wie ein Echo aus der tiefen dunklen Höhle ihrer Vorgeschichte, es klang wie: unsterblich in den Tod.
Sie sah Martin an. Sie wirkte nun sehr ernst, sehr nachdenklich. Martin fragte sich, ob er sie jetzt womöglich überzeugt hatte, obwohl er noch gar nicht fertig war mit seiner Argumentation.
Fenia hatte nie viel über sich selbst nachgedacht, und wenn, dann über Möglichkeiten, über Ziele, aber nicht über Befindlichkeiten und Gefühle. Wohlbefinden, das war für sie der Idealzustand von Gefühllosigkeit, in einem sehr umfassenden Sinn, und das hieß: nicht behelligt zu werden von Stimmungen. Gefühle, das waren für sie Stimmungen.
Hast du Zigaretten?
Ja, natürlich, sagte Martin erstaunt.
Fenia stand auf, öffnete das Fenster und sagte: Würdest du mir eine geben?
Ich wusste nicht, dass du rauchst.
Manchmal. Sehr selten. Eine.
Sie standen dicht nebeneinander im engen Winkel des geöffneten Fensterflügels und rauchten, Martin erwartete, dass sie etwas sagte, er hatte den Eindruck, dass sie etwas sagen wollte, aber sie paffte, mit dem verkniffenen Gesicht des Amateurrauchers, es war eisig kalt, schließlich sagte Martin: Es ist die letzte Chance!
Sie sah ihn erstaunt an. Es war so furchtbar kalt am offenen Fenster, Martin dachte, man müsste enger zusammenrücken,

um sich gegenseitig zu wärmen, er erschrak, versuchte etwas Abstand zu gewinnen, und sie sagte: Wie bitte?
Es werden immer weniger, sagte Martin. Sehr bald wird es niemand mehr geben, der ein Vernichtungslager überlebt hat. Verstehst du? Wir müssen sie ins Zentrum der Jubiläumsfeier stellen – Das ist die Idee: Sie bezeugen, zu welch grauenhaften Verbrechen der Nationalismus im alten Europa geführt hat, und zugleich bezeugen sie all das Gemeinsame, das durch die Lager so radikal klar wurde, nämlich dass ...
Es war so verdammt kalt am offenen Fenster.
... und für all das Gemeinsame in Sachen Würde und Rechtszustand steht die Kommission, und deswegen ...
Martin warf die Zigarette aus dem Fenster, trat einen Schritt zurück, Fenia schnippte ihre Zigarette ebenfalls hinaus und schloss das Fenster.
Weiß man, wie viele noch leben?
Ich weiß es nicht. Ich weiß nur, dass zum Jahrestag der Befreiung von Auschwitz kaum ein Dutzend da waren, und alle waren sie zwischen fünfundachtzig und fünfundneunzig, schätze ich. Vor wenigen Jahren sind angeblich noch mehr als zweihundert gekommen.
Gut. Dann finde das heraus: Wie viele sind noch am Leben? Und dann müssen wir diskutieren, wie wir das konkret machen, wie wir sie ins Zentrum der Feierlichkeit stellen. Alle, oder – weißt du, was ich jetzt vor mir sehe? Tausende –
So viele leben sicher nicht mehr!
Nein, warte! Wenn wir sie alle einladen mit ihren Familien und Nachkommen, die Kinder, Enkelkinder, Urenkel, das sind dann vielleicht Tausende, und dann, wie soll ich sagen – sie machte eine weit ausholende Handbewegung –, dann erklären wir uns alle symbolisch zu ihren Kindern, und unsere Kinder erklären wir zu ihren Enkeln und –
Ich weiß es nicht genau, aber ich glaube, dass die meisten

Nachkommen der Auschwitzüberlebenden nicht in Europa leben.
Ja. Aber. Ändert das etwas? Ja, vielleicht. Also –
Sie überlegte, dann sagte sie: Die anderen Punkte deines Papiers sind okay, das lassen wir einmal so. Das sind die üblichen Dinge, die bei so einer Feier bedacht werden müssen. Aber was wir jetzt schnell brauchen, sind Fakten und Zahlen. Wie viele leben noch, vor allem in Europa?
Wieder dachte sie nach. Martin fragte sich, ob er sich wieder hinsetzen sollte. Aber sie selbst machte keine Anstalten, sich wieder zu setzen, sie stand vor dem Fenster, sah hinaus, sagte schließlich: Vielleicht genügt einer. Im Grunde brauchen wir nur eine Symbolfigur, für das geeinte Europa, für das Gemeinsame, für den Anspruch unserer Arbeit hier.
Zuerst will sie Tausende, dann nur einen – in welche Richtung sollte er jetzt weiterarbeiten? Er sah sie an. Sie sah an sich hinunter, wischte Asche von ihrer Bluse.

Als Professor Erhart zum ersten Meeting der Reflection Group »New Pact for Europe« kam, war er der Einzige mit einer Aktentasche. Das war wirklich komisch: Es fiel ihm selbst sofort auf, und er hatte das Gefühl, dass dies auch von den anderen registriert wurde, ob mit Belustigung oder bloßem Erstaunen, jedenfalls wurde es bemerkt.
Er war der Letzte, der eintraf, weil er sich auf dem Weg zunächst verirrt hatte. Das Treffen fand im Résidence Palace hinter dem Ratsgebäude in der Rue de la Loi statt, eine Adresse, die im Grunde nicht zu verfehlen war, man kam aus der Metro-Station Schuman heraus und stand praktisch davor. Allerdings gab es neben dem Ratsgebäude eine Baustelle, davor einen gesperrten Gehsteig, Absperrgitter, Betonklötze. Alois Erhart hatte gedacht, dass er um die ganze Baustelle herumgehen müsste, um hinter das Ratsgebäude zu kommen,

also ging er die Rue de la Loi weiter, aber er fand keine Gelegenheit, links abzubiegen und zu einer Parallelstraße zu kommen, die zurück zur Hinterseite des Ratsgebäudes führte. Da sah er den Eingang zur Metro-Station Maelbeek, das bedeutete, er war von Schuman bereits eine ganze Metro-Station zurückgegangen. Eine so lange Umleitung, das konnte doch nicht sein! Andererseits: Er sah keine andere Möglichkeit, ging unschlüssig noch ein Stück weiter die Straße hinunter. Da kam endlich eine Seitengasse nach links. Er bog ab, Rue de Trèves, dann wieder links, die Rue Jacques de Lalaing, er las die Straßennamen, als könnte es ihn beruhigen, dass die Straßen, in denen er sich verirrte, Namen haben. Er blieb stehen und nahm den Stadtplan von Brüssel aus seiner Aktentasche, suchte, stellte fest, dass er, wenn er die Jacques de Lalaing weiterginge, auf die Chaussée d'Etterbeek käme – die unter der Rue de la Loi durchführte, ohne eine Möglichkeit, zumindest war keine eingezeichnet, wieder hinauf zur Rückseite des Ratsgebäudes zu gelangen. Also machte er kehrt und ging den ganzen Weg zurück. Wieder bei der Baustelle angelangt, entdeckte er, dass es einen kleinen unscheinbaren Durchschlupf zwischen Gittern und gelben Sperrholzplatten zum Résidence-Palace-Gebäude gab.
Als er das Gebäude betrat, wusste er natürlich nicht, wohin er sich nun wenden sollte. In der Mitte des Foyers gab es einen Info-Point, wo zwei Mädchen saßen, die Professor Erhart mit größter Freundlichkeit Auskunft gaben. Nein, sie wüssten nicht, wo das European Policy Center hier im Haus sei. Der Think-Tank »New Pact for Europe« sei ihnen völlig unbekannt. Ob er einen Namen habe. Professor Erhart nannte seinen Namen, ein Mädchen tippte in den Computer, sagte mit freundlichem Lächeln, es tue ihr leid, es tue ihr sehr leid, aber es befinde sich niemand mit diesem Namen im Haus. Aber das ist doch mein Name, sagte der Professor, ich dachte,

Sie wollten meinen … okay, ich möchte zu – warten Sie! Er öffnete seine Tasche, er hatte die Mail, mit der er über alle organisatorischen Details des ersten Meetings informiert worden war, ausgedruckt. Er zog das Blatt aus der Tasche. Hier, sagte er, Mister Pinto, European Policy Center, erstes Treffen der Reflection Group New Pact for Europe, sehen Sie! Max Kohnstamm Room, 4th floor –

Oh, sagte das Mädchen, alles klar! 4. Stock! Der Lift ist da hinten rechts.

Er war also als Letzter eingetroffen. Aber viel zu spät kam er nicht. Hätte er sich nicht verlaufen, wäre er viel zu früh da gewesen. Er war sonst immer der Erste, aus Angst, zu spät zu kommen.

Er hatte seine Tasche die ganze Zeit in der linken Hand gehalten, wegen der Schmerzen, die er immer noch im rechten Arm hatte. Nun spürte er auch einen ziehenden Schmerz im linken. Er hob die Tasche und drückte sie mit gekreuzten Armen an seine Brust. Er wollte seine Arme entlasten, aber es sah aus, als verwendete er seine Tasche als Schild, als wollte er sich ängstlich wappnen. Das war das Bild, das er abgab, als er den Raum betrat.

Ein Mann kam mit breitem Lächeln auf ihn zu.

Mister Erhart?

Yes.

Der Professor aus Österreich!

From Vienna, yes.

Ich bin António Oliveira Pinto, der Leiter unserer Reflection Group. Schön, dass Sie da sind, sagte der Mann. Er sprach perfekt Deutsch.

Bedaure die Verspätung, die Baustelle –

Ja, sagte der Mann fröhlich lachend, Europa ist eine verwirrende Baustelle. Und darum sind wir hier, unser Job ist, zu diskutieren, was bauen wir da eigentlich?

Ich bin kein Architekt, und –
Haha, Wiener Schmäh, nicht wahr? Sehr gut. Also, ich schlage vor, Sie stärken sich erst mal, und in zwanzig Minuten beginnen wir im Meeting-Room mit der Vorstellungsrunde. Kein Architekt, haha, sehr gut!
Alois Erhart stand da, mit seiner Tasche vor der Brust, schaute sich um. Auf einem Tisch war ein Buffet aufgebaut, an einer Reihe von Stehtischen standen Männer und Frauen, die Mitglieder des Think-Tanks, sie aßen mit Plastikgabeln von Papptellern und unterhielten sich und sahen her, oder sie redeten nicht, lächelten und sahen her.
Alois Erhart nahm jetzt die Tasche wieder in die linke Hand, um die rechte frei zu haben, damit er einen Teller halten konnte – aber wie sollte er jetzt den Nudelsalat oder das Roastbeef auf den Teller geben? Er klemmte die Tasche unter die linke Achsel, nahm den Teller in die linke Hand, versuchte mit der rechten etwas Nudelsalat aus der Schüssel ... – da fiel die Tasche zu Boden. Er bückte sich, um sie aufzuheben, dabei rutschte der Nudelsalat, den er bereits auf seinen Teller geschaufelt hatte, auf den Boden. Er stellte die Tasche wieder ab, sie fiel um. Das machte ihn seltsamerweise nervös: dass die Tasche nicht stand, sondern lag. Er nahm sie und lehnte sie an die Wand. Irgendwie beunruhigte ihn das: dass dort die Tasche lehnte und er, wenn er sich am Buffet bediente, so weit weg von ihr war. Also stellte er seinen Teller ab, holte die Tasche wieder, stellte sie zwischen die Füße, während er sich am Buffet bediente. Nun musste er zu einem der Stehtische gelangen. Er versuchte, den Teller in der Rechten, einen Becher mit Apfelsaft in der Linken, mit kleinen engen Schritten die Tasche zwischen seinen Füßen irgendwie mitzunehmen, dabei wäre er fast gestolpert, nun gab er der Tasche einen leichten Tritt, machte einen Schritt und gab der Tasche wieder einen Schubs mit dem Fuß, um sie so bis zum Tisch

vor sich herzuschieben, und spätestens jetzt stand er beziehungsweise seine Tasche im Zentrum der Aufmerksamkeit. Und Professor Erhart sah, dass niemand sonst hier eine Tasche hatte – einige trugen Rucksäcke, standen selbstgewiss mit ihren Höckern und freien Händen da, die anderen hatten Trolleys an ihrer Seite, auf die sie sich lässig mit einer Hand stützten. Und er, der alte Mann mit der Schultasche.
Es war tatsächlich seine Schultasche. Er hatte sie sehr spät bekommen, erst in der Oberstufe des Gymnasiums. Vorher ist kein Geld dagewesen. Oder sein Vater war der Meinung, dass der Kauf einer Schultasche eine unnötige Ausgabe sei, wo er doch in seinem Geschäft Sporttaschen auf Lager hatte. Sie waren aus Stoff, eine Art Seesack, der mit einer Kordel verschlossen wurde, die dann zugleich eine Schlaufe bildete, die als Henkel diente. Im Grunde war es ein etwas größerer Turnbeutel, und der junge Alois schämte sich, dass sein Vater, immerhin Ladenbesitzer, also Unternehmer, ihn zwang, mit diesem seltsamen Beutel, wie ihn kein anderer Schüler hatte, in das bürgerliche Gymnasium in der Amerlingstraße zu gehen. Als er endlich eine echte Schultasche bekam, war er überglücklich. Sie war aus Leder, handgenäht. Der Vater hatte sie beim Weinberger gekauft, einem »Ledergalanteriewarenerzeuger« ein kleines Stück weiter unten auf der Mariahilfer Straße, mit einem schönen Preisnachlass, nachdem er dem Taschner beim Kauf einer Schi-Ausrüstung für dessen Sohn sehr entgegengekommen war.
Alois war so stolz auf seine Ledertasche, dass er sie, wenn er schlafen ging, neben das Bett stellte, um sie sofort im Blick zu haben, wenn er aufwachte. Er liebte das Geräusch, wenn die Steckschlösser aus glänzendem Nickel beim Packen der Tasche für den Schultag mit einem hellen Klicken einrasteten. Von Zeit zu Zeit pflegte er die Tasche mit einer Fettpaste, damit das Leder nicht brach. Die Tasche hatte einen Rie-

men, den man an der Rückseite in Schlaufen einfädelte, wenn man sie auf dem Rücken tragen wollte, aber diesen Riemen verwendete Alois nie, er trug die Tasche lieber wie ein Erwachsener in der Hand, und der Riemen kam ihm irgendwann abhanden.

Später kamen dann die modernen Schultaschen auf, bunt, grell gemustert, aus irgendeinem künstlichen Material, im Grunde plastifizierte Pappe, und Alois empfand eine Mischung aus Abscheu und Mitleid, wenn er die Kinder sah, die diese lächerlichen Snoopy- und Batman-Koffer auf dem Rücken in die Schule schleppten. Seine Ledertasche begleitete ihn bis heute. Das Leder war inzwischen etwas weicher geworden und hatte eine schöne, matt glänzende Patina. Und er brachte in dieser Tasche alles unter, was er für einen Anlass wie diesen brauchte. Eine Klarsichthülle mit zwei Blättern mit Stichworten für das fünfminütige Eingangsstatement, das er, wie die anderen auch, bei der Eröffnungsrunde geben sollte, eine Klarsichthülle mit den ausgedruckten E-Mails, die er von Herrn Pinto in Vorbereitung zu diesem Treffen erhalten hatte, eine Mappe mit seinem Papier zur Reform der Union, das er, sobald sich Gelegenheit dazu ergab, präsentieren wollte, ein Notizblock und ein Federpennal. Er fragte sich, was die anderen in ihren prall gefüllten Rucksäcken und Trolleys mitbrachten.

An einem Stehtisch erste freundliche Wortwechsel. Oh, Sie sind Professor Erhart? Freut mich sehr. Freut mich. Sehr erfreut. Ich bin, ich bin, ja und ich bin. Der. Die. Der. Freut mich, Sie kennenzulernen. Freut mich, Sie kennenzulernen. Ein Franzose begann etwas zu erzählen, Professor Erharts Schulfranzösisch reichte nicht aus, dessen französischen Dialekt zu verstehen – bis er erkannte, dass der Franzose Englisch sprach, und er widmete sich seinem Nudelsalat. Da klatschte António Oliveira Pinto ein paar Mal in die Hände,

rief: Meine Damen und Herren, ich darf Sie bitten, bitte, wir möchten beginnen.
Das ging ja schnell: Professor Erhart spürte schon jetzt, dass er hier fehl am Platz war beziehungsweise mit seinen Anliegen in dieser Runde keine Chance hatte. Alle waren sich so ähnlich. Nur er war anders. Er war darüber informiert, dass sich dieser neue Think-Tank sechs Mal in diesem Jahr für jeweils zwei Tage treffen sollte, um am Ende dem Kommissionspräsidenten ein Papier mit den Ergebnissen ihrer Analysen und Vorschläge für Auswege aus der Krise und für eine Festigung der Union zu überreichen. Alois Erhart hatte sich gewundert, dass man nur zwölf Tage und diese verteilt auf ein ganzes Jahr Zeit habe, um ein Konzept zur Lösung der europäischen Krise zu entwickeln. Aber er hatte diese Einladung auch als Chance gesehen: seine Ideen in dieses System einzuspeisen.
Nun saßen sie alle im Kreis im Max Kohnstamm Room, Alois Erhart zog seine Blätter mit den Stichworten für sein erstes Statement aus der Tasche, alle anderen holten aus ihren Rucksäcken oder Trolleys Laptops heraus oder Tablets, António Oliveira Pinto sagte mit dem breiten strahlenden Lachen eines Mannes, der soeben den größten Glücksmoment seines Lebens hatte, Once again welcome, da machte es einen Knall, die Frau neben Erhart zog den Kopf ein, ein Mann sprang auf, einem anderen rutschte der Laptop von den Knien – was war das? Ein Vogel war gegen die Fensterscheibe geflogen, ja, das musste es gewesen sein, ein Vogel – einer, der behauptete, es gesehen zu haben, sagte: ein großer schwarzer Vogel … man sprang auf, drängte sich vor dem Fenster, es war tatsächlich ein kleiner Blutfleck zu sehen und eine Feder, die da klebte.
Seltsam, dass Alois Erhart, dieser im Grunde seines Herzens so glücklich konservative Mensch, in dieser Runde zum traurigen Revolutionär werden sollte.

Wäre Kommissar Émile Brunfaut nicht beurlaubt worden, er hätte sich nicht die Zeit genommen, zum Arzt zu gehen. Und dann hätte er vielleicht auch nie versucht, das Rätsel des Falls »Atlas-Mord« zu lösen.

Nun lag er mit freiem Oberkörper und offener Hose auf der Pritsche des Arztes und merkte beklommen, dass ihn Angst überkam, eine stille, lähmende Angst. Tief einatmen! Ausatmen! Eine Angst, die ihm den Atem nahm. Seltsam, dass Brunfaut bisher nie an die eigene Sterblichkeit gedacht hatte, obwohl er doch ständig mit Leichen konfrontiert war. Aber es war eben er, der lebte und der die Aufgabe hatte, die am Tod Schuldigen der gerechten Strafe zuzuführen. Und die hieß in der Regel »lebenslang«, was selbst bei vorzeitiger Entlassung eines Täters nach der unabsehbaren Ewigkeit eines Lebens klingt, dessen Ende niemand kennt.

Gefährliche Verfolgungsjagden, Schusswechsel und dergleichen, das gab es im Fernsehen, aber nicht bei seiner Arbeit, und wenn, dann gab es dafür Spezialisten, er selbst aber hatte dies in all seinen Dienstjahren kein einziges Mal erlebt, er war noch nie in eine Situation gekommen, in der er Todesangst kennenlernen musste. Aber jetzt, bei diesem Arzt, der kein Gerichtsmediziner und kein Forensiker war, sondern ein ganz normaler praktischer Arzt, der ihn eben untersucht hatte, hier ein bisschen drückend, dort ein bisschen klopfend, da –

Brunfaut knöpfte sein Hemd zu, während der Doktor die Überweisung in die Klinik schrieb, zur genauen Abklärung der Symptome, da –

Da musste er an den Tod denken. Den eigenen. Ohne Koketterie. Der Doktor hatte einen Verdacht. Er wusste etwas. Und im Spital werden sie bestätigen, was der Doktor wusste oder ahnte. Die Krankheit zum Tod. Brunfaut hatte plötzlich keinen Zweifel daran, dass er zuschaute, wie sein Todes-

urteil verfertigt wurde. Er erlebte diesen Moment als unwirklich und zugleich sich selbst als auf eine bisher nicht gekannte radikale Weise wirklich. Niemand ist so sehr aus der Welt gefallen und zugleich bei sich wie einer, der plötzlich in undurchdringlichem Nebel verloren ist. Panik und Überlebenswille zerreißen den Körper, der Kopf wird heiß, die Brust kalt und klamm. Der Doktor schlug in die Tastatur, sehr unrhythmisch, immer wieder mit hochgezogenen Brauen auf den Computerbildschirm starrend, tip tip tip Pause klick Pause tip tip Pause, dann wie ein Trommelwirbel und dann ein Aussetzen, wie die Töne eines verzweifelten Herzens, angeschlossen an einen Verstärker. Und Brunfaut, als würde er Übungssätze in eine Fremdsprache übersetzen, die er erst lernte, formulierte in seinem Kopf nach und nach Fragen, langsam und unsicher: Wie reagieren, wie werde, ich? reagieren, wenn der Befund, wenn ich den Befund habe, schwarz auf weiß? Aufbäumen und kämpfen? Kämpfen wollen? Werde ich mich fallenlassen, mich aufgeben? Selbst belügen, belügen lassen, verrückt hoffen? Werde ich Selbstmitleid – oder Lust, werde ich noch Lust empfinden können, Lust empfinden lernen, an letzten Genüssen? Werde ich wütend sein, oder, oder zärtlich sein können? Zärtlich zu wem?
Der Doktor räusperte sich, und Brunfaut musste plötzlich lächeln. Das waren noch Zeiten, als Kranksein idyllisch und paradiesisch war – ganz schnell, höchstens eine Sekunde lang, hatte er jetzt dieses Bild im Kopf: Er, hineingekuschelt in ein weiches Federbett, von der Schule befreit, die Mutter so zärtlich, ihre Hand auf seiner heißen Stirn, so fürsorglich, sie macht Tee, und zu seiner Stärkung kocht sie dann sein Lieblingsessen. Dösen, Träumen, Lesen. Die süße Erfahrung von Liebe in Gestalt von Mitleid und Sorge. Und die Gewissheit: Alles wird gut. Alles war gut …
Der Doktor telefonierte: … Gleich in der Früh ist nicht

möglich? … Verstehe … also 13 Uhr? … D'accord! Besten Dank, Herr Kollege!
Morgen um 13 Uhr bitte im Europa-Hospital St. Michel, sagte der Doktor, wenn möglich nüchtern. Mit diesem Überweisungsschein, hier bitte! Die Abklärung, also die erforderlichen Untersuchungen werden vielleicht drei Tage in Anspruch nehmen. Sollte es länger dauern, können Sie auf jeden Fall über das Wochenende nach Hause gehen. Das wird der Primar, Doktor Drumont, entscheiden. Ich habe gerade mit ihm gesprochen. Bei ihm sind Sie in besten Händen.
Und da geschah etwas Seltsames mit Émile Brunfaut: Die Angst erlöste ihn. Das war tatsächlich sein Gefühl und schließlich sein Gedanke: Erlösung.
Das Todesurteil, oder sagen wir: das Begreifen der Sterblichkeit empfand er plötzlich als Befreiung zur Tat. Er musste tun, was getan werden musste. Es war beurlaubten Polizisten verboten, auf eigene Faust weiter zu ermitteln. Aber welche Strafe hatte er jetzt noch zu fürchten? Zu sterben, im Wissen, nicht gehandelt zu haben, das wäre die einzige Strafe, die er fürchten müsste, das wäre der qualvollste Tod. Pathetisch? Geschichte ist nichts anderes als eine Pendelbewegung zwischen Pathos und Banalität. Und der Sterbliche wird einmal dahin, dann dorthin gestoßen.
Kommissar Brunfaut stand auf, sah auf den Doktor hinab, mit dem Blick, den sein Großvater gehabt hatte. Der berühmte Widerstandskämpfer, nach dem eine Straße in Brüssel benannt worden war. Der Blick des Großvaters, vor dem er sich als Kind gefürchtet hatte. Als er, der kleine Émile, mit leichtem Fieber, mit Schnupfen und Halsschmerzen mit dem von der Mutter gekochten Salbeitee im Bett gelegen hatte, Kranksein war Idylle und Paradies, da stand der Großvater vor ihm, schaute auf ihn hinunter und sagte: Kranksein gibt es nicht. Man ist erst krank, wenn man umfällt. Und dann ist man tot.

Und die Mutter, die gerade mit dem Tee ins Zimmer kam, schrie: Was redest du da? Lass das Kind in Ruhe! Warum machst du ihm Angst?
Brunfaut nahm den Einweisungsschein für die Klinik, bedankte sich beim Doktor und ging. Er blickte in Gedanken hinab auf das Kind, das er gewesen war, das Kind war erschrocken, das Kind hatte Angst. Er nicht.
Er war jetzt im Widerstand. Solange er nicht umfiel. La Loi, la Liberté!
Langsam ging er in Richtung Zentrum, er hatte Zeit, die er überbrücken musste, er war erst in einer Stunde mit seinem Freund Philippe Gaultier verabredet, im Restaurant l'Ogenblik in den Galerien bei der Grand Place.
Er kaufte bei Neuhaus an der Grand Place Pralinen –
Von diesen hier, bitte, in so einer kleinen Schachtel für neun Stück!
Neunmal »Le désir«! D'accord. Soll ich sie als Geschenk verpacken?
Ja bitte.
Die Dame wird eine Freude haben. Ich finde, »Le désir« ist unsere beste Praline!
Welche Dame? Das schenke ich mir selbst.
Oh.
Brunfaut sah die Verkäuferin an und hatte plötzlich Mitleid. Und Selbstmitleid. Er hatte eine Idylle zerstört, auch wenn sie nur die Fiktion einer Verkaufssituation war. Warum war er so achtlos? Er konnte sich das doch nicht mehr erlauben: Achtlosigkeit. Er zahlte, nahm die kunstvoll verpackte kleine Schachtel in Empfang und sagte: Ich habe es mir anders überlegt. Ich will diese Pralinen doch einer Dame schenken – einer Dame, deren Lächeln mich heute verzaubert hat.
Und er überreichte der Verkäuferin das Päckchen.
Er lief hinaus.

Es ist alles in Ordnung, dachte er, mit Ausrufezeichen und mit Fragezeichen, solange die Scham stärker brennt als die Todesangst.
Er war dann nur eine Viertelstunde zu früh im l'Ogenblik. Er trank ein Glas Champagner, während er auf Philippe wartete.
Philippe war Leiter des EDV-Zentrums der Brüsseler Polizei, fünfzehn Jahre jünger als Brunfaut und trotz dieses Altersunterschieds sein bester Freund. Nicht zuletzt verband sie, dass sie beide »Träger des nassen Schals« waren, so nannten sie sich als Anhänger des Fußballclubs RSC Anderlecht, die kaum ein Heimspiel versäumten – sie hatten so viele Tränen in ihren Fan-Schal geweint, dass er nie wieder trocken werden konnte. Sie waren, wie sie bei einem Bier nach der Arbeit einmal feststellten, beide der Meinung, dass nach dem unfassbaren Bestechungsskandal, damals, als bekannt wurde, dass der Club vor dem Halbfinalrückspiel im UEFA-Cup gegen Nottingham Forest den Schiedsrichter mit 27 000 britischen Pfund bestochen hatte, ein Zeichen hätte gesetzt werden müssen, ein Zeichen für einen Neubeginn. Und wenn es auch nur ein ganz simpel symbolisches gewesen wäre, eine kleine Änderung im Vereinsnamen, um klarzumachen, dass ab jetzt dieser Verein neu startete und nichts mehr mit Korruption und Bestechungen zu tun hatte. RSC Anderlecht – wie hätte die Änderung aussehen können? Das R streichen, hatte Émile Brunfaut gesagt, nur um ein Zeichen zu setzen.
Aber warum das R.?
Le Roi, la Loi, la Liberté! Worauf können wir verzichten? Le Roi!
Sie lachten. So fanden sie sich auch schnell politisch in Übereinstimmung, in Hinblick auf das belgische System, auf diesen zerrissenen Staat, der nicht hilflos durch einen König zusammengehalten werden sollte, sondern durch den gemeinsamen Rechtszustand einer Republik. Obwohl: Die Entscheidung

des Königs, in der Zeit, in der Belgien den EU-Ratsvorsitz innehatte, keine Regierung zu ernennen, um die notwendigen europapolitischen Entscheidungen nicht durch innenpolitische Koalitionsstreitereien zu blockieren, fanden sie beide gut. Nie, sagte Philippe, hatte Belgien besser funktioniert als in dieser Zeit ohne Regierung.
Sie pilgerten ins Constant-Vanden-Stock-Stadion in Anderlecht, weinten in ihre Schals und neckten einander. Philippe schwärmte davon, dass er noch Franky Vercauteren hatte spielen sehen, so einen bräuchten sie heute wieder, einen genialen Torjäger. Ach, du hast ja keine Ahnung, hatte Émile gesagt, er, der Ältere, hatte noch Paul van Himst gesehen, gegen den war Vercauteren schon eine lahme Ente.
War früher alles besser? Nichts war besser, es war einfach alles ganz anders.
Ja, sicher! Anders! Aber war es nicht doch besser? Früher war Anderlecht ein jüdischer Bezirk von Brüssel. Es war das geheime Zentrum von Brüssel, wegen des Clubs und wegen der Cafés und Läden. Jetzt ist es ein muslimischer Bezirk, die Juden sind fort, und keiner, den ich kenne, käme auf die Idee, hierherzukommen und in ein Café zu gehen, schon gar nicht mit einer Frau, die dürfte ein Café bei den Moslems gar nicht erst betreten.
Du kennst doch Gerrit Beers, von der Spurensicherung? Er ist jetzt nach Anderlecht gezogen, er sagt, die Wohnungen sind dort billiger, es ist alles viel mehr easy-going, und er ist Raucher. Hier schert sich keiner um das Rauchverbot. Er bekommt einen erstklassigen Kaffee, und die Männer mit ihren Wasserpfeifen kümmern sich nicht darum, wenn er sich dazu eine Zigarette anzündet.
Wie in Molenbeek.
Ja. Die Zeiten ändern sich. Bald gibt der Club das Stadion hier auf und zieht in das neue König-Baudouin-Stadion. Dann

wird der Club noch Anderlecht heißen, aber nicht mehr in Anderlecht spielen. Und du wirst sagen, früher war alles besser. Und heute beschwerst du dich, weil Anderlecht nicht mehr so ist wie vor zwanzig Jahren.
Ja, so schlecht waren sie heute nicht. 2:1 gegen Leuven, das war schon okay.
Vor drei Jahren hatte Philippe Émile gebeten, sein Trauzeuge zu sein. Ein Jahr später wurde Philippe Vater, und Émile wurde Pate der kleinen Joëlle. Er war nun mehr als ein Freund, er war Familie.
Émile Brunfaut trank sein Glas Champagner aus und bestellte noch eines. Philippe war genau der Mensch, den er jetzt brauchte: ein genialer Informatiker, zugleich völlig vertrauenswürdig und solidarisch. Hoffte er. Nein, er war sich dessen sicher.
Er bekam sein zweites Glas, nippte daran, da stand Philippe vor ihm: Der Rest des Lebens beginnt mit Champagner und endet mit Kräutertee! Und? Wie war es beim Arzt?
Sie umarmten sich, Philippe nahm Platz, sagte: Und was ich auch wissen möchte: Hast du es schon überführt und verhaftet?
Es? Was? Wen?
Na, das Schwein. Hast du heute keine Zeitung gelesen?
Ach so, das Schwein. Ich habe eine Spur. Wir haben Gen-Material sichergestellt. Du musst morgen die DNA abgleichen mit der von allen Schweinen, die in der Europol-Datenbank registriert sind.
Philippe lachte. Du weißt, ich stehe dir immer zur Verfügung.
Genau darüber wollte ich mit dir reden.
Sie redeten und aßen und tranken. Früher war das Essen besser. Findest du? Ja. Aber hier hat sich doch überhaupt nichts geändert. Ja, außer das Essen. Wieso? Den Lammbraten ha-

ben wir hier schon vor zehn Jahren gegessen. Ja, schon, aber er war früher besser. Na ja, vielleicht, aber sonst – immerhin hat sich hier sonst nichts geändert. Vielleicht hätte ich besser den gegrillten Wolfsbarsch genommen, mit dem Spargelrisotto. Spargel, jetzt im Winter? Der kommt aus Thailand, stand auf der Karte. Spargel aus Thailand, komm, hör auf! Wir haben doch hier immer das Lamm gegessen, es ist doch okay. Ich weiß nicht, es schmeckt nach Leiche, ich habe doch früher nie den Gedanken gehabt, dass ein Lammbraten eine Leiche ist. Ach, hör auf, was ist denn los mit dir? Es ist okay. Ja, es ist okay.

Brunfaut erzählte, dass der Arzt ihn ins Europa-Hospital überwiesen habe, dort werde er morgen durchgecheckt.

Hat er irgendeinen Verdacht geäußert?

Nein. Er hat nur gesagt, das gehöre genauer untersucht.

Er geht auf Nummer sicher. Ist doch gut. Und dann hast du Klarheit. Also ich würde mir da jetzt keine Sorgen machen.

Ja, vielleicht. Vielleicht hast du recht. Auf jeden Fall: Ich bin nicht außer Gefecht.

Das heißt?

Du weißt, dass mir der Atlas-Fall entzogen und ich beurlaubt wurde?

Ja.

Weißt du, warum?

Ich dachte, du würdest es mir erzählen.

Ich weiß es aber nicht.

Du weißt es nicht? Sie haben es nicht begründet?

Nein.

Ich brauche noch ein Glas Wein.

Hör zu, Philippe, alle Daten, die den Fall Atlas betreffen, sind gelöscht worden. Ich war am Tatort, die Spurensicherung war am Tatort, ich habe erste Vernehmungen durchgeführt – das alles existiert nicht mehr. Alle Akten, Protokolle und Doku-

mente sind spurlos verschwunden, der Mord ist verschwunden, als hätte es die Leiche, die ich gesehen habe, nicht gegeben. Als ich zu meinem Computer zurückkam, war alles weg, wie abgesaugt. Da hat jemand gehackt. Wahrscheinlich nicht nur in meinen Computer, sondern ins ganze System. Und der Staatsanwalt spielt mit. Ich möchte wissen, warum?
Das verstehe ich.
Du musst mir helfen.
Der Kellner servierte ab, und Philippe schnippte mit den Fingern, deutete dorthin, wo eben noch Émiles Teller gewesen war, und sagte: Die Leiche ist verschwunden!
Mach keine Witze! Es tut mir leid, was ich vorhin gesagt habe. Ganz im Ernst: Der Fall ist verschwunden, und wenn es jemanden gibt, der vielleicht zurückverfolgen kann, wie das geschehen ist und wer das gemacht hat, dann bist das du. Du bist der Chef-Informatiker, du kontrollierst das ganze EDV-System der Brüsseler Polizei. Du musst die Lücke finden.
Wie soll ich das begründen? Ich kann in der Abteilung eine solche Recherche nicht beginnen, ohne einen Grund dafür anzugeben. Noch dazu gegen eine Weisung des Staatsanwalts.
Weißt du von der Weisung des Staatsanwalts? Nein. Na eben. Du musst das nicht begründen. Du musst es einfach tun.
Es ist zu kompliziert, dir jetzt zu erklären, wie das mit dem Zugang zum Zentralspeicher funktioniert, wie viele Sicherungen da eingebaut sind und wie viel Bürokratie notwendig ist, um nur zwei von vielleicht zwanzig Schritten weiterzukommen.
Du musst es ja nicht offiziell machen, meine Frage ist ja nicht, ob du glaubst, dass du eine Bewilligung bekommst, sondern ob du das kannst.
Es wäre gegen das Gesetz.
Hör zu, Philippe, ein Mord ist ein Offizialdelikt, eine Straf-

tat, die die Staatsanwaltschaft von Amts wegen verfolgen muss. Wenn aber die Staatsanwaltschaft dies nicht tut, sondern im Gegenteil den Mord vertuscht, dann ist das Gesetz durch den Staat selbst gebrochen worden, und diejenigen, die dann illegale Mittel einsetzen, um das aufzuklären, sind die Verteidiger des Gesetzes. Wenn du mir hilfst und wir Erfolg haben, dann werden es wir sein, die dem Gesetz entsprochen haben.
Also gut. Ich versuche das zunächst einmal von deinem Zugang aus. Gib mir dein Passwort. Wenn da gleich etwas auffliegt, dann hast du im Urlaub mit deinem Computer gespielt, okay?
Okay.
Eine Mousse au Chocolat?
Sicher. Warum sollten wir ausgerechnet heute unsere Gewohnheiten ändern? Wie geht es Joëlle?

Matek wusste, dass er keine Chance hatte, spurlos unterzutauchen. Sie wussten mittlerweile, dass er nicht in die Maschine nach Istanbul eingestiegen war. Sie würden sicherlich auch in Betracht ziehen, dass er doch nach Polen geflogen ist, obwohl sie sein Ticket nach Warschau storniert hatten. Es war für sie keine Schwierigkeit, in kürzester Zeit herauszufinden, dass er auf der Passagierliste eines Flugs nach Krakau stand. Als er in Krakau ankam, konnte er also davon ausgehen, dass sie nur einen Schritt hinter ihm zurück waren.
Das hatte er als Żołnierz Chrystusa schon in der Grundausbildung gelernt: Versuche erst gar nicht, keine Spuren zu hinterlassen – es ist unmöglich. Versuche nicht, deine Spuren zu verwischen – nichts macht Verfolger so sicher, auf der richtigen Fährte zu sein, als wenn sie auf Spuren stoßen, die du zu verwischen versucht hast. Wenn du also schon nicht vermeiden kannst, Spuren zu hinterlassen, dann produziere noch

mehr Spuren! Viele Spuren, widersprüchliche Spuren! Während sie sie auswerten, gewinnst du einen Vorsprung. Wenn sie zurückkommen vom Verfolgen falscher Spuren, hast du deinen Vorsprung vergrößert.
Natürlich wusste er, dass sie wussten, dass er das wusste – aber das änderte nichts daran, dass sie den Spuren nachgehen mussten, die er produzierte, und ob sie das misstrauisch oder naiv taten, war egal.
Er kalkulierte, dass er drei Tage brauchen würde, um herauszufinden, was in Brüssel schiefgelaufen war und warum sie ihn dann, gegen den ursprünglichen Plan, nach Istanbul schicken wollten. Drei Tage Vorsprung, das war machbar, das war Routine, und dann würde er weitersehen.
Nach seiner Ankunft am Flughafen Krakau ging er zum Info-Desk und ließ sich selbst ausrufen: Herr Mateusz Oswiecki möge sich bitte zum Schalter der Firma Krakow Express Shuttle Pastuszak begeben. Herr Oswiecki bitte! Ihr Fahrer wartet auf Sie beim Schalter Express Shuttle Pastuszak!
Er wusste, dass die Personen, die ausgerufen wurden, achtundvierzig Stunden gespeichert blieben. Dann ging er zum Schalter des Shuttle-Service. Er hatte den Transfer in die Stadt noch am Flughafen Brüssel per Mail gebucht. Wenn sie seine Mailbox hackten, hatten sie nun zwei Hinweise. Er zahlte mit Kreditkarte. Dritter Hinweis. Er ließ sich zum Hotel Europejski, ulica Lubicz, bringen.
Morgen Mittag würden sie wissen, was er ohnehin nicht hätte verheimlichen können: dass er in Krakau angekommen war. Einen Tag später würden sie wissen, wo er abgestiegen ist. Indem er ihnen die Adresse selbst auf dem Silbertablett servierte, konnte er sie auf eine falsche Fährte setzen und sie die drei Tage, die er brauchte, ins Leere laufen lassen: Er checkte im Hotel ein und bat die Rezeptionistin, nachzuschauen, wann am nächsten Tag der erste Zug nach Warschau ging. Sie tipp-

te in den Computer, schaute, schüttelte den Kopf und sagte: Sie wollen wirklich den ersten Zug? Der geht um 4.52 und –
Das ist zu früh!
Der nächste geht um 5.41, kommt an um –
Der nächste bitte!
Dann gibt es Züge um 6.31, dann 7.47 und –
Der um 6.31! Wann kommt er an?
Um 8.54, und der Zug um 7.47 kommt um 10.00 an.
Das ist zu spät. 8.54 Ankunft ist perfekt. Sagen Sie nochmal, sechs Uhr ...?
Sechs Uhr einunddreißig. Von Krakow Główny.
Sehr gut. Können Sie bitte das Bahnticket gleich hier online für mich kaufen und ausdrucken? Hier ist meine Kreditkarte. Und ich zahle auch das Zimmer gleich. Dann spare ich morgen früh Zeit.
Bardzo zadowolony, panie Oswiecki.

Matek brachte seinen Rucksack aufs Zimmer, schrieb auf dem Briefpapier des Hotels einen Brief, den er zusammen mit einer seiner Kreditkarten in ein Kuvert steckte, das er adressierte und zuklebte. Dann verließ er das Hotel. Morgen Nachmittag hatten sie sechs logisch zusammenpassende Spuren, dass er in Krakau angekommen und gleich am nächsten Morgen nach Warschau weitergereist war. Aber er würde in Krakau bleiben. Bis sie das begriffen, hatte er Zeit.
Er spazierte zur Starowiślna, dort kannte er einen dieser dubiosen Läden mit gebrauchten Handys. Tatsächlich, den Laden gab es noch. Er kaufte ein altes, primitives Nokia und eine 100-Zloty Prepaid Card. Matek sah den Jungen an, der das Telefon mit einer aufgebogenen Heftklammer aufbrach und die Karte einlegte, er betrachtete ihn wie ein abstoßendes und zugleich auch Mitleid erregendes Tier in einem Ter-

rarium. Alles an diesem Jungen war Hilferuf oder Schrei nach Aufmerksamkeit und zugleich Demonstration von Trotz und Verachtung. Seine groteske Frisur, seitlich ausrasiert, das Deckhaar lang und kunstvoll verstrubbelt, die dicken blauschwarzen Strähnen mit Gel fixiert. Er trug ein rotes T-Shirt mit einem großen Stinkefinger auf der Brust. Auf seinem rechten Oberarm war eine Wolfsangel tätowiert, darunter eine kniende nackte Frau, umrankt von Ketten. Interessanter als diese kindische Kraftmeierei aber war der linke Unterarm: Kein Zweifel, der Junge fügte sich regelmäßig Selbstverletzungen zu. Eine ganze Reihe roter Linien, mehr oder weniger frisch verkrustete Ritzungen, wahrscheinlich durch eine Rasierklinge. Matek kannte das aus dem Priesterseminar. Er kannte das Gefühl, wenn die Glückshormone ausgeschüttet werden, die den Schmerz lindern, die man aber so explosiv nur bekommt, wenn man sich Schmerz zufügt, wenn man den Schmerz von der Seele mit einer Rasierklinge auf die Außenhaut umleitet. Endorphine und Adrenalin, darum ging es. Er hatte gehört, dass Frauen diese Sensation im Stress und Schmerz einer Geburt erleben. Das hat Gott so eingerichtet. Ritzungen und Schnitte auf Armen und Bauch, das ist im Seminar verbreitet gewesen, gelegentlich auch, wechselseitig zugefügt, am Rücken, selten an den Genitalien.
Der Junge presste die Teile des Handys zusammen, bis sie mit einem lauten Klack einrasteten, drückte einige Tasten, schaute auf das Display und sagte: Dopasować!
Dziękuję, sagte Matek, zahlte die achzig Zloty für das Handy und hundert Zloty für die Karte, dann zögerte er, tat so, als fiele ihm plötzlich noch etwas ein, blickte nachdenklich in seine Geldbörse, sagte: Ich habe noch eine Frage, vielleicht kannst du mir helfen! Er nahm einen Hundert-Euro-Schein heraus, legte ihn auf den Tresen, die Hand darauf.
Kennst du zufällig jemanden, der nach Warschau fährt?

Der Junge schaute auf Mateks Hand, die auf dem Geldschein lag.
Müsste mich umhören. Worum geht es? Mitfahrgelegenheit?
Nein. Ein Brief. Den könnte er mitnehmen.
Matek legte noch einen Hundert-Euro-Schein auf den Tresen.
Warum gehen Sie nicht zur Post?
Die Postämter sind seit einer halben Stunde geschlossen. Und der Brief ist eilig.
Ich glaube, mein Bruder hatte vor, morgen nach Warschau zu fahren. Hat ein Mädchen dort. Müsste ihn fragen.
Matek legte noch einen Fünfziger hin.
Der Brief müsste um spätestens zehn Uhr dort sein.
Es wird ihm egal sein, wenn er etwas früher als geplant fährt.
Er wird sehr früh losfahren müssen. Spätestens um halb sieben.
Er wird noch Geld fürs Benzin haben wollen.
Wollte er nicht ohnehin fahren, zu seinem Mädchen?
Matek zog die Hand von den Geldscheinen zurück, holte den Brief aus der Brusttasche seiner Jacke, legte ihn auf die Banknoten.
Ich bin morgen um zehn Uhr wieder hier. Wenn ich bis dahin per SMS eine Bestätigung bekommen habe – er hielt das Nokia in die Höhe –, dass der Brief angekommen ist, gibt es diese Summe noch einmal. Da hat er genug Benzingeld, da kann er sein Mädchen noch zwanzig Mal besuchen und ausführen. Wenn die Liebe so lange hält.
Sie ist treu.
Das ist gut. Treu sein ist immer gut. Die Adresse steht hier auf dem Umschlag.
Matek ging.

Er schlenderte die Starowiślna hinunter in Richtung Zentrum, zum Rynek Główny, dem Hauptmarkt. Die Schönheit und Erhabenheit dieses weitläufigen mittelalterlichen Platzes berührte ihn jedes Mal aufs Neue, wenn er in diese Stadt kam. Der riesige quadratische Platz war mit Palästen umrahmt, nur die Marienkirche brach die strenge Symmetrie. Sie trat mit ihren beiden Türmen aus der Fassadenfront dieser Platzseite gleichsam einen Schritt hervor, stellte sich quer, frech, stolz, alles überragend, die beiden Türme verschieden hoch, der Grund dafür wurde in alten Legenden erzählt, Matek kannte sie natürlich, aber er hielt diese Legenden für eine geradezu heidnische Anmaßung. Für ihn war völlig klar, dass es nur einen Grund für diesen Bruch von Symmetrie und Harmonie geben konnte: Nicht einmal beim Bau eines Gotteshauses darf es den Menschen gegeben sein, etwas Vollkommenes zu erschaffen, denn vollkommen ist nur Gott und sein Schöpfungsplan selbst. Aus Menschenhand kann es keine Vollkommenheit geben, die sich mit Gottes Vollkommenheit messen kann, auch nicht in dem Glauben, ihm durch diesen Anspruch die höchste Ehre zu erweisen. Die Marienkirche, die sich zum Markt quer stellte, dadurch den Menschen, die da ihren Geschäften nachgehen, symbolisch auf die Zehen stieg, sich dabei hoch aufrichtete, um nach den Sternen zu greifen, mit dem einen Turm zu kurz, mit dem anderen doch schon näher am Himmel, Ausdruck des menschlichen Strebens, das wächst, an der Vollendung aber scheitert – diese Kirche war für Matek der sinnigste Ausdruck des Verhältnisses der Menschen zu Gott. Ganz anders als Notre-Dame – ein Jahr zuvor hatte Matek einen Auftrag in Paris gehabt. Natürlich hatte er die Kathedrale von Notre-Dame sehen wollen, und natürlich war er zunächst beeindruckt, als er vor ihr stand. Aber – was? Da hatte er es begriffen. Dieser selbstherrliche, im Grunde aufgeblähte Kleingeist, mit dem darauf vertraut wurde, dass geometrische Regeln, umgelegt auf bombastische Größe, die göttliche Harmonie des Universums widerspiegeln können, hatte ihn irritiert, er hatte es als Lästerung empfunden. Und das war wohl der Grund, warum Gott mit kalter Indifferenz zugeschaut hatte, als der häretische Philosoph Abélard mit der Mesner-Tochter Héloïse auf dem Altar dieser Kathedrale Unzucht beging. Matek hatte zugehört, als eine Reiseführerin in der Kirche, vor dem Altar, einer Gruppe haltlos kichernder englischer Touristen diese Geschichte erzählte: Und hier, auf diesem Altar, Ladies and Gentlemen, ist es passiert, hier hat der junge Doktorand der Philosophie Pierre Abélard seine große Liebe Héloïse, die Nichte des Mesners dieser Kathedrale, entjungfert. Immer wieder erzählt, immer wieder besungen, Abélard und Héloïse, dies hier war der Altar ihrer Liebe! Matek fand die Entscheidung des Papstes, diesen Abélard kastrieren zu lassen, völlig richtig und gerecht, ja geradezu milde, aber selbst diese Strafe, die tatsächlich vollzogen wurde, wie die Führerin erzählte, konnte, so dachte Matek, nicht rückgängig machen, dass dieses eitle Gotteshaus entweiht war und es auch blieb. Das hatte er gespürt. Wie anders die Marienkirche hier in Krakau. Er blickte an ihr hinauf, jetzt war es 19 Uhr, und wie zu jeder vollen Stunde begann der Krakauer Turmbläser das Przerwany Hejnał zu spielen: ein Trompetensignal zur Warnung vor heranrückenden Feinden, das plötzlich abbricht. Zur Erinnerung an jenen Trompeter, der beim Tatarenangriff 1241 von einem Pfeil in die Kehle getroffen wurde, spielte man es nur bis zu jenem Ton, den er als letzten noch hatte blasen können, bevor er fiel.

Matek schaute suchend den Ostturm hinauf, wo an einem Fenster der Trompeter stehen musste, konnte ihn aber nicht sehen, da brach das Hejnał schon ab.

Er ging nicht hinein in die Kirche. Er konnte nicht beten im

Gewitter zahlloser fotografierender Touristen. Er wandte sich um, überquerte den Platz, vorbei an den Tuchhallen, er konnte sich nicht sattsehen, aber er wusste auch, er durfte nicht zu genau schauen. Die Läden mit den schönen alten Portalen verkauften Ansichtskarten, die die schönen alten Läden zeigten, als sie noch nicht Ansichtskarten und billige Souvenirs verkauft hatten. Die Gasthäuser warben mit Tafeln, die »Traditionelle polnische Küche« versprachen, und pflegten keine andere Tradition als die der raschen Abfertigung von Touristen. Neben der Kirche, wo früher die große, staatliche Buchhandlung gewesen war, befand sich jetzt der Flagshipstore der Modekette Zara. In den ehemaligen Tuchläden konnten Touristen Andenken an das alte jüdische Krakau kaufen, Postkarten mit alten Fotografien und CDs mit Klezmer-Musik, aber auch geschmacklose Karikaturen von Juden im Stürmer-Stil, zum Beispiel holzgeschnitzte Figuren des gierigen Juden mit Geldbeutel oder Goldmünze in der Hand.

Er verließ den Platz und bog in die Grodzka ein, da am Eck hatte er früher so gerne das süße polnische Reisbrot gekauft, jetzt hieß der Laden »Quality Burger«. Er ging die Grodzka weiter bis zum Ende, immer weiter, er ging und ging, die Stradomska entlang, immer weiter, die rhythmischen Schritte und das gleichmäßige Atmen waren jetzt sein Gebet, immer weiter, bis er zur Paulińska kam, da kannte er ein kleines Gasthaus, die Kuchnia Adama, wo er etwas essen wollte. Hier gab es den besten Bigos der Stadt, und auch wenn es für diesen Eintopf hundert verschiedene, mehr oder weniger offizielle Rezepte gab, für Matek war er nur hier, nur zwei Mal ums Eck von den Touristentrampelpfaden entfernt, authentisch. Auf keinen Fall durfte er frisch gekocht serviert werden, er war erst so richtig gut, wenn er über Tage hindurch immer wieder aufgewärmt wurde. Bei Adam stand der Bigos-Kessel zumindest eine Woche lang auf dem Herd. So konnte der

Bauchspeck sein Fett ganz an das Kraut abgeben, der scharfe rote Paprika sein Aroma voll entfalten, die Fleischwürfel wurden wunderbar mürbe, dennoch: Diese Worte sind nur ein Summen und die Reime der Lieder, die auf den Bigos Adama gesungen wurden, sind Zufall, nur der Magen wird den Bigos verstehen.

Matek aß schweigend, natürlich, er war ja alleine, aber er aß, auch wenn er alleine war, immer so, als müsste er das Sprechverbot während der Mahlzeiten einhalten. Ein kurzes, fast lautlos gemurmeltes Tischgebet, mit gesenktem Kopf, dann schweigend essen. Doch an diesem Abend hatte er so viele Gedanken, wie ein Stimmengewirr, im Kopf. Er hörte seine Mutter, die sein Vertrauen, behütet und beschützt zu sein, eben dadurch zerstörte, dass sie ihn, um ihn zu schützen, weggegeben hatte, in die Verliese eines Untergrunds, wo es das alles nicht mehr gab, diesen glückseligen Dampf der Küche einer liebenden und lächelnden Mutter. Vor ihm dampfte der Bigos, und er konnte sich selbst hören, wie es aus ihm herausgesprudelt war, wenn er mit seiner Mutter beim Essen saß, beim Bigos oder den Gołąbki, Heldenphantasien, wo hatte er sie aufgeschnappt, diese Legenden, die er aufgeregt erzählte, während sie ihm lächelnd zuhörte und sagte: Vergiss nicht zu essen! Und er hatte damals noch gar nicht gewusst, dass sie eine Waffe unter dem Rock trug, die Pistole des toten Vaters. Wo war Vater? Das war noch gar nicht begriffen, solange sie ihn in die Arme nahm, und dann hatten sich ihre Arme geöffnet und sie hat ihn abgeliefert, in die Hände heiliger Männer, die Vater genannt wurden, und er hatte plötzlich Brüder, in einem Verlies, aus dem er nach Jahren der Askese herausstieg als Żołnierz Chrystusa, um eine Heimat zu verteidigen, in der er nie gewesen ist. Wer ist jemals dort gewesen? Der Großvater nicht, der Vater nicht – und er selbst ist vertrieben worden, gerade als er in sie eintreten wollte, durch einen Hintereingang, durch die Tür, die seine Mutter plötzlich zugeworfen hatte. Und er hörte die Stimme des Pater Prior, der ihm verständnisvoll und mit einem Lächeln, das triefte vor Fett wie dieser Bigos, erklärte, dass er, Mateusz, der liebe Matek, nicht berufen sei zum Priesteramt, sondern zum Soldaten Christi. Er war gehorsam, er ist immer gehorsam gewesen, zuerst weil er Weltvertrauen gehabt hatte und dann weil er in Sinn und Vernunft des Gehorsams eingeschult wurde, und jetzt saß er vor einer Falle, und er wusste nicht, warum, aber er zweifelte nicht daran: Sie hatten ihm eine Falle gestellt. Er hörte seine Mutter, er hörte den Pater Prior, er hörte Stimmen, unklar, unverständlich, von Menschen, die er nicht kannte, die aber über ihn sprachen wie über eine Figur auf einem Schachbrett. Silentium!, rief er und noch einmal: Silentium! Er rief es lautlos, nur in seinem Kopf. Er wollte schweigend essen. Er atmete seufzend tief ein, den Oberkörper aufrichtend, und blickte hinüber zur Kellnerin, die neben dem Schild »Rauchen verboten« stand und rauchte.

Er ging zu Fuß zurück zum Hotel, machte im Zimmer seine Kraftübungen, dann legte er sich schlafen.

Als er um sechs Uhr morgens das Hotel verließ, standen vor dem Hotel bereits die Sightseeing-Busse, »Auschwitz. Best price!«

Er ging zum Kazimierz-Viertel, nahm im Rubinstein ein ausgiebiges Frühstück zu sich, dann rief er Wojciech an, seinen alten Freund aus Seminar-Tagen, der damals bei den Schulbrüdern in Poznań den apostolischen Schutznamen Szymon, der Maurer, erhalten hatte. Er war nun Pater des Augustinerklosters, das zur Kirche St. Katharina in Krakau gehörte. Matek kannte seinen Tagesablauf, die Konventmesse musste vorüber sein, jetzt war er bis zur Terz erreichbar.

Mateusz, mein Bruder! Bist du in Krakau? Wie geht es dir?

Ja, ich bin in Krakau. Es geht mir gut. Ich erinnere mich so gerne zurück, wie wir durch die Klostergärten gingen und redeten. Wir müssen reden.
Ach, die Gärten. Wir haben sie verpachtet, als Parkplätze. Traurig, aber ein gutes Geschäft. Die Renovierung der Kirche verschlingt Unsummen. Ja, lass uns reden, nach der Non?
Ich habe einen Rucksack mit.
Du bist willkommen.

Matek sah sich um. Niemand schaute her. Er schob den Hemdärmel ein wenig zurück, wischte das Messer mit der Serviette ab und ritzte mit sanftem Druck seinen linken Unterarm. Das verdammte Messer war stumpf, ein typisches Gastronomie-Messer, er kippte es leicht und zog die Klinge über die Haut und nochmals mit stärkerem Druck, da endlich öffnete sich die Haut einen kleinen Spalt und Blut quoll hervor, er schloss die Augen und legte das Messer weg.

Um halb zehn kam die SMS: »Werde deine Grüße gerne ausrichten!«
Bruder Tomasz in Warschau hatte also den Brief erhalten. Tomasz wird mittagessen gehen und mit Mateks Kreditkarte bezahlen. Dann wird er in die Potockich gehen, zu dem großen Taschen- und Koffergeschäft, mit der Kreditkarte einen Koffer kaufen und später am Bahnhof mit der Kreditkarte ein Zugticket nach Budapest lösen. Das werden sie herausfinden. Tomasz wird dann die Kreditkarte zerschneiden und wegwerfen. Matek schätzte, dass er 72 Stunden Vorsprung hatte, bis sie die Spuren überprüft hatten.
Er ging zur Toilette, ließ kaltes Wasser über seinen Unterarm laufen, sehr lange, bis er das Gefühl hatte, dass der Arm taub war, dann ging er. Er ging zu dem Handy-Laden in der Sta-

rowiślna, der Junge trug dasselbe T-Shirt wie am Vortag, Matek legte das Geld auf den Tresen.
Es war ein für diese Jahreszeit ungewöhnlich warmer und sonniger Tag.
Er schlenderte durch die Stadt, die ulica Józefa hinunter, auf der Reisegruppen hinter hochgehaltenen Täfelchen oder Wimpeln hergingen, in der ulica Bożego Ciała bog er links ab, da war die Kirche Corpus Christi, die erste katholische Kirche nach dem Judenviertel, er trat ein, hier war offenbar gerade die Morgenmesse zu Ende gegangen, die Menschen erhoben sich aus den Bänken, strebten zum Ausgang, Matek stand da wie ein Fels in der Brandung, rechts und links von ihm strömten die Menschen vorbei und hinaus, bis er sich umdrehte und mit ihnen die Kirche verließ, als wäre er Teil einer Gruppe, zurück zur Józefa, ein Haustor stand offen und gab den Blick frei in einen schönen versteckten Innenhof, hinter einem baufälligen Durchgang voller Müllsäcke, ein Tourist stand dort und fotografierte mit seinem Smartphone, Rufe einer Fremdenführerin: »This way, please!«, eine Frau sagte »... would be a perfect hideaway!«, ein Mann lachte, »You cannot escape«, die Gruppe bewegte sich weiter zur St.-Katharina-Kirche, Gärten hinter Gittertoren, Parkplätze in den Gärten, ein junger Mann begann zu laufen, lief auf eine Frau zu, sie umarmten sich, schlenderten Hand in Hand weiter, an der blinden, schweigenden Fassade des Klosters entlang, vorbei am Platz mit dem Millennium-Altar, der aus einer Gruppe von sieben großen Bronzefiguren bestand, überlebensgroße Heilige, Kirchenmänner, eine deutsche Frau stand davor und sagte: »Da, schau einmal, dieser da, das ist doch wohl der polnische Papst!«, ein Mann sagte: »Ja, das ist Wojtyla!«, ein anderer: »Nein, da steht Św. Stanisław (1030-1079)«. Priester liefen vorbei, bogen ab in die Augustiánska, dann kamen zwei Frauen mit schweren Taschen, als würden sie den Pries-

tern nachlaufen, schon waren sie um die Ecke verschwunden, die Reisegruppe war inzwischen weitergezogen, und die Millenniumsstatuen blickten mit toten Augen auf einen leeren Platz.

Die Union drohte zu zerbrechen. Sie befand sich in der größten Krise seit ihrer Gründung. Florian Susman hatte sich seit vielen Jahren aus tiefer Überzeugung für dieses Projekt engagiert, und er war selbstverständlich auch bereit gewesen, Verantwortung zu übernehmen. Man mault nicht, man übernimmt Verantwortung – das war schon das Credo seines Vaters gewesen. Wer einen Betrieb aufbaut, geht Risiken ein. Wie kann man sie verantwortungsbewusst einschätzen und kalkulieren? Florian konnte sich gut an die Zeit erinnern, als seine Eltern nach dem Abendessen noch lange am Tisch saßen und mit ernsten Gesichtern die Chancen und Gefahren abwogen, die eine kreditfinanzierte Investition in eine konzessionierte betriebliche Schlachtanlage mit sich brachte. Die Schulden könnten ihr Untergang sein, aber die Feigheit vor diesem Schritt konnte erst recht den Untergang des Hofs bedeuten. Es gab eine riskante Chance, aber es gab nicht die Chance, »auf Nummer sicher zu gehen«. Die Eltern saßen da und rechneten, sie formulierten Einwände und hatten gleich auch Argumente, um die Einwände zu zerstreuen, sie warfen Bedenken auf die eine Waagschale, Hoffnungen auf die andere, nein, Bedenken gegenüber den Bedenken. Florian hatte zugehört, es war seltsam, dass die Eltern ihn nicht ins Bett geschickt hatten, vielleicht ist der Vater der Meinung gewesen, dass der Thronfolger das ruhig alles hören sollte, während Martin, der Jüngere, auf dem Sofa lag und las, bis er einschlief und schließlich von der Mutter ins Bett getragen – nein, so zärtlich ist es nicht gewesen –, ins Bett gestoßen wurde.

»Götter, Gräber und Gelehrte«. Florian war erstaunt, ja gerührt, dass ihm jetzt sogar der Titel des Buchs einfiel, das sein Bruder damals immer wieder gelesen hatte, während er, Florian, nur dasaß und zuhörte, wie die Eltern darüber redeten, was sie verantworten konnten und mussten. Damals. An langen Abenden.

Florian fuhr langsam. Er hatte Zeit. Er musste erst am Abend in Budapest sein, es war früher Nachmittag, und er befand sich bereits zwanzig Kilometer vor Nickelsdorf, der österreichisch-ungarischen Grenze. Er fuhr wie in Trance, mit Tempomat, leiser Musik aus dem Autoradio, Regionalprogramm, volkstümliche Schlager, die immer wieder von Werbung unterbrochen wurden: »Ich möchte so gern ein Trüffelschwein sein«, quäkte eine Stimme, worauf eine sonore Stimme antwortete: »Aber geh, Schweinderl, meinst net, dass unsere Kartofferl viel besser schmecken? Ja, schon, Bauer, grunz. Bist halt mein Kartoffelschweinderl. Bin ich dann auch was Besonderes? Ja, natürlich.«

Da schaltete Florian das Radio ab.

In jener Zeit, als der Vater, der kleine Schweinebauer, den kaum rentablen Hof zum Schweinemast- und Schlachtbetrieb ausbaute, hatte er auch beschlossen, sich in Interessenvertretungen zu engagieren. Bald schon übernahm er Ämter in Fachverbänden und im österreichischen Bauernbund. Man darf nicht abwarten, was die für uns machen, man muss selbst etwas tun, hatte er gesagt. Er konnte mitreden, aber er konnte die Bedingungen der Branche nicht verbessern, schon gar nicht konnte er den Preisverfall aufhalten. So setzte er auf Masse, um bei der immer kleineren Gewinnspanne auf seine Rechnung zu kommen. Die weiteren Investitionen erhöhten die Schuldenlast, aber sie erhöhten auch den Umsatz. Und dies erhöhte Vaters Gewicht in den Gremien. Florian fragte sich, ob Vater, dieser zunehmend genervte und gereizte Mann,

irgendwann in einer stillen Stunde sich gefragt hatte, ob es einen Weg zurück gab, zu dem Punkt, wo sich Notwendigkeit und Freiheit in Balance befanden, wo Mühe und Fleiß mit Zufriedenheit und Sicherheit belohnt wurden. Wahrscheinlich nicht. Es gibt Wege, die sind nur Hinwege, ohne Möglichkeit zu wenden. Wie diese Autobahn, auf der er dahinglitt, und wenn ihm auf dieser Fahrbahn etwas entgegenkam, dann konnten es nur Geister sein, eine Gefahr.
Und plötzlich hatte Florian in die Schuhe des Vaters steigen müssen. Verantwortung übernehmen. Und er stellte fest, dass die Schuhe zu klein waren. Das ist ungewöhnlich bei Söhnen starker Väter. Aber es wurde ihm sehr bald klar: Um zu retten, was der Vater aufgebaut hatte, brauchte er größere Schuhe, und zwar gleich um einige Nummern größere. Österreich war der EU beigetreten, und die nationalen Interessenvertretungen begriffen lange Zeit nicht, dass sie in der Falle saßen. Sie verteidigten den nationalen Markt, der nur noch in den Köpfen alter Funktionäre existierte, machten es sich in einem System von Förderungen bequem, das nicht zu gerechten Preisen führte, sondern, bei wachsendem Bürokratieaufwand, zur Abhängigkeit von Almosen, für die es mittelfristig nicht einmal eine Garantie gab, und es existierte kein Plan für die Zeit danach, wenn die Übergangsbestimmungen ausliefen, die bei den Beitrittsverhandlungen vereinbart worden waren. Er erinnerte sich an eine Sitzung in der Bundeswirtschaftskammer in Wien, in der es um Strategien für die Schweineproduzenten gehen sollte. Er war damals jung, noch sehr unsicher. Die Schuhe des Vaters drückten ihn. Er war verblüfft, wie feindselig die alten Funktionäre reagierten, wenn er Fragen stellte – als würde er nicht Fragen stellen, sondern alles in Frage stellen, vor allem sie, die Herren einer untergegangenen Welt, die Fürsten von Atlantis.
Er ist naiv gewesen, aber das Wichtigste hatte er begriffen: Er

brauchte größere Schuhe, mit nationalen Interessenverbänden kam er unter den neuen Bedingungen in Europa nicht weiter. Damals hatte er begonnen, sich bei der Union der Europäischen Schweineproduzenten, der EPP, zu engagieren. Und nun war er seit einem Jahr ihr Präsident.
Er wurde von einem Polizeiauto mit Blaulicht und Martinshorn überholt, gleich darauf von einem zweiten. Schließlich von einem Rettungsfahrzeug.
Einmal im Jahr trafen sich die Vertreter der EPP in einer europäischen Stadt zu einer dreitägigen Generalversammlung. Dabei wurde der Präsident gewählt beziehungsweise der amtierende Präsident bestätigt. Es gab Erfahrungsaustausch, Diskussionen über die Widersprüche zwischen europäischen Richtlinien und nationalen Sonderregelungen, Erstellung von Forderungskatalogen an die europäischen Regierungen und an die Kommission, Besichtigung lokaler Betriebe und jedes Jahr ein Hauptthema – diesmal war es »Europäischer Schweine-Außenhandel«.
Für dieses Jahr hatte die ungarische Sektion die Einladung zum jährlichen Treffen ausgesprochen. Darauf war es in der Union der Schweineproduzenten zu Tumulten und noch in der Phase der organisatorischen Vorbereitung der Konferenz zu organisiertem Widerstand gekommen. Das hatte statuarische und politische Gründe. Nach den Statuten der EPP kam ein Vertreter des einladenden Landes in den Vorstand der EPP. Nun war aber Ungarn politisch verfemt, weil die ungarische Regierung europäische Schweinezüchter, die nach der Wende in Ungarn investiert und sich an ungarischen Betrieben beteiligt hatten, kalt enteignete und bislang die Mahnschreiben der Europäischen Kommission, zum Bruch des europäischen Rechts Stellung zu nehmen, und schließlich die Aufforderung, diese Verstöße innerhalb einer bestimmten Frist zurückzunehmen, einfach ignorierte. Es bildete sich

eine Fraktion, die den Boykott Ungarns forderte. Es waren vor allem die Holländer und die Deutschen, die verlangten, die Jahreskonferenz in einer anderen Stadt auszurichten, vorgeschlagen wurde Madrid, denn Serano- und Iberico-Säue waren stark im Kommen. Dagegen vertraten vor allem die Österreicher, die Italiener und die Rumänen die Position, dass die Konferenz erst recht in Ungarn abgehalten werden müsse, um ein deutliches Zeichen zu setzen, dass die EPP gewillt war, die Interessen ihrer Mitglieder in Ungarn selbst zu verteidigen.
Es begann zu regnen. Florian Susman schaute auf das Display seines Navis: nur noch zehn Kilometer bis zur Grenze. Und wieder Sirenengeheul, ein weiteres Rettungsfahrzeug brauste vorbei.
Florian hatte als Präsident alle Hände voll zu tun gehabt, ein Zerbrechen der EPP zu verhindern und einen Kompromiss zwischen den Lagern herzustellen. Der Kompromiss war brüchig, er bestand im Grunde aus Absichtserklärungen, die dann auf der Konferenz erst diskutiert werden sollten. Aber immerhin, es war ein Kompromiss, und die Konferenz konnte wie geplant in Budapest stattfinden. Die ungarische Sektion, als Gastgeber, hatte sich bereit erklärt, eine Protestnote an die ungarische Regierung mit zu unterschreiben – mal sehen, ob sie das wirklich tun werden. Denn die großen ungarischen Schweineproduzenten hatten von der Renationalisierung der Betriebe profitiert, andererseits: Jetzt waren sie unterkapitalisiert, und der Export ungarischer Mangalica-Schweine war um fast 25 Prozent zurückgegangen. Aber das war ja das Hauptthema der diesjährigen Konferenz.
Florian Susman hatte nicht die Befürchtung, dass er als Präsident abgewählt werden könnte. Immerhin war ihm dieser vorläufige Kompromiss gelungen, was allgemein anerkannt wurde, und es hatte sich auch bis jetzt kein Gegenkandidat in Stellung gebracht.

Wieder Sirenen und Blaulicht. Es flackerte im Rückspiegel, zuckte auf der nun etwas angelaufenen Windschutzscheibe. Er schaltete das Gebläse ein, zwei Polizeiautos rasten an ihm vorbei.
Er war sicher, dass er als Präsident bestätigt werden würde, aber er fragte sich, ob er das überhaupt noch wollte. Er war nicht mehr naiv. Im Gegenteil, er drohte zu dem Typus Pragmatiker zu werden, wie er ihn früher immer verachtet hatte: einer, der immer nur das gerade Mögliche machte, das Notwendige aber nicht durchsetzen konnte. Er steuerte auf einen Abgrund zu, er konnte versuchen zu bremsen, aber er konnte das Steuer nicht herumreißen.
Es gab für die Spaltung der EPP in Wahrheit keine Lösung, er sah jedenfalls keine: Es ging bei dieser Konferenz in Budapest gemeinsam mit den Ungarn gegen die Europäische Kommission, weil sie nicht imstande oder willens war, eine höhere Exportquote für Schweine mit China zu verhandeln, und zugleich ging es mit der Europäischen Kommission gegen die Ungarn, weil sie EU-Recht brachen.
Wenn es die Union der europäischen Schweineproduzenten zerreißen sollte, welchen Sinn hatte es da, Verantwortung zu übernehmen, wie absurd war es, das alles nicht zu wollen, aber zu sagen: Ich übernehme Verantwortung. Wofür? Als Hampelmann der Erfahrung, dass Menschen sich organisierten, die gemeinsame Interessen hatten, um dann, in dieser Gemeinschaft, so unerbittlich Interessenkonflikte auszutragen, bis es keine Gemeinsamkeit mehr gab.
Da sah er Menschen vor sich auf der Autobahn. Fußgänger! Auf der Autobahn! Sie marschierten ihm entgegen! Geistergänger! Männer, Frauen, Kinder. Gebeugt unter Kapuzen von Regenjacken oder mit Plastiktüten auf dem Kopf, manche mit Decken über den Schultern oder über den Köpfen, manche trugen Taschen, andere zogen Koffer, die Scheiben-

wischer schlugen rhythmisch hin und her, wie Hände, die dieses Bild verwischen wollten, wegwischen, da hörte er das Navi: »Bitte nach Möglichkeit wenden! Bitte nach Möglichkeit wenden!« Das war verrückt! Er war auf einer Autobahn, das Navi sagte Wenden, und Fußgänger kamen ihm entgegen. Er schaltete den Warnblinker ein, rollte im Schritttempo, da sah er wieder Blaulicht, Polizeiwagen auf dem Pannenstreifen, Polizisten, die Leuchtstäbe schwenkten. Er hielt an. Immer mehr Menschen traten aus dem grauen Regenvorhang in das Scheinwerferlicht. Es waren viele. Dutzende. Hunderte.

David de Vriend hatte in seinem Leben, besser gesagt seinem Überleben, nie die Erfahrung gemacht, dass etwas besser wurde oder ihm weiterhalf oder ihn gar rettete, wenn er bemüht freundlich war. Und er erwartete auch keine Freundlichkeit. Höflichkeit, ja. Höflichkeit war Zivilisation. Korrektheit. Daran musste und wollte er festhalten. Aber warum sollte er, wenn er »Sehr erfreut« sagte, so tun, als wäre er wirklich sehr erfreut?
Er hatte Gefühle zeigen können, wenn er sie wirklich hatte. Liebe, diese Selbstlosigkeit, die das Schönste von einem selbst zum Vorschein bringt, und Dankbarkeit, eine so innige und existentielle Dankbarkeit, dass sie sogar verlorenes Gottvertrauen ersetzt. Und er hatte gelernt, Gefühle zu verstecken, Angst oder das Gefühl von Leere, Gefühle, die er nicht mehr loswerden, aber immerhin wegpacken konnte. Und er hatte gelernt, auf eine so sensible Weise misstrauisch zu sein, dass diese Eigenschaft unauffällig und erhellend wie ein Nachtsichtgerät funktionierte. Aber Freundlichkeit, vor allem die überfallartige Freundlichkeit gegenüber Fremden, war für ihn bloßes Schmierentheater von Charakterdarstellern, so grotesk wie ein bemüht freundlich blickendes Glasauge.

Goedemiddag, sagte er und nickte höflich, als er beim Verlassen seines Apartments den Mann sah, der gerade die Tür zum Nachbarapartment aufschloss. Bonjour, sagte der Mann, der sofort zwei Schritte auf ihn zuging, wobei der Strahl der Deckenleuchte in sein schlohweißes Haar fiel, dass es aufleuchtete wie ein Heiligenschein. Bonjour, Monsieur.
David de Vriend nickte noch einmal und wollte rasch weitergehen, schaute aber, nur eine Sekunde, aber doch zu lang, verwundert diesen Mann an, der im Licht des Deckenspots leuchtete. Er trug einen Regenmantel mit Moiré-Effekt, der bei der kleinsten Bewegung zwischen Hellgrün und Beige changierte, sein Gesicht glänzte wie soeben eingecremt.
Bonjour, Monsieur, permettez-moi de me présenter, sagte der Mann, nannte seinen Namen, Romain Boulanger, streckte de Vriend seine Hand hin und strahlte, als wäre das der glücklichste Moment seines Lebens.
De Vriend schüttelte ihm förmlich die Hand, sagte seinen Namen, und Aangenaam, verbesserte sich: Enchanté! Das war alles noch sehr höflich, aber es drohte ein bedrängend freundliches Gespräch zu werden.
Oh, er spreche Französisch.
Er hätte sagen sollen, leider nicht gut, sich entschuldigen und weitergehen, aber er sagte Oui, Monsieur. Viele Flamen sprachen ein akzeptables Französisch, und David de Vriend sprach es perfekt. Er war seinerzeit, nach seiner Flucht aus dem Deportationszug, zwei Jahre lang von einer wallonischen Familie versteckt worden, in Villers-la-Ville, von seinem vierzehnten bis zum sechzehnten Lebensjahr, bis er knapp vor Kriegsende denunziert wurde. Französisch war damals seine zweite Muttersprache geworden, seine Ersatzelternsprache, in einem existentiellen Sinn für ihn die Sprache der Liebe. Er verabscheute es augenblicklich, wie outriert dieser Fremde, wie hieß er noch gleich, »Quel bonheur« sagte und noch einmal

»Quel bonheur«, welch ein Glück, und lossprudelte: er sei der neue Nachbar, heute hier eingezogen, wie schön, dass er gleich seinen Nachbarn kennenlerne, er hoffe auf gute Nachbarschaft, aber es beginne ja schon bestens, ein Glück, dass Monsieur de Vriend Französisch spreche, er habe heute ja schon die Erfahrung machen müssen, dass einige im Haus nur Flämisch sprächen, sogar vom Personal, also das habe ihn zunächst doch etwas verunsichert, dass es in der Maison Hanssens Personal gebe, das nicht frankophon sei, nicht sattelfest, gleich eine Betreuerin, die ihn in die Hausregeln einweisen sollte, eine Madame Godelieve, unausprechlicher Name – Godelieve.
Ja, Monsieur, ob er sie kenne? Jedenfalls, er habe sie nicht verstanden, aber zum Glück sei es möglich gewesen, das zu regeln, er werde nun von Madame Joséphine betreut –
Ein Glück!
Der Mantel von Monsieur Boulanger wechselte unausgesetzt die Farbe.
Ja, Monsieur, sehr nett, sehr hilfsbereit, aber – er machte ein verschmitztes Gesicht und hob seinen Zeigefinger – man dürfe nie Schwester zu ihr sagen, aber es sei ja wirklich wahr, das hier sei ja kein Hospital, auch wenn sie so ein Häubchen trage, ob er sie kenne?
David de Vriend nickte.
Jedenfalls, es freue ihn ungemein, einen so netten Nachbarn zu haben. Ob er schon länger hier sei, er müsse ihm unbedingt, unbedingt, von seinen Erfahrungen erzählen und Tipps geben, vielleicht beim Essen oder später bei einem Glas Wein.
David de Vriend brachte es nicht über sich, freudig auf diesen Vorschlag einzugehen, ja, selbstverständlich, sehr gerne zu sagen, er suchte nach einer höflichen Antwort, die ihn zu nichts verpflichtete, zugleich war er davon abgelenkt, dass

ihn das Gesicht dieses Mannes an jemanden erinnerte, aber er wusste nicht, an wen. Monsieur Boulanger machte einen kleinen Schritt, wodurch er den direkten Lichtkegel des Spots verließ, sein Haar und sein Gesicht hörten plötzlich zu strahlen auf, wurden grau, und er sagte: Ich halte Sie auf! Hatte er tatsächlich »arrêter« gesagt? Entschuldigen Sie bitte! Ich halte Sie nicht länger auf! Wir sehen uns!

Als de Vriend den Speisesaal betrat, stellte er fest, dass es keinen Tisch mehr gab, an dem er alleine sitzen konnte. Er wollte kehrtmachen und ins Le Rustique gehen, mittlerweile hatte er Ermäßigungsmarken für dieses Lokal bekommen, aber da wurde er von Frau Joséphine bereits entmündigt: Da sind wir ja, sagte sie so laut, dass er zusammenzuckte, und schob ihn energisch zu einem Tisch, an dem der Professor saß, den »wir«, wie Frau Joséphine rief, schon kennengelernt haben, nicht wahr, Herr de Vriend, damals bei dem kleinen Missgeschick mit der Fischgräte, nicht wahr, aber heute besteht keine Gefahr, es gibt eine leckere Waterzooi. Professor, darf ich Ihren Bekannten de heer de Vriend zu Ihnen setzen?
Wie es ihm gehe, ob er sich im Haus wohlfühle, ob er Verwandte habe, die zu Besuch kämen – David de Vriend beantwortete höflich, aber sehr knapp die Fragen, mit denen der Professor – wie hieß er gleich? – Konversation machen wollte. Dann kam ein Moment des Schweigens, während sie die Vorspeise aßen, Fenchel-Orangen-Salat, und de Vriend überlegte, ob es unhöflich wäre, den Professor noch einmal nach dessen Namen zu fragen, also zuzugeben, dass er ihn schon wieder vergessen hatte, während er selbst vom Professor mit Namen angesprochen worden war, und er dachte, dass es korrekter wäre, es doch zu tun, statt seine kleine Unachtsamkeit mühsam und letztlich peinlich zu überspielen.
Der Professor zeigte sich gar nicht indigniert, gab freudig

Auskunft. Er heiße Gerrit Rensenbrink, sagte er, holte seine Brieftasche hervor, nestelte eine Visitenkarte heraus, schob den Teller weg und legte die Karte vor sich hin. Professor an der Universität Leuven, sagte er, plötzlich hatte er einen Kugelschreiber in der Hand und strich »Katholieke Universiteit Leuven« auf der Karte durch. Er sei ja emeritiert. Leiter der Forschungsstelle für Politische Geschichte, sagte er und strich die entsprechende Zeile auf der Karte durch. Sein Forschungsschwerpunkt sei Geschichte des Nationalismus gewesen und da insbesondere die Geschichte der Kollaboration in Belgien und den Niederlanden während des 2. Weltkriegs. Was strich er jetzt durch? Die Mailadresse und die Telefonnummer. Die gebe es ja nicht mehr, sagte er.
Dann sagte er: Bitte, und schob David de Vriend die Karte hin. In diesem Augenblick gab es einen Knall, das war Monsieur Boulanger, der beim Betreten des Speisesaals die Tür hinter sich allzu schwungvoll ins Schloss geworfen hatte. David de Vriend sah auf, Romain Boulanger hob entschuldigend beide Hände, sagte Pardon, Messieursdames, sah sich um, erblickte de Vriend und eilte freudig zu seinem Tisch.
Puis-je me joindre à vous? Sagte er, und: Wunderbar, dass wir unser Gespräch so schnell fortsetzen können.
Er setzte sich, nickte Professor Rensenbrink zu, es war mehr als ein Nicken, es war geradezu eine Verbeugung im Sitzen, und sagte: Ich bin sozusagen der Neue. Darf ich mich vorstellen, ich heiße –
Er begann zu sprudeln und de Vriend fühlte sich plötzlich unsagbar müde. Die Vorspeisenteller wurden abserviert, es klapperte, da kamen schon die Teller mit dem Waterzooi, es klapperte und klapperte, plötzlich Schweigen – Professor Rensenbrink hatte gesagt, er spreche leider nicht Französisch.
Oh! Und Monsieur Boulanger sprach nicht Niederländisch.

De Vriend hatte immer gerne Waterzooi gegessen, jedenfalls nie ein Problem damit gehabt, manchmal gab es eben Waterzooi, in der Schulkantine hatte es ab und zu Waterzooi gegeben, und er hatte immer gegessen, was es gab. Natürlich zog er Coq au Vin vor, wenn er in einem Restaurant Huhn bestellen wollte, aber er wäre nie auf den Gedanken gekommen, daraus ein Problem zu machen, wenn es Waterzooi gab, gab es Waterzooi, und er war dankbar. Er sah auf die Fleischteile, blickte auf, Professor Rensenbrink und Monsieur Boulanger schauten ihn an, verzweifelt? Irgendwie hilflos? Aber das hatte nichts mit dem Waterzooi zu tun, das, wie de Vriend meinte, seltsam roch. War das ein Gewürz, das er nicht kannte, oder war das bereits der Geruch von Verwesung?
Vous devez m'aider! Sie müssen mir helfen, Monsieur de Vriend! Der Monsieur spricht nicht Französisch, wären Sie so freundlich zu übersetzen?
De Vriend nickte.
Boulanger sagte, während er Rensenbrink nochmals zunickte: Mon nom est Romain Boulanger –
Son nom est Romain Boulanger –
Ik begrijp dat –
J'étais journaliste jusqu'à récemment chez Le Soir … Seit zehn Jahren sei er in Ruhestand, als freier Autor schreibe er allerdings noch ab und zu Kommentare, man könne es eben nicht lassen, die Herren wüssten doch gewiss, wie es sei, man könne sich ja nicht aus seinem Leben von einem Tag auf den anderen verabschieden, es sei natürlich nichts Wichtiges, das er noch schreiben dürfe, aber er sei dankbar, dass sie ihn noch schreiben lassen, und es mache Spaß, zum Beispiel die Geschichte mit dem Phantomschwein, Sie haben das vielleicht mitbekommen, dieses Schwein, das … aber egal – er hielt inne und machte eine Kopfbewegung, die bedeutete, dass de Vriend das bitte für Professor Rensenbrink übersetzen möge.

Allors, sagte de Vriend, il a dit qu'il était un journaliste. Retraité.
Aber er schreibe noch immer. Über ein Schwein.
Boulanger sah ihn verwundert an, zögerte, de Vriend sagte, c'est tout, und Boulanger setzte fort: Ja, wenn er ein Weingut hätte, würde er sich mit Leidenschaft darum kümmern, oder wenigstens ein Haus mit Garten, vielleicht würde er nur Rosen schneiden und lesen. Aber er habe eben bloß ein Apartment gehabt, ein schönes großes Apartment in Ixelles, aber was gäbe es da schon zu tun, und dann sei seine Frau gestorben, danach habe ihn das alles beengt, das Apartment, es sei ein großes Apartment gewesen, aber es habe ihn beengt, nach dem Tod seiner Frau sei da kein Alltag mehr möglich gewesen, also eine Fortsetzung seines Alltags, nur noch ein Hin- und Herschlurfen zwischen den Wänden, und er habe das nicht mehr verwalten können –
Wie bitte?
Verwalten, das sei ihm alles zu viel geworden, und zugleich zu wenig, ob die Herren das verstünden, es sei jedenfalls nicht mehr sein Leben gewesen –
Wat heeft hij gezegd?
David de Vriend atmete tief durch und gab wieder, was Boulanger gesagt hatte, und als er das Erstaunen von Professor Rensenbrink sah, fügte er hinzu, dass das doch verständlich sei. Dass Monsieur Boulanger nach dem Tod seiner Frau –
Oui, Monsieur, sagte Boulanger, aber, Sie haben, ich dachte –
In diesem Moment spürte de Vriend eine Beklemmung in der Brust, die ihm den Atem nahm, zugleich wurde ihm heiß, es war brennende Scham, er begriff, dass er –
Er hatte, was Monsieur Boulanger auf Französisch gesagt hatte, nicht übersetzt, sondern immer nur auf Französisch wiederholt.

Er senkte den Kopf, sah auf die Fleischteile auf seinem Teller, stand auf und lief weg, hinaus aus dem Speisesaal, dessen Tür mit einem Knall ins Schloss fiel.

# Siebentes Kapitel

Wie kann man nicht an die Zukunft glauben,
wenn man von der Sterblichkeit weiß?

Die Tage wurden immer wärmer, für die Jahreszeit untypisch warm. Bei Begegnungen in den Korridoren, in der Kantine oder vor dem Lift machte man nun launige Bemerkungen über die Erderwärmung.
Wir in Brüssel sind eindeutig Gewinner dieser Entwicklung!
Das wird man uns auch wieder vorwerfen: noch ein Privileg für die Brüsseler Beamten!
Das warme Wetter habt ihr mir zu verdanken, ich habe immer nur Deos mit Treibgas benutzt!
Mit der Klima-Richtlinie schneiden wir uns aber ins eigene Fleisch!
Hält sich ohnehin keiner dran – ihr werdet sehen, bald haben wir Palmen hier in Brüssel!
Aber das war eben die Arche und nicht die Generaldirektion Klimapolitik, und in Wahrheit lachte niemand über die banalen Smalltalk-Witzchen, sondern einfach deshalb, weil in dieser verregneten Stadt in einer eigentlich kühlen Jahreszeit seit Tagen die Sonne schien. Die Sonne wurde reflektiert von den strahlenden Gesichtern der Menschen, sie strahlte aus ihren Augen, sie glitzerte in den Fensterscheiben, und sie glänzte auf dem Blech des Straßenverkehrs.
Martin Susman hatte nach der Besprechung mit Xeno das Papier für das Jubilee Project ausgearbeitet, sie hatte dazu schriftliche Kommentare gemacht, nun musste er das Papier entsprechend um- und weiter ausarbeiten, damit es zur Grundlage einer Inter-Service Consultation werden konnte. Das wäre der nächste Schritt. Er hatte versprochen, das Papier Ende der Woche abzugeben, aber es gab noch einige offene Fragen,

zumindest eine große unbeantwortete Frage. Die musste er schnellstens mit Bohumil klären, der damit betraut war. Er besuchte ihn in seinem Zimmer, fragte, ob er Lust auf einen Mittagsimbiss habe.
Bei dem Wetter könnten wir zur Place Jourdan schlendern. Zum Beispiel zur Brasserie L'Esprit. Ich glaube, man kann sogar im Freien sitzen.
Gute Idee! Soll ich anrufen und einen Tisch reservieren?
Ja bitte, ich hole inzwischen meine Jacke!

In der Rue Joseph II fuhren Traktoren.
Ist das eine Bauerndemo?
Was?
Martin schrie: Bauerndemo?
Bohumil zuckte mit den Achseln.
Eine lange Kolonne von Traktoren. Manche hatten Anhänger, auf denen Menschen standen, die etwas riefen, was im Lärm der Motoren, der Hupen und Trillerpfeifen aber unterging.
Seitenstraßen waren durch quer gestellte Polizeiautos abgesperrt.
Martin und Bohumil gingen Richtung Rond-Point Schuman, es war unmöglich, sich zu unterhalten. Sie sahen, dass von der Rue Archimède und der Avenue de Cortenbergh ebenfalls Traktoren herantuckerten, Traktoren mit Mistfuhren, dazwischen gingen Gruppen von Menschen mit Heugabeln und Sensen. Es sah bedrohlich aus, zugleich wie aus der Zeit gefallen, Wut in folkloristischem Kostüm. Auf dem Schuman-Kreisverkehr, zwischen dem Kommissions- und dem Ratsgebäude und weit in die Rue de la Loi hinein standen Traktoren, es wurde Mist abgeladen, Transparente wurden aufgerollt, es stank nach Diesel, schwarze Abgaswölkchen schwebten im Sonnenlicht, auf einem Ladewagen stand eine

junge Frau, barbusig, die eine Tricolore schwenkte, Martin blieb stehen und schaute, Polizisten winkten ihn weiter, continuez s'il vous plaît, doorlopen alstublieft, lotsten die Passanten zwischen Absperrgittern durch, sie kamen auf die Rue Froissart, hier wurde es ruhiger, aber sie gingen schweigend weiter zur Place Jourdan.
In der Brasserie, genauer: vor der Brasserie, denn man konnte tatsächlich draußen sitzen, zündeten sich Martin und Bohumil Zigaretten an, warfen einen Blick auf die Speisekarte, bestellten die Empfehlung des Tages, Waterzooi de la mer, dazu Weißwein und Wasser, Bohumil blies Rauchkringel in die Luft und sagte: Es ist wie Urlaub, nicht wahr? Ich fürchte mich schon vor dem Heimkommen.
Heimkommen? Was meinst du?
Ich muss am Freitag heim nach Prag. Am Samstag heiratet meine Schwester.
Die Kellnerin brachte den Wein, Bohumil nippte an seinem Glas, sagte: Und das wird furchtbar. Sie heiratet Květoslav Hanka – der Name sagt dir nichts, aber in Prag ist er ziemlich bekannt, mehr noch, berüchtigt. Er ist ein, wie sagt man auf Englisch, wir sagen křikloun. Ja, ein Rowdy. Ein ziemlich radikaler Abgeordneter der Úsvit, das ist bei uns die Nationalisten-Partei, natürlich radikale EU-Gegner. Das ist doch völlig wahnsinnig, oder? Ich arbeite in der Europäischen Kommission, und mein Schwager arbeitet an der Zerstörung der EU.
Im Ernst? Und jetzt sag nicht, dass du Trauzeuge bist.
Nein, natürlich nicht. So viel Feeling hat meine Schwester. Noch. Das war klar, dass sie nicht einmal daran dachte, mich zu fragen. Ich habe sie ziemlich beschimpft, als sie mir von ihrer Liebe erzählt hat. Erfahren habe ich es zuerst aus dem Fernsehen. Ich schaue ja ab und zu im Internet tschechische Nachrichten. Und da sah ich ihn, in einem Bericht über eine

Charity-Veranstaltung, Charity! Diese Mörder organisieren Charity-Veranstaltungen für arme Täter! Und da sah ich ihn, den Herrn Abgeordneten, und eine Stimme sagte: in Begleitung seiner charmanten neuen Freundin – und was sehe ich? Meine Schwester! Ich habe sie sofort angerufen und zur Rede gestellt. Sie sagte nur: Männer!
Männer?
Ja, sie meint, politische Differenzen sind ein Spleen von Männern. Frauen sind für die Liebe zuständig und Männer für idiotische Kämpfe.
Das ist deine Schwester?
Da wurde das Essen serviert, Bohumil steckte seinen Löffel in den Teller und schaufelte herum, als wollte er das Unterste zuoberst kehren, schüttelte den Kopf, sagte: Kannst du dir die Hochzeit vorstellen? Das Hochzeitsfest? Die ganze Faschistenszene von Prag wird dort sein, und Květoslav hat die Fotorechte an Blesk verkauft –
An wen?
Blesk. Eine Zeitung. Übersetzt: Lightning. Ein Boulevard-Blatt.
Lightning? Offenbar das Gegenteil von Enlightenment.
Bohumil machte ein gequältes Gesicht
Ich würde nicht hinfahren, sagte Martin.
Es ist meine Schwester. Und unsere Mutter hat gesagt, wenn ich nicht komme, dann bringt sie sich um.
Ich würde nicht hinfahren, wiederholte Martin. Er war verwundert. Er mochte Bohumil, und er glaubte ihn zu kennen. Er hätte nicht gedacht, dass sein leichtlebiger Kollege, der eben noch so heiter in die Sonne geblinzelt hatte, solch ein existentielles Problem haben könnte. Er dachte, dass er – Bohumil sagte etwas, Martin verstand nur: Vorkriegszeit, hatte er tatsächlich Vorkriegszeit gesagt? Da läutete Martins Mobiltelefon, er hob ab, sagte: Ich rufe zurück, ich bin in einer

Besprechung, und fragte Bohumil: Entschuldige, was hast du gesagt?
Bohumil löffelte sein Waterzooi, schob plötzlich den Teller weg, sagte: Eigentlich mag ich das nicht!
Was?
Ich bin kein Historiker, sagte er, aber für mich war das immer Geschichte, irgendwie früher, verstehst du, Steinzeit, und dieses Kapitel der Steinzeit hieß Vorkriegszeit: dass radikale politische Gegensätze quer durch Familien gehen, der eine geht zu den Faschisten, der andere zu den Kommunisten, und so weiter. Habe ich in der Schule zu wenig aufgepasst? Aber das habe ich in Erinnerung, so wurde es erzählt: Früher, in finsteren Zeiten, ging politischer Hass quer durch Familien. Was ist das für ein Albtraum? Wieso habe ich heute, heute, diese finsteren Zeiten in meiner Familie? Mein Vater kommt übrigens nicht zur Hochzeit.
Und das ist für deine Mutter kein Grund, sich umzubringen?
Nein, im Gegenteil. Ihr wäre es recht, wenn er sich umbringt. Sie haben sich getrennt, und sie prozessieren.
Martin hatte etwas Wichtiges mit Bohumil besprechen wollen, wegen des Jubilee Project, er verschob es auf später, wenn sie wieder im Büro waren, jetzt hatte er das Gefühl, dass er, ausgerechnet er, ihn, ausgerechnet ihn, Bohumil, irgendwie aufheitern musste. Er hob sein Glas, sagte: Ich kann dich trösten. Denk an Herman Van Rompuy!
Bohumil sah ihn fragend an.
Das muss man sich vorstellen: Van Rompuy war Präsident des Europäischen Rats, also ein Präsident der Europäischen Union, seine Schwester ist Vorsitzende der belgischen Maoisten, und sein Bruder ist Mandatar der belgischen Nationalisten, ein beinharter flämischer Separatist. In der Zeitung habe ich gelesen: Die Familie trifft sich nur einmal im Jahr – zu Weihnachten!

Bohumil, der gerade einen Schluck Wein trank, prustete los: Zu Weihnachten! Der Europapräsident, der Nationalist und die Maoistin!
Und da singen sie »Stille Nacht«!
Stille Nacht! Bruhaha! Ist das wahr?
Ja. Angeblich. Habe ich gelesen. War eine Story in De Morgen.
Bohumil sagte lachend: Ein Glas trinken wir noch!

Als sie zurück ins Büro gingen, hatte sich die Demo bereits aufgelöst, sie gingen über den Schuman zwischen Absperrgittern an Misthaufen vorbei, die auf städtische Reinigungswagen geschaufelt wurden. Es stank. Es lachte die Sonne.

Auf dem Rückweg ins Büro war Bohumil schweigsam und nachdenklich. Im Lift sagte er: Ich storniere den Flug am Freitag. Ich gehe nicht zu der Hochzeit. Ich will nicht zusammen mit Květoslav Hanka auf einem Foto sein, das dann in Blesk erscheint.
Und deine Mutter?
Ich werde ihr sagen: Ich komme zu Weihnachten.
Dann boxte er Martin auf den Oberarm, sagte grinsend: Stille Nacht!

Eine halbe Stunde später saßen Martin, Bohumil und Kassándra im Besprechungszimmer, zu einem Update der Vorarbeiten für das Jubilee Project. Xeno hatte im Kommentar zu Martins Papier angemerkt, dass eruiert werden müsse, wie viele Verfolgte und Opfer des Holocaust heute noch am Leben seien. Gibt es ein zentrales Register der Überlebenden von Konzentrations- und Vernichtungslagern? Wie viele leben heute in Europa, wie viele in Israel, den USA oder anderswo? Gibt es eine Institution, die als repräsentative Vertre-

tung der Überlebenden ein Kooperationspartner bei der Organisation des Events sein kann?
Dies müsse man wissen, um zu entscheiden, ob man tatsächlich alle Holocaust-Überlebenden nach Brüssel einladen könne oder wenigstens eine Gruppe, die wirklich repräsentativ wäre.
Das hat uns sehr überrascht, sagte Bohumil. Wir hatten natürlich erwartet, dass es ein zentrales Register der Holocaust-Überlebenden gibt. Aber wir haben keines gefunden.
Kassándra: Alle Institutionen, von denen wir Auskunft erbeten haben, haben nicht geantwortet. Yad Vashem zum Beispiel. Keine Antwort. Auf Nachfrage kam schließlich doch eine, aber die ist auch keine, hier, bitte: die Mail sei an einen dafür zuständigen Mitarbeiter weitergeleitet worden. Danach passierte wieder tagelang nichts. Ich schrieb wieder hin, mit der Bitte, mir den Namen und die Mail-Adresse dieses Mitarbeiters mitzuteilen, damit ich direkt mit ihm in Kontakt treten könne. Keine Antwort. Bis heute nicht. Dann das Wiesenthal Center in Los Angeles: keine Antwort. Auf Nachfrage bekamen wir dann die Auskunft, dass die Dokumentation der Opfer der Shoa nicht Aufgabe des Wiesenthal Centers sei. Sie hätten nur eine Liste der noch lebenden NS-Kriegsverbrecher, sie sei auf ihrer Homepage veröffentlicht, aber sie verfügten über kein Register der noch lebenden Opfer der Shoa. Wir mögen uns an Yad Vashem wenden. Wir haben diese Mail an Yad Vashem weitergeleitet, mit nochmaliger Bitte um Auskunft – keine Reaktion. Wir haben alle Gedenkstätten angeschrieben, Auschwitz, Bergen-Belsen, Buchenwald, Mauthausen und so weiter, aber nur von Mauthausen kam eine Antwort.
Und was schrieb Mauthausen?
Hier: dass sie nur eine Liste der Überlebenden von Mauthausen selbst hätten, aber nicht einmal diese sei vollständig,

was auf das Chaos nach der Befreiung im Mai 45 zurückzuführen sei. Die Überlebenden, so sie das Lager gleich verlassen konnten, hätten sich an verschiedene Behörden und Institutionen gewandt, um Hilfe und Papiere zu bekommen, das sei nicht zentral gesammelt worden. Und von der unvollständigen Personendatei, über die der Gedenkdienst Mauthausen verfüge, sei es wiederum nur ein kleiner Teil, von dem sie aktuelle Daten hätten – und nicht einmal die seien gesichert. Die Menschen, von denen man Adressen habe, würden jedes Jahr zur Befreiungsfeier eingeladen. Wer nun jahrelang auf diese Einladung nicht reagiert, kann gestorben sein oder aber auch bloß verzogen. Der Direktor der Mauthausen-Gedenkstätte verwies uns – Überraschung! – an Yad Vashem, aber auch an die Shoa Foundation von Steven Spielberg. Ein interessanter Hinweis! Und im Anhang schickten sie uns den Text des Mauthausen-Schwurs, um uns, also die Kommission, daran zu erinnern, dass die Römischen Verträge sich darauf beriefen. Der Direktor schrieb – Moment, ja, hier habe ich es: die Losung »Nie wieder Auschwitz« sei problematisch, weil sie ein Lager an die Spitze stelle, also letztlich ein Ranking der Lager mache, aber der Schwur von Mauthausen sei universal und stehe ebendeshalb auch am Beginn des europäischen Einigungsprojekts, auch wenn man heute nichts mehr davon höre.
Martin nickte. Das ist ja der Grund, warum wir – er brach ab, sagte: Wir verwenden Auschwitz als Chiffre, aber im Grunde hat er unsere Idee verstanden. Und, hast du an Spielberg geschrieben?
Ja.
Keine Antwort?
Doch. Kurz und bündig. Es gäbe nur eine Liste der Überlebenden, die bereit waren, als Testimonials ihre Lebensgeschichte vor einer Kamera zu erzählen. Aber weder wüssten sie, wie

viele Shoa-Opfer insgesamt noch lebten, sie wüssten nicht einmal, wie viele ihrer Zeitzeugen mittlerweile noch am Leben seien. Die Aufnahmen wurden mit Menschen gemacht, die sich von sich aus gemeldet hatten. Das Archiv sei frei zugänglich. Näheres sollen wir anfragen bei –
Yad Vashem.
Genau. Das heißt, wir wissen gar nichts.
Das ist wirklich seltsam, sagte Martin. Völlig verrückt. Die Nazis haben jeden Menschen, der in ein KZ deportiert wurde, in Listen eigetragen, mit Namen, persönlichen Daten, Geburtsdatum, Beruf, letzte Adresse, sie haben sie durchnummeriert, ununterbrochen wurden sie gezählt, fein säuberlich wurden die Ermordeten aus Listen gestrichen – und nach der Befreiung löst sich alles in Luft auf –
Die Nazi-Bürokratie!
Aber alle Bürokratie? Man hätte sie doch erfassen müssen, um sie –
Nein, sagte Bohumil. Viele wollten oder konnten nicht in die Länder zurück, aus denen sie vertrieben oder deportiert worden waren. Niemand hatte Interesse an noch einer Liste von »displaced persons«. Man hat sie erstversorgt und dann gehen lassen, die gehen konnten.
Ich kann das nicht glauben, sagte Martin. Yad Vashem rekonstruiert alle Namen der Menschen, die in den Lagern ermordet wurden, aber sie haben kein Interesse an denen, die überlebt haben? Ich kann das nicht glauben. Diese Liste muss existieren, aber es scheint ein Interesse daran zu geben, sie geheim zu halten.
Come on, Martin, sagte Kassándra, es gibt keine Verschwörung. Welchen Sinn sollte sie haben? Es gibt sehr viele Gründe dafür, warum wir die Zahl der Überlebenden nicht kennen. Sie konnten, als sie sich nach der Befreiung irgendwohin durchschlugen, keine Adresse zurücklassen. Sie hatten ja noch kei-

ne Adresse. Und als sie dann an irgendeinem Ort begonnen haben, ihr Leben wiederaufzubauen, haben sie nicht an ihr ehemaliges Konzentrationslager geschrieben, um mitzuteilen, wo sie jetzt erreichbar sind – bitte Martin, versteh doch, KZ-Überlebende sind keine Alumni! Okay, manche meldeten sich bei den Gedenkstätten, stellten sich als Zeitzeugen zur Verfügung, um von ihren Erlebnissen zu berichten, manche kamen zu den Befreiungsfeiern, manche kamen Jahrzehnte später, mit ihren Enkelkindern, das war ihr Triumph über Hitler, manche aber wollten nie mehr etwas damit zu tun haben, manche sind sehr bald nach der Befreiung gestorben, sie waren zwar Überlebende, und dann plötzlich ganz normale Todesfälle der Nachkriegszeit, manche empfanden Scham und wollten nicht wieder in einer Kartei erfasst werden, manche schwiegen, weil sie merkten, dass keiner ihre Geschichte hören wollte, nicht einmal in Israel wollte man ihnen zuhören, den peinlichen Juden von der Schlachtbank, wie hätte das alles erfasst und systematisiert werden sollen?
Wir haben ein Problem, sagte Bohumil. Die Liste, die Xeno wollte, gibt es nicht. Es ist sinnlos, den Grund dafür zu erforschen. Und es gibt eine einfache Lösung des Problems. Worum geht es denn wirklich? Um das Narrativ der Europäischen Kommission. Du sagst, sie ist entstanden als Antwort auf den Holocaust, das soll sich nie mehr wiederholen können, wir garantieren Frieden und Rechtzustand. Okay, aber um das zu bezeugen, brauchen wir keine vollständige Liste der Opfer, die noch leben. Willst du sie in der Rue de la Loi Appell stehen lassen? Und durchzählen?
Hör auf! Sei doch still!
Es gibt Shoa-Überlebende, die kennt man, sagte Kassándra, die könnten wir einmal auflisten und schauen, wer von ihnen eine Botschaft bei unserer Feier –
Habt ihr bei Eurostat nachgefragt?

Warum hätten wir das tun sollen?
Bitte, Bohumil, sagte Martin. Wir haben eine europäische Statistik-Behörde. Die haben Statistiken für alles. Die wissen alles. Die wissen, wie viele Hühnereier heute in Europa gelegt wurden. Die werden auch wissen, wie viele Holocaust-Opfer heute noch in Europa leben. Kassándra, mach bitte die Anfrage, und wir reden weiter, wenn wir die Antwort haben.
Kassándra schrieb »Eurostat« auf ihren Notizblock, sah Martin an: Ich will ja nichts sagen, aber warum willst du über Menschen, die zu Nummern gemacht worden sind, jetzt ausgerechnet eine statistische Auskunft, eine Zahl?
Sie öffnete den Knopf an der Manschette ihrer Bluse, schob den Ärmel hoch, schrieb mit ihrem Tintenroller 171185 auf ihren Unterarm und streckte ihn Martin entgegen.
Was –? Was ist das?
Mein Geburtsdatum, sagte Kassándra.

Martin Susman arbeitete oft bis sieben, halb acht. Er hatte kein schlechtes Gewissen, als er an diesem Tag das Büro um halb fünf verließ. Dringendes stand nicht mehr an, und was an Routinearbeiten in der nächsten Stunde vielleicht noch anfiel, konnte er am nächsten Morgen erledigen. Er hatte nichts zu essen zu Hause, aber er hatte keinen Hunger. Er beschloss, auf dem Weg zur Metro ein Bier zu trinken, im James Joyce Pub in der Rue Archimède. Dort fuhren Panzerfahrzeuge. Er ging ein Stück weiter, zur Charlemagne, auch dort und auf der Rue de la Loi fuhren Militärfahrzeuge, deren grün-braun lackierter Stahl das Licht der Abendsonne zu verschlucken schien. Soldaten patrouillierten, Polizisten lenkten Autos um und wiesen Passanten zwischen Absperrgittern in enge Korridore, die zur Metro-Station führten, wobei der direkte Abgang vor dem Ratsgebäude gesperrt war.
Die Situation erinnerte Martin an Filme, die er irgendwann

gesehen hatte, »Z« oder »Missing«, oder an Dokus im Fernsehen. Er sah selten fern. Aber wenn er in schlaflosen Nächten doch durch die Programme zappte, dann blieb er immer bei historischen Dokus hängen, Geschichte interessierte ihn mehr als Geschichten, vor allem historische Filmdokumente faszinierten ihn, alte Wochenschaufilme genauso wie Amateuraufnahmen, die ausgegraben und in Dokumentarfilmen verwendet wurden, während eine sonore Stimme bedeutungsschwer von einer untergegangenen Zeit erzählte. Jetzt hatte er solche Bilder im Kopf, von den Panzern auf dem Wenzelsplatz nach der Niederschlagung des Prager Frühlings, von den Panzerfahrzeugen, die durch die Straßen Santiago de Chiles fuhren, nach dem Pinochet-Putsch, von der Militärpräsenz in den Straßen Athens nach dem Putsch der Obristen, zittrige Amateur-Super-8-Filme und Schwarz-Weiß-Szenen aus alten Fernsehnachrichten, Martin hatte den Eindruck, dass dieses historische Material jetzt auf die Straße projiziert wurde, durch die er ging, und eine virtuelle Realität schuf, für die ihm die Spielkonsole fehlte. Wie große Käfer bewegten sich die Panzer durch die autofreie Straße, die wenigen Passanten drückten sich an Häusern und Gittern vorbei und wurden vom Abgang zur Metro verschluckt.
Martin hatte keine Angst, er erinnerte sich, dass es einen Rats-Gipfel der europäischen Staats- und Regierungschefs gab. Das waren hier die begleitenden Schutzmaßnahmen. Er ging ins James Joyce Pub, schnatternd standen Menschen in Anzügen und mit gelockerten Krawatten an der Theke. Es war Happy Hour.

Auf dem Heimweg kaufte er noch ein Sixpack Jupiler im Shop Ecke Rue Sainte-Catherine.
Goedenavond.
Bonsoir, Monsieur.

Au revoir!
Tot ziens.
Zu Hause zog er die Hose aus, sie zwickte ihn, er ging aus dem Leim, er verachtete sich dafür, aber ohne Vorsätze zu fassen, in Brüssel zählte man die Zeit nicht in Jahren, sondern in Kilos. Er rauchte in Hemd und Unterhose eine Zigarette am offenen Fenster, dann setzte er sich in den Fauteuil am Kamin, in dem die alten Bücher standen, zündete die Kerze an, warum? Weil sie da war. Er trank Bier, sah zu, wie Insekten durch das offene Fenster ins Zimmer flogen und das Licht der Kerze suchten, in die Flamme hineinflogen und verbrannten.
Für ihn der Beweis, dass es keinen Gott gab, keinen Sinn in der Schöpfung, also keine Schöpfung. Denn was soll der Sinn darin sein, eine Gattung zu erschaffen, die erst in der Nacht aktiv wird, dann aber, in der Dunkelheit, das Licht sucht – nur um darin zu verbrennen? Wofür sind diese Tiere nützlich, welchen Beitrag zu der behaupteten oder erhofften Harmonie in der Natur leisten sie? Wahrscheinlich haben sie sich vorher noch irgendwie vermehrt, Nachkommen in die Welt gesetzt, die sich, so wie sie, den ganzen hellen Tag irgendwo in einem Dämmerzustand befinden, um dann bei Einbruch der Dunkelheit auszuschlüpfen und das Licht zu suchen, das sie verschlafen haben, nur um ihr Leben aus einem grotesken Todestrieb sofort zu beenden. In der Dämmerung beginnt der Flug in den Tod. Sie kleben an Fenstern, hinter denen Licht ist, als böte das Glas Nahrung, sie umschwirren Lampen und Laternen, als gäbe es so nahe am Licht etwas anderes als Blendung, und wenn sie eine Kerze oder anderes offenes Feuer entdecken, dann finden sie ihre Bestimmung, den sofortigen Tod, in den sie sich stürzen, also in die Finsternis, aus der sie kamen.

Kurzentschlossen stieg Kommissar Brunfaut schon bei der Station Schuman aus, statt bis Merode zu fahren. Zwischen diesen beiden Metro-Stationen lag der Parc du Cinquantenaire, allgemein der »Jubel-Park« genannt, durch den er nun an diesem strahlend schönen Tag einen wohltuenden Spaziergang machen wollte. Er verordnete sich diesen Fußmarsch, bedrückt von der kalten Angst, die ihn in der U-Bahn erfasst hatte, vor der Röhre, in die man ihn im Spital hineinschieben würde. Er hatte Zeit genug, er war in seiner Nervosität viel zu früh von zu Hause aufgebrochen.

Der Aufgang Justus Lipsius war gesperrt, er wurde von der Menge weitergeschoben zum Aufgang Berlaymont, wo es zu einem Gedränge kam, weil die Rolltreppe, die hinaufführte, nicht funktionierte. Die Leute wichen auf die Treppe aus, auf der sie aber immer wieder stehen blieben und sich zur Seite drückten, um den Passanten, die herunterkamen, Platz zu machen. Gleichzeitig wurden sie aber von den Nachrückenden angeschoben, von Trolleys und Rucksäcken gestoßen. Brunfaut drückte seine kleine Reisetasche an den Körper, er hörte Geschrei, das von oben vom Ausgang herunterhallte, schrilles Pfeifen, einige Passanten, die die Treppe hochgingen, machten kehrt, immer mehr Menschen kamen nun von oben herunter, Brunfaut hatte keine Ahnung, was da vorging, aber er ließ sich zurückdrängen und schwamm nun in der Menge zurück zum Bahnsteig. Da kam schon ein Zug, Brunfaut stieg ein und fuhr die eine Station weiter bis Merode.

Gleich neben dem Metro-Ausgang auf der Avenue des Celtes befand sich die Brasserie La Terrasse. Hier wollte er nun bei einem Bier die Zeit bis zu seinem Termin überbrücken. Die Terrasse war gut besucht, aber es gab einen freien Tisch, und obwohl das Lokal direkt an einer großen und lauten Straße lag, hatte Émile Brunfaut das Gefühl, sich hinter der Wand

von Grünpflanzen in einer Oase der Ruhe zu befinden. Ruhe. In Ruhe nachdenken. Was? Worüber? Er sollte eine Lebensentscheidung treffen. Er dachte es so pathetisch: Lebensentscheidung. Und war augenblicklich überfordert. Obwohl er jetzt schon einige Zeit damit gelebt hatte, dass man ihn entlassen hatte, nicht formal, aber doch: Aus seinem Leben entlassen, fühlte es sich für ihn immer noch so »plötzlich« an, seltsam, wie lange ein »Plötzlich!« dauern kann.
Zugleich fragte er sich, welchen Sinn es haben sollte, eine Lebensentscheidung zu treffen, nur weil er dieses Wort im Kopf hatte, während er nicht einmal wusste –
Der Kellner. Brunfaut bestellte ein Bier.
Ob er auch zu speisen wünsche?
Er verneinte. Er wollte nur ein Bier.
– während er nicht einmal wusste, ob er überhaupt noch Lebenszeit hatte.
Der Kellner brachte das Bier, legte gleich auch den Rechnungsbon auf den Tisch, und einen Zettel, auf dem stand: »Reserviert 12.30«. Er bat, gleich kassieren zu dürfen. 12.30 – das war in zehn Minuten. Es war offensichtlich, dass der Kellner den Tisch schnell wieder frei haben wollte, falls noch jemand kam, der auch essen wollte.
Brunfaut war immer eine respektgebietende Person gewesen, allein schon durch seine physische Präsenz, mit dem großen, raumgreifenden Körper. Nun war er wie betäubt, wie klein und schwammig er sich fühlte, als er zum Kellner aufblickte.

Er stand auf. Er atmete tief ein und blähte sich auf. Sie hätten mir gleich sagen müssen, dass dieser Tisch reserviert ist! Ich habe keine Lust, das Bier so schnell runterzustürzen! Sie knallen mir da diesen »Reserviert«-Zettel vor die Nase, nachdem ich bestellt habe, ich finde das zynisch und demütigend. Auf Wiedersehen!

Aber – Monsieur! Sie können, warten Sie! Sie können nicht einfach gehen! Sie müssen das Bier bezahlen.
Warum? Ich trinke es ja nicht.
Dann muss ich die Polizei rufen.
Hier, mein Dienstausweis! Ich komme wie gerufen!
Oh! Entschuldigen Sie, Herr Kommissar! Selbstverständlich können Sie hier an diesem Tisch bleiben, solange Sie wollen, ich werde selbstverständlich die Reservierung umdisponieren, Herr Kommissar!
Ich habe keine Lust mehr!

Das war nur eine kurze Phantasie, die ihn, so kindisch sie war, nur noch mehr demütigte. Tatsächlich zahlte er, sagte: Kein Problem, ich muss in zehn Minuten ohnehin gehen. Ich habe einen Termin und –
Was und? Er gab noch viel zu viel Trinkgeld.
Er schaute ein paar Minuten vor sich hin, sah das Bier an – wie hatte er vergessen können, dass …? Er stand auf und ging, ohne vom Bier auch nur einen Schluck getrunken zu haben.

Émile Brunfaut überquerte die Avenue des Celtes und ging die Rue de Linthout hinauf. Die Nummer hatte er vergessen, aber er ging immer weiter, dachte, dass er das Spital, auch wenn er die Hausnummer nicht wusste, wohl erkennen würde.
Er erkannte es nicht. Er lief viel zu weit. Irgendwann wurde ihm das klar und er machte kehrt. Er schaffte es, statt zu früh fast zu spät zu kommen. Er schwitzte. Er würde schon bei der Aufnahme und dem ersten Arztgespräch den denkbar schlechtesten Eindruck machen.
Da! Jetzt sah er es! Das Europa-Hospital. Es sah von außen aus wie eine neugotische Kathedrale. Darum war er vorbeige-

laufen. Wer erwartet schon, dass ein Spital aussieht wie ein historisches Gotteshaus?
Er ging hinein – und befand sich plötzlich in einer Raumstation. Weiße Kunststoffflächen, Alusilber, blaues Licht, bunte Lichtbänder auf dem Boden, als Leitsystem zu den verschiedenen Abteilungen, Brunfaut wunderte sich, dass die Menschen, die da gingen oder saßen, nicht schwerelos durch den Raum schwebten. Andererseits: Es war, ganz banal, bloß das Foyer eines Spitals. Alles abwaschbar, klinisch glänzend. Wie die Kulisse eines Science-Fiction-Films wirkte es nur deshalb, weil man durch die Fassade einer gotischen Kathedrale in diesen Raum eintrat.
Brunfaut stand vor der Wegweiser-Tafel. Das Erste, was er bewusst wahrnahm, war: »Psychiatrie«. Dann erst sah er »Innere Medizin«. Er folgte dem blauen Lichtband des Leitsystems.
Anmeldung, Aufnahme, Zuweisung des Zimmers, erstes Arztgespräch mit Anamnese. Dann erklärte Doktor Drumont, welche Untersuchungen er für erforderlich hielt und dass es möglich sei, sie alle im Lauf von zwei Tagen durchzuführen. Er werde das entsprechend einteilen. Danach, sei er sicher, werde man eine Diagnose für Brunfauts Beschwerden haben. Ob der Herr Kommissar nüchtern sei? Brunfaut bejahte. Er habe heute nichts gegessen und nichts getrunken. Sehr gut, sagte der Primar, dann können wir ja die Blutabnahme gleich erledigen. Das wird Schwester Anne machen. Sie kommt zu Ihnen ins Zimmer. Und ich werde veranlassen, dass Sie gleich danach eine kleine Stärkung bekommen.

Die Schwester, die nach der Blutabnahme den Tee mit Waffeln und einigen Erdbeeren brachte, fragte Brunfaut auch gleich nach seinem Wunsch für das Abendessen.
Ich sehe auf Ihrem Krankenblatt, Sie sind nicht – sie sah ihn

an: noch nicht auf Diät gesetzt. Also Normalkost. Da können Sie wählen zwischen Fleisch oder Vegetarisch.
Brunfaut blickte auf den Teller mit den zwei Waffeln und den drei Erdbeeren und sagte: Bitte beides, Madame.
Wie, beides?
Ich nehme an, dass es bei der Fleischspeise eine Beilage gibt?
Es gibt Boulettes Sauce Lapin.
Und dazu?
Kartoffelpüree und Karotten.
Na eben, das ist ja vegetarisch. Ich nehme also die Bouletten, da habe ich beides.
Brunfaut hatte Angst. Er hatte eine solche Angst nie zuvor gehabt. Irgendetwas in ihm bäumte sich aber dagegen auf, zwang ihn geradezu, so zu tun, als würde er das alles nicht ernst nehmen. Auf seinem Bett lag sein Pyjama, wie eine körperlose Leiche. Auf einem Haken neben dem Bett hing schlaff sein Morgenmantel: Das war er, nach seinem Verschwinden. Er zog sich nicht aus, legte sich noch nicht ins Bett. Die Schwester ging. Er aß eine Waffel, nahm einen Schluck Tee, er lächelte, als er sich dabei ertappte, wie er mit angehaltenem Atem horchte und dann, die Zimmertür öffnend und nach rechts und links blickend, schaute, ob die Luft rein war. Er verließ das Zimmer, fuhr mit dem Lift hinunter ins Foyer, um in der Kantine ein Bier zu trinken.
Kein Alkohol in der Spitalskantine. Also trat er aus der Weltraumwelt hinaus, durch die neugotische Fassade ins Freie, ging ein paar Schritte im Strom der Menschen, die nicht an den Tod dachten, fand ein Straßencafé, bestellte ein Bier.
Ein kleines Bier, Monsieur?
Ein Großes, bitte.
Er saß so, dass er eine Apotheke vor Augen hatte.
Er schwitzte, wischte mit seinem Taschentuch den Schweiß

von der Stirn. Hatte er Fieber? Nein, es war einfach ein heißer Tag. Die Sonne brannte durch den Spalt zwischen zwei Sonnenschirmen auf seinen Hinterkopf und Rücken. Er schob seinen Stuhl ein Stück zur Seite, zog sein Sakko aus.
Da läutete sein Handy. Es war Philippe.
Hör zu, sagte er, ich habe einiges zu erzählen. Nicht am Telefon. Das Bild ist noch nicht klar, aber es gibt einige sehr interessante – wie soll ich sagen? Symptome. Ich weiß nicht, ob ich weitermachen kann, es ist sehr riskant. Wir müssen das besprechen. Können wir uns morgen treffen?
Ich bin im Spital, sagte Brunfaut. Du weißt doch, ich werde durchgecheckt. Morgen habe ich eine Reihe von Untersuchungen, aber –
Wie geht es dir? Was sagt der Arzt?
Wie du sagst: Interessante Symptome, aber das Bild ist noch nicht klar. Kannst du morgen Abend?
Am frühen Abend. Halb sieben, sieben.
Gut. Dann besuche mich im Europa-Spital, Rue de Linthout. Wenn du mit der Metro kommst, dann ist das Station Merode.
D'accord. Bis morgen.

Émile Brunfaut war in einem Zweibettzimmer untergebracht, aber das zweite Bett war zum Glück nicht belegt. So konnte er am Abend einige Anrufe erledigen, ohne einen anderen zu nerven oder sich gezwungen zu fühlen hinauszugehen, er konnte den Fernsehapparat, der gegenüber den Betten über dem Esstisch an der Wand montiert war, einschalten und wieder ausschalten, ohne sich darüber mit jemandem einigen zu müssen, er sah sich die Abendnachrichten an, es gab ein Interview mit dem Polizeipräsidenten, der den Vorwurf der Untätigkeit zurückwies, es sei nun einmal schwer möglich, eines Schweins habhaft zu werden, wenn man nicht wisse, wann und wo es das nächste Mal zuschlagen werde. – Hat er jetzt wirklich »zuschlagen« gesagt, fragte sich Brunfaut. Da kam schon die Frage der Journalistin: Was er mit »zuschlagen« meine? Er meinte plötzlich auftauchen und Passanten verunsichern, wobei – entnervt schaltete Brunfaut den Fernseher ab, was er ebendeshalb konnte, weil er alleine im Zimmer war. So konnte er dann auch in einer sehr unruhigen Nacht hemmungslos unruhig sein, sich im Bett hin- und herwerfen, immer wieder aufstehen, im Bad Wasser trinken, auf die Toilette gehen, die Spülung betätigen, die so laut rauschte, dass er alleine schon erschrak, er konnte fluchen, wenn er sich auf dem Rückweg zum Bett an der Bettkante stieß, er konnte schnarchen und furzen, ohne angespannt darauf achten zu müssen, dezent zu sein.

Aber dieses Glück im Unglück war am nächsten Tag vorbei. Frühmorgens wurde er zu einem EKG abgeholt, und als er zurück ins Zimmer kam, befand sich ein Mann im zweiten Bett. Er lehnte am hochgeklappten Kopfteil des Bettes, er war sehr zart, sehr blass, fast durchsichtig, sein dünnes blondes Haar war streng gescheitelt. Er trug einen Nadelstreifenpyjama! Dunkelblaue Seide, die zarten Streifen in Orange. Er hatte die Beine angezogen, auf dem Schoß ein Laptop.

In Brunfauts Kopf pochte noch der Begriff »ventrikuläre Extrasystolen«, wie in Watte eingebettet in die beruhigenden Worte des Kardiologen. Und da war jetzt dieser Mann in seinem Zimmer – der so freudig grüßte, als wäre er begeistert, nun nicht mehr alleine zu sein. Brunfaut grüßte zurück, stand nun zwischen den beiden Betten, nickte dem Mann noch einmal zu und sah, dass auf der Brust seines Pyjamas ein Wappen aufgenäht war, eine hellblaue Schlange – was …? Der Mann streckte Brunfaut die Hand entgegen, sagte: Ich bin Maurice Géronnez.

Sehr erfreut. Brunfaut sagte seinen Namen und verbeugte

sich, eigentlich beugte er sich nur etwas vor, um das Wappen besser sehen zu können, die Schlange war ein stilisiertes S, daneben stand Solvay, darunter Brussels School of Economics. Brunfaut war verblüfft. Er selbst besaß einen Schal und ein T-Shirt von RSC Anderlecht, seinem Patenkind Joëlle hatte er für die Taufe zum Spaß im Fan-Shop eine Strampelhose in den Anderlecht-Farben gekauft, aber er hatte noch nie erlebt oder gehört, dass jemand den Fan-Pyjama einer Universität trug.

Monsieur Géronnez wollte natürlich sofort Krankengeschichten austauschen, Brunfaut sagte kurz, dass er bloß für eine Durchuntersuchung hier sei, reine Vorsichtsmaßnahme.

Na ja, sagte Géronnez, sie werden schon etwas finden, sie finden immer etwas, ab fünfzig kann man Gift drauf nehmen, dass sie etwas finden, und wenn die Ärzte bei einem 50-plus-Mann nichts finden, dann frage ich mich, was haben die studiert? Dann muss man das Spital wechseln. Aber keine Angst, hier sind Sie in guten Händen, das Europa ist das beste Krankenhaus, hier finden sie immer etwas. Bei mir ist es die Milz. Ist es nicht seltsam? Ausgerechnet die Milz. Sie werden jetzt fragen, warum ist das seltsam? Sagen Sie mir, was macht die Milz, was ist ihre Aufgabe? Sehen Sie! Sie wissen es nicht. Niemand weiß das, fragen Sie Ihre Freunde, Ihre Bekannten, fragen Sie Menschen auf der Straße. Die Leber, ja! Das Herz, sowieso! Die Lunge, die Nieren, man muss nicht Medizin studiert haben, um zu wissen, was diese Organe tun, was ihre Funktion ist. Aber die Milz – na sagen Sie schon: Was ist die Aufgabe der Milz? Sehen Sie, das ist doch eigenartig! Die Milz führt ein Schattendasein. Dabei könnten all die anderen Organe, über die wir glauben Bescheid zu wissen und die wir für so wichtig halten, auf Dauer gar nicht arbeiten, wenn die Milz nicht wäre. Die Milz kontrolliert alle anderen Organe, weiß alles, überprüft sie ununterbrochen. Sie wehrt

Krankheiten der anderen Organe ab, entfernt schädliche Partikel aus dem Blut, speichert weiße Blutkörperchen, die sie bei Bedarf ausschüttet, man kann sagen: aussendet wie eine Eingreiftruppe. Das Herz merkt nicht, wenn die Leber ein Problem hat, oder umgekehrt, die Nieren versuchen ihren Job zu machen, egal ob die Lungenfunktion eingeschränkt ist oder nicht, aber die Milz, die merkt alles von allen und reagiert auf alle. Und alles, was die Milz tut, nehmen die anderen Organe wahr. Sie ist der große Kommunikator, zugleich der Geheimdienst, den keiner beachtet. Und warum beachtet keiner die Milz? Warum weiß keiner, was die Milz tut? Genau deshalb: weil sie in der Regel nicht auffällig wird. Die Milz ist das Organ, das nur ganz selten Probleme bereitet. Sie löst die Probleme anderer Organe, sie wehrt nach Möglichkeit deren Krankheiten ab, aber selbst wird sie so gut wie nie krank. Wissen Sie, was ich glaube? Ich glaube, dass wirklich etwas dran ist an dieser Theorie von der Psychosomatik. Das ist mein Verdacht. Sie können sich noch so gesund ernähren, Sie werden magenkrank, wenn Sie im übertragenen Sinn immer etwas runterschlucken müssen, verstehen Sie, was ich meine?
Ja, das ist bekannt.
Sehen Sie. Und bei mir ist es die Milz. Kein Zufall. Ich bin sozusagen beruflich eine Milz, und vor einiger Zeit habe ich bemerkt, ich schaffe es nicht mehr, ich konnte nicht mehr akzeptieren, was meine Aufgabe war, und –
Sie sind beruflich … was? Ich meine, Milz ist kein Beruf. Brunfaut stöhnte.
Ich arbeite in der Europäischen Kommission, sagte Géronnez, in der ECFIN, das ist die Generaldirektion Wirtschaft und Finanzen. Ich bin verantwortlich für die Kommunikation. Ich bin sozusagen zwischen den verschiedenen Organen der Kommunikator, der im Schatten steht. Ich muss zu-

sammenhalten und koordinieren, was da jeder vor sich hin arbeitet, alles aufbereiten und nicht zuletzt die Reden schreiben, mit denen der Kommissar das nach außen vertritt. So, und jetzt stellen Sie sich einen Organismus vor, die Lunge schwer belastet vom Kettenrauchen, die Leber von Alkoholexzessen, der Magen von Lebensmittelchemie, und Sie sollen das alles entgiften – und die Reden schreiben, mit denen der Mund verkündet, dass alles insofern in bester Ordnung ist, als die größten Anstrengungen unternommen werden, ein besseres Funktionieren des Organismus zu gewährleisten, zum Beispiel dadurch, dass zur Einsparung des Nägelschneidens nun alle Finger amputiert werden. Ich konnte das nicht mehr, Monsieur Brunfaut. Es hat vor drei Jahren begonnen, dass ich Schwierigkeiten bekam, weil ich nicht mehr funktionieren konnte. Damals bekam ich die Studie auf den Tisch, die die Webster und Portsmouth University gemeinsam mit der Wirtschaftsuniversität Wien durchgeführt hat – warten Sie!

Er klopfte auf die Tastatur seines Laptops! Hier! Ich habe das abgespeichert. The Impact of Fiscal Austerity on Suicide Mortality. Das ist fürchterlich, eine Langzeitstudie über den Zusammenhang zwischen den Sparprogrammen für Griechenland, Irland, Portugal und Spanien und der Entwicklung der Selbstmordraten in diesen Ländern. Ich will Sie da jetzt nicht mit Statistiken und Zahlen langweilen, aber nur so viel, hier: Mit Beginn des Sparprogramms in Griechenland stieg die Selbstmordrate im ersten Jahr um 1,4 Prozent, klingt wenig, eine kleine Zahl, aber bitte, das sind Menschen, und jetzt kommt es: Im dritten Jahr schnellt die Kurve dramatisch nach oben, und da haben wir eine Zahl, bei der wir von einer Epidemie sprechen müssen, und 91,2 Prozent der Suizid-Fälle betreffen Menschen über sechzig, deren Pensionen und Gesundheitsversicherungen gekürzt oder gar gestrichen wurden,

im vierten Jahr wächst der Anteil der über Vierzigjährigen in der Suizidstatistik, überwiegend alleinstehende Langzeitarbeitslose. Im fünften Jahr entspricht der Rückgang der Arbeitslosenzahl mit einer marginalen Differenz von 0,8 Prozent der Anzahl der Suizidfälle des Jahres. Und jetzt umgekehrt, warten Sie – er tippte – hier: Irland. Das Lieblingsbeispiel meines Kommissars. Hier ist das Wirtschaftswachstum wieder angesprungen! Die Vorzugsschüler! Aber was zeigt diese Studie: Die zuvor dramatisch gestiegene Selbstmordrate ist nicht zurückgegangen. Die Studie zeigt, dass der Konjunkturaufschwung nicht dort ankam, wo zuvor das soziale Netz zerstört worden ist. Verstehen Sie?
Die zarten Nasenflügel des Mannes vibrierten.
Ich muss gestehen, ich war entrüstet, als ich das las. Ich schrieb ein Papier für den Kommissar, für die Mittwoch-Konferenz der Kommission, ich weiß noch, der erste Satz lautete: »Wir sind Mörder«, und machte einige Points, was er, also der Kommissar, vorschlagen müsse, damit die Kommission ihrer Aufgabe, dem Schutz der europäischen Bürger, gerecht werde. Ich schickte eine Kopie an den Generaldirektor, er ist immerhin zuständig für die Ökonomie der Mitgliedstaaten, jedenfalls, seit damals habe ich Beschwerden. Es ist die Milz, sie schafft die Entgiftung nicht mehr und –
In diesem Augenblick kam die Schwester herein. Monsieur Brunfaut? Ich bringe Sie zur Sonographie.
Brunfaut entschuldigte sich und folgte der Schwester. Ein Redenschreiber, der ununterbrochen redete, das war ihm zu viel. Auch wenn er sich eingestehen musste: Im Grunde war dieser Mann ein Waffenbruder.

Der Bluterguss auf Professor Erharts Unterarm, den er sich beim Sturz gegen den Heizkörper im Hotel zugezogen hatte, war zu einem dunkelblau verfärbten Fleck beträchtlichen

Ausmaßes geworden, der aussah wie ein schlechtgemachtes Tattoo der geographischen Fläche Europas.
Professor Erhart hatte sich nach der Sitzung der »Reflection Group« geweigert, zu einem gemeinsamen Abendessen mitzukommen, und war sofort mit der Metro nach Sainte-Catherine zurückgefahren. Nun saß er im Schanigarten der Brasserie Van Gogh, direkt neben der Kirche, er hatte im Vorbeigehen, auf dem Weg von der Metro-Station zum Hotel, die hier auf einem Eisbett drapierten Austern, Hummer und Krabben gesehen und sich kurzentschlossen an einen Tisch gesetzt, um es sich gutgehen zu lassen. Das war wörtlich sein Gedanke: Er wollte es sich gutgehen lassen. Als Trost. Zum Trotz. Nach dem demütigenden Eklat, den es vorhin bei der Sitzung gegeben hatte.
Es war Abend, aber immer noch so heiß, dass Professor Erhart sein Sakko auszog und über die Sessellehne hängte. Da sah er sein unfreiwilliges Tattoo. Er erschrak. Er tastete es sanft mit den Fingerkuppen ab, stöhnte leise, aber es war nicht der Schmerz, jedenfalls nicht der lokale, es war seine Verzweiflung, sein Seelenbrennen.
Er hatte sich aufgeführt wie einer dieser antiautoritären Studenten, mit denen er vor vielen Jahren als Professor zu tun bekommen hatte. Auch wenn er mit ihnen besser hatte umgehen können als die meisten seiner Kollegen, weil er imstande war, Talente zu erkennen und die Ideen ernst zu nehmen, für die sie glühten, war ihm doch völlig klar, dass ihm selbst ein solches Auftreten nicht anstand. Er war Professor und hatte sich nicht professoral verhalten. Konnte man sagen, dass er eben ein unkonventioneller Professor war? Nicht in diesen Zeiten, wo alles Unkonventionelle nur anerkannt wurde, wenn es gleich als Mainstream auftrat. Sein Verhalten war nur dumm und skandalös. Es wäre besser gewesen, er hätte bei der Sitzung des Think-Tanks möglichst lange geschwiegen, sich dann

mit ein paar kurzen Statements zu Wort gemeldet und sich langsam diplomatisch vorgetastet. Aber es war so unfassbar dumm, was er sich hatte anhören müssen. Na und? Dummheit kann man auch ganz ruhig und sachlich beantworten. Wenn zum Beispiel ein Experte die These aufstellt, dass – bildlich gesprochen – unser Problem Übergewicht heißt und es die beste Methode zur Bekämpfung des Übergewichts wäre, noch mehr zu essen, um den Körper dazu zu zwingen, mehr auszuscheiden, und diese vermehrte Ausscheidung würde zu einer Gewichtsreduktion führen, dann musste man doch nicht brüllen und den Experten einen Idioten nennen. Es wäre ein Leichtes gewesen, es anders zu machen. Wirklich? Eben nicht. Das war ja das Gespenstische, dass in dieser Runde von Anfang an der Konsens geherrscht hatte, dass die Krise Europas nur mit eben den Methoden gelöst werden könne, die zu der Krise geführt hatten. More of the same. Diese oder jene Strategie hat nicht funktioniert? Dann wurde sie eben nicht konsequent genug umgesetzt! Konsequent weitermachen! More of the same! Mit dieser oder jener Entscheidung wurden die Probleme nur vergrößert? Nur vorübergehend! Nicht nachlassen mit diesen Anstrengungen! More of the same! Es hatte ihn wahnsinnig gemacht.

Er bestellte ein Dutzend Austern, und dann einen halben Hummer. Dazu einen Chablis.

Chablis haben wir nur in der Bouteille, Monsieur. Glasweise gibt es den Hauswein, einen Sauvignon.

Dann bringen Sie mir vom Chablis eine Flasche.

Er strich mit den Fingerkuppen immer wieder ganz sanft über seinen blauen Fleck.

Die Austern. Er schlürfte eine nach der anderen und fragte sich, warum er geglaubt hatte, dass er das genießen könne. Austern essen. Der Geschmack von Austern erinnerte ihn an keinen früheren Glücksmoment. Darum konnten sie ihn nicht glücklich machen. Das Beste am Lobster war, dass nicht viel dran war. Für die Zangen hatte er keine Geduld. Er hatte ja keinen Hunger. Er hatte es sich nur gutgehen lassen wollen. Eine halbe Flasche Wein hatte er schon getrunken. Auf dem Platz spielte ein Mann mit Ziehharmonika deutsche Schlager aus den dreißiger Jahren. Erhart kannte sie, seine Eltern hatten diese Platten gehabt. Jetzt genoss er doch etwas: das Ablecken der Finger, bevor er sie in die Tasse mit warmem Wasser und Zitronenscheiben tauchte.

Das Beste war, dass dieser eine deutsche Ökonom, mitten in der hitzigen Debatte, die auf Englisch geführt wurde, auf Deutsch zu Erhart sagte: »Mäßigen Sie sich!« Mäßigen! Ausgerechnet er sollte sich mäßigen in dieser maßlos dummen Diskussion. Ein griechischer Finanzexperte beschrieb minutiös, wie die griechische Haushaltsschuld zustande gekommen sei, und erklärte mit der Autorität eines Mannes, der sich nach Oxford in Sicherheit gebracht hatte, dass es ohne weitere tiefe Einschnitte in das griechische Sozialsystem nicht gehen werde. Ausgerechnet ein italienischer Politologe stimmte sofort zu und mahnte die Notwendigkeit an, die Stabilitätskriterien einzuhalten. Dabei gestikulierte er, beide Hände mit ausgestreckten Zeigefingern in Achter-Schleifen bewegend, als würde er einen Kinderchor dirigieren. Der französische Philosoph – Erhart hatte es zunächst spannend gefunden, dass auch ein Philosoph in diesen Think-Tank eingeladen worden war – insistierte darauf, die deutsch-französische Achse wieder zu stärken, eine Forderung, der selbst die Kollegin aus Rumänien zustimmte. Einen kleinen Meinungsunterschied gab es nur zwischen den beiden Deutschen, die sich nicht darauf einigen konnten, ob Deutschland seinen Führungsanspruch in Europa »mit mehr Selbstbewusstsein« oder aber »mit mehr Demut« ausüben sollte. So war es dahingegangen, und Erhart hatte sich gefragt, was mit diesen Menschen passiert war, dass sie, nach Jahren des Studiums und des Kampfes um Lehrstühle und verantwortungsvolle Positionen, nun nichts anderes wussten als dies: die seit Jahren und Jahren geübte Praxis jetzt als Desiderat für die künftige Politik zu formulieren. Dafür brauche ich keinen Think-Tank, hatte Erhart dazwischengerufen, dafür brauche ich nur eine Boulevard-Zeitung!

Dann ging es los, bis der eine Deutsche, der weit über die Grenzen der Fachschaft Wirtschaftswissenschaften der Universität Aachen hinaus unbekannt war, Erhart auf Deutsch zurief: »Mäßigen Sie sich!«

Ein britischer Professor für Kulturwissenschaften, Universität Cambridge, sagte, das Fundament des gemeinsamen Europas sei das Christentum und wir erlebten heute, dass uns diese einzige Gemeinsamkeit sowohl allgemein gesellschaftspolitisch als auch in unserem individuellen Verhalten abhandenkomme.

Da war Professor Erhart aufgesprungen und –

Nein, sagte er, er wolle kein Dessert. Er trank seine Flasche Wein aus, zahlte und ging. Er hatte alles erwartet, aber nicht die Karikatur von allem. Er kannte Kollegen in verschiedenen Ländern – er war mit ihnen in Kontakt –, mit denen man produktiv diskutieren konnte, es gab viele Initiativen, Stiftungen, NGOs, bei denen man voraussetzen konnte, dass sie wussten, worum es in Europa ging. Er korrespondierte mit ihnen, verfolgte ihre Blogs. Aber viel zu wenig sickerte in die breitere Öffentlichkeit durch. So hatte er eben große Hoffnungen in diesen »New Pact«-Think-Tank gesetzt, der direkt mit dem Präsidenten der Europäischen Kommission verbunden war. So nah an der Macht. Aber offenbar existierte so nah an der Macht nur noch eine Blase, so geistlos wie eine Seifenblase, aber doch unzerstörbar: Wenn man mit einer Nadelspitze hineinstach, platzte sie nicht, sondern trudelte elastisch

nur noch höher. Er stolperte. Fast. Er fing sich. Das Brüsseler Pflaster. Die Menschen saßen in den Straßencafés und blinzelten in die untergehende Sonne. Ein Jongleur hielt vier, sechs, acht, acht! Bälle in der Luft. Der Ziehharmonikaspieler. Erhart warf ihm eine Münze in den Hut, er spielte Junge komm bald wieder! Touristen machten mit Selfie-Sticks Fotos vor der Kirche. Erhart überquerte den Platz, ging aber nicht weiter zum Hotel, sondern bog in die Rue Sainte-Catherine ab. Er ging ziellos, schaute ab und zu in Auslagen, erblickte aber immer nur sein bleiches Gesicht mit der großen schwarzen Brille und dem weißen Haar, das wie elektrisiert vom Kopf abstand. Er kam in die Rue des Poissonniers, sah dort an der Ecke ein Kaffeehaus, Café Kafka, fand das sinnig und kehrte auf ein Glas Wein ein. Nun war er schon gehörig beschwipst. Er hatte immer gerne getrunken, aber in der Regel in feierlichen Momenten, nicht aus Frust. Die Flasche Chablis hatte er vorhin nur deshalb bestellt, weil er gelernt hatte, zu Austern trinkt man Chablis. Seine Frau hatte solche Sachen gewusst. Trudi. Wenn sie noch lebte, würde er sie anrufen, und sie würde sagen: Du musst es morgen besser machen. Du hast eine Vision. Beschimpfe nicht die anderen! Versuche nur, ihnen deine Vision zu erklären.
Er zahlte und ging weiter. Er überquerte den Boulevard Anspach, sah linker Hand eine schöne alte Geschäftsfassade, sie wirkte wie ein elegantes Juweliergeschäft, er ging darauf zu, warum? Er brauchte keinen Schmuck. Trudi war tot. Und sie hatte sich auch nie etwas aus Geschmeide gemacht. Es war die Fassade. Auf dem Schild über dem Geschäft stand »Mystical Bodies«. Er sah in die Auslage. Nadeln und Stifte, mit Steinchen am einen Ende, Zeichnungen – was war das? Schließlich begriff er: Hier wurden Piercings und Tattoos angeboten.
Er trat ein. Ein junger Mann, der an einem großen leeren

Schreibtisch saß, wie man sich ihn im Büro eines Staatspräsidenten vorstellen würde, sah auf.
Erhart sagte, dass er gerne eine Tätowierung hätte. Er empfand die Situation als so unwirklich und zugleich plastisch wie eine intensive Traumfrequenz. Er hatte gedacht, dass Tätowierer selbst immer von oben bis unten tätowiert waren, aber dieser Junge hatte kein Tattoo, jedenfalls nicht sichtbar.
Sie wollen –
Ja, sagte Erhart und zog sein Sakko aus, streckte dem Jungen seinen Arm entgegen: Ich will 12 fünfzackige Sterne hier drauf, um dieses – auf diesen blauen Fleck.
Das ist ein Hämatom.
Ja.
Und ich soll Ihnen Sterne da drauf tätowieren?
Ja, bitte.
Aber warum?
Sieht es nicht aus wie Europa?
Wie bitte?
Sehen Sie! Das hier ist die Iberische Halbinsel, und dieser kleine Vorsprung ist doch eindeutig der Stiefel, oder?
Italien?
Ja. Und da, wo es ausfranst, ist Griechenland. Sieht man doch.
Okay, mit sehr viel Phantasie. Aber die Proportionen stimmen nicht, es ist, nein, das ist nicht Europa, das ist ein Zerrbild. Wie auch immer, es wird abheilen – hoffe ich zumindest für Sie.
Ich sehe in diesem Fleck Europa. Und ich will jetzt die Sterne dazu. Was würde das kosten?
Nein. Ich mache das nicht. Da sind Blutgefäße verletzt, Kapillaren geplatzt, da steche ich nicht rein, das kann ich nicht kontrollieren. Ich würde das nicht anrühren. Und in ein paar

Wochen ist das sowieso verschwunden. Dann hätten Sie da Sterne, aber der Grund ist verschwunden, warum –
Also keine Sterne für ein verschwindendes Europa?
Sorry, Mann, ich mache das nicht.

Niemand in der Arche hatte sich vorstellen können, welch gewaltigen Sturm das Jubilee Project in der Kommission auslösen würde. Dabei hatte sich der Sturm genauso angekündigt, wie sich große Stürme eben ankündigen: durch eine geradezu gespenstische Ruhe.
Zunächst hatte die Eurostat brav geliefert. Die Antwort war ausführlich, gespickt mit Zahlen, aber nicht hilfreich.
Statisten! Hatte Bohumil achselzuckend auf Deutsch zu Martin gesagt.
Du meinst: Statistiker!
Ja.
Bereinigt von Zahlentabellen, Formeln und Graphiken teilte die Eurostat etwas mit, das Martin so verblüffte, dass er das Papier drei Mal las und dann noch eine Stunde ungläubig anstarrte. Was der Referent der Eurostat schrieb, bedeutete im Grunde, dass das Individuum bei allen statistikbasierten Hochrechnungen ein Störfaktor sei, dachte Martin. Man könnte die Auskunft auch so lesen: Gott mit seinem unerforschbaren Willen macht alle verfügbaren statistischen Daten über Menschen letztlich zu Makulatur.
Man wisse, wie viele neunzigjährige Frauen und Männer heute in Europa leben. Und man wisse, dass sich die Schere in der Lebenserwartung zwischen Frauen und Männern mit zunehmendem Alter schließt. Neunzigjährige Frauen hätten heute im statistischen Durchschnitt noch vier Jahre, Männer noch dreidreiviertel Jahre Lebenserwartung. Die Zahl der Shoa-Überlebenden im Jahr 1945 könne nur geschätzt werden. Über das Verhältnis von Männern und Frauen gäbe es gar keine

Angaben. Aber wenn man nun davon ausgehe, dass sich die unterschiedliche Lebenserwartung von Männern und Frauen mit zunehmendem Alter ohnehin angleicht, und eine Hochrechnung der Lebenserwartung der Shoa-Überlebenden ohne Differenzierung nach Geschlecht vornehme, um herauszufinden, wie viele aller Wahrscheinlichkeit nach heute noch leben, so scheitere dieser Versuch daran, dass die Lebenserwartung in verschiedenen Ländern unterschiedlich hoch ist und man die Verteilung der Überlebenden auf diese Länder nicht kennt. Es mache einen Unterschied, ob es sich um einen Shoa-Überlebenden in Deutschland, in Polen, in Russland, in Israel oder in den USA handelt. Und dann müsste noch berücksichtigt werden, ob jemand begütert ist oder unterhalb der Armutsgrenze lebt. Es gebe die Schätzung eines israelischen Demographen aus dem Jahr 2005, siehe Anmerkung, dass 40 Prozent der Shoa-Überlebenden an oder unterhalb der Armutsgrenze leben. Diese Menschen hätten zweifellos die schlechtesten Karten, und man sei verführt anzunehmen, dass von diesen mittlerweile niemand mehr am Leben ist, was aber nicht belegt werden könne, weil eine andere Statistik dagegen spricht: Menschen, die in ihrer Jugend längere Hungerperioden erlebt haben, hätten eine höhere Lebenserwartung und könnten sich auch im Alter auf Mangel physisch besser einstellen als jene, die nie diesen physiologischen Anpassungsdruck erlebt haben. Nun sei aber bekannt, dass nicht nur Shoa-Überlebende, sondern auch große Teile der Zivilbevölkerung in den vom Krieg betroffenen oder in den besetzten Gebieten unter epidemischem Hunger gelitten hätten, weshalb es keine Formel gebe, mit der man die Lebenserwartung und die wahrscheinliche Zahl der heute noch lebenden Shoa-Überlebenden exklusiv herausrechnen könnte.
Und nun kam der Referent der Eurostat auf die eingangs erwähnte Lebenserwartung der heute Neunzigjährigen zurück.

Er schrieb: »Wenn wir davon ausgehen, dass die jüngsten der gegenwärtig noch lebenden Shoa-Überlebenden im Jahr 1929 geboren wurden – denn sie mussten bei Einlieferung in ein KZ zumindest 16 Jahre alt sein, alle Jüngeren gingen sofort ins Gas –, dann wissen wir auf Grund der Lebenserwartungsstatistiken nur, dass es eine gewisse Anzahl von Überlebenden geben muss. Aber selbst wenn wir ihre genaue Zahl wüssten, könnten wir nicht sagen, ob die Statistik auf sie noch zutrifft, das heißt, ob sie dem statistischen Mittelwert entsprechen. Sie alle müssen über neunzig Jahre alt sein, haben also theoretisch noch eine durchschnittliche Lebenserwartung von dreidreiviertel bis vier Jahren. Es ist aber möglich, dass schon in einem Jahr hundert Prozent der uns unbekannten Zahl verstorben oder aber hundert Prozent noch am Leben sind. Beides liegt innerhalb der Schwankungsbreite.« Und dann kam der Satz, der Martin nun vor den Augen tanzte, als stünde er in Großbuchstaben da: »DAS IST NICHT MEHR STATISTIK, DAS IST SCHICKSAL!«
Martin leitete diese Auskunft der Eurostat mit einem Kommentar an Xeno weiter. Er schlug vor, die Frage vorläufig offen zu lassen, ob man möglichst viele Shoa-Überlebende (soweit man sie erfassen könne) oder eine kleine, repräsentative Gruppe (Vertreter aus verschiedenen Ländern) oder nur einen exemplarischen Repräsentanten in den Mittelpunkt der Jubiläumsfeier stellen sollte. Entscheidend sei zunächst, ganz allgemein Zustimmung zu der Idee zu bekommen: Das Jubiläum sollte als Gelegenheit wahrgenommen werden, einer breiten europäischen Öffentlichkeit zu zeigen, dass die Kommission nicht bloß »die Hüterin der Verträge der Union« sei (so wie es auf der Homepage der Kommission stand), sondern vor allem auch die Hüterin des größeren und umfassenderen Schwurs, dass sich ein europäischer Zivilisationsbruch wie Auschwitz nie wieder ereignen würde. Diese »Ewigkeits-

klausel«, schrieb Martin, müsse als das eigentliche Herz der Kommission vermittelt werden, denn sie mache die Kommission nicht bloß zu einer abstrakten »Bürokratie«, sondern »zu einer moralischen Instanz«, wobei durch die Präsentation letzter Testimonials der Shoa der notwendige emotionale Bezug der Öffentlichkeit zur Arbeit der Kommission hergestellt werden könne. Das schlechte Image der Kommission beruhe letztlich darauf, dass sie als Apparat einer bloßen Wirtschaftsgemeinschaft gesehen werde, die für eine Wirtschaftspolitik stehe, die von immer mehr Menschen abgelehnt wird. Nun müsse konsequent an die Grundidee erinnert werden, mit den Worten von Jean Monnet: »Alle unsere Anstrengungen sind die Lehre unserer historischen Erfahrung: Nationalismus führt zu Rassismus und Krieg, in radikaler Konsequenz zu Auschwitz.«

Aus diesem Grund hat der erste Kommissionspräsident, der Deutsche Walter Hallstein, seine Antrittsrede in Auschwitz gehalten. Später ist diese Idee von den Kommissionspräsidenten Jacques Delors und Romano Prodi aufgegriffen worden. Und auch der neue Präsident habe am 27. Januar bei der Befreiungsfeier in Auschwitz gesprochen und dort festgehalten, dass »die wirtschaftliche Verflechtung der Nationen nicht Selbstzweck zur bloßen Generierung von Wirtschaftswachstum« sei, sondern »notwendige Voraussetzung für den tieferen Sinn des Europäischen Projekts: in Zukunft nationalen Eigensinn und somit letztlich den Nationalismus zu verhindern, der zu Ressentiments und Aggressionen gegen andere, zur Spaltung Europas, zu Rassismus und letztlich zu Auschwitz« führe.

Abschließend schrieb Martin in seiner Mail an Xeno, dass er dringend empfehle, das Projekt nicht aus dem EU-Haushalt, sondern ausschließlich aus dem Budget der Kommission zu finanzieren. Auf diese Weise wären keine Abstimmungen mit dem Rat und dem Parlament nötig (mit den absehbar langwierigen Verhandlungen und letztlich unproduktiven Kompromissen), und der Image-Gewinn käme am Ende zur Gänze der Kommission zugute.

Xeno setzte Mrs Atkinson in Kenntnis und bat um Zustimmung, das Projekt ausschließlich mit Mitteln aus dem Kommissionsbudget zu finanzieren. Mrs Atkinson hatte allerdings inzwischen andere Sorgen. Vor einigen Tagen war in sozialen Netzwerken das Gerücht aufgetaucht, dass die Kommission, bestochen von Lobbyisten der großen Pharmakonzerne, ein Verbot der Homöopathie plane. Eineinhalb Millionen Protestmails aus ganz Europa waren innerhalb eines Tages eingegangen und hatten den Server der Kommission fast zum Absturz gebracht. Die deutsche BILD-Zeitung brachte die Falschmeldung in Riesenlettern als Aufmacher, wenn auch mit Fragezeichen, »Brüsseler Beamte durchgeknallt?«. Auch die Sun, die Kronenzeitung, die Blesk, A Hola und sogar El País, France Soir und, wenn auch nicht auf Seite eins, Libération berichteten. Und alle diese brüllenden Meldungen mündeten in den Aufruf, gegen die Konzerne und ihre Lobbyisten bei der Kommission zu protestieren. Mrs Atkinson saß händeringend an ihrem Schreibtisch. Ihre langen zarten Finger waren kalt und bläulich. Sie knetete, drückte und massierte sie, während sie darüber nachdachte, auf welche Weise sie diesem Unsinn wirkungsvoll entgegentreten konnte. Eine Presseaussendung mit klarem Dementi hatte nur die Neue Zürcher Zeitung aufgegriffen, was aber zu einem neuerlichen Shitstorm in den Sozialen Medien führte: man kenne doch die Konzerne, die in der Schweiz ihren Sitz hatten. Atkinson fragte sich, warum Medien, die man wohl kaum als antikapitalistische Kampfblätter bezeichnen konnte, mit solcher Wollust zu einem Kampf gegen Konzerne aufriefen –

und dabei vor allem die Europäische Kommission prügelten, die doch selbst einen Kampf gegen die unkontrollierte Macht von Konzernen führte. Hatte die Kommission nicht erst unlängst Strafen in Milliardenhöhe gegen Microsoft und Amazon durchgesetzt?
Mrs Atkinson war ausgebildete Ökonomin und keine Kommunikationsexpertin, auch wenn dies nun ihr Arbeitsgebiet war. Sie war angetreten, um das Image der Kommission zu verbessern, sie hatte eine Offensive geplant und war seither nur in der Defensive. Der Kommissionspräsident hatte sie wegen dieser Homöopathie-Geschichte zu sich bestellt: Ob sie einen Plan habe, wie diese Rufschädigungen gestoppt und die Leistungen der Kommission besser kommuniziert werden könnten.
Ja. Selbstverständlich.
Und wann werde man die Wirkung dieses Plans sehen können?
Das könne sie jetzt nicht sagen.
Er würde – vorsichtig formuliert – einen Plan nur dann einen Plan nennen, wenn eine wünschenswerte Wirkung realistisch und auch bald überprüfbar wäre.
Yes, Sir.

Sie knetete ihre Hände. Fenia Xenopoulous Idee brachte sie jetzt nicht weiter. Aber sie war dankbar für deren Einsatz. Mittel- oder langfristig konnte sie helfen. Sie schrieb zurück: »Ich sage Finanzierung aus Kommissionsbudget zu – erbitte aber genauen Kostenplan, Auflistung der benötigten Ressourcen, auch personell. Go ahead!«

Xeno gab nun Martin ihr Okay. Bitte bis morgen eine »note« für die Inter-Service Consultation. Mit: Voraussichtliche Höhe der nötigen Finanzmittel, Zeitplan, erforderliche

Ressourcen, auch personell, gewünschte Beiträge der anderen DGs.
Danach suchte sie pflichtbewusst unter all den Papieren auf ihrem Schreibtisch, auf dem Beistelltisch und im Regal den Roman, den sie nun schon seit gut drei Wochen nicht mehr weitergelesen hatte, den Lieblingsroman des Präsidenten. Sie hatte endlich von seinem Büro einen Termin bekommen. Das traf sich gut. Nun hatte sie etwas, das sie herzeigen konnte: das Projekt, mit dem sie die Kultur, dieses Mauerblümchen in der Kommission, in den Mittelpunkt der öffentlichen Aufmerksamkeit stellen würde. Wer das schaffte, und das musste der Präsident doch einsehen, sollte eine wichtigere Position in der Kommission bekommen. Am besten in der DG TRADE, wo sie mit Fridsch zusammenarbeiten könnte. Andererseits: War es gut, so eng mit dem Mann zusammenzuarbeiten, den sie – was? Sie hatte eine Scheu, das Wort »lieben« auch nur zu denken. Und sie hatte das Gefühl, dass auch er erst lernen musste, eine gewisse professionelle Distanz zu überwinden. Während des Abendessens neulich beim Italiener war er auf eine Weise höflich und freundlich gewesen, wie man es gegenüber guten Bekannten oder geschätzten Mitarbeitern war, aber dann, als sie miteinander ins Bett gingen, da hat er am Ende geweint. Das ist nur Schweiß, sagte er, als sie ihm die Tränen aus dem Gesicht wischte, aber sie war sich ganz sicher, es waren Tränen des Glücks und der Rührung.
Da fand sie den Roman. Sie wusste ja, was sie mit dem Präsidenten besprechen wollte, aber sie dachte, es würde bestimmt nicht schaden, wenn sie, in seinem Lieblingsbuch lesend, sich noch ein bisschen mehr auf ihn einstimmen würde.
Sie blätterte hin und her, schließlich begann sie an irgendeiner Stelle zu lesen – und hielt schockiert inne, als sie diesen Satz las: »Einmal ließ sie eine Kosmetikerin kommen, um Schminkvarianten auszuprobieren für die Zeit, da sie im Sarg

liegen würde, betrauert von ihrem weinenden Geliebten.« Was sie schockierte, war, dass sie sich augenblicklich selbst in dieser Situation sah: im Sarg liegend, perfekt geschminkt, mit einem Lächeln, wie es nur der Gedanke an den Geliebten beim Eintritt in die Ewigkeit ins Gesicht zaubern kann. Und Fridsch –

# Achtes Kapitel

»Get into trouble, good trouble.«

Um die Pietà herum rotierte Blaulicht, über der Pietà kreiste der Rettungshubschrauber. Immer mehr Menschen, Männer und Frauen, Alte, Junge und Kinder, strömten in diese Szene, manche blieben erschrocken stehen, schauten, aber die meisten begannen zu laufen, liefen auf die Polizisten zu, die in einer Reihe quer über der Fahrbahn standen, mit ausgestreckten Armen. Halt! Stehenbleiben! Die Polizisten versuchten, die Menschen aufzuhalten, die Autobahn zu sperren, damit der Rettungshubschrauber landen konnte, aber die anwachsende Menschenmasse stürmte auf sie zu und an ihnen und den quer stehenden Polizeiautos vorbei. Diese Menschen verstanden die Situation nicht, sie sahen nicht die Verletzten, maßen den Autowracks keine Bedeutung bei, sie dachten nur, dass sie hier aufgehalten und wieder zurückgeschickt werden sollten, vielleicht hielten sie den Rettungshubschrauber für einen Polizei- oder Militärhubschrauber, eine hilflose Drohgebärde des österreichischen Grenzschutzes, das konnte sie nicht aufhalten, sie hatten die ungarisch-österreichische Grenze passiert, so weit waren sie schon gekommen, sie wollten weiter nach Deutschland, sie ließen sich nicht mehr aufhalten.
Es waren auch bereits Journalisten da, die filmten und fotografierten und im Weg standen. Und das Bild der Pietà inmitten dieses Chaos sollte um die Welt gehen: die schwarz gekleidete Frau mit Kopftuch, die auf einem Koffer saß, quer über ihrem Schoß lag ein Mann im Business-Anzug. In ihrem Gesicht der Regen wie Tränen. Mit ihrer Rechten stützte sie seinen Kopf, die Linke hatte sie in die Höhe gestreckt, den Kopf zurückgeworfen, blickte sie nach oben, auf

dem Foto wirkte es, als klagte die Frau mit dem Kopftuch verzweifelt den Himmel an. Sie schaute hinauf zum Hubschrauber.
Dieser Frau war am schnellsten klar gewesen, dass der Mann irgendwie stabilisiert werden musste.
Sie hatte, ihren Koffer hinter sich herziehend, das Krachen, den Knall gehört, etwas, das sich anhörte wie eine Explosion, sie hatte, noch ohne etwas zu verstehen, gesehen, wie die Menschen vor ihr auseinanderliefen, zur Seite sprangen, schrien, und plötzlich war sie vor dem Autowrack gestanden, aus dem ein stöhnender Mann heraushing.
Das war Florian Susman.
Menschen waren ihm zu Fuß auf der Autobahn entgegengekommen, Polizeiwagen waren mit Blaulicht und Sirenen an ihm vorbeigefahren und ein Stück weiter vorn stehen geblieben. Er war nur noch Schritttempo gefahren, hatte schließlich ganz abgebremst und den Wagen angehalten. Er hatte die Warnblinkanlage eingeschaltet. Er hatte einen Polizisten gesehen, der, einen Leuchtstab schwenkend, auf ihn zukam. Der Polizist war vielleicht noch zwanzig Meter entfernt gewesen, als er plötzlich schrie, auf eine Weise schrie, dass Florian für den Bruchteil einer Sekunde, die zugleich ein Moment der Ewigkeit war, nur dieses Schreien sah, er sah den offenen Mund des Polizisten durch die regennasse Windschutzscheibe wie herbeigezoomt und dabei grotesk verzerrt. Da hechtete der Polizist zur Seite.
An das Krachen, den gewaltigen Stoß, das aggressive Geräusch des brechenden Blechs, das Knallen der explodierenden Reifen konnte sich Florian später nicht erinnern, nur an diesen ganz kurzen Moment, in dem er sich mit einem Staunen, das größer war als Schock und Schmerz, als Gefangener in einer engen Kapsel fühlte, die von einer unfassbaren Macht hin und her geschleudert wurde. Er sah, eingeklemmt, ver-

wischte Bilder, an denen er entlangschlitterte, ein wirrer Film, seltsamerweise ohne Ton.
Er kam erst im Unfallkrankenhaus wieder ganz kurz zu Bewusstsein, als ihm mit einer großen Schere die Kleidung vom Leib geschnitten wurde. Er schlug die Augen auf, die Schere fuhr über seinen Oberkörper, teilte sein Polohemd, er wurde gleichsam aufgeklappt, er sah ein Gesicht vor sich, hörte: Verstehen Sie mich? Können Sie mich verstehen?
Er sagte etwas von Schweinen, die Schweine, es war nicht verständlich, dann verlor er wieder das Bewusstsein.
Ein burgenländischer Taxifahrer, der schon mehrmals an diesem Tag zum Grenzübergang Nickelsdorf gerast war, um Flüchtlinge nach Wien zum Westbahnhof zu bringen, von wo sie mit Zügen nach München weiterfahren konnten, hatte eilig die nächste Fuhre holen wollen, es war ein schnelles gutes Geschäft, jeder dieser armen Teufel zahlte anstandslos den dreifachen Fuhrlohn. Er hatte in seiner Eile, seiner Gier, seiner Hektik, nicht gesehen, dass der Verkehr vor ihm zum Stillstand gekommen war. So ist er ungebremst in Florian Susmans Wagen hineingedonnert.
Die Frau, die Florian mit Hilfe ihres Sohns vorsichtig aus dem Wrack gehoben, ihn dann auf ihren Schoß gelegt und seinen Kopf gehalten hatte, war seine Rettung. Florian hatte einen gebrochenen Rückenwirbel, aber seine vorsichtige Bergung und Stabilisierung hatte verhindert, dass das Rückenmark verletzt wurde, sonst wäre er gelähmt gewesen. Das verstand Florian erst, als Martin ihm die Zeitungen mit dem Foto der Pietà ins Krankenhaus mitbrachte. »Du bist auf dem Cover!«
Auf Grund dieses Fotos war das christliche Abendland, das sich vor dem Ansturm der Muslime fürchtete, eine historische Sekunde lang sentimental berührt. Die Muslima, die Florian rettete, war eine Madonna.

Was wäre alles anders gekommen, wenn Florian diesen Unfall nicht gehabt hätte? Vielleicht hätte Martin Susman die Turbulenzen, die sein Jubilee-Papier auslöste, verhindern oder zumindest eindämmen können, wenn er in Brüssel geblieben wäre, statt sofort nach Wien zu fliegen, um seinem Bruder beizustehen. So aber kam es, während Martin sich in Wien um seinen Bruder kümmerte, in der Europäischen Kommission in Brüssel zu Konflikten und Auseinandersetzungen, die sich sehr schnell auf eine Weise hochschaukelten, dass es keine rationale Lösung mehr geben konnte und nicht einmal einen Kompromiss. Und wer war an dieser Aufregung schuld, wer hatte diese verrückte Idee gehabt? Mrs Atkinson? Xeno? Martin.

Allerdings: Kann es Schuldige geben, wenn jeder nur seine Pflicht tut? Was ist Pflicht? Die Einhaltung der bürokratischen Regeln, der festgelegten Verfahren? Oder die Verteidigung von Interessen, denen man verpflichtet ist oder sich verpflichtet fühlt? Alles wird zwischen den großen Rädern oben und den kleinen Rädchen unten zermahlen, und am Ende ist nichts geschehen, auch wenn das Krachen und Knirschen des Mahlvorgangs zunächst Nervosität und Aufregung verursacht hat. Dabei waren Xeno und er, vor seiner Abreise nach Wien, noch völlig sicher gewesen, dass das Jubilee Project nun reibungslos seinen Lauf nehmen würde. Sie hatten die Ruhe vor dem Sturm bereits für das Fehlen von Einwänden, für stillschweigende Zustimmung gehalten. Und sie fühlten sich bestätigt und geschützt durch die Aufmunterung und den Schutz von »ganz oben«.
Xeno hatte nämlich endlich den Termin beim Kommissionspräsidenten bekommen, zwei Tage vor dem Inter-Service-Meeting, das sie wegen des Jubilee Project einberufen hatte. Also in Wahrheit nicht beim Präsidenten höchstselbst, sondern

bei seinem Kabinettschef. Schon dies war aber eine Auszeichnung, eine Anerkennung ihrer Arbeit und ein deutliches Interesse an ihrer Person, denn in der Regel bekamen Beamte in der Position Xenos einen Termin höchstens bei einem Mitarbeiter des Kabinetts. War dieses Privileg vielleicht die Folge der Interventionen von Fridsch, der sie nachdrücklich für höhere Weihen empfohlen hatte? Andererseits: Hatte sie nicht noch mehr erwartet, nämlich einen Termin beim Präsidenten selbst? Hatte sie sich aus diesem Grund nicht minutiös auf ihn vorbereitet, seine Biographie, seine Vorlieben, seine Schrullen studiert, sogar sein Lieblingsbuch gelesen? Aber das ist ihr dann doch klar geworden, als ihr dieser Termin in Aussicht gestellt (»Worum geht es?«, »Wir werden uns bemühen!«), sie aber immer wieder vertröstet wurde, bis Fridsch ihr schließlich sagte: Ein Termin beim Präsidenten ist bloß ein Termin mit einem Mitarbeiter seines Kabinetts! Erst recht, wenn man von der Kultur kommt.
Er lächelte.
Stell dir vor, sagte er, dass der Präsident gar nicht wirklich existiert. Nach Jacques Delors gab es keinen Präsidenten mehr! Danach gab es nur noch Marionetten. Das Kabinett zieht die Fäden. Jedes Wort, das der Präsident sagt, sagen seine Bauchredner. Alles, was er entscheidet, ist längst entschieden, und wenn er etwas unterschreibt, wird seine Hand geführt. Hast du im Fernsehen gesehen, wie der Präsident bei einem Treffen mit Staatschefs den einen plötzlich an der Krawatte zieht und dem anderen einen kleinen Schubs gibt? Das ist das einzig Unvorbereitete und Eigenständige, was er sich erlauben kann, sozusagen seine persönliche Note in dieser Mechanik der Macht, das ist sein ironisches Spiel: Er, der an so vielen Fäden hängt, macht sich pantomimisch darüber lustig, indem er zieht und schubst, als wäre er selbst der Strippenzieher. Also, hatte Fridsch gesagt, du wirst deinen Termin beim

Präsidenten bekommen, aber erwarte nicht einen Termin mit der Marionette.

Und dann saß Xeno dem Kabinettschef des Kommissionspräsidenten gegenüber, Romolo Strozzi, der, wie sie seinem Wikipedia-Eintrag entnommen hatte, mit vollem Namen Romolo Augusto Massimo Strozzi hieß, letzter und kinderloser Spross einer alten italienischen Adelsfamilie. Es kursierten in den europäischen Institutionen einige Anekdoten über ihn und seine sehr unkonventionelle Art, er galt als »bunter Hund«, und Xeno stellte erstaunt fest, dass das womöglich auch ganz wörtlich zu verstehen war: Strozzi trug einen blauen Anzug, ein gelbes Einstecktuch, eine rote Anzugweste, die seinen Bauch hervorhob und zugleich zusammenhielt. Er war nicht dick, nur gerade so mollig, dass er, nicht zuletzt auch mit dem Signalrot seiner Weste, demonstrierte, wahrlich kein Asket zu sein. Das war ungewöhnlich auf dieser Ebene der Macht, die beherrscht war von den »Enarchen«, den Absolventen von Kaderschmieden wie der École Nationale d'Administration, sehr schlanke Männer mit unauffälligen, nicht zu teuren Anzügen, asketisch in jeder Hinsicht: fähig, stunden- und nächtelang zu verhandeln. Sie schienen kaum Essen zu brauchen und so gut wie keinen Schlaf, sie kamen mit wenigen Worten aus, mit wenigen Gesten, sie vermieden die Überzuckerung ihrer Seele durch die Süße der Empathie, sie brauchten keine Öffentlichkeit, ihnen genügte der Stoffwechsel im Inneren der Macht, sie entsagten dem äußeren Glanz. Es gab in ihrem Leben und in ihrer Arbeit kein Ornament, alles war so klar wie unsichtbar. Diesen Typus Mann konnte Xeno professionell einschätzen, das hatte sie gelernt und darauf war sie in ihren Eliteschulen vorbereitet worden, damit hatte sie in ihrer bisherigen Karriere Erfahrungen gemacht – und nun saß sie diesem barocken italienischen Grafen gegenüber, der ihr

sein rotes Bäuchlein entgegenstreckte und wie ein Operettendirigent mit großer Gestik sprach, wobei sein Siegelring vor ihren Augen tanzte. Es war nicht lächerlich, es war durchaus ehrfucht- und respektgebietend, anders wäre es bei einem Mann in seiner Position auch nicht vorstellbar gewesen. Es war nur so, dass Xeno von seiner Art verwirrt war und nicht damit zurechtkam. Er war nicht nur perfekt in Italienisch, Deutsch, Englisch und Französisch, er eröffnete das Gespräch lippenleckend vor Vergnügen auf Altgriechisch. Als Xeno ihn nur fassungslos anschaute, entschuldigte er sich: sein Neugriechisch sei leider so rudimentär, dass es ihr Schmerzen bereiten würde. Und er vergesse immer wieder, dass Altgriechisch für Griechen eine so fremde Sprache sei wie Kisuaheli.
ʼΕν ἀρχῇ ἦν ὁ λόγος, sagte er und fügte hinzu: ʼΑλλʼ ὁ λόγος ἦν ἁμαρτοεπής. Am Anfang war das Wort. Aber das Wort ist falsch gewesen. Je suis désolé, sagte er lachend.
Xeno war eingeschüchtert vom Überfall seiner Heiterkeit. Sie hatte sich unmittelbar vor diesem Termin über den Conte Strozzi schlaugemacht, um ihn einschätzen zu können, um nicht überrascht zu werden und in der Verhandlung mit ihm möglichst schnell richtig reagieren zu können. Aber sie begriff erst jetzt, zu spät, was all das wirklich bedeutete, was sie über ihn gehört und gelesen hatte: Die Strozzis waren bereits vom römisch-deutschen Kaiser Friedrich II. in den Adelsstand erhoben worden, sie waren verwandt und verschwägert mit österreichischem, deutschem und tschechischem Hochadel. Romolo Strozzis Großvater war ein Kriegsverbrecher als Kommandant einer Einheit der 9. Italienischen Armee, die 1941 und 1942 in Montenegro Massenerschießungen durchführte, aber sein Vater wurde 1964 als Absolvent der diplomatischen Akademie jüngstes Mitglied des Verhandlungsteams, das für die italienische Regierung den Fusionsvertrag

der Europäischen Gemeinschaft vorbereitete, der zur Einsetzung des gemeinsamen Rats und der Kommission führte. Sein österreichischer Großonkel Nikolaus Graf Khevenhüller war ein fanatischer Nationalsozialist, der noch im Januar 1945 stellvertretender Gauleiter von Kärnten wurde, aber gleich Anfang Mai nach Spanien abtauchte, wo er bis zu seinem Tod 1967 als »Berater« der spanischen Geheimpolizei DGS mit einem Ehrensold von Generalísimo Franco unbehelligt lebte. Seine Großtante Marion, eine von Tirpitz, wiederum heiratete den deutschen Widerstandskämpfer Ulrich Hesse, war eine sozialdemokratische Kommunalpolitikerin in Hannover und Sekretärin des Verbands der Opfer des Nationalsozialismus.

Diese Familiengeschichte war wohl der Grund für das berühmteste Zitat, das Romolo Strozzi zugeschrieben wurde: »L'Europe, c'est moi!«

Eine solche Familiengeschichte war natürlich faszinierend, aber für Xeno letztlich auch rätselhaft: Es war ihr völlig wesensfremd, dass all dies fortwirken und die Biographie eines Menschen prägen konnte. Sie hatte ein Familienbild, dem zufolge Vorfahren etwas waren, woüber man erst etwas wusste, seit es Fotografien gab, und auch dann wusste man nicht viel mehr als die Namen, im Grunde waren es Menschen, die wahrscheinlich nicht viel anders gelebt hatten als die Eltern, Menschen, die zusammenhielten und sich halfen, gefangen in ihren Verhältnissen, das musste so gewesen sein, denn es gab keine Geschichten über sie, sie haben keine Geschichten gemacht, nur ab und zu gab es einen Sonderfall wie ihren Onkel Kostas, das war der mit der unsterblichen Liebe, und dann, am Ende, gab es den radikalen Bruch: Das war sie selbst, die alles zurückgelassen hatte. Als Xeno den ausführlichen Wikipedia-Eintrag über Romolo Strozzi gelesen hatte, war sie von all den Herkunfts- und Familiengeschichten dieses Mannes nicht

sonderlich beeindruckt gewesen: Das war für sie Geklimper – Strozzi war Kabinettschef des Kommissionspräsidenten, aber der Eintrag tat so, als wäre er hauptberuflich Nachfahre, und das fand Xeno verrückt. Wirklich erstaunt und beeindruckt hatte sie eine andere Information: Romolo Strozzi hatte bei den Olympischen Sommerspielen 1980 eine Medaille im Fechten gewonnen: Bronze in Säbel Einzel.
Hast du das gewusst?, hatte sie Fridsch gefragt.
Ja, hatte er gesagt, das habe ich gehört. Das waren die Spiele in Moskau. Man sagt, dass Strozzi davon profitiert habe, dass sehr viele Länder, ich weiß nicht wie viele, damals die Spiele boykottiert haben, wegen des Einmarsches sowjetischer Truppen in Afghanistan. Dadurch waren einige Weltklasse-Fechter gar nicht dabei.
Aber er hat sich qualifiziert, er hat gekämpft, und er hat eine Medaille gemacht.
Ja, das hat er. Und weißt du, was interessant ist? Das hat mir Queneau erzählt, als wir einmal über Strozzi sprachen: Die Italiener haben die Spiele zwar nicht boykottiert, aber sie sind auch nicht unter ihrer Nationalflagge angetreten. Sondern unter der olympischen Fahne: die fünf Ringe auf weißem Grund. Und bei den Siegerehrungen italienischer Sportler wurde nicht ihre Nationalhymne gespielt, sondern die Ode an die Freude. Die Familie Strozzi soll damals großen Einfluss auf diese Entscheidung des italienischen Olympischen Komitees gehabt haben.
Xeno sah Strozzi an, der Siegelring tanzte vor ihren Augen, und was sie über diesen Mann mit dem roten Bäuchlein im Kopf hatte, war: Olympia-Medaille im Fechten! Sie kannte sich bei diesem Sport nicht aus. Warum sollte sie? Strozzi hatte seine Medaille mit dem Säbel gewonnen. Das war nicht Florett. Hätte Xeno den Unterschied gekannt, sie hätte jetzt auch den Gesprächsverlauf besser einschätzen können.

Sie hatte erwartet, dass er ohne Umschweife zur Sache kommen würde. Solche Männer haben wenig Zeit. Er würde sie geradeheraus fragen, was er für sie tun könne, dann Interesse zeigen oder Interesse heucheln, und sie müsste sehr schnell und sehr präzis ihr Anliegen so vorbringen, dass seine Reaktion in Richtung »Interesse haben« ausschlägt. Aber zu ihrer Verblüffung sagte er: Wissen Sie, was mich interessiert? Da hätte ich jetzt gerne Ihre Meinung. Was sagen Sie zum Burkini-Verbot? Sie als Frau. Würde mich wirklich interessieren. Sind Sie der Meinung, dass Männer wie der Bürgermeister von Nizza bestimmen dürfen, was Frauen anzuziehen haben, besser gesagt, in diesem Fall: dass sie sich ausziehen müssen? Eine Frau muss sich ausziehen, das ist unsere christliche Kultur? Ja? Was sagen Sie? Wenn Sie wüssten, wie viele Anfragen wir da haben. Dass die Kommission hier Stellung nehmen müsse.
Xeno war sprachlos.
Strozzi lächelte. Bisschen viel verlangt, sagte er. Also ich bin ja privat der Meinung, dass der Burkini die Frauen vor Hautkrebs schützt.
Xeno wusste nicht, ob Strozzi im Ernst erwartete, dass sie –
Aber der Ruf nach einem Verbot wird immer lauter, sagte er. Auf welcher Grundlage könnten wir das tun? Kampf gegen Fanatismus und Orthodoxie? Es gibt keine Richtlinie, die uns dazu verpflichtet. Zum Glück. Wir könnten in Europa das Licht ausmachen und den Laden schließen. Denn wir müssten dann auch den Kaftan und den Streimel verbieten, und –
Den was?
Den Streimel. Das ist dieser riesige runde Pelzhut der orthodoxen Juden.
Aber da gibt es schon einen Unterschied, sagte Xeno fast ohne Stimme.

Natürlich gibt es einen Unterschied. Bei allem, was sich gleicht, gibt es Unterschiede. Und alles, was sich von anderem unterscheidet, gleicht sich! Ich sage Ihnen etwas: Wir müssten dann sogar die Businessanzüge verbieten. Ich bin hier im Haus umzingelt von Männern in Businessanzügen. Das ist wie eine Uniform. Schauen alle gleich aus. Es ist furchterregend. Und glauben Sie mir, alle diese Männer sind auf ihre Weise Orthodoxe und Fanatiker. Würden Sie jetzt sagen, die sollen ihre Anzüge ausziehen?
Xeno sah Strozzi fassungslos an, der lachte, sich zurücklehnte und die Arme weit ausbreitete. Dann beugte er sich vor, immer noch lächelnd, aber nun wohlig auf ernste Neugier umschaltend, und sagte: Aber ich will Ihre kostbare Zeit nicht stehlen. Sagen Sie mir geradeheraus, was ich für Sie tun kann.

Dass Strozzi sagte, er wolle ihre Zeit nicht stehlen, war nicht nur die ironische Umkehrung der Situation, es war eine klassische Kreisfinte, wie ein Fechter sagen würde. Xeno konnte ihm nicht in die Parade fahren, weil sie nicht einmal wusste, was eine Parade ist. Sie hatte keine Vorstellung davon, wie das Fechten einen Mann prägen kann. Darum war sie, die sich immer so genau auf jede Situation vorbereitete, auf Strozzi in Wahrheit überhaupt nicht vorbereitet. Das Umgehen der klaren Absicht des anderen, das Ausweichen und Antäuschen, der Aufbau der Finten, Kreisfinte, Stoßfinte, Hiebfinte, und dann der Treffer, nach einem plötzlichen, unerwarteten Ausfall. Und ehe der andere es sich versieht, ist alles vorbei, man schüttelt sich die Hand, mit dem Ausdruck des Respekts und größter Ehrerbietung. Und schon wurde Xeno von einem Stagiaire zum Lift gebracht, hinunterbegleitet ins Foyer des Berlaymont, sie trat hinaus in das Licht einer geradezu explodierenden Sonne, ging wie be-

täubt zurück in die Rue Joseph II, in ihr Büro. Was war das jetzt?
Mit der unerwarteten Ouvertüre auf Altgriechisch hatte er sie verwirrt und sie dann dadurch überrumpelt, dass er zum Französischen wechselte. Sie stieg darauf ein, obwohl sie sich im Französischen unsicher fühlte, sie hätte lieber Englisch geredet, das sie, wie ja auch er, perfekt beherrschte. Strozzi musste das gewusst haben, er war hundertprozentig gebrieft. Auf Französisch konnte Strozzi sich im Verlauf dieses Gesprächs freier und eleganter bewegen als sie und die Mensur nach Belieben beherrschen. Und die Burkini-Geschichte – hatte er das wirklich ernst gemeint? Das konnte er nicht ernst gemeint haben – das war die perfekte Täuschung. Sie war so verblüfft, dass sie dann nicht mehr alert war, sie hatte die Konzentration verloren. Und jetzt, auf dem Weg zurück in ihr Büro, war ihr noch nicht klar, welche Konsequenzen das Gespräch haben sollte. Im Gegenteil: Sie sagte sich immer wieder, dass sie sich letztlich gut geschlagen hatte, sie interpretierte die wesentlichen Momente des Gesprächs in ihrem Kopf immer wieder neu, als würde sie einen Filmclip abspielen, zurücklaufen lassen, wieder abspielen, bis sie davon überzeugt war: Ja, es war ein Triumph. Sie hatte Schwächen gezeigt, aber schlussendlich war es ein Sieg!
Sie hatte gewusst, dass er gewusst hatte, dass es ihr eigentlich um den Wechsel in eine andere Generaldirektion ging. Denn aus diesem Grund hatte sie ursprünglich um einen Termin angesucht. Das war auch der Grund dafür, warum sie ihn so lange nicht bekommen hatte. Denn so machte man das nicht. Und ohne Intervention hätte sie diesen Termin auch nie bekommen. Und nun hatte sie dieses Thema gar nicht angeschnitten. Sie hatte das Jubilee Project präsentiert. Sie fand, das war perfektes Bandenspiel. Sie würde Bedeutung und Meriten der Kommission in die Auslage stellen

und das Image der Kommission in der europäischen Öffentlichkeit verbessern. Sie war es, die die Idee dazu hatte, das Konzept hatte und die das konnte. Danach würde klar sein, dass sie eine wichtigere Position in dieser Institution verdiente. Das musste jetzt gar nicht mehr explizit ausgesprochen werden. Was sie jetzt brauchte, war bloß die Zustimmung und förmliche Unterstützung des Präsidenten. Würde er erklären, dass dieses Jubiläumsfest sein Wunsch war, dann wäre eine Situation hergestellt, hinter die es kein Zurück mehr gibt, dann müssten alle an einem Strang ziehen. Xeno hatte Strozzi Martins Papier überreicht, ihm in Grundzügen die Idee erklärt, besonderes Augenmerk darauf gelegt, dass dies klar war: es gehe um die Kommission, nicht um »die EU«, es gehe darum, der Kommission das Image einer Institution von weltfremden Bürokraten zu nehmen und sie als Hüterin der Lehren aus der Geschichte und der Menschenrechte zu positionieren. Es sei darum auch wichtig, das Projekt ausschließlich aus dem Budget der Kommission zu finanzieren, und es bedürfe natürlich vor allem der vollen Unterstützung durch den Präsidenten. Dieses Projekt müsse doch im Interesse des Präsidenten sein, gerade in Zeiten wie diesen, da die Kommission ein veritables Image-Problem habe. Sie stelle sich vor, dass das Jubiläumsfest mit einer Grundsatzrede des Präsidenten eröffnet werden müsse und –

D'accord, hatte Strozzi gesagt, d'accord. Ich glaube, dass ich die Elastizität meiner Kompetenzen nicht überdehne, wenn ich –

Pardon?

Ich glaube, sagte er lächelnd, dass ich das Pouvoir habe, ohne Rückfrage Ihnen gleich diese Zusage zu geben: Der Präsident unterstützt diese Idee und wird bei der Eröffnung eine Rede halten. Ein Protokoll unseres Gesprächs mit dieser Zusage

werde ich gleich anschließend schreiben lassen. Das geht Ihnen heute noch zu.
Das war Xenos Triumph. Sie hatte, was sie wollte. Das sagte sie sich vor, als sie in 70, Rue Joseph II angekommen war und sich erst einmal einen Kaffee in der Kantine holte. Sie steuerte mit ihrem Kaffee auf einen Tisch im Hof zu, an dem zwei Salamander saßen, sie setzte sich dazu, empfand plötzlich ein warmes Gefühl der Sympathie für Conte Strozzi, ja, die Businessanzüge sollten verboten werden, sie fragte, ob jemand eine Zigarette habe, das war jetzt der Moment für eine Ausnahme-Zigarette, die Salamander prallten zurück, als hätte sie nach Arsen oder Opium gefragt. Da kamen Martin und Bohumil mit Kaffeebechern in den Hof, Xeno winkte sie herbei, sagte: Good news! Das Jubilee Project ist ab jetzt Wunsch des Präsidenten. Hat jemand eine Zigarette für mich?
Sie hatte ein mulmiges Gefühl. Sie verdrängte es. Was sie verdrängte, war, dass Strozzi am Ende noch zwei oder drei Sätze über die weitere Planung gesagt hatte: Ach ja, darum werde ich mich kümmern, wie wir die Mitgliedstaaten in das Projekt einbinden.
Die Mitgliedstaaten? Also den Rat?, hatte Xeno gesagt. Wozu? Wir waren uns doch einig, das Projekt ist Sache der Kommission.
Ja, das ist klar. Aber die Mitgliedstaaten haben die Kommission gegründet.
Bien sûr.
Da ist Xeno eben nicht alert gewesen. Dieses »Bien sûr« öffnete definitiv ihre Deckung. Sie merkte den Säbelhieb nicht. Und schon war sie verabschiedet. Mit ihrem »Bien sûr« hatte sie die Institutionen am Hals, die, wie Martin mit gutem Grund vorgeschlagen hatte, nicht involviert werden sollten, Rat und Parlament. Statt an einem Strang wurde nun an

einem Knäuel von Fäden gezogen, maßgeblich wurden viele Interessen, statt das gemeinsame Interesse. Und schon wenige Tage später hatte sie, die so bestrebt war, Visibilité zu zeigen, nur noch den Wunsch, unsichtbar zu sein, alles bei Martin abzuladen – der da schon im Lorenz Böhler Unfallkrankenhaus in Wien am Krankenbett seines Bruders saß.

Aber zuvor gab es noch das Inter-Service-Meeting. Auch da lief noch alles bestens. Die meisten Generaldirektionen ignorierten die Sitzung. Für jeden in der Kommission, der ein Projekt voranbringen wollte, war allgemeines Desinteresse daran eine große Erleichterung. So konnte man, ohne sich mit zahllosen Meinungen und Gegenmeinungen, unproduktiven Vorschlägen und kleinlicher Kritik herumschlagen zu müssen, sofort größere Schritte machen und Fakten schaffen, hinter die es dann kein Zurück mehr gab. Informiert hatte man alle.

Natürlich kam jemand von der DG COMM (Kommunikation), schließlich war das Projekt ja ursprünglich von Mrs Atkinson ausgegangen, mit der Xeno auch in regelmäßigem Kontakt stand. Eine Vertreterin kam von der DG HOME (Migration und Inneres), was sich als sehr produktiv herausstellen sollte, weil das Holocaust-Gedenken zu den Arbeitsbereichen dieser Generaldirektion gehörte und sie diesbezüglich einiges an Kompetenz und Kontakten einbringen konnte. Ein junger Mann kam von der DG TRADE (Handel), das hatte Fridsch veranlasst, der offenbar über Xenos Projekt informiert sein wollte, der junge Mann selbst machte nur ein paar Notizen und nickte ab und zu. Überraschend war, dass jemand von der DG JUST (Justiz und Verbraucher) kam. Das hatte, wie sich herausstellte, damit zu tun, dass der in der JUST für die Zusammenarbeit mit der EAC (Kultur) zuständige Beamte der Enkel französischer Holocaust-Überle-

bender war. Das hatte Martin sofort interessiert: ob dessen Großeltern noch lebten? Leider nein. Seit über dreißig Jahren nicht mehr.
Keiner von der AGRI da?, fragte Martin ironisch zu Beginn der Sitzung.
Die DG AGRI (Landwirtschaft) war das Ressort mit dem größten Budget, gleichsam ein Staat im Staat, mit beinharter Interessenpolitik, aber bekanntermaßen wenig Engagement für die Interessen anderer Generaldirektionen. Der Vertreter der COMM sagte: Die Bauern sind erst zuständig, wenn Gras über die Sache gewachsen ist.
In dieser Runde gab es selbstverständlich nicht nur keinen Einwand gegen eine große Image-Kampagne der Kommission, es stellte auch niemand die Idee in Frage, Auschwitz-Überlebende in den Mittelpunkt des Jubiläums der Kommission zu stellen. Die Information, dass dieses Projekt der Wunsch des Präsidenten sei, was er mittlerweile bestätigt hatte, tat ein Übriges, dass Martins Papier in toto akzeptiert wurde und nur noch einige pragmatische und organisatorische Punkte diskutiert wurden: Zeitplan, Finanzmittel, Ressourcen, auch personell. Nach knapp eineinhalb Stunden war das Meeting beendet, und nun schien definitiv alles auf Schienen zu stehen.

Freitagnachmittag. Auf dem Heimweg hatte Martin Susman im Käseladen am Vieux Marché ein Baguette, eine Flasche Sancerre Blanc und eine kleine Käseauswahl gekauft. Der Verkäufer, ein junger Mann, dem bei allem, was er genießerisch schnitt und liebevoll verpackte, selbst schon das Wasser im Mund zusammenlief, hatte ihm dazu einen Feigensenf aufgeschwatzt, aus dem Tessin, neu im Sortiment. Sie werden es nicht glauben, sagte er, aber der ist besser als die Moutarde aux Figues aus dem Burgund, und er küsste vor Begeis-

terung schmatzend seine Fingerkuppen. Und zum Ziegenkäse, sagte er, gehört unbedingt Feigensenf, aber was sage ich da, das wissen Sie doch, aber diesmal, sagte er, müssen Sie unbedingt den Tessiner nehmen.
Ja, dann nehme ich diesmal den Tessiner, sagte Martin, der noch nie hier Feigensenf gekauft hatte.
Zu Hause legte Martin den Käse auf einen Teller, stellte ihn mit dem Senf auf den Tisch. Käse mit Senf? Er brach ein Stück vom Baguette ab, es schmeckte wie Watte. Es war stickig heiß, Martin zog die Schuhe und die Hose aus, öffnete ein Fenster. Der Wein war nicht gekühlt. Er legte die Flasche in das Tiefkühlfach, nahm ein Jupiler aus dem Kühlschrank, stellte sich an das offene Fenster und sah hinunter auf den Platz. Er trank das Bier aus der Flasche, rauchte dazu eine Zigarette, schaute aus dem Fenster, auf das Gewimmel da unten, die Asche fiel von seiner Zigarette, auf dem Teller schmolz und zerfloss der Käse.
Das Bild, das sich Martin beim Blick aus dem Fenster darbot, erinnerte ihn an ein Kinderbuch, das er geliebt und, noch bevor er lesen konnte, immer wieder lange studiert hatte. Es hieß »Die Stadt« und war ein Suchbilderbuch, großformatig, mit dicken kartonierten Seiten, die bunte Wimmelbilder zeigten. Seine Mutter hatte nie Zeit gehabt, das Buch mit ihm anzuschauen, er wusste auch nicht mehr, von wem er es geschenkt bekommen hatte, aber es musste ein Geschenk gewesen sein, denn seine Eltern hätten ihm das nie gekauft. Aber Florian, sein älterer Bruder, hatte sich manchmal am Abend zu ihm aufs Bett gesetzt und sie hatten gemeinsam in das Buch geschaut, so wie er jetzt auf den Platz – Wo ist die Blumenverkäuferin?
Da!
Wo ist der Polizist?
Da!

Wo ist der Briefträger?
Da!
Wo ist das Feuerwehrauto?
Da!
Wo ist der Springbrunnen?
Da!
Wo ist der Gemüsestand?
Da!
Wo ist der Mann mit der kurzen Hose und dem Fotoapparat?
Da!
Wo ist die Frau mit der Einkaufstasche?
Da!
Wo sind die Soldaten mit den Maschinengewehren?
Da, da, da, da und da!

Da läutete sein Smartphone. Martin schaute auf das Display, er kannte die Nummer nicht, hob ab.
So, in der Unterhose mit einer Bierflasche in der Hand entgeistert auf »die Stadt« schauend, erfuhr er, dass sein Bruder im Unfallkrankenhaus lag.

Als Alois Erhart zwölf Jahre alt war, wurde er Mitglied beim MAC, dem Mariahilfer Athletik Club, einem kleinen, rührigen Sportverein des Bezirks. In Erharts Erinnerung war das der Wunsch seines Vaters und nicht sein eigener gewesen. Da hatte es keine Diskussion gegeben: Alois hatte selbstverständlich Mitglied des »Clubs« zu werden. Was würden sonst die Leute reden? Ist der Sohn des Sportartikelhändlers gar unsportlich? Die Welt war kleiner damals, man dachte in Bezirksidentitäten. Wenn man im 6. Wiener Bezirk lebte, dann wusste man tunlichst alles, wer was wie und warum, von der Laimgrube rüber zum Magdalenengrund runter über Gumpendorf bis zur Linken Wienzeile. Alois Erhart konnte sich erinnern, dass sein Vater von einer Hochzeit, die in der Pfarrkirche St. Ägyd am Gumpendorfer Platz stattgefunden hatte, schwärmte: »Das war die schönste Hochzeit, die Mariahilf je gesehen hatte!« Mariahilf! Nicht Wien! Man war »Mariahilfer«, und wenn man die Mariahilfer Straße runterging, über die Babenbergerstraße in den Ersten, dann ging man »in die Stadt«. Im Café Kafka in der Capistrangasse wurde getratscht, dass man den »Bua«, den Sohn vom »Sport-Erhart«, immer nur mit Büchern, aber nie mit einem Ball gesehen hatte. Und schon war Alois Mitglied im »Club«. Er musste eine »Sektion« wählen. Gymnastik kam nicht in Frage, das war für Frauen. Geräteturnen war ihm völlig wesensfremd, davor fürchtete er sich schon in der Schule, in der Turnstunde schaffte er am Reck nicht einmal einen Felgaufschwung. Allerdings fand er den Turnlehrer im MAC witzig und sympathisch: János Görgey, ein 56er-Flüchtling aus Ungarn, der sich selbst »Turnvater János« nannte, empfing ihn mit betörend ungarischem Akzent: »Wo man turnt, da kannst du ruhig verharren, denn böse Menschen haben keinen Barren!« Aber nein, kein Barren, kein Pferd, kein Reck! Berühmt war der MAC für seine Boxsektion. Sie stellte in drei Gewichtsklassen die österreichischen Meister. Der Boxtrainer, Toni Marchardt, zwickte Alois in den Oberarm, sagte mit heiserer Stimme etwas Unverständliches und schaute so verächtlich, dass Alois in seiner Meinung bestärkt wurde, dass Boxen kein Sport, sondern eine Verhaltensauffälligkeit von Verrückten ist. Er war bereit, sich in der Fußball-Sektion einzuschreiben, da kannte er die Regeln, über Fußball wurde auch in der Schule diskutiert, also würde er dann mit mehr Kompetenz mitreden können, und er dachte, da müsse er bloß ein bisschen mitlaufen und nicht weiter auffallen, es gab immer andere, die unbedingt den Ball wollten.

Der Ball.
Eines Tages gab der Trainer, Herr Horak, nach dem Training, das eine Schlammschlacht bei strömendem Regen auf der Denzel-Wiese gewesen war, Alois den Vereinsball mit nach Hause. Damals spielte man noch mit handgenähten Lederbällen, so genannten »echten«, das war ein Wertgegenstand, mit dem sich die Mitglieder des Clubs auch abhoben von den Gassenjungen, die im Park mit »Fetzenlaberln« oder billigen Plastikbällen, besseren Luftballons, spielten.
Alois hatte die Aufgabe, diesmal die Ballpflege durchzuführen, das hieß, den von Schlamm, Kot und Regennässe arg malträtierten Ball zu reinigen, die kleinen Risse und Brüche im Leder mit Lederfett »einzulassen« und dann, wenn das Leder wieder »seine Fettn hat«, den Ball mit einem weichen Tuch abzureiben und zu polieren, »als wär's das Paar Schuh, das man anzieht bei einer Audienz beim Kaiser«.
Alois Erhart lächelt still in sich hinein. Eigentlich, dachte er, hatte er damals schon etwas gelernt, was er noch gar nicht begreifen konnte: wie beharrlich selbst im Banalen die Geschichte fortwirkt.
Vielleicht hatte Herr Horak eine pädagogische Anwandlung und glaubte, er könne Alois zu mehr Engagement und Identifikation mit dem Club bewegen, wenn er ihm diese Aufgabe übertrug. Vielleicht hatte Herr Horak bemerkt, dass Alois schon keine Lust mehr zeigte, in den Club zu kommen, beim Training geschunden zu werden, beim Spiel selbst auf der Reservebank zu sitzen, aber Werbeträger seines Vaters zu sein, als Einziger mit den neuesten Fußballschuhen mit Wechselstollen, erhältlich bei »Sport-Erhart«.
Alois nahm den Ball also mit nach Hause, am Sonntag sollte er ihn zum Spiel gegen die Ottakringer wieder mitbringen. Eines der wichtigsten Spiele der Saison, denn gegenüber Ottakring herrschte eine besondere Rivalität: Die Mariahilfer

nannten damals die Ottakringer verächtlich »die Bayern« oder gar »die Germanen«, das hatte historische Gründe, die niemand mehr genau kannte. Angeblich soll Ottakring als Wiener Vorstadt von bayrischen Einwanderern gegründet worden sein. Diese Legende verschmolz damals irgendwie mit dem weit verbreiteten Hass auf die »Piefkes«, die Deutschen, die natürlich an allem Unglück in Krieg, Nachkrieg und Besatzungszeit schuld waren. Das war grotesk, aber es heizte die Emotionen noch weiter auf, die es ohnehin schon wegen der traditionellen Rivalität der Innenstadtbezirke mit den äußeren, den Bezirken auf der anderen Seite des Gürtels, gab.
Dann also kamen die Ottakringer. Und die Mariahilfer hatten keinen Ball.
Der lag in Alois' Zimmer, in der dunklen Ecke neben dem Schrank. Alois war nicht zu dem Spiel erschienen. Als er beschlossen hatte, nicht mehr in den Club zu gehen, hatte er den Ball vergessen und daher auch nicht zurückgebracht.
Man kann sich vorstellen, was am Montag im Café Kafka in der Capistrangasse getratscht wurde. Vater Erhart konnte den Skandal nur bereinigen, indem er dem Club einen funkelnagelneuen »Echten« spendete sowie eine Garnitur Dressen. Und er nahm sich seinen Sohn zur Brust.
Alois Erhart saß auf einer Bank im Brüsseler Friedhof, hatte den Kopf zurückgeworfen, die Augen geschlossen und lächelte. Warum fiel ihm das alles jetzt wieder ein?
Verlässlichkeit, hatte sein Vater gesagt, ist im Leben das A und O. Mach, was du willst, aber das muss in deinem Leben ein ehernes Gesetz sein: Gegenüber zwei Gruppen von Menschen musst du absolut verlässlich sein, gegenüber den Menschen, die du liebst, und gegenüber den Menschen, die du brauchst.
Ich liebe Herrn Horak nicht, sagte Alois.
Der Vater sah ihn schweigend an.

Und ich brauche ihn auch nicht.
Bist du sicher? Bist du sicher, dass du ihn nie brauchen wirst? Und keinen von all deinen Mannschaftskameraden?
Alois sah seinen Vater schweigend an.
Also? Hast du begriffen? Wiederhole, was ich dir gesagt habe.
Ich muss verlässlich sein.
Wem gegenüber?
Denen, die ich liebe, und denen, die ich brauche.
Nein, mein Sohn, wir waren schon weiter. Also: wem gegenüber?
Alois sah seinen Vater schweigend an.
Du musst immer verlässlich sein. Grundsätzlich. Gegenüber denen, die du liebst, das versteht sich von selbst. Aber auch allen anderen gegenüber, weil du nie weißt, wen du brauchen kannst und wer dir schaden kann. Also?
Ich muss immer verlässlich sein.
Wenn du etwas versprichst, was musst du tun?
Es einhalten.
Wenn du eine Aufgabe übernimmst, was musst du tun?
Die Aufgabe, die Aufgabe –
Erfüllen, ja.
Wenn man von dir etwas erwartet, und du hast nicht sofort klargemacht, dass du das nicht kannst, und du hast auch keine guten Gründe, warum du das nicht machen willst, was musst du tun?
Alois sah seinen Vater an.
Richtig: es tun! Ich will nie wieder im Kafka beschuldigt werden, dass ich meinen Sohn nicht erziehen kann, alles klar?
Ja, Vater.

Warum fiel Alois Erhart das alles jetzt ein, halb gerührt, halb belustigt, während er auf einer Bank des Brüsseler Friedhofs saß, auf ein Grab schaute und wartete?

Er hatte sich geärgert, weil er wieder nach Brüssel geflogen ist, zum zweiten Meeting des »New Pact for Europe«-Think-Tanks. Er hatte sich geärgert, als er den Flug buchte, er hatte sich geärgert, als er den Koffer packte, geärgert im Taxi zum Flughafen, im Flugzeug gekocht vor Wut über sich selbst, er war aggressiv zu der flötenden jungen Frau an der Rezeption beim Einchecken ins Hotel Atlas, weil ihm das alles so furchtbar auf die Nerven ging, dieses wichtigtuerische Trolley-Rollen in Brüssel, dieses bedeutsame Eilen zu Meetings, dieses Beantworten von Floskeln mit Floskeln, die raunende Transformation von keinen Ideen in ein babylonisches Kauderwelsch, es erschien ihm sinnlos, völlig aussichtslos, es war verbrannte Zeit. Er wollte den Ball in die Ecke rollen und vergessen.

Aber er hatte zugesagt. Er war in diesem Team. Mehr noch, er hatte sich bereit erklärt, die Keynote zur Eröffnung dieser zweiten Beratungsrunde zu halten. Diese Aufgabe hatte er übernommen. Der Ball lag bei ihm. Deshalb war er gekommen. Er war verlässlich.

Er lächelte.

Er musste es sein. Es steckte in ihm drinnen, und diese Verlässlichkeit hatte ihn weit getragen. Von Mariahilf rund um die Welt zu sich selbst. Was war dagegen die Enttäuschung, die er beim ersten Treffen des Think-Tanks empfunden hatte? Was war das gegen die belanglose Verachtung – er, der Menschenfreund, musste es sich eingestehen: ja, die Verachtung, die er gegenüber den Mitgliedern der Gruppe empfand?

Konnte er das so pauschal sagen? Dass sie alle verächtlich waren? Es gab schon Unterschiede. Zumindest Abstufungen der Verächtlichkeit und Abstufungen ihrer Wirksamkeit. Professor Erhart teilte die Mitglieder des Think-Tanks in drei Klassen ein: Da waren einmal die Eitlen. Na gut, eitel waren im

Grunde alle, in gewissem Sinne auch er. Man müsste präzisieren: die Nichts-als-Eitlen. Für sie war der Think-Tank von größter Bedeutung – weil sie dabei waren. Darin erschöpfte sich auch schon dessen Bedeutung, weil es nur darum ging, die eigene Bedeutung in sich zu spüren und sie abstrahlen zu lassen. Erhart kannte diese Typen, er wusste, wie sie zu Hause, an ihren Universitätsinstituten oder anderen Institutionen, an denen sie arbeiteten, bedeutsam raunten: »Morgen muss ich übrigens nach Brüssel, Herr Kollege, Sie wissen ja, ich bin in der Advisory Group des Kommissionspräsidenten!« Das war ihr Lebenselixier: die Wirkung auf ihr unmittelbares berufliches Umfeld, der Stolz, es so weit gebracht zu haben, dass sie nicht mehr zuhören mussten, sondern ihr Ohr leihen konnten. Sie waren leicht zu begeistern, nämlich von sich selbst, wenn sie redeten, rhetorische Demonstrationen des reinen Glücks, dass sie mitreden konnten. Sie hatten nie einen originellen Gedanken und konnten auch keinen Gedanken verstehen und anerkennen, der nicht schon von ihresgleichen hundertfach wechselseitig zitiert und mit Fußnoten abgesichert war. Im Grunde waren sie harmlos. Waren sie das wirklich? Sie waren diejenigen, mit denen in solchen Gruppen, wenn es um Entscheidungen und Beschlüsse ging, die Mehrheit hergestellt werden konnte.
Und dann gab es die Idealisten. Allerdings: Waren nicht gewissermaßen alle Idealisten? Auch er. Nur ihre Ideale waren verschieden. Was dem einen ideal erschien, zum Beispiel ein vielfach größeres Einkommen als andere zu haben, weil er sich in einer Leistungsgesellschaft mit seiner Leistung durchgesetzt hatte, widersprach dem Ideal von Verteilungsgerechtigkeit eines anderen. Das waren Banalitäten, die Erhart schon im ersten Semester Volkswirtschaft diskutiert hatte. Im Grunde nannte man Idealisten nur diejenigen, die nichts davon hatten, welche zu sein. Die Nichts-als-Idealisten. Sie waren

zunächst Bündnispartner gegen die Eitlen, aber sehr schnell scheiterte das Bündnis daran, dass es immer irgendeinen Aspekt, irgendein Detail gab, das ihren selbstlosen Idealen widersprach. Und da konnten sie nicht mit. Sie waren so selbstlos, dass sie, »um in den Spiegel schauen zu können« und sich selbst zu sehen, irgendetwas haben mussten, das sie ganz alleine hatten. Das waren dann sie. Wenn es zu Abstimmungen und Entscheidungen kam, waren sie ganz plötzlich nicht mehr kompromisslos: Da war es ihre Sorge, ein größeres Übel durch die Zustimmung zu einem kleineren Übel zu verhindern. Allerdings waren die Nichts-als-Idealisten für die Herstellung einer Mehrheit meistens nicht maßgeblich. Sie waren zu wenige. In der Regel genügten für die Mehrheit die Nichts-als-Eitlen. Allerdings war auffällig, dass die Idealisten in der Regel mit den Eitlen stimmten. Offenbar erschien ihnen das Vertraute, das sich von selbst versteht, als ungefährlicher, als kleineres Übel im Vergleich zum Ungewissen, das sie mit ihrem Gewissen nicht vereinbaren konnten. Blödes Wortspiel, dachte Erhart, Ungewissen – Gewissen, und entschuldigte sich bei sich selbst. Andererseits auch nicht so schlecht. Er lächelte. Jedenfalls funktionierte dieser Betrug verblüffend gut: Das Gewisse, das Realistische, das immer auftrat mit Tabellen und Statistiken, mit Kästchen und Pfeilen, und was konnte man da realistisch machen, wieder Kästchen und Pfeile, Blatt um Blatt wurde auf dem Flipchart mit Kästchen und Pfeilen gefüllt, mit Flipchart-Markern in verschiedenen Farben, allein die Bewegung, die dann notwendig war, um so ein Flipchart-Blatt über den Flipchart-Rahmen hinweg nach hinten zu schlagen, das hatte etwas Großes, etwas Dynamisches, und wusch! Und auf einem neuen Blatt neue Kästchen, die mit Pfeilen verbunden wurden ... – nur: So funktionierte weder die Welt noch irgendeine Gegenwelt, sicherlich auch nicht die Nachwelt. Aber man muss-

te nur ein Kästchen für die Idealisten machen, in ein Kästchen eines ihrer Ideale hineinschreiben, ein paar Pfeile von diesem Kästchen hinauf zum Präsidenten machen, ein paar Pfeile von unten hin zu diesem Kästchen, dabei ausrufen: Demand-driven, bottom-up, nicht top-down, und schon hatte man im Gewirr der Pfeile und Verbindungslinien ein Netz, in dem die Idealisten gefangen waren.
Da lächelten die von der dritten Gruppe: Sie lächelten wissend, wie die Eitlen, aber besser wissend und zuletzt lachend, also am besten lachend, wenn die Idealisten nur das Schlimmste verhindert hatten. Das waren die Lobbyisten. Allerdings musste man da auch differenzieren: War er, Professor Alois Erhart, selbst nicht auch ein Lobbyist? Lobbyist einer Idee? Lobbyist bestimmter Interessen, auch wenn gerade sie, seiner Meinung nach, zum Nutzen der Allgemeinheit waren? Solch eine Idee hatten diese Lobbyisten nicht, sie konnten sich nicht einmal vorstellen, dass es sie geben könnte. Allgemeinheit, allgemeines Interesse, das war für sie etwas, dem sie verkaufen mussten, was sie zu verkaufen hatten. Verkaufen und kaufen, das war ihre Welt, und vielleicht glaubten sie sogar, dass darin das einzige allgemeine Interesse lag. Sie waren in solchen Advisory Groups nicht Vertreter von Konzernen, sie waren Vertreter der Stiftungen von Konzernen. Man durfte nicht geringschätzen, was sie alles förderten, finanzierten, unterstützten, man sollte nicht einmal daran herummäkeln, was sie in bloße kulturelle Alibis investierten, das alles hatte tatsächlich da und dort großen gesellschaftlichen Nutzen, und Professor Erhart wollte das auch nicht abstreiten, er war ein alter Hase nicht nur als Ökonom, sondern auch in Hinblick auf Drittmittel-Akquise an seiner Universität. Aber was ihn wahnsinnig machte und auch an diesem Think-Tank so verzweifeln ließ, war, dass sie jede Diskussion irgendwann kaperten und in immer demselben Mantra aufhoben: Wir brau-

chen mehr Wachstum! Was auch immer diskutiert wurde, es führte zur Frage: Wie schaffen wir mehr Wachstum? Eingewachsene Zehennägel waren ein Problem von Wachstum, warf Erhart einmal ein und erntete nur Unverständnis, aber der allgemeine Vertrauensverlust in die europäischen Institutionen war Folge von mangelndem Wachstum, der bedrohliche Erfolg des Rechtspopulismus – ganz klar: Gäbe es mehr Wachstum, gäbe es kein Wachstum des Rechtspopulismus. Und wie konnte man mehr Wachstum generieren? Klar, durch mehr Liberalisierung. Statt der Union gemeinsame Regeln zu geben, sollte jeder Mitgliedstaat für sich möglichst viele Regeln abbauen. So würde es zwar nie zu einer wirklichen Union kommen, aber zu Wachstum, und das wäre das Beste für die Union. Am Ende, das war schon jetzt völlig klar, würde die »New Pact for Europe«-Gruppe dem Kommissionspräsidenten ein Papier überreichen, in dem vorgeschlagen wird: Wir müssen für mehr Wachstum sorgen. Der Präsident wird sich höflich bedanken, die wichtige Arbeit der Gruppe loben – und dann das Papier ablegen, ohne es zu lesen, denn lesen musste er dieses Papier nicht, um bei der nächsten Grundsatzrede oder auch schon im nächsten Interview sagen zu können: Wir müssen für mehr Wachstum sorgen!
Erhart wusste, dass diese Lobbyisten nicht unbedingt Zyniker waren, nicht alle. Sie glaubten wirklich, was sie sagten, erstens weil sie es nicht anders gelernt hatten, und zweitens weil sie gelernt hatten, damit ihr Geld zu verdienen. Ihr Mantra wurde gut bezahlt, alles andere weniger oder gar nicht. Das ist immerhin eine Erfahrung. Man konnte einem Menschen das Streben nach Wohlstand nicht vorwerfen, auch nicht das Streben nach Reichtum, aber doch dies: käuflich zu sein. Und sie sind es. Objektiv. Mit ihrer Ignoranz gegenüber Ideen, die nicht in das Schema passten, für dessen

Verteidigung sie bezahlt wurden. Wenn sie von der Zukunft redeten, dann redeten sie von einer möglichst reibungslosen Verlängerung der Gegenwart und nicht von der Zukunft. Das verstanden sie nicht, weil sie glaubten, die Zukunft bestehe aus den Trends, die sich unaufhaltsam durchsetzen. Bei der letzten Sitzung sagte ein Lobbyist: Der Trend geht jetzt eindeutig in Richtung xy – wir müssen dafür sorgen, dass wir für diese Entwicklung fit sind! Da hatte Erhart gesagt: Ende der zwanziger Jahre ging der Trend eindeutig in Richtung Faschismus in ganz Europa. War es richtig, sich für diese Entwicklung fit zu machen, oder wäre es nicht richtig gewesen, Widerstand zu leisten?
Die Eitlen waren fassungslos, die Lobbyisten grinsten, und blöderweise nickten nur die Idealisten, die dann aber ohnehin absprangen, weil es in den weiteren Ausführungen von Erhart Details gab, denen sie nicht folgen konnten.

Ja, Erhart war naiv gewesen. Seine Publikationen der letzten Jahre hatten dazu geführt, dass er in diesen Kreis eingeladen wurde. Aber er hatte das überschätzt. Er hatte tatsächlich geglaubt, er könne nun durch kontinuierliche Mitarbeit in dieser Advisory Group, gleichsam im Vorzimmer des Kommissionspräsidenten, nach und nach Einfluss auf die politischen Eliten bekommen und etwas bewegen. An Konzepten mitarbeiten, die geeignet wären, die Europäische Union zu retten. Und dann würde der Ball bei der politischen Führung Europas liegen.
Aber so spielte es nicht. Das war ihm allzu schnell klar geworden.
Aber seine Keynote würde er halten. Das hatte er noch zugesagt. Auch wenn es ihn wahnsinnig machte, wie aussichtslos alles war. Er hatte sich verpflichtet, er war verlässlich. Und er war es auch seinem Lehrer Armand Moens schuldig, auf des-

sen Grab er nun schaute. Er war gegen Mittag in Brüssel angekommen, das Meeting mit seiner Keynote begann erst um 18 Uhr. Zur Überbrückung der Zeit hatte er beschlossen, noch einmal zum Brüsseler Friedhof zu fahren und das Grab seines Lehrers zu besuchen – den er als Einstieg in seine Rede zitierte: »Das 20. Jahrhundert hätte die Transformation der Nationalökonomie des 19. Jahrhunderts in die Menschheitsökonomie des 21. Jahrhunderts sein sollen. Das ist auf so grauenhafte und verbrecherische Weise verhindert worden, dass danach die Sehnsucht neu und noch dringlicher wiedererstand. Allerdings nur im Bewusstsein einer kleinen politischen Elite, deren Nachfolger bald beides nicht mehr verstanden: die kriminelle Energie des Nationalismus und die Konsequenzen, die aus dieser Erfahrung bereits gezogen worden waren.«

Er hatte sein Referat komplett umgeschrieben, nachdem er beschlossen hatte, nicht mehr in den Club zu gehen. Er sah keine Veranlassung mehr, ein Jahr lang mit großer Geduld zu versuchen, von der Reservebank ins Spiel zu kommen. Er würde nie ins Spiel kommen. Das war sein Fehler gewesen: zu glauben, mitspielen zu können und gleichzeitig die Regeln zu ändern. Das ging nicht. Nie und nimmer würde er einen aus diesem Kreis überzeugen können, so wenig, wie man ein Fließband stoppen konnte, wenn man jeden Tag, geduldig seine Handgriffe machend, den Kollegen sagte, dass man andere Vorstellungen von sinnvoller Arbeit hätte. Also würde er seine Pflicht erfüllen und seine Keynote halten – aber so, dass klar war, dass er damit den Club verließ. Er hatte einen radikalen, für diese Runde völlig verrückten Text geschrieben. Er hatte jetzt einmal den Ball. Und er hatte verlässlich dafür gesorgt, dass der Ball sein Fett abbekam.

Reden Sie auch schon mit den Toten?
Professor Erhart sah auf, vor ihm stand ein alter Mann, dessen hellblaue Augen zu den buschigen schwarzen Augenbrauen einen seltsamen Kontrast bildeten: Dadurch hatte der Mann etwas Strahlendes und Finsteres zugleich. Er hatte sehr schütteres Haar, das aber immer noch schwarz war, es sah aus, als wären die Haare mit Tusche auf seinen gebeugten Schädel gezeichnet worden. Er trug einen sehr guten Anzug, der etwas zu groß war und zu warm für diesen heißen Tag. Der Mann hatte gesagt: Praat U ook al met de doden? Professor Erhart verstand nicht. Er konnte nicht Flämisch und er wusste, dass man bei dieser Sprache fast immer falschlag, wenn man als Deutschsprachiger glaubte, etwas zu verstehen. Sollte er auf Englisch sagen, dass er nicht verstehe? Da fiel ihm »Kannitverstaan« ein, aber bevor er es sagen konnte, wiederholte der alte Mann den Satz auf Französisch. Erharts Französisch war schlecht, er ist ein Jahr lang Gastdozent an der Panthéon-Sorbonne Paris 1 gewesen, er hatte auf Englisch vorgetragen, sich in dieser Zeit bemüht Französisch zu lernen, aber rasch gelernt, dass es besser war zu sagen, dass man die Sprache nicht beherrschte.
Diesen Satz allerdings konnte er bilden: »Die Toten antworten nicht.«
Das Problem mit Fremdsprachen, wusste Erhart, wenn man sie nicht zumindest stiefmuttersprachlich beherrschte, war, dass man immer nur sagt, was man sagen kann, und nicht, was man sagen will. Die Differenz ist das Niemandsland zwischen den Grenzen der Welt. Eigentlich hatte er sagen wollen: »Die Toten haben ihre Antworten schon gegeben, bevor die Lebenden die Fragen hatten.« Aber so weit reichte sein Französisch nicht.
Der alte Mann lächelte. Ob er sich setzen dürfe?
Natürlich. Bitte sehr.

David de Vriend nahm Platz, sagte: Es gibt zu wenig Bänke hier! Diese ist die einzige bis – er warf die Hand weit nach vorn – bis zu den Kriegshelden.
Er keuchte, machte ein paar tiefe Atemzüge. Das Gehen strengte ihn schon sehr an. Eigentlich hatte de Vriend den Nachmittag in seinem Zimmer verbringen wollen, bei geschlossenen Jalousien, bis die ärgste Hitze vorbei war. Nach kurzer Zeit hatte er in dem dunklen Raum das Zeitgefühl verloren.
Er wusste nicht mehr, wie lange er einfach dagesessen und gegrübelt hatte. Er bekam Durst.
Er öffnete den Kühlschrank, nahm den Notizblock heraus.
Das war der Block, auf dem er die Namen der Überlebenden aufgeschrieben hatte, die ihm nach und nach eingefallen waren, weil es mit ihnen im Lauf der Jahre sporadischen Kontakt gegeben oder weil er ab und zu etwas über sie gehört oder gelesen hatte. Da standen neun Namen. Fünf davon waren durchgestrichen. Er sah die Liste verwundert an. Da fiel ihm ein, dass er noch einen Namen durchstreichen musste: Gustave Jakubowicz. Nach der Befreiung von Auschwitz hatte er in Brüssel und Paris Jura studiert und war ein bedeutender Menschenrechtsanwalt geworden, in den letzten Jahren – längst in Rente – vertrat er Flüchtlinge, die abgeschoben werden sollten. De Vriend hatte die Nachricht von dessen Tod in der Zeitung gesehen. Er suchte den Kugelschreiber. Er zog die Jalousie hoch, sah verwundert, in welch grellem Licht der Friedhof lag, das Grün der Baumkronen, das Weiß des Kieswegs, das Silbergrau der Steine, alles schien zu leuchten.
Da hatte er beschlossen, hinauszugehen.

Alois Erhart dachte, dass der alte Mann, der sich zu ihm auf die Bank gesetzt hatte, Ansprache brauchte, reden wollte, und es war ihm jetzt unangenehm, neben diesem schnaufenden Mann zu sitzen und nichts zu sagen. Kriegshelden? Was

meinte er? Wahrscheinlich gab es weiter vorn auf diesem Friedhof eine Sektion für Tote des Weltkriegs. Was sollte er darauf sagen? Er suchte nach Worten. Ja, mein Herr, sagte er schließlich, sehr wenig Bänke. Und dann: Besuchen Sie Verwandte, die im Krieg – nun wusste er das französische Wort für »gefallen« nicht, was heißt »gefallen«? Na klar, er konnte ja »gestorben« sagen, »sterben« wusste er – da sagte der Mann bereits: Nein, ich gehe spazieren. Für uns ist dieser Friedhof der Auslauf.
Für uns?
Ich wohne da im Altersheim. Maison Hanssens. Das ist alles.

Nun ging ein Mann vorbei, den Erhart in einem ersten Impuls grüßen wollte, weil er ihn zu kennen glaubte, er kam ihm bekannt vor, woher? Wer war er? Ja, da fiel es ihm ein, das war der Kommissar mit dem riesigen Blähbauch, der ihn damals im Hotel befragt hatte, bei seinem ersten Brüssel-Besuch. Er ging zügigen Schritts vorbei, ohne herzuschauen, sein Bauch, dachte Erhart, war kleiner geworden.
Professor Erhart sah auf die Uhr. Es war Zeit aufzubrechen, sich im Hotel frisch zu machen und zum Meeting zu fahren.

Kommissar Brunfaut verlangsamte seinen Schritt, er bekam Atemnot. Sein Hemd klebte schweißnass auf Bauch und Rücken, er zog das Sakko aus. Er hatte unterschätzt, wie lang diese Allee war, die zu den Soldatengräbern führte. Bei den Opfern des 2. Weltkriegs gab es ein Denkmal, »Le Mur des Fusillés«, nicht zu verfehlen, gegenüber befand sich eine Parkbank. Dorthin hatte ihn Philippe bestellt. Brunfaut war spät dran, und Philippe hatte ihm am Telefon eingeschärft, pünktlich zu sein. Es werde nämlich noch jemand dazukommen, der nur sehr wenig Zeit habe.

Wer?
Wirst du sehen. Ich kann das am Telefon nicht sagen.
Es betrifft –?
Ja, genau!
Warum dort?
Das wollte – mein Freund. Und dort können wir in aller Ruhe reden. Zu den Denkmälern kommen kaum Friedhofbesucher, nur Politiker am Tag der Feier des Kriegsendes. Und der war schon. Dort gibt es dann nur uns und ein paar verdorrte Kränze vom Feiertag.

Brunfaut sah auf die Uhr. Er war schon fast 15 Minuten zu spät. Er begann zu laufen. Da sah er sich von außen, fand, dass er einen unerträglich peinlichen Eindruck machte, mit seinem hektischen Zuckeln, das kein Gehen mehr war, aber auch noch kein Laufen. Er ging wieder langsamer, verwischte mit seinem nassen Taschentuch den Schweiß in seinem Gesicht. Warum war es so heiß? Das war Brüssel, nicht der Kongo!
Da sah er endlich vor sich die Carrés mit den weißen Kreuzen. Und dort! Das musste das Denkmal sein, das Philippe gemeint hatte.
Er sah es deutlich vor sich, ging und ging und hatte doch das Gefühl, nicht näher zu kommen. Es war ein Albtraum.

Es war Wochen her, seit Philippe ihn im Spital besucht hatte, um ihm zu berichten, was er mit seinen Möglichkeiten über den Atlas-Fall herausfinden konnte. Besser gesagt: über das Verschwinden des Atlas-Falls.
Unser Informatik-Department, hatte Philippe erklärt, ist nicht schlecht, wir können schon einiges, und ich habe die Grenze der Legalität sehr frei interpretiert. Aber du darfst nicht vergessen: Wir sind die Brüsseler Polizei – also tech-

nisch nie auf dem letzten Stand. Erschwert wird das Ganze durch ein Netz von Geheimhaltungsstufen – wie soll ich dir das erklären? Es ist ungefähr so: Wenn es zum Beispiel eine Information gibt, besser gesagt den Hinweis auf eine Information, bei der, sagen wir, der französische Geheimdienst Interesse an besonderer Geheimhaltung hat, dann bekommt vielleicht unsere Sureté de l'État einen Zugang, aber nicht unsere Polizei. Versucht man das zu hacken, dann gibt es bei denen natürlich Alarm. Jetzt stell dir vor, wenn die merken, dass der Hackerangriff von der Polizei kam. Und dann gibt es noch die Europol. Hier sollten die Polizeidienste der europäischen Mitgliedstaaten zusammenarbeiten und sich austauschen. Das Problem ist aber, dass der Austausch nicht funktioniert. Jeder Staat will natürlich alles von den anderen wissen, aber keiner will etwas herausrücken. Da kommen sie mit ihren Verfassungen – was ihnen alles die nationale Verfassung leider, leider nicht erlaubt. Das heißt, da bewegt sich nichts, jede Information wird zu einer Nadel im Heuhaufen. Es gibt immer einen, der weiß, wo die Nadel steckt, aber wer weiß, wo dieser eine steckt, der das weiß? Das heißt, wir haben zwei Heuhaufen. Nein, wir haben Hunderte Heuhaufen, und in zweien steckt je eine Nadel, die wir suchen. Aber wenn es gelingt, sie zu finden, dann heißt das, dass wir den Safe gefunden haben, in dem das verwahrt ist, was uns interessiert. Nun müssen wir den Safe knacken. Und wenn das gelingt, dann ist das Erste, was wir beim Öffnen des Safes sehen, ein neuer Tresor mit einer noch komplizierteren Kombination. Du verstehst, ja? Ich gebe dir jetzt ein konkretes Beispiel aus der Praxis: Wenn ein Terroranschlag passiert ist, dann gab es in allen Sicherheitsstufen und auf allen Ebenen hinter vielen verschlossenen Tresortüren alle Informationen, die geeignet gewesen wären, diesen Anschlag zu verhindern. Aber sie wurden nicht zusammengeführt. Das erfahren wir dann manchmal aus den Zeitungen. Und dann muss irgendwo in Europa ein Innenminister zurücktreten. Aber das ändert nichts am System. Umgekehrt, wenn einmal auf der Basis geheimdienstlicher Erkenntnisse ein Anschlag verhindert werden soll, dabei aber eine Panne passiert, dann haben die Geheimdienste kein Interesse daran, dass das in den Zeitungen steht, und dann verschwindet der Fall. Ein Toter in einem Hotelzimmer, das ist ja nicht wie dreißig Tote nach einer Bombe am Flughafen. Das kann man vertuschen. Das muss man vertuschen. Die Geheimdienste haben ja kein Interesse daran, dass Ermittlungen und Untersuchungen eingeleitet werden und öffentlich diskutiert wird, warum ein Polizist einen Touristen in einem Hotelzimmer abknallt. Und damit sind wir beim Fall Atlas. Ich kann es nicht beweisen, aber ich bin hundertprozentig davon überzeugt, dass das eine Geheimdienstgeschichte ist. Die Sureté? Nein. Und auch nicht der SGRS. Die Geschichte ist größer. Viel größer. Wir haben mit der Rekonstruktion deiner Festplatte begonnen. Alles, was auf einem Computer abgespeichert war und gelöscht wurde, kann man rekonstruieren. Es sei denn, die Dokumente wurden nicht am Computer gelöscht, sondern im Zentralrechner. Na gut, das ist basic. Jedenfalls, so sind wir vorgegangen. Du musst nicht nur Schwachstellen finden, durch die du in andere Systeme eindringen kannst, du musst es auch so machen, dass der Angriff nicht rückverfolgt werden kann. Solange wir uns im belgischen System bewegten, war es relativ einfach. Es ist mir ja doch einigermaßen vertraut, ich weiß, wie unsere Leute ticken, und ich weiß auch, wo sie sparen müssen, unter welchen Einschränkungen und Behinderungen sie arbeiten. Und das ist jetzt typisch belgisch: Die Sicherheitspolizei hat wirklich viel investiert in die Verschlüsselung ihrer Dokumente, in Sicherheits- und Abwehrmaßnahmen gegen Zugriffe von außen. Aber was sie vergessen hat, ist der Schutz ihres Papierkorbs. Was zentral gelöscht wird, kommt in einen zentralen Papierkorb, ist ja logisch. Vielleicht haben sie auch noch eine Sicherheitskopie irgendwo, an die komme ich natürlich nicht ran. Aber es liegt auch im Papierkorb, vereinfacht gesagt. Und den kann ich durchwühlen. Ist das nicht komisch? Sie haben gedacht, dass ein Angreifer von außen sich für ihre geheimen Dokumente interessiert, aber sie haben sich nicht vorstellen können, dass jemand in ihrem Papierkorb sucht. Jedenfalls, so haben wir uns vorgetastet. Irgendwo muss es eine Schwachstelle geben, wo wir an mehr Informationen rankommen, nicht nur, was wurde gelöscht und vertuscht, sondern auch, wer wollte das und warum? Schau nicht so. Ich sage es dir ja gleich – was ich glaube, denn beweisen kann ich gar nichts. Wir haben tatsächlich eine Schwachstelle gefunden. Es ist für uns unmöglich, die Rechner der Geheimdienste zu hacken, das ist für uns so, als würde man versuchen, mit einem Zahnstocher einen Safe zu öffnen. Aber man kann das Netz erkennen, das sie bilden, und wenn ich alle Indizien richtig interpretiere, dann sitzt da mitten drinnen die Nato. Ja. Die Nato – aber warte! Jetzt kommt es: Das System hat aber doch einen Schwachpunkt. Und das ist der Rechner des Erzbistums Posen. Ja, Posen. Was heißt, was ist das? Das ist die älteste römisch-katholische Diözese Polens. Dort laufen einige Informationen von Geheimdiensten zusammen, aber in viel größerem Ausmaß gehen von dort Informationen an die Nato und kooperierende Geheimdienste. Da schaust du! Du weißt ja, dass Armin de Boor mir hilft – als Armin und ich da gelandet waren, sahen wir uns fassungslos an, und dann musste Armin lachen. Das ist irre, sagte er, schnell, gib den Zugangscode ein! Es ist ein Wort, nur ein Wort. Ja, sagte ich, aber welches? Wir müssen versuchen den Schlüsselbund zu knacken. Er lachte und sagte, siehst du nicht? Die ticken ganz simpel, gib »Judas«

ein. Es muss ein Wort sein, das ein katholischer Pater sinnig findet. Aber »Judas« war es nicht. Armin sagte, Moment, vielleicht schreibt man Judas auf Polnisch anders. Er öffnete ein Übersetzerprogramm, wir erfuhren, dass man Judas auf Polnisch Judasz schreibt. Aber das war es auch nicht. Armin holte Bier aus dem Kühlschrank, wir tranken, plötzlich sagte er: Klar! Natürlich nicht Judas. Sie wollen ja nichts verraten, sie wollen alles wissen. Er tippte etwas in den Übersetzer, dann setzte er das als Passwort ein – und das Tor öffnete sich. Das Passwort war »Bozeoko« – Auge Gottes.
Das Auge Gottes?
Ja.
Die katholische Kirche?
Erzbistum Posen. Ja.
Émile Brunfaut stöhnte.
Was ist? fragte Philippe.
Meine Milz, sagte Brunfaut.

Dass das Vertuschen des Mords im Hotel Atlas nicht bloß auf einen belgischen Staatsanwalt zurückging, sondern dass die Nato da irgendwie die Finger im Spiel hatte, war für Émile Brunfaut tatsächlich »zu groß«. Wir vergessen das, hatte er zu Philippe gesagt. Vergessen kann ich das nicht, hatte Philippe geantwortet, aber tun werde ich nichts mehr.
Wir rühren das nicht mehr an, sagte Émile.
Nein, wir rühren das nicht mehr an! Wann kommst du aus dem Spital? Nächsten Sonntag um 15 Uhr spielt der Club gegen Brügge.
Wir müssen dabei sein.
Wir werden dabei sein!

In den Wochen danach hatte sich Émile Brunfaut vor allem um seine Gesundheit gekümmert. Das hieß, dass er, wenn er rauchte, es mit schlechtem Gewissen tat, sein Duvel und dann seinen geliebten Rosé Glas für Glas nur ausnahmsweise trank, das Mort Subite allerdings strich, und bei allem, was er aß, das sichtbare Fett wegschnitt und an den Tellerrand schob. Seine Frites sah er lange misstrauisch an, bevor er davon »nur kostete«, indem er bloß zwei Drittel der Portion aß, das war seine Diät, denn die Moules waren praktisch nur Eiweiß. Immerhin machte er öfter als früher Wege zu Fuß. Nach drei Wochen kehrte er allerdings ganz zu seinen alten Gewohnheiten zurück und hielt das Befreiungsgefühl und den Genuss, den er dabei empfand, für klare Symptome seiner Genesung. Er meldete sich zurück zum Dienst, bekam seine Marke wieder, seinen Dienstcomputer und eine Menge bürokratischer Arbeit. Es gab mehr Berichte als Tote, und Kommissar Brunfaut fand das mit heiterer Gelassenheit ganz in Ordnung. Maigret schaute bei ihm im Zimmer vorbei, um in einem verworrenen Smalltalk zu testen, ob Brunfaut den Mord im Atlas wirklich vergessen hatte. Aber wie kann man überprüfen, ob jemand etwas vergessen hat, ohne ihn daran zu erinnern? Brunfaut war so belustigt von Maigrets Naivität, dass er sich definitiv darin bestätigt fühlte, wieder ganz der Alte zu sein. Nein, er rührte den Fall nicht mehr an.

Er konnte es bloß nicht ganz lassen.

Die Nato – das war ihm allerdings zu heftig. Er hätte auch nicht gewusst, wie er etwas in dieser Richtung, wie vorsichtig auch immer, ermitteln hätte können. Aber was er hatte, war der Name des Opfers, besser gesagt dessen drei Namen, denn es sind drei verschiedene Pässe im Hotelzimmer gefunden worden. Diese Namen hatte Brunfaut gleich, als er zu diesem Fall gerufen worden war, auf seinem Spiralblock notiert, und den hatte er noch, ein Spiralblock konnte nicht gelöscht werden. Und was ihn auch beschäftigte, war die Frage, was die katholische Kirche beziehungsweise eine Diözese damit zu tun haben konnte. Mit den Namen kam er nicht weiter, keiner der drei Namen war polizeilich erfasst, ja nicht einmal irgendwo in Europa standesamtlich oder meldeamtlich registriert. Letzteres konnte nur bedeuten, dass alle drei Pässe gefälscht waren. Das war für ihn und seine Möglichkeiten eine Sackgasse. Und die Beteiligung des Bistums Posen? In den Notizen, die er machte, schrieb er immer VAT, als Kürzel für Vatikan, weil er sich nicht vorstellen konnte, dass ein katholisches Bistum mit Geheimdiensten zusammenarbeitete, ohne dass der Vatikan davon Kenntnis hatte. Er konnte nur spekulieren. Also hatte er nicht gelogen, als er Philippe und nicht zuletzt auch Maigret deutlich machte, dass er seine Finger von diesem Fall ließ. Er starrte ja bloß leere Kästchen an, wie ein kompliziertes Sudoku, das er nicht auflösen konnte.

Umso überraschter war er, als Philippe ihn plötzlich in dieser Angelegenheit auf den Friedhof bestellte. Offenbar war er auch stillschweigend an dem Fall drangeblieben und hatte nun einen Fisch an der Angel.

Als Brunfaut endlich schwitzend und keuchend beim Mur des Fussilés ankam, schaute er sich suchend nach der Bank um, auf der Philippe und »sein Freund« auf ihn warten sollten. Aber da war keine Bank. Nicht vor diesem riesigen Monument »AUX VICTIMES INNOCENTES DE LA FURIE TEUTONNE«. Vielleicht dahinter, auf der anderen Seite? Oder seitlich? Oder hatte Philippe ein anderes Denkmal gemeint? Er sah das Feld mit den zahllosen weißen Kreuzen. Es war nicht so, dass er noch nie einen Soldatenfriedhof gesehen hatte, aber zum ersten Mal war er schockiert darüber, dass er – das schön fand. Er stand da, atmete tief durch und fand dieses große, heckenumsäumte Quadrat mit den immergleichen weißen Kreuzen schön. Nach all den Grabhügeln, Grabplatten, Grabsteinen, Gruften, Mausoleen, Kapellen, mit denen die Toten oder deren Nachkommen die anderen übertrumpfen wollten, nach all den Skulpturen weinender Putten, weinender Engel, weinender Mütter, in Granit, in Marmor, in Bronze und in Edelstahl, nach all dem Wuchern von kriechenden und sich aufbäumenden Pflanzen, nach all der Unruhe im endlosen Feld der letzten Ruhe war es hier endlich still. Die absolute optische Ruhe. Er fand das schön in einem radikal ästhetischen Sinn, als wäre dieser Teil des Friedhofs eine Installation, das Projekt eines Künstlers, der sich mit der Formensprache der Ruhe beschäftigte, befreit von jeglichem Sinn. Wenn er einen Schritt nach links machte oder einen Schritt nach rechts, dann ergaben sich in diesem Feld mit den streng in gleichen Abständen und gleichen Reihen aufgestellten Kreuzen immer andere Perspektiven, Linien, Diagonalen, Fluchtlinien, und er fand dies sinnig: Fluchtlinien. Wechselnde Fluchtlinien, die aber perspektivisch immer in dieselbe Richtung zeigten, in die Ewigkeit. Die Ewigkeit war überall, so wie am Ende die Befreiung von Sinn und Bedeutung. Zu Ehren der Schicksale war jedes konkrete Schicksal ausgelöscht, dem Gedenken an die Opfer wurde der Gedanke geopfert, dass jedes einzelne Leben einzigartig und unwiederbringlich war. Es gab nur Form, Symmetrie, Harmonie. Eingliederung in ein ästhetisches Bild. Schon gar nicht im Tod gab es Widerstand. Brunfaut war entsetzt, weil er, das schwitzende, keuchende, stinkende Lebewesen, das schön fand. Nicht gut. Schön.

Aber wo war Philippe? Brunfaut stand vor dem Memorial und sah sich um. Da sah er, dass plötzlich ein Schwein durch eine Hecke brach und zwischen den weißen Kreuzen zu wühlen begann. Das Schwein! Es stieß den Rüssel in die Erde, immer wieder, bohrte ihn hinein, scharrte mit den Klauen, stieß mit seinem Rücken gegen ein Kreuz, das daraufhin schief dastand, das Schwein grub und wühlte weiter, das Kreuz begann langsam zu kippen. Kommissar Brunfaut, der im Laufe seines Berufslebens noch nie bewaffneten Männern gegenübergestanden war, diese Situation aber in Simulationsübungen hatte trainieren müssen, empfand gegenüber diesem Tier eine Angst und Hilflosigkeit, die er nicht kannte. Er wusste nicht, was tun. Sein Gedanke war, auf das Schwein zuzugehen, als könnte er es verhaften. Wie lächerlich war das. Sein Impuls war davonzulaufen. Er, flüchten, vor einem Schwein? Was immer Brunfaut in diesem Moment getan hatte – er selbst konnte es später nicht mehr sagen –, machte er ein oder zwei Schritte vorwärts, oder wich er ein paar Schritte zurück oder beides, ein unentschiedenes Vor-und-Zurück, das Schwein hob den Schädel, stieß einen schrecklichen Laut aus und rannte davon, eine animalische Gewalt, in einer schnurgeraden Diagonale quer durch das Feld der harmonischen Symmetrie – und Brunfaut stellte stöhnend fest, dass er saß. Er saß auf dem Kiesweg, in der einen Hand sein nasses Taschentuch, die andere verkrallt in die Steine auf dem Weg. Mit Abschürfungen an den Handballen und mit einem stechenden Schmerz vom Steißbein hinauf in den Rücken. Und über den Gräbern wehte der Wind.

Zurück im Hotel, ging Professor Erhart unter die Dusche, zog ein frisches Hemd an, dann den leichten blauen Leinenanzug – er sah sich im Spiegel: Europablau. Er lächelte innerlich. Zufall! Auf eine Krawatte verzichtete er.
Dann nahm er die Mappe mit der Keynote aus seiner Schultasche. Die Laschen an den Schnappschlössern wurden brüchig. Er dachte, dass er sie zu Hause mit etwas Lederfett einreiben müsste. Neben dem Bett stand ein Sessel, im Grunde eine Sitzschale, ungepolstert, mit rotem Nappaleder überzogen. Erhart setzte sich hinein und legte die Füße auf das Bett.

Es war unbequem und beengend. Er hievte sich mühsam wieder aus diesem halben Ei und setzte sich auf das Bett. Er wollte seine Rede noch einmal durchgehen, bevor er zu dem Meeting ging. Er hatte sie auf Englisch geschrieben, sein Englisch war ausgezeichnet, seit seinen Gastdozenturen vor vielen Jahren an der London School of Economics und der University of Chicago, dennoch hatte er sie von einem befreundeten Englisch-Professor gegenlesen lassen.
Diese Rede willst du wirklich halten?
Ja.
Da wäre ich gerne dabei.

Erhart memorierte halblaut seine Rede, in dem Tempo, in dem er sie dann halten würde. Er hatte die Stoppuhr seines Smartphones mitlaufen lassen. Siebzehn Minuten. Zwei Minuten zu lang. Das war egal. Es ging nicht um zwei Minuten, es ging um sein Leben. Das war zu pathetisch. Er fragte sich, was mit ihm los war. Er fühlte sich wie aus der Zeit gefallen. Er saß auf dem Bett, mit den Blättern seines Vortrags auf dem Schoß, und blickte auf die düstere braune Tapete des Hotelzimmers. Warum fiel ihm das jetzt ein: Fremdwörter, Wörter, die ihm fremd gewesen sind, mit Rührung fielen ihm Wörter ein, die er sich als Kind von der Mutter erklären ließ, wenn er sie in einem Buch gelesen und nicht verstanden hatte: frönen, hartleibig, Labsal, Behuf, dünken, dauern –
Mutti, da steht: Die ausgemergelten Kutschpferde dauerten ihn. Das verstehe ich nicht.
Du weißt doch, was Kutschpferde sind! Pferde, die Kutschen ziehen.
Ja, das weiß ich. Aber: Sie dauerten ihn. Heißt das, dass die Pferde so langsam waren, und zu lange brauchten, um die Kutsche wohin zu ziehen?
Nein, das heißt: Sie taten ihm leid.

Er war dann lange dagesessen, mit beklommenem Erstaunen, dass Dauer etwas mit Leid zu tun hatte oder Mitleid. Professor Erhart gab sich einen Ruck und machte sich auf den Weg.

# Neuntes Kapitel

La fin, un prolongement du présent –
nous-mêmes une condition préalable du passé.

Das Schwein wurde von einer Überwachungskamera des Hotel Sheraton an der Place Charles Rogier gefilmt, eine ganz kurze Sequenz, man sieht das Schwein ins Bild kommen, langsam, mit erhobenem Schädel, als würde es genüsslich flanierend die frühsommerliche Luft schnuppern, ein Passant springt zur Seite, andere bleiben erstaunt stehen, einige holen ihre Mobiltelefone heraus, um das Schwein zu fotografieren, und da ist es schon aus dem Bild verschwunden. Dieses Video wurde auf YouTube hochgeladen, unter dem Titel »Aankomst van een afgevaardigde op de conferentie van de dieren«, von einem User, der sich Zinneke nannte. Im Sheraton wurde eine Untersuchung gestartet, wer vom Sicherheitspersonal, der Zugriff auf die gespeicherten Daten der Überwachungskameras hatte, dieser Zinneke war – der Hotelmanager befürchtete einen Image-Schaden, wenn ein Video öffentlich kursierte, das ein freilaufendes Schwein vor dem Eingang des Sheraton zeigte. Aber es gab keinen Image-Schaden, im Gegenteil. Der Film wurde auf Facebook geteilt und in kürzester Zeit mehr als dreißigtausend Mal gelikt. Die Metro-Zeitung konnte nun ein Bild des Schweins veröffentlichen, worauf der Zeitung weitere Bilder zugespielt wurden, die von den Überwachungskameras des Carrefour in der Chaussée de Louvain, des Postamts in der Avenue de la Brabançonne und der österreichischen Botschaft in der Rue Kortenberg stammten. Alle diese Bilder waren so unscharf oder verwackelt, dass Professor Kurt van der Koot, der nun eine fixe Kolumne in Metro bekam, nicht mit letzter Sicherheit sagen konnte, ob es sich immer um ein und dasselbe Schwein oder um verschiedene Schweine handelte. Eine Horde würde die Menschen beunruhigen, dachte er nun, aber ein einzelnes Schwein, das durch Brüssel spazierte, würde sie rühren, in ihnen eine geradezu kindliche Tierliebe wecken, das hätte das Zeug zur Legendenbildung. Kurt van der Koot war kein Feind seiner Beliebtheit und wollte sich daher nicht gegen kollektive Bedürfnisse stellen. So startete er bereits fünf Tage nach der Veröffentlichung des ersten Videos auf YouTube in der Metro-Zeitung die Aktion: »Brüssel hat Schwein! Wie soll es heißen?« Namensvorschläge an die Redaktion. Drei Wochen bis Einsendeschluss. Die Zeit bis dahin überbrückte Professor van der Koot mit der Serie »Das Schwein als universelle Metapher«: In täglich neuen Folgen zeigte er die Bandbreite von Gut und Böse, von Glück und Verhängnis, von sentimentaler Liebe, Verachtung und tiefem Hass, für Erotik und Gemeinheit, für die das Schwein als Sinnbild herhalten musste, es war das einzige Tier, das als Metapher die ganze Breite menschlicher Empfindungen und ideologischer Weltbilder abdeckte, vom Glücksschwein bis zur Drecksau, von »Schwein haben« bis »ein Schwein sein«, er wagte sich sogar in politische Gefilde vor und räsonierte über die Begriffe »Judensau« und »Nazischwein«, dann wieder über das verbotene Schwein in den Religionen und die geliebten Schweinchen Babe, Piggy und Schweinchen Schlau. Die Serie wurde ein großer Publikumserfolg, nicht zuletzt durch die Illustrationen: Fotos von herzigen Schweinchen, Faksimiles alter Karikaturen, die Kaiser, Generäle und Präsidenten als Schweine darstellten, Reproduktionen von Gemälden, die das Schwein in der Kunst zeigten (besonders viele Likes bekam eine Zeichnung von Tomi Ungerer, die eine Muttersau zeigte, die ihren Ferkeln ein Märchen vorlas: »Es war einmal ein Metzger ...«), Figurinen und Nippes, vom Sparschwein bis zum Schwein als Koch, vom Gejagten bis zum Jäger, und Fotos von Alltagsgegenständen, es gab, wie van der Koot selbst mit größ-

tem Erstaunen feststellte, kaum einen Gegenstand des täglichen Gebrauchs, der nicht irgendwann die Form eines Schweins angenommen hatte: Bierkrüge, Salzstreuer, Hausschuhe, Kappen, sogar Toaster …
Die Redaktion berief eine Jury von Prominenten ein, die aus den eingesandten Vorschlägen zunächst eine Longlist, später eine Shortlist ermitteln sollte, um dann erst den Siegernamen zu küren. Der Jury gehörten an: der Volksmusik-Sänger Barthold Gabalier, die Schauspielerin Sandra Vallée, der Fußballprofi und Torschützenkönig der Jupiler Pro League Jaap Mulder, die Witwe des früheren Brüsseler Bürgermeisters Daniela Collier, der seit seinen Mohammed-Karikaturen unter Polizeischutz stehende Cartoonist Roger Lafarge, der Schriftsteller und Brüssel-Chronist Geert van Istendael, der Zwei-Sterne-Koch Kim King, Maître de Cuisine im »Le Cochon d'Or«, und der Künstler Wim Delvoye, bekannt dafür, dass er seine Bilder auf Schweine tätowierte. Der Jury-Vorsitzende und Sprecher der Jury war natürlich Universitätsprofessor Kurt van der Koot.

Romolo Strozzi war ein Mann, der kaum aus der Fassung zu bringen war. Was andere überraschen mochte, löste bei ihm höchstens eine ironische Gestimmtheit aus. Nichts war ihm fremd – was also konnte ihn erstaunen? Er hatte viel erlebt, und was er nicht erlebt hatte, war ihm als Erfahrungsschatz seiner Familie und seiner Vorfahren weitergegeben worden. Zudem war er sehr belesen. Und in dem Feld, das er beruflich beackerte, kannte er jeden Krümel, jeden Stein, jedes Unkraut. So hatte er auch unmerklich schmunzeln müssen, als diese Fenia Xenopoulou plötzlich das Lieblingsbuch des Präsidenten zitierte, bemüht beiläufig, aber eindeutig taktisch geplant. Es zeigte, dass sie sich mit einiger neurotischer Energie vorbereitet hatte. Aber ihn hatte dies nicht verblüffen können. Er wusste, Menschen machen alles Mögliche. Ihre Finte ging ins Leere. Hatte sie wirklich gedacht, dass er dem Präsidenten berichten würde: Übrigens, diese Frau Xenopoulou hat denselben Lieblingsroman wie Sie, Monsieur le Président? Hatte sie wirklich gedacht, das gäbe dann einen Pluspunkt?

Er setzte sich an einen Tisch vor dem Café Franklin, Ecke Rue Franklin und Rue Archimède, auf die Archimède-, also Schattenseite. Es war ein sehr heißer Tag, und er wollte eine kleine Zigarre rauchen, während er auf Attila Hidegkuti wartete, den Protokollchef des Präsidenten des Europäischen Rates. Er musste informell mit ihm über Frau Xenopoulou und ihr so genanntes Jubilee Project reden.

Da stand plötzlich ein großes Schwein vor ihm. Ein Mensch in einem grotesken Schweinekostüm, einem Ganzkörperkostüm aus rosa Plüsch. In der Hand hielt er eine Stange, auf der eine Tafel montiert war. Er lehnte die Tafel an die Hauswand, setzte sich an den Nebentisch, nahm den Kopf ab, also seinen Schweinekopf, zum Vorschein kam ein gerötetes, schweißüberströmtes Männergesicht, schweißnasses blondes Haar. Der Mann, er war etwa so alt wie Strozzi, fuhr sich mit seinem rosa Plüschärmel mehrmals übers Gesicht und sagte zu der Kellnerin, die gerade Strozzis Kaffee servierte: Bitte ein Bier!

Sie wundern sich? Kann ich verstehen, sagte er, sich Strozzi zuwendend. Bitte verachten Sie mich nicht. Ich bin seit Monaten arbeitslos. In meinem Alter ist es schwierig. Schließlich habe ich mich mit einem Schild auf den Boulevard Anspach gestellt, vor die Börse: »Nehme jede Arbeit an!« Daraufhin habe ich diesen Job bekommen. Ein Schild herumtragen. Im Schweinekostüm durchs Europa-Viertel. Werbung, sagte er und wischte sich wieder den Schweiß ab.

Strozzi wandte sich um, las das Schild:

Slagerij
Van Kampen
Fijnste vlees, beste worst!
Voor bestellingen:
Let op! Nieuw telefoonnummer!

Viele Leute lachen. Manche fragen mich, wie ich so etwas tun kann. Kann sich keiner mehr vorstellen, wozu Menschen in der Not imstande sind? Glauben Sie, bei dieser Hitze in diesem Kostüm, das ist ein Spaß?
Strozzi holte sein Portemonnaie heraus, die Kellnerin brachte dem Mann das Bier, lächelte und fragte: Etwas dazu? Vielleicht einen Maiskolben?
Strozzi warf einen Fünfer auf den Tisch und ging. Auf der anderen Straßenseite tippte er eine SMS an Attila: Treffen nicht im Franklin! Bin im Kitty O'Shea's, blvd Charlemagne.

Er stand in Unterhose und Socken auf dem kleinen Balkon und bürstete sorgfältig seinen Anzug aus. Die Kieswege des Friedhofs waren an diesen warmen, trockenen Tagen sehr staubig, jeder Schritt zwischen den Reihen der Toten wirbelte Staub auf, der die Hosenbeine hochkroch und sich auch im Gewebe des Sakkos verfing. David de Vriend ging sehr sorgfältig mit seiner Kleidung um. Seit der Rückkehr ins Leben, nach der Befreiung, legte er größten Wert auf gute Anzüge aus erstklassigem Tuch. Als Lehrer hatte er zwar kein großes Einkommen gehabt, aber doch genug verdient, um sich schließlich Anzüge nach Maß anfertigen zu lassen und keinen mehr von der Stange zu tragen. Er bürstete und dachte an Brot. Warum dachte er an Brot? Er bürstete sorgfältig und geduldig, er war glücklich mit seiner Kleiderbürste, die er vor vierzig Jahren bei »Walter Witte« gekauft hatte, dem

Geschäft für »Waren für den täglichen Bedarf« auf dem Boulevard Anspach. Herr Witte persönlich hatte ihm diese Bürste empfohlen, beste Qualität, Herr de Vriend, diese Bürste wird Sie überleben, die beste Kleiderbürste, deutsches Rosshaar, händisch eingezogen in den Korpus aus Eichenholz! De Vriend hatte kurz gestutzt, »Deutsches – was? Rosshaar?«, und plötzlich bemerkt, dass er ohne innere Widerstände die Qualität des täglichen Bedarfs wichtiger nehmen konnte als den Spuk der Geister von gestern. Er kaufte diese deutsche Bürste, die ihn überleben würde, die unschuldig war, und vielleicht waren es auch die Hände, die sie gefertigt hatten. Er bürstete seinen Anzug aus, im Zimmer läutete das Telefon, er hörte es, aber bezog es nicht auf sich. Der Klingelton war ihm nicht vertraut, auch erwartete er keinen Anruf. Es wird immer gesagt, wer ein Konzentrations- oder Vernichtungslager überlebt hat, könne für den Rest seines Lebens kein Stück Brot mehr wegwerfen. Das ist jetzt wieder in der Zeitung gestanden. Die Tochter von Gustave Jakubowicz hat es in einem Interview in De Morgen gesagt, nach dem Tod ihres Vaters, des berühmten Menschenrechtsanwalts: Wir Kinder mussten oft hartes Brot essen, wir bekamen erst frisches, wenn das alte aufgegessen war, Vater konnte kein Brot wegwerfen, das konnte er einfach nicht. De Vriend bürstete. Gustave, ach Gustave! Das Telefon läutete wieder. Gustave hat erstklassige Anzüge geliebt und das frische Baguette in den Körbchen der Restaurants. Keine fadenscheinige Kleidung mehr, gute dicke Stoffe! Nichts von der Stange, schon gar nichts Gestreiftes, und keine Mütze, keine Kopfbedeckung! Wer im Lager gewesen war, wusste, was es hieß: keine Mütze. Das war der Tod. Darum hieß es danach: Leben. Freiheit. Bester Stoff und ein freier Kopf. De Vriend bürstete routiniert, er stand in der Unterhose auf dem Balkon, ein Hosenbein des Anzugs über den linken Arm gezogen, und strich rhythmisch über den Stoff, in diese Bewegung versunken wie ein Geigenspieler. Irgendwo läutete schon wieder ein Telefon. Er hatte vier Maßanzüge. Für den Winter zwei aus dickem Tweed, einen Harris in Fischgrat und einen etwas weicheren Donegal in Salt & Pepper. Für die Übergangszeit einen nachtblauen in Schurwolle und einen leichteren, aber trotzdem angenehm wärmenden aus Mohair in Anthrazit. Er hatte keinen Sommeranzug. Er hatte schon zu viel gefroren in seinem Leben, für ihn war der Sommer auch nur eine Übergangszeit. Ein heißer Tag machte ihm nichts aus, und der graue Mohair, den er gerade ausbürstete, war so wunderbar leicht. Wie lange hatte er ihn schon? Viele Jahre, es waren sicher schon – viele Jahre.

Da spürte er eine hart zupackende Hand auf seinem Oberarm, diese Hand zog ihn zurück, beinahe wäre ihm die Bürste hinuntergefallen. Ja was machen wir denn da, schrie Frau Joséphine. Wir können doch nicht nackt auf dem Balkon stehen, nicht wahr, Herr de Vriend.

Er sah sie an, und sie drückte noch immer seinen Oberarm und sagte viel zu laut: Jetzt gehen wir hinein und ziehen uns was an, nicht wahr.

Er war doch nicht schwerhörig. Er verstand sie nur deshalb nicht gleich, weil sie so schrie.

Haben Sie das Telefon nicht gehört, schrie sie. Also wir gehen jetzt schön hinein, na kommen Sie, ja, und da, sehen Sie, da liegt ja Ihr Hemd, das ziehen wir jetzt an und – aber das ist ja ganz feucht, da haben Sie aber sehr geschwitzt, nicht wahr, da müssen wir ein frisches, nicht wahr, da nehmen wir ein frisches.

Sie öffnete energisch seinen Schrank, schaute, griff hinein, und de Vriend sagte: Nein! Er wollte das nicht, er wollte das nicht zulassen, dass jemand einfach seinen Spind öffnete und in seinen Sachen – aber da sagte sie schon: Das ist ein

schönes Hemd, ein so schönes weißes Hemd, das ziehen wir jetzt an!
Frau Joséphine nahm ihm die Bürste ab, die er immer noch in der Hand hielt, legte sie auf das kleine Tischchen, die Anzughose war de Vriend vom Arm gerutscht und lag auf dem Boden. Sie half ihm ins Hemd, dabei sah sie wieder die tätowierte Nummer auf seinem Arm, rasch fädelte sie den Arm in den Hemdärmel, wollte Brav! sagen, aber sagte nichts.
Sie hob die Hose vom Boden auf, hielt sie ihm hin. Schweigend. Er zog sie an. Schweigend. Er knöpfte das Hemd zu, schloss den Hosengürtel. Sie schaute sich um, sah, dass die Schuhe neben dem Bett standen, er sah, wohin sie schaute, ging zum Bett, setzte sich und schlüpfte in die Schuhe. Er sah sie an, sie sah ihn an, dann beugte er sich vor und schnürte die Schuhe zu. Er richtete sich auf, sah sie an. Sie nickte.
Frau Joséphine war eine routinierte Altenbetreuerin. Sie hatte in ihren fast schon zwanzig Dienstjahren sehr viel gesehen. Und sie hatte im Zug ihrer Ausbildung auch einen Psychologiekurs und erst vor zwei Jahren ihren letzten Fortbildungskurs gemacht. Sie selbst war am meisten davon überrascht, dass sie plötzlich sagte: Auschwitz?
Er nickte.
Er wollte aufstehen. Aber konnte nicht. Er blieb auf dem Bett sitzen.
Sie dachte, dass sie jetzt zu weit gegangen war. Also ging sie einen Schritt weiter: Wie war das? Wollen Sie erzählen?
Sie spürte ein atemabschnürendes Grauen. Weil sie diese Frage gestellt hatte.
De Vriend saß auf dem Bett, sah sie an, dann sagte er: Wir sind Appell gestanden. Wir sind Appell gestanden. Das war alles.

Nachdem Joséphine das Zimmer verlassen hatte, blieb de Vriend noch eine Weile auf dem Bett sitzen, dann stand er auf, ging durch das Zimmer, sah sich um – da sah er seine Bürste.
Langsam zog er sich aus, nahm die Bürste, schob ein Hosenbein über seinen linken Arm, stellte sich nackt auf den Balkon und begann zu bürsten.

Kabinettschef Strozzi wusste natürlich, dass der Präsident der Kommission sich unmöglich gegen eine Initiative aussprechen konnte, die das Image der Kommission aufpolieren und ihr Ansehen heben wollte. Deshalb hatte er Fenia Xenopoulou sofort die Unterstützung des Präsidenten zugesichert. Eine Carte blanche. Zugleich wusste Strozzi aber auch, dass dieses seltsame Projekt mehr Probleme produzieren würde, als dadurch zu gewinnen wäre. Die Idee des Jubilee Project war verrückt, und auch wenn man sie natürlich sehr gut begründen konnte, wie Frau Xenopoulou durchaus bewiesen hatte, so war sie doch politisch alles andere als opportun. Deshalb war die Carte blanche eine Finte gewesen, ein beliebter Trick des alten Bürokratie-Haudegens Strozzi: Wenn man eine Idee abstechen möchte, dann muss man ihr zunächst zustimmen und volle Unterstützung versprechen. Daraufhin hat noch jeder freudig die Deckung geöffnet. Das Schöne daran ist, dass man dann den entscheidenden Hieb oft gar nicht mehr selbst führen muss. Das war ein alter Fechter-Witz: Wenn es dir gelingt, deinen Gegner dazu zu bringen, Harakiri zu begehen, dann musst du nicht mehr angreifen, sondern nur noch aufpassen, dass er nicht dir röchelnd in die Arme fällt. Und bei Fenia Xenopoulou hatte das wieder einmal funktioniert: Begeistert von seiner Zustimmung hatte sie dann natürlich achtlos seinem Vorschlag zugestimmt, die Vertreter der Nationen, die die Kommission gegründet hatten, von diesem

Kommissionsprojekt in Kenntnis zu setzen. Was hätte sie dagegen vorbringen sollen? Zugleich war er ja auch schon aufgestanden und hatte ihr damit das Ende des Gesprächs signalisiert. Sie wird später nie sagen können, er sei ihr in den Rücken gefallen. Im Gegenteil: Das war offenes Visier. Nun musste er nur noch dafür sorgen, dass sie nicht in seine Arme sinkt und mit ihrem Blut seine Weste befleckt. Und da genügte ein Gespräch: mit seinem Freund Attila, dem Protokollchef des Ratspräsidenten.

Es war eine verrückte Gesprächssituation: diese beiden ranghohen Beamten im Kitty O'Shea's, dem Irish Pub hinter dem Berlaymont-Gebäude, mit Eistee an einem von verschüttetem Bier klebrigen Tisch sitzend, umgeben von schnatternden und schreienden Guinness-Trinkern und Dart-Spielern.

Abgehört können wir hier jedenfalls nicht werden, bei diesem Lärm, sagte Attila Hidegkuti in seinem charmanten Hunglish, was ist Änglisch mit ún-ga-rísche Ák-zänt.

Strozzi lächelte. Er hatte seit einigen Jahren eine ausgezeichnete Gesprächsbasis mit Attila, sie hatten schon viele Probleme in feiner Abstimmung miteinander gelöst. Wenn es zu Konflikten zwischen Kommission und Rat kam, also sehr oft, oder wenn der Kommissionspräsident etwas vom Ratspräsidenten wollte, also nicht unbedingt selten, dann sprach Strozzi lieber mit Hidegkuti als mit dem Kabinettschef des Ratspräsidenten, Lars Ekelöf, diesem Hardcore-Lutheraner aus Schweden, dem der barocke italienische Graf naturgemäß unheimlich war. Umgekehrt hatte Strozzi einmal voll Verachtung über Ekelöf gesagt: Man kann sich in strittigen Punkten nicht mit einem Mann einigen, der sich in jedem Punkt moralisch überlegen fühlt und daher jeden Kompromiss als Verrat an seiner Moral empfindet! Und er hatte ironisch lächelnd hinzugefügt: Ekelöf kann nur deshalb nie aus der Deckung gelockt werden, weil er nur aus Deckung be-

steht, er ist die Deckung an sich. Könnte man sie umgehen, wäre dahinter nichts, nur ein verwehender Geruch, das Verduften von Selbstgerechtigkeit.
Der Widerspruch zwischen Nord und Süd, er verlief genau zwischen diesen beiden Männern, die nördlich und südlich der Rue de la Loi in Brüssel arbeiteten.
Und wir Ungarn wér-den dá-zwischen zérr-rieben! (Hidegkuti).
Besorgt sah Hidegkuti jetzt auf die Dartspieler, die unangenehm knapp neben ihm standen. Die Pfeile fliegen hier tief, sagte er.
Ein Dartspieler grüßte ihn, Hidegkuti grüßte nickend zurück, rückte mit seinem Stuhl ein wenig zur Seite, da hob ein anderer der Spieler grüßend sein Bierglas und prostete Hidegkuti und Strozzi zu.
Come on, wir stellen uns dort rüber, sagte Strozzi und dann: Das sind die Briten. Britische ENDs. Seit Beginn der Austrittsverhandlungen bereiten sich einige hier mit Bier und Dart nur noch auf ihre Heimkehr vor. Sie sind mir lieber als die Engländer, die weiterarbeiten, solange der Austritt nicht besiegelt ist, aber nichts anderes tun, als fleißig unsere Arbeit zu obstruieren.
Hast du mich deshalb hierher gebeten? Hast du Probleme mit Beamten in meinem Haus?
Nein, sagte Strozzi und erzählte ihm vom Jubilee Project.
Hidegkuti verstand augenblicklich, dass dieses Projekt zu Verwerfungen führen musste. Es war nicht so sehr die Tatsache, dass die Kommission einen Alleingang plante, gegen die anderen europäischen Institutionen oder zumindest ohne sie einzubeziehen, auch wenn schon dies natürlich höchst problematisch war, nein, es war grundsätzlich die Idee: Testimonials aufmarschieren zu lassen, die mit ihren Biographien und Schicksalen bezeugen sollten, dass der Nationalismus

zu den größten Verbrechen der Menschheitsgeschichte, letztlich zu Auschwitz geführt hatte, weshalb es die moralische Verpflichtung der Kommission sein musste, an der Überwindung der Nationen zu arbeiten. Von der Floskel »Nie wieder Auschwitz« den Anspruch »Überwindung des Nationalismus, letztlich Überwindung der Nationen« abzuleiten und dies der europäischen Öffentlichkeit als moralischen Anspruch und als politische Aufgabe der Europäischen Union zu verkaufen, das würden die nationalen Staats- und Regierungschefs nie akzeptieren.

Wir haben Experten für alles, sagte Hidegkuti. Wir können Regen machen, und wir können das so machen, dass die Kommission im Regen steht.

Ich weiß, sagte Strozzi. Darum erzähle ich dir das ja.

»Nie wieder Auschwitz« ist gut und richtig.

Ja.

Das könnt ihr jeden Sonntag in einer Rede sagen.

Ja. Damit man es nicht vergisst. Niemals vergessen, das muss man immer wieder sagen.

Genau. Aber das ist kein politisches Programm.

Moral war noch nie ein politisches Programm.

Vor allem, wenn die Moral Konflikte produziert.

Genau. Der Rat könnte das nie akzeptieren: Überwindung der Nationen. Das hieße Krieg. Gegen die Kommission. Und Aufruhr der Menschen in allen Ländern gegen Europa.

Genau.

Also?

Ich habe dich verstanden. Wir werden dieses Pró-ject nie-dermétzeln, bevor Licht der Öffentlichkeit es erblickt.

Strozzi wusste, dass er sich auf seinen Freund Attila verlassen konnte.

Und Attila Hidegkuti leistete ganze Arbeit. Viel Arbeit war es nicht. Eine Unterschrift, ein Anruf, im Grunde ein Fingerschnippen. Damit wurde eine Kugel angestoßen, die die nächste anstieß und so fort. So entstand eine Eigendynamik, von der bald niemand mehr wusste, wer sie wirklich ausgelöst hatte, die aber ununterbrochen Energie weitergab, bis die letzte Kugel ins Nichts rollte, ins Out, in ein schwarzes Loch. Darum ging es. Das war Hidegkutis Job. Am Ende ist selbst der, der alles ausgelöst hat, auch nur eine dieser Kugeln gewesen, die eine andere anstieß, im Grunde eine Murmel oder nur ein Körnchen, letztlich etwas Unsichtbares, ein Atom – der spaltbare Kern unfassbarer politischer Energie. Schon am nächsten Tag rief der ungarische Außenminister seinen »geschätzten Kollegen und lieben Freund«, den österreichischen Außenminister, an und informierte ihn darüber, dass die Kommission unter dem Vorwand von Jubiläumsfeierlichkeiten einen Prozess einleiten wollte, der zur Abschaffung der europäischen Nationen führen sollte.
Du weißt, was es bedeutet, lieber Freund, wenn die EU dekretiert, dass Österreich keine Nation ist, fragte er. Man konnte gar nicht sagen: scheinheilig – denn die Nation war wirklich sein Heiligtum. Allerdings die eigene, die ungarische. Ob Österreich eine Nation war oder ein Betriebsunfall der Geschichte, in seinem Größenwahn zu Recht zurückgestutzt zu einem Kleinstaat von Mischlingen, war ihm letztlich egal, auch wenn er »privat«, wie er gerne sagte, eher zu Letzterem neigte. Aber er wusste, dass er einen Bündnispartner hatte, wenn er den Nationalismus des Nachbarn, wie er es gegenüber seinem Regierungschef formuliert hatte, »ein bisschen an den Eiern kratzte«.

Rund 86 Milliarden Neurone kommunizierten, in Millisekunden fanden an Tausenden Zellen komplexe elektrische

Prozesse statt, chemische Botenstoffe taten ihre Schuldigkeit und die Synapsen funktionierten, kurz: Der österreichische Außenminister dachte nach. Und nur wenige Wimpernschläge später hatte er die Alternativen ausgelotet und eine Entscheidung getroffen. Variante eins war, vorläufig nichts zu tun, zu warten, bis die Kommission mit diesem Projekt an die Öffentlichkeit ging, und dann als Verteidiger der österreichischen Nation in den Ring gegen »die EU« zu steigen. Da glühten die Synapsen zunächst vor Wollust, aber was war das? Sie begannen rot zu blinken. Die Anti-EU-Klientel hatte er mit seinen Stellungnahmen zur europäischen Flüchtlingspolitik bereits gut bedient, ein Schritt weiter, ins Feld grundsätzlicher Ablehnung der europäischen Idee (und es war gut, dass sie letztlich ohnehin so unklar war), würde nicht nur »die Wirtschaft« verstören, sondern ihn in die Nähe der Partei der rechten Rabauken rücken, die mit ihrem »Österreich-zuerst«-Nationalismus immer mehr Zustimmung erhielten. Er wollte nicht der Schmiedl neben dem Schmied sein, er wollte populär werden ohne Anruch des Populismus, also war klar: Wenn Nation und Nationalismus grundsätzlich zu einem großen öffentlichen Thema wurden, hatte er schlechte Karten. Daher Variante zwei: Er musste dieses Projekt verhindern. Wenn er eine Grundsatzdiskussion über die Nation und ihre Verteidigung verhindern konnte, dann konnte er bei jeder einzelnen Sachfrage als Vertreter der österreichischen Interessen, der Interessen der nationalen Wähler auftreten, und zugleich auch als Europäer – da wäre er der Schmied.

Er bedankte sich bei seinem lieben Freund, dem ungarischen Kollegen, versprach »selbstverständlich« akkordierte Zusammenarbeit, trommelte sein Büro zusammen und verteilte die Aufgaben. Alle verließen eilfertig sein Zimmer, nur der Pressesprecher blieb und räusperte sich. Er erinnerte den Minister daran, dass sie noch den Fragebogen ausfüllen mussten.

Welchen Fragebogen?
Für Madonna, diese Frauenzeitschrift. Wo wir letzte Woche das Fotoshooting hatten.
Ach ja. Dann füll es doch aus.
Ich würde es doch gerne mit dir durchgehen, Herr Minister. Die privaten Fragen. Zum Beispiel: Lieblingsbuch.
Was schlägst du vor?
Es ist in Österreich Tradition, dass Politiker bekennen: »Der Mann ohne Eigenschaften«. Drunter geht es eigentlich nicht. Und Tabu ist auf jeden Fall ein lebender Autor. Die Leut wollen keinen Lebenden.
Na gut, dann sind wir gut österreichisch. Der Mann ohne Eigenschaften. Den hat ja schon, so viel ich weiß, der Kreisky geliebt.
Und der Sinowatz, der Klima und der Gusenbauer.
Nur die Roten?
Nein, auch der Mock, der Khol und sogar der Molterer.
Na drunter kann ich nicht gehen.
Und jetzt: die Lieblingsfigur in der Literatur?
Was ist denn los mit dieser Frauenzeitschrift? Arbeiten da lauter Germanistinnen?
Nein, Herr Minister. Sind nur diese zwei Fragen. Dann kommt schon Musik und Essen.
Na gut. Also Lieblingsfigur. Wie heißt denn der aus dem »Mann ohne Eigenschaften«?
Ulrich. Würde ich aber nicht empfehlen. Wie gesagt: ohne Eigenschaften. Habe außerdem gegoogelt: Er hat dann ein Problem mit Inzest. Schlage vor: Arnheim.
Wer ist das?
Passt für dich, Herr Minister. Wird als »großer Mann« bezeichnet, Politiker und Intellektueller. Und hat eine innige platonische Liebesbeziehung.
Im Ernst?

Im »Mann ohne Eigenschaften«.
Geil!

Am nächsten Tag wies die polnische Regierung die polnischen Beamten in den Kabinetten an, diese »Kampagne« der europäischen Kommission, die gegen den Stolz der polnischen Nation gerichtet sei, abzudrehen. Vor allem sei die DG COMM darauf hinzuweisen, dass das Vernichtungslager Auschwitz ein deutsches Verbrechen und daher ein ausschließlich deutsches Problem sei. Die Bundesrepublik Deutschland sei herzlich eingeladen, das deutsche Vernichtungslager auf polnischem Boden abzumontieren und in Deutschland als Museum auszustellen. Jedenfalls würde sich eine Erinnerungskultur von Verbrechen, die von Besatzungsmächten auf polnischem Boden begangen wurden, nicht als moralischer Baldachin über einer Wirtschaftsgemeinschaft eignen.

Vom österreichischen Außenminister traf eine Note beim Präsidenten des Europäischen Rats ein, die unmissverständlich klarmachte, dass die Republik Österreich dafür und dagegen sei: Sie unterstütze die Initiative der Europäischen Kommission, könne allerdings in der geplanten Form keine Zustimmung geben. Das Außenamt, im Namen der österreichischen Bundesregierung, befürworte vorbehaltlos die Initiative der Europäischen Kommission, »Europa den Bürgern besser zu kommunizieren«, allerdings sei in Österreich nicht kommunizierbar, dass ein polnisches Lager, in dem es abertausend österreichische Opfer gegeben hatte, nun eine Begründung dafür sein solle, die österreichische Nation in Frage zu stellen.
Der Botschafter der Ständigen Vertretung der Tschechischen Republik bei der Europäischen Union übermittelte eine diplomatische Protestnote, die schärfer formuliert war: Die tsche-

chische Regierung werde es nicht zulassen, dass die Europäische Union eine Kampagne der so genannten Geschichtsbewältigung plane, mit der Tschechien einmal mehr von der Landkarte gestrichen werde. Dafür gebe es kein Mandat und könne es keines geben.
Wenige Stunden später kam ein ähnlich lautendes Schreiben von der Ständigen Vertretung der Slowakei.

Attila Hidegkuti lächelte. Die kleinen Länder waren erwartungsgemäß am schnellsten im Widerstand, wenn ihre nationale – was? Identität? Ehre? oder gar Daseinsberechtigung? in Frage gestellt wurde. Darauf konnte man sich verlassen. Damit konnte man arbeiten. Die große und entscheidende Frage war nun, wie würde Deutschland reagieren? Und Frankreich? England war aus dem Spiel, auch wenn sie noch im Spielfeld herumstanden. Hidegkuti hielt es für möglich, dass das Vereinigte Königreich seine Beamten im Haus anwies, das Projekt zu unterstützen und darauf zu drängen, es öffentlich anzukündigen, um es dann innenpolitisch ausschlachten zu können, als weiteren Beweis für die Notwendigkeit des Brexit. England, dachte Hidegkuti, könne man als weiteres Druckmittel gegen die Arche und die DG COMM einsetzen, um das Projekt tunlichst zu stoppen, bevor es öffentlich wurde.

Lars Ekelöf war betont beherrscht, als er in Hidegkutis Zimmer kam. Den Anspruch, jederzeit und überall absolut korrekt zu sein, hatte er so verinnerlicht, dass er nur einen Moment lang den Impuls gehabt hatte, zu Hidegkuti ins Zimmer zu stürzen und ihn anzubrüllen: »Was soll der Scheiß?« Aber unkontrollierte Emotionen und schmutzige Sprache, die einen anderen beleidigen oder kränken konnten, erlaubte er sich nicht. Nie. Natürlich hatte er den Verdacht, dass bei diesen

eigenartigen Protesten, die von den Außenministerien und Botschaftern einiger Mitgliedstaaten im Kabinett des Präsidenten eingingen, Hidegkuti irgendwie seine Finger im Spiel hatte. Dieser ungarische Husar mit seinen stets schalkhaft blitzenden Augen und diesem wabbeligen Grinsen über dem Doppelkinn hatte doch immer seine Finger im Spiel. Er konnte es nicht beweisen, aber er hatte den Verdacht, dass Hidegkuti immer wieder Probleme erfand, mit deren Lösung er sich dann beim Präsidenten wichtigmachte. Und das lief jedes Mal an ihm, Ekelöf, dem Kabinettschef, vorbei. Er atmete tief durch, trat ein und sagte: Ich habe da ein kleines Problem, ich bin sicher, du kannst mir helfen.
Hidegkuti konnte.
Da macht sich eine besonders engagierte Person in der Kommission wichtig, erklärte er. Aber ich habe schon mit dem Präsidenten gesprochen. Wir warten jetzt einmal ab. Die Sache stranguliert sich von selbst.
Lars Ekelöf war nicht der Typ, der wartete und zusah, wie etwas »sich strangulierte«. Was war das wieder für eine unerträgliche Wortwahl des Protokollchefs? Er ging der Sache nach – und das führte dazu, dass zunächst einmal Mrs Atkinson Probleme bekam.
Hidegkuti lächelte. Es lief alles so, wie er es vorhergesehen hatte.

Wer die Freiheit liebt und wer die Wahrheit liebt, der verlernt zu lieben. Das hatte sein Großvater einmal gesagt, und Émile Brunfaut, damals noch Schüler, war schockiert gewesen, ohne genau verstanden zu haben, warum. Er hatte lange über diesen Satz nachgedacht, wie über ein Rätsel, das ihn höchst beunruhigte, und er hatte sich diesen Satz wohl deshalb gemerkt. Brunfaut sah den Großvater noch vor sich, wie er erzählte und schließlich diesen Satz sagte, sein zerfurchtes, missmutiges Gesicht, das der kleine Émile damals so falsch verstanden hatte, nämlich als Ausdruck von einschüchternder Selbstgerechtigkeit und Empathielosigkeit – wenn er damals schon diese Wörter gekannt hätte. Wahrscheinlich hatte der Großvater von der Zeit im Widerstand erzählt, was sonst, und davon, dass Misstrauen, radikales Misstrauen eine Lebensversicherung war, keine gute, aber die einzige. Man konnte sich selbst und die, die einem am nächsten standen, nur dann einigermaßen schützen, wenn man möglichst wenig mit ihnen teilte und selbst denen, die man liebte, nicht vertraute. Tapfere, wunderbare Frauen und Männer sind verraten worden von Freunden, Brüdern, Vätern und sogar von ihren eigenen Kindern, von Menschen, die sie geliebt haben. Die Liebe war kein Raum der Freiheit und sie bot keinen Schutz.

Erst später, da war sein Großvater schon lange tot, hatte Brunfaut den Satz langsam zu verstehen begonnen: als er Polizist wurde. Als er lernte, grundsätzlich misstrauisch zu sein, nichts von dem zu glauben, was ihm erzählt wurde, allen Anschein als versuchte Verschleierung zu betrachten und jede schnelle und offene Erklärung zunächst für einen Versuch von Vertuschung zu halten. Aber er hatte sich geschworen, diese Déformation professionnelle nicht zu akzeptieren, auf keinen Fall zuzulassen, dass sie in sein Privatleben, in sein Verhältnis zu den Menschen, die er liebte, hineinwirkte.

Natürlich denkt man nicht jeden Tag seines Lebens an einen solchen Vorsatz. Aber nun hatte Brunfaut Anlass, daran zu denken, und er hielt sich zugute, dass er es eigentlich ganz gut gemacht hatte: Er liebte zärtlich und ohne Misstrauen die Menschen, die ihm nahestanden, er liebte ohne Furcht die Freiheit, und er liebte mit unerschütterlichem Grundvertrauen die Wahrheit, sei es in Form von Offenheit gegenüber seinen Lieben, sei es als Ergebnis von Nachforschungen und

Ermittlungen und, sei's drum, sogar als Anspruch der liberalen Presse.
Zugleich aber musste er sich eingestehen – und dieser Gedanke schockierte und verwirrte ihn jetzt –, dass das alles vielleicht nicht mehr stimmte. Er liebte? Wirklich? Musste er sich nicht eingestehen, dass er nun sagen müsste: Er hatte geliebt?
Er konnte nicht mehr vorbehaltlos lieben. Er hatte es mit einem Schlag verlernt. Konnte das wahr sein?
Das Erlebnis auf dem Friedhof. Es hatte ihn erschüttert. Und es war nicht das Schwein, das ihn zunächst in so große Verwirrung und Schrecken versetzt hatte, nein, es war vielmehr die Tatsache, dass er danach mit zerrissener Hose, Rückenschmerzen und Abschürfungen an der Hand noch eine gute halbe Stunde herumgeirrt ist, ohne Philippe zu finden, geschweige denn dessen »Freund«, der doch Anlass ihrer Verabredung an diesem Ort gewesen war. Er hatte dann eine Bank gefunden, sich hingesetzt und Philippe mehrmals angerufen, aber immer nur das Tonband gehört. Und dann war auch noch ein alter Mann vorbeigekommen, hatte sich neben ihn auf die Bank gesetzt und gesagt: Reden Sie auch schon mit den Toten?
Das alles war entsetzlich, Brunfaut ist geflüchtet, nun wirklich im Laufschritt, die ganze lange Allee hinauf, vorbei auch am Grab seines Großvaters, laufend und keuchend bis zum Ausgang und zu seinem Auto. Mit höllischem Seitenstechen, als würde sich ein großes Fragezeichen wie eine Sichel in sein Seelengeflecht schlagen, ein Schmerz, der tiefer saß als die Abschürfungen, ein Schmerz, den er schließlich benennen konnte, als er wieder zu Hause war und in der Badewanne lag. Was ihm wehtat, war das plötzliche, tiefe Misstrauen, besser gesagt: der Verlust von Vertrauen.
Selbst sein professionelles Misstrauen als Polizist hatte auf

einem Grundvertrauen basiert: dem Vertrauen in den Rechtsstaat. Gut, es hatte immer wieder politische Interventionen gegeben, wenn einflussreiche Männer in Affären verstrickt waren, aber im Grunde war das kindisch, es konnte die Mühlen der Justiz behindern, aber das Recht auf Dauer nicht aushebeln, schon gar nicht bei Offizialdelikten wie Mord. Der vertuschte Atlas-Mord aber hatte sein Vertrauen bereits mehr erschüttert, als er sich eingestehen wollte. Die Frage war nun, wie man damit umging: wie Großvater? Oder wie Philippe? Und das war es, was ihm jetzt so wehtat: dass er Philippe plötzlich nicht mehr traute. Seinem besten Freund, dem Vater seines Patenkinds Joëlle. Auf einmal sah er ihn in einem schiefen Licht, alles, was er ihm erzählt hatte, war diffus, über die Nato und den Vatikan, Gruselgeschichten, dazu angetan, sofort die Finger von diesem Fall zu lassen, und plötzlich kommt er mit neuen Informationen, unklar welche, das würde ein Informant erklären, auf dem Friedhof – und dann war weder er noch der geheimnisvolle Informant da, und plötzlich ist er auch telefonisch nicht erreichbar.
Brunfaut stubbste die Plastikente an, die zwischen seinen Knien auf dem Wasser schaukelte, und fragte sich, ob Philippe nicht vielleicht den Auftrag hatte, ihn zunächst davon zu überzeugen, dass weitere Nachforschungen sinnlos waren und ihn höchstens in Gefahr brachten, und dann mit der Informanten-Legende zu überprüfen, ob er wirklich die Finger von dem Fall gelassen hatte oder sich immer noch neugierig damit beschäftigte.
Das Bad tat ihm gut. Es linderte seinen Schmerz nicht, aber es entspannte ihn. Er hatte das Gefühl, nun klar zu denken, aber just dies, was er dachte, beunruhigte ihn. Er machte Wellen, die Ente tanzte stoisch auf dem Wasser, stieß an seinen Bauch, drehte sich und schaukelte zwischen seinen Knien,

er gab ihr einen Tritt, sie hüpfte, um sich dann wieder im Wasser zu wiegen.

Brunfaut hatte den Staatsanwalt nie gemocht. Respektiert, ja. Aber zugleich verachtet. Ein Mann, der sich so blind mit dem Staat identifizierte, dass er die Mächtigsten und Einflussreichsten des Staats mit dem Staat verwechselte und daher, natürlich nur in Ausnahmefällen, im Staatsinteresse sogar bereit war, das Recht zu beugen, das der Staat garantieren sollte. Aber hatte Brunfaut ihn lieben müssen, um ihn zu verstehen? Nein. Wann immer er auftauchte, war klar, da ging es um bestimmte Interessen. Und diese Interessen waren klar. Im Grunde war das immer wahrhaftig, und diese Wahrheit bedurfte keines Vertrauensverhältnisses und keiner Liebe. Ach Philippe! Brunfaut schlug mit der flachen Hand ins Wasser. Ich habe dir vertraut. Hast du mich betrogen?

Das Wasser wurde kalt, und Brunfaut fragte sich, ob er nicht wegen eines unglücklichen Zufalls einer großen Täuschung unterlag. Vielleicht stimmte sein Verdacht gar nicht und Philippe war immer noch der treue Freund, den er lieben und dem er vertrauen konnte.

Aber das Misstrauen war in sein Herz gesetzt, es war da und konnte nicht mehr durch Beschluss verbannt werden.

Die Ente war der Behälter eines Shampoos gewesen, eines Kindershampoos, »garantiert keine Tränen«, er hatte diese Shampoo-Ente als Kind geliebt und sie, nachdem sie leer war, immer aufgehoben, später sogar über alle Umzüge und Änderungen der Lebensverhältnisse hinweg. Am Bürzel hatte die Ente einen Schraubverschluss, hier konnte man das Shampoo herausrinnen lassen.

Brunfaut drückte die Ente mit beiden Füßen unter Wasser. Wenn er die Füße zurückzog, hüpfte die Ente wieder herauf, schaukelte und schwamm.

Sie konnte nicht untergehen. Sie würde immer obenauf sein.

Darauf konnte man sich verlassen. Brunfaut schraubte den Drehverschluss auf, drückte die Ente hinunter, nun begann Wasser in sie einzudringen, er legte die Arme auf den Badewannenrand, spreizte die Beine und sah zu, wie die Ente langsam unterging.

Wieder wäre Professor Erhart fast zu spät gekommen. Er nahm wie immer die Metro, stieg Schuman aus, aber der Aufgang Justus Lipsius war gesperrt. Also nahm er den Aufgang Berlaymont. Da befand er sich dann nicht nur auf der falschen Seite der Rue de la Loi, sondern auch unterhalb der Straße, in dieser seltsamen Mulde, in der das Berlaymont-Gebäude stand. Als er um die Einfriedungsmauer der Mulde herumgegangen und zur Straße hinaufgestiegen war, stellte er fest, dass es nicht möglich war, die Rue de la Loi zu überqueren. Entlang des Gehsteigs waren Absperrgitter aufgestellt, dahinter standen Militärfahrzeuge. Militärpolizisten winkten die Menschen, die von der Metro heraufkamen, ungeduldig weiter. Weitergehen! Nicht stehenbleiben!
Ich muss da hinüber, sagte Erhart, ich muss zum –
Gehen Sie weiter! Weitergehen!
Er wäre besser hinauf zum Schuman-Rondo gegangen, um von dort auf die Justus-Lipsius-Seite zu kommen, aber Erhart verstand die winkenden Bewegungen des Polizisten so, dass er in die andere Richtung gehen sollte, just dort hinunter, wo er sich das letzte Mal schon verlaufen hatte. Er schritt schnell aus, mit schwingenden Armen, in der Rechten trug er seine alte Schultasche, die bei diesem hektischen Gang immer wieder gegen sein Knie oder in seine Kniekehle schlug. Er musste bis Maelbeek gehen, dort konnte er endlich die Straßenseite wechseln. Das nächste Mal, dachte er, werde er mit der Metro nicht bis Schuman fahren, sondern gleich bei der Station Maalbeek aussteigen. Falls es überhaupt ein nächs-

tes Mal geben wird. Nach der Keynote, die er in zehn Minuten halten sollte. Er lief das ganze Stück zurück, bis zur Baustelle neben dem Justus-Lipsius-Gebäude, wo er den Durchschlupf zwischen den Baugittern und Sperrholzplatten suchte, den Korridor zum Résidence Palace, wo das Meeting stattfand. Natürlich hatte sich seit dem letzten Mal hier alles verändert, es sah nur unverändert chaotisch aus. Er wandte sich nach links, machte dann ein paar Schritte nach rechts, er sah nur Gitter, hinter seinem Rücken die Militärfahrzeuge, vor ihm die Absperrgitter, er fühlte sich wie ein gefangenes oder in die Enge getriebenes Tier. Er keuchte, drückte nun seine Tasche an die Brust, die Tasche mit dem Vortrag, der im Grunde eine Rede über die Freiheit war. Über Befreiung. Zumindest eine Rede der Selbstbefreiung.

Erhart war natürlich der Letzte. Nicht wirklich zu spät, aber doch der Letzte. Jetzt sind wir komplett, jubelte Mr Pinto. Wollen Sie noch einen Kaffee, bevor wir beginnen? Wasser?
Ja bitte, sagte Erhart. Er sah sich um, grüßte dahin, dorthin, wurde zurückgegrüßt. Wie perfekt sie alle waren. Nicht das winzigste Partikelchen Straßenstaub an ihren Schuhen – kannten sie einen anderen Weg? Hatten sie nicht auch die Baustelle überqueren müssen? Keine zerknitterten Hosen und Jacken, auf keinem Hemd auch nur der kleinste Schweißfleck. Wie waren sie hierher gekommen? Es war so schwül draußen, man musste gar nicht so wie er um die Absperrungen laufen, man schwitzte schon, wenn man nur langsam ging.
Mister Pinto fragte: Wären Sie jetzt bereit, Professor?

Professor Erhart war bereit. Immer. Sein Leben war ein ewiger Bereitschaftsdienst. Die Zeiten ändern sich, aber im Grunde blättert nur das Lose ab vom Zeitlosen. Er trank seinen Kaffee aus, nickte.

Als er zum ersten Mal zu einem Kongress eingeladen worden war, als blutjunger Universitätsassistent, hatte er sich extra für diesen Anlass einen neuen Anzug gekauft. Er durfte damals ein Referat beim Wissenschaftsforum in Alpbach halten, dem Bergdorf in den Tiroler Alpen, wo sich jährlich Eliten aus der Wirtschaft, berühmte Wissenschaftler verschiedener Disziplinen und arrivierte Künstler zum Gedankenaustausch trafen. Sein Professor, Doktor Schneider, hatte Erhart diese Einladung verschafft, um ihn zu fördern oder ihn zumindest bei Laune zu halten, immerhin hatte Erhart schon einige Aufsätze geschrieben, die dann Professor Schneider unter seinem Namen veröffentlichte. Erhart hatte sich geehrt und geschmeichelt gefühlt, und ihm wurde erst später bewusst, zu welch lächerlicher Willfährigkeit ihn diese Aussicht auf Ehre verführen konnte: Er sollte nicht einen öffentlichen Vortrag halten, sondern nur ein kurzes Referat in einem Arbeitskreis – aber dennoch: Er würde in Alpbach dabei sein und, wenn er sich bereit hielt, in Kontakt kommen mit berühmten und einflussreichen Menschen. Er wollte also den bestmöglichen Eindruck machen. Daher: ein neuer Anzug, sein erster Dreiteiler, und neue Schuhe. Er schmierte noch Lederfett auf die Schuhe, die er noch nie getragen hatte, und polierte sie. Und dann stand er in einem Raum herum, wo es Kaffee und Topfengolatschen gab, die neuen Schuhe drückten ihn, und in seinem neuen Anzug fühlte er sich verkleidet, das war nicht er selbst, der diesen Anzug buchstäblich trug.
Er sah zu, wie Sir Karl Popper auf die gebeugten Rücken österreichischer Politiker und Beamter hinabblickte – die plötzlich hochstoben und zum gerade eintretenden amerikanischen Außenminister schwärmten, um, noch tiefer gebeugt, in der hohlen Hand die Asche seiner Zigarre aufzufangen.
Und dann sah Erhart ihn: Armand Moens.
Erharts erster Kongress. Und Armand Moens' letzter öffent-

licher Auftritt vor seinem Tod, wenige Wochen später. Das einzige Aufeinandertreffen von Lehrer und Schüler, Erhart hätte damals vielleicht sogar gesagt: zwischen Gott und Apostel – und sie sprachen ausgerechnet über Kleidung.
Erhart war überrascht, mit welcher Indifferenz dieser berühmte Mann gekleidet war. Er trug eine verbeulte Cordhose, einen grauen Pullover, auf dessen Brust Flecken (von Kaffee?) waren, darüber eine billige blaue Nylon-Jacke.
Erhart näherte sich, um sich vorzustellen und dem verehrten Wissenschaftler seine Reverenz zu erweisen.
Moens war alt und krank. Er war am Ende. Erhart bereute augenblicklich, ihn angesprochen zu haben. Er hätte gerne mit ihm über sein Buch diskutiert, »Das Ende der Nationalökonomie und das Wirtschaftssystem einer nachnationalen Republik«, aber als Erhart ihm gegenüberstand, war ihm augenblicklich klar, dass das nicht mehr möglich war. Die gelbe Gesichtshaut mit den braunen Flecken, die wässrigen Augen, die vom Speichel feuchten Lippen – da kam ein Student mit einem Buch von Moens und bat ihn um eine Signatur. Es war für Erhart unerträglich, zuzuschauen, wie lange Moens brauchte, um zittrig seinen Namen zu schreiben. Erhart wusste nicht mehr, was er dann gesagt hatte, er wusste nur noch, dass Moens nicht darauf einging, sondern sagte: Es schauen alle hier so verkleidet aus.
Erhart: Wie bitte?
Sehen Sie nicht? All diese Menschen mit ihren Anzügen, die sie in Wien, Paris und Oxford tragen – er tat sich schwer beim Sprechen – diese, diese Kostüme, hier, vor dem Zirbenholz und der ganzen Alpenästhetik – verkleidet! Wirken verkleidet! Und die anderen, die gekommen sind mit Loden und Trachten, weil Tirol, sie dachten, Trachtenjanker, weil Tirol – sie schauen erst recht verkleidet aus. Schauen Sie! Lauter verkleidete Menschen. Ein Wissenschaftskarneval!

Erhart wusste nicht, was er darauf antworten sollte, schließlich sagte er: Wir sollten uns nie verkleiden!
Und Armand Moens sagte verblüffend laut und schroff: Nein!

Zurück in Wien, am Institut, schrieb Alois Erhart auf einen Zettel:

»NEIN!«
Armand Moens

… und pinnte ihn an die Wand vor seinem Schreibtisch. Er wusste, dass das kindisch war, aber zugleich auch wieder nicht. Es war ein kleiner Stromstoß. »Nein!« war nie falsch. Nie? Nein!

Er knöpfte sein zerknittertes Sakko zu, um die Schweißflecken auf seinem Hemd zu verdecken, und folgte Mr Pinto in den Raum, wo er seine Keynote halten sollte.

Als Kassándra Mercouri an diesem Tag mit dem Rad ins Büro fuhr, traf sie, wie meistens, auf der Rue d'Arenberg mit Bohumil zusammen. Kassándra war aufgeregt, ungeduldig, wollte gleich lossprudeln, erzählen von ihrem Wochenende, sie war so stolz auf das, was sie herausgefunden hatte, es war verblüffend, es war so wichtig – aber stattdessen sagte sie: Was hast du? Was ist los?
Der immer so heitere, ausgelassene, kindisch tollkühne Radfahrer Bohumil trat schweigend in die Pedale, mit verkniffenem Gesicht, holte keinen seiner »Sie stehen im Weg!«-Sticker aus der Tasche, wenn ein Auto auf dem Radweg stand. Sie hatte sich immer Sorgen gemacht, wenn er diese riskanten Manöver machte, aber jetzt war sie besorgt, weil er sie nicht machte.

Jetzt erzähl schon! Was ist los?
Ich war am Wochenende zu Hause. In Prag.
Kassándra musste sich hinter Bohumil zurückfallen lassen, als sie um ein Auto, das in zweiter Spur stand, herumfuhren, während ein Bus links von ihnen vorbeidonnerte. Dann schloss sie wieder zu ihm auf, Bohumil schwieg.
Also du warst in Prag. Familie besucht? Allons! Was ist passiert?
La famille est la mort de la raison!
Bohumil!
Eigentlich nichts Besonderes. Es hat mich nicht überrascht. Oder sagen wir so: Ich wundere mich jetzt, dass es mich überrascht hat. Ich war bei den Eltern. Eh bien! Eltern sind Eltern. Dann wollte ich meine Schwester treffen, zum Essen im U Zavěšenyho, Ente mit Rotkraut, wie immer. Sie wollte nicht!
Deine Schwester wollte dich nicht treffen?
Nicht im Restaurant, nur wir zwei. Sie wollte, dass ich zu ihr nach Hause komme.
Das ist doch nett.
Nein. Sie weiß, wie gern ich die Ente im U Zavěšenyho habe. Und es ist doch immer so gewesen! Dort haben wir uns getroffen, gegessen und uns alles erzählt, alle Neuigkeiten, alle Geheimnisse, alle Gerüchte! Nein, ich wollte nicht zu ihr nach Hause. Sie hat unlängst geheiratet und –
Du kennst ihren Mann? Dann warst du also bei ihnen beiden eingeladen?
Sie hat gesagt, du warst nicht bei unserer Hochzeit! Sie hat gesagt: Ich weiß natürlich, warum. Jetzt kommst du zu uns und gibst meinem Mann die Hand. Ich mache eine Ente. Aber du gibst meinem Mann die Hand. In unserem Haus.
Und was ist das Problem?
An einem vor ihnen parkenden Auto schwang die Tür auf.

Bohumil bremste so abrupt ab, dass er fast kopfüber vom Rad fiel. Kassándra verriss ihr Rad nach links und gleich wieder nach rechts, fast wäre sie von einem Lieferwagen erfasst worden. Sie blieb stehen und stieg ab. Ihr Herz klopfte, es schlug gegen den Brustkorb und gegen ihre Schläfen. Bohumil stieg ab, schrie den Autofahrer an, der die Tür ohne zu schauen geöffnet hatte. Der Mann entschuldigte sich ein ums andere Mal, Bohumil schob sein Rad an dem Auto vorbei, an Kassándras Seite, ließ es fallen, setzte sich auf die Kühlerhaube eines parkenden Autos und weinte.
Kassándra setzte sich neben ihn, legte den Arm um seine Schulter, sagte: Es ist nichts passiert. Es ist nichts passiert. Es ist noch einmal gut gegangen!
Nichts ist gut gegangen!
Der Autofahrer stand kreidebleich da, Kassándra wedelte mit der Hand, bedeutete ihm, er solle abhauen.
Nichts ist gut gegangen, sagte Bohumil noch einmal und wischte den Handrücken über seine Augen. Ich bin also hin, ins Haus meiner Schwester. Sie wollte, dass ich ihrem Mann die Hand gebe. Und dann hat er mir den Handschlag verweigert. Er, bitte, er hat meine ausgestreckte Hand ausgeschlagen. Ignoriert. Mich angeschaut, mit seinem feisten, selbstzufriedenen Gesicht, die Hände in den Hosentaschen, und hat zu mir gesagt: Y smrade zasranej!
Wie bitte?
Tu es un crétin d'idiot!
Non! Ce n'est pas vrai!
Doch! Ich sei gekauft von den Konzernen, verrate für ein üppiges Gehalt in Brüssel die nationalen Interessen der Tschechischen Republik, ich sei ein Volksschädling und so weiter. Das alles in der Diele von ihrem Haus. Neben den Garderobenhaken.
Und was hast du gesagt, was hast du gemacht?

Bohumil lachte auf, schniefte und sagte: Was ich gemacht habe? Meine Hand wieder zurückgezogen. Und dann habe ich zu meiner Schwester gesagt: Wenn wir noch lange da in der Diele diskutieren, verbrennt inzwischen die Ente. Und sie: Es gibt keine Ente. Es gab nur die Klarstellung.
Kassándra drückte ihn, drückte seinen Kopf auf ihren Busen, streichelte seinen Kopf. Es war lächerlich: Sie streichelte seinen Fahrradhelm.
Da stand plötzlich ein Mann vor ihnen, der sie anbrüllte. Der Besitzer des Autos, auf dessen Kühlerhaube sie saßen. Bohumil sah auf, nahm aus seiner Umhängetasche einen Sticker heraus, löste bedächtig die Folie ab, stand auf und klatschte dem Mann den Aufkleber auf die Stirn. Der Mann taumelte zurück, Bohumil nahm sein Rad und sagte zu Kassándra: Los! Wir müssen zur Arbeit!
Kassándra war verblüfft, wie schnell sie auf dem Rad saß, sie traten kräftig in die Pedale, schweigend, erst in der Avenue des Arts sagte Bohumil: Meine Schwester ist fünf Jahre jünger als ich. Als sie in der Schule war, habe ich für sie die Hausaufgaben gemacht. Niemand hat gesagt, sie ist dumm oder faul. Sie war die Prinzessin. Jetzt bekommt sie ein Kind von einem Faschisten. Und niemand in der Familie regt sich auf. Er ist nett zu den Verwandten, singt mit schöner Stimme alte Volkslieder, er sieht einigermaßen gut aus, er verdient gut, und er ist kein Kommunist. Das ist es, was heute bei uns zählt.
Kassándra wusste nicht, was sie sagen sollte. Erst als sie angekommen waren, ihre Räder abgeschlossen hatten und zum Lift gingen, sagte sie: Ich habe auch einiges von meinem Wochenende zu berichten.
Vor dem Lift standen zwei Salamander. Sie grüßten mit überschwänglicher Höflichkeit, die Lifttür ging auf, ein Salamander fragte: Vierter, nicht wahr?

Kassándra bejahte, der Salamander drückte Drei und Vier, fragte freundlich: Hatten Sie ein schönes Wochenende?
Das Wochenende war scheiße, sagte Bohumil.
Und Kassándra spürte einen Kick, eine freche, verrückte Lust, und sagte zu ihrer eigenen Überraschung: Ja, und bis jetzt war auch der Montag scheiße!
Oh!
Der Lift schwebte hoch, sehr langsam, in dieser Situation bedrückend langsam, und Bohumil sagte: Und der Lift ist auch scheiße.
Kassándra kicherte. Innerlich.
In der Dritten sprangen die beiden Salamander aus dem Lift,
Bonne journée!
Bonne journée!
und Bohumil lachte. Kassándra sagte: Ich bin froh, dass du wieder lachen kannst. Und jetzt will ich von meinem Wochenende erzählen. Dir und Xeno. Es ist wichtig. Und es wird dich überraschen.

Fenia Xenopoulou saß bereits an ihrem Schreibtisch, mit einem Becher Kaffee aus der Kantine. Es sollte wieder drückend heiß werden, das Fenster stand offen, schon jetzt, um acht Uhr morgens, war die Luft warm, aber Fenia Xenopoulou schien zu frösteln. Sie hielt den Becher mit beiden Händen umfasst, als wollte sie sich daran wärmen. Aber das war vielleicht nur Gewohnheit. Ihr war nicht kalt. Höchstens seelisch. Sie hatte einen Kater. Nicht physisch, aber moralisch. Sie hatte die Nacht bei Fridsch verbracht und hatte es zunächst nicht geschafft, ihm zu sagen, dass – sie hatte dann doch, viel zu spät, als der Moment wahrlich nicht mehr günstig war, den Vorschlag gemacht, dass – und er – schläft ein – und sie – hielt den Kaffeebecher mit beiden Händen und schämte sich, dass sie dann – sie hatte das Kissen auf sein Gesicht gedrückt und – sie wollte nur sehen, ob er noch zu einer Regung fähig ist, oder sind Männer, wenn das Eiweiß weg ist, zu keiner Regung mehr fähig? Er hat sich freigestrampelt, sie weggeschlagen, geschrien, und sie ist in Tränen ausgebrochen – na gut, da hat er sie in den Arm genommen und –

Kassándra kam ins Zimmer, warum war sie so aufgedreht? Wir müssen reden, hast du Zeit, es ist wichtig, für das Jubilee Project, ach, du hast Kaffee, gute Idee, ich hole mir auch einen und sage Bohumil Bescheid, ist dir das recht, in zehn Minuten hier bei dir?

Hast du eine Zigarette?

Nein, ich rauche nicht. Aber wenn du rauchen willst, dann reden wir besser in Bohumils Zimmer, er hat das Ding da oben, wie soll ich sagen – also, bei ihm kann man rauchen ohne Alarm.

Eine Viertelstunde später saßen sie in Bohumils Zimmer, Kassándra hatte Kaffee für alle geholt, Xeno rauchte zum ersten Mal vor Zeugen drei Zigaretten hintereinander, und Kassándra erzählte von der Dossin-Kaserne in Mechelen.

Kassándra liebte es, am Wochenende Ausflüge mit der Bahn zu machen. Sie genoss es, dass »von Brüssel aus alles so nahe war«, wie sie gerne sagte, ihr Europa, man war in weniger als eineinhalb Stunden in Paris, in zweieinhalb Stunden in London, in Amsterdam oder Köln in weniger als zwei Stunden. Manchmal fuhr sie Sonntag Früh los und am Abend wieder zurück, manchmal fuhr sie schon samstags und übernachtete einmal. Sie besuchte dann Museen und Galerien, traf Freunde in Bistros und gönnte sich ab und zu ein nettes kleines Teil in einer Boutique. An diesem Wochenende aber hatte sie nicht den Thalys genommen, sondern einen Regionalzug: Nach Mechelen, nur etwa dreißig Kilometer, weniger als eine halbe Stunde, von Brüssel entfernt.

Sie hatte in Le Soir den Nachruf auf Gustave Jakubowicz gelesen, den berühmten Brüsseler Anwalt, der, wie sie wusste, auch eine wichtige Rolle in der Geschichte des Europäischen Gerichtshofs für Menschenrechte gespielt hatte, der Mann war eine Legende, hochaktiv bis zuletzt, bis er jetzt eben mit knapp neunzig Jahren gestorben war. Aber was die besondere Aufmerksamkeit von Kassándra erregt hatte, war die Zeile über den Autor des Nachrufs: »Jean Nebenzahl, wissenschaftlicher Mitarbeiter des Dokumentationszentrums für Holocaust und Menschenrechte der Kaserne Dossin in Mechelen«. Die Dossin-Kaserne war während der Besatzungszeit das belgische Sammellager der SS gewesen, von wo aus Juden, Roma und Widerstandskämpfer nach Auschwitz deportiert wurden. Kassándra hatte vielleicht einmal davon gehört, dass diese Kaserne nun ein Museum war, aber sie wusste nicht, dass es dort eine Forschungsstelle gab, eine wissenschaftliche Institution, die die Geschichte der Deportationen nach Auschwitz systematisch aufarbeitete. Sie schrieb eine Mail an Jean Nebenzahl, der prompt antwortete: Er sei gerne bereit, sie am Sonntag zu treffen, mit ihr durch die Ausstellung zu gehen und alle ihre Fragen, so gut er könne, zu beantworten.

Kassándra war eine engagierte Beamtin. Sie fuhr nach Mechelen und traf Jean Nebenzahl, weil sie dachte, dass dies für das Jubilee Project interessant sein könnte. Aber sie wäre nie auf den Gedanken gekommen, dafür Überstunden zu verrechnen oder erst dann nach Mechelen zu fahren, wenn dies »als Dienstreise bewilligt« wurde und danach »abgerechnet« werden konnte. Es interessierte sie, es war ein Sonntagsausflug, bei dem sie etwas Neues sehen, etwas lernen konnte, und wenn es sich tatsächlich als hilfreich für das Projekt erweisen sollte, umso besser.

Und Jean Nebenzahl war ein engagierter Wissenschaftler,

der sich selbstverständlich auch an einem Sonntag, »außerhalb seiner Dienstzeiten« zur Verfügung stellte, wenn jemand von der Europäischen Kommission auf seine Arbeit aufmerksam wurde und deshalb nach Mechelen kam. Es wurde immer schwieriger, Menschen für die Arbeit dieser Forschungsstelle zu interessieren und die Mittel dafür aufzutreiben. So war er geradezu gerührt vom Interesse dieser europäischen Beamtin – die er auch sofort gegoogelt hatte: Tätigkeitsfeld, Fotos.

Sie müssen sich nicht bedanken, sagte er, ich bin ja kein seelenloser Bürokrat, auch wenn ich in diesem Haus am Schreibtisch von Eggert Reeder sitze. Wer das war? Er war der deutsche Militärverwaltungschef in Belgien, hat die Deportation von mehr als dreißigtausend Juden nach Auschwitz organisiert, er wurde nach dem Krieg zu zwölf Jahren Zuchthaus verurteilt – und dann von Konrad Adenauer begnadigt. Er ist ja nur an einem Schreibtisch gesessen. Er war doch nicht für die Ermordung der Juden in Auschwitz verantwortlich. Er hat sie in seinen Bürostunden nur auf Listen geschrieben, damit sie geordnet auf die Schlachtbank geliefert werden konnten. Er war eindeutig kein Fanatiker, er hat nie Überstunden gemacht. Er bekam nach der Begnadigung eine Beamtenpension der Bundesrepublik Deutschland. Er hatte genug Dienstjahre. Und ich sitze heute an seinem Schreibtisch und arbeite mit diesen Listen.

Jean Nebenzahl war ein gutaussehender Mann, etwa so alt wie Kassándra, und vom Typ her sehr ähnlich: nicht dünn – Kassándra war misstrauisch gegenüber hageren Männern, sie fand, dass sie zu Askese, also zu Rigidität und Freudlosigkeit neigten, aber Jean war auch nicht dick –, die Dicken fand Kassándra formlos, nicht attraktiv und ohne Selbstkontrolle, aber man sollte nicht verallgemeinern, also die meisten, jedenfalls viele Dicke standen bei Kassándra im Verdacht, sich

gehenzulassen. Jean war einfach ein Mann, groß, stark – und doch weich, so sah sie, was er in seiner Selbsteinschätzung als »ein bisschen zu mollig« bezeichnet hätte. Und sie war hingerissen von seinen braunen Augen und seinem gelockten schwarzen Haar.
Und warum, glaubst du, soll uns interessieren, dass du dich verliebt hast, fragte Xeno.
Es gab in Bohumils Arbeitszimmer nur zwei Stühle, den Schreibtischstuhl und einen Besucherstuhl. Bohumil hatte Xeno seinen Schreibtischstuhl angeboten, Xeno wollte aber lieber stehen. Sie sah mit genervtem Gesichtsausdruck auf Kassándra hinab, die auf dem Besucherstuhl saß. Kassándra sprang auf: Versteht ihr nicht? Ich habe es doch deutlich gesagt! Sie ha-ben die Lis-ten! In Mechelen! Hier ist das Archiv des SS-Sicherheitsdienstes, der für die Deportationen zuständig war, vollständig erhalten. Wir haben mit der ganzen Welt korrespondiert und hatten alles hier vor unserer Nase: Mit dem Bummelzug dreißig Minuten von uns entfernt! Ich weiß jetzt auch, wie viele Auschwitz-Überlebende noch leben, und habe ihre Namen.
Wie viele sind es?
Sechzehn, sagte Kassándra.
Sechzig?
Sechzehn!
Sechzehn? Weltweit?
Soweit sie auf Deportationslisten standen und dann als Überlebende registriert wurden, kurz: soweit sie in irgendeiner Form erfasst wurden und bekannt sind – ja.
Und von ihnen gibt es Kontaktadressen?
Jean sagte: Nicht hundertprozentig auf dem letzten Stand. Kann sein, dass sie bei einigen nicht mehr stimmen, weil es ja nicht mit jedem regelmäßigen Kontakt gibt. Aber grundsätzlich ja.

Und in welchem – wie soll ich sagen? Zustand? Ich meine, wie sind sie gesundheitlich – ich meine, könnten sie anreisen und auftreten?
Von fünf ist bekannt, dass sie regelmäßig auftreten, in Schulen oder anderen Zeitzeugenprogrammen.
Fünf?
Ja. Und einer ist ein besonderer Fall. Ein gewisser David de Vriend. Und er lebt hier in Brüssel. Jean meinte, wenn er unser Projekt richtig versteht, dann wäre dieser de Vriend unser idealer Zeitzeuge.
Warum?
Er ist nicht nur einer der letzten Auschwitz-Überlebenden, er ist auch der letzte noch lebende Jude aus dem legendären 20. Deportationszug nach Auschwitz. Das war der einzige Deportationszug, der von Widerstandskämpfern überfallen, auf offener Strecke angehalten wurde. Mit Zangen zerschnitten sie den Draht, mit dem die Verriegelungen der Viehwaggontüren gesichert waren, schoben die Türen auf und riefen den Juden zu, sie sollen rausspringen und fliehen. Wer sprang, bekam fünzig Franc und eine sichere Adresse zugesteckt. Die meisten hatten Angst, sie fürchteten, von den Deutschen erschossen zu werden, wenn sie zu flüchten versuchten. Sie blieben im Zug, der nach einem kurzen Schusswechsel der SS-Wachmannschaft mit den Widerstandskämpfern die Fahrt fortsetzte. Alle, die nicht gesprungen sind, gingen sofort nach der Ankunft in Auschwitz ins Gas. Aber de Vriend war einer von denen, die aus dem Zug sprangen.
Aber du sagtest doch, dass er in Auschwitz war.
Diese Flucht aus dem 20. Deportationszug war im April 43. Er kam zu einer Familie in einem Dorf, weiß jetzt den Namen nicht mehr, die hat ihn als Neffen aus Brüssel ausgegeben. Er war blutjung damals und schwer traumatisiert: Die Eltern sind im Zug geblieben. Er hätte bei der Familie, die

ihn aufgenommen hatte, das Kriegsende abwarten können, aber er wollte kämpfen, vielleicht die Eltern befreien? Europa befreien? Er schloss sich im Juni 44 als Jüngster der Widerstandsgruppe »Europe libre« an, das war die Gruppe um Jean-Richard Brunfaut, von dem ihr vielleicht gehört habt, also zumindest kennt ihr die Rue Brunfaut. Diese Gruppe wurde legendär, wegen ihrer tollkühnen Aktionen, aber auch deswegen, weil sie sich politisch von allen anderen Widerstandsgruppen unterschied: Sie war die einzige, die mit ihrem Namen nicht für ein freies Belgien, sondern für ein freies Europa eintrat. Sie wollten nach dem Krieg, nach dem Sieg über die Nazis, auch gleich die Abschaffung der belgischen Monarchie und die Gründung einer Europäischen Republik. Brunfaut und seine Genossen engagierten sich auch bis an ihr Lebensende gegen die faschistischen Regime in Spanien und Portugal, gegen Franco und Salazar, die die Siegermächte bei der Befreiung Europas seltsamerweise vergessen hatten. Jedenfalls: David de Vriend wurde im August 44 verraten, verhaftet und nach Auschwitz deportiert. Er wurde nicht ins Gas geschickt. Er war jung und stark. Er überlebte die Monate bis zur Befreiung. Nach dem Krieg wurde er Lehrer. Er ist nicht wie viele andere Überlebende als Zeitzeuge ab und zu in Schulen aufgetreten, er wollte Lehrer werden, um sich jeden Tag um die nächsten Generationen kümmern zu können. Er wollte nicht Zeuge, er wollte Erzieher sein. Also, was sagt ihr? Wenn wir Martins Idee weiterverfolgen, und wir haben ja dafür den Sanktus des Präsidenten, dann müssen wir doch diesen Mann in den Mittelpunkt der Feier stellen. Da haben wir alles: ein Opfer des Rassismus, einen Widerstandskämpfer, ein Opfer von Kollaboration und Verrat, einen Zeugen des Vernichtungslagers, einen Visionär des nachnationalen Europas auf der Basis der Menschenrechte, die Geschichte und die Lehre aus der Geschichte in einer Person, in der Person dieses Lehrers.

Sehr schön, sagte Xeno. Welch mitreißende Emphase. Es gibt da nur ein kleines Problem.

Schwester Joséphine machte sich Sorgen um de Vriend. Sie war eine gerechte Frau, die alle ihre »Schützlinge«, wie sie sie nannte, möglichst gleich zu behandeln versuchte, ob sie ihr sympathisch, unangenehm oder gar widerlich waren, ob sie sich kommunikativ oder abweisend gaben, freundlich oder aggressiv. Joséphine fand, dass sie alle gute Gründe dafür hatten, so zu sein, wie sie sich hier zeigten, biographische Gründe, die in diesem Haus deutlich zutage traten, wenn sie begriffen, dass sie in der Maison Hanssens nichts anderes mehr zu tun hatten, als ihrem Lebensende entgegenzudämmern, während sie noch so taten, als wären sie Gäste in einem Kurhotel.
Alle, die sie betreute, waren am Ende ihres Lebens, aber mit ihrem Leben noch nicht fertig. Das war Joséphines Erfahrung, ihre Einsicht. Sie stellte sich jeden Tag vor, was das bedeutete. Für jeden Einzelnen. Und da waren sie alle gleich, und in dieser Gleichheit unterschied sie nicht mehr zwischen pflegeleichten und lästigen Schützlingen, sympathischen und unsympathischen. David de Vriend hatte nie das Bedürfnis gezeigt, mehr als nötig mit ihr zu kommunizieren. Und wenn er sich für etwas bedankte, dann klang das mehr nach einer Verabschiedung als nach einer Bezeugung von Dankbarkeit. Man konnte also nicht sagen, dass de Vriend ein Schützling war, den man lieben musste und dem man daher besonders liebevoll seine Aufmerksamkeit schenken wollte. Und doch fand Joséphine, dass sie eine besondere Verantwortung für Herrn de Vriend hatte. War es wegen der Nummer auf seinem Arm? Sie fragte sich das und verbot sich zugleich diesen Gedanken. Sie war gerecht, zu jedem gleich aufmerksam. Jedem hatte das Leben mitgespielt.

So stürmte sie mit den besten Absichten in de Vriends Zimmer, mit zwei Zeitungen, und schrie: Sie kommen nie –
De Vriend saß in seinem Fauteuil, nur mit einer Unterhose bekleidet.
Joséphine schrie: Ich habe Sie schon seit Tagen nicht mehr im Gemeinschaftsraum gesehen, wo die Zeitungen liegen. Aber wir müssen doch Zeitungen lesen, nicht wahr, Herr de Vriend? Oder wollen wir nicht mehr wissen, was in der Welt los ist? Nein, nein, wir wollen doch Bescheid wissen, wir wollen doch neu-gier-ig bleiben, nicht wahr, Herr de Vriend. Was lesen Sie denn am liebsten, Herr de Vriend? Le Soir oder De Morgen? Ich glaube, Sie sind ein De-Morgen-Leser, nicht wahr? Jetzt wollen wir ein bisschen unsere kleinen grauen Zellen trainieren und lesen, und – natürlich ging Joséphine die Apathie von diesem de Vriend auf die Nerven, aber sie versuchte doch, ihn zu animieren, alert zu bleiben, neugierig, kommunikativ, bevor er ganz wegdämmerte.
David de Vriend nahm die Zeitung, starrte sie an, dann begann er langsam zu blättern, bis er plötzlich gebeugt in die Zeitung starrte.
Wollen wir einen Artikel gemeinsam lesen? Interessiert Sie –
De Vriend stand auf, ging durch das Zimmer, ging hin und her, schaute, suchte, Schwester Joséphine sah ihn verwundert an: Was suchen Sie?
Meinen Notizblock. Haben Sie nicht gelesen? Todesfälle. Ich muss einen Namen, schon wieder einen Namen aus meiner Liste streichen.

# Zehntes Kapitel

Gdy wszystko było na próżno,
nawet najpiękniejsze wspomnienie nas nie pocieszy.
I jak tu szukać usprawiedliwienia?

Émile Brunfaut stand nackt mit dem Rücken zum Spiegel im Badezimmer und versuchte sich über die Schulter zu schauen, um festzustellen, ob ein Bluterguss oder eine Abschürfung auf der Höhe von Steiß- oder Kreuzbein zu sehen war. Zunächst hatte das Bad ihn entspannt, aber je länger er in der Badewanne saß, desto stärker wurde der Schmerz über dem Gesäß, zweifellos Folge seines Sturzes.
Seine Halswirbel knackten und knirschten, aber er schaffte es nicht, seinen Kopf so weit zurückzudrehen, dass er im Spiegel sein Rückenende sehen konnte. Nun kamen zu den Schmerzen im Steiß noch Verspannungsschmerzen im Nacken dazu. Natürlich wusste Brunfaut, dass sein Körper nicht so biegsam, beweglich und elastisch sein konnte wie der einer russischen Turnerin, aber es deprimierte ihn doch, dass er gar so steif war. Sein Kollege Jules Meunier hatte, »um nicht einzurosten«, sogar im Kommissariat in Arbeitspausen immer wieder Yoga-Übungen gemacht, bei längeren Besprechungen zwischendurch sogar einen Kopfstand. Wie lächerlich Brunfaut das gefunden hatte! Andererseits aber auch so schrullig, dass es fast schon wieder sympathisch war. Aber das hätte Brunfaut nie zugegeben. Wahrscheinlich hatte Jules recht gehabt. Brunfaut war davon überzeugt, dass Jules völlig problemlos seinen Kopf zurückdrehen und in aller Ruhe Rücken und Steiß im Spiegel betrachten konnte, ohne Verspannung und ohne Schmerzen. Ach Jules! Wie elastisch und beweglich du tatsächlich für dein Alter noch warst, als mir der Fall Atlas entzogen wurde und ich gehen musste. Hast dich aus dem Stand von mir abwenden können, ohne Verspannung und ohne Schmerzen!

Brunfaut versuchte nun, seinen Nacken zu massieren, da hinten war alles bretthart – da läutete das Telefon. Er lief vom Bad ins Schlafzimmer, wo er sich ausgezogen hatte, aber da war sein Telefon nicht, er lief ins Wohnzimmer, da lag es, auf dem Schreibtisch. Er hob ab und erstarrte. Es war Philippe.
Hör zu, sagte Brunfaut, wir reden nicht am Telefon darüber. Ja, ich will, dass du mir das erklärst. Natürlich. Treffen wir uns – wo? Café Kafka? Wo ist das? Rue des Poissonniers? Ecke Rue Antoine Dansaert. Verstanden. In eineinhalb Stunden? D'accord.
Als Brunfaut im Café ankam, war Philippe noch nicht da. Er war gut fünfzehn Minuten zu früh, das musste also gar nichts bedeuten, dennoch hatte er sofort das mulmige Gefühl, dass Philippe irgendein Spiel mit ihm spielte und ihn wieder sitzenließ.
Sitzenlassen – aber wie denn? Émile Brunfaut konnte ja kaum sitzen. Das Steißbein tat unerträglich weh. Nur wenn er sein Gewicht auf eine Beckenhälfte verlagerte, war das Sitzen einigermaßen erträglich. Aber wie lange konnte er das durchhalten? Er stand auf und stellte sich an die Theke. Gequält verlagerte er immer wieder das Gewicht von einem Bein auf das andere, trank in einem Zug sein Bier aus, bestellte noch eines, dazu einen Genever. Er sah auf die Uhr. Er würde sicher keine halbe oder drei viertel Stunde auf einen Philippe warten, der dann ohnehin nicht kam. Sicher nicht. Höchstens zehn Minuten. Er kippte den Schnaps hinunter, nahm sein Bierglas und ging hinaus vor das Café. Wie heiß es war. Er konnte sich an keinen Frühling oder Frühsommer in Brüssel erinnern, der so heiß, so drückend, so brutal gewesen ist. Der Asphalt, die Pflastersteine, die Hausmauern speicherten die Hitze, strahlten sie ab, und selbst ein Lufthauch war keine Erlösung, sondern schlug einem die Hitze ins Gesicht wie ein Keulenschlag. Dazu kam jetzt, in diesem Moment, ein

ganz seltsames, unnatürlich erscheinendes Licht, es war knapp vor Sonnenuntergang, aber man sah hier in der Straßenschlucht natürlich nicht die Sonne, man sah nur gelblich rosa Lichtbahnen, die – Brunfaut sah hinauf – den Himmel wie mit einem giftigen Lack überzogen.
Émile Brunfaut war ein poetischer Mensch. Er wusste es nur nicht, weil er wenig las. Und Poesie überhaupt nicht. Von allen Gedichten, die er seinerzeit in der Schule gelernt hatte, viele waren es nicht, war ihm nur ein einziges in Erinnerung geblieben: »À une Passante«, weil ihn die Zeile »Un éclair … puis la nuit! – Fugitive beauté« damals eigentümlich berührt hatte. Später, als er schon Kommissar war, hatte er seine Mannschaft, wenn sie im Dunkeln tappte, mit der Paraphrase aufgemuntert: La nuit … puis l'éclair! – Le fugitif est visible. Das war, seiner Meinung nach, die einzige poetische Leistung seines Lebens gewesen. Aber da unterschätzte er sich. Jetzt war er von diesem Licht schmerzhaft berührt und er empfand es als Metapher – und das war zweifellos ein poetischer Akt. Das schiefe Licht. Plötzlich war alles in schiefes Licht getaucht. Das Vertraute bekam einen giftigen Anstrich, und – er sah auf dem Eckhaus gegenüber das Straßenschild: »Poissonniers« – es schillerte fischig.
Er wäre gerne länger in diesem Licht verharrt, in dieser Stimmung – nicht dass sie ihm angenehm war, aber ja, doch: Er fand sie stimmig. Stimmung, stimmig, ja, es stimmte. Das war es, das war das Licht seiner seelischen Schmerzen, aber er ertrug die körperlichen nicht. Er trank sein Bier aus, wollte ins Café hineingehen und zahlen, nach Hause fahren, da stand plötzlich Philippe vor ihm, umarmte ihn, warum so fröhlich, und warum drückte er ihn gar so fest?
Brunfaut stöhnte kurz auf und löste sich aus der Umarmung. Philippe machte ein besorgtes Gesicht, fragte: Was ist? Hast du Schmerzen?

Warum empfand Brunfaut den besorgten Gesichtsausdruck seines Freundes als gar so übertrieben? Wie konnte Philippe glauben, dass er auf dieses Schmierentheater hereinfiel? Wenn es aber keines war, wie konnte er selbst glauben, dass sein bester Freund dazu fähig wäre?

So wütend, als würde er mit dem Fuß aufstampfen, um sich zu vergewissern, dass der Boden nicht schwankte und ihm nicht unter den Füßen weggezogen wurde, sagte er: Ja, er habe Schmerzen, er sei auf dem Friedhof gestürzt. Auf dem Friedhof. War da nicht etwas?

Er atmete tief durch: Wir waren dort verabredet, nicht wahr? Du warst nicht da. Du kannst mir das sicher erklären.

Mein Gott, warum bist du gestürzt? Hast du dich verletzt?

Und wenn ich jetzt sage: Weil ich nicht dich gesehen habe, aber ein Phantom?

Philippe wollte offensichtlich etwas sagen, sagte es aber nicht, schüttelte den Kopf, dann deutete er auf Brunfauts leeres Bierglas: Gehen wir rein, wir brauchen etwas zu trinken.

Es war die Zeit, in der sich das Café rasch füllte. Nun war kein Tisch mehr frei, aber Émile Brunfaut sagte, dass er ohnehin nicht sitzen könne.

Es hat mich auf den Arsch gesetzt. Bei unserem Treffpunkt auf dem Friedhof. Es ist das Steißbein. Es tut höllisch weh.

Er gab dem Mann hinter der Theke ein Zeichen: zwei Bier!

Ich werde auch nicht lange stehen können. Also reden wir nicht lange um den heißen Brei herum. Was ist passiert? Warum warst du nicht da? Was hat es mit diesem geheimnisvollen Freund auf sich, den wir dort treffen sollten? Ist dein Freund der alte Mann, der mich fragte, ob ich mit den Toten rede? Willst du mir erklären, dass das eine Losung war, an der ich ihn erkennen sollte? Und warum warst du dann telefonisch nicht erreichbar? Bitte Philippe, erkläre mir das. Und

ich bitte dich herzlichst: Erkläre es mir so, dass ich es verstehen kann.
Du wirst es nicht glauben, sagte Philippe, aber –
Da bekamen sie ihr Bier.
Émile Brunfaut hob sein Glas, sagte: Santé! Ich werde es also nicht glauben. Und weiter?
Hör zu, sagte Philippe. Man kann das alles sehr einfach erklären. Das Problem ist nur, dass es zwar sehr logisch ist, zugleich aber höchst unglaubwürdig klingt.
Du wirst es schaffen, dass ich dir glaube.
Das glaube ich nicht. Ich habe dich noch nie so misstrauisch erlebt, du wirst zu deinem eigenen Großvater, du musst aufpassen, es ist dieses Misstrauen, das Vertrauen zerstört. Egal, ich erzähle dir jetzt die Geschichte, ganz kurz, damit du bald wieder ins Bett gehen kannst. Übrigens, Joëlle schickt dir Grüße, und sie fragt, wann du endlich wieder einmal bei uns vorbeikommst. Ich werde ihr sagen, dass sie Geduld haben muss, weil du krank bist. Also: Es begann damit, dass ich einen Brief bekam. Wir hatten die Geschichte, du weißt, was ich meine, bereits abgehakt. Und da kam der Brief. Ich betone: Brief. Keine Mail, keine elektronische Nachricht. Ich hätte ihn fast übersehen, weil ich mein Postfach im Haus nur noch ausräume, um alles sofort in die Mülltonne zu werfen. Ist doch immer nur Werbung. Jedenfalls, in diesem Brief schrieb mir eine Person, die sich selbst tatsächlich »Personne« nannte, dass sie mich zurückverfolgt habe.
Zurückverfolgt?
Ja. Ich bin offenbar damals bei meinen Versuchen, in unserer Angelegenheit weiterzukommen und herauszufinden, wie der Fall Atlas auf deinem Computer gelöscht werden konnte, irgendwie zumindest in den Vorhof eines Systems gelangt, das daran – sagen wir vorsichtig – beteiligt war. Genau weiß ich es ja nicht. Jedenfalls hat dort jemand bemerkt, dass ich

versucht habe, hineinzuhacken. Und wenn das jetzt ein großes Ding ist, dann weiß dieser Personne in kürzester Zeit, dass ich das war. Wie ich heiße, wo ich wohne, alles. Die haben diese Möglichkeiten. Personne schrieb mir also einen Brief – und begründete auch diese Form der Kontaktaufnahme: der gute, alte, mit Snail-Post verschickte Brief sei die einzige Form von Kommunikation, die nirgendwo abgespeichert, mitgelesen, ausgewertet und gegen dich verwendet werden kann. Was früher »Toter Briefkasten« hieß, das Versteck für geheime Nachrichten, ist heute der ganz normale Hausbriefkasten. Also gut. Du kennst ja Léo Aubry vom Labor. Ein guter Junge. Immer hilfsbereit. Und absolut vertrauenswürdig, nicht wahr? Eben. Ich habe ihm den Brief gegeben. Das Papier: Allerweltspapier, das meistverkaufte, in jedem Diskounter bekommst du davon 500 Blatt für vier Euro. Der Drucker, soweit man von der Tinte einen Rückschluss ziehen kann, ein einfacher Canon, der meistverkaufte Drucker in Belgien. Auf dem Papier nicht die winzigste DNA-Spur oder sonst etwas, das einen Hinweis auf den Absender geben könnte.
Bien. Aber was stand in dem Brief?
Dass ich mich weit vorgewagt hätte. Dass das unmöglich in meiner Dienststelle mit meinen Vorgesetzten abgesprochen sein könne. Ich sei offenbar, außerhalb meines Jobs, ein Einzelkämpfer. Er sei das auch.
Er? Woran hast du erkannt, dass es sich bei Personne um einen Mann handelt?
Gute Frage. Ich bin davon ausgegangen.
Ach ja? Und weiter?
Er – ich bin sicher, es ist ein Mann. Er schrieb weiter, er sei nicht der Typ Whistleblower, der bereit sei, sein Leben zu zerstören, aber er sympathisiere mit allen, die nach Ritzen suchen, durch die die Wahrheit sickern kann.
Das war seine Formulierung?

Ja. Und er bot mir Hilfe an. Wenn ich an einer Fortsetzung der Kommunikation mit ihm interessiert sei, soll ich weitere Versuche, ins System einzudringen, unterlassen, denn er könne nicht länger gewährleisten, dass der Alert, den ich auslöste, unterdrückt wird. Er wird mich dann mit den Informationen, die ich brauche, versorgen. Wenn ich einverstanden sei, soll ich am nächsten Tag zu einer bestimmten Uhrzeit auf Google folgende Suchanfrage eingeben: Regentanz der Hopi-Indianer.

Hopi was? Was erzählst du mir da? Das ist doch verrückt!

Nein, das ist nicht verrückt. Offenbar hat dieser Personne die Möglichkeit, zu sehen, was ich an meinem Computer mache. Und wenn ich das eingebe, was er verlangt, und eine der Seiten, die dann angeboten werden, anklicke, dann weiß er, dass ich seinen Vorschlag annehme – ohne dass das in irgendeiner Form im System auffällig wird.

Und das hast du dann so gemacht?

Ja.

Ich brauche noch ein Bier.

Ich auch. Und weißt du, was dann kam? Ich gab also ein: »Regentanz Hopi-Indianer«, und Google empfahl mir sofort: »Systemtheorie und neue soziale Bewegungen. Identitätsprobleme in der Risikogesellschaft«.

Verstehe ich nicht.

Da gibt es nichts zu verstehen. Das ist ein Buchtitel, und in diesem Buch gibt es offenbar ein Kapitel über Hopi-Indianer und Regentänze. Warum auch immer. Das habe ich angeklickt.

Und?

Zwei Tage später hatte ich den nächsten Brief.

Und wie hast du geantwortet?

Indem ich zu bestimmten Zeiten, die er vorgab, in meinem Computer Suchanfragen auf Google machte. Die Stichwör-

ter waren meine Antwort beziehungsweise meine Fragen. Er saß offenbar irgendwo, wo er kontrollieren konnte, wer was auf Google sucht.
Wie oft habt ihr – ich meine: Wie lang ging das so?
Drei Wochen? Vielleicht vier.
Und du hast mir nichts davon erzählt? Wir waren bei Anderlecht gegen Mechelen, wir haben in unsere Schals geweint, wie bitte kann Mechelen 2:0 gegen uns gewinnen? Wir haben dann noch fünf Bier getrunken, mindestens, alles Mögliche geredet, aber du hast nichts erzählt, nicht von diesem Personne. Das muss doch damals – das muss doch in dieser Zeit gewesen sein.
Ja, aber ich wollte erst wissen, ob das seriös ist. Es hätte ja auch ein Spinner sein können.
Aber es war kein Spinner?
Nein. Besser gesagt: Ich weiß es nicht. Er gab interessante und glaubwürdige Hinweise. Von ihm kam das Dossier über die Zusammenarbeit des Vatikans mit den westlichen Geheimdiensten. Ich habe das gelesen, es war verblüffend, geradezu phantastisch, aber zugleich auch völlig logisch und nachvollziehbar, es waren Puzzleteile, die perfekt passten. Schau, kein Geheimdienst der Welt hat die Ressourcen, die finanziellen und personellen Mittel, ein Agentennetz aufzubauen, das sich auf eine Weise über den Globus spannt, die dem Stand der Globalisierung auch nur annähernd entspricht. Jetzt haben sie also ihre Agenten in den Brennpunkten. Aber wer vertraut ihnen, wer gibt ihnen Informationen? Nur die, die ohnehin mit den Regierungen dieser Geheimdienste zusammenarbeiten, das heißt: Was diese Agenten berichten, unterscheidet sich nicht wesentlich von dem, was auch der Botschafter nach Hause berichtet. Und weiter: Wo ist der nächste Brennpunkt? Was wird morgen zu brennen beginnen, während Millionen investiert werden in die Arbeit von vielleicht

dreißig Agenten, die in Krisengebieten in ein paar noch funktionierenden Hotels mit Wellness-Bereich sitzen? Und zwanzig der dreißig sind vom CIA, die steigen sich an einem Ort gegenseitig auf die Füße, aber woanders haben sie niemanden. Und das ist bitte der mächtigste Geheimdienst. Also gut, jetzt eine einfache Frage: Wer aber hat in jedem Kaff einen Agenten sitzen? Der Vatikan. Warum? In jedem Kaff gibt es einen Priester. Wer erfährt in jedem Winkel die geheimsten Geheimnisse? Der Pfaffe, nicht zuletzt über die Beichte. Auch wenn das vielleicht nicht alles abdeckt, ist es doch um ein Vielfaches mehr, als selbst die bestausgestatteten Geheimdienste an Informationen zu organisieren vermögen. Und deshalb, mein Freund, wetteifern die Geheimdienste mit allen Mitteln um die Gunst des Vatikans, um Zusammenarbeit und Austausch mit der Kirche. Das war im Kalten Krieg so, und das ist mittlerweile nicht einmal mehr ein Geheimnis. Jetzt gibt es einen anderen Feind. Es ist nicht mehr der gottlose Kommunismus, der Feind heute heißt Islam.
Aber ... Warte! Ein Moslem wird doch nicht zu einem Pfarrer gehen und beichten, dass er einen Anschlag verübt hat oder einen plant. Das ist doch verrückt.
Nein, natürlich nicht. Aber brave Christenmenschen erzählen dem Pfarrer, was ihnen Verdächtiges aufgefallen ist, zum Beispiel bei den neuen Mietern in der Nebenwohnung oder im Nebenhaus oder im Haus gegenüber, sie sitzen mit Ferngläsern an ihren Fenstern und schauen in die Fenster der Häuser auf der anderen Straßenseite. Ist Neugier eine Sünde? Unsere Neugier sicher nicht. Aber genauso wie wir in der Regel berichten, was wir ermittelt haben, so beichtet der Christ. Und deshalb existiert die im Kalten Krieg aufgebaute Achse zwischen den Geheimdiensten und dem Vatikan noch immer.
Glaubst du das?, fragte Brunfaut.

Philippe stutzte, dann lachte er. Ich bin nicht religiös. Ich glaube nicht. Und du kannst jetzt glauben, was du willst. Ich gebe dir die Fakten. Was macht übrigens dein Steiß?
Noch ein Bier und ein Genever, und es geht besser.
Gut. Da halte ich mit. Nun gibt es von Personne einen Hinweis darauf, dass die Kirche eine Art von Todesschwadron unterhält, die mit Billigung der Geheimdienste mutmaßliche Terroristen oder so genannte Hassprediger einfach abknallt. Also Menschen, von denen Terrorakte erwartet werden, gegen die der Rechtsstaat aber nicht genug Handhabe hat, um sie legal aus dem Verkehr zu ziehen. Und damit sind wir beim Fall Atlas. Gotteskrieger machen den Job, und die Geheimdienste unterstützen sie dadurch, dass sie den jeweiligen Fall anschließend in Luft auflösen. Personne schickte mir eine Liste mit vierzehn Mordfällen, die es im vergangenen Jahr in Europa gab, über keinen von ihnen stand etwas in den Zeitungen.
Hast du das überprüft?
Ja. Ich fand auf keinen der aufgelisteten Mordfälle auch nur den geringsten Hinweis. Das heißt: Es hat sie nicht gegeben, oder die Vertuschung war so perfekt, dass es eben keinen Hinweis geben kann.
Aber jetzt kommen wir ins Gefilde von Verschwörungstheorien.
Nein, kommen wir nicht. Denn wenn du heute Hinweise auf den Atlas-Mord suchst, wirst du auch nichts finden. Nichts. Absolut nichts. Aber wir wissen, es hat ihn gegeben. Und was wir brauchen, ist nicht ein Beweis für die vierzehn Mordfälle auf der Liste, sondern eine Erklärung für den Mord im Hotel Atlas. Und die Erklärung von Personne klingt verdammt logisch! Santé!
Irgendetwas störte Brunfaut. Und seine Erfahrung als Polizist sagte ihm: Wenn dich an einer Legende etwas stört,

dann ist mit großer Wahrscheinlichkeit wirklich etwas daran faul.
Ich verstehe nicht, warum du mich nicht eingeweiht und auf dem Laufenden gehalten hast, sagte er.
Habe ich doch, sagte Philippe. Das heißt, ich kenne dich doch. Ich wusste, ich muss dir mehr bieten als solch eine Geschichte. Fakten. Also wollte ich Personne treffen. Daher habe ich zu der vereinbarten Zeit in meinem Computer nur noch Suchanfragen mit Variationen des Stichworts »Treffen« gemacht. Drei Tage später ein Brief, mit dem Vorschlag: Treffen auf dem Friedhof, so wie ich es dir dann auch gesagt habe.
Und da hast du endlich dein Rendezvous mit diesem Phantom – und gehst nicht hin?
Was sagst du da? Ich war doch dort. Natürlich. Ich habe keine Ahnung, wo du warst. Vielleicht am falschen Denkmal, vielleicht zur falschen Stunde, was weiß ich. Ich jedenfalls war dort. Und ich saß auf der Bank. Und ich wartete auf Personne und auf dich. Da läutete mein Handy. Ich hob ab, und eine Stimme sagte: Mister Philippe Gaultier? Ich sagte Ja. Er fragte: Sitzen Sie auf der Bank, die wir als Treffpunkt vereinbart haben? Ich begriff, wer das war, und sagte Ja. Er: Stehen Sie bitte auf. Ich: Wie bitte? Warum? Er: Stehen Sie bitte auf. Ich stand auf, er: Drehen Sie sich bitte um und sagen Sie mir, was Sie sehen. Ich fand das grotesk, ich sagte: Hören Sie, ich will keine Spielchen, und er: Keine Spielchen. Was sehen Sie? Ich sagte: Einen Baum! Und dachte: Wie lächerlich ist das, was soll das? Er sagte: Dahinter? Ich: Gräber. Soldatengräber. Weiße Kreuze! Er: Sehr gut. Und dahinter? Ich: Nichts. Nur ein riesiges Feld von weißen Kreuzen. Er: Dann heben Sie den Blick. Was sehen Sie jetzt? Ich: Nichts. Ich weiß nicht, was Sie hören wollen. Er: Ich will hören, was Sie sehen. Ich: Nichts, Bäume, Himmel. Er: Und zwischen Bäumen und Himmel? Hinter dem Friedhof? Ich: Ja, zwei große

Gebäude, wie zwei riesige Blöcke Emmentaler. Er: Genau. Wissen Sie, was das ist? Ich: Die Nato? Er: Richtig. Und jetzt haben Sie die Informationen, die ich Ihnen geben kann. Arbeiten Sie damit, oder geben Sie auf! Ciao, Herr Polizist!
Du warst auf dem Friedhof und bekamst diesen Anruf?
Ja. Dann habe ich noch eine Dreiviertelstunde auf dich gewartet, dann bin ich gegangen.
Und warum hattest du dein Telefon ausgeschaltet? Ich habe dich mehrmals angerufen, weil ich dich nicht gefunden habe und –
Mein Telefon war gestört. Ich konnte plötzlich weder anrufen noch angerufen werden. Und als es wieder funktionierte, habe ich dich sofort angerufen. Darum sind wir ja jetzt da.
Brunfaut fand diese Geschichte toll. Wirklich spannend. Hätte er Philippe gar nicht zugetraut. Aber er glaubte ihm kein Wort. Wie weh ihm das tat.
Ich habe starke Schmerzen, sagte er. Sei mir nicht böse, ich muss nach Hause. Er sah, dass Philippe seinen Schnaps nicht angerührt hatte. Émile nahm das Glas, kippte es hinunter, sagte À bientôt, mon ami! Dann humpelte er hinaus. Er merkte, dass er hinkte, das wollte er nicht, er versuchte, aufrecht und ohne sichtbare Beschädigung zu gehen, aber das gelang ihm nicht, er humpelte hinaus aus dem Kafka und hätte schreien wollen.

Dass Matek nicht nach Istanbul, sondern nach Krakau geflogen war, hatten sie noch am selben Tag gewusst. Und dass die Hinweise, er wäre gleich am nächsten Tag nach Warschau weitergereist, eine von ihm gelegte falsche Fährte waren, wussten sie drei Tage später. Matek hatte keine Bestätigung dafür, aber er ging davon aus. Und er wusste auch, dass er Pater Szymon, seinen engen Freund aus Seminar-Tagen, in einen Gewissenskonflikt bringen würde, wenn er nach drei

Tagen nicht abreiste. Szymon hatte ihm Unterschlupf im Augustinerkloster gegeben, in dem Glauben, dass Matek wieder eine Zeit der Einkehr und Kontemplation brauchte. Szymon war absolut loyal, Matek wusste, dass er sich auf ihn verlassen konnte, aber er wusste auch, dass Szymon es nie würde verstehen können, dass er, Matek, sich in Wahrheit hier im Kloster vor Kirchenoberen versteckte. Sie kannten seine Kontakte, also war klar, dass sich Szymon ab dem vierten Tag in ihrem Fadenkreuz befand. Und ebenso klar war, wie sich Szymon im Konflikt zwischen treuer Freundschaft und dem Gehorsamsgelübde, das er als Priester abgelegt hatte, entscheiden würde. Matek hatte die drei Tage zur Meditation genutzt, seine Lage überdacht, Kraft getankt. Aber nun musste er das Kloster verlassen. Er hatte zwei Möglichkeiten: weiterzureisen, in billigen Hotels abzusteigen, wo man es mit Meldezettel und Ausweis nicht so genau nahm, keine Bankkarte und keine Kreditkarte zu verwenden, tunlichst auch Überwachungskameras an öffentlichen Orten zu meiden, den Laptop nie einzuschalten. Er wäre ein U-Boot, unsichtbar, unauffindbar. Allerdings: Er hätte keine Möglichkeit, herauszufinden, was da in Brüssel, im Hotel Atlas, schiefgelaufen war und was sie jetzt mit ihm vorhatten. Und sein Bargeld würde noch für maximal eine Woche reichen. Diese Woche als U-Boot würde seine Situation nicht verbessern, und keine Erkenntnisse bringen. Zweite Möglichkeit: Er begab sich in die Höhle des Löwen! Er musste herausfinden, was geschehen ist und wie es um ihn bestellt war. Und es gab nur einen Ort, wo er dies in Erfahrung bringen konnte: Poznań. Sie würden nicht erwarten, dass er, nachdem er untergetaucht war, nun direkt in die Zentrale kommen würde. Es war gefährlich. Andererseits: Wenn es schiefging, könnte er Demut zeigen und geltend machen, dass er doch freiwillig heimgekommen sei.

Er umarmte Szymon zum Abschied, sagte: Danke Bruder, drückte seine beiden Hände, Gott schütze dich!
Szymon lächelte: Gott schütze dich! Und – gute Reise nach Poznań!
Matek war schwer aus der Fassung zu bringen. Er war unausgesetzt auf der Hut, kalkulierte alle Möglichkeiten, war, wie er dachte, in jeder Situation auf jede Eventualität vorbereitet. Er hatte das kalte Blut eines Mannes, der in vierter Generation Soldat war. Aber damit hatte er nicht gerechnet. »Gute Reise nach Poznań!« – das traf ihn wie ein Schlag, der ihn kurz betäubte. Er atmete einmal tief durch, stellte seinen Rucksack ab und sagte: Du weißt –
Szymon nickte.
– dass ich nach Poznań fahre? Aber ich habe dir das nicht gesagt.
Du wirst dort erwartet. Und du hast nichts zu befürchten.
Was weißt du, Bruder Szymon? Und warum hast du mir nichts gesagt?
Du hast mich nicht gefragt. Du bist zu den Exerzitien erschienen, zum gemeinsamen Gebet und der Pflege des Schweigens, und du bist zu den Mahlzeiten gekommen, ausgenommen am Abend, und hast geschwiegen, nicht nur bei der Suppenruhe. Sonst hast du stundenlang in der Kapelle vor der »Gottesmutter vom Trost« gekniet. Wenn mich ein Bruder fragt, gebe ich Auskunft, aber du hast nicht gefragt.
Aber du hast Auskunft gegeben?
Ja.
Du wurdest nach mir gefragt?
Szymon nickte.
Matek schaute zu Boden, hob langsam den Kopf. Er sah den schwarzen Habit Szymons, den schwarzen Ledergürtel, die schwarze Mozetta, aus deren Kragen ein grauer Hals hervorkam, auf dem unter der schwarzen Kapuze das graue Gesicht

Szymons saß, Matek senkte seinen Blick wieder, betrachtete seine eigenen Hände, auch sie waren grau, er ließ sie fallen, sie verschwanden im Grauschwarz über dem schwarzen Stein des Fußbodens in diesem düsteren Vorraum. Matek sah nun Szymon direkt ins Gesicht. Szymons Lippen waren rot. Als hätte er sie sich blutig gebissen. Jetzt frage ich dich, sagte Matek. Was weißt du? Was kannst du mir sagen?
Du hattest eine Aufgabe. Ich weiß nicht welche. Es ging etwas schief. Ich weiß nicht, was. Es war nicht deine Schuld. Du wirst erwartet. Du hast nichts zu befürchten. Das soll ich dir sagen, solltest du mich fragen.
Matek sah Szymon an, nickte, nahm dessen Kopf zwischen seine Hände, zog ihn zu sich und drückte seinen Mund auf Szymons blutrote Lippen. Das Blutrot, das einzige Leuchten in diesem Raum, der in diesem Moment ein Weltraum war und zugleich nur eine Schleuse hinaus in die Welt.
Dann trat er aus dem Kloster ins Freie, in das bedrohliche, in das bedrohte Freie.
Nach den Tagen in der stillen Düsternis hinter den dicken Mauern traf ihn das grelle Licht des Tages wie ein Blitz.

Die DG AGRI hatte auf die Inter-Service Consultation in Sachen Jubilee Project nicht reagiert und niemand zum Meeting geschickt. Die Organisation von Jubiläen und Feierstunden, das interessierte keinen in dieser Generaldirektion, und schon gar nicht, wenn im Mittelpunkt der Feier nicht eine Leistungsschau der europäischen Agrarpolitik stehen sollte. Und es interessierte die AGRI noch weniger, wenn die DG COMM die Vorbereitung der Feierlichkeiten ausgerechnet der Kultur übertrug, dieser »Arche im Trockendock«, wie sie George Morland einmal genannt hatte. Der Elefant wusste, dass man aus einer Mücke nicht wirklich einen Elefanten machen kann.

Und jetzt war es ausgerechnet dieser George Morland von der AGRI, der, nach den ersten Querschüssen vom Rat, auch in der Kommission Fäden zu knüpfen begann, die zu Fallstricken für das Projekt werden sollten.
George Morland war, wie die meisten englischen Beamten, im Haus nicht sehr beliebt. Die Briten, das hatte sogar der Präsident selbst einmal gesagt, akzeptieren hier nur eine einzige verbindliche Regel: dass sie grundsätzlich eine Ausnahme sind. Tatsächlich standen die Engländer immer im Verdacht, die Interessen der Gemeinschaft gegenüber den Interessen Londons hintanzustellen. In vielen Fällen war der Verdacht begründet. In anderen Fällen aber war es komplizierter: Das Vereinigte Königreich war ja tatsächlich, ob man wollte oder nicht, prinzipiell ein Sonderfall. Die englische Krone hatte Besitztümer, die allerdings rechtlich kein Teil des Vereinten Königreichs waren, wie die Isle of Man oder die Kanalinseln, was in Hinblick auf die Entwicklung einer europäischen Steuerpolitik ein unlösbares Problem darstellte: die Steueroasen eines Mitglieds, auf die es rechtlich keinen Zugriff gab. Die Queen war formal Staatsoberhaupt der Commonwealth-Staaten, was zu juristischen Spitzfindigkeiten etwa in allen Handelsverträgen führen musste, die die EU mit Nicht-EU-Staaten abschloss. Hätte man diese besondere Situation nicht jedes Mal in Ausnahme-Regelungen berücksichtigt, wäre zum Beispiel Australien plötzlich ein Teil des europäischen Binnenmarkts gewesen. Es war von Anfang an nicht einfach mit England gewesen, aber es gab durchaus Engländer, die in Brüssel zu Europäern wurden. Und man musste auch George Morland zugutehalten, dass er in seinen Jahren in Brüssel nicht nur ein paar Brocken Französisch gelernt, sondern auch wichtige europapolitische Arbeit geleistet hatte. In seiner Funktion in der AGRI war er stets ein glühender Verteidiger und Förderer der kleinteiligen Landwirtschaft gewesen, und auch wenn er

es deshalb tat, weil er die englische Landschaft im traditionellen Sinn gepflegt und nicht von riesigen Agrarindustriekomplexen und Monokulturen zerstört sehen wollte, so war ebendies auch von allgemeinem europäischen Interesse. Und da ließ sich Morland, dieser Upper-Class-Sprössling, auch nicht von Agrar-Industrie, Saatgut-Konzernen und ihren Lobbyisten bestechen. Er beziehungsweise seine Familie hatte beträchtlichen Grundbesitz im östlichen Yorkshire, der an mehrere kleine Farmer verpachtet war. Morland kannte ihre Leistungen und ihre Nöte. Ihre Interessen gegen die radikale Intensivierung der Landwirtschaft zu verteidigen, war ein klassischer Fall von Eigennutz, der dem Gemeinnutz diente. Die einzige Monokultur, die er akzeptierte, war der Golfplatz.
Morland war also ein sehr ambivalenter Fall. Er wusste, dass er nicht beliebt war, aber das hatte mit seiner Arbeit in der Kommission zunächst wenig zu tun. Er hatte schon in seiner Jugend darunter gelitten, erst als Schüler und dann als Student in Oxford. Er war eine unglückliche, auf den ersten Blick komische Erscheinung und hatte bei allem Bemühen kein gewinnendes Wesen. Sein rundes, rosafarbenes Gesicht, seine platte Nase, das starke rote Haar, das er nur in Form eines Bürstenhaarschnitts bändigen konnte, der kleine stämmige Körper – er hatte als Kind viele Nächte in sein Kissen geweint, wegen der Spottnamen, die ihm nachgerufen wurden. Vor Schlimmerem als Spott hatte ihn seine Herkunft geschützt, die ihn – in einer Art seelischer Notwehr – schließlich überheblich machte, zugleich aber auch besonders ehrgeizig. Er lernte, sich durch Ämter und Karriere Respekt zu verschaffen, wobei er, mit ironischem Lächeln, ganz alte Schule war: Im Zweifelsfall sollte ihn fürchten, wer ihn partout nicht schätzen wollte.
Now is the winter of our discontent / Made glorious summer by this sun of Brussels.

Aber die Sonne verdunkelte sich. Er war ein END, Expert National Détaché, seine Zeit in Brüssel lief ab. Und ihm war in all dem Chaos der Verhandlungen wegen des Austritts Großbritanniens aus der Union ein schwerer Fehler unterlaufen, der ihn zu Hause gehörig Reputation gekostet hatte. Die Deutschen hatten tatsächlich einen bilateralen Handelsvertrag mit China abgeschlossen, der ihnen den chinesischen Markt für ihre Schweineproduktion öffnete. Schweine! Er hatte das nicht ernst genommen, er war maßgeblich daran beteiligt gewesen, alle Versuche zu boykottieren, einen Gemeinschaftsvertrag der Union mit China zustande zu bringen, er hatte Privilegien für das Vereinigte Königreich verteidigen wollen und die Konsequenzen nicht absehen können. Dieser Kai-Uwe Frigge hatte doch tatsächlich recht gehabt! Die Turbulenzen am Finanzmarkt London City waren beträchtlich und hatten den Wechsel wichtiger Fonds nach Frankfurt beschleunigt. Auf Grund von Schweinen! Morland war fassungslos gewesen. Welche enorme ökonomische Bedeutung es hatte, dass China auch den Schlachtabfall von Schweinen importieren wollte, war ihm völlig unverständlich gewesen. Die Iren hatten in den Zeiten der Hungersnot um ein paar Pence Schweinefüße gekauft und stundenlang ausgekocht, das war elendes Essen in der größten Misere, und Schweineohren hatte in London der Butcher den Stammkunden für ihre Hunde geschenkt. Und der Schweineschädel – nun ja. In das Maul eines toten Schweins hatte er seinen Penis gesteckt, als Initialritus für die Mitgliedschaft im Oxforder Bullingdon Club, der exklusiven Studentenverbindung für Zöglinge aus den besseren Familien. Das tun zu müssen, um dabei sein zu dürfen, war seine letzte Demütigung gewesen, gemildert durch Rausch und Gejohle. Danach nur noch Anerkennung. Schwein kann Spuren von Tories enthalten. Ja. Haha! Wie sie jetzt lachten, die Deutschen. Sie verkaufen Abfall zum

Filetpreis, aber England hat keinen Anteil, und demnächst ist UK ganz draußen.
Es ist verrückt, völlig irrational, aber diese Schweinegeschichte war ein wesentlicher Grund dafür, dass George Morland nun zur radikalen Obstruktion überging. Wenn England schon den Schaden hatte, dann sollte es wenigstens die Schädiger verspotten können. Und alles, was der Kommission nun misslang, stärkte die britische Position bei den kommenden Verhandlungen. Und wenn die Kommission, angeblich unter Schirmherrschaft des Präsidenten, eine Image-Kampagne vorbereitete, dann soll sie scheitern. Ein schlechtes Image der Kommission war gut. Für England.
Morland kippte in seinem Schreibtischstuhl nach hinten und feilte seine Fingernägel. Was war der Grund dafür, dass seine Nägel plötzlich einrissen, splitterten und brachen? Er feilte und dachte nach. Von Zeit zu Zeit blies er den Abrieb von seiner Brust.
Und die gute Mrs Atkinson! Morland lächelte. Es war zwar nicht von nationaler und schon gar nicht von europapolitischer Bedeutung, aber es wäre doch eine hübsche Fußnote in der Geschichte seiner politischen Bemühungen, wenn mit dem Scheitern des Jubilee Project auch diese frigide Person mit ihrem Muff beschädigt wäre. Sie hatte nur wegen dieser Frauenquote den Job bekommen, den er angestrebt hatte und für den er zunächst auch als Favorit gehandelt worden war. George Morland würde es nie zugeben, es wäre nicht exakt das, was er als »objektive Notwendigkeit« bezeichnen würde, aber der bloße Gedanke, Mrs Atkinson zu Fall bringen zu können, gefiel ihm sehr.
Er hatte, wenn er alles recht bedachte, eine klare Vorstellung davon, was nun zu tun war. Ein paar Verabredungen zum Mittagessen mit maßgeblichen Kollegen von anderen Generaldirektionen, am besten im Martin's, das hatte einen schö-

nen Garten, da waren die Raucher unter den Kollegen glücklich und viel entspannter, offener, dort müsste er ihnen maßgeschneiderte Argumente servieren, die sie beunruhigten und gegen das Projekt einnahmen.
Morland wechselte die Feile. Nach grob kam nun fein.
Das würde zunächst eine gewisse Eigendynamik bewirken, Gerede, Rumoren, und diese Unruhe müsste man dann vorsichtig in die Richtung lenken, dass das Bedürfnis nach einer Ratsarbeitsgruppe entstünde, um das Problem auszudiskutieren und zu lösen.
»Das Problem lösen.« Auch in Hinblick auf diese Formulierung war George Morland konservativ. In den letzten Jahren hatte sich eine erstaunliche Sprachverschiebung im Haus durchgesetzt, und niemandem ist es aufgefallen, zumindest hat es niemand kommentiert oder gar in Frage gestellt. Wenn früher gesagt wurde: »ein Problem lösen«, so hieß das jetzt: »das Problem einer Lösung zuführen«. Wenn gesagt worden war: »eine Entscheidung treffen«, so wird jetzt gesagt: »eine Entscheidung herbeiführen«. Statt »etwas zu analysieren«, musste es jetzt »einer Analyse unterzogen werden«. Wenn es geheißen hatte, dass »Vorkehrungen getroffen werden«, so wurden jetzt »Vorkehrungen auf den Weg gebracht«. Man könnte ein ganzes Lexikon der neuen »Comitology-Language« anlegen, und es war erstaunlich, wie in diesem Babylon gewisse sprachliche Tendenzen sofort Allgemeingut in allen Sprachen wurden. George Morland war sensibel genug, dies zu bemerken. Er war kein Semiotiker, kein Hermeneutiker, kein Sprachwissenschaftler, aber er hatte doch das deutliche Gefühl, dass diese Entwicklung ein Zeichen war, eine Bedeutung hatte, die symptomatisch für den Zustand der Kommission war, für ihre Hilflosigkeit, ihre Erstarrung. »Etwas auf den Weg bringen« war doch eindeutig etwas anderes, etwas Defensiveres als »etwas tun«. Diese Formulierungen verrieten, dass

es nicht mehr um ein Ziel ging, sondern nur noch um den Weg. So ungefähr sah er das. Aber er akzeptierte es nicht. Er beharrte auf dem guten alten »ein Problem lösen«, und in diesem Fall hieß das ohne Umschweife: Kill the project, kill Mrs Atkinson.
Nun nahm er die weiche Nagelbürste, um allfällige winzige Feilstaub-Rückstände zu entfernen, dann holte er aus der Schreibtischlade den farblosen Nagellack. Vergnügt lackierte er seine Fingernägel und dachte mit einem dezenten Anflug von Hohn an Mrs Atkinson, die ihre kalten Finger mit den abgekauten Nägeln in einem Muff versteckte.
Und bereits zwei Wochen später konnte er sich ganz unverdächtig dem allgemeinen Wunsch nach der Bildung einer Ratsarbeitsgruppe anschließen, in der Zuständigkeit des CAC (»Cultural Affairs Committee«).

Mrs Atkinson wusste sofort: Das war das Ende des Projekts – das sie selbst doch gar nicht wirklich gewollt hatte. Es war ja bloß eine Initiative der Kultur gewesen. Nach außen war das Projekt völlig mit dieser Xenopoulou verbunden, die sich da enorm wichtiggemacht hatte. Xeno wiederum war sich nicht so sicher, sie fand, wenn es noch Diskussionsbedarf gab, dann sollte sich Martin darum kümmern. Das Projekt war doch Martin Susmans Idee gewesen. Und sie hatte ihm alle organisatorische Arbeit übertragen.
Und Martin war nicht da.

Auf dem Grundstück des Altersheims Maison Hanssens hatte sich ursprünglich eine Grabsteinmanufaktur befunden. Piet Hanssens, Steinmetz in vierter Generation, war ohne Nachkommen gewesen und hatte auch niemand gefunden, der die Manufaktur übernehmen und weiterführen wollte. Als er mit dreiundsiebzig Jahren wegen seiner Quarzstaub-

lungenkrankheit eine demütigende Odyssee durch Spitäler und Pflegeanstalten erleben musste und nicht mehr arbeiten konnte, vermachte er testamentarisch sein Haus, die Werkhalle und den Grund der Ville de Bruxelles, unter der Bedingung, dass die Stadt beziehungsweise die Region Brüssel an dieser Stelle ein würdiges Alters- und Pflegeheim errichtete. Dann schloss er die Augen. Die finanziell klamme Stadt nahm das Erbe an, aber es dauerte Jahre, bis schließlich mit Hilfe von EU-Geldern, aus dem Europäischen Fonds für regionale Entwicklung und dem Europäischen Sozial-Fonds, die ehemalige Grabstein-Manufaktur zu einem modernen »Kompetenz-Zentrum für Senioren-Pflege« um- und ausgebaut werden konnte. In der ehemaligen Werkhalle befand sich nun der Speisesaal, im ehemaligen Schauraum die Bibliothek und der Gemeinschaftsraum des Altersheims, sonst war nichts von der ursprünglichen Bausubstanz übrig geblieben, nichts erinnerte mehr an die Geschichte dieses Ortes.
Fast nichts. Hinter dem Seitenausgang neben der Bibliothek, der eigentlich eine Fluchttür war, standen auf einem Grünstreifen ein knappes Dutzend blanke Grabsteine ohne Gravuren, übrig gebliebene Schaustücke der alten Manufaktur. Es war unklar, ob diese Steine einfach vergessen oder als Reminiszenz an die Geschichte des Ortes bewusst dort belassen worden waren. Niemand, außer dem Hauswart, Monsieur Hugo, der auch die Grünflächen um das Haus herum mähte, bekam sie normalerweise zu Gesicht.
Und dann entdeckte sie David de Vriend. Er hatte das Haus verlassen wollen, er wusste nicht mehr warum, er war einen Augenblick verwirrt, als er im Erdgeschoss den Lift verließ, was wollte er, wohin wollte er, hinaus, er ging nach links, statt nach rechts zum Ausgang, stand plötzlich vor der Fluchttür, drückte den großen roten Querbalken, mit dem man sie öffnen konnte, und befand sich vor den Grabsteinen, die er ver-

wundert ansah – er war doch nicht zum Friedhof gegangen, er hatte doch nur etwas essen gehen wollen. Er nahm wahr, dass auf diesen Grabsteinen keine Namen standen – ein Friedhof der Namenlosen? Aber warum so wenig Steine? Warum so ein kleiner Friedhof? Tausende, Hunderttausende Menschen hatten keinen Namen mehr gehabt, als sie sterben mussten, die Namen von Millionen Menschen sind ausgelöscht worden, bevor sie in den Tod geschickt wurden, sie waren zu Nummern gemacht worden, aber zahllos, und hier – er schaute und begann zu zählen – waren nur: zwei, drei, vier, fünf – da nahm ihn ein Pfleger am Arm, de Vriend hatte durch das Öffnen der Fluchttür einen Alarm ausgelöst.
Was machen Sie denn da? Wollten Sie hinausgehen? Ja? Das ist die falsche Tür. Kommen Sie, ich bringe Sie – wohin wollen Sie denn?
David de Vriend sagte nun bestimmt, dass er essen gehen wollte.
In den Speisesaal?
Nein! Hinaus, in das Gasthaus, in das – er deutete mit dem Zeigefinger: In das, dort! Nebenan.
Wenig später saß er im Le Rustique, die Kellnerin brachte ein Glas Rotwein, und er schämte sich. Das war wieder ein Moment der Klarheit. Und Klarheit hieß Scham. Er fragte sich, warum er –
Natürlich wusste er, warum er –
Und er wurde wütend. So wollte er nicht –

Es war unerträglich heiß. De Vriend zog sein Sakko aus, krempelte die Hemdärmel auf, wischte sich mit seinem Taschentuch den Schweiß von der Stirn. Er konnte nicht denken. Es war zu laut. Am Nebentisch die schnatternde Großfamilie, die kreischenden Kinder. Genervt sah er hinüber –

und lächelte. Das war ein Reflex. Er hatte immer gelächelt, wenn er Kinder sah. Beglückt, oder verständnisvoll, oder einfach aus Höflichkeit.

Da sah er, dass ein Mädchen neugierig zu ihm hersah. Wie alt mochte sie sein? Vielleicht acht. Ihre Blicke trafen sich. Da kam sie zu ihm an den Tisch.

Bitte, nein! Dachte er.

Cool!, sagte sie und zeigte auf die tätowierte Nummer auf de Vriends Arm.

Ist das echt?

Ja, sagte er und zog sein Sakko an.

Cool!, sagte sie und zeigte ihm ein Klebetattoo auf ihrem Unterarm.

Vier chinesische Schriftzeichen.

Ist aber nicht echt, sagte sie. Ich darf noch nicht echt.

Weißt du, was das heißt, fragte de Vriend. Nein? Aber es gefällt dir? Ja?

Er tippte auf die Zeichen.

Auf das erste: Alle

Das zweite: Menschen

Das dritte: sind

Das vierte: Schweine

...

Hab mich verlesen, sagte er und tippte
auf das erste: alte
und das vierte: schweigsam.

Prof. Alois Erhart folgte António Oliveira Pinto in den Meeting Room. Er sah die Mitglieder der Reflection Group im Halbkreis um den Stuhl herum sitzen, auf dem er Platz nehmen sollte: Ein Halbkreis von Laptops und Tablets, dahinter gesenkte Blicke, auf die Bildschirme gerichtet, er hörte das leise schnelle Klicken von Tastaturen.

Erhart stand da, schließlich setzte er sich. Nach und nach richteten sich die Blicke auf ihn.
Hier sollte nur eine Diskussion stattfinden? Das täuschte. Es ging um seine Hinrichtung, um das Ende seines Lebens in der Expertenwelt. Aber hatte Erhart es nicht darauf angelegt? Was sagt man in Erwartung einer Hinrichtung? Letzte Worte. Jetzt ist es so weit, dachte er, genau darauf wollte er seit langem hinaus: Letzte Worte.
Wie fröhlich Herr Pinto alle Anwesenden begrüßte! Nur der griechische Professor, der in Oxford lehrte, tippte noch schnell etwas in seinen Laptop, es musste ganz wichtig und dringend sein, zumindest war es eine Demonstration von Wichtigkeit und Dringlichkeit. Erhart lächelte, sagte: Sind Sie fertig, Herr Kollege? Können wir beginnen?

Letzte Worte. Das war eine Geschichte, die auf Erharts erste wissenschaftliche Publikation zurückging, die in der Vierteljahreszeitschrift zur Wirtschaftsforschung der Universität Wien erschienen war. Damals war er noch Wissenschaftliche Hilfskraft. In dieser Publikation referierte er die Theorie der nachnationalen Volkswirtschaftslehre von Armand Moens und unterkellerte sie mit einigem neuen statistischen Material über die Entwicklung des Welthandels. Voll Stolz hatte Erhart damals ein Exemplar seines Aufsatzes an Armand Moens geschickt – der, zu Erharts Verblüffung, umgehend antwortete. Den Antwortbrief hatte Alois Erhart an diesem Tag mit, und ein Auszug daraus war Teil des kleinen Referats, das er nun hielt.

Zunächst begann Erhart mit dem Zitat von Armand Moens: »Das 20. Jahrhundert hätte die Transformation der Nationalökonomie des 19. Jahrhunderts in die Menschheitsökonomie des 21. Jahrhunderts sein sollen. Das ist auf so grauenhafte und verbrecherische Weise verhindert worden, dass danach die Sehnsucht neu und noch dringlicher wiedererstand. Allerdings nur im Bewusstsein einer kleinen politischen Elite, deren Nachfolger bald beides nicht mehr verstanden: die kriminelle Energie des Nationalismus und die Konsequenzen, die aus den Erfahrungen mit dem Nationalismus bereits gezogen worden waren.«

Einige tippten in ihre Laptops. Erhart wusste nicht, ob sie mitschrieben oder Mails beantworteten. Es war ihm egal. Er hatte noch dreizehn bis fünfzehn Minuten, er hatte Zeit, sein Moment kam noch.

Erhart erläuterte ganz kurz die globale Wirtschaftsentwicklung bis zum Ersten Weltkrieg und mit einigem Zahlenmaterial den radikalen Rückschlag durch Nationalismus und Faschismus – und er sah, dass bereits jetzt, in Minute 5 seines Referats, einige sich langweilten. Nichts langweilte sie so sehr wie die Erinnerung an Faschismus und Nationalsozialismus. Das war ein finsteres Kapitel, das Buch mit diesem Kapitel ist zugeschlagen, ein neues Buch ist längst aufgeschlagen, diese Buchhaltung ist jetzt super, außer in einigen faulen Staaten, dort muss man durchgreifen, das ist unsere Aufgabe, wir halten nichts von Kapiteln in alten Büchern, wir sind die neuen Buchhalter.

Nur ein Beispiel, sagte Erhart, für die Zäsur durch die Jahre 1914 bis 45: Wenn sich der Welthandel in den nächsten Jahren linear so weiterentwickelt wie in den vergangenen zwanzig Jahren – wobei wir nicht einmal sicher davon ausgehen können –, dann wird im Jahr 2020 das Volumen des Welthandels von 1913 erreicht sein. Das heißt, wir nähern uns erst langsam wieder dem Stand der Globalisierung der Vorkriegszeit.

Das ist Unsinn! Das kann doch nicht sein!

Sie wachten auf! Ach, wenn sie wüssten, dass sie noch lange nicht aufgewacht waren!

Warum sagen Sie »Unsinn«, Herr Kollege? Das ist gesichertes statistisches Material, sagte Erhart. Ich wollte Sie nur daran erinnern, ich hätte nicht gedacht, dass Sie es gar nicht kennen.

Dann brachte Erhart noch drei Moens-Zitate, mit denen er aus der Entwicklung der transnationalen Ökonomie die Notwendigkeit neuer demokratischer Institutionen ableitete, die die nationalen Parlamente ablösen mussten. Gut, der Bogen war da jetzt sehr verkürzt, aber Erhart hatte nicht mehr viel Zeit, und er wollte zum Schock kommen.

Er atmete tief durch, dann sagte er: Und nun möchte ich Ihnen etwas erzählen. Ich habe jetzt ein paar Mal Armand Moens zitiert. Das haben Sie geschluckt. Sie haben sich vielleicht gedacht, okay, Moens ist nicht Mainstream, aber es sind doch Zitate eines bekannten Ökonomen, und Sie, meine Damen und Herren, zitieren in Ihren Arbeiten und Ihren Wortmeldungen eben andere, Sie zitieren die Namen, die jetzt Mainstream sind. Sie suchen nicht nach der Wahrheit, weil Sie den Mainstream für den letzten Stand der Wahrheit halten. Warten Sie! Warten Sie! Ich sage nicht, dass ich weiß, was die Wahrheit ist. Ich sage nur, dass wir uns das fragen müssen. Und ich sage, dass wir ihr nicht unbedingt näher kommen, wenn wir uns am Zeitgeist orientieren, also an den gegenwärtig machtvollen Interessen von Wenigen, für die die Mehrheit der Menschen nur ein Abschreibposten in ihrer Buchhaltung ist. Egal. Was ich erzählen will: In meiner allerersten wissenschaftlichen Publikation habe ich mich mit der Theorie von Armand Moens auseinandergesetzt. Voll Stolz schickte ich ihm diesen Aufsatz. Ich hatte es nicht erwartet, aber er antwortete. Ich möchte Ihnen eine Stelle aus seinem Brief vorlesen: Lieber Herr Erhart und so weiter und so weiter, ja, hier: Was Sie getan haben, ist für mich schmeichelhaft und stellt Ihnen ein gutes Zeugnis aus. Sie haben mich zu-

stimmend zitiert und dabei alle Zitierregeln eingehalten. Was Sie geliefert haben, ist eine perfekte erste Publikation, nach den Spielregeln unseres Betriebs. Aber stellen Sie sich vor, Sie müssten jetzt sterben, und diese Publikation wäre das, was von Ihnen bleibt. Wären Sie dann noch immer damit zufrieden? Haben Sie keine Gedanken, keine Visionen, die weit über das hinausgehen, was Sie zitiert haben? Ist dieser Aufsatz wirklich das, was Sie der Welt mitteilen wollten, das, was nur Sie sagen können, das, was weiterwirken soll, falls Sie keine Gelegenheit mehr haben, noch etwas zu sagen? Ich sage: NEIN!
NEIN in Großbuchstaben geschrieben, sagte Erhart.
Und jetzt sage ich Ihnen noch etwas: Wenn Sie sich wirklich, wie Sie in Ihrem Begleitbrief schreiben, als mein Schüler verstehen, dann müssen Sie zuallererst dies lernen: Bei allem, was Sie öffentlich sagen, bei allem, was Sie publizieren, müssen Sie von der Vorstellung ausgehen, dies könnten Ihre letzten Worte sein. Bei Ihrem nächsten Vortrag – stellen Sie sich vor, Sie wüssten, dass Sie unmittelbar danach sterben müssen – was würden Sie in diesem Fall sagen? Einmal noch können Sie etwas sagen, einmal noch, auf Leben und Tod. Was wäre das? Ich bin sicher, Sie würden etwas anderes sagen als das, was Sie in diesem Aufsatz geschrieben haben. Und wenn nicht, dann hätten Sie auch diesen Aufsatz nicht schreiben müssen. Verstehen Sie mich? Es gibt zahllose Sätze, mit denen man sein Leben behaupten, einen Dienstposten erobern und ihn verteidigen kann, Sätze, die am Ende in Gesammelte Werke und in Festschriften eingehen, und ich sage nicht, dass sie alle falsch sind oder unnötig, aber was wir dringend brauchen, sind Sätze mit dem existentiellen Anspruch letzter Worte, die dann nicht in einem Archiv schlummern, sondern Menschen aufwecken, vielleicht sogar Menschen, die heute noch gar nicht geboren sind. Also, lieber Herr Er-

hart, schicken Sie mir noch einen Text. Ich möchte gerne wissen, was Sie schreiben unter der Voraussetzung: Das ist meine letzte Chance, noch etwas zu sagen. Und dann sage ich Ihnen, ob es sinnvoll ist, dass Sie weiter publizieren.
Erhart blickte auf. Er erzählte nicht, dass er nach diesem Brief wochenlang unfähig gewesen war zu schreiben, bis er erfuhr, dass Armand Moens gestorben war. Er sah, dass eine eigentümliche Stimmung im Raum herrschte, die er nicht einschätzen konnte. António Pinto rief: Vielen Dank für diese interessante – äh, Anregung, Professor Erhart, will jemand –
Moment, bitte, sagte Erhart, ich bin noch nicht fertig.
Pardon, sagte Pinto, es kommen also noch last words, sozusagen. Bitte, Professor!
Ich habe, sagte Erhart, zu zeigen versucht, dass wir etwas völlig Neues brauchen, eine nachnationale Demokratie, um eine Welt gestalten zu können, in der es keine Nationalökonomie mehr gibt. Bei dieser These, die ich bis zu meinem Tod vertreten werde, gibt es zwei Probleme. Erstens: Nicht einmal Sie, die Eliten der internationalen Wirtschaftswissenschaften, Mitglieder unzähliger Think-Tanks und Beratergremien von EU-Staaten, können sich das vorstellen, können diesen Gedanken akzeptieren. Sie alle denken immer noch in den Kriterien nationaler Haushalte und nationaler Demokratien. Als gäbe es keinen gemeinsamen Markt und keine gemeinsame Währung, als gäbe es keine Freizügigkeit für die Finanzströme und die Wertschöpfungsketten. Sie glauben im Ernst, dass irgendetwas in Europa besser wird, wenn man den griechischen Staatshaushalt, also einen nationalen Staatshaushalt, auf eine Weise saniert, dass das Gesundheitssystem und das Bildungssystem und das Pensionssystem in Griechenland zusammenbrechen. Dann ist für Sie alles in Ordnung. Wissen Sie, was Ihr Problem ist? Sie sind Katzen

in einer Box, und es ist nicht einmal sicher, dass Sie existieren. Sie und Ihre Theorien werden als Realität bloß vorausgesetzt. Diese Voraussetzung ermöglicht, dass man Rechnungen anstellen kann, und weil diese Rechnungen möglich sind, gilt das gleich als Beweis, dass diese Rechnungen die Realität widerspiegeln und es gar nicht anders sein kann. Warten Sie, warten Sie! Sie können sich gleich aufregen, ich möchte nur noch ein paar Sätze sagen. Okay, ich anerkenne: Sie sind Experten des Status quo. Niemand kennt ihn besser als Sie, niemand hat mehr Insider-Wissen als sie! Aber Sie haben keine Ahnung von der Geschichte, und Sie haben kein Bild von der Zukunft. Oder? Warten Sie, Professor Stephanides, eine Frage: Wenn Sie zur Zeit der griechischen Sklavenhaltergesellschaft gelebt hätten und man hätte Sie gefragt, ob Sie sich eine Welt ohne Sklaven vorstellen können – Sie hätten gesagt: Nein. Nie und nimmer. Sie hätten gesagt, die Sklavenhaltergesellschaft ist die Voraussetzung der Demokratie! Oder? Nein, nein, Professor Matthews, warten Sie. Bitte. Sie stelle ich mir vor in Manchester, zur Zeit des Manchester-Kapitalismus. Wenn man Sie damals gefragt hätte, was man tun müsse, um den Standort Manchester zu sichern, Sie hätten gesagt: Auf keinen Fall darf man diesen Gewerkschaften nachgeben, die statt eines 14-Stunden-Tags einen 8-Stunden-Arbeitstag fordern, ein Verbot der Kinderarbeit und die sogar eine Alters- und Invalidenrente wollen, denn das würde die Attraktivität des Standorts total gefährden – und, Professor Matthews, was ist jetzt? Gibt es Manchester noch? Und ersparen Sie sich dieses überhebliche Grinsen, Herr Mosebach. Mit der Radikalität, mit der Sie heute deutsche Interessen verteidigen, wären Sie mit früherer Geburt als Angeklagter bei den Nürnberger Prozessen gelandet. Und das ist Ihnen nicht einmal klar. Aber zittern Sie nicht, lieber Mosebach, Menschen wie Sie werden immer begnadigt, denn das sieht

doch jeder Gutachter: Sie meinen es nicht böse, Sie sind nur verblendet. Sie sind ein Mitläufer. Und das ist das Problem von Ihnen allen. Sie alle sind Mitläufer. Sie sind entrüstet, wenn Ihnen das heute einer sagt, aber Sie sind genau die, die morgen, wenn es eine Katastrophe und dann gar einen Prozess gibt, zu Ihrer Entschuldigung sagen werden, dass Sie doch nur Mitläufer gewesen sind, kleine Rädchen. Und jetzt frage ich Sie: Wissen Sie überhaupt, worüber wir diskutieren? Wir diskutieren über die Weiterentwicklung der Europäischen Union – einer nachnationalen Gemeinschaft, geboren aus der Einsicht in den historischen Fehler, den Sie wieder für »normal« halten: So ist die Welt, so sind die Menschen, sie wollen sich über die Zugehörigkeit zu einer Nation definieren, sie wollen definieren, wer dazugehört und wer die anderen sind, und sie wollen sich besser fühlen als andere und sie wollen, wenn sie sich vor anderen fürchten, diesen den Schädel einschlagen, das ist ganz normal, so sind die Menschen, Hauptsache das nationale Budget ist im Rahmen der vereinbarten Kriterien.
Danke, vielen Dank, Professor Erhart, sagte António Pinto, gibt es Fragen von Seiten –
Bitte, Mr Pinto, ich bin noch nicht fertig. Bitte noch zwei Minuten.
Die Schultasche war Erhart vom Schoß gerutscht und zu Boden gefallen, ebenso die Blätter mit seinem Vortrag, er sprach schon die längste Zeit frei, sein Referat war ihm aus dem Ruder gelaufen, aber das, worauf er hinauswollte, die Pointe seiner radikalen Intervention, die wollte er unbedingt noch anbringen. Bitte noch zwei Minuten, für mein Resümee. Nein, für meine Vision. Wirklich Last words. Okay? Okay! Also, ich fasse zunächst zusammen: Konkurrierende Nationalstaaten sind keine Union, auch wenn sie einen gemeinsamen Markt haben. Konkurrierende Nationalstaaten in einer

Union blockieren beides: Europapolitik und Staatspolitik. Was wäre jetzt notwendig? Die Weiterentwicklung zu einer Sozialunion, zu einer Fiskalunion – also die Herstellung von Rahmenbedingungen, die aus dem Europa konkurrierender Kollektive ein Europa souveräner, gleichberechtigter Bürger machen würde. Das war ja die Idee, das war es, wovon die Gründer des europäischen Einigungsprojekts geträumt haben – denn sie hatten ihre Erfahrungen. Aber das alles ist nicht durchsetzbar, solange das Nationalbewusstsein gegen alle historischen Erfahrungen weiter geschürt wird und solange der Nationalismus weitgehend konkurrenzlos ist als Identifikationsangebot an die Bürger. Wie kann man also das Bewusstsein fördern, dass die Menschen auf diesem Kontinent europäische Bürger sind? Da gäbe es viele kleine Maßnahmen. Zum Beispiel könnte man alle nationalen Pässe durch einen Europäischen Pass ersetzen. Ein Pass der Europäischen Union, in dem der Geburtsort vermerkt ist, aber nicht die Nationalität. Ich glaube, dass allein dies etwas im Bewusstsein der Generation bewirken würde, die mit einem solchen Pass aufwächst. Und das würde nicht einmal etwas kosten.

Erhart sah, dass die Idealisten in der Runde zwar die Köpfe wiegten, aber bereit waren, über diese Idee zumindest nachzudenken.

Aber das ist nicht genug, setzte er fort. Wir brauchen auch und vor allem ein starkes Symbol für den Zusammenhalt, es muss ein konkretes gemeinsames Projekt sein, das als gemeinsame Anstrengung das Gemeinsame in die Welt setzt, wir brauchen etwas, das allen gehört und sie als Bürger der Europäischen Union verbindet, weil es die Bürger des gemeinsamen Europas waren, die es wollten und produzierten und nicht bloß geerbt haben. Eine erste, kühne, große, bewusste Kulturleistung der nachnationalen Geschichte, und

sie muss zugleich von politischer Bedeutung und psychologischer Symbolkraft sein. Worauf will ich hinaus?
Erhart sah, dass einige nun doch den Eindruck erweckten, als wären sie gespannt, was nun kommen werde. Er holte tief Luft und sagte: Die Europäische Union muss eine Hauptstadt bauen, muss sich eine neue, eine geplante, eine ideale Hauptstadt schenken.
Professor Stephanides lächelte: Die Diskussion, welche Stadt in Europa den Status einer Hauptstadt der Union erhalten soll, ist tot. Das ist Schnee von gestern. Es war eine vernünftige Entscheidung, keiner Stadt, auch Brüssel nicht, diesen Titel zu geben, sondern die europäischen Institutionen auf verschiedene Städte in verschiedenen Ländern zu verteilen.
Sie haben mich nicht verstanden, Kollege Stephanides. Ich sagte nicht, eine Stadt sollte den Titel Hauptstadt bekommen. Mir ist schon klar, dass das nur weiter den Nationalismus anheizt, in den Ländern, deren Bürger sich dann von der Hauptstadt, die zugleich Hauptstadt einer anderen Nation ist, fremdbestimmt fühlen. Das ist ja auch das Problem von Brüssel. Obwohl ich ja Brüssel als EU-Hauptstadt zunächst für sinnig hielt: die Hauptstadt eines gescheiterten Nationalstaats, die Hauptstadt eines Landes mit drei Amtssprachen. Aber nein, ich meinte: Europa muss eine neue Hauptstadt bauen. Eine neue Stadt, deren Errichtung die Leistung der Union ist, und nicht eine alte Reichs- oder Nations-Hauptstadt, in der die Union nur Untermieterin ist.
Und wo wollen Sie diese Stadt bauen? In welchem Niemandsland? In der geographischen Mitte des Kontinents? Die reichste und mächtigste Nation Europas schafft es nicht einmal, einen Flughafen für eine Hauptstadt zu bauen, und Sie träumen gleich vom Bau einer ganzen Stadt? Mosebach schüttelte milde lächelnd den Kopf.
Also eine Art europäisches Brasilia? Ich finde das als Gedan-

kenexperiment interessant, sagte Dana Dinescu, die rumänische Politikwissenschaftlerin, die in Bologna lehrte.
Natürlich, sagte Erhart, kann man diese Stadt nicht in ein Niemandsland bauen. Es gibt in Europa kein Niemandsland mehr, keinen Quadratmeter Boden, der nicht eine Geschichte hat. Und deshalb muss die europäische Hauptstadt natürlich an einem Ort gebaut werden, dessen Geschichte maßgeblich für die Einigungsidee Europas war, eine Geschichte, die unser Europa überwinden will, zugleich aber niemals vergessen werden darf. Es muss ein Ort sein, wo die Geschichte spürbar und erlebbar bleibt, auch wenn der letzte gestorben ist, der sie erlebt oder überlebt hat. Ein Ort als ewiges Fanal für die künftige Politik in Europa.
Erhart sah in die Runde. Gab es jemanden, der schon ahnte, was nun kommen würde? Dana lächelte und blickte ihn neugierig an. Stephanides schaute betont gelangweilt zum Fenster. Mosebach tippte etwas in seinen Laptop. Pinto sah auf die Uhr. Aber zehn Sekunden später starrten sie alle Erhart mit offenen Mündern an. Fassungslos. Dreizehn Sekunden später war Erhart, der renommierte Professor Emeritus, als Mitglied des Think-Tanks »New Pact for Europe« Geschichte.
Er sagte: Und deshalb muss die Union ihre Hauptstadt in Auschwitz bauen. In Auschwitz muss die neue europäische Hauptstadt entstehen, geplant und errichtet als Stadt der Zukunft, zugleich die Stadt, die nie vergessen kann. »Nie wieder Auschwitz« ist das Fundament, auf dem das Europäische Einigungswerk errichtet wurde. Zugleich ist es ein Versprechen für alle Zukunft. Diese Zukunft müssen wir errichten, als erlebbares und funktionierendes Zentrum. Haben Sie den Mut, über diese Idee nachzudenken? Das wäre doch ein Ergebnis unserer Reflection Group: eine Empfehlung an den Präsidenten der Kommission, einen Architekturwettbewerb

auszuschreiben, für die Planung und Errichtung einer europäischen Hauptstadt in Auschwitz.

Alois Erhart legte den Koffer auf sein Bett im Hotel Atlas, um zu packen. Er hatte ein heißes Gesicht, dachte, dass er fieberte. Das eben Erlebte brannte in ihm. Er zog die Vorhänge zur Seite und schaute aus dem Fenster, hinunter auf den Platz. Zeitlupe, dachte er. Es war da unten ein Gewimmel in Zeitlupe. Bei drückender Hitze bewegte sich alles ganz langsam, als wären die Bewegungen aller eine gemeinsame Bewegung mit einem gemeinsamen Ziel – das möglichst lange nicht erreicht werden soll.
Erhart hatte gelernt, dass das europäische Einigungsprojekt auf diesem Konsens beruhte: Nationalismus und Rassismus hatten zu Auschwitz geführt und durften sich nie mehr wiederholen. Dieses »Nie wieder!« begründete alles Weitere, die Souveränitätsabgabe der Mitgliedstaaten an supranationale Institutionen und die bewusste Gestaltung einer transnationalen, verflochtenen Ökonomie. Das begründete auch das Hauptwerk von Armand Moens, der als Ökonom darüber nachzudenken begann, wie nachnationale Ökonomie politisch organisiert werden müsse. Dieser Frage hatte auch Professor Erhart sein Leben als Wissenschaftler gewidmet. Sein Leben, das Leben seines Lehrers, die erlebte Zeitgeschichte, die Wahrung von sozialem Frieden, die Zukunft des Kontinents, das alles beruhte auf zwei Worten: »Nie wieder!« So sah das Erhart. »Nie wieder!« ist ein Versprechen auf Ewigkeit, ist ein Anspruch, der ewige Gültigkeit behauptet. Jetzt starben die letzten, die überlebt hatten, was nie wieder geschehen sollte. Und dann? Hatte selbst die Ewigkeit ein Ablaufdatum? Jetzt hatte eine Generation die Verantwortung übernommen, die sich wenigstens in Sonntagsreden noch verpflichtet fühlte, raunend und mahnend dieses »Nie wieder«

auszusprechen. Aber dann? Wenn der Letzte gestorben sein wird, der bezeugen kann, aus welchem Schock heraus Europa sich neu erfinden wollte – dann war Auschwitz für die Lebenden so weit abgesunken wie die Punischen Kriege.
Wenn Alois Erhart einen mächtigen, objektiven Grund brauchte, um sich seine Schmerzen zu erklären und sich ihnen wehrlos auszuliefern, dann dachte er in solch großen politischen und geschichtsphilosophischen Kategorien. Das war dann eben der Weltschmerz, gegen den es kein Mittel gab.
Pragmatiker kannten Mittel. So wie sein Vater. Erharts Vater hatte 1942 eine Einberufung zur OrPo bekommen, Ordnungspolizei, Bataillon 316, die nach Posen verlegt wurde, um dort unter dem Titel »Partisanenbekämpfung« Erschießungen von Juden durchzuführen. Diesen Stellungsbefehl hatte Alois Erhart nach dem Tod seines Vaters in einer Mappe mit Papieren in dessen Schreibtisch gefunden. Der Vater war bereits vor der Annexion Österreichs NSDAP-Mitglied geworden, wurde dann Ausstatter für Sport- und Feldausrüstung des BDM Wien, der Hitlerjugend und des Turnerbunds. So konnte er lange als »kriegswichtig« einer Einberufung entgehen. Als er das Geschäft schließen musste, wurde seine Einberufung unvermeidlich. Wegen seiner guten Kontakte und seiner Verdienste wurde er allerdings nicht an die Front geschickt, sondern mit einem Polizeibataillon hinter die Linien.
Sein Vater ist im Krieg in Posen/Poznań gewesen? Er, Alois Erhart, ist im Lager des Geschäfts zur Welt gekommen, während sein Vater in Polen als »Polizist« Juden exekutierte? Und hat später nie darüber geredet? Erhart hatte diese Dokumente lange ungläubig studiert und schließlich seine Mutter darüber befragt. Sie war, als Vater starb, bereits dement, ging wenige Monate später dem Vater nach. Aber noch lebte sie und Erhart versuchte, sie zu einer Erinnerung zu bewegen, aber sie schaute nur, lachte plötzlich, sagte: Polen? Und begann

zu singen. *Sto lat, sto lat*, sie sang, emphatisch und mit glücklichem Gesichtsausdruck. Alois verstand kein Wort, er schüttelte sie an den Schultern und rief Mutter! Mutter! Was singst du da? Erhart versuchte, sich Worte einzuprägen, auch wenn er sie nicht verstand, *sto lat* und *Jeszcze raz* konnte er sich merken, weil Mutter diese Worte immer wieder singend wiederholte, er lief auf die Toilette und schrieb sie auf, phonetisch, ungefähr so, wie sie klangen. Dann zurück zur Mutter, sie saß da, still, verträumt, sagte nichts mehr.
Erhart fragte am nächsten Tag eine Kollegin von der Slawistik, sie sagte, dass die Worte, die er aufgeschrieben habe, »Hundert Jahre« und »Noch einmal« bedeuten. Und sie glaube, dass Erharts Mutter ein altes polnisches Volkslied gesungen habe, allerdings sei »Sto lat« auch ein Trinkspruch. Ob ihm das weiterhelfe?
Nein.
Woher kannte seine Mutter ein polnisches Volkslied? Was hatte sein Vater in Poznań gemacht? Und wieso singt die Mutter, die keine Erinnerung mehr hat, auf Polnisch »Noch einmal! Noch einmal! Noch einmal!«?

Alois Erhart packte seinen Koffer, in Gedanken und Erinnerungen versunken. Er hielt inne. Warum packte er? Sein Rückflug ging erst übermorgen, das Zimmer im Hotel Atlas war bis übermorgen gebucht und bezahlt. Weil morgen noch eine Sitzung des »New Pact«-Think-Tanks stattfinden sollte. Und nur, weil er nicht mehr teilnehmen, sich dort nicht mehr blicken lassen wollte, musste er doch nicht sofort abreisen. Er hatte auch kein Flugticket, das umgebucht werden konnte. Also – noch ein Tag in Brüssel.
Er setzte sich an den Schreibtisch, öffnete seinen Laptop, wollte ein Gedächtnisprotokoll der Sitzung schreiben, die Reaktionen der Mitglieder dieser Gruppe zusammenfassen. Der

Reihe nach, gemäß den Kategorien, nach denen er sie eingeteilt hatte. Er begann mit »Die Eitlen« – aber bevor er weiterschreiben konnte, sah er, dass das automatische Korrekturprogramm dies zu »Die Eliten« verbessert hatte.
Ist gut, dachte er und klappte den Laptop zu.

Matek nahm den IC um 11.04 von Krakow Główny nach Poznań Gł. Die Fahrt sollte knapp 5 Stunden 20 dauern. Sie war für ihn nach weniger als drei Stunden zu Ende. Denn kurz nach Łódź löste der Lokführer eine Notbremsung aus, wodurch Matek, der just in diesem Moment aufgestanden war, um auf die Toilette zu gehen, durch den Mittelgang des Waggons geschleudert wurde, gegen eine Sitzlehne und dann gegen die Tür prallte und liegenblieb. Er versuchte aufzustehen, aber er konnte sich nicht aufstützen, sein rechter Arm stand unnatürlich weg, seine Beine gehorchten ihm nicht, er konnte sie nicht anziehen und auf die Knie kommen, irgendetwas war mit seinem Bauch, als wäre hinter seinem Nabel etwas geplatzt, als hätte sich eine gewaltige Energie befreit, die nun glühend durch seine Eingeweide strömte, er hörte Menschen wimmern, es musste auch andere Verletzte geben, er versuchte nochmals, sich aufzurichten, aber er konnte nur den Kopf etwas heben, den er stöhnend wieder sinken ließ. Jemand beugte sich über ihn, sagte etwas, es war eine Frauenstimme, die Matek Vertrauen einflößte, geradezu ein Gefühl von Geborgenheit gab, er schloss die Augen. Er sah einen kleinen Jungen über ein Feld laufen, der einen Drachen steigen ließ. Andere Kinder liefen dem Jungen nach, sie wollten ihm den Drachen abjagen, aber der Junge war schneller, und je schneller er lief, desto höher stieg der Drachen, die Leine wickelte sich so schnell von der Kordel ab, dass sie ihm regelrecht die Handflächen ritzte und zersägte, nun tauchten Männer mit Pistolen und Gewehren auf, die auf den Drachen schossen, aber das große, mit rot-weißem Tuch bespannte Kreuz flog schon so hoch, dass die Kugeln es nicht mehr erreichten, seine Hände bluteten, das Blut tropfte auf das Feld, der Drachen stieg immer höher hinauf in den Himmel, da sah er seitlich die Mutter stehen, sie applaudierte lachend, und der Junge ließ los, der Drachen stieg hinein in die Sonne, dorthin wo sie nicht mehr blendete, sondern tiefrot und schließlich schwarz wurde.

Am nächsten Tag berichteten die Zeitungen europaweit von dem Zugunglück. Ein Selbstmörder hatte sich auf der Bahnstrecke zwischen Łódź und Zgierz vor den IC nach Poznań geworfen, was den Zugverkehr auf dieser Strecke für mehr als drei Stunden blockierte.
Diese Meldung war ungewöhnlich. Es handelte sich um ein verhältnismäßig kleines, lokales Unglück, und es gab einen Konsens zwischen den Medien, über solche Vorkommnisse nicht zu berichten, um Nachahmungstaten zu verhindern. Dass dieser Fall doch den Weg in die Medien, sogar in die europäischen Medien fand, hatte einen einfachen Grund: Der Tote war, zumindest als Toter, von allgemeinem Interesse. Bei dem Mann, der sich vor den Zug geworfen hatte, handelte es sich um den achtzigjährigen Adam Goldfarb.
Ab 1942 hatte es neben dem Ghetto Łódź auch ein Jugendkonzentrationslager gegeben, in dem jüdische Kinder schon ab einem Alter von zwei Jahren eingesperrt wurden. Und Adam Goldfarb war der letzte Überlebende dieses Jugendkonzentrationslagers von Łódź. War der letzte Überlebende gewesen. Das Motiv dieses »Mahners«, so stand es in der Zeitung, sei nicht bekannt.

# Elftes Kapitel

Wenn etwas zerfällt,
muss es Zusammenhänge gegeben haben.

Die erste Sitzung der Ratsarbeitsgruppe, Betreff: Jubilee Project der Europäischen Kommission, fand ausgerechnet am Nachmittag des Tages statt, an dem die belgischen Zeitungen und auch einige deutsche und französische den Skandal kommentierten, den die neue Ausstellung in den Musées royaux des Beaux-Arts in Brüssel ausgelöst hatte. Wie so mancher große Skandal hat auch dieser klein angefangen. Zunächst waren nach der Vernissage der Ausstellung »Kunst auf dem Abstellgleis – vergessene Moderne« einige kurze, eher betuliche, wenig inspirierte Berichte in lokalen Medien erschienen. Wenn eine Sammelausstellung Werke vergessener Künstler zeigt, dann fällt es selbst den gewöhnlich besonders ambitionierten Kunstkritikern schwer, die gezeigte Auswahl zu kritisieren und etwa einzuklagen, dass der eine oder andere Künstler, der in dieser Ausstellung hätte gezeigt werden müssen, vergessen wurde. Die Ausstellung präsentierte ja nur vergessene Künstler, und jeder Kritiker, der unter diesen Vergessenen einen vermisst hätte, der vom Kurator der Ausstellung vergessen wurde, wäre in eine Falle getappt: Er würde an einen Vergessenen erinnern, nur um ihn anzufügen an die Liste der Vergessenen. Da stellte sich eine Frage von unendlicher kunsttheoretischer Komplexität: Gibt es Kunst, die in einer bestimmten Epoche bedeutsam ist, dann aber zu Recht vergessen wird? Offenbar. Aber warum? Wir vergessen ja nicht die Epoche, warum aber vergessen wir Exempel ihrer Kunst? Gibt es vorbildlich vergessene Kunst, gibt es den paradigmatischen vergessenen Künstler? Und wie sehr verdient ein vergessener Künstler das Verdikt »Vergessen«, wenn ein Kritiker an ihn erinnert, und wie sehr ist er dann doch nicht oder erst recht vergessen, wenn

der Kritiker bloß einmahnt, dass er in der Liste der Vergessenen nicht vergessen werden dürfe?
Aus diesem Grund war die Ausstellung kein großer Erfolg bei der Kritik – es herrschte der Tenor: Im Grunde handelte es sich um Kunst, die sich letztlich auf dem Markt nicht durchsetzen konnte. Aber sie war auch kein Misserfolg – denn alle gezeigten Kunstwerke sind irgendwann nach 1945 immerhin von den königlichen Museen angekauft worden, wurden also zu einer bestimmten Zeit doch anders eingeschätzt, als hervorragend im Kontext ihrer Zeitgenossenschaft, zumindest als Arbeiten vielversprechender junger Künstler. Und einige Kritiker setzten sich daher mehr oder weniger originell mit ebendieser Frage auseinander: Wie kommt es, dass etwas wichtig genommen und gleich darauf vergessen wird?
Thomas Hebbelinck, der Kurator der Ausstellung, verriet in einem Interview in De Standaard den verblüffend banalen Grund für die Konzeption dieser Ausstellung: Die königlichen Museen bereiteten eine große Francis-Bacon-Ausstellung vor, allein die Versicherungsprämien der Leihgaben, die von anderen Häusern angefordert wurden, verschlinge einen so großen Teil des Budgets, dass die Notwendigkeit entstand, zur Überbrückung eine Ausstellung zu machen, die nichts kostete. Also mit Werken aus dem Bestand des Hauses, aus dem Depot. So sei die Idee entstanden, Ankäufe von Künstlern zu zeigen, die vergessen wurden, eine Idee, die er tatsächlich spannend und einer Diskussion würdig fände. Denn die Frage, was wir vergessen und warum wir vergessen und ob sich in ausgestellten Werken vielleicht gar ein kollektiver Wunsch nach Verdrängung zeigt, sei doch von grundsätzlicher Bedeutung.
Damit schien diese Ausstellung medial abgehakt.
Doch dann kam in De Morgen der große geschliffene Essay von Geert van Istendael, dem berühmten Brüsseler Intellektuellen, der zuletzt auch als Mitglied der Jury »Brüssel sucht

einen Namen für sein Schwein« medial auffällig wurde. Er eröffnete eine völlig neue Front in einer Auseinandersetzung, die einen Tag lang halbherzig und dann schon gar nicht mehr geführt worden war: Er setzte sich nicht mit der vergessenen Kunst auseinander, sondern nur mit der Form, wie Kurator Hebbelinck sie in Szene gesetzt hatte. Die Ausstellung hatte den Titel »Kunst auf dem Abstellgleis«. Durch den großen Ausstellungsraum waren Eisenbahnschienen gelegt worden, am Ende befand sich ein Prellbock, was, wie van Istendael schrieb, wohl ausdrücken sollte: Hier ist Endstation. Die Besucher der Ausstellung wurden an die linke Seite der Gleise geführt, während sich die Kunstwerke, Plastiken, Gemälde und Zeichnungen, sehr dicht gehängt und aufgestellt, auf der rechten Seite befanden.
Geert van Istendael eröffnete seinen Essay mit dem Satz: »Bei dieser Ausstellung, die einem sehr zu denken gibt, fehlt nur ein kleines, aber wichtiges Detail: Über dem Tor in die Ausstellung der Satz ›Kunst macht frei‹.«
Und er stellte die Frage, ob das Museum beziehungsweise der Kurator dieser Ausstellung der Meinung sei, man könne das Verhältnis von gescheiterter und erfolgreicher Kunst mit der Selektion an der Rampe von Auschwitz vergleichen. Links das Leben, rechts der Tod. Die Präsentation von Kunst, die sich auf dem Kunstmarkt nicht durchgesetzt hat, als eine Masse von Werken zu präsentieren, die am Ende einer Bahnstrecke in den Tod geschickt wird – denn wie sonst seien die Bahngleise und der Prellbock zu interpretieren? –, während auf der linken Seite den Besuchern gesagt wird, dass sie zu den Überlebenden zählen, sei nicht nur eine Verharmlosung von Auschwitz, sondern zeige auch die Dummheit und Unangemessenheit der Idee, ständig auf Auschwitz verweisen zu müssen. Und es stelle sich die Frage, so van Istendael, »was der größere Skandal ist: schlechte Kunst mit Juden gleichzu-

setzen oder den Kunstmarkt als eine Art Doktor Mengele zu sehen. So oder so, diese Ausstellung ist ein Skandal, zugleich aber hoffentlich der letzte seiner Art: Denn ab jetzt ist die Faschismuskeule ein Requisit aus Papiermaché, gefertigt aus dem ins Wasser gefallenen Katalog einer schlecht gemachten Ausstellung von Pappkameraden, die sich Künstler nennen.«
Das saß. Und plötzlich war die vom Feuilleton nur sehr müde kommentierte Ausstellung ein Skandal, der in politischen Kommentaren und Leitartikeln breitgetreten wurde.
Sogar der große alte Mann der bürgerlichen belgischen Presse, der seit mehr als zehn Jahren pensionierte Chefredakteur von De Financieel-Economische Tijd, Tom Koorman, meldete sich in De Tijd mit einem Kommentar zurück: Diese Ausstellung sei ein Verbrechen, weil sie kein Verbrechen mit dem größten Verbrechen gleichsetze. Die freie Welt habe auch die Freiheit, zu vergessen, und der freie Markt, auch der Kunstmarkt, definiere sich eben nicht über die Anbetung von Asche.
Diese geistlose, zumindest unglückliche Formulierung »Anbetung von Asche« im Zusammenhang mit Auschwitz führte zu weiteren aufgeregten Reaktionen, auch wenn Koorman es gewiss nicht so gemeint hatte, wie es interpretiert wurde. Aber auch Kurator Hebbelinck hatte nichts von alldem beabsichtigt, was ihm in den Reaktionen und Kommentaren unterstellt worden war. Jedenfalls gab es an diesem Tag, an dem die Ratsarbeitsgruppe zusammentrat, keine Zeitung, in der »der Missbrauch von Auschwitz« nicht Thema war.
Und George Morland sagte gleich zu Beginn des Meetings – aber bitte außer Protokoll –: Wenn diese Ausstellung, die doch zweifellos eine gewisse Verwandtschaft zur Idee der COMM hat, bereits Teil des geplanten Jubilee gewesen wäre – well, das wäre nicht exakt das gewesen, was ich als großen Image-Gewinn für die Kommission bezeichnen würde.

Als Mrs Atkinson das Protokoll der Sitzung las, wusste sie, dass sie das Projekt in dieser Form – ja: vergessen konnte. Es gab nun zwei Möglichkeiten: das Projekt definitiv der Arche zuzuschieben – und sie damit scheitern zu lassen. Das würde kaum noch Rumoren im Haus zur Folge haben, denn niemand erwartete von der Arche etwas wirklich Erhellendes. Was hatte ihr Kollege Jean-Philippe Dupont unlängst über die Arche gesagt? »J'adore les lucioles, vraiment, elles sont magnifiques. Mais quand je veux travailler, elles ne me donnent simplement pas assez de lumière!«
Oder aber sie insistierte auf der Grundidee, Jubilee Project zur Verbesserung des Images der Kommission, trennte sich allerdings von der inhaltlichen Idee, die von der Arche gekommen war. Das war ja ein Vorschlag der Arbeitsgruppe: »Warum die Juden? Warum nicht Sport?«
Ja, dachte sie. Warum nicht? Die völkerverbindende Idee des Sports, damit könnte man arbeiten, im Sinne von Artikel 165 Absatz 1, AEU-Vertrag, wie hier im Protokoll vermerkt wurde. Das Sport-Ressort war auch der Generaldirektion für Bildung und Kultur zugeordnet, so könnte sie also weiter mit Frau Xenopoulou zusammenarbeiten, und sie könnten sich weiterhin darauf berufen, dass der Präsident seine grundsätzliche Unterstützung für das Jubilee Project gegeben hatte. Auch das war im Protokoll festgehalten. Allerdings wurde ein Alleingang der Kommission dezidiert abgelehnt, wodurch der Sinn des Projekts, einen Image-Gewinn der Kommission zu erreichen, hinfällig würde. Akzeptiert wurde lediglich, dass das Projekt ausschließlich aus dem Budget der Kommission finanziert werden sollte, was aber schwerlich zu akzeptieren wäre, wenn Rat und Parlament sich anhängten und bei der Planung mit all ihren dauernden Einwänden mitredeten. Und konnte man der Kultur überhaupt zumuten, ihre Idee abzulehnen und sie gleichzeitig zu verpflichten, eine ganz an-

dere Idee umzusetzen, allerdings ohne Aussicht auf einen exklusiven Imagegewinn?
Grace Atkinson knetete ihre Finger. Die Brüsseler Küche tat ihr gut. Sie hatte schon acht Pfund zugenommen, und sie war erstaunt darüber, dass auch die Durchblutung ihrer Hände und Füße nun besser zu funktionieren schien. Und keine Spur mehr von Blässe, von bleicher Gesichtshaut wie Papier. Sie hatte jetzt rote Wangen, wie auf den Porträts von Sir Thomas Lawrence, dem Lieblingsmaler der Queen. Das war vielleicht auch Folge des Gläschens Champagner oder, sie wollte ja nicht übertreiben, Prosecco, das sie ab und zu trank. Sie hatte die Erfahrung gemacht, dass ein Gläschen, nur ein kleines Gläschen, maximal zwei, ihre Phantasie anregte, ihr Verstand wurde offener, zugleich war sie entschlossener, nur ihre Finger knetete sie noch aus Gewohnheit.
Sie knetete und dachte nach. Zunächst müsste sie herausfinden, wie Fenia Xenopoulou auf das Protokoll der Ratssitzung reagierte.
Sollte sie ihr eine Mail schreiben und ein Treffen vorschlagen, um zu besprechen, wie man die vorliegenden Einwände adaptieren könnte?
Unsinn. Da gab es nichts zu adaptieren. Und eine solche Mail käme daher schon einer definitiven Distanzierung von der Idee gleich, die von der Arche geliefert worden war.
Grace Atkinson fühlte sich schlecht. Sie war ein loyaler Mensch. Sie hatte das Engagement von Fenia Xenopoulou ehrlich geschätzt. Loyalität und Fairness, das waren für sie keine Phrasen, sondern tief in ihrer Seele verankerte Prinzipien, das menschliche Rüstzeug, um in Würde und durchaus mit dem Anspruch auf Erfolg seinen Weg zu gehen. Sie war in etwas hineingeraten, wo berufliches und menschliches Überleben vielleicht von ganz anderen Parametern abhing, und sie wusste nicht, ob das damit zu tun hatte, dass hier

Menschen mit ganz verschiedenen kulturellen Prägungen zusammenarbeiten mussten oder, weil große bürokratische Systeme grundsätzlich zu solchen Widersprüchen führten. Sie hatte zuvor in Gremien der University of London gearbeitet, dann im Kabinett des englischen Außenministers. In beiden Fällen hatte es sich um schlanke Strukturen gehandelt, wenngleich sie nicht transparent waren. Im Grunde hatte sich alles hinter verschlossenen Türen abgespielt; die berühmten Polstertüren, sie waren Metapher und Realität gleichzeitig. Aber hier, hier war sie unausgesetzt unter Beobachtung, und alle Mails wurden abgespeichert und einer Akte zugeordnet, die dann nach einer gewissen Zeit nach Florenz kam, ins Archiv der Europäischen Union, wo Historiker saßen und darin herumstocherten. Wenn eine Entscheidung im Kabinett des Ministers in London zu treffen war, dauerte die Debatte maximal dreißig Minuten, inklusive der Rituale und Floskeln am Beginn und am Ende. Da saßen Menschen zusammen, die denselben Background hatten, eine vergleichbare Herkunft, daher auch dieselben Schulen besucht hatten, dieselbe Sprache mit demselben Akzent sprachen, an dem sie einander erkannten, sie alle hatten Ehepartner aus derselben gesellschaftlichen Schicht, sie hatten zu achtzig oder neunzig Prozent deckungsgleiche Biographien und weitgehend identische Erfahrungen. Es gab ein Problem? In zwanzig Minuten waren sich diese weißen, protestantischen Eliteschulen-Abgänger einig. Was ein anderer in diesem Kreis sagte, klang, als führte man ein Selbstgespräch. Aber hier in Brüssel? Da saßen ständig Menschen zusammen, mit verschiedenen Sprachen und verschiedenen kulturellen Prägungen, vor allem aus den Staaten im Osten kamen viele auch aus Arbeiter- oder Handwerkerfamilien, sie hatten ganz unterschiedliche Erfahrungen, und alles, was Grace Atkinson in zwanzig Minuten zu klären gewohnt war, dauerte hier Stunden, Tage, Wochen.

Sie fand das faszinierend. Sie musste sich eingestehen, dass die Entscheidungen, die im Zirkel der Eliten in England so schnell getroffen werden konnten, in der Regel nicht den Interessen der Mehrheit der britischen Bevölkerung entsprachen, egal wer regierte. Hier war es umgekehrt. Es gab so viele, so unendlich mühsame Kompromisse, dass deswegen niemand mehr, egal wo, verstand, dass seine Interessen in diesem Kompromiss irgendwie aufgehoben waren. Es war komplizierter, aber es war auch spannender, doch manchmal dachte sie: Man müsste autoritär durchgreifen können, mit Weisungs- und Durchgriffsrecht und –

Mrs Atkinson schluckte. Der Gedanke schockierte sie. Jedenfalls keine Mail. Sie hätte es nicht fair gefunden, sich aktenkundig von Frau Xenopoulou zu distanzieren. Absolut nicht fair. Sie schenkte sich noch ein Glas Prosecco ein und beschloss, Fenia Xenopoulou anzurufen.

Als Fridsch anrief und fragte, ob sie in der Mittagspause Zeit habe, dachte Xeno, dass es um die Verwerfungen ginge, die das Jubilee Project ausgelöst hatte. Es sei für sie sehr wichtig, hatte er gesagt, eine Information, die er ihr dringend mitteilen müsse, und er hatte ein Lunch in der Rosticceria Fiorentina, Rue Archimède, vorgeschlagen. Okay, hatte sie gesagt, in einer Stunde in der Rosti.

Xeno war nicht naiv. Aber jetzt, bei der Lektüre des Protokolls der Ratsarbeitsgruppe, fragte sie sich doch, wie sie so überrascht werden konnte von Dynamiken, die sie, mit all ihren Erfahrungen, doch hätte voraussehen und erwarten müssen. Und warum sie die Spielchen, die da gespielt wurden, plötzlich widerlich fand, obwohl sie Routine waren. Sie kannte das doch seit Jahren. Allgemeine Zustimmung zu der Idee, und dann so viele einzelne Einwände und Änderungsvorschläge, dass von der Idee nichts mehr übrig blieb.

In dem Roman, den Xeno gelesen hatte, dem Lieblingsroman des Präsidenten, gab es eine Stelle, in der der Kaiser seiner Geliebten verspricht, dass er mit all seiner Macht, die doch von den Göttern gegeben sei, den alten Menschheitstraum vom Fliegen verwirklichen möchte. Dieses Wunder, wenn er es denn in die Welt setzen könne, würde nicht nur seine Herrschaft befestigen, sondern zugleich auch den Glauben der Menschen in ihre Möglichkeiten entfesseln und daher Glück und Wohlstand seines Reichs befördern. Er rief die bedeutendsten Philosophen, Priester und Wissenschaftler seiner Zeit zusammen, um an der Lösung dieser Aufgabe zu arbeiten – die sehr schnell daran scheiterte, dass all diese weisen Männer sich nicht einmal darauf einigen konnten, welcher Vogel der richtige sei, um ihm das Geheimnis des Fliegens zu entreißen. Sie sahen nicht das Fliegen, sie sahen nur die Unterschiede der Vögel.

Was Xeno besonders verblüffte, war die Reaktion der Deutschen. Das Protokoll begann ganz routiniert mit »Allgemeine Zustimmung zu dem Vorschlag von COMM und EAC, eine Jubiläumsfeier zum runden Jahrestag der Gründung der Europäischen Kommission auszurichten, mit dem Ziel, das Image der Kommission zu verbessern (PT, IT, DE, FR, HU, BG, SI, AT, FR, UK, NL, HR, LV, SE, DK, EE, CR, EL, ES, LU). BG unterstrich besonderes Interesse an dieser Initiative, die in die Zeit seiner Ratspräsidentschaft fallen würde.«

Und so ging es zunächst weiter, höfliche Zustimmungen, bis die ersten Einwände kamen: »Zustimmung zum Budgetvorschlag, aber MS (IT, DE, FI, EE, CR, HU, SI, HR, FR) forderten verbindliche Zusage, dass auch im Falle einer Kostenüberschreitung die Finanzierung des Projekts ausschließlich aus dem Verwaltungsbudget der Kommission erfolgen dürfe, ohne das allgemeine Budget zu belasten. Rat und Parlament würden dem nicht zustimmen. Dessen ungeachtet insistier-

ten MS (DE, IT, FR, HU, PL) auf Einbindung des Rats und Parlaments bei der inhaltlichen Ausrichtung des Projekts.«
Das war schon ein starkes Stück. Aber fassungslos war Xeno, als sie die inhaltlichen Einwände las, vor allem von Seiten Deutschlands: »DE stellte die Idee, Auschwitz als Fundament der europäischen Einigung, in Frage und betonte, dass die Muslime in Europa nicht aus dem europäischen Einigungswerk ausgeschlossen werden dürfen. (Zustimmung: UK, HUN, PL, AT, HR, CR)«
Xeno hielt sich für abgebrüht. Sie hatte im Lauf ihrer Karriere genug Erfahrungen mit Widerständen, Blockaden und bürokratischen Hürden gemacht. Und auch wenn sie in letzter Zeit unsicherer geworden war, was ihre weitere Karriere betraf, so hatte sie sich doch immer darauf verlassen können, dass sie Widerstände antizipieren konnte und dann entsprechend darauf vorbereitet war. Aber dieser Einwand der Deutschen und die Liste der zustimmenden Staaten, ausgerechnet dieser, machte sie wirklich sprachlos. Damit hatte sie nicht gerechnet: dass sich die Deutschen Sorgen um die Muslime machten und dass ausgerechnet die Länder, die innenpolitisch am radikalsten das »christliche Abendland« verteidigten, hier den Deutschen zustimmten. Und dass just die Ungarn ihrer Besorgnis Ausdruck verliehen, dass die Zustimmung einer breiteren europäischen Öffentlichkeit nicht gegeben sei, wenn das Verbrechen an den Juden in den Mittelpunkt der angeblich identitätsstiftenden Feierlichkeiten gestellt werde, ohne auch daran zu erinnern, dass die Juden nun mit den Palästinensern genau das machten, was ihnen selbst zuvor widerfahren war. Für diesen Einwand bekamen sie den Beifall der linken Abgeordneten (aus DE, GR, ES, PT, IT). Und sie, die Ungarn, erinnerten auch daran, dass sie im kommenden Jahr den Vorsitz der Internationalen Allianz für Holocaust-Gedenken (IHRA) innehaben werden und daher ohnehin

schon eine Reihe von Gedenkveranstaltungen vorbereiteten. Und dann die Italiener: »Vorschlag IT, die Jubilee-Feierlichkeiten in Rom abzuhalten, zur Erinnerung an die Römischen Verträge. Festveranstaltung im Palazzo Montecitorio, mit den Präsidenten des Parlaments, des Rats und der Kommission, des Wirtschafts- und Sozialausschusses, der Zentralbank und des Ausschusses der Regionen –«, und den folgenden Zusatz fand Xeno besonders perfid: »... so sich diese auf eine gemeinsame feierliche Erklärung einigen können (Zustimmung: UK, DE, HUN, CR, LV, AT)«. Xeno fragte sich zum ersten Mal, warum immer wieder Menschen bei Entscheidungen mitredeten, die nicht einmal die Basics kannten. »Zur Erinnerung an die Römischen Verträge« – die Kommission hatte ihren Ursprung nicht in den Römischen Verträgen, sondern im Pariser Vertrag und in ihrer heutigen Form im Gipfel von Den Haag. Und keiner in der Ratsarbeitsgruppe sagte etwas gegen den Vorschlag der Italiener, das Jubiläum der Kommission in Rom zu feiern? Nicht einmal die Franzosen, die es doch besser wissen müssten? Niemand wusste mehr irgendetwas. Wie man so viel vergessen und trotzdem so viel reden konnte! So gesehen war der ergänzende Vorschlag der Italiener schon wieder rührend: »Im Anschluss Volksfest im Zentrum Roms.«
Den Vorschlag, eingebracht von den Polen mit den Worten »Warum die Juden? Warum nicht der Sport?«, fand Xeno so skandalös, dass sie nicht nur innerlich, sondern buchstäblich den Kopf schüttelte. Es bliebe, wenn man der massiven Zustimmung zu dieser Idee folgte, dann zwar in ihrem Ressort, da die Arche auch für europäischen Sport zuständig war, aber sie hatte da noch weniger Kompetenzen und Möglichkeiten als bei der Kultur. Die nationalen populistischen Parteien waren ein Klacks im Vergleich zum Nationalismus der Sportverbände der Mitgliedstaaten.

In diesem Moment kam Kassándra ins Zimmer, um zu berichten, dass sie die letzte Adresse von David de Vriend beim Meldeamt herausgefunden habe: an der Place du Vieux Marché-aux-Grains in Sainte-Catherine. Aber das Haus sei vor kurzem abgerissen worden.
Wer ist David – wie?
Das haben wir doch besprochen. Er wäre ideal für unser Projekt. Und es gibt keine Bestätigung für sein Ableben. Wahrscheinlich ist er jetzt in einem Altersheim. Das finden wir noch heraus.
Ableben?, sagte Xeno. Sie war nun sehr müde. Keine Bestätigung? Ich danke dir!
Sie sah auf die Uhr. Ich muss weg, sagte sie. Mittagspause, eine Besprechung!

Fridsch war schon da, als Xeno zur Rosti kam. Er saß an einem Tisch vor dem Lokal, in der prallen Sonne, als wäre die Straße eine Bühne und die Sonne ein Scheinwerfer, der nur auf ihn gerichtet war. Sie hatte diesen Gedanken, als sie ihn schon von Weitem sah und auf ihn zuging, und zugleich wunderte sie sich zum ersten Mal über das Wort Scheinwerfer: Schein-Werfer!
Sie konnte nicht erkennen, ob auch er sie schon gesehen hatte. Fridsch trug eine verspiegelte Sonnenbrille. Das fand Xeno entsetzlich. Sie hasste verspiegelte Sonnenbrillen. Man sah die Augen des Menschen nicht. Das war für Xeno die ärgste Vermummung, schlimmer noch als Nikab und Burka, wo man wenigstens noch die Augen sah, das Fenster in die Seele des Menschen, wie man sagt. Außerdem erinnerten sie diese Brillen an Männer, vor denen sie in ihrer Kindheit Angst gehabt hatte. Vor denen sie von ihrem Vater gewarnt worden war: Wer solche Brillen trägt, wer seine Augen nicht zeigt, hat ein dunkles Geheimnis. Und wer hat ein Geheimnis? Na-

türlich die Geheimpolizei. Darum heißt sie ja so. Die verrät Menschen, die dann ins Gefängnis kommen, oder ermordet sie gleich, hatte Vater gesagt, dann schützend seinen Arm um sie gelegt und sie an sich gedrückt.
Wie sie Fridsch kannte, hatte er diese Brille auf dem Flohmarkt gekauft, aber wenn er sie jetzt trug, dann musste man womöglich damit rechnen, dass Spiegelbrillen wieder in Mode kamen.
Er sprang auf, um sie zu begrüßen. Weil sie seine Augen nicht sah, sah sie zum ersten Mal überdeutlich, dass er Haare in der Nase hatte. Sie standen aus den Nasenlöchern hervor wie Spinnenbeinchen. Zugleich sah sie ihren eigenen Blick in seinen Gläsern. Sie hasste Haare in der Nase. Sie rasierte ihre Achseln, ihre Beine, trimmte ihr Schamhaar, und der Mann war nicht einmal imstande, diese blöden Härchen aus den Nasenlöchern wegzuknipsen.
Was war mit ihr los? Das fragte jetzt auch Fridsch: Was hast du?
Ärger –
Blendet dich –
– mit dem Projekt.
– die Sonne? Wir –
– Ja.
– können auch hineingehen. Ich habe –
– Ja?
– alternativ drinnen und draußen einen Tisch reserviert.
Er war so fürsorglich. Und drinnen würde er auch seine Brille abnehmen, dachte Xeno.
Das Projekt, vergiss es! Wir reden gleich darüber, sagte Fridsch, während er die Tür des Restaurants aufhielt, ihr den Vortritt ließ, ihr nachblickte und sie dabei optisch abtastete – mit dem Stolz des Mannes, der diese Frau erobert hatte und der zugleich von sich selbst gerührt war, weil dieser Stolz ihn

mit Gefühlen von Zärtlichkeit erfüllte. Zarter Zärtlichkeit. War das eine Tautologie? Es gab da doch sicher Abstufungen. Zarteste Zärtlichkeit! So als würde man die Hand auf den Bauch einer schwangeren Frau legen – was dachte er da? Er dachte gar nichts, nicht in Worten, aber könnte man seine Gefühle in ein Programm einspeisen, das sie in Sprache übersetzt, dann kämen ungefähr diese Sätze heraus.

Fridsch hatte sein Haar streng gescheitelt. Dieses Signal von Pedanterie und Korrektheit irritierte Xeno. Was irritierte sie jetzt gerade nicht? Als sie Platz genommen hatten, Fridsch seine Brille abnahm und sich über den Tisch Xeno entgegenbeugte, fuhr sie ihm ins Haar, bis der Scheitel zerstört war, lachte, vielleicht eine Spur zu künstlich, und sagte: Besser! So siehst du fünf Jahre jünger aus.

Will ich das? Vor fünf Jahren war ich nicht so glücklich wie jetzt!

Diese Reaktion machte sie sprachlos. Da kam die Wirtin, brachte die Speisekarten, nahm die Bestellung für Getränke auf. Fridsch bestellte Wasser, Xeno Wein.

Da habt ihr alles, was man braucht, zum Predigen und zum Trinken, sagte die Wirtin, Xeno nickte höflich, sie hatte das nicht verstanden, die Wirtin sprach Bayrisch. Sie war Italienerin, aus Mailand, hatte aber, bevor sie nach Brüssel kam, jahrelang ein Restaurant in München geführt und dort Deutsch gelernt. Und sie kannte Fridsch, wusste, dass er Deutscher war.

Sie ist wegen eines Manns nach Brüssel gekommen, sie sagt »Mannsbild«, wenn sie erzählt, er habe sehr gut ausgesehen, ein »Feschak« sei er gewesen, aber, wie sich dann herausgestellt habe, »nicht gut beinander«, kurz: »eine Mogelpackung«. Fridsch liebte dieses Lokal, kannte all die Geschichten.

Unlängst hat sie zur Sperrstunde da mit ihrer Musikanlage die Internationale abgespielt, erzählte Fridsch. Da waren ein

paar Gäste sehr verwundert. Weißt du warum? Aus Heimweh nach Mailand, hat sie gesagt.
Xeno sah ihn verständnislos an.
Fridsch lachte. Ihr Vater, erzählte er, war ein glühender Anhänger von Internazionale Milano, das ist der berühmte Fußballclub von Mailand. Und als der Club ins Finale des Europa-Cups kam, gegen Real Madrid, ist er nach Wien gereist.
Warum nach Wien?
Weil dort das Finale stattfand. Also Inter Mailand gegen Real Madrid. Vor dem Spiel sollte die österreichische Militärkapelle die beiden Club-Hymnen spielen.
Warum die Militärkapelle?
Weiß ich nicht. Das war eben so. Glaubst du, die Wiener Philharmoniker spielen auf dem Fußballplatz? Jedenfalls: Die Kapelle spielte zuerst die Hymne von Real Madrid. Dann sollte die von Mailand kommen. Aber man hatte der Kapelle irrtümlich die Noten der Internationale gegeben statt der Clubhymne von Internazionale Mailand. Also ertönte plötzlich die kommunistische Internationale. Und einige italienische Spieler haben tatsächlich auch mitgesungen: Wacht auf, Verdammte dieser Erde!, keine Ahnung, wie die italienische Übersetzung ist. Bei Real spielte Ferenc Puskás, damals wahrscheinlich der beste Fußballer der Welt. Ein Ungar, der 1956 vor den sowjetischen Panzern aus Budapest geflohen war. Er war so verstört, als er vor dem Spiel die kommunistische Hymne hörte, dass er danach nur noch geschockt über das Feld irrte, weshalb Inter Mailand 3:1 gegen den Favoriten Real Madrid gewann. Und deswegen, zur Erinnerung an diesen Triumph, spielte ihr Vater zu Hause immer wieder die Internationale und deswegen hat sie –
Fridsch sah, dass es Xeno überhaupt nicht interessierte, was er da erzählte. Aber er war so fröhlich, so glücklich, sein Herz war voll, sein Mund ging über. Da kam die Wirtin, brachte

die Getränke. Sie hatten noch keinen Blick in die Speisekarten geworfen, bestellten einfach das Tagesmenü.
Anyway, sagte Fridsch, was ich dir sagen wollte, es ist sehr wichtig. Hör zu, dein Jubilee Project, also –
Hast du das Protokoll der Arbeitsgruppe gelesen?
Natürlich.
Und was ist da jetzt noch wichtig?
Nichts –
Sie fiel ihm ins Wort, ein bisschen zu laut, so dass man von den Nebentischen herschaute: Was redest du da? Nichts ist wichtig, und das ist so wichtig, dass du mich herbestellst, um mir das zu sagen?
Nein, hör doch zu! Was ich sagen wollte: Es gibt nichts, was du für das Projekt noch tun kannst, es ist tot. Es wird noch eine Zeitlang als typischer Kommissions-Zombie durch ein paar Abteilungen und Instanzen geistern und dann endgültig begraben werden. Was du jetzt tun musst, ist: dich freizuspielen. Lass es von den Sherpas zu den Totengräbern tragen. Du kannst die Idee nicht verteidigen. Du kommst damit nicht durch. Du bist aus dem Spiel. Die COMM wollte ein Jubiläumsfest, der Präsident sagt, dass er eine gute Idee unterstützen würde, die Ratsarbeitsgruppe sagt, dass es keine gute Idee gibt, beziehungsweise macht andere schlechte Vorschläge, die alle keine Chance haben, weil das alles nur Alibi-Vorschläge sind, verstehst du? Wenn irgendwer immer noch glaubt, er könne damit Lorbeeren ernten, dann lass ihn. Aber wenn jemand peinlich damit scheitert, dann bist es nicht du. Okay? Du bist aus dem Spiel, weil du – und jetzt kommt es – …
Fridsch wollte jetzt Fanfarentöne imitieren, um die Pointe einzuleiten, da brachte die Wirtin die Blattsalate und wünschte einen guten Appetit, sie sagte es auf Bayrisch, schwer zu transkribieren, es klang wie: »Angurten!«
Weil du, setzte Fridsch fort, dann schon ganz woanders bist.

Mit einem schönen Karriereschritt zum Beispiel in der TRADE oder in der HOME.
Was redest du da?
War es nicht das, was du wolltest? Und ich habe den Catch entdeckt, wie es geht. Hör zu! Du bist doch Zypriotin, oder?
Ja. Das weißt du doch.
Aber war Zypern schon EU-Mitglied, als du nach Brüssel kamst?
Nein. Ich bin damals –
Du bist damals mit einem griechischen Ticket gekommen.
Ja. Ich bin ja Griechin.
Also was jetzt? Griechin oder Zypriotin?
Warum lachst du so? Machst du dich über mich lustig? Was ist so komisch daran: Ich bin griechische Zypriotin.
Also ganz langsam, sagte Fridsch: Griechenland ist Mitglied der Europäischen Union. Mittlerweile ist auch die Republik Zypern Mitglied der Union. Aber damals, als Zypern noch nicht Mitglied war, bist du, eine Zypriotin, als Griechin hierhergekommen.
Ja, das war damals meine Chance. Ich konnte als griechische Zypriotin einen griechischen Pass bekommen und –
Und jetzt hast du eine ganz andere Chance. Weil seit einiger Zeit auch die Republik Zypern Mitglied der Union ist. Eine kleine Insel. Noch dazu eine halbe kleine Insel. Mit weniger als einer Million Einwohner, ein Staat mit ungefähr so viel Einwohnern wie Frankfurt. Das ist doch bizarr, oder? Und was machen die Menschen dort? Sind sie Fremdenführer, Tauchlehrer, Olivenbauern? Ich weiß es nicht. Ich weiß nur eines –
Xeno schaute ihn an, seine fröhlichen Augen, er steuerte auf eine Pointe zu, sie begriff noch nicht, welche, irgendetwas war ihr unangenehm, wie eine sehr subtile Beleidigung, die

sie aber noch nicht verstand, jetzt hätte sie nichts dagegen gehabt, wenn er seine Spiegelbrille wieder aufgesetzt hätte.
Diese winzige Republik Zypern schafft es nicht, die Quote der Beamten, die ihr hier auf allen Ebenen der Hierarchie zustehen, zu erfüllen, alle Posten, die Zyprioten beanspruchen können, zu besetzen. Sie haben zu wenig qualifizierte Menschen. Verstehst du jetzt, worauf ich hinauswill?
Das war das Wichtige, was du mir sagen wolltest?
Ja. Ist das nicht wunderbar? So logisch. So einfach. Du besorgst dir einen Pass der Republik Zypern und bekommst mit deinem CV sofort eine Direktion.
Aber dann müsste wer gehen.
Die Briten gehen. Andere gehen in Pension. In einem Monat muss eine Direktion bei uns in der TRADE neu besetzt werden. Und dann eine in HOME. Und wenn die Zyprioten, die erst fünfzig Prozent der Posten, die ihnen zustehen, besetzt haben, wen vorschlagen können –
Aber ich habe den Concours bestanden, ich sitze schon lange nicht mehr auf einem nationalen Ticket.
Umso besser! Die Republik Zypern wird es sehr zu schätzen wissen, eine so erfahrene und unkündbare Landsfrau in verantwortungsvolle Position in der Kommission zu bringen.
Und ich muss nur – ein neuer Pass?
Ja. Den du selbstverständlich sofort bekommen kannst.
Fridsch strahlte. Er wunderte sich, dass Fenia keine Anzeichen von Begeisterung zeigte.
Angurten!
Sie aßen jetzt ihre Ravioli, sprachen nur noch wenig. Fridsch dachte, dass sie diese Information erst verdauen musste. Das andere Wichtige, was er ihr auch noch sagen wollte, das Private, schob er auf. Gefühle waren so schwer zu verstehen, und kaum hatte man sie in Worte gefasst, waren sie schon

wieder so unsicher. Er dachte, es wäre besser, wenn sie ihm erst einmal dankbar war.

Nach dem Lunch saß Fenia Xenopoulou wieder an ihrem Schreibtisch, begann Mails zu beantworten, tippte so routiniert wie geistlos Floskeln vor sich hin – und kam bald ins Stocken. Wie sollte sie mit dem Vorschlag umgehen, den Fridsch gemacht hatte? Bald sah sie nicht mehr den Bildschirm, sondern Erinnerungsbilder, und ihre Finger lagen reglos auf der Tastatur. Sie lehnte sich zurück. Diese Sache mit dem Pass, das war doch – sie sprang auf, öffnete das Fenster. Die dicke, sonnenwarme Luft, die nun in das klimatisierte Zimmer strömte, erinnerte sie an Kindersommer in Zypern. Ist der Himmel damals auch wolkenlos gewesen, so war es für sie doch keine wolkenlose Zeit, wie sie Kinder aus begüterten Familien zwischen Liebkosungen und Spielen auf sonnigen Wiesen erlebten. Sie sah, dass sie sich im geöffneten Fensterflügel spiegelte, aber nur sehr schemenhaft, als wäre dieses Bild die Projektion aus einer fernen Zeit, nein, doch nicht, sie sah, wie hart ihr Mund geworden war, die Falten rechts und links vom Mund, im Spiegelbild schienen sie wie mit dem Luftpinsel hingetupft. Das war sie und doch eine andere, das war – sie lief zurück zum Schreibtisch, nahm das Telefon und rief Bohumil an: Kannst du kurz zu mir kommen?
Er kam sofort, und Xeno bat ihn um eine Zigarette.
Die Zigaretten hab ich in meinem Zimmer, ich hol sie gleich, sagte er, dann blickte er hinauf zum Rauchmelder: Soll ich auch die Leiter mitbringen und das Ding da oben zukleben?
Ist nicht nötig, sagte sie, ich rauche am Fenster.
Er kam zurück, gab ihr das Päckchen, sagte: Du kannst es behalten. Sind nur noch fünf drinnen. Ich habe noch ein Päckchen im Zimmer.

Danke. Das ist sehr nett. Hast du Feuer?
Sie stand rauchend am Fenster, sah Bohumil an, auf eine Weise, die ihm unangenehm war. Als stünde sie neben sich. Und als schaute sie durch ihn hindurch. War es wegen des Jubilee Project? Er wusste natürlich, dass es da Probleme gab, er hatte eigentlich erwartet, dass sie ihn deshalb sprechen wollte. Aber sie sprach das Thema nicht an. Es war gespenstisch. Sie war doch eine beinharte Pragmatikerin, er hatte sie noch nie so verstört erlebt. Okay, sagte er, machte einen Schritt zurück und wollte schon hinausgehen, da sagte Xeno: Hast du einen Pass?
Bohumil sah sie erstaunt an.
Ich meine, sagte sie, was für einen Pass hast du?
Sie erwartete, dass er sagen würde: natürlich einen tschechischen Pass. Und sie hätte genickt und ihn um dieses »natürlich« beneidet. Aber dann war sie einen Moment lang sprachlos. Denn er sagte: Ich habe einen österreichischen Pass. Warum fragst du?
Sie sah ihn an, hielt die Zigarette vor ihren Mund, ohne daran zu ziehen, kniff die Augen zusammen, streckte dann die Hand mit der Zigarette aus dem Fenster, schüttelte den Kopf und sagte: Hast du jetzt gesagt, einen österreichischen Pass?
Ja. Ich habe einen österreichischen Pass. Warum?
Das möchte ich von dir wissen. Warum? Du bist doch Tscheche.
Ja, aber ich bin in Wien geboren. Meine Großeltern sind 1968, als die russischen Panzer den Prager Frühling niederschlugen – du weißt: Prager Frühling?
Xeno nickte.
Da sind meine Großeltern nach Österreich geflüchtet. Mit meinem Vater. Der damals sechzehn Jahre alt war. Zehn Jahre später hat mein Vater meine Mutter geheiratet, sie war ebenfalls Kind geflüchteter Tschechen in Wien. Aber da wa-

ren beide schon österreichische Staatsbürger. Ich kam zur Welt und war natürlich auch österreichischer Staatsbürger. Im Dezember 1989, also gleich nach der Revolution, sind wir zurück nach Prag. Das war der Triumph meiner Eltern, die Wende. Da war ich zehn. 2002 machte ich den Concours in Brüssel. Ich habe Politikwissenschaften studiert, in Prag, aber ich wollte hinaus, und da war es gut, dass ich meinen österreichischen Pass noch hatte, weil Österreich war bereits EU-Mitglied, aber Tschechien noch nicht. Deshalb bin ich hier, und – er lächelte – deshalb bin ich Raucher und habe immer ein paar Päckchen Vorrat.
Xeno sah ihn fragend an.
Well, ich bin als kleines Kind jeden Abend mit den Eltern in der verrauchtesten Kneipe von Wien gesessen, im Azyl, das war der Treffpunkt der geflüchteten und exilierten tschechischen Dissidenten. Meine Eltern gingen jeden Abend hin, für Babysitter hatten sie kein Geld, also nahmen sie mich einfach mit. Dort diskutierten sie stundenlang mit Václav Havel, wenn er in Wien war, Pavel Kohout, Karel Schwarzenberg, Jaroslav Hutka und wie sie alle hießen. Dabei rauchten sie Kette, alle. Ich saß daneben oder schlief daneben, ich war schon nikotinabhängig, bevor ich selbst meine erste Zigarette rauchte.
Er lachte. Brach das Lachen ab, als er Xenos Gesicht sah.
Und?, fragte sie.
Das war nicht das Ende, sagte er – er hatte nicht »and?«, sondern »end?« verstanden –, oder vielleicht doch: für meinen Vater. Havel wurde Präsident, Schwarzenberg Außenminister, Kohout bekam fast den Literaturnobelpreis, zumindest erzählte er das, und Hutka, der ein Star auf Radio Free Europe geworden war, tourte mit seinen Protestliedern durch das Land, bis eine Generation herangewachsen war, die diese Lieder nicht mehr verstand. Da ging er mit dem Titel »Le-

bende Legende« in Pension. Mein Vater wurde Unterrichtsminister – und hatte am Tag der Vereidigung einen Herzinfarkt. Er ging in die tschechische Geschichte ein als »der Zehn-Minuten-Minister«.

Das tut mir leid.

Danke. Mir auch.

Jedenfalls, dann kannst du also Deutsch, sagte Xeno.

Lausig, sagte Bohumil auf Deutsch.

Lousy?

Yes.

Aber warum? Wenn du –

Weil ich es seit meiner Rückkehr nach Prag nie wieder gesprochen habe, also seit ich zehn war. Und in der Wiener Zeit habe ich in der Volksschule zwar Deutsch gelernt, aber zu Hause immer Tschechisch gesprochen. Es ist eigentlich nur eines geblieben: Ich muss immer lachen über deutsche Lehnwörter im Tschechischen. Zum Beispiel »pinktlich«. Das ist ein tschechisches Wort, das aus dem Deutschen kommt. Es bedeutet alles, was unsympathisch und abstoßend und typisch deutsch ist: Es bedeutet pedantisch, unflexibel, unsensibel, auf gnadenlose Weise gründlich, selbstgerecht, mit preußischer Disziplin – da sagt man auf Tschechisch, wenn jemand so ist, er ist pinktlich.

Er lachte. Und brach sofort ab. Xenos maskenhaftes Gesicht.

I see, sagte sie. Und – der Pass? Du hattest nie ein Problem damit?

Nein, warum? Was für ein Problem? Es ist doch egal, welchen Pass ich habe, es ist ein europäischer Pass.

Xeno hatte die Zigarette aus dem Fenster geworfen, jetzt zog sie eine neue aus dem Päckchen, steckte sie zwischen die Lippen und hielt Bohumil ihren Mund entgegen, es sah aus wie ein Kussmund, wenn man sich die Zigarette wegdachte.

Er gab ihr Feuer, sie bedankte sich und sah aus dem Fenster, was Bohumil als dezenten Hinweis verstand, dass er sich nun zurückziehen könne.
Er sagte okay, well, sie sagte nichts, sah aus dem Fenster. Also ging er. Er hatte das Gefühl, eine Prosektur zu verlassen. Ob er die Tote identifizieren könne? Sie sei ihm bekannt, aber er sei sich nicht sicher.
Was war Xenos Problem? Sie war von Bohumils Geschichte so überrascht, dass sie wie versteinert war. Dieser heitere Bohumil. Aber so einfach war es nicht. Sie war gespalten. Sie war zwei. Sie verstand nicht, warum sie das sein sollte. Seine Geschichte war in gewisser Weise ihre. Und doch war ihre ganz anders. Das verwirrte sie. Zunächst.
Sie besaß einen Pass, der immer ihr europäischer Pass gewesen war, und nicht ein Ausweis ihrer nationalen oder ethnischen Identität. Er war für sie die Eintrittskarte in das Reich der Freiheit, der Freizügigkeit und Niederlassungsfreiheit Europas, er war ihr Freibrief, in Europa ihren Weg gehen zu können. Χαῖρε, ὢ χαῖρε, 'Ελευθερία, hatte sie als Schülerin in Zypern mit Inbrunst mitgesungen, wenn bei Anlässen die Nationalhymne gespielt wurde: Holde Freiheit, sei gegrüßt! Aber dass man als griechische Zypriotin zu einer zypriotischen Nationalistin werden muss, auf diesen Gedanken wäre sie nie gekommen, das war ihr vollkommen fremd. Warum sollte der Geburtsort mehr Bedeutung haben als die Ansprüche, die man als Mensch haben konnte, ja musste? Freiheit, das verstand sie, aber Zypern über alles, das wäre ihr nie in den Sinn gekommen. Deshalb hatte es sie auch nicht im Geringsten erstaunt, als sie nach Griechenland zum Studium kam und merkte, dass man hier dieselbe Hymne sang. Χαῖρε, ὢ χαῖρε, 'Ελευθερία. Das war also für sie kein nationales Bekenntnis, und es war für sie auch nicht im Geringsten rätselhaft, warum zwei Länder dieselbe Hymne hatten, diese Hymne

war für sie einfach ein Freiheitslied – und wie gut es für sie passte: Die du aus der heiligen Griechen Knochen / wutentbrannt entsprossen bist!
Ihre Wut sollte sie weit tragen. Wut war Energie, eine Produktivkraft. Das Versprechen der Freiheit konnte doch nicht bedeuten: Verkümmere in deiner Enge, aber deine Gedanken sind frei! Sieh doch die Olivenbäume im dürren Hain vor deinem Haus! Wie wenig sie brauchen, und doch schimmern ihre Blätter in der Sonne wie Silber!
Sind deine Gedanken frei, dann müssen es deine Möglichkeiten auch sein, deine Taten, deine Handlungen. Das ist ihr schon mit zwölf klar gewesen, als sie für Touristen aus aller Herren Länder Mineralwasserflaschen zum ausgetrockneten Bad der Aphrodite schleppte. Aus aller Herren Länder, das hatte sie in der Schule gelernt, sind sie immer schon nach Zypern gekommen, die Herren, weil Zypern so nah ist zur Türkei, zu Griechenland, zu Syrien und Ägypten, also immer schon eine Schnittstelle war zwischen Europa, Asien und Afrika. Zypern war keine Nation, diese Insel war ein kleines Schiff, es schaukelte auf den Wogen der Geschichte und den Gezeiten der Nationen und Reiche, die auftauchten und wieder untergingen.
Als sie ihren griechischen Pass erhalten hatte, hätte sie nie gedacht, dass sie damit nun das Land ihrer Herkunft verlassen und verraten habe. Der griechische Pass war für sie ein Reisedokument, von der Insel, die eine Taube im Wappen hatte, auf den Kontinent, der sich als Friedensprojekt bezeichnete und ihr Karrierechancen bot. Und jetzt fand sie es völlig verrückt, dass sie diesen Pass aufgeben und ihn gegen einen anderen eintauschen sollte, der nichts anderes konnte und nichts anderes versprach als der alte – ihr aber abverlangte, sich als griechische Zypriotin zu entscheiden, ob sie Griechin oder Zypriotin sei. Sie sollte ihren Pass, den sie als europä-

isches Dokument betrachtet hatte, gegen einen eintauschen, der nun ein nationales Bekenntnis war – um in Europa Karriere machen zu können. Ja, das war verrückt. Sie hatte lange genug in der Kommission gearbeitet, um diese Erfahrung zu haben: dass die Nationalisten immer brutaler auf dieses Europa einprügelten, in dem sie frei ihren Weg gehen wollte, mit all ihrer Wut, die sie mitbrachte aus der Enge, und die, wie sie jetzt plötzlich dachte, vielleicht unbewusst eine Wut auf die Beschränkungen war, die einem abverlangten zu sagen: Ich bin … Zypriotin. Oder Griechin. Oder sonst was. Wer sagt: Du bist – der meint: Bleib, wo du bist!
Der Vorschlag von Fridsch stellte ihr ganzes Leben auf den Kopf. Identität war doch nur ein Papier. Würde sie eine andere werden, wenn sie das Papier wechselte? Würde sie eine andere sein, wenn sie statt »Freiheit, sei gegrüßt!« nun »Freiheit, sei gegrüßt!« singen sollte, die Hymne des neues Passes, die identisch war mit der Hymne des alten Passes? Ja – weil sie eine Freiheitshymne ausgetauscht hätte gegen eine Nationalhymne, und derselbe Text und dieselbe Melodie hätten daher eine ganz andere Bedeutung. Sie war in Zypern geboren, als Griechin, und sie war in Griechenland Griechin, geboren in Zypern. Es war verrückt, dass ihr nun abverlangt wurde, diese Identität als eine doppelte zu sehen, die ihr eine Entscheidung abverlangte: Du bist schizophren, entscheide dich, wer du bist!
Das Furchtbare war, dass sie insgeheim wusste, dass sie sich mit ihrem Grübeln selbst belog. Natürlich würde sie die Chance ergreifen und den Pass wechseln. Sie brauchte zwei Stunden, um es sich einzugestehen. Sie war Pragmatikerin. Und das war nichts anderes als eine pragmatische Entscheidung. Warum sie solche Skrupel hatte? Weil sie irgendwie spürte, dass dabei etwas in ihr starb. Und wer stirbt schon gern? Die Aussicht auf ein besseres Leben danach, ob es

nun Gott oder Karriere heißt, ist dann nur ein verzweifelter Trost.
Sie schrieb eine Mail an Mrs Atkinson, hielt inne und schloss das Dokument. Es erschien das Fenster »Als Entwurf sichern?«.
Sie hätte gern, dass im Leben möglich wäre, was der Computer anbietet: Entwürfe zu sichern. Sie klickte auf »Nicht sichern«, lehnte sich zurück und dachte: Okay.
Es war fast 17 Uhr. Sie schrieb noch eine Rund-Mail an ihre Mitarbeiter: »Besprechung wg. Begräbnis Jubilee Project morgen 11 Uhr.«
Dann wird auch Martin Susman zurück sein.
Sie löschte »Begräbnis« und klickte auf Senden.
Sie schaltete den Computer aus und ging. Sie hatte keine Lust, »nach Hause« zu gehen, in ihr kleines, funktionales Apartment, das im Grunde ein Schlafplatz mit begehbarer Garderobe war. Aber sie wollte auch nicht mehr hierbleiben, an einem Arbeitsplatz, den sie mit ihrer heutigen Entscheidung eigentlich schon verlassen hatte. Irgendwo noch etwas trinken? Sie war unschlüssig. Wenn, dann im Het Lachende Varken, dem Café in der Straße, in der sie wohnte.
Sie ging die Rue Joseph II hinauf zur Metro-Station Maelbeek. Auf dem Bahnsteig sah sie auf zur Info-Tafel: nächster Zug in sechs Minuten.

Das gab es also wirklich. Dass ein Mann in einen Käfer verwandelt werden konnte.
Dieser Gedanke war nur ein kleines, aber typisches Symptom dafür, dass der starke und robuste Florian Susman plötzlich ein anderer war: geschockt, hilflos, verzweifelt. Er war kein belesener Mann. Der mit den Büchern ist immer sein kleiner Bruder Martin gewesen.
*Was liest du da schon wieder? Indianergeschichten?*

*Nein. Da wird ein Mann in ein Ungeziefer verwandelt, in einen Käfer.*
*Von einem Zauberer?*
*Nein. Einfach so. Ganz plötzlich. Er wacht auf und ist ein Käfer.*

Wie verrückt er damals seinen kleinen Bruder gefunden hatte. Wie konnte man so etwas lesen, seine Zeit mit solch seltsamen Büchern verschwenden? Er war das Vater-Kind gewesen, der designierte Thronfolger, vom Vater abgöttisch geliebt, wenn auch ohne Zärtlichkeit behandelt. Er, der einmal den Hof übernehmen sollte, durfte kein Weichei sein, niemals schwach und verträumt. Gefühle sprach der Vater nicht aus. Wenn er sie zeigte, dann durch einen anerkennenden Blick, ein Nicken oder indem er Florian unbeholfen den Arm um die Schulter legte, mit kurzem Druck, der ausdrückte: Mein Sohn!
Martin ist der Mutter-Sohn gewesen, ein verträumtes Kind, das viel weinte, viel las und sich oft fürchtete. Dann lief er zur »Mutti«, die ihn schützte, aber sich zugleich auch schwertat, zärtlich zu sein: Sie war hart geworden im Lebenskampf, hatte schlaflose Nächte wegen der Schulden, die sie auf sich genommen hatten für den Ausbau des Hofs zum Schweinemast- und Schlachtbetrieb. Alle Muskeln waren angespannt. Wer ein Gewicht zu stemmen hat, kann nicht streicheln. Das bedeutete nicht, dass sie ihn ablehnte, auch wenn sie sich manchmal irritiert fragte, warum er so war, wie er war, und so dachte sie, dass er sich abhärten musste, einen Panzer brauchte, und nicht zuletzt, dass er, auch wenn er noch so ungeschickt war, Bereitschaft zeigen sollte, seinen Anteil zu übernehmen bei der Arbeit, die anfiel. Dann schickte sie ihn, wenn sie ihn beim Lesen erwischte, in den Stall. Es war sinnlos, weil die Masttiere damals bereits maschinell gefüttert

und die Ställe von zwei Angestellten maschinell ausgemistet wurden, Martin also nur im Weg stand. Schließlich lief er wieder in die Küche. Dann durfte er beim Kochen helfen – oder am Küchentisch lesen. Bis er aufdecken musste, wenn die Männer zum Essen kamen, der Vater, der große Bruder, die zwei Angestellten mit dem strengen Geruch, Männer.
In einen Käfer verwandelt? Einfach so? Ohne Zauberer? So ein Blödsinn!

Kannst du dich erinnern, fragte Florian, wie alt wir damals waren? Vierzehn und sechzehn? Und jetzt lag er da wie ein auf den Rücken gefallener Käfer. Jetzt war er verwandelt in einen hilflosen Käfer. Plötzlich. Einfach so. Und wartete darauf, versorgt zu werden. Wartete auf Infusionen gegen die Schmerzen, wartete auf das Essen, wartete auf Zuwendung. Wenn er konnte, las er, zunächst nur Zeitungen, dann auch Bücher, die Martin ihm brachte. Wenn das Lesen ihn anstrengte, seine Augen müde und seine Arme schwer wurden, dann döste er, grübelte vor sich hin, träumte. Inzwischen kümmerte sich der kleine Bruder um eine Reihe von Dingen, die anfielen und erledigt werden mussten, während Florian hilflos auf dem Rücken lag. Gespräche mit dem Stationsarzt und Telefonate mit der Versicherungsanstalt, bei der Florian eine private Zusatzversicherung hatte. Er holte Erkundigungen ein, welcher Chirurg den besten Ruf hatte, um diesen dafür zu gewinnen, die komplizierte und gefährliche Operation an Florians Rücken durchzuführen, es musste ein Meister seines Fachs sein –
Ein Zauberer?
Nein, ganz pragmatisch ein Meister, sagte Martin.
Martin verständigte die Innung, den Wirtschaftsbund, Geschäftspartner Florians, den Vorstand der European Pig Producers, forderte auf Florians Bitte von der EPP einen Bericht

von der Konferenz in Budapest an, stand in ständigem Kontakt mit Marlene, Florians Frau, die die Stellung im Betrieb halten musste, er organisierte einen Rechtsanwalt, spezialisiert auf Verkehrsdelikte und Unfallschaden, beauftragte ihn mit der Vertretung seines Bruders gegenüber der Versicherung des Taxifahrers, der an dem verheerenden Unfall schuld gewesen war, was auf einen Zivilprozess hinauslief, zur Durchsetzung der Ansprüche auf Schadensersatz und Schmerzensgeld.
Inzwischen las Florian oder starrte zur Decke. Ein verblüffender Rollentausch, einfach so, plötzlich, ganz ohne Zauberer.

Florian hatte nun eine Titanplatte und zwölf Schrauben im Rücken, das Rückgrat war stabilisiert, Rückenmark nicht verletzt, die Gefahr einer Lähmung war gebannt. Man gratulierte Florian zu seinem Glück im Unglück.
Er lag auf dem Rücken, träumte, manchmal seufzte oder stöhnte er, und er lächelte, wenn sein Bruder etwas flüsterte, Schweiß von seiner Stirn tupfte, seine Hand nahm.

Als der Vater starb, war er so alt wie ich jetzt, sagte Florian. Ich war jung damals, aber ich konnte … – meine Kinder, wenn ich jetzt gestorben wäre – Elisabeth ist sieben, Paul ist fünf – es wäre …
Ist es nicht seltsam, dass mir das jetzt passiert ist, in dem Alter, das der Vater hatte, als er – weißt du, was seltsam ist? Ich habe nie über den Tod nachgedacht. Nicht einmal am offenen Grab vom Vater. Eine Schaufel Erde hinuntergeworfen und – ja, ich war unter Schock. Aber ich dachte nicht über den Tod nach, sondern über mich. Der Tod ist für einen Lebenden immer der Tod von anderen.
Er grübelte.

Wenn ich jetzt gestorben wäre, ich hätte mich nicht verabschieden können, sagte er. So wie unser Vater sich nicht verabschieden konnte.
Er schwieg. Dann sagte er: Ist es besser, wenn man sich verabschieden kann? Oder ist es dann nur noch leidvoller?
Er dachte nach.
Wenn ich jetzt gelähmt wäre, hättest du mir geholfen, Schluss zu machen? Ich hätte dann nicht mehr leben wollen. Hätte ich mich auf dich verlassen können? Ich glaube jetzt, ich kann mich auf dich verlassen.
Nein, sagte Martin.

Martin reizte unverbrauchte Urlaubstage, Anspruch auf Pflegeurlaub und schließlich noch die Möglichkeit unbezahlter Freistellung so weit aus wie nur möglich. Der Frühling kam, laue Luft strömte durch offene Fenster herein, die ersten Pollen, das Spitalzimmer war überheizt, denn dem Kalender nach müsste es noch kühler sein, und es wurde nach dem Kalender geheizt und nicht nach der Realität, Florian schob die Decke weg, schrie Au!, wenn er niesen musste, die Erschütterung tat immer noch am Rücken weh, er schwitzte, dann fröstelte er im Luftzug der offenen Fenster, Martin musste ihn wieder zudecken, bis Florian die Decke wieder wegschob, wütend, das Einzige, was er energisch tun konnte, der auf dem Rücken liegende Käfer.

Martin hatte ein kleines Apartment in Wien behalten, im zweiten Bezirk, damit er eine Absteige hatte, wenn er ab und zu auf ein paar Tage nach Hause kam, aber es war nie ein Zuhause gewesen, es war eine Absteige, eine Kochnische, in der er noch nie mehr gekocht hatte als Kaffee, nie eine andere Schublade geöffnet hatte als die, in der sich der Flaschenöffner befand, in dem von Mal zu Mal Marmelade verschim-

melte und die Haltbarkeit von Butter ablief. Ein Zimmer mit Bett und Tisch. Und Kisten. Acht große Umzugskisten. Sie hatte er hier abgestellt, als er seine frühere Wohnung aufgab, weil er nach Brüssel umzog. Mittlerweile wusste er gar nicht mehr, was in diesen Kisten war. Sein Zuhause. Er hatte auch noch immer ein Zimmer im Betrieb, im Elternhaus, bei den Schweinen, drei Stunden von Wien entfernt, das war auch kein Zuhause, was sollte er dort?
Manchmal ging er abends, wenn er vom Spital kam, um die Ecke ins Gasthaus Zum Sieg. Dort bekam er ein anständiges Gulasch, am Freitag einen sehr guten Fisch. Einmal wurde er Zeuge, wie ein Deutscher, der von einem Wiener in dieses Gasthaus mitgenommen wurde, mit geradezu panischer Irritation fragte: Zum Sieg? Das ist doch hoffentlich kein Nazi-Lokal!
Der Kellner, der gerade vorbeiging und dies hörte, stützte seine Arme auf den Tisch, beugte sich vor und sagte: Oida! Sieg der Arbeiterklasse! Verstehst mi?
Martin musste lächeln. Das war wie ein Winken von Geistern der Geschichte, wie ein Scherben, zutage gebracht in einer archäologischen Grabungsstätte. Später kam der Kellner bei ihm vorbei und sagte: War nur ein Schmäh! Weißt eh! Wir heißen Zum Sieg, weil es das Gasthaus gibt seit dem Sieg von Aspern, dazumal der Sieg der Österreicher über Napoleon!
Eine Schicht tiefer, noch ein Scherben.

An einem Samstag frühstückte er am Karmelitermarkt, dort traf er Felix, einen ehemaligen Kollegen aus der Studentenzeit. Er hätte ihn nicht erkannt. Er wurde erkannt. Er log: Wie schön, dass wir uns wiedersehen! Sie tranken Kaffee, redeten, und Martin hielt sich für Sentimentalitäten bereit. Es funktionierte. Früher, ja früher! Und weißt du noch: damals?

Ja, damals. Sie blinzelten in die Sonne, tranken Kaffee, gingen zu Wein über. Und plötzlich wurde die Sentimentalität zu Weinerlichkeit. Martin erzählte – warum ausgerechnet ihm? Warum diesem Fremden, mit dem biographischen Vorwand, ein alter Freund zu sein? Vielleicht ebendeshalb! – Martin erzählte ihm, dass er gefährdet sei, depressiv, er leide unter Depressionen und –
Depressionen? Geh bitte, sagte Felix mit morbider Heiterkeit. Sag mir eines: Putzt du dir vor dem Schlafengehen die Zähne?
Martin sah ihn fassungslos an. Ja, natürlich, sagte er.
Felix lachte. Dann hast du keine Depression. Solange man Zähne putzt, ist man nicht depressiv. Höchstens deprimiert, sagte er. Ich weiß, wovon ich rede! Und er schob seine Ärmel zurück und zeigte ihm die Narben an seinen Pulsadern.
Wann war das?
Ist doch egal, sagte Felix. Jedenfalls: Zähne geputzt habe ich damals nicht mehr!

Inzwischen erholte sich Florian, langsam, aber doch. Er wollte nicht mehr lesen. Er kehrte ins Leben zurück. Und – das war seltsam: Er begann zugleich, auf gewisse Weise mit seinem Leben abzuschließen.
Er erfuhr, dass bei der Jahresversammlung der Union der Europäischen Schweineproduzenten in Budapest ein neuer Präsident gewählt worden war. Das war zu erwarten gewesen. Durch seinen Unfall während der Hinfahrt hatte er ja nicht erscheinen und den Vorstand der EPP vom Grund seines Fernbleibens auch nicht verständigen können. Es war klar, dass dies damals nur missinterpretiert werden konnte. Als hätte er kein Interesse mehr an seinem Amt, ja nicht einmal mehr an einer regulären Amtsübergabe. Dass also ein neuer Präsident gewählt worden war, konnte er nachvollziehen,

das kränkte ihn nicht, aber was ihm größte Sorgen bereitete, mehr noch: geradezu wütend machte, war, dass ein Ungar zum neuen Präsidenten gewählt wurde, der unsägliche Balázs Gyöngyösi, ein radikaler Nationalist, der seine Mitarbeit und sein Engagement in dieser europäischen Organisation bislang nur dazu genutzt hatte, sich Vorteile für seinen eigenen großen Mangalica-Zuchtbetrieb zu verschaffen. Er versuchte, die European Pig Producers als Lobbyisten zu missbrauchen, um das »Ungarische Mangalica-Schwein« als geschützte Herkunftsbezeichnung markenrechtlich registrieren zu lassen und dadurch österreichische und deutsche Mangalica-Züchter auszubooten. Nebenbei war Gyöngyösi immer wieder durch antisemitische Äußerungen auffällig geworden. Für ihn war die EU eine Verschwörung des Weltjudentums zur Zerstörung der europäischen Nationen, der von ihm so genannten »Wirtsvölker«. All diese Widersprüche, von der EU Rechtsschutz für seine ungarischen Rasseschweine zu fordern, zugleich die EU abzulehnen, eine Schweinezucht zu betreiben, aber seine Todfeinde, die Juden, als Schweine zu bezeichnen, waren nicht nur grotesk, sie waren in Florians Augen ehrenrührig und gefährlich für die Union. Er hatte daher vorgehabt, einen Antrag auf Ausschluss von Balász Gyöngyösi aus der EPP zu stellen. Und nun war ausgerechnet dieser Mann der neue Präsident der EPP. Wie war das möglich?

Ungarische Schweinemäster und Schlachter waren bei dieser Konferenz in Budapest natürlich besonders zahlreich vertreten. Angeblich hatte Gyöngyösi Dutzende von ihnen mit Bussen zur Versammlung gekarrt. Sein Gegenkandidat war ein Spanier, ein gewisser Juan Ramón Jiménez, den Florian nicht kannte. Das Problem war offenbar, dass sich die Deutschen und die Holländer der Stimmen enthalten haben, während sich die Delegierten der kleinen Länder hinter dem Un-

garn versammelten, was reichte, um die Franzosen, Italiener und Spanier zu überstimmen.
Später erfuhr Florian den Grund: Die Deutschen hatten tatsächlich inzwischen einen bilateralen Handelsvertrag mit China unterschriftsreif ausgehandelt, ebenso die Niederländer. Die Union der Europäischen Schweineproduzenten und die Frage, wer nun deren Präsident sein sollte, war ihnen nun –
– scheißegal!, rief Florian. Das ist ihnen jetzt, mit Verlaub, scheißegal!
Er starrte zur Decke, lag reglos da, aber Martin hatte das Gefühl, dass tief in ihm ein Tier brüllend gegen Gitterstäbe sprang.
Tage später. Mail von Gabor Szabó, dem einzigen ungarischen Kollegen, der mit Florian noch Kontakt hielt. Martin las vor. Ungarische Schweineproduzenten verhandeln bilateral mit China. Delegation unter Führung von Balázs Gyöngyösi war in Peking. »Stell dir vor: Es gab einen ersten Empfang, mit Essen und vor allem mit Trinksprüchen, und Balázs hob das Glas und sagte, wie sehr er sich freue und geehrt sei und auf freundschaftliche Beziehungen anstoße und so weiter. Und dann: Die chinesische Regierung sei ein Vorbild für uns Ungarn, wegen der Klarheit und Entschlossenheit, mit der sie die Interessen des Volkes vertrete, zum Wohle des Volkes, und besondere Bewunderung verdiene zum Beispiel die Konsequenz, mit der damals gegen die Staatsfeinde am Tian'anmen-Platz durchgegriffen wurde. – Die Chinesen waren hochgradig irritiert. Sie waren weder darauf vorbereitet noch daran interessiert, dass das Massaker am Tian'anmen angesprochen wurde. Bei den folgenden Verhandlungen hätte man sich genauso gut wechselseitig die Telefonbücher von Budapest und Peking vorlesen können. Bereits auf dem Rückflug war Balázs als Delegationsleiter und als Präsident der In-

teressengemeinschaft Ungarischer Schweineproduzenten abgesetzt.«
Florian lächelte. Dann starrte er wieder an die Decke. Er grübelte. Martin drückte seine Hand. Florian zog sie zurück.

Irgendwann fühlte sich Martin von seinem Bruder ausgesaugt wie von einem Vampir. War das ein Zeichen dafür, dass nun alles wieder so war wie zuvor, oder fast so? Florian konnte bereits zeitweise auf der Seite liegen, kurz aufstehen und einige wenige Schritte gehen.
Ich muss zurück nach Brüssel.
Ich werde dir nie vergessen, was du für mich getan hast.
Ich fliege nächsten Montag. Ich helfe dir noch am Wochenende bei der Überstellung in die Reha-Klinik.
Danke.
Was wirst du dann machen? Wenn du rauskommst?
Siehst du doch.
Was?
Na was mache ich denn? Still liegen.
Ich meinte, wenn du da raus bist.
Sag ich doch. Die EU zahlt Stilllegungsprämien für Schweinezüchter. Man bekommt Geld für jedes Schwein, das man nicht mehr mästet. Ich werde alle Mitarbeiter kündigen. Ich werde von meiner Stube aus zuschauen, wie der Betrieb verfällt. Irgendwann können ihn deine Nachfolger ausgraben und ihre Schlüsse ziehen. Inzwischen kassiere ich die Stilllegungsprämie.
Das meinst du nicht ernst!
Doch. Ich werde mein Kapital in Deutschland investieren, mich an einem großen Mastbetrieb beteiligen, wahrscheinlich bei Tönnies Fleisch, da habe ich durch die EPP gute Kontakte, und mich mit meinen Erfahrungen und meiner

Expertise einbringen. Oder auch nicht. Jedenfalls: Ich liege still. Kannst du in die Zukunft schauen?
Nein.
Du siehst nichts?
Nein.
Ich auch nicht. Ich sehe nichts mehr.

Der so genannte »Pyjama-Flieger« nach Brüssel (Montag um 7 Uhr morgens) war natürlich ausgebucht. Da flogen all die Beamten und MEPs, die das Wochenende in Wien verbracht hatten und nun zur Arbeit zurückkehrten, österreichische Lobbyisten und Vertreter von Interessenverbänden, die schon am Vormittag Termine hatten und am Abend oder am nächsten Tag zurückflogen. Und wahrscheinlich war, wie so oft, auch ein engagierter Lehrer mit einer Schulklasse an Bord, im Rahmen der geförderten Aktion »Junge Europäer besuchen das Europäische Parlament«. Martin hatte erst für den Nachmittagsflug einen Platz bekommen, was ein Glück war, weil er den Morgenflug und wahrscheinlich sogar den Mittagsflug verschlafen hätte. Er hatte bis fast vier Uhr nachts nicht einschlafen, den Kopf nicht abschalten können. Er hatte seinen Bruder am späten Nachmittag nach Klosterneuburg in die Rehabilitationsklinik gebracht, dann bei dem Griechen auf der Taborstraße drei Flaschen Mythos-Bier gekauft, etwas Käse und eine Flasche »Drama«-Weißwein, nebenan beim Türken ein Fladenbrot.
Er aß und trank und schaute auf die Umzugskisten, versuchte sich vorzustellen, wie es sein würde, wenn er das nächste Mal das Elternhaus, seinen Bruder und die Familie besuchte und buchstäblich kein Schwein da wäre, die Ställe, die große Masthalle, die Schlachtanlage, alles leer, stillgelegt, die weißen Kacheln nicht blutig und dann auch nicht glänzend weiß, wenn der Herr Hofer sie mit dem Schlauch abgespritzt

und gewaschen hätte, sondern staubgrau, staubtrocken, Herr Hofer in Frühpension, alle Mitarbeiter gekündigt, die Natur würde in die stillgelegten Hallen eindringen, Efeu, Farne, Schlingpflanzen, Unkraut zu wachsen beginnen auf dem Mist, der von den Schweinen zurückgeblieben war, von der letzten Generation der Schweine vor der Stilllegung ... Die Fenster brachen, bei Frost platzten in den kalten Ställen die Wasserrohre, in den Wänden entstanden Risse, Flugsamen nistete sich ein, trieb aus und verwurzelte, allerlei Pflanzen fraßen den Verputz und sprengten die Wände, schufen ein Biotop für Mäuse, Ratten, Igel, Ameisen, Spinnen, Mauersegler, Hornissen, verwilderte Katzen, und Martin trank das dritte Mythos und sah schon das Dach der Masthalle einstürzen, die vor dem Wohnhaus der Familie stand, dem ursprünglichen Wohntrakt des alten Bauernhofs, der inzwischen zwei Mal aufgestockt und erweitert worden war, und Martin machte die Weinflasche auf und fragte sich, ob sie dann wirklich an den Fenstern stehen oder auf der Bank vor dem Haus sitzen werden und zuschauen, wie die Wurzeln von Unkraut und Wildwuchs und die Klauen von allerlei Getier hineinschlugen in die untergehende Familiengeschichte. Und wenn der Betrieb zu Staub zerfällt und versinkt – wie lange wird sein Bruder die Stilllegungsprämie kassieren können?
Er sollte schlafen gehen. Er putzte die Zähne. Er lächelte in sich hinein: Das war ein gutes Zeichen. Ein weniger gutes Zeichen war, dass er sich danach wieder an den Tisch setzte, doch noch eine Zigarette rauchen und noch ein Glas Wein trinken wollte. Er dachte darüber nach, was ihn nun in Brüssel erwartete. Natürlich hatte er auf Grund von Rund-Mails mitbekommen, dass es Probleme mit dem Jubilee Project gab. Er hatte natürlich auch das Protokoll der Ratsarbeitsgruppe erhalten. Er hatte es überflogen – und nicht besonders ernst genommen. Für ihn war maßgeblich, dass Xeno

das Projekt offenbar weitertreiben wollte, zumindest war kein Stop! von ihr gekommen. An manchen Abenden war er am Computer gesessen, um Ergänzungen und weiterführende Gedanken zum Projekt zu notieren. Auch wenn er beurlaubt war, er wollte, wenn er zurückkam, etwas vorlegen können. Zumindest hat er an manchen Abenden, nach den Nachmittagen beim Bruder im Spital, nicht gewusst, was er sonst tun sollte.

Vor allem einer Idee war er nachgegangen: Wenn man Auschwitz-Überlebende als Zeitzeugen für die Idee des Europäischen Friedensprojekts und für die historische Aufgabe der Europäischen Kommission präsentiert, dann wäre es doch logisch und sinnvoll, auch Beamte aus der Gründungszeit der Kommission einzubinden, sie erzählen zu lassen, mit welchen Ideen, Absichten und Hoffnungen sie damals ihre Arbeit aufgenommen hatten. Martin war überzeugt davon, dass die Beamten der ersten Generation viel genauer wussten, worum es ging, als die gegenwärtigen Eliten der Bürokratie. Das wäre, dachte Martin Susman, gleichsam die zweite Zangenbacke. Auf der einen Seite die Überlebenden der Vernichtungslager, die an den Schwur erinnerten: nie wieder Nationalismus und Rassismus. Auf der anderen Seite die Vertreter der Gründergeneration der Europäischen Kommission, die daran erinnerten, dass es genau darum ging: um die Entwicklung einer supranationalen Institution zur Überwindung des Nationalismus, letztlich der Nationen.

Er hatte Kassándra eine Mail geschrieben: Was hältst du davon?

Kassándra: Ich kümmere mich darum.

Eine Woche später. Kassándra: Erste Generation Kommission: a) tot. b) dement. c) nicht dement, nicht reisefähig. Willst du weiterarbeiten an dieser Idee? Ev. Videobotschaften von c)?

Martin hatte den »Drama«-Wein ausgetrunken, fühlte sich aber noch immer nicht in der Lage, ins Bett zu gehen und zu schlafen. Er fand in der Küche eine Flasche Grappa. Tu es nicht, dachte er und öffnete die Flasche. Er taumelte leicht, als er von der Kochnische die drei Schritte zum Tisch zurückging.

Vielleicht, dachte er, sollte man das Jubilee Project ganz anders organisieren. Aufs Ganze gehen. Kompromisslos. Wenn Demenz und Tod verhinderten, dass noch jemand Auskunft geben und sich daran erinnern konnte, worum es eigentlich gegangen war und worum es immer noch ging – dann müssten eben Demente und Tote auftreten und dafür einstehen. Würden sie nicht Schrecken und Mitleid erregen und vielleicht Reinigung bewirken? Sogar Verstehen. Plötzlich versteht eine demente Gesellschaft, was sie hatte sein wollen, plötzlich erinnert sich ein todkranker Kontinent an die Medizin, die ihm Heilung versprochen, die er aber abgesetzt und vergessen hatte. Wie? Wie könnte man das durchspielen? Schauspieler? Man müsste Schauspieler engagieren, die als die Beamten der Gründerzeit der Kommission auftreten, keine berühmten Schauspieler, die bereits für die Darstellung aller möglichen Rollen gefeiert wurden, sie wären wieder nur sie, nur eben in einer anderen Rolle, Stars des Pluralismus, dem alles gleich gültig ist, nein, man bräuchte alte Schauspieler, die große Idealisten waren, nie Stars wurden, sich nie ganz durchsetzen konnten, obwohl sie ihr Handwerk beherrschten, und die Erfahrungen gemacht hatten, die sie und ihre Arbeit prägten, aber den nächsten Generationen nichts mehr bedeuteten, als es mehr um Ruhm als um Wahrheit ging und um die Phrasen der Wahrheit als Grundlage für Ruhm, um Ruhm als Geschäftsgrundlage statt als Leuchtfeuer von Sinn und Bedeutung. Gescheiterte Schauspieler müssten das nicht spielen, sie wären das, was die toten Grün-

derväter zeigen würden, wenn man sie morgen auf eine Bühne holen könnte: den unveräußerlichen Respekt gegenüber den Idealen ihrer Jugend, die Verzweiflung über ihr Scheitern und das Vergessen-Werden, die Sehnsucht nach Wiederentdeckung und Erinnert-Werden und die Würde einer Idee, die schöner ist als all das Geröll, unter dem sie begraben wurde. Gab es nicht achtzig- oder neunzigjährige gescheiterte Schauspieler, die nicht gaga waren und sich noch Texte merken konnten? Sie wären die authentischen Repräsentanten der europäischen Gründerzeit.
Martin trank Schnaps aus dem Zahnputzbecher.
Er sah es vor sich wie einen Film: Der Aufmarsch der Toten, auf großer Leinwand, sie marschierten in einem Sternmarsch durch alle Gassen und Straßen zum Berlaymont-Gebäude, eine Demonstration der verdrängten Geschichte, ein Fanal der Gründer des Europäischen Einigungsprojekts, und dann kam der Sarg. Was für ein Sarg? Wer lag darin? Der letzte Jude, na klar, der letzte Jude, der ein Vernichtungslager überlebt hatte. Gestorben in schicksalhafter Koinzidenz just am runden Geburtstag der Kommission! Da fand im Rahmen des Jubiläums ein pompöser Umzug statt, ein feierliches Begräbnis, mehr als ein Staatsbegräbnis, das erste übernationale, europäische Unionsbegräbnis, der Kommissionspräsident erneuert vor dem Sarg den Schwur: Nie wieder Nationalismus, Rassismus, Auschwitz! Und die Ewigkeit wäre, nach dem Tod des letzten Zeitzeugen, verlängert, der Schlussstrich überschritten und die Geschichte wieder mehr als ein Pendel, dessen Schwingungen die Menschen in geistlose Trance versetzt. In Martins Film zogen nun schwarze Wolken auf, in einem dramatischen Spektakel des Himmels, so radikal wie eine Sonnenfinsternis, die Wolken schoben sich vor die Sonne, vor alles Licht, atemberaubend schnell, im Zeitraffer – das Kino stockte jetzt kurz, weil Martin am Wort »Zeitraffer« hängen-

blieb, er rauchte und starrte vor sich hin und dachte: Zeitraffer. Dann schossen die Wolken weiter, es wurde immer dunkler, ein Sturm kam auf, der den Menschen die Hüte von den Köpfen riss, er sah Hüte, die durch die Luft wirbelten, immer dunkler und …
Ohnmacht. Es war nicht Schlaf. Martin fiel irgendwann gegen vier Uhr morgens in Ohnmacht.

Er nahm ein Taxi zum Flughafen, schlief während der Fahrt fast ein. Er döste während des Flugs. Er aß Aspirin wie Smarties. Am Flughafen Brüssel nahm er auf Level 0 den Bus zum Europa-Viertel. Von dort ging er die paar Schritte zur Metro-Station Maelbeek, da der Zugang Berlaymont wieder einmal gesperrt war. Er wollte nur noch nach Hause. Nie zuvor hatte er seine Brüsseler Wohnung so innig als sein Zuhause empfunden. Am Bahnsteig schaute er zur Anzeigentafel: noch vier Minuten.

Professor Erhart musste um 11 Uhr aus dem Atlas auschecken, das war zu früh, um gleich zum Flughafen zu fahren. Er ging langsam über den Vieux Marché aux Grains, zog seinen Koffer hinter sich her, der am Kopfsteinpflaster hüpfte und sprang, als wollte Brüssel ihn abschütteln. Was sollte er tun, um die Zeit zu überbrücken? Essen gehen? Ja. Aber er hatte sehr spät gefrühstückt, war ohne Hunger. Er ging Richtung Metro-Station Sainte-Catherine. Was tun? Es war unerträglich heiß, er begann zu schwitzen. Er hatte in der Zeitung von der Ausstellung »Vergessene Moderne« gelesen, und welch heftige Auseinandersetzungen sie ausgelöst hatte. Vielleicht sollte er sich diese Ausstellung ansehen? Er war unschlüssig. Als er zur Kirche Sainte-Cathrine kam, ging er kurzentschlossen hinein. Er hatte Zeit. In der Kirche würde es kühler sein. Er war so oft an dieser Kirche vorbei, aber nur

ein einziges Mal hineingegangen, an seinem ersten Abend in Brüssel, damals war er vor einem Platzregen geflüchtet. Die Kirche sah eigentlich aus wie ein Dom. Vielleicht war sie kunst- oder kulturhistorisch interessant.
Kaum war er eingetreten, fragte er sich, was er hier suchte. Vereinzelt saßen Betende in den Sitzreihen, Touristen hielten Smartphones oder Tablets in die Höhe und machten Fotos, immer wieder flackerten die Blitzlichter auf, während an den Seitenaltären die Flammen der Votivkerzen zitterten. Er ging auch in Wien nie in eine Kirche. Warum sollte er also in Brüssel eine Kirche besichtigen? Als er zwölf Jahre alt war, war er mit seiner Schulklasse in den Stephansdom geführt worden. Nicht einmal aus religiösen Gründen, sondern: Heimatkunde. Und mit fünfzehn hatte er seine Großmutter, die, als sie den Tod anklopfen hörte, zur Last-Minute-Gläubigen wurde, einmal in die Weihnachtsmette begleitet. Aber erst, nachdem sie ihm zwanzig Schilling zugesteckt hatte. Seither war er in keiner Kirche mehr gewesen. Er war froh, dass er nicht religiös erzogen worden war, einverstanden mit dem grundsätzlichen Atheismus seiner Eltern, auch wenn er erst viel später, viel zu spät, begriffen hatte, dass sie stramme Nationalsozialisten gewesen waren und deshalb antiklerikal.
Er ging im linken Seitenschiff nach vorn, da sprach ihn ein Mann an, der einen schwarzen Anzug und Kollar trug:
Est-ce que vous l'aimez aussi?
Pardon?
Die schwarze Madonna!
Erhart folgte dem Blick des Mannes, sah die Madonnenstatue.
Ein Wunder! Sie sehen es natürlich?
Was meinen Sie? Ihr Gesicht? Weil es schwarz ist?
Nein. Schauen Sie sich einmal ihre Hand an. Sehen Sie? Der

Daumen ist abgeschlagen. Die Protestanten haben damals, in der Reformationszeit, die Kirche verwüstet und diese Statue da vorne in den Kanal geworfen, dabei ist der Daumen abgebrochen. Sehen Sie die Bruchstelle? Und jetzt zählen Sie die Finger! Na! Sehen Sie? Fünf Finger! Die Katholiken haben die Madonna geborgen, in die Kirche zurückgebracht und wieder aufgestellt. Und obwohl ihr ein Finger abgeschlagen wurde, hatte sie dann wieder fünf Finger! Ein Wunder! Sehen Sie es?
Mit strahlendem Lächeln bekreuzigte er sich.
Kann es sein, sagte Erhart, dass sie davor sechs Finger hatte?
Der Mann im schwarzen Anzug sah ihn an, drehte sich um und ging weg.

Professor Erhart verließ die Kirche, ging weiter zur Metro-Station. Er hatte vor bis zur Gare Centrale zu fahren und dort einen Zug zum Flughafen zu nehmen. Aber er wäre viel zu früh am Flughafen gewesen, würde, um die Zeit totzuschlagen, apathisch durch Taxfree-Shops wandern, schließlich ein schlechtes Sandwich essen, ein Bier trinken, aus Langeweile noch ein Bier, dann wieder herumgehen, einen Kaffee trinken, dann irgendwo sitzen und warten. Schließlich würde er, weil die Zeit nicht und nicht verging, belgische Schokolade kaufen, weil man Schokolade aus Belgien mitbrachte, aber er hatte niemanden, dem er etwas mitbringen könnte oder wollte, Trudi hatte gerne Schokolade gegessen, er hatte ihr ab und zu eine dieser Milka-Rollen mit der blauen Quaste mitgebracht, am Anfang zum Rendezvous, später einfach so, als kleine Aufmerksamkeit, wenn er von der Uni heimkam, und als es um die Ecke vom Institut, in der Grillparzerstraße, noch dieses alte Süßwaren-Geschäft gab, den »Bonbon Kaiser«, geführt vom alten Herrn Kaiser, der Sätze sagte wie »Empfehlungen an die Frau Gemahlin, Herr Professor«, als er noch Assistent war, und er hatte sich gefreut, wenn Trudi sich freute, aber er selbst machte sich nicht so viel aus Schokolade, warum jetzt welche kaufen? Das letzte Mal hatte er am Brüsseler Flughafen, nur damit die Zeit verging, eine Bonbonniere von Neuhaus gekauft, sie lag dann wochenlang zu Hause in der Küche herum. Irgendwo lag sie noch immer. Er stieg bei Gare Centrale nicht aus, sondern fuhr weiter, bis Maelbeek, dort, ganz in der Nähe der Station, kannte er ein italienisches Lokal, wo er einmal nach einem »New Pact«-Meeting gegessen hatte. Es war sympathisch und unkompliziert, und das Essen war so gut, dass man es auch genießen konnte, wenn man keinen Hunger hatte. Er fand die Osteria Agricola Toscana tatsächlich wieder. Beim Warten auf das Essen und dann beim Essen und Weintrinken dachte er über seine Zukunft nach. Zumindest nahm er sich das vor und versuchte es. Es war nicht so einfach. Das Einzige, was er mit großer Sicherheit über die nächste Zukunft wissen konnte, war, dass er all das, was er jetzt aß und trank, verstoffwechseln und, zurück in Wien, ausscheiden würde. Er ermahnte sich zu weniger banalen Gedanken. Es war nicht so einfach. Das Essen schmeckte ihm. Aber es kam ihm wie eine Verschwendung vor: so gutes Essen nur für ihn, der es mit niemandem zelebrieren konnte. Der Wein war sehr gut. Er dachte über seine Zukunft nach. Er dachte, dass er genauso gut darüber nachdenken konnte, ob es ein Leben nach dem Tod gab. Ja doch, dachte er, es hieß Nachleben. Konnte er etwas hinterlassen, das fortwirkte? Hatte er einen Nachlass, der weiterwirken konnte? Ein Testament? Er dachte, dass er vielleicht noch Zeit hatte, ein Buch zu schreiben. Konnte man ein Buch so planen und schreiben, dass es ein Testament war und ein Erbe definierte, das Künftige tatsächlich antraten? Vielleicht eine Autobiographie? Vielleicht sollte er eine Autobiographie schreiben, seine Erfahrungen und Überlegungen, damit irgendwann einmal zumindest die Erinnerung daran möglich war, was hätte sein können und unerlöst weiterschwelte. In der Autobiographie von Armand Moens hatte er gelesen: »Geschichte ist nicht nur die Erzählung davon, was war, sondern auch die stetige Verarbeitung der Gründe, warum Vernünftigeres nicht sein konnte.« Das müsste das Motto seiner Autobiographie sein, dachte er und bestellte einen Espresso und die Rechnung. Er wollte eine Autobiographie schreiben, die nicht sein bescheidenes Leben erzählte, sondern das Nicht-Gelebte. Das Nicht-Gelebte seiner Zeit. Nun wurde die Zeit knapp. Er musste zum Flughafen. Er zahlte die ganze Flasche Wein.

Er wurde nervös, er hatte die Zeit übersehen.

Sollte er zum Schuman-Rondo gehen und den Bus zum Flughafen nehmen? Oder zurück zur Metro-Station, drei Stationen zur Gare Centrale und mit dem Zug zum Flughafen? Er dachte, dass der Zug schneller war als der Bus. Er rannte mit seinem hüpfenden Koffer zur Station Maelbeek, stolperte die Rolltreppe hinunter, merkte zu spät, dass sie außer Betrieb war, schaute am Bahnsteig nervös zur Anzeigetafel: Noch zwei Minuten.

David de Vriend hörte den Schrei »Bleib da!«, er hielt sich die Ohren zu, aber da hörte er es noch dröhnender in seinem Kopf, dieses »Bleib da!«, als würde es zwischen seinen Schläfen immer wieder hin und her und zurückgeworfen, Nachhall um Nachhall, »Bleib da!«, und er wusste, jetzt musste er gehen. Sofort. Kein Nachdenken mehr, nur ein Entschluss. Sofort raus von hier und weg.

Er schloss nicht einmal die Tür hinter sich. Er begegnete niemandem. Im Treppenhaus, unten im Foyer, drüben im Speisesaal, vorn in der Bibliothek, überall war es ruhig, kein Mensch zu sehen. Nach dem Mittagessen schliefen die meisten Heimbewohner, oder sie machten Spaziergänge, entweder die Rue de l'Arbre Unique hinunter bis zum Bach mit den Trauerweiden, Vögel füttern, oder auf dem Friedhof, bis zur Bank, Ausruhen, dann zurück zum Tee. Die Betreuerinnen hatten jetzt im Personalzimmer ihr Kaffeestündchen und tauschten sich über ihre Problemfälle aus.

De Vriend verließ die Maison Hanssens wie eine Welt ohne Menschen. Oder wie einen Zugwaggon von Toten. »Du stürzt uns ins Unglück!« – das waren die letzten Worte gewesen. Er musste weg, so schnell wie möglich weg. Wohin?

Es war ein Entschluss gewesen, der ihm keine Zeit gelassen hatte, Für und Wider abzuwägen. Hinaus! Sich losreißen und hinaus!

Er ging zum Friedhofstor, aber er ging nicht in den Friedhof hinein, er hatte eine Adresse, zu der er hinmusste.

Als er aus dem Zug gesprungen war, hatte ihm ein junger Mann ein Kuvert zugesteckt, darin befanden sich ein Zettel mit einer sicheren Adresse und fünfzig Francs. Es ging alles so schnell. Nach einem Schusswechsel setzte sich der Zug wieder in Bewegung, aber das sah er so langsam, das Anrollen des Zugs, die offene Schiebetür des Viehwaggons wie ein schwarzes Loch, dahinter seine Eltern und sein kleiner Bruder, es war, als rückte dieses Bild Zentimeter um Zentimeter weiter, Schüsse und ein Stampfen und Schnaufen, das schneller werdende Rattern der Schläge von Eisen auf Eisen, ein Stoß, der Mann stieß ihn noch einmal und schrie: Lauf! Such die Adresse, die du da – und er deutete auf das Kuvert, das er ihm soeben in die Hand gedrückt hatte –, da drinnen! Und der Zug gewann an Fahrt, das schwarze Loch, hinter dem seine Familie kauerte, war vorbei, da rollte noch ein schwarzes Loch vorbei und noch eines, und er drehte sich um und sah Menschen über die Felder laufen, wie viele waren das, hundert? Er sah, wie da und dort einzelne stürzten oder niederbrachen, von Kugeln im Rücken getroffen, und er warf sich zu Boden, rollte die Böschung des Gleiskörpers hinunter und blieb flach liegen, bis der Zug vorbei war, aus dem die SS-Wachmannschaft den Flüchtenden nachschoss. Erst dann lief er los.

Er sah vor sich auf dem Feld Menschen, die sich hingeworfen hatten und nun aufstanden. Er lief an Menschen vorbei, die dalagen und nicht mehr aufstanden. Er lief hinein in die Nacht. Er hatte eine Adresse.

Er wusste den Weg nicht. Da kam ein Bus, hielt vor dem Friedhofstor.

Bus Nr. 4 – de Vriend sagte das nichts. Er stieg ein. Der Bus fuhr an. Brachte ihn weg. Er ließ alles zurück. Seine Eltern und sein kleiner Bruder kamen nach der Ankunft in Auschwitz sofort ins Gas. Er hätte sie nicht retten können, wenn er nicht aus dem Zug gesprungen, wenn er bei ihnen geblieben wäre. Es war auch keine Zeit, um zu diskutieren: Sollen wir springen oder nicht springen? Was haben wir in dem einen, was in dem anderen Fall zu erwarten? Er war gesprungen. Er hatte überlebt. Sein Vater, dieser kleine Buchhalter, dieser schwache, zärtliche Mann mit den traurigen dunklen Augen, der nichts anderes zum Funktionieren der Welt beitragen konnte als seine gnadenlose Korrektheit, sein Vertrauen in die Kontrolle von Soll und Haben, mit bemühtem Stolz, der eigentlich Trotz war gegen die Zeiten und gegen das ironische, herablassende Lächeln der Größeren und Wendigeren. Selbst zu Hause, ganz privat in den eigenen vier Wänden, wenn niemand zusah, führte er das Schauspiel absoluter Korrektheit auf, als würden König und Regierung zuschauen und anerkennend nicken. Und seine Mutter, auch sie sah er, wenn er sich an sie erinnerte, immer mit diesem traurig ergebenen Blick, beide hatten sie diese traurigen Augen nicht deshalb, weil sie kommen sahen, was dann kommen sollte, sondern, weil sie glaubten, dass alles immer so bleiben würde, wie es war. Sie hatten sich keine Sorgen gemacht, sie hatten sich nur in den Sorgen eingerichtet, die sie für ihr Leben hielten – und nicht für Pflastersteine auf dem Weg in ihren Tod. De Vriend hatte sie nur ein einziges Mal schreien, ja brüllen hören: Bleib da! Wäre er geblieben, er wäre ins Gas gegangen wie sie. Er hatte und hätte sie nicht retten können. Ist das Schuld?

Er hatte eine Adresse.

Fremde Menschen hatten ihn Stolz und Widerstandskraft gelehrt. Sie hatten ihn geliebt wie ein eigenes Kind. Als er schließlich verraten wurde, reichte die Zeit nicht mehr, um einen starken jungen Mann durch Arbeit zu ermorden. Er hatte Glück gehabt. Unglück, Glück im Unglück, Unglück, wieder Glück im Unglück.

Er fand die Adresse nicht. Er saß im Bus und merkte, dass er leere Taschen hatte. Er musste sich erinnern. Er musste den Weg finden, ihn wiedererkennen. Er stöhnte. Er musste sich erinnern. Aber da war nur ein schwarzes Loch. Er sah aus dem Fenster. Was da vorbeizog, war keine Erinnerung. Kein Wegweiser, nichts, das sich mit Erfahrung verband. Fassaden.

Nun war nichts. Die Bustüren öffneten sich und schlossen sich. Dann schaukelte der Bus wieder an Fassaden vorbei. Die Türen öffneten sich und schlossen sich. Das war alles.

Die Tür des Waggons wurde aufgerissen. Eine Stimme schrie: Raus! Springt raus!

Die Bustüren öffneten sich. Bleib! Du stürzt uns ins Unglück!

De Vriend sprang aus dem Bus. Fast wäre er gefallen. Ein Mann an der Busstation fing ihn auf.

Lauf! Zu dieser Adresse da –

De Vriend sah sich um, sah Menschen die Straße hinunter-

eilen, er lief ihnen nach. Wo war er? Vor einem schwarzen Loch. Da war ein kurzer Moment des Wiedererkennens: Metro-Station Maelbeek. Das sagte ihm etwas. Was? Er ging hinein, die Treppe hinunter. Er musste den Weg wiedererkennen. Er ging auf den Bahnsteig und dachte, das ist der Weg.
Noch eine Minute.

Ein Mann mit einer Tasche. Eine Frau, die etwas in ihr Smartphone tippte. Ein Mann mit einem Koffer. Der Zug fuhr ein, hielt. Die Türen öffneten sich. Er sah in der offenen Tür vor sich ein Kind an der Hand seiner Mutter. Das Kind riss sich los, als es aus dem Zug sprang.
Da detonierte die Bombe.

Als Schwester Joséphine zusammen mit Monsieur Hugo, dem Hauswart der Maison Hanssens, das Zimmer von David de Vriend ausräumte, fand sie ein Blatt Papier, auf dem Namen aufgelistet waren.
Monsieur Hugo warf drei Hemden in einen Umzugskarton, sagte: Viel hat er nicht gehabt.
Schwester Joséphine nickte. Alle Namen auf dieser Liste waren durchgestrichen.
Die wenigsten haben viel, sagte Hugo. Ich arbeite seit acht Jahren hier im Haus, sagte er, und noch immer wundere ich mich, wie wenig am Ende von einem Menschen bleibt.
Ja, sagte Joséphine. Sie setzte sich, schaute verwundert auf das Blatt. Am Ende der Liste der durchgestrichenen Namen hatte David de Vriend seinen eigenen Namen gesetzt.
Er hatte schöne Taschentücher, mit Monogramm, sagte Hugo und warf die Taschentücher in den Karton.
Nur David de Vriends eigener Name war nicht durchgestrichen.

Tolle Anzüge hat er gehabt! Wirklich erstklassig. Da werden sie sich freuen bei der Obdachlosen-Hilfe. Aber, wenn einer in so einem Anzug bettelt, bekommt er keinen Cent. Einem Mann in diesem Anzug – er hielt de Vriends Tweed in die Höhe – dem hilft kein Mensch.
Joséphine hätte gern gehabt, dass er schwieg. Sie sagte nichts. Da, vor ihr auf dem Beistelltischchen lag ein Kugelschreiber. Sie nahm ihn, hielt ihn wie ein Messer.
Was hat er eigentlich gemacht im Leben?, fragte Monsieur Hugo. War er irgendwie prominent? Ein Politiker oder hoher Beamter? Ich meine – weil die Kommission sein Begräbnis organisiert.
Das stille Begräbnis einer Epoche, dachte Joséphine.
Was ich vermisse, sind die Klassiker, sagte Monsieur Hugo, Fotoalben, Taschenkalender, Tagebücher. Sehr ungewöhnlich. Er hatte nichts, nicht einmal ein Fotoalbum, das hat doch normal jeder, sagte er und warf die Schuhspanner in den Karton.
Joséphine fragte sich, was sie mit dieser Namensliste machen sollte. In den Karton werfen? Oder in den Papierkorb? Sollte sie den Namen David de Vriend auch durchstreichen? Hatte er das wollen? Hat er das Blatt deswegen hier auf das Tischchen gelegt, zusammen mit dem Kugelschreiber? Damit sie dann –
Monsieur Hugo warf Zahnbürste, Zahnpasta, Nagelschere, Deo und Rasierapparat in einen Plastikbeutel, den Beutel in den Karton. Voll wird der Karton nicht, sagte er.
Dieser grauenhafte Tod, dachte Joséphine. Dass ausgerechnet de Vriend bei diesem Anschlag – Andererseits: Was heißt ausgerechnet er? Für jeden. Für alle, die zur falschen Zeit … für alle … zwanzig Tote, einhundertdreißig Schwerverletzte.
Sie faltete die Namensliste zusammen, steckte sie in die Ta-

sche ihres weißen Arbeitsmantels, klopfte mit der Hand auf die Tasche und dachte: Solange sein Name nicht durchgestrichen ist, so lange –

Das war alles, sagte Monsieur Hugo.

# Epilog

Den Protest der Tierschützer hatte die Redaktion der Metro-Zeitung erwartet. Kurt van der Koot hatte, bevor er seine Serie begann, die Redaktion davor gewarnt. Der Chefredakteur hatte nur gelacht: Der Protest von Radikalen stärke nur die Leser-Blatt-Bindung.
Erstaunlich war nur, wie spät der Protest kam. Erst nach Wochen, nach einem Artikel in Le Soir, der ein Angriff auf Metro und den aufsehenerregenden Kampagnen-Journalismus der Gratis-Zeitung war.
Es war ein zynischer Artikel, in dem Le Soir die Vermutung in den Raum stellte, dass das Schwein, das durch Brüssel lief, wahrscheinlich gar nicht existierte und die unscharfen Bilder von Überwachungskameras Fälschungen waren. Diese Metro-Serie sei wohl nur ein neues Beispiel dafür, wie die Gratiszeitungen arbeiteten: mit erfundenen Geschichten Aufregung erzeugen. Dieser Artikel war illustriert mit einem Foto, aufgenommen in der Slagerij Van Kampen, das zwei Schweinehälften zeigte, die auf Fleischerhaken hingen. Untertitelt: »Das Ende des Brüsseler Schweins?«
Angefügt an diesen Artikel war ein Interview mit Michel Moreau, Präsident der »Tierhilfe Belgien«, der die Aktion von Metro als »größten Skandal seit Marc Dutroux« bezeichnete. Es sei schändlich, ein durch die Stadt laufendes Schwein für eine Zeitungs-Werbekampagne zu missbrauchen, statt dieses Schwein, so es überhaupt existiert, zu retten. Die Straßen der Stadt seien kein natürlicher Lebensraum für ein Schwein, das sich gegenüber den Herausforderungen von Asphalt, Menschenmassen und Autoverkehr in einem Dauerstress befinden dürfte, der wohl noch quälender für das Tier sei als die

Kastenhaltung in den Tierfabriken. Und er rief »die verantwortlichen Stellen« dazu auf, sich endlich Klarheit darüber zu verschaffen, ob es sich um »ein real existierendes« Schwein handle, und sollte dies tatsächlich der Fall sein, das Tier von Amts wegen einzufangen, von einem Veterinär untersuchen zu lassen und auf einen Hof zu bringen, wo es artgerecht gehalten werden könne. »Als Tierschützer bin ich auch sehr vorsichtig mit Tiermetaphern, aber was hier abgeht, kann man nur als Schweinerei bezeichnen«, so Moreau.

Nun hatte auch Le Soir ihren Shitstorm. Dutzende Leser protestierten in Leserbriefen und Postings dagegen, dass Tierquälerei mit dem Kindesmissbrauch und den Morden von Marc Dutroux verglichen wurde. Auf Facebook bekam das Interview mit Michel Moreau innerhalb weniger Stunden Hunderte Wut-Emojis.

Der Angriff auf Metro ging nach hinten los und wurde kurzfristig zum Problem von Le Soir. Dennoch hatte die Metro-Redaktion ein noch größeres Problem, das unbedingt gelöst werden musste, bevor die Öffentlichkeit auch noch darauf aufmerksam wurde: Die Kampagne »Brüssel sucht einen Namen für sein Schwein« lief völlig aus dem Ruder. Die Leser konnten online ihre Vorschläge machen oder Vorschläge von anderen liken, gleichzeitig aktualisierte sich mit jeder Nennung und jedem Klick regelmäßig das Ranking der Vorschläge, entsprechend der Anzahl der Nennungen eines Namens und der Anzahl der Likes. Dieses Ranking war als Grundlage gedacht, auf der die Jury nun die Longlist erstellen sollte. Anfangs waren naheliegende Vorschläge gekommen: Miss Piggy, Madame Cochon, Schweinchen Schlau.

Brüssel-Bezug hatte nur Varkentje Pis (17 Likes), eventuell noch Catherine, weil das Schwein in Sainte-Catherine zum ersten Mal gesehen worden war (21 Likes). Aber dann geschah etwas Unfassbares. Hundertfach wurde ein Name genannt, der sich mit Tausenden Likes überlegen an die Spitze des Rankings setzte: Mohamed. Das konnte nur eine organisierte Aktion sein. Als die Redaktion das merkte, nahm sie die Seite aus dem Netz. Mehrere Juroren traten aus der Jury aus. Bei einer Aktion, die in einen Akt der Aggression gegen muslimische Mitbürger mündete, wollten sie nicht mehr dabei sein.

Wir stoppen das, sagte der Chefredakteur. Wir halten still. In kurzer Zeit ist das vergessen. Übrigens Kurt, sagte er zu van der Koot, ist Ihnen aufgefallen, dass seit zwei Wochen keine neuen Bilder mehr von dem Schwein kommen? Und keine Meldung, dass es irgendwo gesehen wurde. Es ist verschwunden. Spurlos verschwunden.

*À suivre.*